W0094695

DROEMER

Über den Autor:
Matthias Lisse wurde 1957 geboren. Aufgewachsen in der DDR, studierte er aus politischen Gründen statt Geschichte und Literatur Veterinärmedizin und später Pferdezucht und -sport und wurde Militaryreiter sowie Ausbildungsleiter des bedeutendsten Vollblutgestüts der DDR.
Im Frühjahr 1988 gelang ihm die Flucht in die Bundesrepublik.
Gemeinsam mit seiner Ehefrau und seiner Tochter baute er einen Reit- und Zuchtbetrieb in Bayern auf.

MATTHIAS LISSE

Die geteilten Jahre

Roman

Besuchen Sie uns im Internet:
www.droemer.de

Originalausgabe September 2019
Droemer Hardcover
© 2019 Droemer Verlag
Ein Imprint der Verlagsgruppe
Droemer Knaur GmbH & Co. KG, München
Alle Rechte vorbehalten. Das Werk darf – auch teilweise – nur mit
Genehmigung des Verlags wiedergegeben werden.
Redaktion: Dr. Heike Fischer
Covergestaltung: NETWORK! Werbeagentur, München
Coverabbildung: akg-images/ddrbildarchiv.de;
iStock.com/yasinguneysu
Satz: Adobe InDesign im Verlag
Druck und Bindung: CPI books GmbH, Leck
ISBN 978-3-426-28201-4

2   4   5   3   1

Für all diejenigen, die das Schicksal der DDR
mit ihren Füßen besiegelt haben

Inhalt

Prolog

Berlin, Staatsrat der DDR, 15. Juni 1961

»Ich will den Erich hier haben! Sofort!«

»Sie meinen den Genossen Honecker, Genosse Staatsratsvorsitzender?«, vergewisserte sich die Sekretärin.

»Wen denn sonst?«, knurrte der Gefragte ungnädig und setzte in Gedanken hinzu: *Du blöde Kuh!*

Walter Ulbricht war nach der total aus dem Ruder gelaufenen Pressekonferenz völlig aus dem Häuschen. In Situationen wie dieser schlug schon einmal seine proletarische – ihm weniger wohlgesonnene Zeitgenossen sagten auch gern proletenhafte – Herkunft durch.

Der ehemalige Tischlergeselle aus Leipzig, heute der Erste Mann der DDR, schätzte es gar nicht, von Journalisten mit nicht zuvor abgesprochenen Fragen konfrontiert zu werden. Und genau das hatte diese unverschämte Schnepfe von der *Frankfurter Rundschau* am Ende der Veranstaltung, als eigentlich schon alle ihre Papiere und Notizen ordneten und zusammenpackten, getan.

Etwa dreihundert Journalisten waren zu der internationalen Pressekonferenz in den großen Festsaal im Haus der Ministerien, ehemals Görings Reichsluftfahrtministerium, geladen worden. Aus diesen Mauern heraus hatten die jeweils Herrschenden schon unzählige Lügen verbreitet, aber diejenige, die an diesem Tag hier ausgesprochen werden würde, sollte Geschichte schreiben.

Der Staatsratsvorsitzende und Erste Sekretär des ZK der SED, Genosse Walter Ulbricht, wollte über die Fortschritte beim Aufbau des Sozialismus im ersten deutschen Arbeiter- und Bauernstaat referieren. Weiterhin stand ein unlängst von der Sowjetunion vorgeschlagener Friedensvertrag mit Deutschland auf der

9

Tagesordnung. Nur wenn unbedingt nötig, würde Ulbricht auch zur Berlin-Frage Stellung nehmen, denn Genosse Chruschtschow hatte gerade erneut gefordert, dass sich die Westalliierten aus ihren Sektoren zurückziehen sollten und Berlin zur freien Stadt erklärt wird, deren Zugangswege allesamt von der DDR kontrolliert werden. Wohlgemerkt auch der Luftraum, was zwar völlig illusorisch war, aber man konnte diese Forderung ja wenigstens einmal als Verhandlungsmasse mit auf den Tisch legen.

Die Konferenz war mehr oder weniger ohne Zwischenfälle verlaufen, bis diese ältliche Tussi, die sich als Annamarie Doherr vorgestellt hatte, mit ihrer provokanten Frage herausplatzte. Da fragte ihn doch diese Journalistin aus Frankfurt allen Ernstes vor der gesamten versammelten Presse und damit der Weltöffentlichkeit, ob demnächst die Staatsgrenze der DDR am Brandenburger Tor errichtet werden würde und ob er, der Vorsitzende des Staatsrates der DDR und damit Regierungschef, entschlossen wäre, dieser Tatsache mit allen Konsequenzen Rechnung zu tragen.

Ulbricht, der die ganze Zeit über wie auf Kohlen gesessen hatte und auf seinem Stuhl hin und her gerutscht war, hatte genau das kommen sehen und befürchtet. Als es dann tatsächlich passierte, war er trotzdem erschrocken, hatte sich aber unter größter Anstrengung zusammengenommen und versucht, so süffisant wie möglich verneinend zu antworten.

Natürlich war das, was er leugnete, schon lange beschlossene Sache, wurde sorgfältig und vor allem völlig im Geheimen vorbereitet, konnte aber selbstverständlich nicht eingestanden werden. Ulbricht hatte sich um Schadensbegrenzung bei der Beantwortung bemüht, war dabei aber wohl trotzdem über das Ziel hinausgeschossen. Jetzt musste er zu seinem eigenen Entsetzen schleunigst zusehen, dass kein größerer Schaden aus seiner unbedachten Wortwahl entstand.

10

Der Alte war wohl wahnsinnig geworden! Erich Honecker, der die vom Rundfunk der DDR übertragene Pressekonferenz auf dem kleinen Fernsehgerät in seinem Arbeitszimmer mitverfolgt hatte, konnte es nicht fassen. Was faselte denn Ulbricht da von einem Mauerbau? Danach hatte ihn doch die Journalistin überhaupt nicht gefragt! War er jetzt schon so senil, dass er die streng geheimen Pläne öffentlich vor aller Welt ausplauderte?

»Das kann doch alles einfach nicht wahr sein«, fluchte Honecker leise vor sich hin, während er sich das Jackett überstreifte. Auf dem schnellsten Wege wollte er zu Ulbricht, um zu retten, was noch zu retten war. Da klingelte auch schon das Telefon, und man befahl ihn zu seinem Chef.

Kaum hatte Honecker das Büro des Staatsratsvorsitzenden betreten, wurde er mit einer Handbewegung zum Sitzen aufgefordert. Ulbricht hing mehr, als dass er saß, in seinem Sessel hinter dem monströsen Schreibtisch und wirkte müde und zerschlagen. Bevor der herbeizitierte Sekretär für Militär- und Sicherheitsfragen überhaupt etwas sagen konnte, begann der SED-Chef schon in seinem bekannten sächselnden Singsang zu reden.

»Spar dir deine Vorwürfe, Erich. Ich weiß selbst, was ich gesagt habe. Kaum waren die Worte über meine Lippen, wollte ich sie schon zurückholen. ›Niemand hat die Absicht, eine Mauer zu errichten!‹ Meine Güte, wie konnte mir das nur herausrutschen? Nun wird doch in allen westlichen Presseorganen genau das Gegenteil von dem stehen, was ich gesagt habe, und in den Fernseh- und Rundfunksendern darüber spekuliert werden, wann wir nun tatsächlich die Grenze dichtmachen.«

»Walter, was geschehen ist, ist geschehen. Jetzt müssen wir klug, angemessen und entschlossen handeln. Auf keinen Fall dürfen in den nächsten Tagen die Kontrollen auf den Zufahrtswegen nach Berlin und an den Sektorenübergängen verstärkt werden. Ich hoffe, das wird die Lage beruhigen. Und dann sollten wir völlig überraschend zuschlagen. Zur Not auch ohne die Einwilligung von Chruschtschow. Die sowjetischen Genossen werden

11

sich schon auf unsere Seite stellen, wenn wir unumkehrbare Tatsachen schaffen. Es bleibt ihnen ja gar nichts anderes übrig.«

»Du hast ja recht. Aber einmal werde ich noch versuchen, Nikita zu überzeugen. Nicht am Telefon, sondern beim Treffen der Staatschefs der sozialistischen Bruderländer Anfang August in Moskau. So lange müssen wir zumindest noch warten, bis wir die Teilung Deutschlands auf viele Jahre, wenn nicht gar für immer durchsetzen. Und sollte es je zu einer Wiedervereinigung kommen, dann nur unter dem Banner des Sozialismus. Wie weit sind denn die Vorbereitungen gediehen?«

»Die Befehle sind getippt, nur das Datum fehlt noch. Innerhalb weniger Stunden können wir die Kampfgruppen der Arbeiterklasse alarmieren, damit sie die Grenzpolizei und die Nationale Volksarmee bei der Sicherung unserer Staatsgrenze unterstützen. Stacheldraht steht für den Anfang in ausreichender Menge zur Verfügung. Ebenso Zement, Steine und Betonplatten, um die Bahnhofs- und Hauseingänge zu vermauern, die direkt in den Westen führen. Der Zugverkehr zwischen Ost und West wird als Erstes unterbrochen. In kürzester Zeit sollten die Westsektoren zumindest provisorisch völlig abgeriegelt sein. Hoffen wir nur, dass die Amerikaner, Briten und Franzosen stillhalten.«

»Darüber mache ich mir wenig Sorgen. Solange wir ihre Sektoren nicht verletzen und ihren Militärangehörigen den freien Zugang in die Hauptstadt der DDR nicht verwehren, haben sie keine Handhabe. Du bist dir völlig sicher, dass vor dem noch festzulegenden Termin nichts, aber auch gar nichts durchsickert? Denn wenn das passiert, kann es eine Massenflucht ungeahnten Ausmaßes auslösen, ja geradezu eine wahre Hysterie und Panik.«

»Keine Sorge! Nicht eine einzige Sekretärin ist mit der Sache befasst, nur ausnehmend vertrauensvolle Genossen. Die meisten Befehle habe ich selbst auf meiner Schreibmaschine getippt, sie danach versiegelt und das Farbband vernichtet. Da dringt nichts nach außen, das versichere ich dir, Genosse Staatsratsvorsitzender.«

12

»Wollen wir es hoffen, Erich, wollen wir es hoffen! Gut, dann machen wir es so. Sollten Nachfragen zu der Pressekonferenz und meinem verunglückten Satz kommen, werden wir mit allem Nachdruck dementieren. Und du forcierst die Vorbereitungen für die Grenzschließung und den Mauerbau. In aller Heimlichkeit, versteht sich. Damit wir sofort losschlagen können, sobald ich das Einverständnis vom Genossen Chruschtschow bekomme. Oder auch ohne, sollte es gar nicht anders gehen. Spätestens im August müssen wir Fakten schaffen, sonst stehen wir bald selbst an der Drehbank oder als Pfleger im Krankenhaus. Kann ich mich darauf verlassen, Erich?«

»Selbstverständlich, Walter. Ich versichere dir, dass alle Genossen, die mit der *Aktion Rose* befasst sind, ihr absolut Bestes geben werden.«

Walter Ulbricht lehnte sich seufzend zurück. Endlich fiel etwas von der Anspannung, die ihm in den letzten Stunden regelrecht das Herz zugeschnürt hatte, von ihm ab.

»Noch was, Erich. Ich will, dass dieser provokanten Journalistin – den Namen habe ich mir nicht gemerkt, aber du weißt schon, wen ich meine – die Akkreditierung entzogen wird. Noch einmal lasse ich mich nicht in so eine Situation hineinmanövrieren. Kannst du dich bitte darum kümmern?«

Das könnte auch jedem anderen Journalisten bei dir gelingen, dachte Honecker, nickte aber bejahend.

»Ich sehe da kein Problem. Aber wir sollten noch etwas damit warten, damit der Entzug nicht mit ihrer Frage in Zusammenhang gebracht werden kann. Spätestens nach der Grenzschließung erhält sie ein Einreiseverbot, das verspreche ich dir.«

Mit einem Kopfnicken entließ Walter Ulbricht seinen knapp zwanzig Jahre jüngeren Erfüllungsgehilfen für den längst beschlossenen Mauerbau. Nur zwei Monate sollte es noch dauern, bis sich seine Lüge vom 15. Juni 1961 durch sichtbare Fakten entlarvte.

13

1. Kapitel

Berlin, Sonntag, 13. August 1961

Marcus rieb sich verschlafen die Augen, als er von seinem Vater liebevoll geweckt wurde. Der Vierjährige schlang seine dünnen Ärmchen um Wolfgang Leipolds Nacken und ließ sich von ihm aus dem Bett heben und auf den Stuhl setzen, neben dem seine Mutter bereits mit den Anziehsachen wartete.

»Ich mag noch nicht nach Hause«, quengelte der Junge und gähnte dabei herzhaft. »Da gibt es keinen See und keinen Sand zum Buddeln. Es war doch so schön hier.«

»Jeder Urlaub geht einmal zu Ende, Marcus«, erklärte Wolfgang seinem Sohn geduldig. »Aber ich verspreche dir, es wird einen neuen geben, und vielleicht wohnen wir ja sogar bald an einem See wie diesem hier und können viel öfter baden gehen als bisher.«

»Setz dem Jungen nicht solche Flausen in den Kopf«, fuhr Christine Leipold ihren Mann an. Sie wirkte hochgradig nervös und schaffte es kaum, ihrem Sohn die Schnürsenkel zuzubinden, so stark zitterten ihr die Hände. »Was, wenn sie uns an der Grenze festnehmen? Das soll in letzter Zeit schließlich öfter vorgekommen sein. Wir können doch keinen plausiblen Grund vorbringen, warum wir auf der Rückreise von unserem Urlaub noch nach Westberlin wollen! Bei der Übergabe der Reisescheine hat die FDGB-Tante uns noch ausdrücklich davor gewarnt und gedroht, dass wir nie wieder eine Urlaubsreise bekommen, wenn ihr etwas Derartiges zu Ohren kommt.«

»Die wir hoffentlich auch nicht mehr nötig haben werden. Sieh dich doch nur einmal hier in dieser schäbigen Hütte um, die sie uns als Bungalow am See angepriesen haben! Kaum dreißig Quadratmeter, Stockbetten, eine winzige Küche, wackeliger Tisch, ebensolche Stühle – und mehr als hundert Meter durch von Mücken verseuchtes Gelände bis zum See. Für diesen Urlaubsplatz mussten wir uns vor einem Jahr bewerben und sollen ewig dankbar sein, dass wir ihn bekommen haben! Das ist es offenbar, was uns der Sozialismus auf Jahre hinaus zu bieten hat! Von Jürgen kam im Juli eine Karte aus Spanien, und von deiner Schwester aus Tirol. Warst du nicht diejenige, die gesagt hat, dass du spätestens nächstes Jahr ebenfalls dorthin fahren möchtest?«

Christines jüngere Schwester Ursula und Wolfgangs Bruder Jürgen waren schon seit Jahren im Westen. Zu Letzterem wollten sie jetzt fahren. Ihre Flucht hatten sie lange und ausgiebig geplant, und in Hannover war bereits alles für ihre Ankunft vorbereitet. Jürgen hatte ihnen eine Wohnung in Steinhude unweit des Sees besorgt, und am Mittwoch war bereits ein Vorstellungsgespräch bei einer Baufirma für Wolfgang vereinbart, der sich im Abendstudium vom Maurer zum Bauingenieur qualifiziert hatte und Spezialist für Wasserversorgung und Abwasser war. Solche Leute wie er, das hatte Jürgen seinem Bruder versichert, würden händeringend gesucht und ausgesprochen gut bezahlt werden. Er selbst hatte in der DDR eine Lehre zum Offsetdrucker absolviert, aber was man ihm danach angeboten hatte, war lediglich eine Stelle in der Druckerei des Parteiorgans der SED-Bezirksleitung, der *Leipziger Volkszeitung*, gewesen. Ständig die Propagandaartikel, die nichts als Lug und Trug verbreiteten, vor Augen – das hatte Jürgen bald nicht mehr ausgehalten. Mit einem Freund war er am 8. Mai vor zwei Jahren – dem Jahrestag der Befreiung vom Hitlerfaschismus und damit Feiertag in der DDR – von Leipzig-Mockau nach Berlin Schönefeld geflogen. Auf diese Weise umgingen die beiden Flüchtlinge den Berliner Ring, auf dem Autos, aber auch Busse kontrolliert und gerade junge Leute von den Vopos herausgefischt und wieder nach Hause geschickt wurden. Oft nahm man ihnen auch die Ausweise ab und stempelte *Ungültig für Berlin* hinein, womit ihnen der Zugang zur Hauptstadt der DDR verwehrt wurde.

Ebenso hätte es ihnen in der Deutschen Reichsbahn ergehen können.

Den Tipp zu fliegen bekamen sie unter der Hand von dem Pfarrer der Gemeinde, in der die Eltern von Jürgen und Wolfgang sehr aktiv waren. So stiegen die beiden nach ihrer Landung in Schönefeld in den Flughafenbus, der sie direkt ins Zentrum und vor den Bahnhof Friedrichstraße brachte. Hier reichte es, eine Fahrkarte nach Gesundbrunnen, der ersten Station im Westen, zu lösen, und schon war man in der Freiheit. Oder besser gesagt in dem, was viele DDR-Bürger dafür hielten. Von Tempelhof, dem Flughafen in Westberlin, flogen die Freunde dann nach Hannover, kamen bei Verwandten unter, sodass sie nicht durch das Aufnahmelager zu gehen brauchten, und hatten schon wenige Tage später Arbeit in einem großen Verlagshaus. Christines Schwester war einen ähnlichen Weg gegangen, mittlerweile verheiratet, und lebte in Kassel.

Wolfgang, seine Frau und ihr kleiner Sohn Marcus würden also nicht allein in der Fremde sein. Auch deshalb nicht, weil die Familie ursprünglich aus der Umgebung von Hannover stammte und dort noch andere, weitläufige Verwandtschaft besaß. Die Kriegswirren hatten sie einst nach Leipzig verschlagen. Nun wollten sie letztlich dorthin zurück, wo sie einst hergekommen waren, auch wenn dies, zumindest vorerst, bedeutete, ihre Eltern zurücklassen zu müssen. Aber die Flucht war natürlich mit ihnen abgesprochen, und sie würden so schnell wie irgend möglich nachkommen. Die Väter von Wolfgang und Christine standen mit dem Regime der DDR sowieso auf Kriegsfuß und wollten lieber heute als morgen das Land verlassen.

Christine hatte eine Zeit lang nichts gesagt und nur nachdenklich auf der Unterlippe herumgekaut, während sie das Frühstück zubereitete. Wolfgang half ihr, während Marcus versuchte, seine Förmchen, mit denen er am See im Sand gespielt hatte, in den Campingbeutel zu packen, was ihm allerdings nur halbwegs gelang.

16

»Bist du ganz sicher, dass es ungefährlich ist?«, vergewisserte sich Christine noch einmal bei ihrem Mann. »Wenn sie uns nun kontrollieren und das Geld finden? Auf Schwarztausch steht Gefängnis, das weißt du ganz genau. Was soll dann aus Marcus werden, wenn sie uns wegen versuchter Republikflucht in den Knast stecken? Kannst du mir das vielleicht einmal sagen?«

»Christine, das haben wir doch schon tausend Mal besprochen! Glaub mir endlich, ich bin den Weg schließlich schon des Öfteren gegangen. Wir steigen in Neuruppin in den gleichen Zug ein, mit dem ich immer aus Stralsund nach Hause gefahren bin.« Wolfgang war von seinem Betrieb in Leipzig an die Ostseeküste »ausgeliehen« worden, weil dort der Arbeitskräftemangel noch gravierender war als in Leipzig. »Er bringt uns nach Berlin Ostbahnhof. Von dort ist es nicht weit bis zur Friedrichstraße. Wir brauchen dann nur auszusteigen, über den Bahnsteig zu gehen und in die S-Bahn nach Westberlin einzusteigen. Ich bin dort noch nie kontrolliert worden und immer zum Ku'damm gefahren, um die Wartezeit zwischen den Zügen zu überbrücken.«

»Ja, ich weiß. Und als Marcus geboren wurde, saßt du im Kino und hast dir einen Western angesehen, während ich in den Wehen lag.«

Das allerdings war Wolfgang bis heute unangenehm. Aber was hätte er denn tun sollen? Sein Sohn war überraschend fast einen Monat zu früh geboren worden, und als man ihn verständigen wollte, dass Christine ins Krankenhaus gekommen war, saß er bereits im Zug. In Westberlin hatte er sich dann *Veracruz* mit Gary Cooper und Burt Lancaster angeschaut, wie immer anschließend Bananen und Apfelsinen gekauft und war später in den Nachmittagszug nach Leipzig gestiegen. Als er endlich zu Hause ankam, erfuhr er von seinen Eltern, mit denen er Tür an Tür in einem sanierungsbedürftigen Altbau wohnte, dass er Vater geworden war und Christine eine schwere Geburt gehabt hatte. Obwohl er sofort in die Klinik geeilt war, warf ihm seine

Frau bis heute vor, dass er ihr damals in den schweren Stunden nicht beigestanden hatte. Wolfgang empfand das als unfair, aber so war es nun einmal, und er hoffte nur, dass sich das irgendwann einmal geben würde.

»Darüber haben wir nun wirklich schon mehr als genug gesprochen, und ich habe mich zigfach dafür entschuldigt. Musst du immer wieder davon anfangen? Zudem kenne ich dadurch auch den Weg und weiß, dass niemand an den Bahnhöfen aufgehalten wird, der eine Arbeitsbescheinigung oder einen FDGB-Urlaubsschein vorweisen kann.«

»Aber das Geld? Wenn sie uns damit erwischen!«

Wolfgang und Christine hatten ihre ganzen Ersparnisse mithilfe der Kirche, die über entsprechende Kanäle verfügte, zum inoffiziellen Kurs von vier Ostmark zu einer Westmark umgetauscht, um wenigstens etwas Startkapital für ihr neues Leben zu haben.

»Christine, jetzt wollen wir doch mal eins klarstellen. Du warst es letztlich, die ständig gedrängt hat, dass wir in den Westen gehen sollten. Ich wollte meine Eltern und vor allem meinen angeschlagenen Vater nur ungern allein lassen. Erinnerst du dich? Und jetzt, wo wir eigentlich nicht mehr zurückkönnen und so gut wie alle Brücken hinter uns abgebrochen haben, bekommst du auf einmal Muffensausen. Dafür ist es nun ehrlich gesagt zu spät. Willst du zurück in eine fast leere Wohnung und unser Erspartes unter großem Verlust wieder zurücktauschen? Wenn ja, dann sag es bitte jetzt und mach mir später nicht wieder Vorwürfe. Davon habe ich langsam wirklich genug. Wenn nein, dann steck dir deinen Teil des Geldes wie abgesprochen in den BH, ich mir meinen in die Unterhose. Natürlich finden sie es, wenn sie uns einer Leibesvisitation unterziehen, doch dann ist es sowieso zu spät. Aber wir sind eine Familie, die im Sommer von einem FDGB-Urlaub zurückkommt. Genauso wie viele andere auch. Es gibt überhaupt keinen Grund, uns anzuhalten. Anders wäre es auf der Hinfahrt gewesen. Aber jetzt? Wer einen Blick in unsere Koffer wirft, sieht nur verschmutzte Strand- und Urlaubssachen. Das dürfte sogar die Stasi nicht mit Misstrauen erfüllen.«

Wolfgangs Stimme war zum Schluss immer lauter geworden, sodass Marcus sich erschrocken hatte und zu weinen begann. Das war nun das Letzte, was sein Vater wollte, und so beugte er sich zu seinem Sohn hinunter, nahm ihn auf den Arm und strich ihm beruhigend über das Köpfchen. Eine Aufgabe, die eigentlich der Mutter zugestanden hätte, aber Christine war viel zu sehr mit sich und ihren eigenen Sorgen beschäftigt, als sich um den Kleinen zu kümmern.

»Also gut, dann machen wir es wie geplant«, meinte sie schließlich mit unsicherer Stimme. »Du musst mir schon nachsehen, Wolfgang, dass mir nicht ganz wohl bei der Sache ist. Aber ich will dir vertrauen und beten, dass alles gut geht. Kommt, lasst uns frühstücken und dann aufbrechen, damit wir den Bus nicht verpassen. Aufräumen, abwaschen und den Schlüssel abgeben müssen wir auch noch.«

Marcus hatte sich mittlerweile wieder beruhigt, und zusammen mit seinem Vater strahlte er nun seine Mutter an, ganz so, als hätte er verstanden, welch schwerwiegende Entscheidung, auch über sein zukünftiges Leben, gerade gefallen war.

Der D-Zug nach Berlin von Stralsund kommend war pünktlich und nicht einmal überfüllt, sodass die kleine Familie sogar ein Abteil für sich allein hatte. Dass nach der Fahrkartenkontrolle auch noch zwei Transportpolizisten kamen, die die Ausweise sehen wollten und sich nach dem Woher und Wohin erkundigten, war nichts Ungewöhnliches. Allerdings studierten sie diesmal die Dokumente sehr ausführlich, was Wolfgang seltsam vorkam. Erst nachdem die Trapos die FDGB-Dokumente mit den Personalpapieren abgeglichen hatten, grüßten sie knapp und wandten sich dem nächsten Abteil zu.

Als der Zug durch die Vorortbahnhöfe von Berlin rollte, stellte Wolfgang außergewöhnliche Aktivitäten auf den Bahnsteigen fest, auf denen es Umsteigemöglichkeiten von Ost nach West mittels S- und U-Bahnen gab. Es waren keine Reisenden zu sehen, stattdessen aber jede Menge Polizei und sogar Angehörige der Kampfgruppen. Hielten die womöglich mal wieder eine gemeinsame Übung ab? Wolfgang beschloss, Christine, die mit Marcus spielte und nur gelegentlich aus dem Fenster schaute, nicht zu beunruhigen und seine Beobachtungen vorerst für sich zu behalten. Erstaunlicherweise fuhren sie aber auch nicht durch den Bahnhof an der Bornholmer Straße, sondern wurden über Nebengleise umgeleitet.

Seltsam, dachte Wolfgang bei sich. *Was, zum Teufel, ist hier los?* Langsam begann er sich Sorgen zu machen, aber als der Zug dann in den Ostbahnhof einrollte, waren wiederum keinerlei ungewöhnliche Aktivitäten – nur unverhältnismäßig viel Polizei – zu beobachten. Problemlos ließ man sie in die S-Bahn Richtung Friedrichstraße einsteigen, aber bereits an der Station Jannowitzbrücke entdeckte Wolfgang erneut viele Uniformierte. Hier hätte man in die U-Bahn in den Westen umsteigen können, doch offenbar waren die Abgänge versperrt. An den Stationen Alexanderplatz und Marx-Engels-Platz dagegen war nichts Beunruhigendes zu sehen. Als dann die Bahn in die Station Friedrichstraße einrollte – früher war sie in den Westteil der Stadt weitergefahren, doch seit einiger Zeit musste man hier ebenso wie bei Bussen und Straßenbahnen an der Sektorengrenze umsteigen –, öffneten sich die Türen der Waggons zur anderen Seite hinaus als sonst. Alle Fahrgäste verließen den Zug, und Wolfgang sah, dass der ganze Bahnsteig voller Grenzpolizei, Armee und Kampfgruppenangehörigen war. Jetzt erkannte auch Christine, dass etwas Ungewöhnliches vor sich ging, klammerte sich erschrocken an ihren Mann und nahm Marcus ganz fest bei der Hand.

20

Keiner der Reisenden wusste, dass Verkehrsminister Kramer selbst vor Ort war und die Aktion im bedeutendsten Umsteigebahnhof zwischen Ost- und Westberlin leitete. Am gestrigen Abend hatte Walter Ulbricht wichtige Funktionäre zu einem zwanglosen Zusammentreffen ins Regierungsgästehaus am Döllnsee, unweit der Stelle, wo sich einst Görings gewaltiges Jagdschloss Carinhall erhoben hatte, geladen. Erst zu diesem Zeitpunkt erfuhren die Spitzen des Staates von der bevorstehenden Schließung der Grenze zu Westberlin und erhielten ihre Einsatzbefehle.

Das Oberkommando über die einzuleitenden Maßnahmen war Erich Honecker, seit drei Jahren Mitglied des Politbüros der SED – der wahren Machtzentrale der DDR –, übertragen worden. Schon seit Monaten hatte er in aller Stille im Auftrag Walter Ulbrichts den Plan für die Grenzschließung zu den Westsektoren Berlins ausgearbeitet. Nur wenige sehr hochrangige Funktionäre, Militärs und Stasiangehörige waren anfangs in das Unternehmen, das den Decknamen *Aktion Rose* trug, überhaupt eingeweiht worden. Alle diesbezüglichen Unterlagen hatte Honecker nicht nur als »Geheime Verschlusssache«, sondern zusätzlich noch als »Geheime Kommandosache (persönlich)« deklarieren lassen. Das bedeutete, dass der Empfänger des derart gekennzeichneten Dokuments dieses erst nach telefonischer Durchsage eines zuvor vereinbarten Codewortes öffnen durfte und danach unverzüglich den darin formulierten Befehlen zu folgen hatte. Nur der Termin für die Durchführung der Grenzsicherungsmaßnahmen war nicht eingetragen und deshalb in den Papieren mit Platzhaltern gekennzeichnet worden.

Die DDR steckte seit ihrer Gründung in einer bedrohlichen Krise, doch jetzt stand sie unmittelbar vor dem wirtschaftlichen Zusammenbruch, wenn es nicht gelänge, den Flüchtlingsstrom nach Westberlin zu unterbinden. Das einzusehen war den sowjetischen Genossen lange Zeit schwergefallen. Sie hatten geglaubt, dass sich das Problem durch Grenzsicherungsmaßnahmen zwischen der DDR und der BRD, wie sie seit Jahren vorgenommen wurden, lösen ließe.

Doch niemand musste mehr den mittlerweile gefährlich gewordenen Weg beispielsweise zwischen Thüringen und Bayern gehen, solange er sich in Berlin Ost in die S- oder U-Bahn setzen und für zwanzig Pfennig in den Westen fahren konnte. Die Kontrollen am Berliner Autobahnring hatten nur wenig Erfolg gezeitigt. Die Posten waren zwar angewiesen, alle Reisenden, die keinen akzeptablen Grund angeben konnten, warum sie nach Berlin wollten, zurückzuschicken, und ebenso verfuhren die Kontrolleure in den Zügen der Reichsbahn. Doch was brachte das? Mehr als ein Tropfen auf den heißen Stein war es nicht, und wer es wirklich wollte, schaffte es jederzeit nach Berlin hinein.

Sogar mit der Kirche hatte Walter Ulbricht, der den Konflikt mit ihr scheute wie der Teufel das Weihwasser, sich anlegen müssen. Für den Juli war von den Evangelischen ein Kirchentag in Berlin einberufen worden, der in der gesamten Stadt hatte durchgeführt werden sollen. Der Zustrom aus allen Bezirken der DDR wäre in diesem Fall nicht zu kontrollieren und vor allem nicht mehr zu unterbinden gewesen! Wie viele – oder besser gesagt wie wenige – danach noch in ihre ostdeutsche Heimat zurückgekehrt wären, wollten sich die Genossen des Politbüros erst gar nicht ausmalen. Deshalb hatte Walter Ulbricht das Kirchentreffen für den Ostteil Berlins untersagen müssen, was natürlich zu geharnischten Protesten geführt hatte.

Aber war es denn ein Wunder, dass die Menschen zu Tausenden das Land verließen? Erst Anfang des Jahres hatte ZK-Sekretär Paul Fröhlich – derselbe, der damals am 17. Juni 1953 als Erster den Befehl gegeben hatte, auf die Demonstranten in Leipzig zu schießen –, einräumen müssen, dass das gesteckte Planziel, die Angleichung des Lebensstandards der Bürger der DDR an den des Westens bis Ende 1961, nicht erreicht werden konnte. Als neuer Termin für die Bewältigung dieser von der

22

Partei- und Staatsführung formulierten Hauptaufgabe war nun das Jahr 1965 genannt worden. Doch dass die Menschen noch an diese von der SED und ihren Funktionären lauthals verkündete Botschaft glaubten, bezweifelten sogar die Genossen des Politbüros.

Seit 1949 hatte die DDR ein Fünftel, andere Berechnungen sagten sogar ein Viertel, ihrer Bevölkerung verloren. Dem musste ein Riegel vorgeschoben werden, und zwar schnellstens. Es hätte schon längst passieren können, wenn sich die Genossen in Moskau nicht so vehement gegen eine Grenzschließung in Berlin ausgesprochen hätten. Allen voran der Generalsekretär der KPdSU, Nikita Chruschtschow, der erst vor ein paar Tagen in Wien Kennedy getroffen und bis dahin immer noch gehofft hatte, zu einer Einigung mit dem amerikanischen Präsidenten zu kommen. Doch nachdem er nun erkannt hatte, dass dies reine Illusion war, hatte er Walter Ulbricht bei der Zusammenkunft der Staatschefs des Warschauer Vertragsbündnisses endgültig grünes Licht für die zuvor abgelehnten Maßnahmen gegeben. Die Mauer zwischen Ost- und Westberlin, deren geplanten Bau Ulbricht noch vor wenigen Wochen so vehement abgestritten hatte, musste nun endlich her – und das so schnell wie möglich.

Was dem Staatsratsvorsitzenden Ulbricht bei der Pressekonferenz Mitte Juni unbeabsichtigt herausgerutscht war, hätte, wäre es richtig interpretiert worden, zu einer kaum aufzuhaltenden Massenflucht in den Westen führen können, denn schließlich hatte er den Begriff »Mauer« erstmals ins Spiel gebracht, auch wenn er deren Bau eigentlich verneint hatte. Bei einer ehrlichen Antwort wäre das Land, dessen Regierung er vorstand, wohl binnen weniger Tage nahezu leer gewesen. Tagtäglich flohen bis zu zweitausend Menschen über die Sektorengrenzen in den Westen. Die Zahl war seit Anfang des Jahres stetig gestiegen, wie die Westpresse genüsslich berichtete. Im Januar und Februar hatten angeblich dreißigtausend Menschen dem Arbeiter-und-Bauern-

Staat den Rücken gekehrt. Und es waren meist die Hochqualifizierten, die gingen, weniger die einfachen Arbeiter. Doch auch die, wie Genosse Erich Mielke, Chef der Staatsicherheit der DDR, erst unlängst dem Politbüro berichtet hatte, flohen in Scharen. Es gab mittlerweile sogar Probleme bei der Herstellung des Parteiorgans *Neues Deutschland*, weil Drucker fehlten. Was wäre daher erst gewesen, hätte sich das Gerücht verbreitet, dass die Grenze zu den Westsektoren Berlins endgültig geschlossen werden sollte? So wie die zur Bundesrepublik, die mittlerweile mit Stacheldraht und sogar Stabminen gesichert worden war und wo die Grenzsoldaten den Befehl hatten, auf Flüchtlinge ohne Abgabe eines Warnschusses gezielt zu schießen.

Erich Honecker hatte sich nach der Zusammenkunft am Döllnsee umgehend in seine Einsatzzentrale, das Polizeipräsidium in Ostberlin, begeben. Hier löste er genau um Mitternacht den Alarm für mehr als zwanzigtausend Bewaffnete – Kampfgruppen, Polizei, MfS und NVA – aus, die die einhundertsechsundfünfzig Kilometer lange Sektorengrenze zu Westberlin hermetisch abriegeln sollten. Die *Aktion Rose* war mit Beginn des 13. August 1961 angelaufen. Ein »Antifaschistischer Schutzwall« – wie die Mauer zukünftig im Jargon der SED genannt wurde – sollte angeblich die DDR vor Unterwanderung, Spionage, Sabotage, Schmuggel, Ausverkauf und Aggression aus dem Westen schützen. In Wahrheit aber hatte sie nur eine Aufgabe: zu verhindern, dass dem Arbeiter-und-Bauern-Staat das Volk davonlief.

Dass niemand, nicht einmal die ewig schnüffelnden Westjournalisten, etwas von der bevorstehenden Grenzschließung mitbekommen hatte, war der absoluten Geheimhaltung Honeckers und seiner akribischen Planung zu verdanken. Er vertraute niemandem restlos, schon gar nicht dem weiblichen Personal in den Ministerien und zuständigen Organisationen. Dafür gab es einen triftigen Grund, denn erst vor Kurzem war es zu einem

24

Spionagefall gekommen, der das ganze Machtgefüge der SED erschüttert hatte.

Elli Barczatis, die frühere Chefsekretärin von Ministerpräsident Otto Grotewohl, war vor einigen Jahren von einem Mitglied der westdeutschen Organisation Gehlen, der Vorgängereinrichtung des Bundesnachrichtendienstes, umworben worden und hatte dem Agenten streng vertrauliche Informationen aus dem innersten Machtzirkel der DDR übergeben. Von der Stasi war die Spionagetätigkeit zwar letztlich aufgedeckt, die beiden verhaftet und später mit dem Fallbeil hingerichtet worden, aber nichtsdestotrotz hatten sie einen immensen Schaden angerichtet. Walter Ulbrichts und auch Erich Honeckers Vertrauen in ihre Mitarbeiterinnen war seither schwer erschüttert und nahm manchmal regelrecht paranoide Züge an. Andererseits hatte der Staatsratsvorsitzende den jungen und dynamischen Chef der Hauptverwaltung Aufklärung beim Ministerium für Staatssicherheit, Markus Wolf, beauftragt, ebenso zu verfahren und eigene Kundschafter des Friedens, in diesem Fall »Romeos« genannt, auf Mitarbeiterinnen von hochrangigen Politikern und Wirtschaftslenkern im Westen anzusetzen. Was der aus der Organisation Gehlen hervorgegangene Bundesnachrichtendienst vermochte, meinte Ulbricht, das könnte man doch sicherlich auch, wenn nicht sogar besser, indem man den Spieß einfach umkehrte. Und so war zumindest den hochrangigen, informierten Mitarbeitern des MfS und der unmittelbaren Parteispitze der SED bekannt, dass im Westen niemand, nicht einmal die Alliierten oder gar die verhasste Springer-Presse, etwas von dem bevorstehenden Mauerbau ahnte.

Von alldem wussten natürlich Wolfgang, Christine und Marcus nichts, auch wenn ihnen in letzter Zeit das eine oder andere Gerücht zu Ohren gekommen war. Zusammen mit den anderen Fahrgästen wurden sie nach dem Verlassen des Zuges in Richtung auf die im Osten liegenden Ausgänge gedrängt.

25

»Weitergehen, nicht stehen bleiben«, hörten sie eine befehlsgewohnte Stimme über die Bahnsteiglautsprecher sagen und erkannten, dass alle Übergänge zu den in den Westen fahrenden Zügen gesperrt waren. Ebenso die Ausgänge bis auf einen, der zur Friedrichstraße hinunterführte. Die Uniformierten waren schwer bewaffnet und machten mit ihren entschlossenen Gesichtern auch den Eindruck, als ob sie notfalls von ihren Schusswaffen Gebrauch machen würden. Maschinenpistolen mit Trommelmagazinen waren ebenso zu sehen wie Karabiner mit aufgepflanzten Bajonetten.

Marcus starrte auf all das mit großem Interesse. Er war noch zu klein, um die Gefahr, die von den Bewaffneten ausging, zu erkennen. Unlängst erst hatten NVA-Angehörige seinen Kindergarten besucht und dabei Blumen überreicht bekommen, während die Erzieherin mit den Älteren aus der Gruppe ihnen zu Ehren ein Lied sang. Die Melodie und ein paar Worte klangen dem Jungen noch in den Ohren: »Soldaten sind vorbeimarschiert, im gleichen Schritt und Tritt ...«

Dem kleinen Jungen hatte das imponiert. Die Männer waren doch ganz nett gewesen, hatten mit den Knirpsen gespielt und ihnen Geschenke überreicht. Als er zu Hause versuchte, das Lied nachzusingen, und dabei im Stechschritt und mit der Hand an der Schläfe wie ein Soldat durch das Zimmer stolzierte, verstand er gar nicht, wieso seine Eltern mit ihm schimpften. Für diese war das Maß nun endgültig voll. Der Vorfall hatte sie in ihrem Entschluss, das Land schnellstmöglich zu verlassen, nur bestärkt.

Marcus gelang es, sich von der schweißnassen Hand seiner Mutter loszumachen, aber bevor er zu den einen Kordon bildenden Uniformierten hinlaufen konnte, griff sich Wolfgang seinen Sohn auch schon wieder und nahm ihn auf den Arm.

»Ganz ruhig, Marcus, du musst keine Angst haben. Die tun uns nichts.«

»Das weiß ich doch, Papa! Tante Gerda im Kindergarten hat

26

gesagt, sie beschützen uns. Vor den bösen Imp… Imperia… Ich kann das Wort nicht aussprechen.«

Imperialisten, ergänzte Wolfgang in Gedanken. Ein Grund mehr, dass sein Sohn endlich aus diesem ideologieverseuchten Hort fortkam. Sein Bruder und seine Schwägerin zählten bestimmt nicht zu den sogenannten Imperialisten, und bei seinen Besuchen in Westdeutschland – er war als Jugendlicher bis in die Alpen getrampt, was damals noch möglich gewesen war – hatte er auch nie jemanden getroffen, vor dem er sich hätte fürchten müssen. Aber was war hier eigentlich los? Als Wolfgang sich umdrehte, sah er, dass auf dem gegenüberliegenden Bahnsteig, der die Gleise B, für die S-Bahn nach Westen, und C, für die nach Osten, voneinander trennte und auf dem man sonst umsteigen konnte, eine provisorische Mauer errichtet wurde. Die Bauarbeiter standen dabei unter ständiger Beobachtung von Bewaffneten, die Maschinenpistolen im Anschlag hielten.

Siedend heiß lief es Wolfgang den Rücken hinunter.

»Sie schließen die Grenze«, flüsterte er Christine zu. »Ausgerechnet heute! Macht Ulbricht also doch Ernst und lässt eine Mauer quer durch die Stadt bauen, was er erst unlängst noch so vehement abgestritten hat. Erwartet haben wir es ja alle, aber so schnell?«

»Was tun wir denn jetzt? O Gott, wenn sie uns erwischen!«

»Niemand sieht uns an der Nasenspitze an, was wir vorhaben. Ich habe eine Idee. Alle Übergänge können sie unmöglich schon abgeriegelt haben. Komm, laufen wir zur U-Bahn. Am Potsdamer Platz gibt es einen Ausgang nach Osten und einen nach Westen. Vielleicht ist da noch ein Durchkommen.«

Die Eheleute hätten gar nicht zu flüstern brauchen. In dem allgemeinen Tumult achtete sowieso keiner auf sie. Angst und Wut paarten sich zu gleichen Teilen bei den Reisenden, die wie Vieh vom Bahnsteig gedrängt wurden. Tränen flossen, wahrscheinlich vergossen von denen, die ebenso wie Wolfgang, Christine und Marcus hatten flüchten wollen, aber auch Fäuste

27

wurden drohend geschüttelt, doch niemand wurde handgreiflich. Stattdessen hagelte es Beschimpfungen und Flüche gegen die Uniformierten, die dies mit stoischer Gelassenheit über sich ergehen ließen. Aber wie lange noch, fragte sich Wolfgang. Wann würde die Stasi eingreifen, sich die lautesten Krakeeler und zur Not auch Unbeteiligte greifen, nur um andere davon abzuhalten, sich deren Protest anzuschließen?

Genauso hatte das SED-Regime schließlich auch am 17. Juni 1953 während des Volksaufstandes gehandelt. Damals war er als Neunzehnjähriger mit seinem Vater Franz und so gut wie allen Arbeitern aus dessen Betrieb und Tausenden anderen um den Leipziger Innenstadtring gezogen und hatte mit ihnen gemeinsam »Spitzbart, Bauch und Brille sind nicht des Volkes Wille!« gebrüllt. Gemeint gewesen waren damit natürlich der Staatsratsvorsitzende Walter Ulbricht, Präsident Wilhelm Pieck und Ministerpräsident Otto Grotewohl, die nicht durch eine demokratische Wahl, sondern durch die Allmacht der SED an die Spitze der DDR gelangt waren.

Anfangs sah es so aus, als ob sich die Staatsmacht vor der geballten Arbeiterwut verkriechen würde, doch dann hatte der Bezirkssekretär Paul Fröhlich auf die Demonstranten schießen lassen. Im Schutze der NVA und Roten Armee waren Stasileute und Vopos über die unbewaffneten und friedlich Protestierenden hergefallen. Es hatte Tote gegeben, viele waren verhaftet, verurteilt und nicht wenige später hingerichtet worden. Glücklicherweise war ihm und seinem Vater dieses Schicksal erspart geblieben. Tagelang hatten sie gezittert und gebangt, ob sie erkannt und verraten worden wären. Vor allem Wolfgangs Vater Franz, der schon einmal jahrelang in einem kommunistischen Sonderstraflager eingesessen hatte und seiner Familie gegenüber klar äußerte, dass er sich eher das Leben nehmen würde, als diese Tortur noch einmal zu erdulden. Aber diesmal ging der Kelch an ihnen glücklicherweise vorüber. Zum eigenen Erstaunen der Leipolds kam niemand, um Vater und Sohn abzuholen.

28

Doch die Angst von damals saß Wolfgang noch immer in den Knochen. Sie mussten hier weg, so schnell als möglich. Er hastete den Abgang vom Bahnsteig hinunter – Marcus, der zu weinen begonnen hatte, weil ihm die vielen Menschen, die Enge und der Lärm Angst machten, auf dem einen Arm, den Koffer in der anderen Hand. Ihm auf den Fersen folgte Christine, die ihren Mann in dem Gewühl auf keinen Fall aus den Augen verlieren wollte. Zu ihrer Erleichterung war der Zugang zur U-Bahn möglich, aber deren nächste Station lag noch zur Gänze im Osten.

Andere schienen die gleiche Idee wie die Leipolds zu haben, denn das Gedränge war unvorstellbar. Nur schubweise wurden sie zum U-Bahnsteig gelassen, denn der Personenverkehr im Ostteil der Stadt konnte durch die auch für das Bahnpersonal überraschend eingeleiteten Maßnahmen einfach nicht mehr störungsfrei bewältigt werden. Als es der kleinen Familie endlich gelang, in einen Waggon einzusteigen, standen sie so dicht gedrängt zwischen den anderen Fahrgästen wie die sprichwörtlichen Sardinen in der Dose, die es in der DDR schon lange nicht mehr gab.

Der Zug fuhr in die Station Stadtmitte ein, und auch hier wimmelte es nur so von Uniformierten. Da es aber keinen Ausgang in die Westsektoren gab, ließ man die Reisenden unbehelligt, und auch ein Umstieg in die U-Bahn-Linie 2 war möglich. Nur eine Station lag von hier aus noch zwischen dem Potsdamer Platz, und vielleicht ginge ja der Plan der Flüchtlinge tatsächlich auf.

Was über ihnen in diesem Moment geschah, ahnten die Leipolds allerdings nicht. Das unweit gelegene Wahrzeichen Berlins, das Brandenburger Tor, war ebenso weiträumig abgesperrt wie alle anderen Möglichkeiten zum Grenzübertritt. Bewaffnete standen Schulter an Schulter davor, Maschinenpistolen vor der Brust, während hinter ihren Rücken Sperranlagen errichtet wurden und Panzerfahrzeuge der NVA die Plätze und Straßen für den Fall sicherten, dass es zu Ausschreitungen der Bevölkerung kommen würde.

Eine Haltestelle weiter war dann die Reise zu Ende. Alle Fahrgäste mussten die U-Bahn verlassen – und Wolfgang hatte es fast geahnt: Der Ausgang in den Westen war versperrt. Nur der zur Leipziger Straße hin konnte noch passiert werden. Vor dem Aufgang zum Potsdamer Platz standen Wachposten dicht an dicht, und mit Hohlblocksteinen wurden gerade die Aufgänge vermauert. Wieder trieb man die Fahrgäste mit harschen Befehlen nach oben, und auf der Straße angekommen, sahen die Leipolds erstmals das ganze Ausmaß der Katastrophe, die über Nacht hereingebrochen war.

Am Potsdamer Platz, vor dem Krieg einer der verkehrsreichsten in ganz Europa, waren das Pflaster und die Schwarzdecke aufgerissen worden. Soldaten gruben Löcher in den darunter befindlichen Untergrund für zum Aufstellen bereitliegende Betonpfähle, zwischen die Stacheldraht gespannt wurde. Auf der gegenüberliegenden Seite wurde mit Farbe der Verlauf der Demarkationslinie markiert. Offiziere bewachten diejenigen, die die Arbeiten ausführten. Sie wirkten entschlossen, während die einfachen Soldaten, meist junge Männer, viele kaum älter als zwanzig Jahre oder gar noch jünger, ratlos und erschrocken die Menschen anstarrten, die sich auf beiden Seiten der Absperrungen zu sammeln begannen. Panzerspähwagen der NVA und Grenzpolizei ließen die Maschinengewehre in ihren Türmen hin- und herschwenken, und dass die Genossen nicht zögern würden, auf ihre Landsleute zu schießen, wenn sie den Befehl dazu bekamen, daran zweifelte zumindest auf Ostberliner Seite niemand. Schließlich waren den meisten die Ereignisse des 17. Juni noch in guter Erinnerung. Deshalb kam es auch nicht zu lautstarken Protesten und schon gar nicht zu Übergriffen auf diejenigen, die die Anweisungen Walter Ulbrichts und seiner Erfüllungsgehilfen ausführten.

Von der Westberliner Seite hingegen schallten Rufe wie »Für

den Friedensstaat mit Panzern und Stacheldraht!« und auch unflätige Beschimpfungen der Grenzer herüber.

Die Leipolds sahen einen Offizier, der akribisch alles in ein Notizbuch schrieb, was er an Sprüchen hörte. Sicher würden diese am nächsten Tag in den Parteiorganen der SED stehen und die Redakteure sich furchtbar über die Provokateure aus dem Westen aufregen und ihnen Verbindungen zur verhassten Springer-Presse oder gar dem BND unterstellen.

Wolfgang, der seinen Sohn immer noch auf dem Arm hielt, und Christine blickten sich verstört um. Was sie sahen, ließ sie trotz der Sommerhitze frösteln. Es gab so gut wie kein Durchkommen mehr in den Westen – nirgends. In beide Richtungen vom Potsdamer Platz ausgehend wuchsen die Grenzsperren erschreckend schnell in die Höhe. Wolfgang allein, wäre er zu allem entschlossen gewesen, hätte es vielleicht geschafft. Ein schneller Sprint zwischen zwei noch nicht mit Stacheldraht verbundenen Pfeilern hindurch, ein Sprung über die bisher nur meterhohe Absperrung, und er wäre im Westen gewesen. Dass die Wachposten gezielt hinter ihm herschießen würden, wo sich doch auf der anderen Seite so viele Menschen eingefunden hatten, die das Geschehen ohnmächtig verfolgen mussten, wagte er zu bezweifeln. Aber ganz sicher konnte man sich da nie sein, und Gedanken in diese Richtung verboten sich von selbst. Wolfgang stand hier mit einem kleinen Jungen auf dem Arm und einer zierlichen Frau an seiner Seite. Die beiden zu verlassen kam für ihn niemals auch nur ansatzweise infrage. Und damit war die Sache erledigt, zumindest vorläufig. Jetzt blieb ihnen wirklich nichts anderes mehr übrig, als nach Leipzig zurückzukehren, ihr altes Leben dort wieder aufzunehmen und zu hoffen, dass ihre geplante Republikflucht nicht doch noch irgendwie ruchbar werden würde. Von einer schönen Wohnung am Steinhuder Meer, von Urlaubsreisen in ferne Länder und gefüllten Ladenregalen würden sie wohl auch zukünftig nur träumen können.

31

Auf einmal entstand Bewegung an den provisorischen Grenzsperren. Wolfgang und Christine, die sich bereits umgedreht hatten, um die Leipziger Straße hinunter zur nächsten Haltestelle zu gehen und zurück zum Ostbahnhof zu fahren, konnten gerade noch erkennen, wie ein Soldat urplötzlich in Richtung Westen losrannte. Er hielt genau auf die Lücke zu, die auch Wolfgang aufgefallen war. Sofort entstand Geschrei, Rufe wie »Halt! Stehen bleiben!« schallten über den Platz, und das Klicken von Gewehren, die durchgeladen wurden, war zu hören.

Doch der Flüchtende scherte sich nicht darum. Im Laufen riss er seine Maschinenpistole von der Schulter, warf sie von sich, sprang über eine am Boden liegende Stacheldrahtrolle, und bevor ihn jemand aufhalten konnte, tauchte er in der Menge unter, die sich auf der westlichen Seite des Potsdamer Platzes versammelt hatte. Laute Jubelrufe und Aufforderungen, es dem Soldaten gleichzutun, schallten herüber und lösten unbändige Wut bei dessen Vorgesetzten aus, die genau wussten, dass sie sich für die gelungene Flucht würden verantworten müssen.

Die Offiziere ließen sie an denen aus, die staunend dem Geschehen zugesehen hatten, und befahlen ihren Untergebenen, den Platz zu räumen und die Gaffer die Leipziger Straße hinunterzutreiben. Dabei kam die Menge auch an dem Gebäude vorbei, aus dem heraus Walter Ulbricht erst vor acht Wochen verkündet hatte, dass »niemand die Absicht habe, eine Mauer zu errichten« und »die Bauarbeiter in der Hauptstadt der DDR ausschließlich mit dem Wohnungsbau beschäftigt wären«. Unter diesem Vorwand war es letztlich gelungen, das ganze Material, das nun für den Antifaschistischen Schutzwall benötigt wurde, unbemerkt heranzuschaffen.

Auch die Leipolds waren unter denen, die nun gezwungen wurden, den Potsdamer Platz und damit die Sektorengrenze zu verlassen. Auf der Höhe des monströsen Hauses der Ministerien beugte Wolfgang sich zu seiner Frau hinab und flüsterte ihr zu: »Die Genossen verwandeln das Arbeiter-und-Bauern-Paradies«, er konnte und wollte den Sarkasmus in seiner Stimme nicht verbergen, »in ein einziges großes Gefängnis, aus dem man zukünftig nur unter Lebensgefahr wird fliehen können.«

Sie waren einen Tag, nur einen einzigen, zu spät gekommen.

Marcus verstand natürlich nicht, was vor sich ging. Er bekam nur mit, dass seine Eltern verstört und anders waren als sonst. Als er sie anblickte, sah er, dass diesmal ihnen, die ihn doch sonst immer trösteten, wenn er weinte, Tränen in den Augen standen. Wolfgang und Christine ahnten in diesem Augenblick, dass ihre Sehnsucht nach Freiheit wohl lange Zeit ungestillt bleiben und sie sich auf viele geteilte Jahre würden einstellen müssen.

2. Kapitel
1964–1969

»Aber Wolfgang, wenn wir jetzt umziehen, dann muss Marcus doch schon wieder die Schule wechseln.« Christine war richtiggehend entsetzt. »Das wäre das zweite Mal in nur drei Jahren, und noch dazu mitten im Schuljahr. Meinst du wirklich, dass er das verkraftet und seine Leistungen nicht darunter leiden? Gerade erst hat er neue Freunde gefunden, und die Lehrer mögen ihn auch. Das kann doch nicht dein Ernst sein, dass du ihn da schon wieder herausreißen willst.«

»Ach was, der Junge ist intelligent und kontaktfreudig, der schafft das schon«, entgegnete ihr Mann unwirsch. »Für den Schulwechsel nach der ersten Klasse kannst du nur den Staat verantwortlich machen. Das war eine Fehlplanung der Behörden. Und nun muss es eben erneut sein. Weißt du, wie oft ich mit meinen Eltern umgezogen bin, wenn mein Vater wieder einmal versetzt wurde? Aber für uns kommt so eine Chance vielleicht nie wieder, dass solltest du dir vor Augen führen, Christine. Wenn wir jetzt nicht zuschlagen, dann hocken wir womöglich auf ewige Zeit hier in dieser Bruchbude. Du kannst dann noch für Jahre ins Westbad am Leuschnerplatz gehen, wenn du einmal baden oder duschen willst. Möchtest du das?«

»Nein, natürlich nicht. Aber die Wohnung, die sie uns anbieten, hat doch nur zwei Zimmer. Hier haben wir wenigstens drei. Marcus wird nicht gerade glücklich sein, wenn er sein kleines Reich aufgeben muss. Und uns bleibt dann auch kaum noch Raum für Zweisamkeit, wenn er mit uns in einem Zimmer schläft. Was wird denn, wenn ich wieder schwanger werde? Wir wollten doch beide noch ein Kind!«

»Christine, das haben wir doch nun schon zigfach besprochen. Ja, wir haben hier in diesem maroden Altbau drei Zim-

34

mer. Aber was für welche! Winzig, so verwinkelt, dass man kaum Möbel hineinstellen kann, und in unserem Schlafzimmer und in Marcus' Kinderzimmer schimmelt es, weil es nur einen Ofen im Wohnzimmer und einen mit Holz zu befeuernden Kochherd in der Küche gibt. Das Klo ist auf der halben Etage und unbeheizt. Jedes Mal aufs Neue beschwerst du dich im Winter, wie kalt es dort ist. Gar nicht davon zu reden, was ich mir fast abfriere, wenn ich nur mal pinkeln gehe. Waschen können wir uns nur in einer Schüssel in der Küche oder in der kleinen Spüle. Da haben ja sogar die Leute im Mittelalter komfortabler gewohnt!«

»Du sagtest doch, du hättest Aussicht auf einen Elektroboiler oder sogar eine Duschkabine.«

»Wir wären mit der Zuteilung dran gewesen, ja. Doch das war, bevor der Betriebsparteisekretär, diese miese Ratte, seine Finger danach ausgestreckt hat. Fraglich außerdem, ob die Sicherungen bei den maroden Stromleitungen es überhaupt aushalten würden, Duschwasser elektrisch aufzuheizen. Doch es ist eh müßig, darüber nachzudenken. Wer weiß, wann es wieder einmal eine solche Kabine geben wird. Aber gerade weil ich wegen der Bevorzugung des Genossen so einen Krach geschlagen habe, hat man uns jetzt wenigstens die Wohnung in dem Neubau endlich zugeteilt. Seit Jahren bewerben wir uns darum, und jetzt willst du sie nicht mehr! Das soll noch einer verstehen.«

»Weil sie zu klein für drei oder vier Personen ist, begreifst du das nicht? Wir kriegen nie eine andere, wenn wir diese jetzt annehmen. Lass uns doch noch etwas warten, Wolfgang. Es ging doch bisher auch.«

»Christine, schau mal. Es ist ein Erstbezug, nach zwei Jahren dürfen wir eine Tauschanzeige aufgeben. Du hast natürlich recht, die Wohnung ist im Prinzip für eine Familie zu klein. Aber ideal für ein älteres Paar oder auch eine einzelne Person. Vielleicht eine Witwe oder einen Witwer. Sie ist in der zehnten Etage, aber das Haus hat einen Fahrstuhl. Von dort oben hat man einen Blick bis fast zum Auensee. Es gibt eine eingebaute Küche, ein Bad mit Badewanne und Zentralheizung. Nie mehr Kohlen schleppen, kein Holz mehr für den Herd mühsam besorgen und hacken müssen. War das nicht immer dein Wunsch?«

»Ja schon. Aber meinst du wirklich, dass jemand später mit uns tauscht? Eine kleine Wohnung gegen eine große?«

»Da bin ich mir sogar sehr sicher. Wir werden dann vielleicht ein paar Abstriche am Komfort machen müssen, aber möglich sollte das sein. Und dann haben wir endlich etwas Platz und ein eigenes Bad. Denkst du nicht, dass es dafür langsam Zeit wird?«

»Ich weiß es wirklich nicht, Wolfgang. Komm, lass uns noch ein oder auch zwei Nächte darüber schlafen. Schließlich sollte man so eine Entscheidung nicht übers Knie brechen.«

Christines Mann hatte sich abgewandt und schaute aus dem Fenster auf die trostlose Straße hinaus. Ein Haus sah hier so verfallen aus wie das andere, was ihm als Bauingenieur geradezu körperlich wehtat. Um die Jahrhundertwende errichtet, verfiel nun das ganze Viertel. Die Dächer der früher ansehnlichen Häuser waren löchrig, sodass es zumindest in die oberen Stockwerke hineinregnete. Der Putz bröckelte ab, Stuckverzierungen waren nur noch als Fragmente erhalten. Den Schutt ausgebombter Gebäude hatte noch immer niemand weggeräumt. Auf ihm wucherten jetzt Brennnesseln und anderes Unkraut, wuchsen sogar bereits Bäume. Wie gern hätte Wolfgang selbst mit angepackt, Pläne erstellt, um das durchaus erhaltenswerte Viertel zu sanieren. Doch überall war er nur auf taube Ohren gestoßen, hatte man ihm bedeutet, er solle sich gefälligst auf die ihm übertragenen Arbeiten konzentrieren und sich nicht um Dinge kümmern, die ihn nichts angingen. Statt die alten, einst schmucken Häuser instand zu setzen, hatten die Wohnungsbaubehörden begonnen, am Stadtrand Plattenbauten hochzuziehen, die zwar überhaupt nicht ins Landschaftsbild passten, aber vielen Menschen, die in ähnlichen Bruchbuden wie die Leipolds wohnen mussten, wie eine göttliche Verheißung vorkamen.

36

»Lange kannst du dir mit deiner Entscheidung nicht mehr Zeit lassen, Christine«, meinte Wolfgang nach längerem Schweigen. »Die Chance kommt vielleicht kein zweites Mal. Ich jedenfalls könnte damit leben, wenn wir für eine begrenzte Zeit mal etwas enger zusammenrücken müssen. Es wäre ja schließlich nicht für alle Ewigkeit.«

»Wenn du meinst«, stimmte seine Frau nach kurzem Zögern und keineswegs restlos überzeugt zu. »Dann ziehen wir halt um. Aber deinen Eltern und Marcus machst du das begreiflich, nicht ich. Deine Mutter würde sonst nur denken, dass ich dahinterstecke, weil ich es nicht länger ertrage, mich ständig von ihr bevormunden zu lassen.«

Was manchmal gar nicht so schlecht ist, dachte Wolfgang bei sich. *Oder warum denkst du, dass Marcus lieber bei ihr und seiner Tante Hilde ist als bei dir?* Er behielt seine Gedanken aber natürlich bei sich, denn ein handfester Ehekrach war das Letzte, was er jetzt brauchen konnte.

»Gut, dann gehe ich morgen zu dem Wohnungsbeauftragten im Betrieb und nehme sein Angebot an. Aber du musst auch wirklich dazu stehen und nicht nur widerwillig zustimmen. Wenn nicht, lassen wir es besser bleiben.«

»Ich habe doch Ja gesagt, reicht dir das nicht?« Christine wandte sich um und verließ das kleine Wohnzimmer, ohne ihren Mann noch einmal anzublicken, damit er nicht sah, dass ihre Augen in Tränen schwammen.

Begeisterung sieht jedenfalls anders aus, sinnierte Wolfgang und starrte erneut auf die Straße hinaus. Es hatte leicht zu regnen begonnen, und nun war alles noch grauer und trostloser als zuvor. Nicht zum ersten Mal fragte er sich, ob es nicht vielleicht ein Fehler gewesen war, so schnell zu heiraten, nur weil Marcus unterwegs gewesen war. Zu unterschiedlich war oft das, was er und Christine dachten und wollten, auch wenn, wie er sich selbst eingestand, der Fehler keineswegs immer bei seiner Frau lag. Aber die ganze unbefriedigende politische Situation im

Lande seit dem Mauerbau und der allgegenwärtige Mangel an allem und jedem strahlte auch auf das private Leben und tief in die Familien hinein aus und zerrüttete so manche einst glückliche Ehe.

Seit ihrer gescheiterten Flucht war seine Frau immer in sich gekehrter geworden und kaum noch mit etwas zufriedenzustellen. Sie trauerte der verlorenen Chance nach, obwohl sie auch damals zögerlich gewesen war. Im Nachhinein gab sie ihrem Mann die Schuld daran, dass sie noch immer in der DDR leben mussten, obwohl sie in ihrem Innersten wusste, wie ungerecht das war. Aber hätte er eher gehandelt, würden sie jetzt schon seit mehr als drei Jahren in einer schönen Wohnung am Steinhuder Meer leben, sie müsste vielleicht gar nicht mehr arbeiten, und ihr Mann brächte als Bauingenieur gutes Geld nach Hause.

Am Nachmittag des 13. August 1961 war die kleine Familie mit dem Zug nach Leipzig zurückgekehrt. Während der Bahnfahrt hatte jeder seinen eigenen Gedanken nachgehangen, und sogar Marcus war ganz entgegen seiner sonstigen Gewohnheit sehr schweigsam gewesen. Wolfgang und Christine hingegen hatten nur gehofft und gebangt, dass sie nicht schon von der Stasi erwartet wurden, die ihre Augen und Ohren schließlich überall hatte. Glücklicherweise aber war ihr Vorhaben unbemerkt geblieben, obwohl sie in aller Heimlichkeit einige Wertgegenstände und Möbel vor ihrer Reise verkauft oder zu ihren Eltern geschafft hatten. So kamen sie in eine halb leere Wohnung zurück, die an Tristesse kaum zu überbieten war.

Wolfgangs und auch Christines Eltern waren als Flüchtlinge aus Schlesien nach Leipzig gekommen. Die Leipolds stammten allerdings ursprünglich aus der Nähe von Hannover. Wolfgangs Vater Franz war einige Jahre vor dem Krieg in die alte preußische Garnisonsstadt Namslau versetzt worden, wo er als Offizier in einem Reiterregiment gedient und nach seiner Entlassung als Beamter in der Heeresversorgung gearbeitet hatte. Bei Kriegsbeginn war er dann allerdings sofort wieder eingezogen und später nach Italien versetzt worden. Nach der Landung der Alliierten hatten die Amerikaner die von ihm befehligte Versorgungseinheit gestellt und ihn in ein Kriegsgefangenenlager gesteckt. Jahrelang hatte er nichts von seiner Familie gehört und die Sorge um sie ihn fast umgebracht.

Seine Frau Helene hatte mit den zwei kleinen Kindern Wolfgang und Jürgen und mit einer schwerbehinderten Cousine, für die sie sich verantwortlich fühlte, aus Schlesien flüchten müssen und war schließlich, am Ende ihrer Kräfte und dem Zusammenbruch nahe, in Leipzig gestrandet. Über das Rote Kreuz hatte die Familie nach Kriegsende wieder zueinandergefunden. Franz wollte zurück nach Hannover, doch seine Frau nach den unendlichen Strapazen der Flucht nur noch zur Ruhe kommen und bleiben, wo sie war. Dass Franz bald darauf abgeholt und noch einmal für Jahre interniert werden sollte, hatte damals letztlich niemand ahnen können.

Als Wolfgang im entsprechenden Alter war und sich nach Mädchen umzuschauen begann, lernte er in der christlichen Gemeinde Christine kennen, der ein ähnliches Schicksal wie ihm beschieden gewesen war. Bald war Marcus unterwegs gewesen, und beide hatten rasch geheiratet. Nicht nur, aber auch, um ihren katholischen Familien Peinlichkeiten in der Gemeinde zu ersparen. Auf dem Wohnungsamt war Wolfgang regelrecht ausgelacht worden, als er einen Antrag auf angemessenen Wohnraum abgegeben hatte. In der jungen DDR herrschte an allem Mangel, am meisten aber an Wohnungen. Die Eheleute könnten ja weiterhin bei ihren Eltern leben, beschied man ihnen daher auf dem Amt. Notfalls auch getrennt, wenn nicht genügend Platz vorhanden wäre. Die Wartezeit auf eine Wohnung läge schließlich gegenwärtig bei drei bis fünf Jahren.

Doch dann war überraschend die Nachbarin von Wolfgangs Eltern in hohem, gesegnetem Alter verstorben. Im Einverständnis mit deren Kindern hatte Wolfgang mit seinen Eltern die

Wohnung kurzerhand besetzt, die meisten Möbel gleich übernommen, und als das Wohnungsamt kam, um sie zu besichtigen und zu entscheiden, wem sie zugeteilt werden sollte, wohnte bereits eine neue Familie darin. Da Marcus mittlerweile geboren sowie die Wohnung auf die Schnelle renoviert worden war und Wolfgang die Miete in gleicher Höhe wie die Verstorbene auf das Konto bei der Staatsbank überwiesen hatte, fiel es den Vertretern des Amtes für Wohnungswesen schwer, die geschaffenen vollendeten Tatsachen wieder rückgängig zu machen. Sie drohten zwar mit der Vopo und dass diese Eigenmächtigkeit Konsequenzen haben würde, scheuten aber davor zurück, eine Familie mit Kleinkind gewaltsam aus der Wohnung zu entfernen. Noch dazu, wo Wolfgang mittlerweile bei der Wasserwirtschaft tätig war und dort als Experte für Abwasserbeseitigung – ein großes Problem für die Stadtverwaltung von Leipzig – und Kläranlagen galt. Er wurde zwar zum Parteisekretär des Betriebes einbestellt, der ihm schwere Vorwürfe machte und gleichzeitig wie schon viele Male zuvor versuchte, den jungen Mann zu bewegen, in die SED einzutreten. Denn dann, so wurde Wolfgang unter der Hand zu verstehen gegeben, könnte man vielleicht über das ungesetzliche Handeln hinwegsehen und im Nachhinein eine Zuweisung erwirken.

Doch wie stets zuvor erhielt der Funktionär eine Abfuhr mit dem Hinweis, dass es bei den Leipolds Familientradition war, keiner Partei anzugehören. Selbst als Offizier war Wolfgangs Vater nicht Mitglied der NSDAP gewesen und hatte, einst als Reiter in das im Versailler Vertrag auf hunderttausend Mann festgelegte sogenannte Friedensheer eingetreten, schnellstmöglich seinen Abschied genommen, als die Kavallerieregimenter von den Nazis bei der Mobilmachung der Wehrmacht in Vorbereitung auf den Überfall auf Polen aufgelöst worden waren.

Wolfgang hatte dies dem Partei-Fuzzi schon einmal dargelegt, war aber daraufhin nur angebrüllt worden, dass, wenn er noch einmal die Sozialistische Einheitspartei Deutschlands, also die

40

SED, mit der NSDAP in einem Atemzug nannte, er sich ganz schnell woanders wiederfinden würde. Wo, brauchte er nicht weiter auszuführen, denn das war jedem DDR-Bürger klar. Wolfgang war aber nach der Zurechtweisung glücklicherweise nicht weiter traktiert worden. Auch diesmal gab er dem Drängen sehr zum Ärger des Parteisekretärs nicht nach, was in Bezug auf die nicht genehmigte Wohnungsbesetzung zwar eine schriftliche Rüge, aber zu Wolfgangs Erleichterung keine ernsthafteren Konsequenzen nach sich zog. Der Eintrag in die Kaderakte interessierte ihn zumindest im Moment herzlich wenig, hatte er doch mit Christine und Marcus endlich eine eigene Wohnung, auch wenn die sich in einem mehr als nur leicht sanierungsbedürftigen Altbau befand. Aber das ging vielen Leipzigern in der schwer vom Krieg gezeichneten Stadt genauso, und die kleine Familie konnte sich trotz allem glücklich schätzen. Außerdem wohnten sie Tür an Tür mit Wolfgangs Eltern, was zwar seiner Frau nicht immer recht war, die vor allem zu seiner Mutter ein etwas angespanntes Verhältnis hatte, aber doch zumindest zeitweise äußerst hilfreich sein konnte. So hatte Christine zumindest die Möglichkeit, sich ebenfalls nach einer Arbeit umzusehen. Schließlich war sie gelernte Buchhalterin und Marcus gerne bei seinen Großeltern und seiner Tante.

Franz, der während seiner Zeit in der Reichswehr eine Ausbildung zum Hufbeschlagschmied an der Kavallerieschule Hannover absolviert hatte, arbeitete im Schichtbetrieb in einem großen Stahl verarbeitenden Werk in Leipzig-Plagwitz als Pflugscharschmied an einem hydraulischen Hammer. Eine andere Tätigkeit gestand ihm das Regime aus verschiedenen Gründen, die in seiner Vergangenheit zu suchen waren, nicht mehr zu. Seine Frau hingegen hatte eine Stelle in der sich in ihrem Wohnhaus befindlichen Fleischerei als Aushilfsverkäuferin gefunden. Da sie stundenweise arbeitete und ihre Cousine Hilde, die seit ihrer Kindheit an einer Rückgratverkrümmung litt, nur eingeschränkt tätig sein konnte, kümmerten sie sich wechselseitig um

Marcus, der auf diese Weise wohlbehütet aufwuchs, auch wenn er seinen Papa oft vermisste.

Ganz folgenlos war die Wohnungsaktion letztlich doch nicht geblieben. Wolfgang, dem man nach der Geburt seines Sohnes zugesagt hatte, dass er in Leipzig bleiben könnte und nicht mehr an das Klärwerk an der Ostsee ausgeliehen werden würde, musste weiterhin quer durch die Republik reisen und sah seine Familie manchmal nicht einmal an den Wochenenden, weil sich die Heimfahrt von weit entfernten Orten mit dem Zug einfach nicht lohnte. Doch das zumindest änderte sich nach dem Mauerbau zum Guten, da selbst die bornierte DDR-Führungsriege erkannte, dass Ideologie für den Aufbau des Sozialismus allein nicht ausreichte und man die Fachkräfte, die man noch hatte, auch motivieren musste und nicht restlos vergraulen durfte.

Während seine Eltern den Umzug natürlich ausgiebig diskutierten, fragte Marcus niemand, ob er seine bisherige Welt verlassen wollte. So fand er sich plötzlich mitten im dritten Schuljahr nicht nur in einer neuen Schule und Klasse, sondern noch dazu in einer ihm völlig unbekannten Umgebung wieder. Der Neubau, in dem Wolfgang eine Wohnung ergattert hatte und der als Errungenschaft des Sozialismus gefeiert wurde, stand am nördlichen Stadtrand von Leipzig, in Möckern. Davor, Richtung Zentrum, gab es gewachsene Viertel mit Häusern, die wie in Lindenau, wo die Leipolds bisher gelebt hatten, um die Jahrhundertwende erbaut worden waren. Damals hatte man sich noch Zeit für individuelle Gestaltung genommen. Jedes Haus sah anders aus und besaß auch jetzt noch Reste von Schmuckelementen an den Eingängen, zwischen den Etagen und an den Fenstern. Ganz anders der in Plattenbauweise hochgezogene Neubau, wo die kleine Familie im zehnten von insgesamt zwölf Stockwerken ihre Wohnung bezog. Hinter dem Hochhaus erstreckten sich Felder, die für eine spätere Bebauung vorgesehen waren und durch die eine von Weiden gesäumte Allee führte.

42

Das war aber auch das Einzige, was Marcus an seinem neuen Wohnort gefiel. Anfangs hatte ihm noch das Fahrstuhlfahren Spaß gemacht, doch schon bald seinen Reiz verloren. In dem Hochhaus wohnten kaum Kinder, weil die Wohnungen für Familien eigentlich zu klein waren, sodass ihm Spielkameraden fehlten. Die neue Schule war so weit weg, dass er nicht allein hingelangen konnte. Morgens brachte ihn sein Vater, mittags holte ihn seine Mutter ab, die mittlerweile in der unweit des Neubaublocks errichteten Kaufhalle arbeitete. Je nachdem wie ihre Kassenstunden lagen, war er viele Nachmittage allein. Früher war er da zu seiner Großmutter und Tante gegangen, die ihm bei seinen Hausaufgaben geholfen hatten. Jetzt hockte er stundenlang ohne Gesellschaft in der Wohnung, kaute auf seinem Stift herum, hatte oft Tränen in den Augen und trauerte den Jahren nach, in denen noch jemand Zeit für ihn gehabt hatte. Außerdem vermisste er sein eigenes Zimmer, das, so klein es auch gewesen war, immer noch Platz für ein Bett, einen Schrank und einen Tisch bot sowie als Rückzugsort gereicht hatte. Jetzt schlief er im Zimmer seiner Eltern und erledigte seine Hausaufgaben im Wohnzimmer oder am Küchentisch. Dass die neue Wohnung fließendes warmes Wasser, ein wenn auch kleines Bad und eine eingebaute Küche mit Elektroherd hatte, interessierte den Jungen wenig. Er vermisste seine Spielecke und die Großeltern nebst seiner Tante, die ihm Märchen vorgelesen oder Geschichten erzählt hatten.

Marcus' Eltern arbeiteten wie die meisten Ehepaare in der DDR beide, weil sie auf ein Auto und einigermaßen vernünftige Möbel sparten und auch einmal in den Urlaub fahren wollten. Doch das verstand ihr Sohn natürlich nicht, dafür war er noch zu klein. Auch nicht, dass die Miete zwar billig war und die Grundnahrungsmittel vom Staat hochsubventioniert wurden, die Löhne dafür aber niedrig waren und alles, was nicht unbedingt zum täglichen Bedarf gehörte, exorbitant teuer. Er merkte nur, dass er oft traurig war und seine schulischen Leistungen immer schlechter wurden.

43

Von Anfang an hatte Marcus es in der neuen Schule nicht leicht gehabt. Mitten im Jahr und noch dazu vor den Halbjahreszeugnissen zu wechseln war schwierig genug, denn die Lehrer der Klasse, in die er jetzt kam, setzten andere Prioritäten bei der Vermittlung des Lehrstoffes. Die neue Schule gehörte zu den Vorzeigelehreinrichtungen der Stadt, denn sie lag gegenüber einem großen Kasernengelände, und die meisten Schüler waren Söhne und Töchter von Armeeangehörigen. Bei der Anmeldung waren Marcus' Eltern mit Genosse und Genossin angesprochen worden, was sich beide allerdings verbaten. Seitdem dann auch noch zur Sprache gekommen war, dass sie Mitglieder der katholischen Gemeinde waren und ihr Sohn den Religionsunterricht besuchte, hatte der Junge keinen leichten Stand mehr. Nicht nur zu seinen Lehrern, sondern auch zu seinen Mitschülern wurde das Verhältnis schwierig. Sie stammten meist aus linientreuen Elternhäusern und waren dahin gehend beeinflusst worden, nur ja kein zu enges Verhältnis und schon gar keine Freundschaft zu dem aus offenbar reaktionären Verhältnissen stammenden neuen Schüler aufzubauen.

Da half es auch wenig, dass die Leipolds sich nicht gesträubt hatten, ihren Sohn den Jungpionieren beitreten zu lassen. Schließlich wollten sie ihm seinen Weg in die Zukunft nicht verbauen und ihn später selbst entscheiden lassen, in welche Richtung er sich orientierte. Die Zensuren von Marcus, der sich einsam fühlte und oft träumerisch seinen Gedanken nachhing, wurden immer schlechter, was sich erstmalig Ende des Schuljahres in seinem Zeugnis niederschlug. Die Noten, aber mehr noch die schriftliche Beurteilung durch die Klassenlehrerin führten zu einem ernsthaften Gespräch mit seinen Eltern, die beschlossen, ihn im nächsten Jahr zur Nachmittagsbetreuung in den Schulhort zu geben.

Doch dagegen sträubte sich Marcus mit Händen und Füßen und so vehement, dass das Vorhaben wieder aufgegeben werden musste. Es reichte ihm schon, während der regulären Schulzeit

44

mit Lehrern konfrontiert zu sein, die ihn ganz offenbar nicht mochten und ihn das auch spüren ließen, sowie mit Mitschülern, die ihn einerseits abweisend behandelten, andererseits aber keine Gelegenheit ausließen, ihn zu hänseln und aufzuziehen. Das auch noch am Nachmittag ertragen zu müssen, das spürte er, hätte er nicht ausgehalten und drohte, einfach wegzulaufen. Wohin, war ihm ganz gleich, nur fort von der ungeliebten, ihn erdrückenden Umgebung und der Schule, die für ihn eine einzige Pein war.

Wolfgang und Christine waren unschlüssig darüber, was sie tun sollten, und beschlossen, mit dem Pfarrer ihrer Gemeinde zu sprechen. Vielleicht wusste der ja Rat, und Marcus würde gleich gesinnte Freunde eher unter der katholischen Jugend als in der Schule finden. Doch die Kirche bot außer dem wöchentlichen Religionsunterricht keine Betreuung für Kinder im Alter ihres Sohnes an. Der Junge hatte schon die Kommunion empfangen, und bis zum Unterricht zur Vorbereitung auf das Sakrament der Firmung dauerte es noch einige Zeit. Niemand war darüber glücklicher als Marcus.

Denn was er niemandem sagen konnte, nicht einmal seiner geliebten Großmutter und auch nicht seinen Eltern, die alle streng katholisch und fest im Glauben waren, war, dass er mittlerweile ein sehr gestörtes Verhältnis zur Kirche und ihren Vertretern hatte. Nach der gescheiterten Flucht hatten ihn seine Eltern aus dem staatlichen Kindergarten herausgenommen und in einen anderen gegeben, der von Ordensfrauen der Kirche geleitet und unterhalten wurde. Das war etwas sehr Seltenes in dem atheistischen und auf Sozialismus ausgerichteten Staat und wurde nur unter Vorbehalt von den Behörden der DDR geduldet. Da die Einrichtung aber einst von den Nazis geschlossen worden war, hatten die sowjetischen Besatzungsbehörden sie nach Kriegsende den Alteigentümern zurückgegeben und eine Erlaubnis zur Wiederaufnahme des konfessionellen Kindergartenbetriebes erteilt. Marcus' Eltern mussten hohe Gebühren da-

45

für bezahlen, dass ihr Sohn hier aufgenommen wurde, denn die Einrichtung erhielt keine staatliche Unterstützung. Aber das war es ihnen wert, um ihren Sohn von der kommunistischen Indoktrination fernzuhalten.

Doch für Marcus erwies sich der neue Kindergarten keineswegs als Erfüllung. Die frommen Frauen hatten ein etwas merkwürdiges Verständnis vom liebevollen Umgang mit Kindern. Bei ihnen herrschte strenge Zucht und Ordnung, wie sie diese selbst aus ihrem Orden gewohnt waren. Marcus vermisste eher die Tanten aus seinem alten Kindergarten, als dass er sich zu den Nonnen in ihrem schwarzen Habit hingezogen fühlte. In der staatlichen Einrichtung hatte es fröhliche Feiern wie Fasching gegeben, doch solch ein Mummenschanz war in seinem neuen Kindergarten eher verpönt. Dafür beging man die christlichen Feiertage mit einer Ernsthaftigkeit, die dem kindlichen Verständnis kaum angemessen war. Im Tagesablauf wurde ständig gebetet, dabei darauf geachtet, dass die kleinen Hände auch ja richtig gefaltet waren. Dem Morgenkreis mit Gebet folgten die Tischgebete und das Erzählen biblischer Geschichten und Singen religiöser Lieder. Gott musste ständig für alles und jedes gedankt werden. Der Sinn erschloss sich Marcus nicht. Schließlich stellte nicht der Herr im Himmel das Essen auf den Tisch, sondern seine Eltern und Großeltern kochten es aus dem, was sie zuvor in dem kleinen Kaufmannsladen eingekauft hatten, wo er immer aus einem großen Glas ein Bonbon bekam, wenn er sie begleitete. War das hier in dem Kindergarten womöglich anders? Aber er hatte doch Ordensfrauen in Schürzen gesehen, die in einer großen Küche das Mittagessen für die Kinder und Erzieherinnen zubereiteten.

Wenn die Kinder bei schönem Wetter zum Spielplatz gingen, mussten sie durch den großen Garten der kirchlichen Einrichtung. Beiderseits des Weges wuchsen Himbeeren und Brombeeren, die den Kleinen regelrecht zuriefen: »Pflückt uns, wir schmecken süß und lecker!« Doch das war streng verboten und

46

stand unter Strafe. Die Nonnen passten mit Argusaugen auf, dass niemand gegen das Gebot verstieß. Nur sie selbst ernteten die Früchte und kochten daraus Marmelade.

An einem Tag ließ sich Marcus etwas von der Gruppe zurückfallen. Die roten Himbeeren waren schließlich zu verlockend. Schnell pflückte er ein paar und steckte sie sich in den Mund. Als er die Hand erneut ausstreckte, spürte er plötzlich einen grässlichen Schmerz. Er war von einer der frommen Frauen beobachtet worden, die unbemerkt zurückgekommen war und ihm mit Wucht eine Haselrute über die Finger gezogen hatte.

Dem Jungen schossen sofort die Tränen in die Augen. Doch anstatt ihn zu trösten, packte ihn die Nonne am Ohr, verdrehte es und schleifte ihn mehr, als dass er mit ihr hätte Schritt halten können, zu den anderen Kindern. Vor der versammelten Mannschaft wurde er des Ungehorsams bezichtigt und als Dieb beschimpft, mit dem es noch ein böses Ende nehmen würde.

Am Abend zu Hause, wo er hoffte, getröstet zu werden und auf Verständnis zu treffen, musste Marcus erfahren, dass offenbar alles, was die Nonnen taten, rechtens und gottgefällig war. Statt auf Mitleid stieß er bei allen Frauen der Familie nur auf Ablehnung und wurde erneut geschimpft. Zudem wurde ihm bedeutet, dass er selbst schuld an allem war. Marcus musste lernen, dass das, was Geistliche sagten und taten, für seine Oma, seine Tante und auch für seine Mutter unumstößliche Wahrheit und Gesetz war. Nur sein Opa hielt sich aus den Schimpftiraden heraus und tat so, als wäre er ganz und gar in seine Zeitungslektüre vertieft. Der Einzige, der den Jungen in den Arm nahm, ihm über das Köpfchen strich und die bösen roten Striemen auf dem Handrücken kühlte, war sein Vater. Doch auch der begleitete ihn, wie Marcus gehofft hatte, am nächsten Tag nicht in den kirchlichen Kindergarten und sprach ein paar ernste Worte mit den Nonnen. Er wurde von seiner Mutter wie immer an der Eingangspforte abgeliefert, die nur einen freundlichen Gruß und ein Lächeln für die frommen Frauen hatte und ihnen, ohne auch nur ein einziges kritisches Wort, erneut ihren Sohn anvertraute.

Für Marcus wurde der Vorfall zu einer einschneidenden Erfahrung, und er war froh, dass er schon bald darauf den ungeliebten Kindergarten verlassen und in die Schule gehen durfte. Die ersten zweieinhalb Jahre in Lindenau gestalteten sich für ihn trotz eines Wechsels nach der ersten Klasse von einer Schule in eine benachbarte völlig problemlos. Doch die Kirche ließ ihn nicht los, denn für seine Eltern war es selbstverständlich, dass er das Sakrament der Kommunion empfangen sollte. Dem für Katholiken wichtigen kirchlichen Ereignis vorgeschaltet war der Kommunionsunterricht. Marcus langweilten die Geschichten, die der Kaplan über Gott, Jesus und dessen Mutter Maria erzählte, fürchterlich, weil der Geistliche mit den Kindern so sprach, als würde er vor seiner Gemeinde stehen und predigen. Statt aufmerksam zuzuhören, starrte er meist aus dem Fenster des Saales, in dem der Unterricht stattfand, und träumte davon, wie seine Schulkameraden, die nicht in die Kirche gingen, draußen herumzutoben und die Strahlen der Frühlingssonne auf der Haut zu spüren. Und als er dann noch zur Vorbereitung auf den großen Tag, an dem er zum ersten Mal den Leib Christi empfangen würde, zur Beichte gehen sollte, also dem Priester erzählen musste, was er alles angestellt hatte, da war für ihn das Maß voll. Er konnte nicht erkennen, wofür das gut sein sollte, verstand nicht, was eine Absolution war, und fürchtete nur, dass der Pfarrer ihn bei seinen Eltern verpetzen würde, wenn er ihm etwas, was er ausgefressen hatte, anvertraute. So hatten es zumindest die Nonnen stets getan, und deshalb sprach Marcus nach dem Betreten des Beichtstuhls auch nur die auswendig gelernten rituellen Begrüßungsworte und schwieg danach beharrlich.

Der Pfarrer war wegen Marcus' verstockten Verhaltens schon geneigt, mit den Eltern des Jungen zu sprechen und ihn von der heiligen Kommunion auszuschließen, besann sich dann aber

48

darauf, dass die Kirche in diesen gottlosen Zeiten um jedes Schäfchen ringen musste. Er sprach Marcus von den Sünden los, über die der Junge kein Wort verloren hatte, und nahm sich vor, mit ihm, wenn er größer war, einmal ausführlich über die heiligen Sakramente und ihre Bedeutung im katholischen Glauben zu sprechen.

Doch dazu sollte es durch den Umzug der Familie Leipold von Lindenau nach Möckern nicht mehr kommen. Auch hier meldeten Marcus' Eltern ihren Sohn zum Religionsunterricht an, ohne ein Gespür dafür zu haben, wie ungern der Junge dorthin ging. Noch war er zu klein, um sich offen dagegen aufzulehnen, doch er widersetzte sich auf seine Weise. War das Wetter schön, schwänzte er, wann immer es ging, die Stunden und stromerte stattdessen durch die Felder und Wiesen hinter dem Hochhaus. Sein Fernbleiben blieb ohne größere Folgen, weil im Gegensatz zur Schule keine schriftlichen Entschuldigungen von der Kirche verlangt wurden. Marcus hatte nur zu befürchten, dass der Pfarrer seine Eltern beim sonntäglichen Kirchgang auf eine eventuelle Krankheit ihres Sohnes ansprach, aber meistens war er dafür viel zu beschäftigt und drückte nur jedem Gemeindemitglied kurz die Hand.

Die Gründe für Marcus' Ablehnung der Kirche und ihrer Rituale waren vielfältig und nicht nur auf seine Erfahrungen im Kindergarten zurückzuführen. Einerseits störte ihn die strenge Disziplin, die die Geistlichen verlangten und die noch rigoroser war als die in der eigentlichen Schule. Zum anderen empfand er es als ungerecht, dass er die Schulbank drücken musste, während seine Klassenkameraden Freizeit hatten und er von diesen dafür auch noch gehänselt wurde. Vor allem aber bekam er keinen Zugang zu dem, was die Priester ihm vermitteln wollten. Ihn erinnerten die Geschichten über die Heiligen ständig an die Märchen, die ihm seine Tante Hilde mit weit mehr Enthusiasmus vorgelesen hatte, als der Religionslehrer es je vermochte. Dass jemand von den Toten auferstand, fand er genauso unglaubwürdig wie die Geschichte von Rumpelstilzchen, das aus Stroh Gold spinnen konnte. Marcus machte den Fehler, seine Gedanken einmal dem Pfarrer gegenüber auszusprechen, und fing sich dafür eine Ohrfeige ein, die ihm die Wange brennen ließ. Beide, der Geistliche wie der Junge, waren im nächsten Moment darüber sehr erschrocken.

Der Priester über seine unverzeihliche Reaktion, für die er sich schämte, die er aber nicht mehr rückgängig machen konnte. Er war von der in seinen Augen hochgradig blasphemischen Aussage derart überrascht worden, dass ihm die Hand ausgerutscht war, was er schon eine Sekunde später zutiefst bereute. Aber sich dafür bei dem Jungen zu entschuldigen, dazu konnte er sich nicht durchringen. Marcus hingegen hatte sich über den plötzlichen Schmerz erschreckt, doch noch mehr traf ihn die Erkenntnis, dass er auch hier, genau wie in der Schule, nicht sagen konnte, was er wirklich dachte.

Eingedenk der Erfahrung nach seiner Bestrafung im Kindergarten verschwieg der Junge seinen Eltern gegenüber den Vorfall, und auch der Pfarrer verlor darüber kein Wort mehr. Beide gingen sich fortan weitestgehend aus dem Weg und schlossen eine Art Burgfrieden. Der Geistliche beschwerte sich gegenüber Marcus' Eltern nicht über das Fernbleiben ihres Sohnes vom Religionsunterricht, und dieser, wenn er denn mal anwesend war, verkniff sich provozierende Äußerungen. Lieber ging er mittlerweile zu den Veranstaltungen der Jungpioniere, obwohl er dort die zehn Gebote des Pioniergelöbnisses auswendig lernen und beim wöchentlichen Fahnenappell aufsagen musste. Was in seinen Augen allerdings auch nichts anderes war als das Glaubensbekenntnis in der Kirche. An beiden Stellen verlangte man von ihm, Dinge nachzusprechen, die er entweder nicht verstand, die er bezweifelte oder die für ihn keine tiefere Bedeutung besaßen.

Dass Marcus sich, wenn überhaupt, mehr mit den Pionieren anfreunden konnte, hatte einen ganz einfachen Grund: Sie tru-

50

gen ähnliche Halstücher wie die Helden, die er neuerdings für sich entdeckt hatte – die Cowboys und Sheriffs in den Westernfilmen, die er für sein Leben gern ansah. Wenn er den Cartwrights zusehen konnte, wie sie in der Fernsehserie *Bonanza* über die Ponderosa-Ranch ritten, oder wie Marshal Matt Dillon auf die staubige Straße vor seinem Büro in Dodge City trat, dann war seine Welt in Ordnung, und die Weiten der Prärie begannen für ihn unmittelbar hinter dem Plattenbau, in dem er wohnte.

Marcus' Eltern hatten lange auf ein Fernsehgerät gespart und auf die Zuteilung warten müssen. Als sie es sich dann endlich kaufen konnten, verspürten sie natürlich keine Lust, sich ausschließlich die meist langweiligen und propagandageschwängerten Ausstrahlungen des DDR-Fernsehfunks anzusehen, die sich noch dazu auf nur ein Programm beschränkten. Wie viele andere Mitbewohner errichteten auch sie auf dem Flachdach des Plattenbaus eine Antenne, die natürlich in Richtung der Westsender, die bereits ARD, ZDF und dritte Regionalprogramme ausstrahlten, ausgerichtet war. Den zum Empfang des Westfernsehens nötigen Verstärker wie auch den UHF-Konverter hatte Wolfgang unter der Hand von einem Radiotechniker besorgt, der diese Geräte in seiner Freizeit herstellte. Diesbezüglich gab es einen regen Markt vorbei am offiziellen Handel, in dem derartiges Zubehör natürlich nicht zu bekommen war.

Das Schauen der Westprogramme war in der DDR offiziell nur den Angehörigen der Staatsorgane, der Polizei und der Nationalen Volksarmee verboten. Die allgemeine Bevölkerung, der gegenüber man dieses Verbot nie hätte durchsetzen können, war von den zuständigen Stellen zähneknirschend und stillschweigend davon ausgenommen worden. Trotzdem wollten die Behörden natürlich gern wissen, wer die in ihren Augen feindlichen Sender sah, und bedienten sich perfider Methoden, um dies herauszufinden. So wurden die Kinder in der Schule von

51

den Lehrern gefragt, wer das *Sandmännchen* schaute und ob das Zifferblatt der Uhr, die danach auf dem Bildschirm erschien, Punkte oder Striche hatte. Auch Marcus' Eltern bläuten ihrem Sohn ein, auf diese Frage »Punkte« zu antworten. Denn die Uhr des ZDF vor der *Heute*-Sendung, zu der viele Eltern nach dem von den Kindern geliebten Abendgruß des DDR-Fernsehens sofort umschalteten, um über das Weltgeschehen informiert zu sein, hatte nämlich Striche, die vor der *Aktuellen Kamera*, der Nachrichtensendung des DDR-Fernsehfunks, hingegen Punkte. Gaben die Schüler die falsche Antwort oder zeichneten womöglich die West-Uhr, erhielten die Eltern nicht selten Besuch von Vertretern der Staatsmacht, die sie mit Nachdruck dazu aufforderten, den Konsum der Sender des Klassenfeindes gefälligst zu unterlassen, und zusätzlich meist einen Eintrag in die Kaderakte, der nicht gerade karrierefördernd war.

Auch wenn es nicht direkt verboten war, sahen es die Behörden selbstverständlich ganz und gar nicht gern, wie auf den neuen Wohnblocks, die die Errungenschaften des Sozialismus verkörperten, ganze Antennenwälder emporwuchsen. Da man offiziell nichts dagegen tun konnte – schließlich wollte man keinen Aufstand ähnlich dem des 17. Juni provozieren –, verfielen die Staatsorgane auf eine andere Idee. Es gab ja die Jugendorganisation FDJ, die Freie Deutsche Jugend. Wenn sich deren Mitglieder als junge Garde des Proletariats von dem Anblick der zum Klassenfeind hin ausgerichteten Antennen provoziert fühlen würden und dagegen vorgingen, wäre das deren Sache und man selbst nicht involviert. Also wurden Trupps unter der Führung linientreuer FDJ-Sekretäre ausgeschickt, die Antennen von den Dächern der Neubauten zu entfernen. Der Slogan, unter dem sie vorgingen, lautete überall in der DDR gleich: »Die Sonne geht im Osten auf, im Westen geht sie unter. Wir bauen für den Frieden auf, drum West-Antennen runter.«

Die Jugendlichen, die das Dach des Wohnblocks von dem ungeliebten Antennenwald reinigen sollten, in dem auch die

52

Leipolds wohnten, machten nur den Fehler, sich dafür das Wochenende auszusuchen, an dem die meisten Leute zu Hause und nicht in der Arbeit waren. So bemerkte einer der Bewohner des Hauses, dass sich Blauhemden, bewaffnet mit Schraubenschlüsseln und Eisensägen, Zugang zu dem Plattenbau verschafften. Sie fuhren mit dem Fahrstuhl ganz nach oben und besaßen offenbar sogar Schlüssel, die es ihnen ermöglichten, durch die sonst sorgsam versperrten Türen auf das Flachdach zu gelangen. Hier machten sie sich sofort daran, die Verschraubungen der Antennen zu lösen. Dort, wo ihnen das nicht gelang, begannen sie sogar, die Masten abzusägen.

Der Mann, der ihr Eindringen beobachtet hatte, war selbst Genosse und noch dazu der Hausvertrauensmann, der die Aufgabe hatte, genau aufzuzeichnen, welcher Fremde wann den Wohnblock betrat und wen er besuchte. Doch auch er hatte eine Antenne auf dem Dach und dachte nicht im Traum daran, sich von den Jungspunden daran hindern zu lassen, auch weiterhin die Sportschau mit der Bundesliga oder Krimis wie *Stahlnetz* anzuschauen. Er drückte mit beiden Händen auf die Klingelleisten der Wohnungen in den beiden Hauseingängen des Wohnblocks, und als überall die Türen aufgingen, rief er mit lauter Stimme, sodass es bis hoch in die zwölfte Etage schallte: »Schnell, alle Mann aufs Dach! Die FDJler sind da! Sie wollen auch bei uns die Antennen umlegen und zerstören!«

Denn dass eine solche Aktion lief, hatte sich bereits in ganz Leipzig herumgesprochen. Sie war nach dem Berg in Bayern, auf dem die stärkste westliche Sendeanstalt im Fichtelgebirge stand, *Ochsenkopf* benannt worden. So manche Hausgemeinschaften hatten daraufhin nachgegeben und ihre Antennen selbst auf die Sendestationen des DDR-Fernsehens gedreht, ganze Arbeitskollektive sich verpflichtet, keine West- und NATO-Propaganda – so lautete der offizielle DDR-Jargon – mehr zu schauen. Doch das waren Einzelfälle, denn in der Mehrzahl wehrten sich die Bürger. Und so war es auch nicht verwunderlich, dass die alarmierten Männer, aber auch nicht wenige Frauen, sofort zu den Aufzügen und in die Treppenhäuser stürzten und nun ihrerseits auf das Dach eilten.

Der kleine Trupp der FDJler sah sich auf einmal der massiven Wut der Hausgemeinschaft gegenüber. Sie hatten bereits zwei Antennen umgelegt und waren dabei, weitere zu demontieren, als gleich von mehreren Seiten Männer mit zu Fäusten geballten Händen, angefeuert von ihren Frauen, auf sie zukamen. Doch der Sekretär für Agitation und Propaganda des Stadtbezirkes, der die Aktion leitete, sah sich im Recht und konnte sich aufgrund jahrelanger Erfahrung nicht vorstellen, dass jemand gegen die sozialistische Staatsmacht aufbegehren würde.

»Was soll das, Genossen?« Der Funktionär richtete sich zur vollen Größe auf und stemmte die Hände in die Hüften. »Mit diesen Dingern, die ihr hier errichtet habt, verschandelt ihr nicht nur das schöne Haus, sondern holt euch auch noch die Sender des Klassenfeindes mit seiner antisozialistischen Hetze in die Wohnungen. Ihr würdet uns die Arbeit sehr erleichtern, wenn ihr die Antennen selbst entfernt. Na los, worauf wartet ihr? Für den Empfang des Fernsehens der DDR braucht ihr keine eigenen, dafür wurde bereits eine Antenne für alle aufgestellt.«

Der Funktionär deutete auf den großen Mast in der Mitte des Daches. Tatsächlich gab es da eine auf den Ostsender ausgerichtete Empfangseinrichtung, von der Anschlüsse in jede Wohnung führten. Doch das ausgestrahlte Programm war so grottenschlecht, dass viele nur darauf umschalteten, wenn am Montagabend alte Filme mit Heinz Rühmann und Co. gezeigt wurden. Darauf folgte dann allerdings die übelste Propagandasendung des DDR-Fernsehens, *Der Schwarze Kanal*, moderiert von Karl-Eduard von Schnitzler. Den kannten die Bürger allerdings meist nur unter seinem Spitznamen »Sudel-Ede«, und die Zeit, die es brauchte, um vor Beginn seines Magazins auf die Westsender umzuschalten, wurde als neue Maßeinheit einge-

54

führt und hieß *ein Schnitz*. Ganz ausgesprochen hörte den Namen des Moderators nämlich keiner mehr, da lief stattdessen schon ARD oder ZDF.

»Ich will dir mal was sagen, Jungchen.« Ein stämmiger Waggonbauer, der die Wohnung in dem Neubau zugeteilt bekommen hatte, weil er mit seinem Kollektiv die staatliche Norm in mehreren Jahren gleich vielfach übererfüllt hatte und deshalb als Aktivist ausgezeichnet worden war, schob sich nach vorn. »Ihr werdet jetzt ganz behutsam den Schaden beheben, den ihr bereits angerichtet habt, und euch danach ganz schnell trollen. Hast du mich verstanden?«

»Und wenn nicht, was dann?« So schnell ließ sich der Funktionär nicht einschüchtern. »Du kannst doch nicht erwarten, dass dir die Partei- und Staatsführung eine so schöne Wohnung wie die hier in diesem Haus zur Verfügung stellt, und dann in deinen vier Wänden den Einflüsterungen des Klassenfeindes lauschen. So haben wir nicht gewettet! Dafür errichten die Bauarbeiter unseres Landes keine Wohnblöcke mit Bädern, Fernheizung und eingebauten Küchen.«

»Wir hätten noch viel mehr Wohnungen und vielleicht das ewige Problem mit den langen Wartezeiten schon längst gelöst, wenn die Bauarbeiter, von denen du sprichst, Genosse, nicht in Berlin Mauern errichten und dafür all die wertvollen Steine und den Zement verplempern würden.« Wolfgang Leipold stand mittlerweile neben dem Waggonbauer und konnte seine über die Jahre hinweg unterdrückte und angestaute Wut kaum zügeln. »Zuerst habt ihr uns körperlich eingesperrt, jetzt wollt ihr es auch noch geistig tun! Aber so weit werden wir es diesmal nicht kommen lassen, das lass dir gesagt sein. Gegen Funkwellen helfen keine Mauern.«

»Da sieht man, wohin die Westpropaganda schon geführt hat«, konterte der FDJler. »Willst du etwa bestreiten, Genosse, dass die Errichtung des Antifaschistischen Schutzwalls unbedingt nötig gewesen ist, um unser Land vor den subversiven

55

Angriffen der Bonner Ultras zu schützen? Sag mir doch mal deinen Namen. Ich denke, wir werden uns demnächst an anderer Stelle weiter unterhalten.«

Wolfgang Leipold verstand die versteckte Drohung sofort. Schließlich hatte sein Vater nach seiner Entlassung aus der Kriegsgefangenschaft mehrere Jahre in einem kommunistischen Speziallager verbracht und war von dort als gebrochener Mann zurückgekommen. Doch noch bevor er etwas erwidern und sich vor allem die Anrede Genosse verbitten konnte, schaltete sich ein weiterer Mitbewohner ein.

»Namen tun hier nichts zur Sache. Wohl aber, dass ihr Kerle euch an Privateigentum vergreift. Nennt mir doch einmal ein Gesetz, das euch dazu berechtigt. Sind wir schon wieder so weit, dass der Empfang von Feindsendern erneut bestraft wird? Womöglich sogar mit dem Tode, was? Das hatten wir doch schon mal in Deutschland, erinnert ihr euch? Nein, das könnt ihr kaum, dafür seid ihr noch zu jung. Die Leute, die damals kamen, trugen braune Hemden, ihr heute blaue. Mehr scheint sich offenbar nicht geändert zu haben.«

Jetzt lief der Funktionär blutrot an, während sich seine Mitstreiter, die sich bisher noch um die Antennenfüße herumgekauert hatten, nun erhoben und sich um ihn scharten. Sie mussten allerdings erkennen, dass sie hoffnungslos unterlegen waren, sollten die Hausbewohner ernst machen und sich ihnen entgegenstellen. Dass an anderen Stellen gegen Trupps wie den ihren bereits Steine geflogen und Knüppel geschwungen worden waren, davon hatten sie gehört, aber nicht damit gerechnet, selbst in eine derartige Lage zu kommen. Schließlich, so hatte man ihnen in der Kreisleitung versichert, wohnten in diesem Haus nur ausgesuchte, linientreue Bürger, die sich vielleicht kurzzeitig dazu hatten verführen lassen, Westfernsehen zu schauen, aber schnell davon ablassen würden, führte man ihnen die Schändlichkeit und den Verrat am Sozialismus vor Augen.

»Was unterstehst du dich, Genosse?«, brauste der Sekretär

56

wutschnaubend auf. »Willst du die sozialistische Jugendorganisation der DDR etwa mit der faschistischen Hitlerjugend vergleichen?«

»So weit hergeholt ist der Vergleich offenbar nicht«, ließ sich aus dem Hintergrund eine weitere Stimme vernehmen. »Die Methoden ähneln sich jedenfalls beängstigend.«

Als wäre das nicht genug, meldete sich der Mann, der soeben die Blau- mit den Braunhemden verglichen hatte, erneut zu Wort.

»Nenne mich gefälligst nicht Genosse, denn ich gehöre dem Verein mit Sicherheit nicht an. Was ist nun? Bringt ihr das wieder in Ordnung, was ihr angerichtet habt, oder braucht ihr erst ein paar hinter die Ohren, bevor ihr euch dazu durchringen könnt?«

»Ich denke, wir sollten eher die Polizei und andere Staatsorgane holen, damit sie euch alle hier zur Räson bringen«, hielt der Funktionär ungerührt dagegen. »Das ist ja offener Aufruhr, was wir hier erleben müssen. Daran kann man sehen, wie weit sich die Westpropaganda schon in die Hirne gefressen hat und dass es höchste Zeit wird, dem einen Riegel vorzuschieben.«

Bisher hatte die Drohung mit Polizei und Stasi noch immer gefruchtet, doch diesmal griff sie sehr zur Überraschung des Funktionärs nicht.

»Ich bin Aktivist der sozialistischen Arbeit und sage das jetzt zum letzten Mal«, mischte sich der Waggonbauer erneut ein. »Von niemandem lasse ich mir meine Sportschau und meiner Frau ihren Kulenkampff vermiesen. Ihr stellt jetzt auf der Stelle die Antennen wieder auf und richtet sie schön auf den Ochsenkopf aus. Dann verpisst ihr euch und lasst euch hier nie wieder sehen. Sonst ...«

»Sonst was?«

»Schau mal, mein Junge. Hier gibt es überall Kabel, Mastschellen und Rohre. Wie schnell kann man da stolpern und über die niedrige Brüstung stürzen. Von hier oben ist der Weg nach unten recht lang. Da kannst du dir noch einmal in Ruhe überlegen, was du falsch gemacht hast, bevor du unten auf den Beton klatschst.«

Jetzt wurde es dem Funktionär doch langsam mulmig. Vor allem, weil sich die Hausbewohner immer dichter heranschoben und er und seine Gruppe schon bedrohlich eingekreist waren.

»Das wagt ihr nicht!«, versuchte er noch einmal gegenzuhalten. »Das brächte euch allen Zuchthaus und den Rädelsführern einen Genickschuss ein.«

»Sag ich doch, wie bei den Nazis«, tönte es wieder von weiter hinten. »Endlich gesteht mal einer von euch Gangstern ein, dass es auch im hochgelobten Sozialismus die Todesstrafe gibt.«

Der Sekretär für Agitation und Propaganda hätte sich die Zunge für das abbeißen können, was ihm da gerade herausgerutscht war. Schließlich war die Vollstreckung der Todesstrafe durch die Guillotine oder häufiger durch einen sogenannten Nahschuss eines der bestgehüteten Geheimnisse der DDR, das ihm selbst erst unlängst auf einer Schulung zu Ohren gekommen war. Nazis, Saboteure und Agenten wurden auf diese Weise hingerichtet. Aber das war schließlich nichts, was man der breiten Masse der Bevölkerung unter die Nase reiben musste.

»Hier hat niemand was gesehen, wenn ihr auf dem rutschigen Dach ausgleitet und über die Kante geht, Bürschchen«, mischte sich der Waggonbauer erneut ein und wandte sich an seine Mitbewohner. »Nicht wahr?«

Wolfgang Leipold nickte ebenso wie alle anderen. Wirklich Hand an die FDJler gelegt hätte wohl keiner von ihnen, doch das mussten diese ja nicht wissen. Die jungen Burschen waren jedenfalls blass geworden und auf einmal recht kleinlaut. Einer solchen geschlossenen Front hatten sie sich noch nie gegenübergesehen und konnten nicht verhehlen, dass sie ihnen Angst machte. Der Funktionär musste mit ansehen, wie der Widerstand in seiner Gruppe gegen die in seinen Augen konterrevolutionären Elemente, die sich hier zusammengerottet hatten, bröckelte. Schon bückten sich die ersten, hoben eine Antenne wieder auf und steckten sie in den Mastschuh. Schnell waren die Schrauben angezogen und die Antenne in die Richtung ausgerichtet, in die auch alle anderen – bis auf die große, gemeinschaftliche – auf dem Dach zeigten. Als auch die zweite wieder montiert worden war, teilte sich die Hausgemeinschaft vor den Jugendlichen wie einst das Rote Meer vor Moses.

»Jetzt könnt ihr gehen«, meinte der Aktivist jovial. »Aber vergesst besser das Wiederkommen. Das nächste Mal geht es vielleicht nicht so glimpflich für euch ab. Schließlich kann niemand aufrechten sozialistischen Bürgern das Recht absprechen, ihr Eigentum zu verteidigen.«

Das ausbrechende Gelächter klang wie Hohn in den Ohren der FDJler und war es schließlich auch. Wie begossene Pudel schlichen diese zu den Abgängen vom Dach, doch bevor sie die Tür erreichten, stand Wolfgang Leipold davor und streckte die Hand aus.

»Die Schlüssel, wenn ich bitten darf«, forderte er unumwunden. »Deren Besitz steht nur den Hausbewohnern und der Wohnungsverwaltung zu. Ihr gehört ja offenbar weder zu den einen noch zu der anderen.«

Der Sekretär sah dem Sprecher einen Moment lang fest in die Augen, doch der hielt seinem Blick stand. *Dieses Gesicht werde ich mir merken,* nahm sich der Funktionär vor, bevor er die Schlüssel auf den Boden fallen ließ und seinen Mitstreitern folgte.

Und so kam es, dass Marcus weiterhin seine geliebten Cowboyserien, seine Mutter ihre Fernsehshows mit Peter Alexander, Udo Jürgens und wie die Weststars alle hießen, und sein Vater Sport und Nachrichten aus aller Welt ebenso schauen konnten wie alle anderen im Haus, die nach dem Vorfall auf dem Dach enger zusammengerückt waren.

Der Sekretär für Agitation und Propaganda beim Wohnbezirk meldete den Vorfall natürlich schon am nächsten Tag in der sogenannten Runden Ecke, der Bezirksverwaltung der Staatssicherheit am Dittrichring. Hier war er allerdings als IM Peter bekannt und wurde nach kurzer Wartezeit zu seinem Führungsoffizier im Majorsrang vorgelassen. Ausführlich berichtete ihm der FDJ-Funktionär und ließ dabei seiner Entrüstung freien Lauf.

Der Major hörte dem IM aufmerksam zu, ohne ihn auch nur ein einziges Mal zu unterbrechen, und machte sich von Zeit zu Zeit Notizen. Dann legte er seinem Mitarbeiter Fotos vor, auf denen dieser die Rädelsführer des Widerstandes gegen die Antennenaktion identifizieren sollte. Es fiel dem Funktionär nicht weiter schwer, den Waggonbauer und auch den Mann darauf auszumachen, der die Blauhemden mit den Braunhemden der Nazizeit verglichen hatte. Und auch Wolfgang Leipold konnte er erkennen, der von Mauerbau statt Antifaschistischem Schutzwall gesprochen und ihm die Schlüssel zum Dach abgenommen hatte.

Der Offizier nickte stets zu den Ausführungen seines IM und schrieb dessen Aussagen akribisch mit. Erst als dieser nichts mehr zu ergänzen hatte, klappte er die Aktendeckel zu und begann nun seinerseits zu sprechen.

»Gute Arbeit, Genosse. Du hast uns wirklich sehr geholfen. Die Partei wird es dir danken, die Aktion war ein voller Erfolg.«

»Aber Genosse Major, wir haben doch gar nichts erreicht! Die Antennen auf dem Dach zeigen nach wie vor in Richtung *Ochsenkopf*, und im ganzen Haus werden weiterhin in bestimmt so gut wie allen Wohnungen die Sender des Klassenfeindes empfangen. Hier müsste noch einmal eine größere Gruppe ran, am besten unterstützt von unseren Staatsorganen. Das können wir doch nicht hinnehmen, dass gerade in einem solchen Neubau, den wir den Werktätigen zur Verfügung stellen, Hetze und Propaganda gegen unseren Staat die Augen und Ohren unserer

Bürger erreichen. Sagen Sie mir, wie wir weiter vorgehen sollen, ich bitte Sie.«

Der heimliche Respekt und die Achtung vor dem hohen Rang und Alter des Offiziers verboten es dem Jugendlichen, ihn mit dem parteiinternen »Du« anzusprechen. Der Major nahm das leicht amüsiert zur Kenntnis, blieb seinerseits aber bei der üblichen Anrede.

»Es mag im Moment vielleicht schwer für dich zu verstehen sein, Genosse, aber die ganze Aktion ist mittlerweile von ganz oben abgeblasen worden. Es gehen unzählige Beschwerden von Bürgern bei den Ämtern, dem für das Fernsehen zuständigen Postministerium und sogar beim Staatsrat ein. Da ist eine Welle losgetreten worden, die kaum absehbar gewesen ist. Die Partei- und Staatsführung hat deshalb beschlossen, vom weiteren Entfernen der Antennen – zumindest vorerst – Abstand zu nehmen. Es werden sicher demnächst andere Maßnahmen ergriffen werden. Man munkelt von Störsendern und dass zukünftig in die Fernsehgeräte Apparaturen eingebaut werden sollen, die den Westempfang von Haus aus verhindern. Auf alle Fälle wird keiner mehr auf die Dächer steigen und sich an den Antennen der Bürger vergreifen. Das könnte glatt zu einem Aufstand führen, hat man in Berlin erkannt. Hast du das verstanden, Genosse?«

Nein, das hatte der Sekretär für Agitation und Propaganda keineswegs, behielt es aber für sich. Die Parteidisziplin verbot es, dem Major zu widersprechen, so schwer es ihm auch fiel. Doch die Wut über die erlittene Demütigung brodelte noch immer in ihm. Hätte er etwas zu sagen gehabt, wären sofort alle Hausbewohner, die sich der Maßnahme entgegengestellt hatten, ihrer Wohnung verlustig gegangen und die aufmüpfigsten von ihnen vor Gericht gestellt und abgeurteilt worden.

»Was wird denn mit den Rädelsführern?«, wollte er deshalb auch wissen. »Lassen wir sie einfach so davonkommen?«

»Es gibt keine offizielle Handhabe gegen sie, Genosse, denn es existiert kein Gesetz, dass das Aufstellen von Antennen verbietet. Jetzt frage mich bloß nicht, warum das so ist. Ich verstehe es auch nicht, aber es ist nun einmal so. Wenn die Hausbewohner sich beschweren, müsste ich sogar gegen dich und deine Jugendfreunde ermitteln. Das entspräche jedenfalls der gegenwärtigen Rechtslage.«

Der Funktionär schnappte nach Luft, doch der Major hob begütigend die Hand.

»Das wird natürlich nicht passieren, keine Angst. An anderer Stelle hat man Leute, die sich Maßnahmen wie der euren widersetzt haben, verhaftet und bestraft. Aber es gab sogar Gerichte, die diese erstinstanzlich gefällten Urteile wieder aufgehoben haben. Das darf sich nicht herumsprechen und wiederholen, hat die Partei beschlossen.«

»Die konterrevolutionären Elemente, die sich uns da entgegengestellt haben, sollen also tatsächlich ungeschoren davonkommen?« Der FDJler war völlig fassungslos.

»Nein, das werden sie nicht. Du hast uns ja dankenswerterweise anhand der Fotos die Rädelsführer zeigen können. So wissen wir nun, auf wen wir zukünftig besonders achten müssen. Auch wenn wir sie nicht vor Gericht stellen und ins Zuchthaus schicken, gibt es doch subtilere Methoden, um sie für ihre antisozialistische Haltung zur Verantwortung zu ziehen und zu bestrafen.«

Jetzt lächelte erstmals auch der Funktionär wieder. Schließlich hatte er in die Stasi und deren Vorgehensweise grenzenloses Vertrauen und nun endlich auch das Gefühl, dass die Aktion vom Vortag nicht gänzlich nutzlos gewesen war.

Im VEB Wasserwirtschaft Leipzig stand Wolfgang Leipolds schon lange fällige Ernennung zum Abteilungsleiter bevor. Von höherer Stelle war ihm signalisiert worden, dass er spätestens zum Monatsende damit rechnen könnte. Mit der neuen Stelle war eine nicht unbedeutende Gehaltserhöhung verbunden, auf die sich vor allem Christine bereits freute. Seit Langem schmiedete sie schon Pläne für eine Urlaubsreise nach Ungarn an den Plattensee, die sie sich dann vielleicht würden leisten können. Oder sogar ein Auto, für das sie schon über zehn Jahre angemeldet waren.

Doch als der Tag kam, an dem Wolfgang mit seiner Beförderung gerechnet hatte, wurde ein anderer an seiner Stelle Abteilungsleiter. Sein nun neuer Vorgesetzter war zwar weit weniger kompetent als er, aber Genosse und, was Leipold aber erst viele Jahre später erfahren sollte, als IM auf ihn angesetzt. Seine Kaderakte hingegen erhielt einen Eintrag, der ihn von vornherein für eine höhere Karriere disqualifizierte. Ein weiterer sollte in kürzester Zeit noch folgen, für den in diesem Fall aber Marcus und seine Liebe zu den Western verantwortlich war.

Nachdem es endlich nach Jahren intensiver Verhandlungen Reiseerleichterungen für Westbürger, die ihre Verwandten im Osten besuchen wollten, gab, kamen auch Christines Schwester und Wolfgangs Bruder regelmäßig, um ihre Eltern und Geschwister wiederzusehen. Vor allem Marcus und Jürgen, der nach wie vor in Hannover lebte und dort als Drucker arbeitete, waren ein Herz und eine Seele. Als der Onkel bei einem Besuch mitbekam, was sein Neffe so heiß begehrte, schickte er es ihm, wieder zu Hause angekommen, als Weihnachtsgeschenk. Nie im Leben wäre ihm in den Sinn gekommen, in welche Schwierigkeiten er damit seinen Bruder und dessen gesamte Familie brachte.

Jedes Paket, das von West nach Ost versendet wurde, musste die strengen Anforderungen der DDR-Zollbehörden erfüllen. Viele Dinge waren von vornherein verboten, und eine konkrete Inhaltsangabe mit Menge und Gewicht der Waren, eine Desinfektionsbescheinigung für gebrauchte Textilien und nicht zuletzt der Vermerk *Geschenksendung, keine Handelsware* waren verpflichtend vorgeschrieben. Fehlte etwas davon, wenn auch nur besagte unsinnige Aufschrift, wurde das Paket im günstigsten Fall zurückgesandt, in den überwiegenden Fällen aber eingezogen. Vor allem, wenn es begehrte Artikel wie Westkaffee, Seife oder Waschmittel enthielt, die zwar offiziell vernichtet werden mussten, aber erstaunlicherweise immer wieder den Weg in die Haushalte hoher Offiziere oder Funktionäre fanden.

Sowohl den Absendern als auch den Empfängern war bekannt, dass die meisten Sendungen geöffnet und kontrolliert wurden. Oft kamen dann – wenn überhaupt – zerfetzte, beschädigte Pakete mit dem Vermerk an, was entnommen worden war. Diesmal allerdings wurde die Familie Leipold persönlich in die Bezirksverwaltung des Zolls einbestellt. Niemand ging dort frohen Herzens hin, und so war es auch Christine Leipold etwas flau im Magen, als sie das riesige Gebäude in der Stadtmitte betrat. Sie musste den Termin wahrnehmen, da sich ihr Mann auf Dienstreise befand. Zu ihrer Unterstützung nahm sie Marcus mit, da sie hoffte, dass sich die Zöllner oder auch die Stasi – beide Organisationen arbeiteten selbstverständlich eng zusammen, was jeder in der DDR wusste – etwas zurückhalten würden, wenn ein Kind anwesend war. Sie konnte ja nicht ahnen, dass es diesmal in erster Linie um ihren Sohn und nicht um sie gehen würde.

Wie nicht anders zu erwarten, ließ man sie auf dem kalten, unfreundlichen Flur mehr als eine Stunde warten, bevor man sie in das Büro eines Zöllners rief, dessen Lametta auf den Achselklappen ihn als hohes Tier auswies. Anwesend war noch eine Sekretärin, allerdings auch in Uniform, die offenbar ein Protokoll aufnehmen sollte. Auf dem Schreibtisch stand ein geöffnetes Paket, daneben lag das Packpapier, auf dem Christine die Schrift ihres Schwagers erkennen konnte. *Was hat Jürgen denn nur Verbotenes geschickt, dass man uns deshalb sogar zur Zollverwaltung zitiert?,* fragte sie sich besorgt und verfluchte innerlich die Abwesenheit ihres Mannes. Sollte der doch auslöffeln, was ihm sein Bruder eingebrockt hatte. Bestimmt war wieder so ein Antennenzeugs in dem Paket, von dem sie keine Ahnung hatte.

64

Doch Christine irrte sich und sollte gleich erfahren, worum es sich handelte und was ihr vorgeworfen wurde.

Niemand hielt es für nötig, der Frau und dem Jungen einen Platz anzubieten. Schließlich sollte das hier kein freundliches Gespräch werden, sondern war eine Einbestellung zur Klärung eines Sachverhalts, wie es auf DDR-Amtsdeutsch hieß.

»Genossin, ich habe hier ein an ihre Familie adressiertes Paket. Der Absender ist ein gewisser Jürgen Leipold aus Hannover. Können Sie mir etwas zu dem Inhalt sagen?«, begann der Zöllner die Befragung.

»Nein, kann ich nicht«, entgegnete Christine wahrheitsgemäß. »Dazu müsste ich es ja von Ihnen ausgehändigt bekommen oder zumindest den Paketbegleitschein einsehen dürfen. Außerdem möchte ich Sie darauf hinweisen, dass ich kein Mitglied der SED bin.«

Der Offizier ignorierte den Einwand, wechselte aber zu dem in diesem Fall üblichen »Bürgerin«, während die Sekretärin fleißig das Protokoll des Vorganges tippte, um diesen aktenkundig machen zu können.

»Sie wollen mir also weismachen, dass Sie nicht wissen, was Ihr Schwager Ihnen hier zukommen lässt, und Sie sich die in dem Paket enthaltenen Dinge weder bestellt noch gewünscht haben?«

Der Zöllner schob das Paket auf dem Tisch etwas näher zu Christine heran, jedoch ohne ihr einen Einblick zu gewähren.

»Was soll da schon drin sein? Vielleicht ein paar Sachen für meinen Mann, etwas Schokolade, denn es ist ja bald Weihnachten, und hoffentlich ein Pfund Kaffee, vermute ich einmal.«

»So? Der aus der HO oder dem Konsum schmeckt Ihnen wohl nicht, Bürgerin?«

Eine ehrliche Antwort über das Zeug, das in den aufgeführten Geschäften unter dem Namen »Kaffee« verkauft wurde, verkniff sich Christine lieber. Die hätte sie ohne Weiteres ins Gefängnis bringen können, denn noch nie war das Gebräu, wenn sie es denn einmal kaufen mussten, weil die Westpakete ausblieben, anders denn als »Pissbrühe« von ihr und ihrem Mann bezeichnet worden. Stattdessen flüchtete sie sich in eine Ausrede. »Aber Sie wissen doch selbst, Genosse Zöllner, wie teuer der Kaffee bei uns ist. Ich will ehrlich zugeben, dass wir uns freuen, wenn wir welchen geschenkt bekommen. Im Westen ist er doch um so vieles billiger.«

»Ja, weil die Imperialisten in Afrika und Lateinamerika die Menschen erbarmungslos ausbeuten, während wir die Erzeuger fair für ihre Produkte bezahlen. Darüber sollten Sie einmal nachdenken, Bürgerin, bevor Sie sich weiterhin vom Klassenfeind korrumpieren lassen.«

»Soweit ich weiß, ist es nicht verboten, sich Kaffee schicken zu lassen «, wagte Christine einen leisen Widerspruch, den der Offizier stirnrunzelnd zur Kenntnis nahm.

»Darum geht es auch nicht«, räumte er ein und schob das Paket bis an die Tischkante vor. »Na, dann schauen Sie mal nach, was Sie da so aus dem kapitalistischen Ausland zugesandt bekommen, Bürgerin.«

Christine sah das als Aufforderung an, das Paket zu öffnen. Da das Packpapier schon zerrissen und die Schnur zerschnitten war, fiel es ihr auch nicht weiter schwer. Kaum hatte sie die obere Pappe zur Seite geklappt, sog sie den unvergleichlichen Duft ein, den nur Westpakete verströmten und der sich mit nichts aus der DDR vergleichen ließ. Diese Mischung aus parfümierter Seife, Kaffee, Waschpulver, Schokolade und anderen Dingen war jedes Mal aufs Neue betörend und versprach die Verheißungen des Paradieses, die der Arbeiter-und-Bauern-Staat seinen Bürgern vorenthielt.

Obenauf lag wie gefordert das Inhaltsverzeichnis. Alle im Paket enthaltenen Gegenstände waren sorgfältig aufgeführt, und Christine konnte nichts entdecken, was verboten wäre. Zwei Päckchen Kaffee zu je fünfhundert Gramm, Kakao, Haselnüsse, Sultaninen zum Backen, drei Stück Seife, Weihnachtsgebäck, zehn Orangen und Schokolade waren akribisch aufgeführt und benannt. Ein gebrauchtes Sakko für ihren Mann musste in dem Paket liegen, eine Bluse für sie und eine Hose für Marcus. Fehlten dafür vielleicht die Desinfektionsbescheinigungen? Aber nein, da waren sie ja, bestätigt und gegengezeichnet von der chemischen Reinigung, die die Ordnungsmäßigkeit bescheinigte. Also, was wollte der Zoll von ihr? Christine sah den Offizier fragend an.

»Helfen Sie mir, ich kann nicht erkennen, was an dem Inhalt nicht rechtens ist.«

»So, können Sie nicht? Nun, dann will ich Ihnen einmal auf die Sprünge helfen. Kommen wir zum ersten Punkt.«

Der Offizier griff in das Paket und förderte eine Hose zutage. Es war aber nicht irgendeine, sondern eine Original Levis-Jeans mit dem bekannten Logo auf einem Lederflecken rechts hinten am Bund und den orangenen Nähten. Noch bevor Christine etwas sagen und der Zöllner reagieren konnte, stieß Marcus einen Freudenschrei aus, stürzte nach vorn, griff sich die Jeans, die der Offizier nur nachlässig festgehalten hatte, und presste sie ganz fest an seine Brust, als hinge sein Leben davon ab, sie nie wieder loszulassen.

»Meine Hose«, stieß der Junge atemlos hervor. »Meine Hose! Hat Onkel Jürgen also doch Wort gehalten!«

»Aber die solltest du doch erst zu Weihnachten bekommen.« Christine war sauer, dass der Zöllner die Überraschung verdorben hatte. Natürlich wusste sie, dass Marcus sich schon lange eine Levis wünschte, aber die waren auch im Westen nicht billig, und ihr Schwager verdiente nicht gerade berauschend.

»Die wird er überhaupt nicht bekommen«, schaltete sich der Offizier ein und langte über den Tisch hinweg so schnell nach der Hose, dass er Marcus damit überraschte. Der Junge verstand die Welt nicht mehr, als ihm so plötzlich sein Traum aus den Händen gerissen wurde.

»Das ist die Hose des Klassenfeindes«, erläuterte der Zöllner selbstgefällig. »Wir dulden nicht, dass unsere Jugend in solchen Sachen herumläuft. Das sollten Sie wissen, Bürgerin, und Ihren Sohn besser im Sinne des Sozialismus erziehen, sodass derartige Wünsche nach westlicher Kleidung gar nicht erst bei ihm aufkommen. Weißt du«, jetzt wandte sich der Offizier direkt an Marcus, »wer solche Hosen getragen hat? Na? Ich will es dir sagen – die Cowboys und die Goldsucher, die die Indianer in Amerika zu Tausenden umgebracht haben. Mit denen willst du dich doch nicht gemein machen! Du bist doch sicher ein guter Pionier, oder sollte ich mich da täuschen?«

Marcus wusste für einen Moment nicht, was er erwidern sollte, und auch Christine war sprachlos, eine harmlose Hose in solch einen Zusammenhang zu bringen, aber da fuhr der Zöllner auch schon fort.

»Und noch etwas war in dem Paket, noch dazu undeklariert. Nur als Weihnachtsgeschenk ausgewiesen. Das hier.«

Eine Schachtel, offenbar liebevoll in Weihnachtspapier eingewickelt, das jetzt allerdings zerrissen war, landete auf dem Tisch. Sie war schon zuvor dem Paket entnommen und bisher in einer Schublade verborgen gewesen. »Können Sie mir das bitte einmal erklären, Bürgerin? Hier kommt wirklich eins zum anderen.«

Wieder war es Marcus, der danach greifen wollte, hatte er doch im Gegensatz zu seiner Mutter sofort erkannt, worum es sich handelte, doch diesmal war der Zöllner schneller. Er streifte das Weihnachtspapier ab und hielt Christine eine Geschenkverpackung mit einem Zündhütchenrevolver nebst passendem Gürtel und Holster unter die Nase.

»Wie kommt Ihr Schwager dazu, Kriegswaffen in die friedliebende Deutsche Demokratische Republik zu schicken?«, fragte er drohend. »Mit solchen Pistolen schießen die Amerikaner in Vietnam auf unser Brudervolk und verüben damit furchtbare Verbrechen. Und mit so etwas wollen Sie Ihren Sohn spielen lassen? Jeanshose, Revolvergürtel und Colt – fertig ist der Handlanger des imperialistischen Klassenfeindes!«

68

Marcus schnappte nach Luft. Er sah nicht nur gern Western, er las auch alles, was ihm über Indianer, Pioniere und Cowboys im Wilden Westen in die Hände fiel. Liselotte Welskopf-Henrich, deren Roman *Die Söhne der großen Bärin* von der DEFA gerade verfilmt worden war, ebenso wie den verbotenen Karl May, von dessen Büchern er einige zerfledderte Exemplare in der kleinen Bibliothek des Pfarrhauses gefunden hatte. Von seiner Oma, die als Rentnerin in den Westen reisen durfte, hatte er sich ein Lexikon über den Wilden Westen mitbringen lassen. Es war von ihr unter ihrer Schmutzwäsche in den Osten geschmuggelt worden, denn es war streng verboten, Druckerzeugnisse gleich welcher Art aus der Bundesrepublik in die DDR einzuführen. Marcus war also bestens informiert und hatte sofort erkannt, dass es sich bei der Spielzeugpistole um einen angelehnten Nachbau des legendären Peacemaker-Colts handelte, den er sich noch mehr als die Levis gewünscht hatte. Und jetzt wollte dieser Typ da ihm also nicht nur die Jeans, sondern auch noch das heiß begehrte Spielzeug wegnehmen? Mit all der Wut, die ein Junge seines Alters aufbringen konnte, fuhr er den Zöllner an.

»Das ist doch ein Colt, der ist fast hundert Jahre alt! Wenn die amerikanischen Soldaten heute noch damit bewaffnet wären, hätten die Vietnamesen sie schon lange aus dem Land hinausgeworfen und den Krieg gewonnen! Mit so etwas hat Tokei-ihto in den *Söhnen der großen Bärin* auf den Banditen Red Fox geschossen. Haben Sie den Film denn nicht gesehen? Ich will doch nur so sein wie der große Häuptling der Dakota!«

Das stimmte zwar nicht, denn Marcus' Vorbilder waren eher Marshal Matt Dillon oder John Wayne in *Red River*. Den Film hatte er einmal auf der Couch glücklich zwischen seinem Vater und seinem Onkel sitzend gesehen und dabei seinen Wunsch nach so einem Revolver, wie ihn alle Cowboys trugen, mehr gehaucht als ausgesprochen. Und er war erhört worden, aber nun sollte er ihn nicht bekommen? Doch so einfach wollte

Marcus nicht aufgeben, sondern um ihn kämpfen wie die Helden in seinen Büchern und Filmen. Schließlich ließ sich Old Shatterhand auch nicht so ohne Weiteres die Waffen abnehmen. Dass er aber weder die Figuren in den Karl-May-Romanen noch in den Fernsehwestern erwähnen durfte, wusste der Junge bereits. Das hatten ihm seine Eltern eingeimpft, und es war von ihm verinnerlicht worden. Vor allem, weil die Drohung im Raum stand, dass er, wenn er sich verplapperte, keine Filme mehr sehen und keine Bücher seines Lieblingsschriftstellers mehr lesen dürfte.

»Das ist eine amerikanische Kriegswaffe, die nichts in der Hand eines Pioniers, der in eine sozialistische Schule geht, verloren hat«, fuhr der Zöllner, aufgebracht durch Marcus' Widerworte, den Jungen an. »Ich werde deinem Klassenleiter melden, was du dir für schreckliche Sachen zu Weihnachten wünschst. Vielleicht solltet ihr einmal in eurem Klassenkollektiv darüber sprechen und du lernen, Selbstkritik zu üben.«

Der Junge dachte aber in diesem Fall nicht im Traum daran zurückzustecken und fauchte wütend zurück.

»Ich habe alle Bände von Frau Welskopf-Henrich gelesen. Darin beschreibt sie auch die Waffen, die die Indianer ihren Feinden abgenommen und mit denen sie sich gegen die weißen Landräuber gewandt haben. Die der Amerikaner in Vietnam sehen jedenfalls ganz anders aus, wie das Fernsehen zeigt. Und Nietenhosen tragen die US-Soldaten auch nicht, sondern Uniformen, so wie Sie eine anhaben.«

Dem Offizier verschlug es glatt die Sprache, und sogar das Klappern der Schreibmaschine verstummte. Doch schnell hatte sich der Zöllner wieder gefangen und fuhr Christine an, die bisher gar nicht zu Wort gekommen war, denn er hatte nicht die Absicht, die Diskussion mit diesem aufsässigen Rabauken zu vertiefen.

»Das Paket ist beschlagnahmt. Hätten Sie und Ihr Sohn sich einsichtig gezeigt, hätte ich vielleicht nur die beanstandeten

70

Dinge entnommen. Aber so behalten wir alles ein und führen die Waren der kontrollierten Vernichtung zu. Das haben Sie jetzt davon. Außerdem ergeht Meldung an Ihre Arbeitsstätte und auch an die Ihres Mannes sowie an die Schule. Sollen sich doch die dortigen Kollektive mit Ihrer antisozialistischen Einstellung und Erziehung befassen. Wir hier beim Zoll werden jedenfalls zukünftig an Sie adressierte Sendungen besonders sorgfältig unter die Lupe nehmen. Und nun können Sie gehen, Bürgerin Leipold. Ich wünsche Ihnen baldige frohe Weihnachten.«

Christine konnte nicht verhindern, dass ihr die Tränen in die Augen traten. Zu viele Dinge, auf die sie sich gefreut hatte und die ihrer Familie das Fest hätten verschönern sollen, hatte man ihnen grundlos weggenommen. Sie konnte doch nichts dafür, dass Jürgen neben den begehrten Waren auch verbotene Sachen in das Paket packte!

Noch viel wütender als seine Mutter war allerdings Marcus. Er konnte überhaupt nicht verstehen, warum ihm vorenthalten wurde, worauf er sich so gefreut hatte. Zum ersten Mal in seinem Leben spürte er etwas, was er bisher nicht gekannt hatte: grenzenlose Wut. Wut auf den Offizier, der da so selbstherrlich hinter seinem Schreibtisch thronte, und Wut auf das System, das er repräsentierte. Aber es war eine ohnmächtige Wut, denn gleichzeitig lernte der Junge, dass man solchen Menschen, wie er sie gerade kennengelernt hatte, nahezu hilflos ausgeliefert war und sich nicht gegen sie wehren konnte. Das war anders als in seinen Büchern und Filmen, wo letztlich immer die Guten gewannen, und heimlich träumte Marcus sich nach diesem Erlebnis noch mehr in die irreale Welt seiner Helden hinein.

Für ihn blieb der Vorfall nahezu folgenlos, denn die Lehrer kannten das Jeans-Phänomen mehr als zur Genüge und wurden ihm trotz strengster Verbote nicht Herr. Und die Pistole hatte er ja schließlich nicht erhalten und somit auch nicht damit spielen können. Wolfgang hingegen erhielt einen weiteren Eintrag in

71

seine Kaderakte, womit ein neuer und noch größerer Stein, der ihn in den nächsten Jahren behindern sollte, auf seinem Karriereweg lag.

Christines Kaufstellenleiter hingegen zuckte nur mit den Schultern, als er das Dokument von der Zollverwaltung mit dem Aktenvermerk der Staatssicherheit erhielt. Die junge Frau gehörte mit zu seinen besten Kräften und stand auch kurzfristig bei Bedarf zur Verfügung. Außerdem nahm sie nicht mehr »Bückware« – wie die heiß begehrten Artikel genannt wurden, von denen es nie ausreichend für die ganze Bevölkerung gab – mit nach Hause als alle anderen auch. Er heftete das Blatt ab und verlor kein weiteres Wort darüber. Schließlich wollte er sich vor den spitzzüngigen Frauen in seinem Arbeitskollektiv nicht zum Gespött machen.

Marcus wurde immer mehr zum Eigenbrötler und seine Leistungen in der Schule ständig schlechter, was seine Eltern natürlich mit Sorge erfüllte. Die meisten Schüler in seiner Klasse waren ihm von ihrem Elternhaus her zu linientreu, schauten kein Westfernsehen und wollten später wie ihre Väter zur NVA. Aber auch mit den Mitgliedern der Jungen Gemeinde konnte er nicht viel anfangen, denn völlig unabhängig von dem, was die Lehrer ihm erzählten, fiel es ihm schwer, an einen Gott zu glauben, dem man für alles und jedes danken musste. Die Zweifel hatten die kirchlichen Vertreter in ihm mit ihrem herrischen und selbstgerechten Verhalten gesät. Diskussionen im Religionsunterricht und kritische Fragen zur Bibel waren vonseiten der Kirche genauso wenig erwünscht wie auf der anderen Seite Zweifel am Sieg des Sozialismus oder an der Partei- und Staatsführung. Marcus sah da kaum einen Unterschied, und wenn er ins Pfarrhaus ging, dann meist nur, um sich mit Lesestoff zu versorgen, der in keiner anderen Bibliothek zu bekommen war.

Seine Eltern machten sich viele Gedanken, wie sie ihren Sohn dazu bringen könnten, sich sowohl adäquate Freunde zu su-

72

chen wie sich an den Nachmittagen sinnvoll zu beschäftigen. Als sie schon kaum mehr ein und aus wussten, weil Marcus sich so gut wie allem und jedem verweigerte, kam ihnen der Zufall zu Hilfe.

Alle Kinder durchliefen in den Schulen ein staatliches Sichtungssystem bezüglich ihrer sportlichen Eignung. Auf diese Weise wollte man rechtzeitig Talente erkennen, die es zu fördern galt, denn die DDR strebte im Sport die absolute Weltspitze an. Nun war Marcus zwar durchaus nicht unsportlich, aber auch diesbezüglich ein eher uninteressierter Schüler. Er ging zwar gern schwimmen, wann immer das möglich war, hingegen gaben ihm Mannschaftssportarten wie der allseits beliebte Fußball rein gar nichts. Doch was bei der Sichtung herauskam und wofür er sich offenbar am ehesten eignete, ließ ihn aufhorchen. Die Tester hatten festgestellt, dass Marcus zwar nicht übermäßig sprinten konnte und es ihm auch an Ausdauer mangelte, fürs Geräteturnen fehlte ihm gar jedes Talent, aber dafür verfügte er über eine schnelle und ausgeprägte Reaktionsfähigkeit. Er konnte Situationen blitzschnell erkennen und instinktiv richtig auf sie reagieren. Deshalb empfahlen die Prüfer seinen Eltern, weitere Tests mit dem Jungen an der Deutschen Hochschule für Körperkultur, der DHfK, in der Sektion Fechten durchführen zu lassen. Als Wolfgang seinen Sohn fragte, ob er denn Lust hätte, sich in dieser Sportart zu versuchen, sah er die Augen seines Sohnes seit langer Zeit endlich wieder einmal hell leuchten.

Neben seinen Cowboys hatte Marcus auch Ritter wie Ivanhoe oder Dumas' Musketiere für sich entdeckt. Er verschlang die Bücher nicht nur, sondern las sie mit dem Atlas neben sich und schlug die geschilderten Geschehnisse akribisch im Lexikon nach. Daher wusste er, dass sowohl Kardinal Richelieu als auch sein Gegner d'Artagnan tatsächlich gelebt hatten. Und jetzt sollte er selbst so etwas wie ein Musketier werden? Der Junge sah den Himmel offen stehen!

73

An der DHfK gab es noch etliche Tests, deren Anforderungen streng waren, die Marcus aber allesamt, der sich wie selten zuvor in seinem Leben bemühte, diesen gerecht zu werden, mit Bravour erfüllte. Unter anderem bekam er dabei einen Griff in die Hand, den er je nach Signal in die eine oder andere Richtung bewegen musste. Mal dorthin, wo eine Lampe aufleuchtete oder wo es an der Stange auch nur leicht zuckte, mal, und das war am schwierigsten, in die entgegengesetzte Richtung. Von allen Prüflingen schnitt Marcus am besten ab, und so stand seiner Aufnahme in der DHfK nichts mehr im Wege.

Fechten war eine eher selten ausgeübte Sportart, die für Marcus einen Hauch des Nostalgisch-Außergewöhnlichen hatte. Er fühlte sich von Anfang an sehr wohl in dem Team, auch wenn der Trainer, der auf den seltenen Namen »Herr Müller« hörte, die Jungs in der Gruppe hart rannahm. Es ging allerdings weniger um Mannschaftssport, denn auf der Planche stand letztlich jeder für sich allein. Nur ein Teil des Trainings bestand aus tatsächlichem Fechten, der weitaus größere aus Kraftsport und Leichtathletik zur Verbesserung der Kondition, dem Üben technischer Bewegungsabläufe – wobei Westen mit Bleistäben als zusätzliche Erschwernis getragen wurden – und Spielen mit dem schweren Medizinball. Es tat schon weh, wenn einen so ein ledernes Monstrum am Kopf traf, stellte Marcus immer wieder fest, ohne zu erkennen, dass genau das die Absicht von Herrn Müller war. Die Jungs sollten auch lernen, Schmerzen auszuhalten, wenn sie schon nicht schnell genug waren, um dem Wurfgeschoss auszuweichen.

Marcus ertrug wie die meisten in seiner Gruppe alles klaglos, den mörderischen Muskelkater ebenso wie die blauen Flecke, nur um auf die Planche und zu den Übungseinheiten mit der Waffe – anfangs nur Florett, später dann auch Säbel – zu kommen. Viermal in der Woche hatte er nun Training und am Wochenende oft Wettkämpfe. Trotz der zeitlichen Belastung wurden seine Leistungen in der Schule besser statt schlechter, an-

74

ders als seine Eltern zunächst befürchtet hatten, und auch sein Ansehen in der Klasse wuchs. Stolz fuhr er mit seinem Fechtsack in der Straßenbahn und sonnte sich in den fragenden und oft auch bewundernden Blicken der Erwachsenen oder noch lieber Gleichaltriger. Auch vor der einen oder anderen Pionierveranstaltung nach Schulschluss und vor dem ungeliebten Religionsunterricht konnte er sich als Leistungssportler nun begründet drücken, was ihm ein gewisses Maß an innerer Sicherheit und Zufriedenheit bescherte.

Es gab allerdings auch einige Jungs, die bei den harten Trainingsbedingungen aufgaben, aber die Übriggebliebenen wurden zu einer verschworenen Truppe. Unter ihnen fand Marcus endlich auch die Freunde, nach denen er so lange Ausschau gehalten hatte. Viele von ihnen dachten wie er, teilten die gleichen Interessen und stammten oft aus ähnlichen Familienverhältnissen. Und so etwas wie ein Feindbild, das sie einte, hatten sie auch – die Fechter der SV Dynamo.

Das war die Sportvereinigung der Sicherheitsorgane der DDR und deren Vorsitzender seit ihrer Gründung, Erich Mielke, der Stasi-Chef. Wie auch die DHfK hatte die SV Dynamo zahlreiche Sektionen wie Fußball, Schwimmen, Skispringen und viele weitere mehr, darunter eben auch Fechten. Die Sportler der Mielke-Truppe erhielten stets die neueste und beste Ausrüstung, privilegierte Unterkünfte, wenn sie ins Trainingslager oder zu Wettkämpfen fuhren, und auch sonst Vergünstigungen, die anderen Sportlern, selbst wenn sie bessere Leistungen erbrachten, vorenthalten wurden. Da sie auch noch bordeauxfarbene Trainingsanzüge trugen, hatten sie unter den Fechtern schnell ihren Spitznamen weg – die Garde des roten Kardinals. Laut sagen durfte das natürlich niemand, aber selbst Herr Müller grinste nur in sich hinein, wenn er seine Jungs so über den Gegner sprechen hörte. Die DHfKler hingegen, in blaue Trainingsanzüge gekleidet, fühlten sich stattdessen wie die Musketiere, und so glich das Aufeinandertreffen der beiden Sportgemeinschaften bei Wettkämpfen meist weniger einem freundschaftlichen Wettkampf als einem harten Gefecht um jeden möglichen Treffer.

Siege über die Mielke-Truppe wurde euphorisch gefeiert, auch wenn sie nicht leicht zu erringen waren. Denn jeder Sportler der SV Dynamo hatte ein Florett mit orthopädischem, einem genau auf die Hand des Fechters angepassten Griff, der die bestmögliche Handhabe im Gefecht gewährleistete. Die Waffe konnte ihm so kaum aus der Hand geschlagen und sehr sicher geführt werden. Den Sportlern der DHfK hingegen standen meist nur Florette mit dem einfachen französischen oder dem kaum noch gebräuchlichen italienischen Griff zur Verfügung. Orthopädische Griffe erhielten nur Spitzensportler bei den Erwachsenen, und wenn die Jugendtrainer das monierten, wurden sie darauf hingewiesen, dass die Ressourcen der DDR eben begrenzt waren.

Marcus war darüber allerdings nicht böse. Er bevorzugte und liebte die alten italienischen Florette über alles, deren Parierstangen mit Quart- und Terzbügel ihn doch am ehesten an die Degen der Musketiere, wie er sie aus den Filmen kannte, erinnerten. Sein Trainer hielt das zwar für einen Spleen, den er einem seiner besten Fechter aber durchgehen ließ. Zumindest so lange, wie er ihm keine adäquate Waffe zu denen der Dynamos bieten konnte.

Die kleine Welt des Jungen war jetzt endlich wieder in Ordnung gekommen. Noch dazu, da es seinen Eltern tatsächlich gelang, die Zweizimmerwohnung in dem Neubaublock gegen eine größere zu tauschen, und er wieder ein eigenes Zimmer bekam. Das Haus, in dem nur sechs Parteien lebten und das aus den Dreißigerjahren stammte, war einst für Offiziere gebaut worden, die in der nahen Kaserne Dienst getan hatten, und demzufolge für damalige Verhältnisse geradezu luxuriös ausgestattet gewesen. Die Wohnung verfügte über vier Zimmer, Küche, einen Balkon zu einem Gemeinschaftsgarten hin und ein kleines Bad. Es gab zwar keine Fernwärme mehr wie in dem Plattenbau, aber

76

von der Küche aus konnte man die ganze Wohnung heizen, und das Wasser erhitzte ein Boiler. Früher hatte hier ein Arztehepaar gelebt, doch nachdem die Kinder aus dem Haus waren und ihr Vater einige Zeit später starb, hatte seine Witwe etwas Kleineres, aber Altersgerechtes gesucht. Der Kontakt zwischen ihr und den Leipolds war über die Kirchengemeinde zustande gekommen. Für die alte Dame war die Hochhauswohnung genau richtig und Wolfgangs Spekulation damit aufgegangen. Nach der zweijährigen Sperrfrist für den Umzug konnten die Wohnungen getauscht werden. Marcus hatte zwar erneut die Schule wechseln müssen, aber das war ihm sehr zupassgekommen. In der neuen Klasse traf er auf aufgeschlossenere Lehrer und Schüler, die nicht so stark von ihrem Elternhaus her ideologisiert worden waren. Dazu kamen neue Fächer wie Geschichte und Erdkunde, die ihn faszinierten, lernte er doch endlich etwas über längst vergangene Zeiten und ferne Länder, die er schon aus seinen Büchern kannte. Das Leben hätte so schön sein können, wenn den Jungen nicht ein schwerer Schicksalsschlag getroffen hätte.

Wie so oft an den Wochenenden stand wieder einmal ein Vergleichswettkampf zwischen verschiedenen Sportgemeinschaften an. Schon in aller Herrgottsfrühe trafen sich die Fechter aus Marcus' Altersklasse vor der DHfK, von wo aus sie mit dem Bus in die Kreisstadt Grimma gebracht wurden. Die dortige Sektion Fechten war Gastgeber der Veranstaltung und hatte die Wettkampfstätten mustergültig hergerichtet. Allerdings würden die Gefechte konventionell ausgetragen werden, da die Anlage noch nicht für elektronische Trefferanzeige ausgelegt war. Jeder Sportler brachte wie stets seine Ausrüstung selbst mit. Die Waffen waren zuvor von den Zeugwarten kontrolliert und wo nötig die stumpfen Knospen am Ende der Klingen mit neuem Leukoplast oder Isolierband umwickelt worden, damit es bei Treffern nicht zu Verletzungen kam.

Marcus' Fechtweste war schneeweiß, denn schließlich hatte

sie seine Oma, die unendlich stolz auf ihren Enkel war, mit Persil gewaschen. Mit seiner Maske war er allerdings gar nicht zufrieden, wies sie doch im Geflecht etliche Stellen auf, an denen die Drähte auseinanderklafften und sich somit Lücken, wenn auch keine großen, im Gesichtsschutz auftaten. Marcus ging damit zu seinem Trainer, um ihm die Defekte wieder einmal zu zeigen, doch der konnte letztlich nur mit den Achseln zucken.

Herr Müller tat alles, was in seiner Macht stand, für die Jungs, die er fast als seine eigenen Kinder ansah. Schon Dutzende Male hatte er neue Ausrüstungen beantragt, war aber immer nur auf taube Ohren gestoßen und vertröstet worden. Die Westen waren mittlerweile so dünn, dass er seinen Schützlingen angeraten hatte, dicke Pullover darunter zu tragen, um bei Treffern besser geschützt zu sein. Er selbst reparierte mit einer kleinen Zange die Maskengeflechte immer wieder, so gut er es konnte, wusste aber wohl, wie stümperhaft seine Ausbesserungsarbeiten waren. Es war auch schon vorgekommen, dass Waffen im Gefecht brachen, vor allem die Florette, wenn der Fechter einen ordnungsgemäßen Treffer setzte und sie sich dabei wie gewünscht durchbogen. Dann war die stumpfe Knospe auf einmal weg und je nach Bruchstelle die Klinge plötzlich scharf und spitz. Einen tödlichen Unfall sollte es deshalb in Rostock schon gegeben haben, wurde gemunkelt, doch die Sache war selbstverständlich unter den Tisch gekehrt und vertuscht worden.

»Komm, Marcus, ich drücke die Drähte noch einmal zusammen. Hältst du mir die Maske bitte mit beiden Händen schön fest?«, meinte der Trainer zu dem Jungen, der ihm richtig ans Herz gewachsen war.

»Sicher, aber wann bekommen wir denn endlich neue?«

»Sobald sie uns bewilligt werden, das habe ich euch doch schon erklärt«, meinte Müller etwas unwirsch. Was sollte er denn tun? Mehr als Eingaben schreiben und auf die unhaltbaren Zustände hinweisen, konnte er nicht. Unlängst war er erst zum Parteisekretär zitiert und wegen seiner ständigen Nachfragen gerügt worden. Die beste Ausrüstung bekämen selbstverständlich die Olympiakader, war ihm beschieden worden, und solange seine Jungs nicht dazugehörten, müssten sie sich eben mit dem bescheiden, was vorhanden war. Warum solche Engpässe bei der SV Dynamo nicht beständen, hatte er wissen wollen, worauf die Augenbraue des Parteisekretärs nur warnend in die Höhe gewandert war. Darauf hatte er auf jeden weiteren Kommentar verzichtet und sich ins Unvermeidliche geschickt.

»Kann ich mir nicht eine Maske von meiner Oma aus dem Westen mitbringen lassen?« Marcus ließ nicht locker. »Dort gibt es sie in jedem Sporthaus frei zu kaufen, hat sie gesagt. Und mein Onkel hat angeboten, sie zu bezahlen.«

»So weit kommt es noch, dass wir uns vom Westen sponsern lassen.« *Wenn das passiert, kann ich mir gleich einen neuen Job suchen,* dachte der Trainer. *Die Ausrüstung vom Klassenfeind beziehen und damit zugeben, dass wir selbst nicht in der Lage sind, sie in ausreichender Qualität und Quantität unseren Sportlern zur Verfügung zu stellen, geht gar nicht.* Vielleicht war das ja bei der Mielke-Truppe anders. Man munkelte, die Fußballer der beiden Dynamo-Clubs Berlin und Dresden spielten in Adidas-Schuhen. Aber für ihn und die von ihm betreuten Sportler kam das nicht infrage. Ließe er zu, was Marcus vorgeschlagen hatte – und Müller war sicher, die Eltern der meisten anderen Jungs würden so weit als möglich nachziehen –, würde man ihm umgehend die Grundsatzfrage zur sozialistischen Erziehung der Jugend und der Vorbildwirkung des Sports stellen, ihn ablösen und ihn günstigenfalls zur Bewährung in die Produktion schicken, vielleicht aber auch wegen Konspiration mit dem Klassenfeind gleich nach Bautzen.

»Hier, Marcus, ich denke, so geht es«, meinte der Trainer. »Ich habe die Löcher wieder zugebogen. Da geht keine mit Isolierband umwickelte Knospe durch. Und sicher werde ich bald neue Masken oder wenigstens bessere als die deine aus Altbeständen bekommen, das hat man mir fest zugesagt. Kommst du

79

mir mit einer aus dem Westen an, gibt's paar hinter die Ohren, und sie ist weg. Haben wir uns verstanden?«

»Wenn Sie meinen, Trainer.« Bedückt zog Marcus ab. Er hatte es doch nur gut gemeint und helfen wollen. Seine Eltern ließen sich doch auch schicken, was sie dringend brauchten und die sozialistische Planwirtschaft den Bürgern nicht zur Verfügung stellte. Vom Pflanzensamen, damit sie auf dem Balkon selbst Tomaten ziehen konnten, die es nicht einmal im Sommer unter der Ladentheke zu kaufen gab, bis hin zu Flickzeug für Fahrradreifen, um nicht in die Schule laufen zu müssen. Warum also nicht auch eine Fechtmaske ohne Roststellen und Löcher?

Wie alle DHfKler gab Marcus auch an diesem Tag wieder sein Bestes. In der Mannschaft hatten sie die Gastgeber und auch die Dynamos auf die Plätze verweisen können, was Herrn Müller zu regelrechten Freudensprüngen veranlasst hatte. Jetzt kamen noch die Einzelgefechte – und da geschah es.

Marcus parierte, durch die vorangegangenen Erfolge etwas leichtsinnig geworden, einen Angriff zu nachlässig. Der Gegner umging seine Klinge, machte einen Ausfall und setzte prompt einen Treffer. Das Florett bog sich vorschriftsmäßig durch, Marcus spürte den festen Druck auf seiner linken Brust, doch plötzlich war er weg. Stattdessen fuhr ein rasender Schmerz durch seinen Kopf. Er ließ die eigene Waffe fallen und griff an seine Maske. In ihr steckte ein abgebrochenes Florett, dass sie durchdrungen und sein linkes Auge verletzt hatte.

Alles war blitzschnell gegangen. Müller sah den unnötigen Treffer und nahm sich vor, mit Marcus nach dem Wettkampf darüber ein ernstes Wort zu reden. Da brach plötzlich die Klinge am höchsten Punkt des Bogens. Der gegnerische Fechter, in einem nahezu perfekten Ausfall mit gebeugtem rechten und gestrecktem linken Bein verlor den Halt, weil kein Widerstand mehr da war, und fiel nach vorn. Die jetzt schmale und spitze Klinge fuhr zum Erschrecken des Trainers aufwärts, fand ein Loch in der Maske, das sie mit Knospenschutz nicht hätte

80

durchdringen können, und bohrte sich in Marcus' Auge. Fast alle, die das miterlebten, waren einen Moment starr vor Schreck, nur Müller nicht.

Mit einem Satz war der Trainer, der an der Planche gestanden hatte, bei seinem Schützling und fing Marcus auf, bevor dieser zu Boden stürzen konnte. Langsam ließ er den Jungen in seinen Armen auf den Fechtboden gleiten. Einen kurzen Moment lang fragte sich Müller, ob er die Klinge besser stecken lassen oder herausziehen sollte, entschloss sich dann aber, Letzteres zu tun. Sie ließ sich auch ohne großen Widerstand entfernen, und so konnte er Marcus die Maske abnehmen.

Der Junge wimmerte in den Armen seines Trainers und hatte auch allen Grund dazu. Aus seinem linken Auge lief Blut, das sich mit einer nahezu farblosen, geleeartigen Flüssigkeit mischte.

»Eine Kompresse, schnell!«, brüllte Müller. Sofort stürzten gleich mehrere Funktionäre, die zuvor wie versteinert herumgestanden hatten, zu dem Erste-Hilfe-Kasten, der sich in jeder Sportstätte befand. Ein weiterer kniete neben dem Trainer und dem Jungen nieder und wandte sich an Müller.

»Ein Arzt wird gleich da sein und alles Weitere veranlassen«, flüsterte er. »Aber das hier darf auf keinen Fall bekannt werden und nach draußen dringen, Genosse! Haben wir uns da verstanden?«

Müller sah den Sportfunktionär entgeistert an.

»Und wie soll das gehen, bei all den Augenzeugen?«, gab er bissig zurück. »Na ja, nicht mein Problem, Genosse. Jedenfalls lasse ich nicht zu, dass irgendjemand an dem Jungen herumdoktert, der von Augenheilkunde nichts versteht. Ich fahre ihn umgehend in die Uniklinik nach Leipzig. Das geht schneller, als hier auf einen Sankra zu warten. In der Uniklinik sollte aber dringend jemand anrufen und Bescheid geben, dass wir kommen. Kann ich mich darauf verlassen, dass das organisiert wird?«

Der Funktionär nickte nur und trat zur Seite, um einem der

Organisatoren des Turniers Platz zu machen, der sterile Kompressen brachte. Müller, in Erster Hilfe nicht unerfahren, befestigte sie mit Heftpflastern quer über dem Auge, hob Marcus gemeinsam mit seinem Assistenten hoch und brachte ihn zu seinem Wartburg. Er war zwar Atheist, dankte Gott aber dennoch dafür, dass er nicht im Bus mitgefahren war, sondern in weiser Voraussicht das eigene Auto genommen hatte, um notfalls Essen und Trinken für seine Schutzbefohlenen besorgen zu können, sollte es mit der Versorgung mal wieder nicht klappen. Den Jungen verfrachtete der Trainer zusammen mit seinem Helfer auf die Rückbank, damit Marcus von diesem festgehalten werden konnte, und raste dann, alle Verkehrsregeln missachtend, zurück nach Leipzig.

In der Uniklinik wurden sie schon erwartet, denn der Funktionär hatte ein Telefon aufgetrieben und Wort gehalten. Man brachte Marcus sofort in den OP, und Müller war sicher, dass die Ärzte alles in ihrer Macht Stehende tun würden, um dem Jungen, wenn irgend möglich, das Augenlicht zu erhalten. Während er auf dem tristen Gang wartete, machte sich der Trainer selbst die größten Vorwürfe. Hätte er noch kompromissloser sein und vielleicht sogar die Teilnahme am Wettkampf verweigern sollen, bis man ihm vernünftige und vor allem sichere Ausrüstung zur Verfügung gestellt hätte? Gleich morgen wollte er wieder bei der Leitung der DHfK vorstellig werden. Die Genossen mussten doch jetzt endlich aufwachen und etwas unternehmen. So konnte es schließlich nicht weitergehen! Doch Müller wusste schon jetzt, dass er auch diesmal auf verlorenem Posten stehen und sich wieder nichts ändern würde. Ja, wenn Marcus ein Protegé von Erich Mielke und aus dessen Sportverein wäre, dann vielleicht. Aber so? Wohl kaum.

Der Trainer merkte nicht, wie die Zeit verging. Erst als es draußen schon dunkel wurde, kam ein Arzt und setzte ihn über das Ergebnis der OP ins Bild. An Müller war es nun, zu Marcus' Eltern zu fahren und ihnen zu berichten, was mit ihrem Jungen geschehen war. Vor nichts graute ihm mehr, als ihnen diese Nachricht zu überbringen.

Wolfgang und Christine rechneten mit nichts Bösem, als es an der Tür klingelte. Dass Marcus von den Wettkämpfen immer erst spät nach Hause kam, war nichts Ungewöhnliches, und wahrscheinlich hatte er mal wieder den Schlüssel vergessen. Doch als statt ihres Jungen sein Trainer vor der Tür stand – noch im Trainingsanzug und mit etlichen dunklen Flecken auf der Brust –, schwante ihnen Schlimmes. Sie baten Herrn Müller herein, der sich anfangs wand wie ein Aal, dann aber letztlich mit der Sprache herausrücken musste und berichtete, was mit Marcus geschehen war. Die Leipolds wollten sofort zu ihrem Sohn ins Krankenhaus, und so verabschiedete sich der Trainer schnell wieder von den geschockten Eltern, bevor sich deren Zorn über ihm entladen konnte. Er bot ihnen am nächsten Tag ein ausführliches Gespräch an, doch jetzt, so sagte er zumindest und war schon wieder an der Tür, wolle er nicht weiter stören.

Kaum hatte Müller die Wohnung verlassen, brach es aus Wolfgang heraus. Die ganze angestaute Wut und Frustration der letzten Jahre machte sich Luft, und Christine hoffte nur, dass niemand von der Nachbarschaft ihren Mann hörte und am nächsten Tag womöglich anzeigte.

»Dieser gottverdammte Scheißstaat!«, entfuhr es ihrem Mann laut und zornig. »Nicht genug, dass sie uns einsperren, nicht einmal auf die Kinder, die wir ihnen anvertrauen, können diese Kommunisten aufpassen! An allen Ecken und Enden fehlt es. Ich weiß nicht, was ich tue, verliert Marcus wegen dieser Misswirtschaft sein Augenlicht! Wie kann es sein, dass man ihn mit solchem schrottreifen Sportgerät fechten lässt? Das ist doch einfach unmöglich! Angeblich sind unsere Athleten überall Weltspitze, aber den Nachwuchs kann man nicht vernünftig ausrüsten und schützen? Wo ist denn hier die Fürsorgepflicht des Staates, frage ich mich! Ständig soll man ihm zujubeln, und jede

83

Zeitung ist voller Lobpreisungen über Planerfüllungen und Erfolge. Nur kommen die nirgends an! Und jetzt ist unser Sohn einer der Leidtragenden, der die allgegenwärtige Schlamperei ausbaden muss. Ich könnte mit dem Kopf gegen die Wand rennen, so wütend bin ich.«

»Es war ein Unfall, das hast du doch gehört«, versuchte Christine ihren Mann zu beruhigen, während sie ihren Mantel überstreifte. Wolfgang mit seinem Tunnelblick war zu abgelenkt, um ihr hineinzuhelfen. »So etwas kann überall einmal geschehen. Wir sollten jetzt beten, dass die Ärzte ihm helfen können und alles wieder gut wird.«

»Und wenn nicht? Was wird dann? Christine, ich habe es so satt. Überall stößt man in diesem Land an Grenzen, in den Köpfen der Funktionäre und Genossen ebenso wie im täglichen Leben und auch im Betrieb. Ständig mache ich Vorschläge, wie man die Kläranlagen verbessern und ihre Ausgangsleistung effektivieren könnte, damit sie nicht so eine stinkende Brühe in unsere Flüsse entlassen. Die Parthe, die Pleiße und die Elster sind nur noch Kloaken! Früher konnte man in den Flüssen baden, heute wäre das lebensgefährlich. Aber glaubst du, irgendjemanden interessiert das, was ich seit Jahren anzuregen versuche? Zu teuer, kein Material vorhanden, heißt es ständig. Oder kommt es vielleicht nur daher, weil ich kein Genosse bin? Weißt du eigentlich, wie frustrierend das ist? Diese hochgelobte sozialistische Planwirtschaft ist eine einzige Katastrophe und unser aller Untergang! Und jetzt hat es auch noch Marcus erwischt! Ich halte das einfach nicht mehr aus! Muss ich noch lange in diesem Land leben, werde ich wahrscheinlich verrückt!«

»Denkst du, mir geht es anders?«, fuhr Christine ihren Mann an. »Der mit Abstand häufigste in der Kaufhalle gesprochene Satz lautet: ›Ham mer nich', krieschen mer och nich' so schnell widder rein.‹ Glaubst du, es macht Spaß, das ständig den Kunden zu sagen? Jeder stellt sich an, wo auch immer er eine Schlan-

84

ge sieht. Es könnte ja irgendetwas geben. Ganz gleich, was, wenn man es nicht selbst braucht, kann man es ja vielleicht tauschen. Keiner geht mehr ohne Einkaufsbeutel aus dem Haus, nur um ja immer vorbereitet zu sein, falls womöglich gerade irgendwo eine Ware angeliefert wird. Marcus war in den letzten Wochen fast täglich im Sportwarengeschäft am Brühl, weil er neue Turnschuhe braucht und auch nach Masken gefragt hat. Ausgelacht haben sie ihn! Als deine Mutter unlängst in Hannover war, wurden ihr dagegen wie selbstverständlich gleich mehrere verschiedene Modelle vorgelegt.«

»Wir müssen hier weg, Christine. Das alles zerstört unser Leben. Dieser ständige Frust, diese Unzufriedenheit, dieses Wissen, wie es besser gehen könnte, aber nichts ausrichten zu können! Es ist nicht zum Aushalten. Ich hoffe nur, dass wenigstens die Ärzte alles haben, was sie brauchen, um Marcus helfen zu können.«

»Was glaubst du, wie ich innerlich darum zu Gott flehe! Aber was bitte willst du denn tun, um hier aus diesem Land herauszukommen? Über die Mauer klettern und dich erschießen lassen? Sie haben ein großes und sehr sicheres Gefängnis aus diesem Staat gemacht, vergiss das besser nicht. Und zusätzlich noch viele kleine, schreckliche gebaut, in die man die Menschen steckt, die wie du auch nur an Flucht denken oder gegen den Staat aufbegehren.«

»Ist das nicht furchtbar, Christine? Aber es gibt immer einen Weg. Was wir brauchen, ist Westgeld, viel Westgeld. Dafür kann man sich letztlich alles kaufen, sogar die Freiheit. Das, was man uns für unsere Arbeit auszahlt, diese Alu-Chips, die will hingegen niemand. Dafür bekommst du nicht mal im eigenen Land alles zu kaufen. Fährst du auch nur nach Prag, bist du damit nur ein Bürger zweiter Klasse.«

»Und wo willst du das hernehmen? Denkst du, irgendjemand bezahlt dich zukünftig bei der Wasserwirtschaft in Westmark? Wovon träumst du sonst noch, Wolfgang? Und weder dein Bruder noch meine Schwester sind finanziell in der Lage, einen

85

Fluchthelfer zu bezahlen, der uns hier rausbringen könnte. Davon redest du doch, oder?«

»Uns muss selbst etwas einfallen«, meinte Wolfgang und setzte seinen Hut auf. »Ich habe da auch schon eine Idee. Wir haben jetzt eine große Wohnung und können zur Messe vermieten. Die Hotelzimmer reichen vorn und hinten nicht, und Firmen aus dem Westen suchen händeringend nach Quartieren für ihre Mitarbeiter. Das sollten wir einmal in Erwägung ziehen und uns umhören, ob wir nicht jemanden finden, der während der Messen im Frühjahr und Herbst bei uns wohnen will und in D-Mark dafür bezahlt. Ich weiß von Kollegen, die in dieser Zeit mit ihrer Familie in ein Zimmer ziehen und die restliche Wohnung vermieten. Aber da müssen wir einmal in Ruhe darüber reden. Jetzt komm, ich will endlich wissen, was mit Marcus ist. Hoffentlich lassen uns die Ärzte zu ihm oder sagen uns zumindest, wie es um ihn steht.«

Die Leipolds besaßen mittlerweile einen alten, klapprigen Trabant P50, den sie gebraucht zu einem weit höheren Preis erworben hatten, als sie ein Neuwagen gekostet hätte. Auf dem Gebrauchtwagenmarkt bestimmten wie im Westen Angebot und Nachfrage den Preis, und Interessenten zahlten oft das Doppelte des regulären Preises, nur um überhaupt an einen fahrbaren Untersatz zu kommen. In der Regel wartete man zwölf bis achtzehn Jahre auf ein neues Auto, und noch war die vor vielen Jahren getätigte Anmeldung der Leipolds nicht zuteilungsreif. Deshalb auch der überteuert erstandene alte Trabbi. Der sprang im Winter allerdings oft nicht an, weil er dringend eine neue Batterie benötigte, aber es auch die selbstredend nicht oder zumindest nur sehr selten zu kaufen gab. Doch heute ließ der kleine Wagen seine Besitzer glücklicherweise nicht im Stich, und so gelangten sie schneller zur medizinischen Fakultät und augenärztlichen Abteilung der Uni-Klinik, als wenn sie auf die Straßenbahn angewiesen gewesen wären.

86

Nach einigem Warten wurden die Leipolds zu einem Oberarzt gebracht, der erst mit ihnen sprechen wollte, bevor man sie zu ihrem Sohn ließ.

»Was ist mit Marcus, warum dürfen wir nicht zu ihm?«, wollte Christine ganz aufgeregt wissen. »Wird er wieder sehen können? Nun sagen Sie doch endlich etwas!«

Der Arzt, ganz Gentleman der alten Schule, sprach Marcus' Mutter auf eine Art an, die diese nur noch aus Büchern kannte, weil sie aus der Mode gekommen war.

»Gnädige Frau, das würde ich gern, wenn Sie mich denn zu Wort kommen ließen. Der Professor hat selbst operiert und alles in seiner Macht Stehende getan, das darf ich Ihnen versichern. Er konnte das Auge retten, und man wird wohl später kaum etwas von der Verletzung sehen.«

»Gott sei Dank!«, entfuhr es Christine, doch ihr Mann bemerkte, dass da noch etwas war, was der Arzt bisher nicht angesprochen hatte.

»Das war doch sicher die gute Nachricht«, meinte er deshalb an den Doktor gewandt. »Aber jetzt enthalten Sie uns bitte nicht die schlechte vor. Oder sollte ich mich irren, und bei unserem Sohn kommt tatsächlich alles wieder in Ordnung?«

»Nun, ich will ehrlich zu Ihnen sein. Die Verletzung ging durch den äußeren Winkel des linken Auges bis in den Glaskörper, aus dem Flüssigkeit ausgetreten ist. Wir haben sie ersetzt und die Hornhaut verschlossen, aber Sie müssen leider damit rechnen, dass Ihr Sohn einen Teil seines Sehvermögens auf diesem Auge eingebüßt hat. Wie viel, können wir allerdings noch nicht sagen, das werden spätere Tests ergeben. Selbst eine Brille wird nur bedingt helfen, da die Sehkraft beider Augen sehr unterschiedlich sein und Ihr Sohn wahrscheinlich über kein räumliches Sehen oder quantifizierbare Tiefenwahrnehmung mehr verfügen wird. Daran kann man sich zwar zum Teil gewöhnen, aber seinen Sport wird er wohl nicht mehr ausüben können.«

»Nun, es gibt Schlimmeres, dann macht er eben etwas anderes. Da finden wir schon etwas.« Christine wirkte regelrecht erleichtert, doch es war wieder ihr Mann, der erneut nachfragte, weil er immer noch nicht sicher war, ob der Arzt ihnen wirklich alles sagte.

»Mit welchen Einschränkungen müssen wir denn außerdem rechnen?«, wollte er deshalb wissen.

Der Doktor wand sich ein bisschen, bevor er mit der Sprache herausrückte.

»Wie gesagt, wir wissen noch nicht genau, wie viel Sehvermögen Ihr Sohn verloren hat. Von ›Wir können es zumindest teilweise mit einer Brille ausgleichen‹ bis ›Er sieht mit dem linken Auge nur noch Hell und Dunkel‹ ist alles möglich. Das wird die Zeit weisen. Aber ich muss Ihnen heute schon sagen, dass alle Tätigkeiten, die exaktes räumliches Sehen erfordern, für ihn zukünftig nicht infrage kommen werden. Um bei meinem Berufsstand zu bleiben: Ihr Sohn würde nie operieren oder beispielsweise Zahnbehandlungen vornehmen können. Aber es gibt ja zum Glück noch so viele andere Berufe. Nur müssen Sie darauf achten, dass er sich nicht auf einen versteift, der ihm dann verwehrt bleibt. Darauf wollte ich Sie nur hinweisen. Und er wird auf sein gesundes Auge höllisch aufpassen müssen, denn wenn er es verliert oder es erkrankt, kann er vollständig erblinden.«

»Nun, bis zur Berufswahl ist es ja noch eine Weile hin, und auf das andere werden wir achten, soweit es in unserer Macht steht«, meinte Wolfgang Leipold nachdenklich. »Vielen Dank für Ihre offenen Worte, Doktor. Aber können wir jetzt zu unserem Sohn?«

»Ja, doch er befindet sich nach der Narkose noch im Dämmerzustand. Und erschrecken Sie sich bitte nicht, sein Kopf ist natürlich bandagiert und das linke Auge abgedeckt. Aber er wird sicher froh sein, dass Sie bei ihm sind, wenn er zu sich kommt.«

Die Eltern dankten dem Arzt und schieden mit dem Gefühl, dass man hier wirklich alles Menschenmögliche für ihren Sohn

88

getan hatte. Aber die mühsam unterdrückte Wut blieb, wäre der Unfall doch nach den Worten des Trainers, der ganz offen und ehrlich mit ihnen gesprochen hatte, vermeidbar gewesen.

Nach und nach erwachte Marcus aus der Narkose. Er spürte üble Kopfschmerzen und wusste nicht, wo er war, fand es aber tröstlich, seine Eltern neben sich zu sehen. Sein Vater hatte seine Hand genommen und hielt sie ganz fest, während seine Mutter nervös im Aufwachzimmer auf und ab lief.

»Was ist geschehen, wo bin ich?«, hauchte Marcus mehr, als dass er klar artikuliert fragte, doch Wolfgang Leipold verstand jedes Wort.

»Im Krankenhaus, du hattest einen Unfall. Aber alles wird wieder gut, sagen die Ärzte«, versuchte der Vater seinen Sohn zu beruhigen. Der schwieg eine Weile, bevor er wieder etwas sagte.

»Ich erinnere mich, ich hatte ein Florett im Auge, stimmt's? Ist es noch da, oder werde ich eine schwarze Augenklappe tragen müssen wie ein Pirat?«

»Nein, wirst du nicht, Marcus! Wo denkst du hin? Vielleicht eine Brille, aber das ist schließlich nicht das Ende der Welt.«

»Ist es doch! Mit einer Brille kann man nicht fechten. Die passt nicht unter die Maske.«

»Willst du das denn noch? Nach allem, was passiert ist?«

»Endlich habe ich mal etwas gefunden, was mir wirklich Spaß macht und worin ich gut bin. Und da soll oder muss ich damit aufhören? Das ist so ungerecht!«

»Ich weiß, Marcus, das wäre sicher schwer für dich«, gab der Vater seinem Sohn recht und strich ihm behutsam über den Kopf. »Aber ich verspreche dir, wenn du wirklich nicht mehr zum Fechten gehen kannst, finden wir etwas anderes für dich, das, dir genauso viel Freude bereitet. Vielleicht hast du ja selber eine Idee.«

Marcus brauchte nicht lange zu überlegen.

»Dann will ich reiten lernen. Schließlich mussten die Musketiere auch beides können.«

3. Kapitel

Wandlitz, 12. Juni 1971

»Wollen wir nicht die Ananas für Günter mitnehmen?«, fragte Margot ihren Mann und hob eine große, reife Frucht empor. »Was meinst du, Erich? Ich könnte Sahne dazu schlagen, beides zusammen mag er doch so gerne.«

»Mach aber nicht so viel Zucker dran«, knurrte Erich Honecker unwirsch. »Der soll so gut wie gar nichts Süßes essen, hat mir erst vor ein paar Tagen sein Arzt gesagt. Sein Diabetes wird immer schlimmer.«

»Aber wenn er dich im Politbüro unterstützen und die neue Einheit von Wirtschafts- und Sozialpolitik auf dem Parteitag verkünden soll, müssen wir ein bisschen seine Seele streicheln. Du solltest besser immer daran denken, dass nicht jeder auf deiner Seite steht. Dass du Walter letztlich gewaltsam abgesetzt hast, ist dir von den Genossen noch nicht gänzlich verziehen worden.«

»Das weiß ich selber. Aber was hätte ich denn tun sollen? Walter hat mit dem, was er Ökonomisches System des Sozialismus nannte, die Rolle der Partei in den Betrieben und Kombinaten zugunsten der Dezentralisierung geschwächt. Ökonomen und Betriebsleitungen sollten unabhängig von Politfunktionären, dem ZK und sogar dem Politbüro agieren können, kannst du dir das vorstellen? Und das wollte er sich auch noch auf dem Parteitag von den Genossen absegnen lassen. Leonid wäre die Wände hochgegangen! Ich habe letztlich nur getan, was er angeordnet hat.«

Walter Ulbricht hatte den mächtigen Sowjetführer unter anderem auch damit verärgert, dass er in seiner Grußrede im März auf dem Parteitag der KPdSU in Moskau die Delegierten daran erinnerte, dass er zu den wenigen im Saal gehörte, die Lenin

90

noch persönlich gekannt hatten, und die misstrauisch von der Sowjetführung beäugte Wirtschaftspolitik der DDR ganz in dessen Sinne wäre. Außerdem rüttelte er am Monopolanspruch der sowjetischen Bruderpartei bezüglich der Auslegung der marxistisch-leninistischen Grundsätze und beanspruchte für die DDR, ein Vorbild für die anderen Ostblockstaaten bei der Verwirklichung des Sozialismus in einem industrialisierten Land zu sein.

Ist denn dem Alten jetzt wirklich jeder Realitätssinn verloren gegangen?, hatte sich Honecker damals gefragt. Er war nicht weiter überrascht gewesen, als ihm von Leonid Breschnew nach dem Eklat nachdrücklich bedeutet wurde, dass er es nicht ungern sehen würde, käme es zu einem baldigen Machtwechsel in der DDR.

Honecker hatte sich – nicht zuletzt auf Drängen seiner Frau Margot – daraufhin ein Herz gefasst, seinen persönlichen Leibwächtern befohlen, sich mit Maschinenpistolen zu bewaffnen, und war mit ihnen zu Ulbrichts Sommerresidenz am großen Döllnsee in der Schorfheide gefahren. Dort ließ er alle Tore und Ausgänge besetzen, die Telefonleitungen kappen und zwang den völlig überraschten Ersten Mann der DDR, der ihn einst protegiert und ins Politbüro geholt hatte, ein Rücktrittsgesuch an das ZK der SED »aus gesundheitlichen Gründen« zu unterschreiben. Auf dem in wenigen Tagen anstehenden achten Parteitag der SED galt es nun, auch Ulbrichts in den Augen vieler verfehlte Wirtschaftspolitik zu korrigieren. Und dafür war Günter Mittag, seit 1963 Sekretär für Wirtschaftsfragen im ZK und Mitglied des Politbüros, unerlässlich. *Margot hat schon recht*, sinnierte Erich, *man muss sich den einflussreichen Funktionär gewogen machen*. Vielleicht sollte er mal wieder mit Günter auf die Jagd gehen. Schließlich war der Wirtschaftslenker ein ebenso passionierter Hubertus-Jünger wie er selbst, und die Trophäensammlung in seinem Haus in der Schorfheide, das früher dem ehemaligen NS-Reichsbauernführer Richard Walther Darré ge-

91

hört hatte, sollte angeblich sogar noch größer und eindrucksvoller sein als seine eigene.

»Was meinst du, Margot, wollen wir uns nach dem Essen einen Cognac gönnen?« Erich nahm eine Flasche Hennessy aus dem Regal. »Wieso haben die hier eigentlich nur französischen und keinen georgischen, möchte ich mal wissen?«

»Das musst du Schalck-Golodkowski fragen, nicht mich. Schließlich ist er für die Belieferung des Ladenkombinats verantwortlich.«

Margot gebrauchte den allgemein üblichen Begriff für die Verkaufseinrichtungen innerhalb der Waldsiedlung nahe dem kleinen Örtchen Wandlitz, in der die führenden Staatsfunktionäre der DDR und alle Mitglieder des Politbüros abgeschottet von der Außenwelt lebten. Die ganze Anlage war von einem zweifachen Sicherungsring umgeben, offiziell auf einem Schild am äußeren Maschendrahtzaun als Wildforschungsgebiet deklariert, und wurde von einer verstärkten Kompanie des zur Stasi gehörenden Wachregiments *Feliks Dzierzynski* sowie der Hauptabteilung Personenschutz beim MfS gesichert.

»Ich sage dir ehrlich, ich mag den Mann nicht«, nuschelte Honecker vor sich hin. »Verstehe überhaupt nicht, was Erich an ihm findet.«

»Mielke und Schalck-Golodkowski, da haben sich zwei gesucht und gefunden.« Margot verspürte gegen beide eine innere Abneigung, schätzte aber andererseits die überaus effektive Arbeit des Stasichefs zum Schutze des Sozialismus und auch die seines Offiziers im besonderen Auftrag und Leiters des Bereichs Kommerzielle Koordinierung, kurz KoKo genannt, der alles beschaffen konnte, was man ihm in Auftrag gab. Wie, wollte Margot lieber gar nicht wissen. Allerdings bekam Alexander Schalck-Golodkowski von ihr des Öfteren umfangreiche Einkaufslisten, die er selbstverständlich gewissenhaft abarbeitete. »Wusstest du übrigens, dass Mielke einer der Doktorväter von Alexander Schalck-Golodkowskis Dissertation war? Nein? Da-

92

bei hat er weder Abitur noch ein abgeschlossenes Studium. So etwas geht wirklich nur bei uns, Erich.«

Margot Honecker musste es wissen, schließlich war sie schon seit acht Jahren Ministerin für Volksbildung. Obwohl sie selbst nur die Volksschule besucht hatte, unterstanden ihr alle Schulen, Hochschulen und anderen Bildungseinrichtungen der DDR, und mit harter Hand verhinderte sie jede Abweichung von der reinen Lehre des real existierenden Sozialismus und jedwede Reformbestrebung im Bildungswesen.

Ihr Mann ging auf den Einwurf seiner Frau nicht weiter ein. Unlängst hatte ihm Mielke mitgeteilt, dass über sie im Ministerium ein Spruch kursierte, der ihren autoritären Führungsstil charakterisierte. »Du sollst keinen Gott haben außer Mar-Got«, sagten ihre Mitarbeiter hinter vorgehaltener Hand über ihre Chefin, und beide Erichs, einander freundschaftlich zugetan, hatten herzhaft darüber gelacht.

»Soll ich nicht doch lieber einen Koch kommen lassen?«, wollte er stattdessen wissen. »Du stehst doch sonst morgen den halben Tag in der Küche.«

»Deine Fürsorge ehrt dich, Erich. Aber ich denke, so ist die Atmosphäre ungezwungener. Lass mal, ich koche ab und zu ganz gerne. Aber lass uns noch in den Kleiderladen nebenan gehen. Ich brauche wieder mal was Neues und Schickes zum Anziehen und vor allem ein paar passende Schuhe.«

Die Honeckers bezahlten ihre Lebensmitteleinkäufe an der Kasse. Wenn Günter Mittag morgen zu ihnen kam, sollte es französische Zwiebelsuppe, Rinderfilet mit Spargel und als Dessert eben frische Ananas mit Schlagsahne geben. Dass nichts davon außerhalb von Wandlitz für normale DDR-Bürger erhältlich war, wussten die Honeckers nicht, denn sie erhielten nur geschönte und zuvor sorgfältig überprüfte Informationen über die Versorgungslage im Land. Und selbst wenn es ihnen zu Ohren gekommen wäre, hätten sie es wahrscheinlich als Propaganda des Klassenfeindes abgetan, denn die Presse und das

93

Fernsehen der DDR berichteten ausschließlich von zufriedenen und jubelnden Menschen und einer steten Erfüllung und Übererfüllung der Pläne. Nicht einmal der Staatschef erhielt aus seinem Beraterkreis und von den Funktionären vor Ort Hinweise darauf, wie prekär die Lage tatsächlich war, und konnte sich demzufolge auch kein wahrheitsgetreues Bild machen.

Die Verkaufseinrichtungen in der Waldsiedlung wurden fast ausschließlich mit Waren aus dem Westen beliefert, und selbst die Möbel und Sanitäreinrichtungen der Ein- und Zweifamilienhäuser kamen aus der Bundesrepublik. Ebenso Margots umfangreiche Kosmetik, denn mit der heimischen Marke *Florena* konnte die Frau des Staatschefs wenig anfangen. Für sie durften die Pflegeprodukte auch schon einmal aus Paris kommen, denn schließlich repräsentierte sie an der Seite ihres Mannes den ersten sozialistischen Staat auf deutschem Boden.

Als alle Einkäufe erledigt waren, hakte sich Margot bei Erich unter, der sofort wusste, dass jetzt wohl noch etwas kommen würde, auf das er nicht vorbereitet war.

»Wir müssen dafür sorgen, dass die Jugendweihe einen noch höheren Stellenwert erhält als bisher«, begann sie auch prompt auf dem Weg zum Haus Nr. 11, welches die Honeckers bewohnten. Straßennamen gab es in der Waldsiedlung keine. »Weißt du eigentlich, dass unlängst Vertreter der Kirchen bei mir waren, die die Nähe des jährlichen Weihetermins zu dem ihrer religiösen Feste Ostern und Pfingsten beklagten? Noch dazu beschwerten sie sich darüber, dass Schüler, die aus konfessionellen Gründen nicht an der Jugendweihe teilnehmen, angeblich Schikanen ausgesetzt wären. Kannst du dir das vorstellen? Na, was denn sonst! Eine Nichtteilnahme ist doch ein klares Bekenntnis gegen unseren Staat und damit gegen die sozialistische Gesellschaftsordnung. Das darf nicht nur, das muss sogar Folgen für die Betroffenen haben. Ich möchte, dass wir die Studienzulassung zukünftig von einer Teilnahme an der Jugendweihe abhängig machen. Von meinem Ministerium ist

94

bereits ein neues Buch in Auftrag gegeben worden, das das alte Jugendweihegeschenk ersetzen soll. Es wird *Der Sozialismus, Deine Welt* heißen und statt des alten *Weltall Erde Mensch* den Jugendlichen anlässlich der Feier überreicht werden. Damit endgültig jedem klar wird, dass der Weg der DDR unumkehrbar in eine kommunistische Gesellschaftsordnung führt. Darin wird es dann keinen Platz mehr für Religion geben, über die Marx gesagt hat, sie sei Opium für das Volk. Oder was meinst du?«

»Margot, leg dich nicht zu sehr mit den Kirchen an. Ich habe gegenwärtig schon Ärger genug, ich brauche nicht noch neuen. Nach der Absetzung von Walter muss erst einmal Ruhe einziehen. Meine Gedanken gelten eher dem bevorstehenden Parteitag als der Jugendweihe. Also verschone mich bitte damit, wenigstens vorläufig.«

»Es ist doch überhaupt nicht meine Absicht, dich noch zusätzlich zu belasten, Erich. Ich weiß schließlich am besten, wie viele Sorgen dich plagen. Aber wir dürfen die Jugendarbeit nicht schleifen lassen oder gar nicht staatlichen Organisationen überlassen, denn hier wächst letztlich die Zukunft des Sozialismus heran. Wenn du willst, kümmere ich mich darum, ohne dich weiter mit diesem Thema zu belästigen.«

»Wenn du meinst.« Erich Honecker zuckte resigniert mit den Schultern, öffnete die Haustür und trug die Einkäufe in die Küche. Margot, sehr zufrieden darüber, dass ihr vonseiten ihres Mannes, der schließlich auch ihr Vorgesetzter war, offenbar keine Steine bei der Reform der Jugendweihe, die ihr sehr am Herzen lag, in den Weg gelegt werden würden, verstaute die Lebensmittel, ein Lied vor sich hin summend, in ihrem Miele-Kühlschrank.

4. Kapitel
1971–1975

»Und du willst mir wirklich weismachen, dass ihr von all dem nichts gewusst habt? Opa war doch sogar Offizier in der Wehrmacht!«

Marcus stand wie die personifizierte Entrüstung vor seiner Großmutter. Er war gerade von einer Klassenfahrt in Vorbereitung der anstehenden Jugendweihe aus Buchenwald zurückgekommen. Die Schüler hatten das ehemalige Konzentrationslager und das monumentale Mahnmal zu Ehren der hier Inhaftierten und Ermordeten besichtigt. In allen Einzelheiten waren ihnen die von den Nazis verübten Gräueltaten geschildert worden. Man hatte den Jugendlichen die Baracken gezeigt, in denen die Häftlinge zusammengepfercht worden waren, den Steinbruch, in dem sie bis zum Zusammenbrechen und oft auch bis zum Tod in ihrem durch steten Hunger geschwächten Zustand schuften mussten, die Genickschussanlage und auch die Krematorien, in denen die Wachmannschaften der SS die vielen Leichen verbrannt hatten. Ernst Thälmann, nach dem die Pionierorganisation benannt worden war, war in Buchenwald ebenso umgebracht worden wie mehr als fünfzigtausend andere Häftlinge aus aller Herren Länder.

Marcus, der stets so gut wie alles hinterfragte, wollte nun von seiner Großmutter, die schließlich die Zeit des Hitlerregimes als Erwachsene erlebt hatte, wissen, warum die Nazis diese unmenschlichen Verbrechen hatten verüben können, ohne dass sie von irgendjemandem daran gehindert worden waren.

»Wir haben wie viele andere etwas darüber munkeln hören, dass es solche Lager gab«, gestand Helene ein. »Vor allem, als immer mehr Juden von einem Tag auf den anderen verschwanden. Aber genau Bescheid gewusst haben wir nicht. Im Gegen-

96

teil. Wenn wir gesehen haben, wie die Gestapo und später die SS unter anderem kleine Ladenbesitzer, bei denen wir kurz zuvor sogar noch eingekauft hatten, aus ihren Geschäften gezerrt und auf Lastwagen geworfen haben und diese auf Nimmerwiedersehen verschwunden sind, haben wir oft gedacht: Wenn das der Führer wüsste! Nun, heute wissen wir, dass er es gewusst und angeordnet hat. Wir sind verdummt und betrogen worden und haben anfangs nicht gemerkt, dass wir Verbrechern zujubelten. Später dann wollten wir es nicht wissen, letztlich ging es nur noch ums eigene Überleben. Du solltest lieber nicht den Stab über uns und eine Zeit brechen, Marcus, die du selbst nicht miterlebt hast. Pass besser auf, dass es dir nicht ebenso ergeht wie uns damals.«

»Wie meinst du das? Es gibt ja wohl keine Verbrechen wie zur Zeit des Hitlerfaschismus in der DDR. Auch wenn ich, wie du weißt, kein großer Freund der Kommunisten und nur notgedrungen in der FDJ bin und an der Jugendweihe teilnehme.«

»So wie die jungen Leute damals in der Hitlerjugend oder im Bund Deutscher Mädel. Die Mitgliedschaft war ab 1936 Pflicht, das darfst du nicht vergessen. Irgendwie habe ich das Gefühl, es kommt alles wieder.«

»Zumindest gibt es aber seit dem Sieg über die Nazis keine KZ und Vernichtungslager mehr.« Marcus stand noch voll und ganz unter dem Eindruck des Besuchs der Gedenkstätte.

»So?« Seine Großmutter ließ die Frage einen Moment im Raum stehen, bevor sie weitersprach. »Du kommst doch gerade aus Buchenwald zurück? Hast du gewusst, dass dein Großvater dort fünf lange Jahre eingesessen hat, ohne dass wir wussten, wo er war?«

Marcus fiel fast vom Stuhl.

»Opa war ein Gegner des Hitlerfaschismus? Davon habt ihr ja nie etwas erzählt! Ich dachte, er wäre Offizier gewesen und irgendwann in amerikanische Kriegsgefangenschaft geraten.«

»So war es ja auch. Aber als er entlassen worden und zu uns

nach Leipzig zurückgekommen ist, wohin wir von Schlesien aus geflüchtet sind, hat man ihn kurze Zeit später festgenommen und für mehr als fünf Jahre eingesperrt. In Buchenwald, wie wir später erfuhren. Die Russen haben das Lager nach Kriegsende zusammen mit denen, die sie in der von ihnen besetzten Ostzone an die Macht gebracht haben, einfach weiterbetrieben. Alle missliebigen Personen, derer sie habhaft werden konnten, wurden dort sowie in anderen Speziallagern eingesperrt oder gleich nach Sibirien verfrachtet. Darunter waren viele Nazis und Kriegsverbrecher, zugegeben. Aber auch völlig Unschuldige, die den Kommunisten einfach nur im Weg waren oder nicht nach ihrer Pfeife tanzten. Hat man euch das etwa nicht erzählt? Es würde mich nicht wundern.«

»Kein Sterbenswort! Es hieß nur, die Lagerinsassen hätten sich, noch bevor die Amerikaner kamen, selbst befreit. Wir alle sind davon ausgegangen, dass das Lager danach geschlossen und zu einer Gedenkstätte umfunktioniert worden ist.«

»Das mit der Selbstbefreiung stimmt auch nicht ganz. Die Amerikaner waren schon da, als die Häftlinge sich gegen die letzten verbliebenen Wachen zur Wehr setzten. Ist aber letztlich auch egal. Doch so, wie wir nichts oder zumindest nichts Reales von den KZ der Nazis und ihren Massenmorden wussten, vor allem an den Juden, war auch nichts von diesen Speziallagern in Ostdeutschland bekannt. Viele der Eingesperrten sind in ihnen durch die unmenschlichen Haftbedingungen umgekommen, und wer überlebt hat und entlassen wurde, musste sich schriftlich verpflichten, nichts darüber verlautbaren zu lassen. Ganz wie bei den Nazis, auch wenn es wohl keine ausgesprochenen Vernichtungslager gab. Man hat die Leute einfach verhungern oder an unbehandelten Krankheiten sterben lassen. Dein Großvater hat Jahre gebraucht, um selbst mit mir darüber zu sprechen, wie es ihm in Buchenwald ergangen ist. So sehr hat er sich davor gefürchtet, erneut abgeholt und dann vielleicht nach Sibirien geschickt zu werden. Das hatte man ihm schließlich bei seiner Entlassung angedroht. Von dort wäre er bestimmt nicht mehr zurückgekommen, sondern in irgendeinem Gulag oder einer Kohlenmine elendiglich verreckt, wie so viele andere unter Stalin. Der war auch nicht viel besser als Hitler, glaub mir. Nur, dass man über seine Verbrechen und die vielen Straflager in der Sowjetunion bis heute nicht reden darf.«

»Aber warum? Warum ist Opa dort eingesperrt worden? Irgendetwas hat er sich doch zuschulden kommen lassen müssen. Ganz ohne jeden Grund, das kann ich mir einfach nicht vorstellen.«

»Man hat damals allen misstraut, die in amerikanischer Kriegsgefangenschaft gewesen und aus dieser wieder in die Ostzone zurückgekommen sind. Aber den Ausschlag für seine Inhaftierung hat wohl letztlich ein Brief gegeben, den er kurz nach dem deutschen Überfall auf Polen geschrieben hat. Hast du deinen Großvater gerngehabt, Marcus? Auch wenn er selbst dir gegenüber so verschlossen war? Sag's ehrlich.«

»Und wie! Ja, er hat nie viel gesprochen, und gern hätte ich mich öfter mit ihm unterhalten. Aber er hat mich so oft zum Reiten begleitet, wie er nur konnte. Und ich habe gesehen, wie er glücklich gelächelt hat, wenn mir ein Galopp oder ein Sprung gut gelungen ist. Einmal allerdings ist er wütend geworden, als er mit ansehen musste, wie ein Hufschmied ein Pferd vernagelte. Da hat er ihm Hammer und Zange aus der Hand genommen und das Eisen neu gesetzt. Ich wusste gar nicht, dass er das konnte. Gut, er war von Beruf Schmied, hat doch aber, solange ich denken kann, in einer großen Fabrik gearbeitet. Als er letztes Jahr gestorben ist, war ich todunglücklich und bin es noch immer. Er fehlt mir so, das kannst du dir gar nicht vorstellen.«

»Was glaubst du, wie es mir geht? Dein Opa ist nicht immer so zugeknöpft und schweigsam gewesen, wie du ihn kennengelernt hast, Marcus. Das war er erst nach seiner Rückkehr aus Buchenwald. Wenn du möchtest, erzähle ich dir seine Geschichte. Doch dafür sollten wir ins Wohnzimmer gehen und uns setzen. Denn was ich dir zu berichten habe, ist nicht mit zwei, drei Sätzen abgetan.«

Natürlich wollte Marcus die hören, was für eine Frage! Bisher hatten sich Großmutter und Enkel in der Küche der Altbauwohnung unterhalten, die Helene Leipold zusammen mit ihrer behinderten Cousine, die mittlerweile Arbeit als Pförtnerin bei einem Theater gefunden hatte, noch immer bewohnte. Jetzt schob sie Marcus vor sich her in das Wohnzimmer und nötigte ihn, in einem verschlissenen Sessel Platz zu nehmen.

»Willst du hören, warum dein Großvater außer sich vor Freude war, als er erfahren hat, dass du Reiten lernen willst, und warum er nie über Vergangenes gesprochen hat?«, vergewisserte sich Helene noch einmal, bevor sie mit ihrer Erzählung begann. Marcus nickte nur. Schon jetzt hatte ihn alles, was er bisher von seiner Großmutter erfahren hatte, aufgewühlt, und er war gespannt wie ein Bogen, was wohl noch folgen würde.

»Also gut, dann will ich dir mal etwas erzählen, was man euch so nicht in der Schule lehrt. Aber die Geschichte, die du jetzt zu hören bekommst, ist kein Märchen, sondern die reine Wahrheit. Vielleicht hilft sie dir, besser zu verstehen, was in diesem Lande vor sich geht und warum dein Großvater, ich, deine Eltern und viele andere Menschen sich bis heute nicht mit ihm identifizieren können.«

Helene Leipold ging zu einer Vitrine und entnahm ihr eine Flasche Eierlikör und ein Glas. Sie goss es voll, und Marcus, der seine Oma noch nie hatte Alkohol trinken sehen, sah, dass ihre Hände zitterten.

»Dein Großvater wollte in seiner Jugend das Gleiche werden wie du, Marcus«, begann sie dann ihre Erzählung, nachdem sie sich gesetzt und einen Schluck getrunken hatte. »Ein Reiter. Der große Krieg, heute sagt man Erster Weltkrieg zu dieser schrecklichen Zeit, war vorüber, der Kaiser ins Exil gegangen, und die Siegermächte hatten Deutschland nur eine kleine Armee ohne moderne Waffen zugestanden. Aber das kam deinem

Opa gerade recht. Seine Eltern besaßen in Niedersachsen eine Landwirtschaft, ebenso wie meine. Ein Reitpferd konnten sie sich nicht leisten, und da sie zwölf Kinder hatten, war es ihnen gar nicht so unrecht, dass sich ihr Sohn Franz, der Zweitälteste, zum *Friedensheer,* wie man anfangs die Reichswehr in der Weimarer Republik nannte, meldete. Er trat in ein Ulanen-Regiment ein, das noch Lanze und Säbel als Ausrüstung neben dem Karabiner führte. Das war für ihn damals die einzige Möglichkeit, seiner Leidenschaft für Pferde nachkommen zu können. Er war anfangs einfacher Reiter, stellte sich aber so geschickt an, dass man ihn bald zu einer Unteroffiziersausbildung abkommandierte. Gleichzeitig absolvierte er noch eine Ausbildung zum Hufbeschlagschmied an der Kavallerieschule Hannover und brachte es bis zum Meister. Das sollte ihm noch einmal zugutekommen, und er hat nie verlernt, ein Pferd zu beschlagen, wie du ja selbst erlebt hast.«

Marcus ging ein Licht auf, und er nickte verstehend. Sprachlos nahm er auf, was seine Großmutter ihm weiter offenbarte und von dem er bisher nichts gewusst hatte.

»Dein Großvater und Pferde waren eins. Er verstand sie einfach und wollte nichts anderes, als mit ihnen zusammen zu sein. Politik interessierte ihn nicht, und weil er so ein guter Reiter war, durfte er in Wettbewerben sogar gegen Offiziere antreten. Als Hitler an die Macht kam, verwischten sich die Klassenschranken zunehmend, denn wir waren nach dem Willen der Nazis jetzt alle eine große Volksgemeinschaft. Ja, das ist keine neue Erfindung, das gab es auch früher schon. Deinem Opa wurde vorgeschlagen, sich doch für die Offizierslaufbahn zu bewerben. Dann würde er an noch mehr Turnieren und Querfeldeinrennen teilnehmen können, die den unteren Chargen verwehrt waren. Wer konnte es ihm verdenken, dass er freudig zustimmte? Sogar Gustav Rau, der für die Organisation der Olympischen Reiterspiele 1936 in Berlin zuständig war, wurde auf den Leutnant Franz Leipold aufmerksam, und um ein Haar hätte er ihn in die Equipe aufgenommen. Doch daraus wurde dann nichts. Vielleicht weil dein Opa sich weigerte, Mitglied der NSDAP zu werden, oder wir gerade geheiratet hatten. Wir haben es nie erfahren.

Aber dann wurde er doch nach Berlin abkommandiert, bekam das Kommando über die Hufschmiede und war für den korrekten Beschlag der deutschen Olympiapferde verantwortlich. Eine sehr verantwortungsvolle Aufgabe, der er sich mit großer Akribie widmete und die ihm den Respekt aller nominierten Teilnehmer eintrug. Die deutschen Reiter haben damals in allen Disziplinen, in der Dressur, im Springreiten und in der Military, sowohl einzeln wie auch in der Mannschaft die Goldmedaille gewonnen. Jeder von ihnen wusste, dass sein Pferd nur so gut war wie dessen Hufe. Und dementsprechend hoch war ihre Achtung vor deinem Opa, der immer zur Stelle war, selbst mit Hand anlegte und jeden Beschlag kontrollierte.«

Selbst Marcus, noch nicht sehr geschult in der Beobachtung von Menschen, konnte erkennen, wie stolz seine Großmutter gerade war.

»Jetzt verstehe ich auch, wieso er dem Schmied in unserem Reitstall immer so auf die Finger gesehen hat. Es kam nie ein Kommentar von ihm, aber Opas Gesichtsausdruck sprach Bände, wenn ein Pferd beim Beschlagen zusammenzuckte.«

»Ja, das mochte er ganz und gar nicht, wenn jemand mit Pferden unprofessionell umging. Letztlich hat ihn das sogar ins Straflager gebracht. Aber dazu später. Fast alle deutschen Reiter gehörten der Wehrmacht an und kamen von der Kavallerieschule Hannover. Nach den grandiosen Erfolgen wurden sie belobigt und meist auch befördert. Auch dein Opa wurde nicht vergessen, zum Oberleutnant ernannt und nach Schlesien versetzt. Zuerst war er Zugführer, später dann Kommandeur der 4. Schwadron im Kavallerieregiment Nr. 8. Ich habe ihn als seine Frau natürlich an seinen neuen Standort begleitet, und deshalb kamen dein Vater und dein Onkel auch in Namslau zur Welt.«

»Und dann musste er an der Spitze seiner Schwadron in den

102

Krieg ziehen, als Hitler Polen überfiel?«, wollte Marcus wissen. »Schlesien gehört ja jetzt zu Polen, und demzufolge wart ihr dort ganz dicht dran.«

»Nein, musste er glücklicherweise nicht. Das will ich dir ja gerade erzählen, Marcus. Kurz vor Ausbruch des Krieges wurden die Kommandeure der Kavallerieregimenter zu Hitler auf den Obersalzberg befohlen, wo der Führer ihnen persönlich mitteilte, dass ihre Schwadronen aufgelöst werden würden. Den Offizieren stellte man frei, in den neuen Einheiten Dienst zu tun oder um ihre Entlassung nachzusuchen. Selbst den Nazis war klar, dass man durch Befehl aus einem Reiter keinen Panzersoldaten machen konnte. Das betraf auch deinen Großvater, und so quittierte er den Dienst, nachdem er sich wie viele seiner Kameraden unter Tränen von seinen Pferden verabschiedet hatte. Selbst seine Söhne und ich konnten ihn kaum trösten, und damals begann er, die Nazis mit anderen Augen zu sehen, denn dass sie einen Krieg mit modernen Waffen vorbereiteten, war ihm trotz aller Friedensschwüre von Hitler und seinen Helfershelfern klar. Dafür mussten die meisten Pferde weichen, aber wie sich später herausstellte, war das gut so. Dein Großvater wurde zum Heeresverpflegungsamt nach Schweidnitz versetzt und Beamter. Ich hatte in meiner Naivität schon gedacht, uns stände jetzt ein ruhiges Leben bevor, da brach der Zweite Weltkrieg aus. Prompt wurden alle ehemaligen Offiziere reaktiviert, also auch dein Opa. Er befehligte eine Versorgungseinheit der rückwärtigen Dienste, musste aber mit ansehen, wie polnische Ulanen mit eingelegter Lanze Attacke gegen deutsche Panzer ritten. Damals hätte man vielleicht gesagt, sie starben heldenhaft, aber es war nichts anderes als ein einziges sinnloses Gemetzel. Die polnische Armeeführung sagte ihren Soldaten, die Deutschen hätten gar keine Panzer. Was da anrollte, wäre nur aus Pappmaschee und auf alte Autos aufgesetzt. Und so griffen die Ulanen die Stahlkolosse mit Waffen an, die dein Opa und seine Kameraden schon 1927 hatten abgeben müssen.

103

Nun, die Menschen hätten es vielleicht besser wissen können, die Pferde aber sicherlich nicht. Als dein Großvater auf Heimaturlaub kam, schrieb er deshalb einen verhängnisvollen Brief an den Führer persönlich, weil ihm einfach das Herz beim Anblick der vielen dahingemetzelten Reiter mit den viereckigen Mützen, Ulanen-Tschapkas genannt, wie er selbst einmal eine getragen hatte, und ihren Pferden gebrochen war. Er bedankte sich bei Hitler für die weise Entscheidung, die deutschen Kavallerieregimenter aufzulösen und Reiter und Pferde in dieser neuen Art der Kriegsführung nicht ebenso sinnlos zu opfern, wie die Polen es getan hatten.«

»Und, hat er ihm geantwortet?«

Marcus beugte sich gespannt nach vorn.

»Ach wo. Der hat sich doch nicht die Zeit genommen, einem kleinen Wehrmachtsoberleutnant zu schreiben. Wir hatten den Brief schon längst vergessen, als man ihn zehn Jahre später wieder ausgrub. Doch da waren die Nazis lange geschlagen und die Kommunisten an der Macht.«

»Aber wieso ist Opa denn bei den Amerikanern gelandet, wenn er doch in Polen eingesetzt war?«

Marcus interessierte das, was seine Oma ihm erzählte, brennend.

»Nun, der Polenfeldzug war schnell zu Ende. Was ich dir jetzt sage, Marcus, darfst du an keiner Stelle weitererzählen. Versprich mir das, sonst kann ich nicht fortfahren. Es könnte deine Eltern oder auch mich ins Gefängnis und dich in einen Jugendwerkhof bringen.«

»Ich sage keinem was, Oma, versprochen. Aber jetzt will ich wissen, wie es weiterging. Spann mich nicht so auf die Folter.«

»Hitler hat am 1. September 1939 unter völlig vorgeschobenen Gründen die Polen überfallen, das wissen wir alle. Aber die haben sich verbissen gewehrt und es den Deutschen keinesfalls leicht gemacht. Viele, wie ich es dir von den Ulanen erzählt habe, gaben ihr Leben für ihr Land. Vielleicht hätten sie den

104

Vorstoß der Wehrmacht sogar aufhalten können, doch dann kamen von der anderen Seite die Russen. Mitte September fiel die Rote Armee in Polen ein und besetzte einen größeren Teil des Landes als wir Deutschen. Das hatten Hitler und Stalin in ihrem im August 1939 geschlossenen Pakt so festgelegt. Als die Polen dann vor dieser zweifachen Übermacht kapitulierten, wurde ein neuer Vertrag zwischen den beiden Siegern geschlossen, der Deutsch-Sowjetische Grenz- und Freundschaftsvertrag. Er wurde im Goebbels-Funk und in der Presse überschwänglich gefeiert, teilte Polen zwischen den beiden Mächten auf und legte neue Grenzen fest. Das lehrt man euch sicherlich nicht in der Schule, oder?«

»Nein, davon habe ich noch nie gehört. Nur vom heldenhaften Kampf der Roten Armee und des Sowjetvolkes gegen den Hitlerfaschismus.«

»Tja, siehst du mal. Ob Stalin geglaubt hat, dass sein Verbündeter sich an den mit ihm geschlossenen Pakt halten würde, weiß ich nicht. Aber Hitler hatte das mit Sicherheit nie vor, und nicht einmal zwei Jahre später befahl er dann der Wehrmacht, in die Sowjetunion einzumarschieren. Wie das ausgegangen ist, was dieser größenwahnsinnige Verbrecher da angezettelt hat, weißt du ja.«

»Natürlich. Aber was war mit Opa und dir in dieser Zeit?«

Dass die Alliierten letztlich das faschistische Deutschland besiegt hatten – vorrangig natürlich die Sowjetunion –, erzählte man Marcus in so gut wie jeder Schulstunde. Die Amerikaner und Engländer hatten nach DDR-Lesart nur einen klitzekleinen Beitrag dazu geleistet, der im Geschichtsunterricht ebenso wie die Landung in der Normandie daher auch nur am Rande erwähnt wurde. Worüber aber in den meisten Familien nie gesprochen wurde, war die Verstrickung der Eltern und Großeltern in die Geschehnisse während der Nazizeit. Darüber wurde meist der Mantel des Schweigens gebreitet und hier, im Wohnzimmer seiner Großmutter, gerade einmal ein Zipfel gelüftet.

105

»Dein Großvater war ja nur noch Reserveoffizier und deshalb oft zu Hause, um sich vom Heeresverpflegungsamt aus um die Versorgung der Truppen zu kümmern. Doch als die Alliierten auf Sizilien landeten und abzusehen war, dass Mussolini sich nicht würde halten können, schickte man deinen Großvater zusammen mit anderen Heeresverbänden nach Italien. Diesmal fiel uns der Abschied sehr schwer, denn jeder denkende Mensch wusste, dass der Krieg verloren war. Der hochgelobte Wüstenfuchs Rommel war von den Engländern in Afrika geschlagen worden, die Schlacht um Stalingrad hatte in einer einzigen Katastrophe geendet, und Italien würde wohl bald aus dem Krieg ausscheiden. Wer da noch Hitlers und Goebbels' Parolen vom Endsieg glaubte, dem war nicht mehr zu helfen.

Ich beschwor deinen Opa, alles dafür zu tun, um am Leben zu bleiben und ja zu uns zurückzukehren. Er musste sich zuerst auf Sardinien in Cagliari bei einem Verwaltungslager der Luftwaffe melden, wurde aber schon bald auf das Festland versetzt. Dort waren mittlerweile Briten und Amerikaner unweit von Neapel gelandet, nachdem sie zuvor schon Sizilien eingenommen hatten. Dein Großvater wurde zum Hauptmann befördert und ihm das Kommando über ein Versorgungsbataillon einer Panzerdivision übergeben, die versuchte, die Invasion der Amerikaner bei Salerno zu stoppen, aber zurückgeschlagen wurde. Alle deutschen Einheiten sollten sich daraufhin nach Norden auf vorbereitete Stellungen zurückziehen. Ja, und dabei geriet dein Opa dann in amerikanische Gefangenschaft.«

»Weißt du, wie das geschehen ist?«, wollte Marcus wissen. »Hat er denn selbst kämpfen müssen?«

Seine Oma lächelte still vor sich hin, bevor sie weitererzählte.

»Nein, dazu kam es gar nicht. Er führte sein Bataillon mit den Lastwagen und Fuhrwerken abseits der Hauptstraßen in Richtung auf Rom, aber sehr langsam. Irgendwie hofften wohl die meisten Soldaten und insgeheim auch viele Offiziere, dass die Amerikaner oder Briten auftauchen und sie gefangen nehmen würden. Dann wäre der Krieg für sie vorbei, und man würde nicht länger den Kopf für Führer, Volk und Vaterland hinhalten müssen. Und so passierte es dann auch. Allerdings wurde das Bataillon von keiner großen Übermacht gefangen genommen, sondern lediglich von den Soldaten zweier Jeeps. Ein amerikanischer Offizier stieg aus, Zigarette im Mundwinkel, bot deinem Opa eine an und erklärte ihm gleichzeitig, dass er und seine ganze Truppe jetzt amerikanische Kriegsgefangene wären. So hat er es mir später jedenfalls erzählt.«

»Und das ging so einfach, ganz ohne jede Schießerei ab?« Marcus hörte völlig atemlos zu.

»Leider nein. Zu jeder Einheit gehörten immer auch ein paar SS-Männer. Und die wollten die Amerikaner natürlich erschießen und weiterkämpfen. Aber da krachte es aus den Reihen der Landser, und zwei der Totenkopfträger fielen plötzlich um. Die Amis hatten sofort ihre Waffen in der Hand und ihre auf die Jeeps montierten MGs durchgeladen, aber als sie sahen, dass das ganze Bataillon geschlossen wie ein Mann die Hände hob, beruhigten sie sich wieder. Die ganze Einheit machte daraufhin kehrt und wurde nach Neapel eskortiert. Dort trennte man deinen Opa und seinen Stab von der Truppe und verfrachtete ihn zusammen mit den anderen Offizieren auf ein Schiff, das schon am nächsten Tag den Hafen verließ.«

»Und wohin wurden sie gebracht?«

»Das hat man den Gefangenen im Bauch des Schiffes nicht gesagt, und sie sind daraufhin sehr unruhig geworden. Das Gerücht machte die Runde, dass der Kahn, der wohl recht altersschwach war, auf dem offenen Meer versenkt werden sollte. Aber das stellte sich glücklicherweise als Latrinenparole, wie so etwas bei der Armee genannt wird, heraus. Die Ungewissheit, was mit ihnen passieren würde und wohin die Reise ging, war wohl das Schlimmste für alle unter Deck, denn auf der ganzen Fahrt durfte niemand nach oben.«

»Jetzt sag schon, wohin ist das Schiff gefahren?«

107

»Du wirst es kaum glauben, und dein Großvater war wie alle seiner Kameraden auch völlig perplex, als sie endlich nach mehreren Wochen den Kahn verließen. Sie waren in Amerika, in New Orleans an der Mündung des Mississippi, angekommen.«

»Das gibt's doch nicht! Opa war in Amerika?«

»Ja, und die Reise ging noch weiter. Die Gefangenen wurden auf Flussschiffe gebracht, die den großen Strom hinauffuhren. In Memphis …« Helene konnte nicht weitersprechen, weil ihr Enkel sie schon wieder aufgeregt unterbrach.

»Etwa da, wo Elvis lebt?« Der Name der Rock-n'-Roll-Ikone hatte sich natürlich auch unter der DDR-Jugend herumgesprochen, auch wenn seine Songs offiziell verpönt waren. Aber es gab ja den RIAS und Radio Luxemburg, die weit in die Ostzone hinein ausstrahlten, und sogar einen Western – *Flaming Star* – hatte Marcus mit dem Sänger und Schauspieler, der nur *The King* genannt wurde, im Fernsehen schon gesehen.

»Genau dort gingen sie an Land.« Die Großmutter lächelte ihren Enkel ob dessen Begeisterung zärtlich an. »Sie mussten in Eisenbahnwaggons steigen, und jetzt ging es nach Westen, durch unendliche Weiten.«

»Die Prärie!« Marcus hielt es nicht mehr in seinem Sessel. »Die möchte ich unbedingt einmal sehen. War Opa womöglich gar in Texas?«

»Da muss ich dich leider enttäuschen, in Oklahoma war die Reise dann zu Ende. Mitten im Land, von wo aus niemand entkommen konnte, hatten die Amerikaner Kriegsgefangenenlager errichtet. Mehr als hundertfünfzig Haupt- und fünfhundert Nebenlager, wie man später erfuhr, in denen über dreihundertsiebzigtausend Gefangene untergebracht waren. Dein Großvater kam in das berüchtigte Camp Alva, weil man ihn als Bataillonskommandeur zunächst für einen überzeugten Anhänger Hitlers hielt und diese dort getrennt von den weniger belasteten Wehrmachtsangehörigen konzentriert wurden. Das hätte ihn fast das Leben gekostet, als unter den hartgesottenen Naziinsassen wiederum bekannt wurde, dass sich seine Einheit, ohne Widerstand zu leisten, ergeben hatte und er außerdem kein Parteigenosse war.

In dem Lager gab es nämlich etliche SS-Männer, die zuvor schon einen Homosexuellen aufgehängt und das Ganze als Selbstmord kaschiert hatten. Als sie deinen Opa holen wollten, um mit ihm als Verräter ebenso zu verfahren, wehrte er sich so vehement, dass die Wachen aufmerksam wurden und dazwischengingen. Das rettete ihm das Leben, denn sie brachten ihn zum Lagerkommandanten, der der Sache auf den Grund ging. Er fragte deinen Großvater, ob er denn irgendeinen Beruf erlernt hätte oder zeitlebens nur Soldat gewesen sei. Als er erfuhr, dass der Hauptmann, den er bisher für einen überzeugten Nazi gehalten hatte, Schmiedemeister war und mit Pferden umgehen konnte, war das Schicksal deines Großvaters für die nächsten drei Jahre besiegelt. Er sagte mir einmal, wenn ich und seine Söhne bei ihm gewesen wären, wäre das die schönste Zeit in seinem ganzen Leben gewesen.«

»Mitten im Krieg? Wieso denn das?«

»Man holte ihn aus dem Lager heraus und brachte ihn viele Meilen weiter in eine kleine Stadt namens Stillwater, wo der Schmied gestorben war und es keinen Ersatz für ihn gab. Die Farmer und Rancher schrien händeringend nach jemandem, der ihre Pferde beschlagen und Gerätschaften reparieren konnte. Und dafür war dein Opa genau der richtige Mann. Die anderen Gefangenen mussten in der Landwirtschaft arbeiten oder Holz schlagen und Eisenbahnschienen verlegen. Nur Generäle brauchten nach der Genfer Konvention nichts zu tun. Er hingegen lebte nahezu völlig frei und hatte ausschließlich die Auflage, einmal in der Woche beim Sheriff vorbeizuschauen. Meistens trafen sie sich auf ein Bier im Saloon. Es bedrückte ihn nur unendlich, dass er keine Nachricht aus der Heimat bekam, wie es seiner Familie ging. Vor allem, als der Krieg dann nach Deutschland kam und die Russen auf Schlesien vorrückten, wie er aus der Zeitung und dem Radio erfuhr. Mittlerweile liebten die Einwohner dieser kleinen Stadt ihren Captain Fritz, wie sie deinen Opa nannten, weil er wirklich alles instand setzen konnte und sich für keine Arbeit zu schade war.«

»Oma, du meinst wirklich, Opa hat in einer echten Westernstadt gelebt? So richtig unter Cowboys, Ranchern und Sheriffs? Gab es da vielleicht sogar Indianer?«

Helene Leipold zuckte mit den Schultern.

»Davon hat er mir nichts erzählt. Nur, dass das Leben dort für die Menschen auch oft nicht einfach war. Im Winter meist bitterkalt, im Sommer glühend heiß, und immer windig und staubig. Kein Paradies, so darfst du dir das nicht vorstellen. Aber ein Platz, wo man es trotzdem gut aushalten konnte. Dann war auf einmal der Krieg zu Ende, und die deutschen Gefangenen sollten nach und nach in ihre Heimat zurückkehren. Als das bekannt wurde, beschworen die Einwohner von Stillwater deinen Opa, doch bei ihnen zu bleiben. Sie wollten für eine Überfahrt sammeln, damit ich, dein Vater und dein Onkel zu ihm kommen konnten. Das Rote Kreuz hatte von ihnen heimlich schon einen Suchauftrag für uns bekommen.«

»Ich fasse es nicht! Da wäre ich ja womöglich mitten im Wilden Westen geboren worden. Woran ist das denn gescheitert?«

»Sei nicht so vorwitzig, Marcus. Wahrscheinlich gäbe es dich in diesem Fall ja gar nicht, denn dein Vater hätte dann deine Mutter niemals kennengelernt. Nun, dein Großvater war aus Sorge um uns völlig außer sich und wollte nichts anderes als nach Deutschland zurück, um nach uns zu suchen. Es war auch in Amerika bekannt, dass viele Menschen vor den anrückenden Russen aus Ostpreußen, Pommern und eben auch Schlesien geflohen waren und dass diejenigen, denen wir heute nach dem Willen der neuen Machthaber in immerwährender Freundschaft verbunden sein müssen, damals nicht gerade zimperlich mit Frauen und sogar Kindern umgingen. Von den gefangenen Männern einmal ganz abgesehen. Aber das war nach dem, was

110

die SS und auch die Wehrmacht in Russland verbrochen hatten, wohl auch nicht anders zu erwarten.«

»Was willst du damit sagen, Oma? Dass die Soldaten der Roten Armee nicht als Befreier gekommen sind, sondern sich an der Zivilbevölkerung vergriffen haben? Da erzählt man uns in der Schule aber etwas ganz anderes. Die Deutschen haben furchtbare Verbrechen am Sowjetvolk begangen. Ihre Armee hätte allen Grund gehabt, sich dafür zu rächen, es aber nicht getan. Wir haben das gerade erst in dem Film *Befreiung* im Kino gesehen.«

»Marcus, glaubst du wirklich alles, was in der Zeitung steht, du im Kino siehst oder das, was sie euch im Staatsbürgerkundeunterricht erzählen?«

»Natürlich nicht!«, entrüstete sich Helenes Enkel. Schließlich war er vierzehn Jahre alt und damit zumindest in seinen eigenen Augen kein Kind mehr, dem man alles weismachen konnte. »Alle wissen doch, dass da reine Propaganda verbreitet wird und die Wirklichkeit ganz anders aussieht. Man braucht doch bloß mal in die Läden zu schauen! Die Regale müssten sich laut der ständig übererfüllten Pläne vor lauter Waren nur so durchbiegen, dabei sind sie leer, und es gibt so gut wie nichts zu kaufen. Gerade einmal das Nötigste zum Leben.«

»Eben. Aber wenn sie euch einen Film über den Krieg aus sowjetischer Sicht zeigen, dann hältst du das für die Wahrheit?«

Nachdenklich rieb sich Marcus die Nase. So hatte er das noch gar nicht gesehen, und wenn er darüber nachdachte, hatte seine Großmutter unzweifelhaft recht.

Nie im Leben konnte Helene ihrem Enkel erzählen, wie es ihr damals tatsächlich ergangen war. Ähnlich wie die Ostpreußen waren auch die meisten Schlesier vor den anrückenden Russen geflohen – aber ebenso wie die Landsleute aus der nordöstlichen Provinz viel zu spät, weil Hitler die Evakuierung der Zivilbevölkerung verboten und die Verwaltungshauptstadt Breslau zur Festung erklärt hatte. Von Gauleiter Karl Hanke war noch Anfang des Jahres 1945 zu hören gewesen, dass kein Russe jemals die Grenze zu Schlesien überschreiten würde. Als die Rote Armee dann mit Wucht und Wut in das Deutsche Reich vorstieß, blieb nur noch die heillose Flucht. Helene Leipold hatte sich mit ihren zwei Söhnen, ihrer schwer kranken Mutter und ihrer behinderten Cousine einem Treck angeschlossen, der in das noch sichere Sudetenland unterwegs war. In der eisigen Januarkälte zogen sie über das Riesengebirge, was Marcus' Urgroßmutter nicht überlebte. Sie konnte nicht einmal in der gefrorenen Erde begraben werden, sondern blieb wie so viele andere einfach am Wegrand zurück.

Reste der geschlagenen deutschen Armee überholten den Treck – und dann waren auch schon die Russen da. Sie plünderten die Wagen, nahmen den Flüchtlingen das letzte Hab und Gut und vergewaltigten die jüngeren Frauen, machten aber in vielen Fällen nicht einmal vor den Schwangeren und Großmüttern halt. Auch Helene war unter den Geschändeten und ertrug es wie die meisten ihrer Leidensgenossinnen stoisch und mit zusammengebissenen Zähnen in der Hoffnung, nicht verletzt zu werden und innerlich zu verbluten.

Die Russen hatten die Schlesier wieder zurückgeschickt, und Helene war mit den beiden Jungen und ihrer Cousine unter unsäglichen Strapazen zu Fuß nach Schweidnitz in ihre total verwüstete und geplünderte Wohnung zurückgekehrt. Sie wurde als Näherin von den Besatzern zwangsverpflichtet, erhielt dadurch aber zumindest Lebensmittelbezugsscheine, mit denen sie ihre Familie mehr schlecht als recht durchbringen konnte. Auch hier blieb ihr das berüchtigte und gefürchtete »Frau, kumm« nicht erspart. Sie war sogar schwanger geworden, hatte das Kind aber später verloren. Obwohl strenggläubige Katholikin, war sie damals darüber erleichtert gewesen. Jetzt, als die Erinnerungen an jene schreckliche Zeit während ihrer Erzählung wieder hochkamen, schämte sie sich erneut wegen des erlittenen Missbrauchs. Es hatte Jahre gedauert, bis sie ihrem Mann nach dessen

112

Entlassung aus dem Straflager davon berichten konnte, und sie in ihrer Liebe zu ihm unendlich bestärkt, dass er sie danach in die Arme genommen und nicht von sich gestoßen hatte.

Etwas später wurden vertriebene Polen aus dem Osten des Landes bei ihr einquartiert, denn die Russen hatten nicht die Absicht, die von ihnen 1939 okkupierten Gebiete wieder herauszugeben, und siedelten die polnische Bevölkerung in die deutschen Provinzen östlich von Oder und Neiße um.

Helene, ihre Cousine und die beiden Jungen hausten von nun an in einem kleinen Zimmer, durften die Küche nicht mehr benutzen und mussten sich an einer Pumpe im Hof waschen und dort auch ihre Notdurft verrichten. Helene hatte sich ans Rote Kreuz gewandt und hoffte tagtäglich auf Nachricht von ihrem verschollenen Mann. Doch stattdessen kam eines Tages der Befehl, sich auf dem Bahnhof einzufinden und als Gepäck höchstens einen kleinen Koffer oder Rucksack mitzunehmen. Die Frauen und Kinder wurden in Viehwaggons gedrängt, und ohne ihnen zu sagen, wohin es ging, setzte sich der Zug in Bewegung.

Helene wusste, dass es den Polen und Russen in den von den Deutschen eroberten Gebieten noch viel schlimmer ergangen war als ihr. Aber ein Trost war das letztlich nicht. Sie verfluchte die Zeit, in der auch sie dem Führer zugejubelt und ihm geglaubt hatte, wenn er von goldenen Zeiten in einem Großdeutschen Reich fabuliert und seinen Wahnsinn in die Mikrofone gebrüllt hatte. Wie so viele andere hatte sie den vom Volksempfänger, auch *Goebbels-Schnauze* genannt, übertragenen Reden gelauscht und den mahnenden Worten ihres Mannes, der den kommenden Krieg voraussah, nicht glauben wollen. Jetzt bekam sie die Quittung dafür gnadenlos präsentiert und hoffte nur, ihre beiden Jungen und ihre Cousine durchzubringen.

Sechs Wochen waren die Leipolds unterwegs, wurden von Lager zu Lager weitergereicht, mehrmals entlaust und registriert, bis ihr Weg dann in Markranstädt bei Leipzig endete.

113

Marcus hatte seine Großmutter still beobachtet, während diese in Gedanken versunken gewesen war, doch jetzt wollte er wissen, wie es seinen Großeltern tatsächlich ergangen war.

»Erzähl weiter, Oma«, verlangte er. »Es war gerade so spannend. Wenn die Filme nicht die Wahrheit wiedergeben, dann sag du mir, wie es gewesen und die Sowjetarmee mit euch umgesprungen ist.«

»Marcus, wir wollten doch von deinem Opa sprechen, nicht wahr?«, wiegelte Helene ab, denn das, was ihr wie so vielen anderen widerfahren war, würde ihr gegenüber ihrem Enkel niemals über die Lippen kommen. »Alles andere erzähle ich dir vielleicht später einmal. Also pass auf. Einige Zeit nachdem der Krieg vorbei war, wurden die in Amerika internierten deutschen Kriegsgefangenen nach und nach an die Ostküste verlegt, um von dort wieder nach Europa verschifft zu werden. Zuvor erhielten sie noch einen Schnellkurs in politischer Bildung, und man versuchte ihnen das Wesen der Demokratie zu erklären. Dein Großvater kam nach Fort Getty auf Rhode Island in eine Kriegsgefangenenschule. Man wollte erreichen, dass die Entlassenen in ihrer Heimat auf Versöhnung und Verständigung hinwirken würden, und ihnen die amerikanische Lebensweise, den American Way of Life, wie sie es nannten, nahebringen. Dann kamen die Gefangenen wieder auf ein Schiff, diesmal einen Passagierdampfer, und wurden in Hamburg angelandet. Von dort ging es noch einmal in ein Lager, diesmal nach Westerland auf der Insel Sylt.«

»Das ist ja eine wahre Odyssee, die Opa da hinter sich hatte«, entfuhr es Marcus, der seinen Homer in- und auswendig kannte.

»Ja, so war das damals nach dem Krieg. Es ging vielen so wie uns. Tausende flüchteten aus den ehemaligen deutschen Ostgebieten oder wurden später vertrieben. Deine Tante Hilde, dein Vater, dein Onkel Jürgen und ich waren letztlich in Leipzig angekommen. Man hatte uns mit anderen Familien am Bienitz – du weißt doch, das ist der Wald, wo du mit deinen Eltern oft

Pilze gesammelt hast und im Kanal baden warst – in einem ehemaligen Kurhaus untergebracht. Alle zusammen lebten wir in dem ehemaligen Festsaal und teilten ihn mit Decken und Tüchern ab, damit man wenigstens ein bisschen für sich sein konnte.«

Marcus erinnerte sich, dass sein Vater ihm schon einmal davon erzählt hatte. Der Bienitz war ein bewaldeter Hügel im Nordwesten von Leipzig, der den Bürgern auch heute noch als Ausflugsziel diente. Der nie fertiggestellte Elster-Saale-Kanal verlief an seiner Nordseite und lud zum Baden ein. Wolfgang Leipold hatte seinem Sohn auch das Haus gezeigt, in dem die Familie damals gewohnt hatte und das heute verwaist war. Als Kinder hatten Wolfgang und Jürgen im Wald gespielt, Pilze und Beeren gesammelt und nebenbei auch Munition gefunden, die kaum verscharrt überall herumlag. Es gab auch mehrere Schießstände, die noch aus Kaiserzeiten stammten, später aber von der Wehrmacht und dann von den Russen benutzt wurden. Mit den Wachen, meist blutjungen Soldaten, hatten sich die Jungen angefreundet und bekamen von ihnen das eine oder andere Mal Brot, Zucker und sogar Butter zugesteckt. Dafür besorgten sie ihnen Schnaps aus dem nahen Laden in Burghausen, den die Russen nicht betreten durften. Ihre Mutter hatte das gar nicht gern gesehen, doch Wolfgang und Jürgen dachten sich nichts dabei und steuerten so wenigstens etwas zum Überleben der kleinen Familie bei.

»Und was war nun mit Opa? Wann kam er denn zu euch, und warum wurde er danach wieder eingesperrt?«, drängelte Marcus, der es genau wissen wollte.

»Da wir nun eine feste Adresse hatten, konnte ich diese dem Roten Kreuz melden. Und so erfuhr dein Großvater auf Sylt, wo wir gelandet waren. Er bat uns eindringlich, zu ihm zu kommen, und wollte uns dafür Geld schicken. Die Amerikaner hatten ihm geraten, sich besser nicht in die sowjetisch besetzte Ostzone zu begeben. Doch ich konnte einfach nicht mehr und beschwor ihn, nach Leipzig zu kommen, sobald man ihn entließe. Er hatte sich ja nichts zuschulden kommen lassen, keine Kriegsverbrechen begangen und war schon relativ zeitig in Gefangenschaft geraten. Ich dachte, es wäre nicht schwer für ihn, auch hier im Osten schnell Arbeit zu finden. Keiner wusste ja, wie es in Deutschland weitergehen würde. Dass die ehemaligen Verbündeten schon kurz nach Ende des Krieges heillos zerstritten waren, ahnte damals keiner von uns. Wir hatten kein Radio, nur selten eine Zeitung, und wenn, war sie voller Propaganda.«

Helene konnte ihrem Enkel schlecht erzählen, dass sie von der Fehlgeburt und der wochenlangen Irrfahrt noch immer geschwächt gewesen war, nicht klar denken konnte und ihren Mann so nichtsahnend in sein Unglück gelockt hatte. Bis heute machte sie sich deshalb schwere Vorwürfe. Franz Leipold hingegen hatte es nie getan, aber seine Verschlossenheit, sein völlig verändertes Wesen und seine bis zu seinem plötzlichen Tod angeschlagene Gesundheit waren für Helene eine immerwährende Strafe gewesen.

»Dein Opa wurde am 19. Februar 1946 von den Amerikanern in Westerland entlassen. Er war während seiner Gefangenschaft in Oklahoma für seine Arbeit bezahlt worden und hatte jeden Cent gespart. Es fuhren wieder Züge zwischen den Besatzungszonen, und völlig überraschend, gut genährt und kerngesund, stand er eines Tages vor mir, nahm mich in die Arme und drückte dann seine Jungs so fest an sich, dass ich dachte, er bricht ihnen gleich die Rippen. Wir waren so unendlich glücklich, uns wiedergefunden zu haben.«

Bei der Erinnerung daran wurden Helene noch immer die Augen feucht, und Tränen rannen über ihre Wangen.

»Nicht weinen, Oma«. Marcus ergriff die Hand seiner Großmutter und streichelte sie sanft. »Es ist doch letztlich alles gut geworden.«

»Nein, das ist es eben nicht.« Helene seufzte schwer, trocknete sich mit einem Taschentuch die Augen und trank etwas von dem Eierlikör, bevor sie fortfuhr. »Schon am nächsten Tag musste sich dein Opa bei den zuständigen Stellen melden und seine Entlassungspapiere vorlegen. Von nun an hielten ihn die neuen Machthaber unter Beobachtung, denn sie misstrauten jedem, der aus den westlichen Besatzungszonen kam. Vor allem aus der amerikanischen, das habe ich dir ja schon gesagt. Denn die Amis waren jetzt keine Verbündeten mehr, sondern imperialistische Aggressoren, die die friedliebende Sowjetunion bedrohten und angeblich die Nazis schützten. Dabei machten sie ihnen doch gerade in Nürnberg den Prozess! Aber das Misstrauen zwischen den vormaligen Alliierten saß bereits tief und strahlte auf alle ab, die mit der von den Kommunisten verteufelten westlichen Ideologie in Berührung gekommen waren.«

»Da hat sich ja zu heute nicht viel verändert«, warf Marcus ein. »Wir haben seit einem Jahr Staatsbürgerkundeunterricht. Was sie uns da für einen Mist erzählen, kannst du dir gar nicht vorstellen. Würde man dem Glauben schenken, dann müsste ich davon ausgehen, dass Onkel Jürgen spätestens morgen schwer bewaffnet an der Grenze steht und über die DDR herfallen will. Jeder zweite Satz bezieht sich auf die kriegslüsternen, imperialistischen Bonner Ultras und ihre Verbündeten, denen der Sinn nach nichts anderem als der Vernichtung des Sozialismus steht. Dabei ist ein Sozialdemokrat in Bonn Bundeskanzler und die Sowjetunion mit den anderen Warschauer-Pakt-Armeen in Prag einmarschiert. Nicht die Nato!«

Helene freute sich darüber, was für Gedanken sich ihr Enkel machte. Sie war wie viele andere aus ihrer Generation den Nazis hinterhergelaufen, was Hitlers Verbrechertum erst möglich gemacht hatte. Wenn damals mehr Menschen wie Marcus ihren Verstand eingeschaltet und nicht vorbehaltlos der Goebbels-Propaganda geglaubt hätten, wäre es vielleicht nicht zum Schlimmsten gekommen. Doch damals, das musste Helene sich zu ihrer Ehrenrettung eingestehen, gab es kaum kritische Eltern und Großeltern, die ihre Kinder und Enkelkinder dazu anhielten, nicht alles widerspruchslos hinzunehmen, was ihnen eingetrichtert wurde. Wie heute bliesen auch zu jener Zeit Schule, Zeitungen, Rundfunk und die Wochenschau im Kino alle in das gleiche Horn, was dann letztlich zur größten Katastrophe aller Zeiten geführt hatte.

»Damals war das noch weit schlimmer, Marcus«, fuhr die Großmutter fort. »Der Krieg war gerade erst vorüber und die Kommunisten sich ihrer Macht keineswegs sicher. In so gut wie jedem, der nicht voll und ganz auf ihrer Seite stand, sahen sie einen Klassenfeind, selbst wenn er der Arbeiterklasse angehörte. Dein Opa bekam Arbeit in einem großen Werk für Landmaschinenbau in Plagwitz zugewiesen. Sein Einwand, dass er lieber in einer kleineren Werkstatt tätig sein und sich später einmal selbstständig machen wollte, wurde einfach beiseitegewischt. Also lief er jeden Tag mehr als eine Stunde bis zur Endhaltestelle der Straßenbahn, stieg zweimal um und musste am Abend auch so zurückkommen, obwohl ihn ein Schlosser gleich um die Ecke für sein Leben gern als zweiten Mann in seine Schmiede geholt hätte.

Schon nach wenigen Tagen wurde dein Opa von den Russen erneut einbestellt. Diesmal waren aber auch KPD-Funktionäre anwesend. Gemeinsam unterzogen sie ihn einem langen Verhör. Als er schon dachte, er würde verhaftet werden, boten sie ihm einen Posten in der auf Befehl aus Moskau neu zu gründenden Polizei an. Sie hatten herausgefunden, dass dein Großvater als Offizier für rückwärtige Dienste logistische Aufgaben zu lösen gehabt hatte, und wollten sich diese Fähigkeiten zunutze machen. Aber er lehnte ab, weil er sich wie viele andere geschworen hatte, nie wieder Uniform zu tragen und keine Waffe mehr anzufassen. Das machte ihn aber in den Augen derer, die ihn für eine Laufbahn in den neuen Polizeikräften vorgesehen hatten, äußerst verdächtig. Hatten sie es womöglich doch mit einem eingeschworenen Antikommunisten zu tun, der nichts zum Aufbau des Sozialismus beitragen wollte? Sie durchforsteten

118

noch einmal seine Wehrmachtsakte und fanden dabei den Brief, den er einst an Hitler geschrieben hatte. Doch das erfuhr ich erst viele Jahre später.

Dein Opa wurde von ein paar Männern in Ledermänteln, die ihn stark an die Gestapo erinnerten, von der Arbeit abgeholt und ins Hauptquartier des NKWD in Leipzig gebracht. Das war die russische Geheimpolizei, die unzählige Menschen in ihrem Machtbereich verhaftet hat und auch in der von den Russen besetzten Ostzone tätig war. Für mich und seine Söhne war er von diesem Moment an spurlos verschwunden.«

»Hat man dir denn nicht gesagt, dass er festgenommen worden ist? Das ist doch unvorstellbar und unmenschlich, euch so im Ungewissen zu lassen!«

»Nein, Marcus, kein Wort! So war das damals. Ich bin von Pontius zu Pilatus gelaufen, um etwas über den Verbleib meines Mannes zu erfahren, aber überall hat man nur mit den Achseln gezuckt. Als ich keine Ruhe geben wollte, hat man gedroht, mir die Kinder wegzunehmen und mich in ein Arbeitslager zu stecken. Alles, was ich dir jetzt erzähle, habe ich erst Jahre später erfahren. Es war wieder wie im Krieg. Ich wusste nicht, ob dein Opa tot war oder womöglich irgendwo in Sibirien dahinvegetierte. Leute wurden einfach von der Straße weggeholt und verschwanden auf Nimmerwiedersehen. Uns Deutschen ging es nun so wie unter Hitler den Juden, Polen, Russen und vielen anderen in den besetzten Gebieten. Aber ich konnte das alles einfach nicht noch einmal durchmachen, und wenn dein Vater und dein Onkel nicht gewesen wären, für die ich sorgen musste, hätte ich wahrscheinlich aufgegeben und wäre gestorben.«

»Sag so was nicht, Oma.« Wieder ergriff Marcus die Hand seiner Großmutter und streichelte sie. »Was haben sie denn mit Opa gemacht? Kam er nach Sibirien?«

»Glücklicherweise nicht. Man hielt ihm seinen Brief an Hitler unter die Nase, beschimpfte ihn als Nazi und schlug ihn brutal zusammen. Dann wurde ihm mit Erschießung oder zumindest lebenslanger Lagerhaft gedroht. Aber es kam nicht einmal zu einer offiziellen Anklage oder gar einem Prozess. Ohne jedes Urteil warf man ihn zusammen mit anderen Gefangenen auf einen Lastwagen und brachte ihn dorthin, woher du gerade gekommen bist, Marcus. Nach Buchenwald. Die Nazis nannten es ein KZ, die Russen jetzt Speziallager Nr. 2. Viel geändert hatte sich allerdings wohl kaum.«

»Aber davon haben sie uns dort keinen Ton erzählt!«, empörte sich Marcus.

»Das glaube ich gern. Selbst dein Opa hat Jahre gebraucht, bis er mit mir darüber gesprochen hat. Er hatte, wie ich dir schon sagte, bei seiner Entlassung eine Schweigeverpflichtung unterschreiben müssen. Hätte er das nicht getan, wäre er wohl wie viele andere in Sibirien verschwunden, und wir hätten nie wieder etwas von ihm gehört. Auch daran hat sich bis heute wenig geändert. Deshalb, Marcus, denk an dein Versprechen! Kein Wort über das, was ich dir heute erzähle! Zu keinem, hörst du? Ich weiß, dass ich mich wiederhole, aber es ist wichtig! Und ich glaube, du bist alt genug, um zu erfahren, wie es wirklich war. Schließlich wirst du ja demnächst mit der Jugendweihe, wie sie sagen, in den Kreis der Erwachsenen aufgenommen. Meinst du, dass du für dich behalten kannst, was du von mir erfährst? Ich muss mich drauf verlassen können!«

Marcus spürte die tief sitzende Angst hinter den Worten seiner Großmutter und hatte einen ganz trockenen Mund, als er zustimmend nickte. Am liebsten hätte er gesagt: »Großes Indianerehrenwort«, aber das schien ihm dem Ernst der Situation nicht angemessen. Doch unbedingt wollte er jetzt wissen, was mit seinem Großvater geschehen war, und drückte die Hand seiner Oma, um seine Zustimmung auf diese Weise zu signalisieren.

»Dann pass mal genau auf«, fuhr sie daraufhin fort, und ihre Stimme senkte sich zu einem Flüstern. »Dein Opa hat nie vor Gericht gestanden, ist nie verurteilt worden, das solltest du immer bedenken. Den meisten seiner Leidensgenossen erging es ganz genauso. Anfangs wusste er nicht einmal, wo er war, bis es ihm Mithäftlinge, die teilweise schon seit August 1945 dort festgehalten wurden, erzählten. Unter den Internierten waren sogar Jungen in deinem Alter, Marcus! Kannst du dir das vorstellen? Man unterstellte ihnen, Mitglieder der Organisation *Werwolf* zu sein, die Hitler noch kurz vor seinem Selbstmord beauftragt hatte, den Kampf weiterzuführen. Das waren damals noch Kinder, aber als sie nach langer Haftzeit entlassen wurden, gebrochene Männer! Und dann gab es dort auch Gefangene, die zuvor schon Häftlinge unter den Nazis im KZ gewesen waren. Wie der letzte Herzog von Anhalt, den die Amerikaner aus Dachau befreit und die Sowjets gleich wieder in Buchenwald eingesperrt hatten. Dort ist er dann nach zwei Jahren gestorben. Dein Opa lag neben ihm auf der Krankenstation, als es mit ihm zu Ende ging. Er ist schlichtweg wie so viele andere verhungert.«

»Das kann ich kaum glauben«, entfuhr es Marcus empört. »Hat man den Gefangenen denn nichts zu essen gegeben?«

»Wenig, sehr wenig. Wohl mehr als ein Viertel der Lagerinsassen sind während ihrer Haft umgekommen, hat dein Großvater geschätzt. An Krankheit, an Hunger, an Kälte sind sie gestorben. Besonders schlimm war es in seinem ersten Winter im Lager. Da sind die Leute reihenweise während der stundenlangen Zählappelle umgefallen. Danach hat man sie aufgelesen, nackt ausgezogen, auf Wagen geworfen und irgendwo außerhalb des Lagergeländes in Massengräbern verscharrt.«

»Einfach grauenvoll! Konnte man denn von dort nicht fliehen?«

»Ein paar haben es wohl versucht, aber weit ist niemand gekommen. Das Lager war von einem doppelten, mit Starkstrom geladenen Stacheldraht und zusätzlich noch von einem hohen Bretterzaun umgeben, damit wirklich niemand von außen sehen konnte, was im Inneren vor sich ging. Das haben nicht einmal die Nazis gemacht. Es gab dreiundzwanzig Wachtürme,

121

von denen sofort geschossen wurde, wenn sich nur jemand der Sperrzone näherte. Außerdem hatten die Russen von den vorherigen Lagerbetreibern gelernt. Deren ehemalige Häftlinge hatten von den Wachmannschaften im Laufe der Jahre Waffen gestohlen und versteckt und sogar ein Funkgerät gebastelt, mit dem sie die Amerikaner um Hilfe riefen. Dass sich so etwas wiederholte, wollten die Sowjets unbedingt verhindern und filzten deshalb ständig die Baracken vom Boden bis zum Dach, suchten nach Tunneln und hatten ihre Denunzianten unter den Insassen.«

»Wurden denn die Häftlinge auch systematisch umgebracht wie unter Hitler, oder mussten sie bis zum Umfallen schuften und sind daran gestorben?«, wollte Marcus wissen.

»Nein, das kann man den Russen nicht nachsagen, das haben sie nicht getan. Buchenwald war weder unter den Nazis noch unter den Sowjets ein Vernichtungslager. Wer aufmuckte, wurde geschlagen, getreten oder kam für Tage oder Wochen in den Isolationstrakt, wurde aber nicht hingerichtet. So hat es mir jedenfalls dein Opa erzählt. Die Häftlinge mussten auch keine Zwangsarbeit verrichten, im Gegenteil. Aber das war auch schlimm, denn die Langeweile, verbunden mit der Sorge um die Familien, und die völlige Abgeschiedenheit von der Außenwelt brachten die Männer und auch die inhaftierten Frauen an den Rand des Wahnsinns. Man nannte das im Lager »Nichts-tun-Dürfen«. Die wenigen, die Holz schlagen oder die Bahnstrecke vom Ettersberg nach Weimar instand halten mussten, wurden regelrecht beneidet.«

»Woran sind dann aber die vielen Menschen gestorben, wenn nicht bei der Arbeit oder in den Gaskammern wie bei den Nazis?« Marcus wollte das einfach nicht in den Kopf gehen.

»Hörst du mir nicht zu? Das habe ich dir doch schon gesagt. Die Menschen waren vom Krieg noch geschwächt. Jetzt bekamen sie nur kleine und schlechte Rationen, trockenes Brot, Kohlsuppe und dünnen Tee. Das reichte nicht zum Überleben, und vor allem im Winter machte es sie für Krankheiten anfällig. Die Baracken waren kalt und feucht, die fadenscheinige Kleidung wärmte kaum. Viele sind einfach erfroren oder an Auszehrung gestorben. Dein Opa hat mir ein paar Beispiele erzählt.

Er hatte sich mit einem Mann aus Zeitz angefreundet, Arthur Jubelt. Der war Buchhändler, bis sein Geschäft von den Nazis geschlossen wurde. Als die Amerikaner nach Zeitz kamen, setzten sie den NSDAP-Bürgermeister ab und verpflichteten Jubelt dazu, den Posten zu übernehmen, bis es Wahlen gab. Doch Thüringen wurde später ebenso wie Sachsen den Russen übergeben. Die aber dachten gar nicht daran, die Menschen frei darüber entscheiden zu lassen, wer die Stadt regieren sollte, und brachten Jubelt nach Buchenwald, wo er schlichtweg verhungerte. Die meisten starben aber an Krankheiten wie Typhus, Ruhr und Tuberkulose, für die es keine Medikamente und auch kaum behandelnde Ärzte gab. Die Lungenkrankheit hat sich auch dein Großvater eingefangen und ist sie bis zu seinem Tod nie wieder völlig losgeworden. Er wäre fast daran gestorben, doch ein Mithäftling, der aus Schlesien stammte und sich deinem Opa dadurch offenbar verbunden fühlte, schlug so lange Krach, bis man ihn auf die Krankenstation brachte. Der Mann hieß Wilhelm Goldmann und hatte einen Verlag in Leipzig. Ihm und seiner Beharrlichkeit verdankt dein Großvater letztlich sein Leben. Beide wurden gemeinsam erst 1950 entlassen. Goldmann ging danach nach München, gründete wieder einen Verlag, und heute findest du im Westen seine Bücher in jedem Laden.«

»Meinst du wirklich, dass nur Unschuldige in den sowjetischen Lagern einsaßen?«

»Nein, Marcus, das wäre gelogen. Viele hatten sich während der Zeit des Nationalsozialismus durchaus schuldig gemacht. Es gab dort auch NSDAP-Funktionäre, Kriegsverbrecher und ehemalige Gestapoangehörige. Aber eben auch SPD-Mitglieder, Bauern mit größerem Land, viele Adelige und Intellektuelle.

Eben Leute, von denen die Kommunisten glaubten, dass sie dem Aufbau der neuen Gesellschaftsordnung im Wege stehen könnten. Aber eins vereinte alle Häftlinge: Keiner von ihnen war rechtmäßig verurteilt worden oder hatte vor einem Gericht gestanden. Das kam erst später, nach der Auflösung der Lager. Da brachte man diejenigen, die man nicht entlassen wollte, nach Waldheim und urteilte sie in Schnell- und Schauprozessen ab. Etliche erhielten die Todesstrafe, andere bis zu lebenslänglich Arbeitslager in Sibirien.«

»Aber Großvater war glücklicherweise nicht darunter.«

»Nein, sonst hättest du ihn ja nie kennengelernt. Und so schwer wogen die Vorwürfe gegen ihn wohl doch nicht. Außerdem war er schwer krank und nur noch ein Schatten seiner selbst, als er endlich heimkehren durfte.«

»Und es wusste wirklich niemand im Land, wie es in den Lagern zuging und dass dort die Menschen starben wie die Fliegen?«, fragte Marcus entsetzt nach.

»Es war wie mit den KZ bei den Nazis. In beiden Fällen das Gleiche, womit wir wieder bei deiner Ausgangsfrage angelangt wären. Die Leute ahnten wohl etwas, es gab Gerüchte, aber die Lager – wie es hieß, waren es anfangs mehr als zehn auf dem Territorium der Ostzone – waren völlig von der Außenwelt abgeschottet. Die Weimaraner durften wieder nicht in die Buchenwälder auf dem Ettersberg. Genauso, wie man früher die Gestapo und die SS gefürchtet hatte, waren es diesmal die Russen. Erst 1949 gab man die Existenz der Lager zögerlich bekannt. Aber niemand durfte KZ sagen, um Himmels willen! Es waren offiziell Internierungslager für Kriegsverbrecher gemäß der alliierten Übereinkunft von Jalta. Jede andere Bezeichnung hätte denjenigen, der sie verwendete, auf dem schnellsten Wege selbst dort hingebracht. Jetzt konnten sich zumindest die Kirchen für die Inhaftierten einsetzen. Als der erste Gottesdienst auf dem Lagergelände gestattet wurde und der Bischof verkündete: ›Brüder, ihr seid nicht vergessen‹, da sind viele zusammen-

124

gebrochen, und alle, so hat es dein Opa berichtet, haben geheult wie kleine Kinder. Nun hatten die Menschen endlich wieder Hoffnung, und nach der Gründung der DDR begann man darüber nachzudenken, die Lager aufzulösen. Ulbricht wollte sich damit nicht belasten, und die Westpresse lief Sturm. Ich wusste zu dieser Zeit immer noch nicht, dass dein Großvater in Buchenwald einsaß, und er nicht, wie es uns ging. Kannst du dir denken, wie schrecklich das war?«

Nein, das konnte Marcus nicht, dazu fehlte dem Jungen die Vorstellungskraft. Nur in etwa erahnen konnte er es, das war ihm gerade so möglich.

»Und wann kam Opa nun nach Hause?«, wollte er stattdessen wissen.

»Im Februar 1950. Die Lager wurden von den Russen an die Vopos übergeben. Jeder der Insassen fürchtete, letztlich doch nicht freigelassen zu werden, sondern in ein anderes Gefängnis oder gar nach Sibirien zu kommen. Es wurden auch etliche Sammeltransporte dorthin zusammengestellt. Dabei müssen sich furchtbare Szenen zwischen den Menschen abgespielt haben, die in all den Jahren Freundschaften geschlossen hatten. Auch Verwandte, sogar Brüder waren dabei und wurden getrennt. Völlig willkürlich hat man die einen nach Osten verschickt oder in Zuchthäuser gebracht, andere erhielten ihre Entlassungspapiere, Proviant für drei Tage und eine Zugfahrkarte. Nur eins zeichnete sich ab: Alle, die zur Beseitigung der Leichen eingeteilt gewesen waren, kamen in die russischen Arbeitslager und wurden nicht freigelassen. Wahrscheinlich befürchteten die Sowjets, dass sie Angehörige zu den Massengräbern führen könnten. Die hatte man im Wald völlig unkenntlich gemacht, sodass Uneingeweihte sie nicht finden konnten.

Jedem, der seine Papiere ausgehändigt bekam, wurde unmissverständlich klargemacht, dass seine weitere Zukunft von seinem Verhalten abhing und er ganz schnell wieder an einen vergleichbaren oder schlimmeren Ort zurückgebracht werden

125

könnte, hielte er sich nicht an das Schweigegebot. Die Freigelassenen mussten mehrere Dokumente in russischer Sprache unterzeichnen, die keiner von ihnen lesen konnte. Jeder hat es gemacht, wenn auch mit einem flauen Gefühl im Magen. Auch dein Opa. Er war so entkräftet, dass er es kaum bis zum Bahnhof geschafft hätte, wenn Goldmann ihm nicht behilflich gewesen wäre. Bis zum Tod deines Opas haben sich die beiden noch ab und an geschrieben.

Wir wussten ja immer noch nicht, wo dein Großvater war und ob er überhaupt noch lebte. Niemand hat mir diesbezüglich Auskunft gegeben. Im Herbst 1949 erhielten wir endlich eine Wohnungszuweisung und zogen aus dem Massenquartier am Bienitz aus und nach Lindenau, in diese Wohnung hier. Dein Opa hat sich aber natürlich zu dem Kurhaus geschleppt. Als er es verlassen vorfand, hat ihn die Verzweiflung fast umgebracht. Er musste sich wieder auf einer Polizeidienststelle melden, und dort teilte man ihm glücklicherweise unsere neue Adresse mit. Und dann stand er plötzlich wieder vor mir, wie schon fünf Jahre zuvor einmal. Doch was für ein Unterschied! Damals kraftstrotzend und gesund, sogar mit Dollars in der Tasche, diesmal zerlumpt, krank und nur noch ein Strich in der Landschaft. Trotzdem waren wir natürlich überglücklich, uns endlich wiederzuhaben. Aber die Angst blieb über viele Jahre, dass dein Opa nochmals abgeholt werden könnte. Deshalb hielt er sich auch an die ihm auferlegten Regeln, sprach selbst mit mir erst nach langer Zeit über das Erlebte und nahm die Tätigkeit in der Pflugscharschmiede auf, die man ihm zuwies, obwohl er eigentlich gar nicht arbeitsfähig war und es hasste, in so einer großen Fabrik mit all dem Lärm und Gestank zu sein. Lieber wollte er in einer kleinen Werkstatt und am besten auf dem Land arbeiten. Aber das gestattete man ihm nicht, obwohl es für seine glücklicherweise geschlossene Tuberkulose gut gewesen wäre. Auch nach seiner Entlassung stand dein Opa und mit ihm unsere ganze Familie unter steter Beobachtung. Dein

126

Onkel und auch dein Vater durften kein Abitur machen, obwohl sie die schulischen Leistungen dafür erbracht hatten. Jürgen ist dann in den Westen gegangen, und dein Papa hat den Abschluss neben seiner Maurerlehre auf der Abendschule nachgeholt und dann sogar an einer Fachschule studiert.

Dass in unserer Familie keiner die Russen und die Kommunisten übermäßig liebt, Marcus, weißt du ja und kannst jetzt vielleicht besser verstehen, warum das so ist. Ich denke, dass dein Opa letztlich an den Spätfolgen der Lagerhaft gestorben ist, denn so alt war er ja noch nicht und seither immer kränklich. Du solltest ihn stets in guter Erinnerung behalten, denn er hat dich über alles geliebt und war unendlich stolz auf dich.«

Marcus sah, wie erneut Tränen über die Wangen seiner Großmutter liefen. Er wusste nicht, dass sie den Russen das, was ihr widerfahren war, hatte vergeben können, auch wenn sie es bis an ihr Lebensende nie vergessen würde. Nicht aber, was diese ihrem geliebten Mann angetan hatten und in welchem Zustand er nach der Lagerhaft zu ihr zurückgekehrt war. Die Zeit hatte die Wunden nicht geheilt, und Franz Leipold war nach seiner zweiten Entlassung ein ganz anderer Mensch gewesen als zuvor. Er hatte kaum noch lachen können, die Lebensfreude verloren und gekränkelt. Und warum war er in das schreckliche Lager gesteckt worden? Weil er einen dummen Brief geschrieben hatte und von den Amerikanern gefangen genommen worden war. Vielen im Dritten Reich war es ähnlich oder sogar noch schlimmer ergangen als ihrem Mann und seiner Familie, zugegeben. Aber das konnte Helene nicht versöhnen, und auch Vergebung zu üben, wie es die christliche Lehre vorschrieb, fiel ihr nicht leicht. Vor allem aber wollte sie nicht, dass womöglich ihr Enkel den Fahnen hinterherlief oder den Parolen der Funktionäre glaubte, so wie sie es in ihrer Jugend getan hatte. Und damit das nicht passierte, hatte sie vor Marcus ihr Herz geöffnet wie noch niemals zuvor und ihm alles erzählt, was er in ihren Augen wissen musste.

Wie unter Hitler war die Angst auch jetzt wieder da, etwas Falsches zu sagen und dafür »zur Klärung eines Sachverhaltes« von der Stasi abgeholt zu werden. Es hieß zwar immer, man könne die Naziherrschaft und die angebliche Diktatur des Proletariats in der DDR nicht miteinander vergleichen. Aber Helene erkannte mit Schrecken sich abzeichnende Parallelen und hoffte nur, dass den Menschen wenigstens der Krieg mit all seinen Gräueln und Folgen erspart bliebe, den sie hatte miterleben müssen. Doch wenn sie sah, wie die NVA im preußischen Stechschritt marschierte und bei Militärparaden immer mehr und größere Vernichtungswaffen gezeigt wurden, bekam sie es mit der Angst zu tun. Genauso hatte es unter Hitler auch angefangen – der ständig seine Bereitschaft zum Frieden bekundete, und den Menschen das Blaue vom Himmel herunter versprach – und alles in einer einzigen, riesigen Katastrophe geendet.

»Oma, ich danke dir, dass du mir das alles erzählt hast«, hörte Helene, die gerade wieder mit ihren Gedanken bei ihrem verstorbenen Mann gewesen war, ihren Enkel wie aus weiter Ferne sagen. »Papa hat mit mir nie darüber gesprochen. Woher soll man denn das aber alles wissen, wenn es einem keiner sagt?«

»Er hat dir nichts gesagt, weil er dich und seine Familie schützen will, Marcus. Noch einmal: Kein Wort zu niemandem, hörst du? Ich muss mich darauf verlassen können!«

»Ich hab's ja verstanden, Oma. Sei unbesorgt. Aber ich frage mich, ob ich tatsächlich zu dieser Jugendweihe gehen soll, wenn sie uns im Vorfeld schon solche Lügen erzählen.«

»Doch, Marcus, das wirst du. Du willst ja mal was werden und nicht wie dein Opa dein Leben in einer Fabrik fristen müssen. Sie lassen dich weder zum Abitur noch zum Studium zu, wenn du dich verweigerst. Und damit ihnen niemand entkommen kann, haben sie uns eingemauert. Doch die Gedanken sind frei, Marcus. Das zumindest darfst du nie vergessen. Mach nur das mit, was unbedingt nötig ist. Aber sogar unser Pfarrer empfiehlt die Teilnahme an der Jugendweihe. Sonst kann man nämlich höchstens Theologie studieren, heißt es. Und das willst du ja nicht, wie ich dich kenne. So selten, wie du in die Kirche gehst.«

Dass Helene dies schmerzte, wollte sie ihrem Enkel heute nicht sagen. Auf den war an diesem Tag schon mehr als genug eingestürmt, an dem er zu knabbern haben würde, da musste sie ihm nicht noch mit Vorwürfen kommen.

Als Marcus sich später verabschiedete, um zu seinen Eltern nach Gohlis zurückzufahren, drückte Helene ihren Enkel ganz fest an sich. Sie hoffte sehr, ihm die Augen geöffnet und ihn zum Nachdenken angeregt zu haben. Noch einmal durfte sich nicht wiederholen, was sie erlebt hatte. Und wer, wenn nicht die Jugend, hatte es in der Hand, die Welt zu verändern?

Marcus nahm schließlich wie alle seine Klassenkameraden an der Jugendweihe teil, war aber nicht mit dem Herzen dabei. Das gehörte seit zwei Jahren dem Reitsport, dem er sich mit Haut und Haar verschrieben hatte.

Nach seiner Entlassung aus dem Krankenhaus hatten die Ärzte festgestellt, dass sein linkes Auge nur noch über circa zehn Prozent Sehkraft verfügte. Selbst mit der Brille, die ihm verschrieben wurde und die Marcus vom ersten Moment an hasste, ließ sich nicht ausgleichen, dass er über kein räumliches Sehen mehr verfügte. Herr Müller nahm ihn zwar mit offenen Armen wieder unter die Fechter auf, sah aber bald, dass der Junge nicht mehr der Gleiche war wie vor dem Unfall. An der Reflexmaschine schlug er zwar immer noch alle anderen, doch auf der Planche sah das ganz anders aus. Nicht, dass Marcus vorsichtig oder gar ängstlich geworden wäre, aber er verschätzte sich häufig in der Distanz zum Gegner und setzte deshalb immer weniger Treffer. Bald reichten seine Leistungen nicht mehr für die Auswahlmannschaft aus, und als der Trainer das notgedrungen seinem Schützling offenbarte, riss dieser sich die Maske vom Kopf, schleuderte sie samt dem Florett wutentbrannt durch die Fechthalle und rannte mit Tränen in den Augen davon. Er sollte sie nie wieder betreten.

Marcus Eltern hielten Wort und suchten nach einem Reitverein für ihren Sohn. Doch das war leichter gesagt als getan, denn davon gab es nicht viele in der Stadt. Im ländlichen Gebiet sah das etwas besser aus, denn so manche LPG unterhielt eine BSG – Betriebssportgruppe – Reiten. Nach längerem Nachforschen erfuhr Wolfgang Leipold, dass es im Stadtteil Leutzsch nahe dem Auenwald eine Reittouristikstation gab, die der Rennbahn im Scheibenholz angegliedert war, wo man Reitstunden kaufen konnte. Mussten die ländlichen Reiter meist Stallarbeiten verrichten, um dafür auf den Vierbeinern sitzen zu können, war der Betriebsteil in Leipzig rein kommerziell ausgerichtet. Früher in Privatbesitz, wurde er jetzt staatlicherseits betrieben und sollte, wie es die Partei- und Staatsführung formulierte, dem Bedürfnis der werktätigen Bevölkerung nach Erholung und Entspannung dienen. Die Pferde waren meist ausgemusterte Vollblüter vom Trägerbetrieb VEB Rennbahnen, nur begrenzt für den Breitensport ausgebildet und zudem meist schwer zu reiten, da sehr temperamentvoll.

Seine ersten Reitstunden, zusammen mit zehn oder auch zwölf anderen Schülern, betreut von einem eher unerfahrenen Übungsleiter, verbrachte Marcus deshalb auch mehr mit Aufsitzübungen nach Stürzen in die Reitbahn als auf dem Pferderücken. Dementsprechend sahen seine Trainingssachen nach jeder Reitstunde auch aus, und als sich seine Mutter allzu sehr darüber beschwerte, brachte er sie zum Waschen lieber zu seiner Oma. Die nähte ihm auch seine erste Reithose, denn zu kaufen – womöglich noch mit Ganz- oder zumindest Teillederbesatz an den Knien – gab es die in der ganzen DDR nicht, und man musste sich wie bei so vielen anderen Dingen selbst behelfen und improvisieren.

Sooft es nur irgendwie ging, hatte der Großvater seinen Enkel zum Reitstall begleitet. Meist stand er einfach nur schweigend

130

an einen Koppelzaun gelehnt da und beobachtete das Geschehen rings um sich herum. Selbst Marcus fiel auf, wie glücklich er dabei lächelte. Manchmal, nicht oft, gab Franz Leipold seinem Enkel nach einem Sturz einen Tipp, den dieser stets sofort umzusetzen versuchte. So zum Beispiel, dass man nie nach einem vom Fuß gerutschten Steigbügel suchen, sondern einfach weiterreiten sollte. Bei tiefem Absatz und nach innen gedrehter Fußspitze würde er schon von allein zurückkommen. »Das ganze römische Weltreich ist ohne Steigbügel erobert worden«, sagte er einmal in seiner trockenen Art. »Die gab es damals nämlich noch gar nicht. Also vergiss sie einfach.« Und ein anderes Mal, als Marcus sich auf einem bockenden Pferd am Sattel festkrallte: »Wenn der liebe Gott gewollt hätte, dass man sich auf einem Pferd festhält, hätte er Griffe drangemacht. Streck die Beine durch, mach die Knie zu und balanciere dich aus, wenn du oben bleiben willst.«

Diese oft nur kurzen Sätze seines Großvaters fand Marcus äußerst hilfreich und regelrecht beglückend. Für mehr als eine Reitstunde in der Woche reichte das Geld bei den Leipolds allerdings nicht, und eine zusätzliche im Monat zahlte sein Opa heimlich. Gern hätte Marcus im Stall geholfen, um öfter reiten zu können, oder sich durch andere Arbeiten etwas dazuverdient, aber das war von staatlicher Stelle aus bewusst nicht gewollt. Die Schüler sollten eher unentgeltliche gesellschaftliche Arbeit leisten, als dem westlichen Konsumstreben zu frönen. Als sein Opa dann starb, war Marcus nahe am Verzweifeln, denn er kam sportlich einfach nicht voran. Doch ganz unerwartet ergab sich eine einzigartige Gelegenheit, die er sofort beim Schopfe packte.

Der frühere Besitzer und jetzt von der Rennbahn angestellte Betreiber des Reitstalles fragte Marcus eines Tages, ob er seinem in der Schule nicht gerade sehr hellen Sohn nicht Nachhilfe in Mathematik und Deutsch geben könne. Dafür würde er ihn zum Ausgleich persönlich und individuell zweimal in der Woche trainieren.

Marcus sah sich am Ziel seiner Träume. Mit Feuereifer stürzte er sich sehr zum Leidwesen seiner Eltern, die befürchteten, dass seine schulischen Leistungen darunter litten, in die neue Aufgabe. Doch es war für alle eine Win-win-Situation. Der Sohn des Reitstallbetreibers wurde versetzt, Marcus' Zensuren trotz aller Befürchtungen nicht schlechter – und auf dem Pferderücken litt er Höllenqualen. Der Vater seines Nachhilfeschülers schenkte ihm als seinem Schüler nichts. Stundenlang musste Marcus im Trab und Galopp ohne Bügel reiten, bis einerseits sein Hintern und seine Oberschenkel wie Feuer brannten, er aber andererseits eins mit dem Pferd wurde und immer fester im Sattel saß. Wie vorher Herr Müller nahm ihn auch sein neuer Trainer hart ran, und Marcus machte rasante Fortschritte.

Allerdings ging es dafür an einer anderen Stelle nicht weiter. Nach dem Ende der achten Klasse wurden die Schüler entweder zur Erweiterten Oberschule, der EOS, die in vier Jahren zum Abitur und damit zur Vorbereitung auf ein Studium führte, oder zur Polytechnischen Oberschule, die in nur zwei Jahren die Absolventen auf eine Lehrausbildung vorbereiten sollte, delegiert. Obwohl Marcus zu den besten Schülern der Klasse gehörte, fiel sein Name auf dem Elternabend, als es um die Vergabe der Plätze an der EOS ging, nicht. Seine Eltern baten daraufhin um einen Termin beim Direktor der Schule, der ihnen nach langem Nachhaken endlich auch gewährt wurde. Nachdem sie über eine Stunde im Sekretariat warten mussten, führte sie die Klassenlehrerin ihres Sohnes in das Besprechungszimmer, wo der Direktor der Schule sie bereits erwartete.

Wolfgang Leipold eröffnete das Gespräch mit der Frage, warum Marcus denn bei der Vergabe der Zulassung zur Erweiterten Oberschule nicht berücksichtigt worden wäre, obwohl er doch gute Leistungen vorzuweisen hatte. Zumindest bessere als etliche seiner Mitschüler aus der Klasse, die nun ab dem nächsten Jahr die EOS besuchen würden. Was er darauf zu hören bekam, überraschte ihn nicht wirklich. Doch es war ihm ein Bedürfnis, nicht

132

alles klaglos hinzunehmen und die Genossen wenigstens dazu zu bringen, Stellung zu beziehen und die Maske zu lüften, hinter der sie ihre willkürlichen Entscheidungen so gern verbargen.

»Herr und Frau Leipold, es dürfte Ihnen doch bekannt sein, dass die Plätze an der Erweiterten Oberschule nicht ausschließlich nach den schulischen Leistungen vergeben werden. Da gibt es vor einer Delegierung immer verschiedene Gesichtspunkte zu berücksichtigen«, bekamen die Eltern von dem Direktor zu hören, der glaubte, mit der Andeutung bereits alles gesagt zu haben. Aber da kam er bei Wolfgang Leipold an den Falschen.

»Die da unter anderem wären?«, wollte Marcus' Vater wissen und brachte seinen Gesprächspartner damit in Erklärungsnot, obwohl er die Antwort bereits zu kennen glaubte. Doch er wollte sie aus dem Munde des Direktors hören, dessen Sakkorevers selbstverständlich das Parteiabzeichen mit den beiden abgehackten Händen zierte.

»Nun, dazu gehören natürlich auch die außerschulischen und schulischen gesellschaftlichen Tätigkeiten«, führte der Genosse selbstgefällig aus. »Ihr Sohn ist hier nie besonders aktiv hervorgetreten. Er hat zwar das ›Abzeichen für gutes Wissen‹ erworben, aber zum Beispiel keine Funktion in der FDJ-Leitung seiner Klasse übernommen, obwohl ihm das mehrmals angetragen worden ist.«

»Weil ihm sein Sport dafür kaum Zeit lässt«, fuhr Christine Leipold dazwischen. »Zuerst hat er als Leistungssport Fechten ausgeübt und war auf dem besten Weg, später unser Land auch einmal international vertreten zu können. Zumindest bis zu dem Zeitpunkt, an dem ihn dieser unselige Unfall ereilt hat!«

»Meinen Sie womöglich, dass unser Staat daran eine Mitschuld trägt und Ihrem Sohn dafür etwas schuldig ist, Frau Leipold?«, fragte der Direktor lauernd. Vielleicht hätte er ja seinem Stasiführungsoffizier bald etwas zu berichten. »Außerdem glaube ich kaum, dass Ihr Sohn jemals zu einem Wettkampf ins kapitalistische Ausland geschickt worden wäre. Wie ich weiß, ha-

133

ben Sie beide ja reichlich Westverwandtschaft und den Kontakt zu ihr nicht abgebrochen.«

»Mein Bruder und die Schwester meiner Frau leben mit ihren Familien drüben, das ist richtig«, fuhr Wolfgang Leipold auf. »Sie werden doch wohl nicht ernsthaft annehmen, dass wir sie deshalb verleugnen und uns von ihnen distanzieren? Beide sind, ebenso wie ihre Ehepartner, Arbeiter und damit wohl kaum der Klassenfeind.«

»Nun, das ist Ihr Problem«, meinte der Direktor süffisant lächelnd. »Aber Sie werden unserem sozialistischen Staat schon zugestehen müssen, dass er sich sehr genau ansieht, wer ihn wo und wie vertritt. Ein Olympiakader in der Leichtathletik, der seine Westkontakte nicht aufgeben wollte, musste innerhalb von zehn Minuten das Trainingsgelände der DHfK für immer verlassen, habe ich gehört. Und die neue Sportart, die sich Ihr Sohn ausgesucht hat, hat ja nun auch nicht gerade eine proletarische Tradition.«

Dass das aufs Tablett kommen würde, hatte Wolfgang Leipold geahnt und sich deshalb umfassend informiert und vorbereitet.

»Sollte Ihnen entgangen sein, Herr Direktor, dass die Reiter der DDR, die in den letzten Jahren äußerst erfolgreich unseren Staat auch im kapitalistischen Ausland repräsentiert haben, allesamt Mitglieder der NVA und damit der Armee der Arbeiterklasse sind? Leutnant Müller, Oberfeldwebel Köhler und Oberfeldwebel Brockmüller konnten bei den Europameisterschaften 1969 in Wolfsburg streckenweise sogar die favorisierten Reiter aus der BRD schlagen und insgesamt in der Mannschaft den zweiten Platz erringen. Bei den Weltmeisterschaften im vergangenen Jahr sicherten sie sich die Bronzemedaille. Ich denke, das ist doch ein schöner Erfolg für unsere sozialistische Sportbewegung, oder etwa nicht?«

Wolfgang Leipold hatte den Genossen mit seinen eigenen Waffen geschlagen, was diesem offensichtlich nicht behagte.

134

»Lassen wir das«, versuchte er das Gespräch deshalb auch in andere Bahnen zu lenken. »Wie gesagt, Ihr Sohn beteiligt sich nur ungenügend an den gesellschaftlichen Aktivitäten. Selbst die Veranstaltungen zur Vorbereitung der Jugendweihe hat er teilweise geschwänzt. Außerdem gibt es Zweifel an seinem festen Klassenstandpunkt. Schließlich hat er die schlechtesten Noten in seinem Zeugnis in den Fächern Staatsbürgerkunde und Russisch, mit Sprachen an sich aber wohl kein Problem, denn er brilliert im fakultativen Englischunterricht.«

Wolfgang Leipold seufzte innerlich, gab das aber nach außen hin nicht zu erkennen. Er hatte mit seinem Sohn schon mehrmals darüber gesprochen und ihm sogar mit Konsequenzen gedroht, wenn sich das nicht änderte, war aber bei Marcus nur auf taube Ohren gestoßen. Der lehnte es strikt ab, mehr als unbedingt nötig für das Fach Russisch zu lernen, war das für ihn doch die Sprache der verhassten Besatzer, die in seinen Augen seinen geliebten Opa auf dem Gewissen hatten, und nicht die Sprache des sozialistischen Brudervolkes, wie es allerorten propagiert wurde. Für ihn war das seine Art, wenigstens etwas passiven Widerstand gegen die Besatzer zu leisten. Früher hatte Marcus nur den Kopf geschüttelt, wenn seine Eltern und Großeltern statt von der DDR von der SBZ – der Sowjetischen Besatzungszone – gesprochen hatten. Mittlerweile benutzte er den Begriff selbst und konnte sich maßlos über das arrogante Auftreten der russischen Offiziere im Straßenbild und ihre gelebten Privilegien aufregen. Und über den in Staatsbürgerkunde gelehrten Marxismus-Leninismus brauchte Wolfgang Leipold mit seinem Sohn gar nicht erst zu reden. Da kam Marcus' Pubertät voll zum Tragen, und er gab nur patzige Antworten. Für ihn war das reiner, ausgemachter Unsinn, den er da lernen sollte, und wie ein Vierzehnjähriger derart zynisch die angeblich wissenschaftlich bewiesenen Gesetzmäßigkeiten des Sozialismus in der Luft zerfetzen konnte, verblüffte selbst seinen Vater.

»Trotzdem liegt der Notendurchschnitt unseres Sohnes doch

weit über dem seiner Mitschüler, die zur EOS gehen können«, fiel Christine ein, die wie eine Löwin für ihren Sohn kämpfte. Schließlich sollte er einmal studieren, was ihr verwehrt worden und ihrem Mann nur unter großen Schwierigkeiten gelungen war.

»Wie ich schon sagte, ist das aber nicht das alleinige Kriterium. Außerdem sollten Sie wissen, dass immer eine bestimmte Anzahl von Abitur- und Studienplätzen für Kinder aus Arbeiterfamilien reserviert ist. Ihr Mann hingegen, Frau Leipold, gehört als Bauingenieur zur sozialistischen Intelligenz, und Sie selbst sind Angestellte, soweit ich weiß.«

»Ja, in einer Kaufhalle, wo ich an der Kasse sitze oder, falls einmal Ware angeliefert wird, diese in die Regale räume, bis ich meinen Rücken kaum mehr spüre. Und mein Mann hat Maurer gelernt, und sein Vater stand als Schmied in einer Landmaschinenfabrik am Dampfhammer. Mehr Arbeiter geht ja wohl nicht.«

»Trotz alledem, wir haben nun einmal unsere Vorgaben.« Der Direktor hob bedauernd die Hände. »Ich kann da leider nichts machen. Es gibt ja nach der zehnten Klasse noch die Möglichkeit einer Berufsausbildung mit Abitur. Vielleicht sollte sich Ihr Sohn dann dafür bewerben. Vorausgesetzt, er engagiert sich gesellschaftlich deutlich mehr, lässt einen klaren Klassenstandpunkt erkennen und seine Leistungen werden eher besser als schlechter. Diesen Rat kann ich Ihnen noch geben. Ansonsten bleibt es bei der getroffenen Entscheidung.«

Der Genosse erhob sich und signalisierte damit, dass das Gespräch für ihn beendet war.

»Ich begleite Sie noch hinaus«, meinte Marcus' Klassenlehrerin. Es waren die ersten Worte aus ihrem Mund, sie hatte während der ganzen bisherigen Auseinandersetzung beharrlich geschwiegen. Ihr Chef sah sie missbilligend und stirnrunzelnd an, sagte aber nichts.

Das Direktionsbüro befand sich in der ersten Etage des Alt-

136

baus, in dem die Schule untergebracht war. Es stammte wie die Häuser ringsum aus den Dreißigerjahren und sah dementsprechend aus. Einst ein repräsentativer Bau und als Gymnasium ausgelegt, wurden die Schüler jetzt hier nur noch bis zur achten Klasse unterrichtet und mussten dann auf weiterführende Einrichtungen wechseln oder gingen ganz ab, wenn ihre Leistungen nicht für eine Fortsetzung des Schulbesuchs reichten oder sie mehrmals sitzen geblieben waren. Unten, vor dem einst fast herrschaftlichen, heute dringend nach Farbe schreienden Eingangsportal, blieb die Lehrerin stehen und reichte den Leipolds die Hand.

»Ich habe wirklich mein Möglichstes getan, aber es war hoffnungslos«, sagte sie dann leise zu den Eltern. »Sie müssen mit Ihrem Sohn sprechen, dass er nicht immer gleich mit allem herausplatzt, was ihm gerade so auf der Zunge liegt. Den Marxismus-Leninismus hat er gegenüber seinem Staatsbürgerkundelehrer abfällig als eine Idee ähnlich dem Christentum bezeichnet. Und der Russischlehrerin, die erzählte, dass Russen beim Anblick eines Birkenwäldchens in Tränen ausbrechen können, weil sie so melancholisch und sentimental seien, hat er geantwortet, das wäre wohl nicht immer so gewesen, denn in Ostpreußen und Schlesien hätten sie schließlich diese Bäume wie alles andere auch mit ihren Panzern niedergewalzt.«

Christine Leipold schlug erschrocken die Hand vor den Mund, und ihr Mann runzelte die Stirn. Aber die Lehrerin war noch nicht fertig.

»Marcus sollte auf alle Fälle studieren. Tun Sie dafür, was auch immer Sie können. Am besten Literatur und Geschichte, da ist er kaum zu schlagen. Seine Interpretation von Hermann Kants *Aula* war die interessanteste, die ich je von einem Schüler gelesen habe. Auch wenn er vielleicht das Kapitel über Karl May etwas zu sehr in den Vordergrund gerückt hat. Und von seinem Referat über die Französische Revolution spricht seine Geschichtslehrerin noch heute. Allerdings teilt sie zumindest nicht offiziell seine Auffassung, dass der Volksaufstand letztlich in der Machtergreifung Napoleons und damit der Zerstörung Europas gemündet hat. So ist eben Ihr Sohn. Er bringt die Dinge auf den Punkt, aber das mag nicht jeder und wird auch nicht gern gesehen. Wir sollen schließlich die Schüler zu klassenbewussten sozialistischen Persönlichkeiten und nicht zu selbstständig denkenden Jugendlichen erziehen.« Die letzten Worte hatte sie nur noch geflüstert. »So ist das nun einmal, und daran wird sich auch so schnell nichts ändern. Zumindest nicht, solange Margot Honecker Ministerin für Volksbildung ist. Je eher Marcus das akzeptiert, desto leichter wird er es später haben. Ich wünsche ihm jedenfalls viel Glück auf seinem weiteren Weg und bin froh, dass er mein Schüler war.«

Die Lehrerin wandte sich um und war gleich darauf im Inneren des Schulgebäudes verschwunden. Wolfgang Leipold glaubte, eine kleine Träne in ihrem Augenwinkel gesehen zu haben. Er würde mit seinem Sohn ein paar ernste Worte reden müssen, nahm er sich fest vor. Aber eigenständig seinen Verstand zu benutzen, wollte er ihm auf keinen Fall verbieten. Und auch seiner Frau klarmachen, dass sie in ihrer Ängstlichkeit diesbezüglich nicht auf Marcus einwirken durfte und sollte.

Die Leipolds hatten sich notgedrungen wie die meisten Menschen über die Jahre hinweg mit den Verhältnissen in der DDR, dem ersten sozialistischen Arbeiter-und-Bauern-Staat auf deutschem Boden, wie die Parteifunktionäre immer wieder betonten, arrangiert. Es blieb ihnen ja auch nichts anderes übrig, denn eine Flucht in den Westen war nahezu unmöglich geworden. Die Grenzsicherungen hatte man nach und nach perfektioniert, sodass die meisten Versuche, sie zu durchbrechen, bereits im Vorfeld scheiterten und in jedem Fall lebensgefährlich waren. Neuerdings gab es an den letzten Metallgitterzäunen vor der BRD sogar Selbstschussanlagen, die die Flüchtlinge, die es bis hierher geschafft hatten, regelrecht zerfetzten. Fluchthelfer

138

waren kaum mehr aktiv, denn sie mussten befürchten, wenn sie enttarnt wurden, sogar im Westen von der Stasi liquidiert oder in den Osten entführt zu werden. Zahlreiche derartige Fälle waren von der Westpresse bereits veröffentlicht worden und schreckten natürlich ab. Da blieb nichts anderes, als sich das Leben innerhalb der ummauerten DDR so angenehm wie möglich zu machen, um nicht ständig mit Verdruss im Herzen herumlaufen zu müssen. Letztlich war das auch ein – wenn auch nur kleines – Zeichen von Freiheit. Doch der Staat half seinen Bürgern nicht gerade dabei, auch wenn das die von ihm kontrollierten Medien ständig behaupteten.

Von Wolfgangs Bruder und Christines Schwester kamen Urlaubskarten aus Österreich, Italien und Spanien. Wenn die Leipolds hingegen nur in die sozialistischen Bruderländer Polen oder Tschechoslowakei fahren wollten, um im einzigen für sie erreichbaren Hochgebirge, der Hohen Tatra, ihren Urlaub zu verbringen und zu wandern, mussten sie Wochen vorher ein Visum beantragen. Außerdem konnten sie nur einen kleinen Tagesbetrag an DDR-Mark in die jeweilige Landeswährung tauschen, der nicht zum Leben, geschweige denn für eine Hotelübernachtung reichte. Ihnen blieb daher gar keine andere Wahl, als so gut wie alle Lebensmittel in die Ferien mitzunehmen und sich günstige Privatunterkünfte zu suchen, deren Adressen unter der Hand weitergegeben wurden. Im Urlaubsland angekommen, durften sie dort dann noch mit ansehen, wie westdeutsche Touristen nahezu auf Händen getragen wurden, während man sie mit ihrer als Alu-Chips verschrienen Währung wie Bürger zweiter oder eher noch dritter Klasse behandelte.

Christines Schwager, der in Kassel am Band bei VW arbeitete, berichtete bei einem Besuch stolz, während er Urlaubsfotos von den Alpen zeigte, dass er bei seiner letzten Reise ins Zillertal seinen Ausweis zu Hause vergessen hätte, aber von niemandem danach gefragt worden war. An der Grenze hatte man sie wie stets durchgewinkt, und im Ferienort waren sie als langjährige

Gäste sogar vom Bürgermeister mit einem Präsent bedacht worden. Von seinem Bruder wusste Wolfgang, dass für einen Flug auf die Kanaren oder Balearen das Vorzeigen des Ausweises beim Einchecken vollauf genügte.

Kamen die Leipolds hingegen an die Grenze, stellten sie sich schon von vornherein auf eine lange Wartezeit und Schikanen ein. Nicht nur, dass man ihre Ausweise und Visa penibel kontrollierte, oft mussten sie auch das ganze Auto ausräumen und ihre Koffer in die Zollbaracke schaffen, wo man das Gepäck durchwühlte, als kämen sie aus einem lateinamerikanischen Drogen- und nicht aus einem Warschauer-Pakt-Staat zurück oder würden dorthin fahren. Das letzte Mal, erinnerte sich Wolfgang, hatten sie sogar Marcus' Kakaobüchse und die Haferflockentüte bis auf den Grund ausleeren müssen. Beides kam zwar aus dem Westen, und beides waren Verwandtengeschenke, aber hatten die Grenzer deshalb das Recht, so vorzugehen? Merkten sie denn überhaupt nicht, wie sie die Bürger des eigenen Landes damit gegen sich und den Staat, den sie repräsentierten, aufbrachten? Aber anscheinend war es ihnen egal, oder sie wurden von höherer Stelle angewiesen, so zu verfahren. Vielleicht wollte man die Leute auf diese Weise ja generell von Auslandsreisen abhalten? Die Leipolds wussten es nicht, aber zumindest bei ihnen hatten die Staatsorgane damit Erfolg.

Statt an den Balaton oder in die Tatra zu fahren, erwarben sie ein kleines Grundstück in der Nähe von Grimma oberhalb der Mulde und bauten sich darauf ein Wochenend- und Ferienhaus, in der DDR allgemein mit dem aus dem Russischen entlehnten Begriff *Datsche* bezeichnet. Das Stückchen Land hatte zuvor einem Bauern gehört, der zumindest eine Art größeren Garten nach seiner Zwangskollektivierung behalten durfte, von dem er jetzt eine Parzelle an den Mann verkaufte, der ihm seine hauseigene Kläranlage instand gesetzt hatte.

Wolfgang zog, tatkräftig von Marcus unterstützt, selbst die Mauern hoch, goss Estrich und zimmerte sogar den Dachstuhl.

Schließlich hatte er das einmal gelernt, und jetzt kamen ihm seine Fertigkeiten zugute. Für das Material hatte er sich jahrelang bei der staatlichen Baustoffversorgung angemeldet, aber vieles tauschten die Leipolds auch gegen andere Waren wie Westkaffee ein oder bezahlten unter der Hand mit D-Mark, die sie für ihre Messevermietung von den Gästen schwarz erhielten. Erstaunlicherweise gab es für diese Währung so gut wie alles zu kaufen, und so konnten sogar das kleine Duschbad und die Toilette gefliest und ordentliche Armaturen besorgt werden. Das Häuschen hatte zwar nur ein Zimmer und eine Kochnische, aber das in einer Talmulde liegende Grundstück war von der Straße nicht einsehbar und damit eine wahre Ruheoase. Auf ihm standen mehrere Obstbäume, sodass sich die Familie jetzt mit Äpfeln, Birnen und Zwetschgen selbst versorgen und sogar noch Obst abgeben konnte. Marcus hatte es besonders ein Kirschbaum angetan, auf dem er bis in die Spitze kletterte, um auch noch an die letzten Früchte heranzukommen.

Die Leipolds hatten jetzt wie viele andere DDR-Bürger einen Ort, an dem sie fernab von FDGB-Erholungsheimen und Grenzrepressalien ihre freien Wochenenden und ihren Urlaub verbringen konnten. Der belief sich auf achtzehn Tage im Jahr, sechs weniger, als ihren angeblich im Kapitalismus so sehr ausgebeuteten Geschwistern im Westen gewährt wurde, aber mehr gestand der Arbeiter-und-Bauern-Staat seinen Werktätigen nicht zu. Auch wenn sie sich in ihrem neuen Domizil durchaus wohl fühlten, die Möglichkeit hatten, aus der Großstadt zu flüchten, und die Abgeschiedenheit weit weg von den Alltagssorgen und der ständigen Bevormundung durch Staat und Partei genossen, die große Sehnsucht nach der weiten Welt und der ihnen vorenthaltenen Freiheit blieb tief in ihrem Inneren verhaftet.

Für Marcus gestaltete sich sein fünfter Schulwechsel problemloser als gedacht. Die größten Streber, sowohl in schulischer wie auch in gesellschaftspolitischer Hinsicht, waren zur EOS gegangen, und plötzlich, ohne viel dafür zu tun, fand er sich an der Spitze des Klassenkollektivs wieder. Marcus lernte kaum, erledigte seine Hausaufgaben eher widerwillig und beschäftigte sich immer intensiver mit dem Pferdesport. Auf der Suche nach neuen Geldquellen, um sich das teure Hobby leisten zu können, stieß er auf das Angebot, sich zum Rettungsschwimmer ausbilden zu lassen, und hatte so die Möglichkeit, sich in den Ferien etwas dazuzuverdienen, ohne in stickigen Fabrikhallen Werkstücke sortieren zu müssen. Es gab zwar nur drei Mark in der Stunde, dafür war die Tätigkeit auf dem Hochstuhl am Beckenrand der Schwimmbäder oder am Auensee nicht anstrengend, auch wenn sie ständige Konzentration erforderte, und außerdem sehr prestigeträchtig. In diese Zeit fielen auch Marcus' erste Erfahrungen mit dem anderen Geschlecht, die allerdings noch recht vorsichtig vonstattengingen.

Sein Vater, der die Vorliebe seines Sohnes für das Arbeiten in der freien Natur kannte, besorgte ihm zusätzlich einen Ferienjob als Vermessungsgehilfe bei der Wasserwirtschaft. Schließlich war Marcus nun alt genug, um sich nach einer geeigneten Lehrstelle umzusehen, wenn es schon mit einem Studium, zumindest vorerst, nicht klappte. Es war sicherlich für seine Entwicklung nur förderlich, wenn der Junge den Berufsalltag kennenlernte, einmal von früh bis abends arbeiten musste und nur nach Feierabend Zeit für andere Beschäftigungen fand.

Was Marcus aber tatsächlich zu sehen bekam, war die unglaubliche Schlamperei, mit der in einem sozialistischen Betrieb Aufträge ausgeführt wurden. Der Vermessungstrupp, dem er zugeteilt worden war, hatte einen Barkas-Kastenwagen zur Verfügung und die Aufgabe, neu verlegte Wasserleitungen einzumessen und später auf Detailkarten zu übertragen. Marcus interessierte die Tätigkeit durchaus, auch wenn er meist nur damit beauftragt wurde, die Messlatte zu halten. Dass die Mittagspausen weit über Gebühr ausgedehnt und viele private Besorgungen unterwegs erledigt wurden, wäre noch nicht das Schlimmste gewesen. Das machten alle, wenn irgend möglich, und keiner regte sich darüber auf. Doch als Marcus an einem Regentag sah, wie der leitende Ingenieur eine Leitung, die sie eingemessen hatten, auf der falschen Straßenseite einzeichnete, und ihn darauf aufmerksam machte, zuckte dieser nur mit den Achseln.

»Wenn sie sie brauchen, sollen sie sie suchen«, bekam der überraschte Junge zur Antwort, statt eines Dankes für den Hinweis. Der Lageplan wurde nicht geändert, sondern falsch weitergezeichnet und die ungenaue Karte dann abgelegt. Marcus erzählte am Abend seinem Vater davon, der einen tiefen Seufzer ausstieß und seinem Sohn erklärte, dass das keineswegs etwas Ungewöhnliches wäre. Allerorten stieße man auf eine derartige Gleichgültigkeit, was aber auch kein Wunder wäre. Denn niemand wurde arbeitslos, wenn er seine Aufgaben nur schlecht oder auch gar nicht verrichtete. Entlassungen waren im Sozialismus nicht vorgesehen, und wenn, dann nur aus politischen Gründen. Dass das Land trotzdem einigermaßen funktionierte, war für Wolfgang Leipold seit Jahren ein Rätsel. Wer nicht wie er eine innere Abneigung gegen eine derartig wenig sorgfältige Arbeitsweise hatte, kam trotzdem meist problemlos damit durch. Das Schlimmste, was dem Leiter der Vermessungstrupps passieren konnte, war ein erhobener Zeigefinger seines Vorgesetzten, kam die Sache irgendwann einmal ans Licht. Welcher Schaden den Menschen dadurch entstand, die im Falle eines Rohrbruches wahrscheinlich tagelang auf Wasser würden warten müssen, weil man die kaputte Leitung nicht fand, interessierte dabei niemanden.

Marcus' gewonnene Eindrücke in die Arbeitsabläufe von DDR-Betrieben – zur Schulausbildung gehörte auch die wöchentliche Arbeit in der sozialistischen Produktion – waren durchweg nicht sehr erbaulich und standen im krassen Widerspruch zu dem, was im FDJ-Lehrjahr oder Staatsbürgerkundenunterricht verkündet wurde. Überall log man sich die Hucke voll, stellte er erstaunt fest, da er nicht wie so viele andere die

143

Augen davor verschloss, was deutlich erkennbar und tagtäglich zu sehen war. Planerfüllung fand nur auf dem Zeitungspapier statt. Oft fehlte es an Material oder Ersatzteilen, sodass die Produktion stillstand und die Arbeiter sich die Zeit mit Skatspielen vertrieben. Besser wäre es vielleicht gewesen, den Jugendlichen nicht zu zeigen, dass es sich in den Betrieben nicht viel anders verhielt als in den Läden. Es fehlte, wenn auch nicht an allem, so doch an vielem. Ob denn die Partei- und Staatsführung auch nur geschönte Zahlen und Berichte erhielt? Anders jedenfalls waren die ständigen Erfolgsmeldungen nicht zu interpretieren, die kaum noch jemand ernst nahm.

Ablenkung fand Marcus am ehesten auf dem Pferderücken. Der Reitstall war sein Rückzugsort, wo er nahezu alles vergessen konnte und die Welt von draußen kaum Eingang fand. Vor allem jetzt, wo sich eine neue Entwicklung abzeichnete.

Einige Erwachsene, die privat eigene Pferde besaßen – ja, so etwas gab es zu Marcus' Erstaunen auch in der DDR –, hatten sich zusammengetan und einen Reitverein als BSG Pferdesport unter der Schirmherrschaft des VEB Vollblutrennbahn gegründet. Das Kind musste schließlich einen Namen haben, auch wenn sich keiner der Verantwortlichen des Rennbetriebes auch nur im Geringsten um die neue Sektion kümmerte. Ein altes Stallgebäude auf dem Gelände der Reittouristik wurde angemietet und in Eigeninitiative hergerichtet. Schon bald hielten die ersten Sportpferde – ebenfalls meist ausgemusterte Vollblüter, aber auch einige Warmblüter aus DDR-Zucht – Einzug. Da die Pferdebesitzer aber nur wenig Zeit hatten und tagsüber ihren beruflichen Verpflichtungen nachgehen mussten, suchten sie Jugendliche, die ihre Vierbeiner versorgten und den Stalldienst übernahmen. Dafür stellten sie ihnen die Pferde zum Reiten und sogar für Turnierstarts zur Verfügung.

Für Marcus, der sich als einer der Ersten um eine Mitgliedschaft in der BSG bewarb und auch sofort angenommen wurde, taten sich damit ganz neue Perspektiven auf. Auf einmal war er

144

nicht mehr böse, nicht zur EOS delegiert worden zu sein, sondern froh, bald einen Beruf lernen zu können. Schließlich hatte er dann an den Wochenenden frei und konnte seinem zeitintensiven Hobby frönen, während er ansonsten zumindest bis Samstagmittag Unterricht gehabt und sicher sogar am Sonntag hätte pauken müssen. Außerdem waren die Reitstunden jetzt kostenlos und wurden gegen Arbeit im Stall verrechnet, wobei die Faustregel galt, eine Stunde Reiten gleich acht Stunden Stalldienst. Das bedeutete für Marcus früh aufstehen, mit dem Fahrrad in den Reitstall fahren, füttern, tränken und danach ab in die Schule. Nach dem Unterricht wiederholte sich das Spiel, wozu jetzt noch das Ausmisten und Reiten kamen. Oft war er erst am späten Abend zu Hause und erledigte seine Hausaufgaben eher nebenbei. Seine Eltern sahen das zwar nicht gern, sagten aber nichts, da Marcus' intensive Freizeitbeschäftigung keinen negativen Einfluss auf seine schulischen Leistungen hatte. Eher war das Gegenteil der Fall. Eine Lehrstelle als Chemielaborant – er hatte sich dafür entschieden, weil man in der Branche gut Geld verdienen konnte und man ihm ein Fachschulstudium zum Chemieingenieur in Aussicht gestellt hatte – war zwar nicht unbedingt sein Traumjob, er bekam sie aber fast hinterhergeworfen.

Doch dann geschah etwas, womit niemand mehr gerechnet hatte. Etwas außerhalb von Leipzig, in Schkeuditz, wo sich auch der Messeflughafen befand, waren auf einer erweiterten Oberschule Plätze frei geworden, weil dort einige Abituranwärter nach der zehnten Klasse das Handtuch geworfen hatten und abgegangen waren. Wieder wurden Marcus' Eltern zu einem Gespräch zum Direktor gebeten, doch diesmal bot er ihnen eine Delegierung ihres Sohnes zur EOS an, da dieser die Abschlussprüfung mit Bravour bestanden hatte. Der abgeschlossene Lehrvertrag ließe sich bestimmt auflösen, vernahmen die verdutzten Eltern, die zu überrascht waren, um nachzufragen, warum denn die Schüler die EOS verlassen und damit die Chance, das Abitur ablegen zu können, nicht wahrgenommen hatten.

145

Marcus sollte es bald genug erfahren. Er war anfangs gar nicht erbaut über die sich ihm bietende Möglichkeit und sah Probleme auf sich zukommen. Auf keinen Fall wollte er auf seinen Reitsport verzichten und sich diesbezüglich auch nicht einschränken. Er sträubte sich deshalb zunächst mit Händen und Füßen gegen die sich in den Augen seiner Eltern hier auftuende Gelegenheit und forderte deshalb ultimativ von ihnen, ihn bezüglich des Lernens nicht unter Druck zu setzen.

Wolfgang und Christine argumentierten zuerst erstaunt, dann erschrocken, dass Marcus doch die einmalige Chance nicht aufs Spiel setzen sollte. Sicher würde er mehr für die Schule tun müssen als bisher, aber von einem guten Abschluss hinge schließlich seine gesamte weitere Zukunft ab.

Aber da kamen sie bei Marcus an den Falschen. Erst als sie ihm versprachen, sich nicht einzumischen und ihn allein seinen Weg gehen zu lassen, stimmte er notgedrungen zu. Er kündigte selbst den Lehrvertrag, der ihm eine gewisse Unabhängigkeit geboten hätte, und richtete sich darauf ein, zwei weitere Jahre zur Schule zu gehen – in die mittlerweile sechste in seinem Leben. Die langen Sommerferien davor wollte er noch einmal nutzen und so viel wie irgend möglich reiten.

Nahezu jedes Wochenende standen Turniere an, und Marcus war an einem Freitagnachmittag gerade dabei, schwer bepackt mit seiner Ausrüstung die Wohnung zu verlassen und in den Reitstall zu fahren, um die Pferde für den am nächsten Tag anstehenden Wettbewerb zu verladen, als es an der Tür klingelte. Er öffnete, da seine Eltern noch in der Arbeit waren, hoffte aber, dass ihn niemand aufhalten würde, da er schon knapp in der Zeit war.

Vor ihm stand ein älterer, kleiner Herr, an dem von Kopf bis Fuß alles grau war. Graue Haare, grauer Anzug, grau verstaubte Schuhe, und sogar die Aktentasche in seiner Hand besaß die gleiche Farbe.

»Ja bitte?«, fragte Marcus etwas ungeduldig. Ihm brannte es

146

unter den Nägeln, denn er würde wie wild in die Pedale treten müssen, um rechtzeitig im Stall zu sein, wenn er sich jetzt aufhalten ließe.

»Bist du der Marcus?«, erkundigte sich das graue Männchen, und dem Angesprochenen stellten sich die Nackenhaare auf. Selbst die Lehrer waren angehalten, ihre Schüler zu siezen, denn schließlich waren diese mit der Jugendweihe in den Kreis der Erwachsenen aufgenommen worden. Und hier duzte ihn ein völlig Fremder, was Marcus gewaltig gegen den Strich ging.

»Wer will das wissen?«, knurrte er deshalb nicht sehr freundlich zurück. Mit einer Hand griff er nach seiner Tasche, mit der anderen wollte er die Tür hinter sich ins Schloss ziehen. Doch das war nicht möglich, denn der Fremde wich keinen Schritt zur Seite.

»Ich bin Herr Schneider, dein neuer Klassenlehrer, und wollte mich einmal vor Schulantritt mit dir unterhalten. Lässt du mich bitte herein?«

Der letzte Satz war dem Tonfall nach weniger als Bitte, denn als Befehl formuliert, wenn auch immer noch verhältnismäßig freundlich. Marcus schwante Schlimmes. Einerseits war er zwar schon erwachsen genug, um zu ahnen, dass für ihn viel davon abhing, wie die nächsten Minuten verliefen, andererseits überblickte er die möglichen Konsequenzen noch immer nicht ganz. Und außerdem hatte er eine ganz klare Priorität – das bevorstehende Reitturnier. Die Pferdebesitzer würden nicht warten und ohne ihn losfahren, wäre er nicht pünktlich zur Stelle. Und wie käme er dann nach Belgern an der Elbe? Dort sollte er morgen und am Sonntag seine erste Vielseitigkeit reiten, was ihm mehr bedeutete als alles andere auf der Welt. Zumindest in diesem Augenblick.

»Das tut mir wirklich leid, aber ich habe im Moment überhaupt keine Zeit«, antwortete Marcus zerknirscht. »Ich bin schon spät dran und muss ganz dringend weg. Können wir nicht auch ein anderes Mal miteinander sprechen? Vielleicht

147

wenn die Schule angefangen hat in Schkeuditz? Jetzt passt es wirklich ganz schlecht.«

»So?« Die Stimme des Lehrers war kalt wie Eis, aber das ging Marcus nicht auf. »Ich denke, du solltest dir schon etwas Zeit nehmen, wenn ich mich extra hierherbemühe. Was gibt es denn so Wichtiges und Unaufschiebbares, dass wir uns nicht einmal ein Stündchen unterhalten können? Schließlich wollen wir die nächsten zwei Jahre doch gut miteinander auskommen, oder etwa nicht?«

Die versteckte Drohung entging Marcus, ihm schoss nur »eine Stunde« durch den Kopf. Dann wären alle im Reitstall weg, sein Ritt würde an einen anderen vergeben werden und er zukünftig als unzuverlässig gelten. Ob man ihm dann jemals wieder ein Pferd zur Verfügung stellte, stand in den Sternen.

»Ich habe ein wichtiges Reitturnier am Wochenende und muss in den Stall, wenn die anderen nicht ohne mich losfahren sollen«, gab Marcus zur Antwort und hoffte auf Verständnis des überraschend aufgetauchten Besuchers. Schließlich hatte der Lehrer sich ja nicht angemeldet. Allerdings wäre das auch kaum möglich gewesen, denn die Leipolds besaßen kein Telefon.

»Du stellst also deine Freizeitinteressen über die schulischen Erfordernisse?«, erkundigte sich der graue Mann, und seine Stimme hatte auf einmal etwas Lauerndes, was sogar Marcus auffiel. »Da wirst du aber bei uns an der Schiller-Oberschule nicht weit kommen und eine schwere Zeit vor dir haben. Bei uns geht es etwas anders zu als hier in der Großstadt. Meine Kollegen und ich erwarten von unseren Schülern, dass sie nur eins im Auge haben – ihr Abitur. Und ansonsten noch die gesellschaftliche Arbeit, die ein Bestandteil der Erziehung zu allseits gebildeten sozialistischen Persönlichkeiten darstellt. Auf gar keinen Fall aber so etwas Dekadentes wie Reitsport. Lässt du mich jetzt bitte in die Wohnung? Ich möchte das nicht weiter auf dem Flur mit dir erörtern.«

»Nein.« Marcus hatte sich entschlossen, nicht nachzugeben.

Komme, was da wolle, er würde auf dieses Turnier fahren. Über die Konsequenzen, wenn er seinen zukünftigen Klassenlehrer so vor den Kopf stieß, wollte er sich Gedanken machen, wenn es so weit war. Jetzt hatte er Ferien und das graue Männchen keine Macht über ihn. Er schnappte seine Tasche, drängte sich an Herrn Schneider vorbei und zog die Tür zu, die mit einem Schnappen ins Schloss fiel. Mit zwei Schritten war er an der Treppe, bevor er aufgehalten werden konnte, und drehte sich erst auf dem Treppenabsatz noch einmal um. »Ich bitte um Verzeihung! Aber wie gesagt, ich habe gerade überhaupt keine Zeit. Vielleicht ein anderes Mal! Und jetzt entschuldigen Sie mich bitte. Ich muss mich wirklich sehr beeilen.«

Die Worte waren noch nicht verklungen, da stürmte Marcus schon die Stufen hinunter, warf seine Tasche auf den Gepäckträger des Fahrrades und sauste davon, einen völlig verdutzten Lehrer zurücklassend.

Die zwei Jahre in Schkeuditz wurden für Marcus zur Hölle. Herr Schneider, mit dem es das Leben nicht gut gemeint hatte, besaß nicht die menschliche Größe, über das Vorgefallene hinwegzugehen und es einem unreifen Jungen einfach zu vergeben. Er unterrichtete Mathematik und Physik, und in beiden Fächern kam Marcus auf keinen grünen Zweig. Wurde er an die Tafel geholt, brachte ihn sein Lehrer regelmäßig mit zynischen Kommentaren völlig aus dem Konzept. Im Gegensatz dazu fielen die schriftlichen Arbeiten, bei denen er notgedrungen meist in Ruhe gelassen wurde, erstaunlich gut aus. Doch nach einiger Zeit machte es sich Herr Schneider zur Angewohnheit, sich hinter den Jungen zu stellen und ihm längere Zeit über die Schulter zu schauen, wohl wissend, dass ihn das nervös machte und verunsicherte.

In anderen Fächern hingegen hatte Marcus kein Problem, das aufzuholen, was die anderen Schüler, die schon zwei Jahre länger als er an der EOS waren, ihm an Lehrstoff voraushatten.

Jetzt bekam er aber auch mit, warum hier in Schkeuditz Plätze frei geworden waren. Die Schulleitung hatte es sich zum Ziel gesetzt, dass jeder männliche Jugendliche sich entweder für eine Offizierslaufbahn bei der NVA oder zumindest für eine dreijährige und damit doppelt so lange Dienstzeit wie gesetzlich vorgegeben verpflichtete.

Das kam für Marcus nun überhaupt nicht infrage. Im Gegenteil, er wollte alles in seiner Macht Stehende dafür tun, dass man ihn gar nicht erst einzog, sondern gleich ausmusterte, und er seinen Dienst bei der *Asche,* wie die NVA landläufig genannt wurde, unter keinen Umständen antreten musste. Zu irgendetwas musste seine Augenverletzung ja gut sein! Von einem befreundeten Arzt erfuhr Marcus zudem, dass er vorgeben sollte, nachtblind zu sein. Das ließe sich nur sehr schwer nachweisen, und gegebenenfalls müsste man halt bei Dunkelheit öfter stolpern und, sollte es wirklich zum Äußersten kommen, beim Nachtschießen die Augen zumachen.

Bei der Musterung wies Marcus auf die eingeschränkte Sehfähigkeit seines linken Auges und die Nachtblindheit hin und war sehr sicher, den Stempel *Untauglich* in seinen Wehrpass zu erhalten. Doch die Nationale Volksarmee dachte gar nicht daran, auf ihn zu verzichten. Ihm wurde zwar bescheinigt, für eine Offiziers- oder auch Unteroffizierslaufbahn nicht geeignet zu sein, aber den Grundwehrdienst für rückwärtige Dienste wie Verwaltung, Nachschub und Sanitätsversorgung musste er absolvieren.

Marcus war am Boden zerstört. Er konnte sich nun so ganz und gar nicht mit dem bewaffneten Arm der Arbeiterklasse identifizieren und hatte gehofft, aufgrund seines Handicaps wenigstens davon befreit zu werden. Achtzehn Monate nahezu ohne Pferde, die ihm alles bedeuteten, wie sollte er das aushalten? Und die zweite Frage war, was sollte er nach dem Grundwehrdienst studieren? Dafür machte er ja schließlich das Abitur.

Für seine Mitschüler stand diese Frage nicht zur Debatte. Alle bis auf einen hatten sich für eine Armeelaufbahn entschieden.

Die einen unter Druck, die meisten aber aus Überzeugung. Nur ein Junge, ein Außenseiter wie Marcus, verweigerte den Dienst mit der Waffe komplett und bewarb sich für einen Studienplatz in Theologie.

Für Marcus war das natürlich keine Option. Er glaubte weder an Gott noch an den Sozialismus, sosehr man sich auch all die Jahre über bemüht hatte, ihm beides nahezubringen. Geschichte und Literatur interessierten ihn, und in beiden Fächern stand er felsenfest auf einer Eins. Ein Gespräch mit der Fachlehrerin ergab allerdings, dass für ein Studium in dieser Richtung eine Mitgliedschaft in der SED unabdingbare Voraussetzung wäre. Schließlich war es die Aufgabe von Journalisten und Schriftschaffenden, die neue Wirklichkeit des Sozialismus zu propagieren. So hatte es die Partei- und Staatsführung schließlich verkündet, und auf Margot Honeckers Anweisung hin wurde es auch mit aller Konsequenz an den Schulen und Hochschulen durchgesetzt.

Aber um nichts und für keinen Studienplatz in der Welt wäre Marcus in die SED eingetreten, die in seinem Elternhaus nur als der Verein mit den abgehackten Händen – Bezug nehmend auf das Parteiabzeichen – bezeichnet wurde. Sein Großvater hätte sich im Grabe umgedreht!

Dann kamen die schriftlichen Abschlussprüfungen zum Abitur. Während Marcus eine Interpretation von *Wallensteins Lager* schrieb – das Theaterstück von Schiller hatte er sich zwar entgegen den Anforderungen des Deutschunterrichts nie zu Gemüte geführt, aber der Klappentext, den er schnell überfliegen konnte, reichte ihm –, führte Herr Schneider die Aufsicht und korrigierte dabei die Mathearbeiten. Zu seinem eigenen Erstaunen musste er feststellen, dass die Arbeit des Schülers, den er von der ersten Sekunde ihres Zusammentreffens nicht gemocht hatte und der ihm mit seiner aufmüpfigen Art bis heute suspekt war, einer glatten Eins entsprach. Daran konnte er nichts ändern, denn die Abiturabschlüsse wurden zumindest stichprobenartig überprüft, und sich wegen einer fehlerhaften Benotung womöglich eine Blöße zu geben, wollte er nun auch wieder nicht riskieren. Doch eins konnte er sich nicht verkneifen. Er stand auf, schlenderte an den Tisch, an dem Marcus saß und schrieb, und beugte sich zu ihm herab.

»Ich habe gerade deine Mathearbeit durchgesehen, Marcus«, flüsterte Herr Schneider und machte dann eine Pause, um sich an der Nervosität seines Schülers zu weiden. »Ich kann es zwar kaum glauben, habe aber fast keinen Fehler gefunden. Nun, als Vornote hast du ja eine Vier von mir bekommen, in der schriftlichen Arbeit jetzt eine Eins. Selbst du dürftest dir ausrechnen können, dass das zusammen zwei Komma fünf ergibt. Damit müsstest du eigentlich in die mündliche Prüfung kommen, wo sich dann entscheidet, ob du die Note Zwei oder Drei bekommst. Aber das wollen wir uns doch beide nicht antun, oder? Ich gebe dir als Abschluss eine Drei und denke, dass du damit gut bedient bist.«

Marcus biss vor Wut fast die Spitze seines Füllers ab. Aber in einem hatte Herr Schneider recht – in die mündliche Prüfung, um sich von ihm noch einmal demütigen zu lassen, wollte er auf keinen Fall. Lieber nahm er die Note Drei und damit eine deutliche Verschlechterung seines Abiturdurchschnitts hin. Dazu würde noch eine wohl nicht sehr schmeichelhafte Abschlussbeurteilung kommen, die ja ebenfalls der Klassenlehrer schrieb, die aber durch den Pädagogischen Rat gehen musste. Auf den Letzteren setzte Marcus seine Hoffnung, denn bei den anderen Lehrern hatte er durchaus einen Stein im Brett.

Und er sollte sich nicht getäuscht haben. Während der mündlichen Prüfungen nahm ihn die stellvertretende Direktorin, die Biologie und Geschichte unterrichtete, zur Seite und fragte Marcus, was er denn für ein Problem mit seinem Klassenlehrer hätte. Sie musste sich über eine Formulierung in der Beurteilung so aufgeregt haben, dass sie Marcus ganz entgegen der Gewohnheit, nichts aus dem Lehrerzimmer nach außen dringen zu

152

lassen, steckte, dass Herr Schneider versucht hatte, den Passus »Marcus ist nicht in der Lage, logisch zu denken« durchzubringen. Das war aber einhellig vom gesamten Lehrkörper zurückgewiesen worden, was Schneider offenbar wie eine schallende Ohrfeige empfunden hatte. Und dann musste er auch noch miterleben, wie Marcus, dessen Abiturprädikat zwar aufgrund von Mathe und Physik nur »Gut« lautete, auch noch während der Abschlussfeier für die beste Deutscharbeit des Kreises ausgezeichnet wurde. Seine Interpretation des Schiller-Dramas, das er im Detail gar nicht kannte, hatte die Prüfungskommission vollständig überzeugt.

Doch das alles nützte letztlich nichts. Marcus war einer der ganz wenigen Schüler der EOS im gesamten Jahrgang, der ohne feste Studienplatzzusage und auch ohne Lehrstelle die Schulausbildung beendete. Im November wartete nun erst einmal die Einberufung zur NVA auf ihn. Für Marcus eine weitere Zeitspanne, die ihn in seiner Freiheit und Entwicklung einschränkte und die er schon hasste, bevor er auch nur einen Fuß auf das Kasernengelände gesetzt hatte. Aber eine Wehrdienstverweigerung würde ihm anders als im Westen bei der Bundeswehr, wo das durchaus möglich war, Gefängnis einbringen. Und zwar länger, als der Wehrdienst dauerte, war damit also keine Option. Bis es allerdings so weit war und er den schweren Gang antreten musste, wollte Marcus arbeiten gehen, verschiedene Praktika absolvieren und sich dadurch beruflich orientieren. Und reiten, viel reiten.

5. Kapitel

Helsinki, 1. August 1975

»Wieso werde ich nur das Gefühl nicht los, dass die uns über den Tisch gezogen haben?« Erich Honecker stand mit verschränkten Händen auf dem Rücken vor dem Fenster der Suite seines Hotels in Helsinki und schaute auf den Finnischen Meerbusen hinaus. Die Ostsee schien sich unendlich weit zu erstrecken, doch der DDR-Staatschef wusste, dass sie im Vergleich zu anderen Meeren eher eine größere Pfütze war. Genau gegenüber auf der anderen Seite der Bucht, gar nicht so weit weg, lag Tallinn, die Hauptstadt der Estnischen Sozialistischen Sowjetrepublik, und ein Stück weit den Meeresarm hinauf nach Osten Leningrad, wo 1917 die Oktoberrevolution mit den Schüssen aus den Kanonen des Panzerkreuzers *Aurora* ihren Anfang genommen hatte. Letztlich verdankte er diesem Ereignis seine heutige Machtposition und war dem Schicksal dafür überaus dankbar, auch wenn die Last der Verantwortung für den Staat, dem er nach und nach weltweite Anerkennung verschaffte, ihn manchmal schier zu erdrücken drohte. Ob er der Aufgabe letztlich wirklich gewachsen war, fragte sich Honecker nicht zum ersten Mal und in diesem Moment, der eigentlich ein großer Triumph sein sollte, gerade wieder. Wie selbstsicher waren doch diese westlichen Regierungschefs aufgetreten, allen voran Helmut Schmidt, der bundesdeutsche Kanzler. Dessen Ausstrahlung hätte er gerne gehabt, aber Honecker war ehrlich genug, sich einzugestehen, dass es ihm daran mangelte. An Schmidts hanseatisches, ja fast schon aristokratisches Charisma reichte er einfach nicht heran, was ihn innerlich wurmte. Dafür war er zumindest nicht so nikotinabhängig wie Schmidt, der schon Entzugserscheinungen bekam, wenn die Sitzung länger dauerte als eine Stunde. Von Honecker, der dem Laster selbst nicht frönte, war das mit einer gewissen Häme registriert worden.

Niemand hatte ihm, dem Sohn eines Bergarbeiters aus dem Saarland und selbst Dachdecker von Beruf, an der Wiege gesungen, dass er einmal mit den ganz Großen der Welt zusammen an einem Tisch sitzen und ein Dokument von historischer Bedeutung unterzeichnen würde. Die Staatschefs der sozialistischen Bruderländer kannte er natürlich seit Jahren alle persönlich, aber dem US-Präsidenten zum Beispiel war er noch nie zuvor begegnet. Jetzt hatte er zwischen Helmut Schmidt und Gerald Ford am großen Konferenztisch gesessen und die Schlussakte der Konferenz für Sicherheit und Zusammenarbeit in Europa, kurz KSZE genannt, unterzeichnet. Was wohl Margot dachte, wenn sie die Berichterstattung dazu im Fernsehen sah? Ob sie jetzt endlich stolz auf ihn war? Schließlich hatte er einen nicht geringen Anteil daran, dass die DDR mittlerweile von vielen Staaten als gleichberechtigt mit der BRD anerkannt wurde, diplomatische Vertretungen auf allen Kontinenten besaß und internationale Verträge unterzeichnen konnte. Manchmal, in stillen Stunden, wurde Honecker das Gefühl nicht los, dass seine Frau ihn nicht ganz ernst nahm und sich ihm intellektuell überlegen fühlte. Doch bevor er den Gedanken weiter vertiefen konnte, antwortete auch schon Oskar Fischer, Minister für Auswärtige Angelegenheiten und Mitglied der DDR-Delegation in Helsinki, auf die mehr rhetorisch gemeinte Frage seines Staatschefs.

»Ich denke eher, dass wir, die Staaten des Warschauer Paktes, Erich, uns in wesentlichen Punkten durchgesetzt haben.« Honecker und Fischer kannten sich seit ihren gemeinsamen Tagen in der FDJ. Der Außenminister war Sekretär des Zentralrates der FDJ zu der Zeit gewesen, in der sein jetziger Chef der Jugendorganisation vorgestanden hatte. »Schließlich musste der Westen die Unverletzlichkeit der Nachkriegsgrenzen anerkennen. Trotz der Ostverträge war das bis heute noch immer nicht ganz unumstritten. Außerdem haben die NATO-Staaten uns endlich Nichteinmischung in die inneren Angelegenheiten garantiert.«

155

»Wir ihnen aber auch«, meinte Honecker nachdenklich. »Wie sollen wir den Sozialismus in der Welt verbreiten, wenn wir zumindest nicht mehr offen kommunistische Organisationen in der Dritten Welt und in den NATO-Staaten unterstützen dürfen? Und dieses ständige Pochen auf die Menschenrechte! Was sie sich nur davon versprechen? Wir mussten uns verpflichten, die Gedanken-, Gewissens-, Religions- und Überzeugungsfreiheit aller Bürger zu garantieren! Dass uns das nicht einmal eines Tages auf die Füße fällt. Ich sehe es schon kommen, dass sich die Kirchen darauf berufen und sich in ihrem Schatten womöglich unabhängige Oppositionsgruppen bilden werden, die sich dann auf diese Schlussakte beziehen.«

»Erich, vergiss nicht, dass das, was wir heute unterschrieben haben, kein völkerrechtsgültiger Vertrag ist, sondern letztlich nur eine mehr oder weniger unverbindliche Absichtserklärung. Wie weit wir sie in der DDR umsetzen, liegt daher ganz in unserem eigenen Ermessen.«

»Aber der Westen wird uns ständig daran erinnern und mit erhobenem Zeigefinger auf die Unterschrift verweisen! Und wir brauchen nun einmal den Handel mit den kapitalistischen Staaten wegen der Güter, die wir nicht selber herstellen können. Was ist, wenn sie uns irgendwann einmal mit einem Boykott belegen, weil wir in ihren Augen angeblich gegen den Geist der Schlussakte verstoßen? Kannst du mir das sagen?«

»Die Schlussakte enthält ebenso die Verpflichtung der friedlichen Regelung von Streitigkeiten, vergiss das nicht. Im Zweifelsfall können wir auch immer auf die Nichteinmischung in die inneren Angelegenheiten verweisen. Die Konferenz ist auf Betreiben des Warschauer Paktes doch überhaupt erst zustande gekommen. Ich denke, Schmidt wird im Bundestag große Probleme wegen seiner Zustimmung zu den Beschlüssen bekommen. Du kannst mit Sicherheit davon ausgehen, dass zumindest die CDU dagegen stimmen wird, denn viele ihrer Abgeordneten haben die Gebiete östlich der Oder und Neiße noch immer

156

nicht verloren gegeben. Dieses Problem besteht für uns dagegen weder in der Volkskammer noch im Zentralkomitee.«

»Trotzdem, Oskar. Ganz wohl ist mir bei der Sache nicht. Ich denke, wir haben bezüglich dieser angeblich so wichtigen Menschenrechte zu große Zugeständnisse gemacht. Gut, man hat uns dafür die Anerkennung der Nachkriegsgrenzen zugesichert, was vor allem für die sowjetischen und polnischen Genossen wichtig war. Aber ich will keine Opposition in unserem Land, niemals. Und sollte womöglich nach dieser Konferenz eine entstehen, werden wir wie bisher mit aller Härte gegen sie vorgehen. Wenn wir zurück in Berlin sind, muss ich umgehend mit Erich darüber sprechen, welche Maßnahmen diesbezüglich einzuleiten sind.«

Außenminister Fischer verdrehte hinter Honeckers Rücken die Augen. Er wusste, dass dieser den Chef der Stasi meinte, und Mielke war nun wirklich der Letzte, der diplomatisch-vorsichtig agierte, so wie es gerade jetzt kurz nach der Unterzeichnung des so wichtigen Abkommens angezeigt war.

»Was wir auch noch erreicht haben, ist das Zugeständnis eines stärkeren wirtschaftlichen Austauschs mit dem Westen«, versuchte der Diplomat weiter zu besänftigen. »Das wird uns helfen, unsere Wirtschaftslage zu stabilisieren und die Versorgung der Bevölkerung mit Konsumgütern zu verbessern. Sind die Bäuche und Regale voll, denkt niemand an einen Aufstand. Das ist schließlich eine alte Weisheit.«

»Wäre ich nicht Atheist, Oskar, würde ich sagen: Dein Wort in Gottes Ohr. Es fällt mir trotzdem schwer, mich deinem Optimismus anzuschließen. Letzte Nacht hatte ich einen Albtraum. Ich sah in allen Bruderländern und auch in der DDR Gruppen mit Transparenten durch die Straßen ziehen, die sich lautstark rufend auf diese Schlussakte beriefen und freie Wahlen, das Ende der Diktatur des Proletariats und Reisefreiheit forderten. Kannst du dir das vorstellen? Ich bin schweißnass aufgewacht und habe mehrere Stunden gebraucht, bis ich wieder einschlafen konnte.«

157

»So schlimm wird es schon nicht werden, Erich. Ich denke, dass eher das Gegenteil eintritt und wir heute einen wichtigen Schritt auf dem Weg zum Sieg des Sozialismus zurückgelegt haben. Ganz im Geiste von Marx, Engels und Lenin. Und jetzt müssen wir uns für das abendliche Bankett fertig machen. Hoffentlich raucht der Schmidt nicht wieder wie ein Schlot. Mir wird da immer ganz schlecht von.«

»Ich kann nur hoffen, dass wir heute keine Lawine losgetreten haben, die uns alle eines Tages überrollen wird«, meinte Honecker, immer noch nicht beruhigt. Außerdem wollte er als Staatschef auch gegenüber seinem langjährigen Kampfgefährten das letzte Wort behalten. Er ahnte damals nicht, wie prophetisch seine Worte waren.

6. Kapitel
1975 – 1980

»Soldat Leipold, nehmen Sie endlich Ihre Waffe, und dann zurück ins Glied! Marsch, marsch!«

»Genosse Hauptfeldwebel, ich möchte Ihnen mit allem Nachdruck noch einmal zur Kenntnis geben, dass ich nachts nichts sehe. Das steht auch so in meinem Wehrdienstausweis. Wie soll ich da Wache stehen? Der Klassenfeind könnte in fünf Metern Entfernung an mir vorbeilaufen, ohne dass ich ihn bemerken würde.«

»Das heißt: ›Genosse Hauptfeldwebel, gestatten Sie, dass ich Sie anspreche!‹ Wie oft habe ich Ihnen das schon gesagt, Leipold? Und wenn Sie nichts sehen, dann schießen Sie eben nach Gehör. Völlig lautlos wird die NATO schon nicht anrücken! Und jetzt vorwärts, in fünf Minuten ist Vergatterung!«

Marcus hatte es noch einmal versucht, aber mit dem Hauptfeldwebel war kein vernünftiges Gespräch zu führen. Der brauchte heute jeden Mann, denn es war der 24. Dezember, Heiligabend. Der Wachdienst würde vierundzwanzig Stunden dauern, und obwohl es an solchen Tagen eine Urlaubs- und Ausgangssperre für die ganze Kompanie gab, hatten es doch einige Soldaten des dritten Diensthalbjahres geschafft, sich eine Ausnahmegenehmigung zu besorgen, um nach Hause fahren zu können. Deshalb stimmte die vorgeschriebene Sollstärke nicht, und der Hauptfeldwebel konnte auf solchen Unsinn wie Nachtblindheit keine Rücksicht nehmen, auch wenn er es bisher getan hatte, um sich nicht in die Nesseln zu setzen, sollte womöglich doch etwas mit dem ständig aufmüpfigen Soldaten passieren. Marcus sah natürlich überhaupt nicht ein, dass er ausgerechnet heute Wache stehen sollte. Abends würden überall die Kerzen an den Weihnachtsbäumen brennen, die Menschen

159

sich beschenken und gut essen und trinken – während er völlig sinnfrei ein bekanntermaßen leeres Munitionsdepot bewachen sollte. Was für ein hanebüchener Unfug!

Ihn hatte fast der Schlag getroffen, als er sich statt bei den rückwärtigen Diensten, für die er gemustert worden war, bei einem in Weißenfels stationierten motorisierten Schützenregiment wiederfand. Keinen interessierte dort, was in seinem Wehrpass stand. Nur von den Nachtmärschen hatte man ihn befreit, nachdem beim ersten Versuch des Kompaniechefs, ihn doch zur Teilnahme zu zwingen, zwei Soldaten nach wenigen Metern abkommandiert werden mussten, um ihn zu führen. Marcus, eingedenk der Worte des Augenarztes, war ständig gestolpert und hatte damit das Grundtempo der Truppe wesentlich verlangsamt, was dem Oberleutnant, der natürlich mit seiner Truppe glänzen wollte, gar nicht gefiel.

Noch viel weniger allerdings gefiel Marcus seinerseits der militärische Drill. Ständig wurde gebrüllt, kein Befehl konnte in normalem Ton gegeben, keine Sache vernünftig erklärt werden. Man ließ die Rekruten, eigentlich ja junge sozialistische Persönlichkeiten, die zehn Jahre oder auch länger die Schule besucht hatten und über Abitur oder eine Lehrausbildung verfügten – die Älteren auch über Berufserfahrung –, an jedem Tag ihres Wehrdienstes spüren, dass sie hier in der Nationalen Volksarmee nichts, aber auch gar nichts wert waren. Marcus hatte die allgemein vorherrschende Menschenverachtung bereits in dem Moment zu spüren bekommen, in dem er das Tor zum Kasernengelände durchschritten hatte.

Er wurde in den nächsten achtzehn Monaten das Gefühl nicht los, dass das ganze Sinnen und Trachten seiner Vorgesetzten darin bestand, ihm auch das letzte bisschen Menschenwürde zu nehmen und ihn zu einem willenlosen Objekt umzuformen. Doch das sollte diesen *Tagesäcken,* wie Offiziere und Unteroffiziere wegen ihrer langen Dienstzeit respektlos hinter vorgehaltener Hand von den Grundwehrdienstleistenden genannt wur-

160

den, nicht gelingen, nahm er sich fest vor. Seine Waffen, um sich zu wehren, waren diffizil, aber meist, wenn auch nicht immer, durchaus erfolgreich. Der brave Soldat Schwejk hätte von ihm vielleicht sogar noch etwas lernen können. Nun gut, wenn er tatsächlich ausgerechnet am Heiligen Abend Wache stehen musste, dann sollten diejenigen, die das befahlen, schon sehen, was sie davon hatten. Es war zwar noch nicht Silvester, aber für Feuerwerk wollte er sorgen.

Der Kommandeur der 3. Motorisierten Schützenkompanie, zu der Marcus gehörte, war jung, ledig und stand in der militärischen Hierarchie noch sehr weit unten. Alles Dinge, die ihn dafür prädestinierten, mit seiner Kompanie die Wache an dem Tag zu übernehmen, an dem jeder gern bei seinen Lieben daheim war. Dass es unter den Soldaten, die ja ihren Wehrdienst nicht freiwillig, sondern gezwungenermaßen leisteten, auch Männer gab, die verheiratet waren und sogar kleine Kinder zu Hause hatten, interessierte niemanden. Bis zum sechsundzwanzigsten Lebensjahr konnte man eingezogen werden, und Marcus durfte noch glücklich darüber sein, dass er gleich im Herbst nach seinem Schulabschluss einberufen worden war, denn bevor die Armeezeit nicht absolviert worden war, durfte niemand sein Studium antreten. Da er bereits während der Grundausbildung durch Widerspruch und renitentes Verhalten aufgefallen war und sich auch nach Eingliederung in die Kompanie nur schwer den ungeschriebenen, aber nichtsdestotrotz gültigen militärischen Regeln beugte, hatten die Postenführer, Unteroffiziere auf Zeit und Gefreite des dritten Diensthalbjahres, sogenannte EKs – Entlassungskandidaten –, sich für ihn etwas Besonderes einfallen lassen.

Das Kasernengelände von Weißenfels lag am Rande der Stadt, unweit der Autobahn. Die verschiedenen Posten befanden sich in Sicht- und Rufweite voneinander an der Umfassungsmauer und waren dadurch gegen schneidenden Wind und Kälte zumindest etwas geschützt. Nur ein Posten musste außerhalb des

Geländes auf einem zugigen Turm Wache halten und das ehemalige, mittlerweile leere Munitionsdepot sichern, das bestimmt ein bevorzugtes Ziel des Klassenfeindes bei einem stets zu erwartenden Angriff auf die DDR war. Für diese undankbare Aufgabe hatte man Marcus ausgewählt. Die Einteilung erfolgte zwar nicht durch den Kompaniechef, sondern den Hauptfeldwebel, aber der Offizier zeichnete die Kladde, auf der stand, wer wo Posten bezieht, widerspruchslos ab. Er sollte es bitter bereuen.

Zwei Postenführer brachten Marcus zu dem Turm. Tagsüber hatte dort ein anderer Soldat Wache gehalten, der nun abgelöst werden sollte. Es war mittlerweile stockfinstere Nacht, und das verlassene Depot wurde von keiner einzigen Lampe erleuchtet. Marcus war, wie er es sich angewöhnt hatte, mehrmals gestolpert und einmal sogar auf die Knie gefallen. Das hatte seine beiden Vorgesetzten erschreckt, denn schließlich trug der Soldat eine Kalaschnikow über der Schulter. In deren Magazin befanden sich dreißig Schuss, und wie schnell konnte sich bei einem Sturz der Sicherungshebel verschieben – und dann war die Waffe scharf. Was das Einzel- oder womöglich sogar Dauerfeuer der *AK-47* genannten Maschinenpistole anrichten konnte, war jedem bekannt, der sie einmal beim Schießtraining im Einsatz gesehen hatte.

Nach seinem Sturz griffen die beiden Postenführer Marcus lieber unter die Arme und zerrten ihn mehr zu seinem Turm, als dass er zwischen ihnen ging. Unten angekommen, riefen sie den bisherigen Wachhabenden herunter und befahlen dem jungen Soldaten, die steile Leiter emporzuklettern und auf gar keinen Fall seinen Posten zu verlassen, bis er abgelöst werden würde. Dann machten sie sich grinsend davon und verabredeten sich zu einem Spaß, den sie sich mit dem *Spritzer,* so nannte man die Soldaten des ersten Diensthalbjahres, später erlauben wollten.

Marcus war noch jung, gerade einmal achtzehn Jahre alt, und hatte bisher trotz aller Probleme in der Schule, mit Lehrern und

162

bei der geforderten gesellschaftlichen Arbeit noch nie so etwas wie Hass empfunden. Doch das hatte sich jetzt geändert. In den ersten Tagen und Wochen seines Wehrdienstes, der Grundausbildung, war er zuerst völlig fassungslos gewesen, dann maßlos wütend, und nach Eingliederung der neuen Rekruten in die Kompanie schlugen seine Gefühle in blanke Wut um. Jeder war hier offenbar nur darauf aus, den anderen nach Möglichkeit bis an die Grenze des Erträglichen und auch darüber hinaus zu schikanieren. Die Soldaten des zweiten Diensthalbjahres, die *Vize*, die bis vor Kurzem selbst noch *Spritzer* gewesen waren, taten sich nun an den Neuen gütlich, die EKs stolzierten im Vollgefühl ihrer Würde – die meisten waren nach einem Jahr Dienstzeit zu Gefreiten befördert worden – herum und verlangten sklavischen Gehorsam von den unteren Diensthalbjahren. Keiner der Vorgesetzten tat etwas dagegen, im Gegenteil. Die Unteroffiziere verbündeten sich mit den EKs, denn ohne deren Unterstützung hatten sie in ihren Gruppen einen schweren Stand. Die Zugführer, meist selbst noch jung und unerfahren, schauten geflissentlich weg. Der Hauptfeldwebel amüsierte sich köstlich über die groben Scherze – etwas anderes war das menschenunwürdige Drangsalieren in seinen Augen nicht –, und der Kompaniechef und der Politoffizier nahmen das Geschehen gar nicht zur Kenntnis.

Was die *Spritzer* auszuhalten hatten, was man von ihnen verlangte, wie man sie permanent demütigte, sprengte Marcus' Vorstellungskraft völlig. Und wenn man den EKs nicht zu Willen war, wenn man nicht sofort *spritzte*, sobald sie auch nur einen Wunsch äußerten, setzte es drakonische Strafen. Diese wurden meist nach Dienstschluss vollzogen, wenn die Offiziere das Gelände verlassen hatten und der Unteroffizier vom Dienst, kurz UvD genannt, auf verlorenem Posten stand. Dann wurde der ungehorsame oder aufmüpfige *Spritzer* aus seiner Stube gezerrt, ihm sein Vergehen angezeigt und gleich das Urteil gesprochen. Das Putzen der Klos und Latrinen mit der eigenen Zahn-

163

bürste, die anschließend nach einer kleinen Säuberung wieder für ihren ursprünglichen Zweck verwendet werden musste, gehörte dabei noch zu den harmloseren Bestrafungen. Ebenso das *Musikbox*-Spielen, bei dem ein Soldat in einen Spind gesperrt wurde und auf Befehl singen musste. Machte er das nach Meinung der EKs nicht gut genug oder waren diese betrunken und nicht mehr zurechnungsfähig, konnte es schon vorkommen, dass der Spind mitsamt Inhalt umgekippt oder gar aus dem Fenster auf den Kasernenhof geworfen wurde. Marcus hatte von Fällen gehört, wo die darin Eingeschlossenen schwer verletzt worden und in einem Fall sogar ums Leben gekommen waren. Dass die Täter verurteilt und in das berüchtigte und gefürchtete Militärgefängnis nach Schwedt überstellt worden waren, war für die Angehörigen der Opfer sicher nur ein schwacher Trost. Geändert hatte sich an den Zuständen allerdings auch danach nichts, und *Musikbox* wurde überall munter weitergespielt.

Es war natürlich absolut nicht verwunderlich, dass es Marcus auch und oft erwischte und die höheren Diensthalbjahre an ihm ihr Mütchen kühlten. Sich dagegen zu wehren, hatte er nur anfangs versucht und bald die Sinnlosigkeit eingesehen, denn immer waren die anderen in der Überzahl und wurden noch dazu von ihren Vorgesetzten gedeckt.

Eine beliebte und grausame Schikane, die Marcus gleich mehrmals über sich ergehen lassen musste, nannte sich die *Schildkröte*. Dazu holte man den Delinquenten am späten Abend oder auch mitten in der Nacht plötzlich aus der Stube und schnallte ihm einen Stahlhelm auf den Kopf und weitere an die Knie und Ellenbogen. Dann wurde er auf alle Viere gezwungen und unter dem Gelächter und Gejohle der versammelten »Kameraden« aus den höheren Diensthalbjahren mit Fußtritten über den Gang geschubst. Dabei knallte der so Gedemütigte oft mit dem Kopf gegen die Wände des Flurs, was trotz des Stahlhelmes äußerst schmerzhaft war. Außerdem schnitten die scharfen Stahlkanten und Riemen in Arme und Unterschenkel und

164

hinterließen oft tagelang blutunterlaufene Striemen. Obwohl bei dieser Prozedur natürlich deutlich vernehmbarer Lärm verursacht wurde, ließ sich nie ein Vorgesetzter sehen, und der UvD war erfahrungsgemäß blind und taub.

Ein weiteres Spiel nannte sich *Flur solo*. Dazu wurde auf dem hundert Meter langen Gang der Kompanieunterkunft ein großer Sack Scheuermittel verteilt und immer wieder Wasser darüber gegossen, sodass das weiße Pulver hoch aufschäumte. Der Verurteilte hatte nun die Aufgabe, die ganze Nacht über bis zum Wecken die seifige Lauge aufzuwischen, was eine fast unlösbare Aufgabe darstellte und nur unter großer Kraftanstrengung gelang. Schaffte er es nicht allein, wurden um fünf Uhr morgens seine Stubenkameraden geweckt, die ihm in der letzten Stunde helfen mussten. Dementsprechend groß war deren Wut auch auf denjenigen, dem sie die Störung ihrer Nachtruhe zu verdanken hatten.

Marcus hatte sich seine ganze Armeezeit über gefragt, was man mit solchen Schikanen bezwecken wollte, war aber zu keinem Ergebnis gekommen. Die Kameradschaft zwischen den Soldaten, auf die es im Ernstfall doch wohl ankommen würde, förderten sie jedenfalls nicht, im Gegenteil. Er hätte seinen Großvater gern gefragt, ob das in den Armeen, in denen er gedient hatte, ebenso gewesen war. Mussten Offiziere, Unteroffiziere und vor allem die EKs denn nicht fürchten, vor dem Feind von hinten abgeknallt zu werden, kam es tatsächlich zum Krieg mit der NATO, von dem in jedem Politunterricht gesprochen wurde, als stände er unmittelbar bevor? Marcus jedenfalls konnte sich gut vorstellen, statt auf die Soldaten der Bundeswehr zu schießen, in denen er nun wahrlich keinen verabscheuungswürdigen Feind sah – sondern eher Befreier, sollten sie denn tatsächlich kommen, woran er aber berechtigte Zweifel hegte –, lieber als Erstes seinen verhassten Hauptfeldwebel und ein paar von dessen brutalen Helfershelfern umzulegen, um sich danach sofort zu ergeben und zum Gegner überzulaufen. Bei ihm hatte

165

die angestrebte sozialistische Erziehung und eingeimpfte Liebe zum Vaterland DDR schmählich versagt, aber das lag an niemand anderem als an denjenigen, die die scheinheilige Ideologie verbreiteten, ohne sie selbst zu leben. Heute wollte er schon einmal damit anfangen, ein paar besonders verhasste Gestalten das Fürchten zu lehren, und konnte sich dabei sogar noch auf die Einhaltung der Dienstvorschriften berufen, die jeder Armee auf der Welt heilig waren.

Dass die beiden Postenführer, die Marcus auf den Turm gebracht hatten, sich mit ihm einen üblen Scherz erlauben wollten und etwas vorhatten, ahnte er allerdings, denn er hatte die beiden miteinander flüstern sehen, als sie sich entfernten. Er wusste außerdem, dass, sollten sie ihn überraschen können oder womöglich sogar beim Schlafen erwischen, dies ein Wachvergehen wäre, das mit Arrest, schlimmstenfalls sogar mit Schwedt, aber auf alle Fälle mit Streichung des nächsten Urlaubs bestraft wurde. Umso aufmerksamer war er deshalb, auch wenn die absolute Einsamkeit, die Kälte und die Dunkelheit ihn einzulullen begannen. Es war seine erste Wache, und er wollte dafür sorgen, dass es auch seine einzige und letzte blieb.

Ein paar Lichter sah er in der Ferne und von Zeit zu Zeit den Lichtkegel eines auf der Autobahn vorbeibrausenden Wagens. Einmal hörte Marcus Kirchenglocken aus der Stadt und glaubte sogar, Gesang zu vernehmen. Schließlich war Heiliger Abend, und sosehr er auch an Gott zweifelte, an diesem Tag war selbst er immer in die Kirche gegangen. Schließlich gehörte das irgendwie zu Weihnachten dazu. Sich dagegen auf einem sinnlosen Posten die Beine in den Bauch zu stehen und bitterlich zu frieren, mit Sicherheit nicht. Während Marcus über diese unglaubliche Verschwendung von Lebenszeit nachdachte und was man mit dieser in seinem Alter stattdessen so alles anfangen könnte, hörte er einen Ast knacken. Das Geräusch kam eindeutig aus der Richtung der Kaserne, allerdings nicht von dem Fahrweg, der dort hinführte. Da, erneut war etwas zu hören,

166

und Marcus glaubte sogar zwei Gestalten zu erkennen, die noch dunkler als die sie umgebende Finsternis waren. Schließlich gab er ja nur vor, nachts nichts sehen zu können. Langsam, damit niemand es hören konnte, nahm er die Kalaschnikow von der Schulter und legte den Sicherungshebel um. Am Schießtraining, zumindest an dem, das untertags stattfand, hatte er selbstverständlich teilgenommen und wusste die Waffe durchaus zu handhaben. Wenn er jetzt noch durchlud, standen ihm dreißig Schuss zur Verfügung, die er abgeben konnte, was zu tun, er auch bis zur letzten Patrone vorhatte. Außerdem hatte er noch ein weiteres Magazin in seiner Gürteltasche. Doch zuvor galt es, die Dienstvorschrift akribisch einzuhalten, damit ihm später niemand einen Strick daraus drehen konnte. Wennschon, dann sollten die beiden Witzbolde bestraft werden, die glaubten, ihn hier vorführen zu können.

»Halt, wer da?«, schallte seine Stimme so vernehmlich laut durch die Nacht, dass man sie bestimmt sogar am Wachhäuschen der Kaserne vernehmen konnte. »Stehen bleiben, oder ich schieße!«

Das war der vorgeschriebene Anruf, der getätigt werden musste, bevor man von der Schusswaffe Gebrauch machen durfte. Jetzt war es die Aufgabe der Postenführer, sich sofort zu erkennen zu geben und ihren Dienstgrad und Namen sowie die Parole zu nennen. Taten sie das nicht, waren sie offiziell der Feind, den es zu bekämpfen galt. Zuerst mit einem Warnschuss, dann aber auch gezielt.

Die beiden Postenführer, ein Unteroffizier, der schon lange bereute, sich zu drei Jahren Armeedienst verpflichtet zu haben, und deswegen sein Mütchen vornehmlich an Soldaten kühlte, die vor ihm die Kaserne verlassen würden, und ein Gefreiter, der gern seine latente sadistische Ader heraushängen ließ und damit bei der Armee genau richtig war, hatten gehofft, sich unbemerkt nähern zu können. Jetzt waren sie von dem Anruf überrascht worden und versuchten, sich wispernd zu verständigen, was sie tun sollten. Das nutzte Marcus aus, um sie sicherheitshalber erneut anzurufen, gleichzeitig aber den Ladehebel der Kalaschnikow durchzuziehen.

Das metallische Klicken war weithin vernehmbar, und jetzt bekamen es die beiden Scherzbolde mit der Angst zu tun. Doch bevor sie agieren konnten, krachte schon ein Schuss durch die Nacht, und beide warfen sich wie ein Mann auf den Boden.

»Feuer einstellen! Soldat Leipold, sind Sie verrückt geworden?«, brüllte der Unteroffizier in Richtung des Turmes. »Schauen Sie her, erkennen Sie mich denn nicht? Ich bin's, Unteroffizier Leitmeyer!«

Als Reaktion kam ein kurzer Feuerstoß, der die beiden Postenführer dazu brachte, sich, so fest sie konnten, auf die nasskalte Erde zu pressen.

Marcus schoss selbstverständlich in die Luft, aber das konnten die beiden ja nicht wissen. In ihren Augen war der Soldat wahrscheinlich dadurch, dass er absolut nichts in der Dunkelheit sah, wahnsinnig geworden, wenn er hier das Feuer eröffnete. Aber Verrückte bei der Armee mit einer Waffe in der Hand konnten einen ganz schnell das Leben kosten.

»Falsche Antwort«, schallte es vom Turm zu ihnen herüber. »Sie haben sich unbefugt einem Posten der Nationalen Volksarmee im militärischen Sperrgebiet genähert, ohne Dienstgrad, Namen und Parole zu nennen. Außerdem wüsste Gruppenführer Leitmeyer, dass ich nachtblind bin und ihn deshalb gar nicht sehen kann. Sie können also kaum Leitmeyer sein. Bleiben Sie liegen und rühren Sie sich nicht vom Fleck, bis jemand kommt, der Sie identifizieren und festnehmen kann. Vernehme ich auch nur einen Laut und muss annehmen, dass Sie sich erheben, gebe ich Dauerfeuer in die Richtung, aus der die Geräusche kommen. Sowohl zum Schutze des Sozialismus wie auch aus Gründen der Selbstverteidigung.«

»Das können Sie doch nicht machen!«, brüllte der Unteroffizier und richtete sich halb auf. Doch sofort donnerte eine ganze

168

Salve durch die Nacht, und er warf sich erneut platt zu Boden und wünschte nur, sich auf der Stelle eingraben zu können.

Marcus hingegen bereitete das Ganze ein diebisches Vergnügen. Der Gruppenführer hatte sich, wenn er am Abend als UvD die Macht über die ganze Kompanie besaß, immer besonders schikanös verhalten. Beim abendlichen Stubendurchgang einen ganzen Spind umzukippen, damit alles herausfiel und über Stunden wieder akribisch neu eingeräumt werden musste, weil er ein Staubkorn gefunden oder die Uniformteile auf den Bügeln nicht im exakt gleichen Abstand zueinander gehangen hatten, war noch eine seiner kleinsten Bosheiten. Einmal hatte er Marcus in der knapp bemessenen Freizeit lesend angetroffen.

»Ich werde Sie lesen lernen, Soldat Leipold!«, hatte er Marcus in schlechtem Deutsch angebrüllt. »Schnappen Sie sich einen Eimer und gehen Sie Zigarettenkippen auflesen. Und zwar auf dem gesamten Regimentsgelände, hopp, hopp. Gnade Ihnen Gott, ich sehe morgen beim Frühsport irgendwo noch eine herumliegen.«

Den üblen Schleifer jetzt auf dem Boden vor sich liegen zu sehen, war für Marcus die lang vermisste Genugtuung, nach der er sich vom ersten Tag des Aufeinandertreffens gesehnt hatte.

Die Schüsse waren natürlich auch in der Kaserne vernommen worden, und dort brach auf der Stelle hektische Betriebsamkeit aus. Der Kompaniechef, der sich erst vor Kurzem aufs Ohr gelegt hatte, fuhr wie von der Tarantel gestochen auf. Das fehlte ihm gerade noch, dass er morgen, wo er dienstfrei hatte und mit seiner Freundin deren Eltern besuchen wollte, stattdessen zum Rapport antreten und Wachvorkommnisse melden musste. Welcher Irre feuerte denn da durch die Nacht? Das Koppel mit der Pistole raffend, rannte er aus der Wachbaracke auf die Straße hinter dem Kasernentor, um zu ergründen, woher die Schüsse kamen. Seine Zugführer und der Hauptfeldwebel liefen ebenfalls aus verschiedenen Richtungen herbei, und allen schwante Fürchterliches. Das hier würde sich nicht unter den

Teppich kehren lassen und könnte böse Folgen haben, denn es waren zu viele Schüsse gefallen, um sie womöglich einem Jäger in die Schuhe zu schieben.

»Was ist da los?«, wollte der Oberleutnant von seinen Untergebenen wissen. »Hat jemand mitbekommen, woher die Schüsse kamen?«

»Ich denke mal, aus der Richtung des Munitionsdepots, Genosse Oberleutnant«, mutmaßte einer der Unterleutnants, der als Zugführer Dienst tat.

»Wer steht dort Wache?«, fuhr der Kompaniechef den Hauptfeldwebel an, der für die Posteneinteilung verantwortlich war.

»Um diese Zeit, nun, wenn ich mich nicht irre, Soldat Leipold.«

»Sind Sie verrückt geworden, Hauptfeld?« Der Kompaniechef konnte es nicht fassen. »Der ist doch nur hier, damit wir die Sollstärke vollständig melden konnten! Den können Sie doch nicht alleine, noch dazu in stockfinsterer Nacht, auf einen Außenposten schicken. Laufen Sie, aber zackig, und sorgen Sie dafür, dass die Knallerei aufhört. Sonst ist morgen in der ganzen Stadt der Teufel los, und wir alle können beim Regimentskommandeur antanzen. Ich komme mit dem Kübelwagen nach.«

»Jawohl, Genosse Oberleutnant«, gab der Hauptfeldwebel salutierend zurück, um gleich darauf die herumstehenden Soldaten, die sich heimlich ins Fäustchen lachten, anzubrüllen. »Tor auf, sofort! Zwei Mann kommen mit mir! Im Laufschritt, marsch, marsch.«

Über die Betonstraße, die von der Kaserne durch eine brachliegende Fläche zum Munitionsdepot führte, rannte der Hauptfeldwebel auf den Postenturm zu. Trotz der Kälte kam er völlig außer Atem und keuchte schwer, als er ungefähr noch dreißig Meter vor seinem Ziel war und angerufen wurde.

»Halt, wer da? Stehen bleiben, oder ich schieße!«

Der Hauptfeldwebel erstarrte auf der Stelle zur Salzsäule, war aber nicht in der Lage zu antworten, so sehr rang er nach Luft.

170

Da knallte es schon wieder, und vom Turm schallte erneut eine Stimme herüber.

»Legen Sie sich flach auf die Erde, sofort! Ich schieße sonst das Magazin leer, und zwar auf die Stelle, von der ich ein Geräusch höre.«

»Tun Sie besser, was er sagt, Hauptfeld!«, rief der Unteroffizier herüber, der mit dem Gefreiten immer noch mitten in der Brachfläche lag. »Der ist völlig irre, der feuert nach Gehör auf alles, was sich bewegt.«

Auf der Stelle warf sich der Hauptfeldwebel mit seinen zwei Begleitern auf den Beton und hoffte nur, dass der Kompaniechef mit dem Auto gleich da sein würde, um dem Spuk ein Ende zu bereiten. Der beeilte sich natürlich doppelt, nachdem schon wieder Schüsse gefallen waren. Er befahl dem Fahrer, alle Lichter, auch die Innenbeleuchtung anzuschalten, ließ aber sicherheitshalber auf der Höhe des auf der Straße liegenden Hauptfeldwebels halten.

»Soldat Leipold, hören Sie mich?«, rief er dann zu dem Turm hinüber. »Hier spricht Ihr Kompaniechef. Stellen Sie sofort das Feuer ein, sichern Sie Ihre Waffe und legen Sie sie zur Seite! Ich lasse Sie jetzt vom Turm herunterholen. Haben Sie mich verstanden?«

»Jawohl, Genosse Oberleutnant, ich erkenne Ihre Stimme.« Marcus hatte beschlossen, es nicht zu übertreiben. »Aber seien Sie vorsichtig. In der Brachfläche rechts neben Ihnen liegen offenbar zwei Gestalten, die versucht haben, sich dem Munitionsdepot zu nähern. Ich kann nicht ausschließen, dass es sich dabei um Agenten des Klassenfeindes handelt, die den Weihnachtsabend nutzen wollten, um hier alles in die Luft zu jagen.« Offiziell wussten die Soldaten natürlich nicht, dass das Depot leer war. »Und ungefähr auf Ihrer Höhe könnten sich ebenfalls noch Feinde befinden, die auf meinen Anruf nicht reagiert haben.«

»Das wird alles geklärt werden, Genosse Soldat. Jetzt tun Sie, was ich Ihnen befohlen habe. Ich schicke Ihnen Ihren Zugführer, damit er Sie herunterholt. Den werden Sie ja wohl erkennen.«

»Wenn er unten an der Leiter ist, soll er sich mit seiner Taschenlampe ins Gesicht leuchten. Hier scheint es ja von Klassenfeinden nur so zu wimmeln.«

Der Oberleutnant schlug sich mit der flachen Hand gegen den Kopf. Er konnte es einfach nicht fassen. Aber langsam ging ihm auf, dass er den Soldaten für das Vorkommnis wohl gar nicht würde bestrafen können. Der hielt sich strikt an die Dienstvorschrift, verteidigte seinen Posten, wie es ihm erst vor wenigen Stunden bei der Wachvergatterung befohlen worden war, und hatte unter Zeugen auf seine Sehbehinderung mehrmals hingewiesen. Da war eher Sonderurlaub als Arrest fällig. Aber alle, die ihn in diese Situation gebracht hatten, wollte sich der Kompaniechef später zur Brust nehmen, das schwor er sich. Was ihm selbst blühte, davon hatte er eine gewisse Vorahnung, und der Gedanke daran behagte ihm ganz und gar nicht.

»Los, Müller, holen Sie den Irren da runter. Er gehört schließlich zu Ihrem Zug. Aber tun Sie besser, was er sagt. Der kriegt es fertig, knallt Sie ab und bekommt dafür noch den Karl-Marx-Orden verliehen, weil er sich um die Verteidigung des sozialistischen Vaterlandes verdient gemacht hat.«

Unterleutnant Müller schwang sich aus dem Kübelwagen und lief auf den Turm zu. Das Grinsen in seinem Gesicht konnte der Kompaniechef glücklicherweise nicht sehen. Er war wohl so ungefähr der Einzige in der Truppe, der sich mit Marcus verstand. Vor einem Jahr hatte er das Abitur bestanden, sich aber noch während der Schulzeit als Offizier auf Zeit, also für einen dreijährigen Dienst bei der NVA, verpflichtet. Danach wollte er wie Soldat Leipold studieren und hoffte schon heute, nicht zu oft zum Reservedienst eingezogen zu werden. Nach einem Jahr Offiziersausbildung war er erst vor Kurzem in die Truppe versetzt worden und mit der Gesamtsituation völlig überfordert. Eher ein Feingeist, der sich für Literatur und Kunstgeschichte

172

interessierte, war ihm der militärische Drill hier ebenso zuwider wie dem Soldaten Leipold. Er hatte in ihm einen Seelenverwandten erkannt, was er sich allerdings nach außen hin nicht anmerken lassen durfte. Aber waren sie unter vier Augen, duzten sich die beiden jungen Männer sogar.

Als der Unterleutnant den Turm erreicht hatte, leuchtete er sich wie befohlen ins Gesicht und zischte dann zu dem Wachhabenden hoch, sodass nur der es hören konnte.

»Marcus, hör auf mit dem Scheiß. Dein Ziel hast du erreicht. Ich verwette meine rechte Hand, die schicken dich nie wieder auf Wache. Aber wenn du so weitermachst, vielleicht nach Schwedt. Jetzt komm runter und übergib mir deine Waffe. Und mach dich darauf gefasst, einen Bericht zu schreiben, der sich gewaschen hat.«

Das war nun das Letzte, wovor Marcus sich fürchtete. Wenn es weiter nichts war, er würde eine Geschichte verfassen, die sich keiner seiner Vorgesetzten hinter den Spiegel steckte. Aber vorerst tat er, wie ihm geheißen, und als er seinem Zugführer die Waffe übergab, atmete der sichtbar auf.

»Posten und Waffe gesichert!«, rief der Unterleutnant in Richtung des Kommandeursfahrzeugs, was auch dort zu einem Seufzer der Erleichterung führte. Endlich wagten die insgesamt fünf Soldaten, die bisher immer noch auf ihren Bäuchen gelegen hatten, sich zu erheben. Der Kompaniechef registrierte stirnrunzelnd, wie ein Unteroffizier und ein Gefreiter mitten in der Brache aufstanden, wo sie definitiv nichts zu suchen hatten. Was hier vorgefallen war, dem wollte er auf den Grund gehen, um morgen einen exakten Rapport erstatten zu können. Und wenn danach Köpfe rollten, sollte es ihm egal sein. Zumindest, solange es nicht sein eigener war.

Der Zugführer geleitete Marcus zu dem Kübelwagen und verfrachtete ihn auf einen hinteren Sitz. Dann ging es zurück zur Kaserne, wo der nächtliche Schütze in eine Arrestzelle gesteckt wurde. Aber man stellte ihm einen Tisch und Stuhl hinein und gab ihm einen ganzen Stapel Papier nebst Schreibzeug. Er sollte akribisch notieren, was vorgefallen war, und dabei ruhig ins Detail gehen. Das war nun etwas, das Marcus keineswegs schwerfiel. In der Zwischenzeit befragte der Kompaniechef alle an dem Vorfall Beteiligten einzeln. Jeder erzählte eine andere Version, sogar die beiden Postenführer widersprachen sich, denn jeder versuchte, seine Haut zu retten. Das Donnerwetter, das über den Hauptfeldwebel, der die Wache eingeteilt, und den Unteroffizier, der zusammen mit dem Gefreiten versucht hatte, sich anzuschleichen, niederging, hörte selbst Marcus in seiner Zelle, aus der man ihn aber am nächsten Tag beim Wachwechsel herausholte.

Das Wachvorkommnis zog natürlich weite Kreise. Der Oberleutnant musste beim Bataillonskommandeur antreten, und beide wurden zum Regimentschef befohlen. Da sowohl der Hauptmann wie auch der Oberstleutnant aus dem Weihnachtsurlaub geholt worden waren, war ihre Stimmung dementsprechend frostig. Die Meldung ging sogar noch weiter nach oben, und auch die Stasi schaltete sich ein und untersuchte eigenständig den Vorfall. Der Unteroffizier und der Gefreite wurden wegen ihrer versuchten, nicht befohlenen Annäherung an einen Posten degradiert und versetzt, der Hauptfeldwebel erhielt aufgrund seiner Wacheinteilung eine offizielle Rüge. Den Eintrag in seine eigene Kaderakte bekam der Oberleutnant nicht zu sehen.

Marcus hingegen geschah zu seiner eigenen Verblüffung gar nichts. Niemand kam allerdings auf die Idee, ihn jemals wieder zur Wache einzuteilen. Auch seine Waffe nahm man ihm ab, als einmal Kalaschnikows fehlten, weil sie zur Wartung eingezogen wurden. Am Ende seiner Dienstzeit besaß er von seiner gesamten Ausrüstung gerade einmal noch die Feldflasche. Bei Gefechtsalarm hatte er den Befehl, sich auf der Krankenstation zu melden und dort zu warten, bis alles vorbei war. Scharfe Munition bekam er nie wieder in die Hand. Stattdessen wurde er

Kompanieschreiber und damit Herr über die begehrten Urlaubsscheine, womit auch die abendlichen Schikanen ein abruptes Ende fanden, denn niemand wollte es sich mit dem Mann verscherzen, der die Urlaubsgesuche bearbeitete und den Vorgesetzten zur Unterschrift vorlegte. Als dann nach insgesamt achtzehn Monaten der lang ersehnte Tag der Entlassung kam, verabschiedete der Kompaniechef – immer noch Oberleutnant und aus welchen Gründen auch immer bei der letzten Beförderung übergangen – den Gefreiten Leipold mit den Worten, dass er alle aus der Truppe als Reservisten wiedersehen wolle, auf den vor ihm stehenden Genossen aber liebend gern verzichten würde. Wenigstens darin waren sich die beiden Männer einig, und Marcus, nun wieder Zivilist, wollte sich zukünftig die Anrede »Genosse«, gegen die er sich während seiner Armeezeit nicht hatte wehren können, energisch verbitten.

Endlich frei! Marcus konnte es kaum fassen, als er Ende April 1977 das verhasste Kasernengelände verlassen durfte, und hoffte, nie, nie wieder hierher zurückkehren zu müssen. Achtzehn Tage offiziellen Urlaub in achtzehn Monaten Wehrdienst hatte es nur gegeben, selten Ausgang und noch sporadischer Wochenendurlaub. Für Marcus war es, als entkäme er endlich einem brutalen Gefängnis, in dem er völlig unverschuldet eingesperrt worden war. Sein erster Weg als Zivilist führte ihn nicht nach Hause, sondern auf die Leipziger Rennbahn im Scheibenholz, denn zwischen dem Abitur und der Einberufung zur NVA hatte er eine neue Leidenschaft für sich entdeckt. Eigentlich zwei, denn er wusste jetzt auch, was er studieren wollte, und hatte sogar schon seine Zulassung in der Tasche. Aber der Reihe nach.

Da in Marcus' Reitstall fast ausschließlich ausrangierte Vollblüter standen, hatte sich nahezu zwangsläufig ein Kontakt zur Rennbahn und den dortigen Trainern ergeben. Von einem, dem es an geeignetem Personal mangelte, erhielt er das Angebot, in der täglichen Morgenarbeit Rennpferde zu trainieren. Marcus

175

überlegte nicht lange, obwohl das für ihn bedeutete, um vier Uhr in der Früh aufzustehen und mit dem Rad zum Rennstall zu fahren. Zwei bis drei Lots durfte er immer mitreiten, und nie hatte Marcus sich so frei gefühlt, wie wenn er im Morgengrauen über den Turf der Rennbahn galoppierte und das Pferd sich unter ihm streckte wie ein Windhund auf der Jagd nach einem Hasen. Im Stall lernte er auch den Tierarzt kennen, der die Vollblüter betreute und hauptberuflich als Dozent an der tierärztlichen Fakultät der Uni Leipzig lehrte. Der Oberarzt bot Marcus eine Praktikumsstelle im Großtierstall der Fakultät an, die dieser sofort begeistert annahm. So hatte er mehrere Wochen über Zeit, den Tierärzten bei der Arbeit zuzusehen, sie bei der Lahmheitsdiagnostik zu beobachten und durfte sogar ab und zu bei kleineren Operationen assistieren. Schon nach kurzer Zeit stand daraufhin sein Berufswunsch fest – er wollte Tierarzt werden! Der Oberarzt, der ihn angeworben hatte, vermittelte ihm ein Gespräch mit dem Professor, und der ließ sich die Unterlagen des Bewerbers kommen. Doch nach reiflicher Überprüfung musste er Marcus enttäuschen, denn seine Kaderakte enthielt gleich mehrere unangenehme Einträge von der EOS und sogar einen Vermerk der Stasi, dass an dem festen Klassenstandpunkt des Schülers aufgrund des Elternhauses und eigener kritischer Äußerungen berechtigte Zweifel bestanden. Außerdem entsprach Marcus' Notendurchschnitt wegen der schlechten Mathematik- und Physikbewertungen nicht den Anforderungen. Der Professor bedauerte das sehr, denn er wusste, dass viele der Immatrikulierten überhaupt keine Leidenschaft für den Beruf mitbrachten. Eine Bewerberin hatte ihm sogar einmal ernsthaft erklärt, sie würde gern Tierärztin werden, weil ihre Großmutter einen Kanarienvogel besaß. Sie war dann tatsächlich aufgrund ihrer guten Reputation und schulischen Leistungen angenommen worden, brach aber erwartungsgemäß das Studium ab, nachdem sie das erste Blut sah. Interessenten wie Marcus hingegen, die alle Voraussetzungen mitbrachten, die für einen Tier-

176

arzt nötig waren, gut mit Groß- und Kleintieren umgehen konnten, nicht davor zurückschreckten, den geöffneten Pansen einer Kuh bei einer Fremdkörperoperation auszuräumen, und nach vierzehn Tagen in der Klinik die Anatomie eines Pferdes schon auf Latein beherrschten, weil sie nächtelang büffelten, musste er hingegen ablehnen. *Ist das nicht eine völlig hirnrissige Politik, die da von staatlicher Seite verfolgt wird?*, fragte der Professor sich nicht zum ersten Mal, war sich aber bewusst, es nicht ändern zu können.

Am letzten Tag des Praktikums nahm der Oberarzt seinen Schützling zur Seite und übergab ihm eine erstklassige Beurteilung und ein Empfehlungsschreiben für eine tierärztliche Ingenieurschule, von der Marcus noch nie gehört hatte.

In der DDR gab es im Bereich der Tierhaltung riesige Agrarbetriebe. Die Zahl der dort gehaltenen und gemästeten Schweine, Kälber und Rinder oder der Kühe in den Milchviehbetrieben ging in die Zehntausende. Um die Bestände veterinärmedizinisch zu betreuen, hatte man von ganz oben entschieden, meist nur einen Tierarzt einzustellen und die übrigen Arbeiten wie Impfungen, Prophylaxen und Hygienekontrollen von Absolventen durchführen zu lassen, die nur ein abgespecktes Studium absolviert hatten. In drei Jahren bildete man sie an zwei Fachschulen – eine an der Ostsee, eine in Thüringen – zu Veterinäringenieuren aus und steckte sie nach ihrem Abschluss dann in diese Großviehanlagen und in Schlachthöfe, aber auch, zumindest vereinzelt, in tierärztliche Gemeinschaftspraxen auf dem Lande.

Der Oberarzt empfahl Marcus, sich an der Fachschule unweit von Weimar zu bewerben. Die Auswahlkriterien waren dort weit weniger streng als an den renommierten Unis, die Ausbildung aber zumindest im Bereich Großtiere identisch. Auch viele Dozenten lehrten sowohl in Leipzig und Berlin wie auch an diesen Bildungseinrichtungen. Meist allerdings solche, die sich politisch etwas hatten zuschulden kommen lassen und sich durch vermehrten Einsatz bewähren mussten. Den Rektor in Thüringen kannte der Oberarzt persönlich, und an diesen hatte er auch das Empfehlungsschreiben adressiert.

Marcus musste nicht lange überlegen. Noch bevor er seinen Wehrdienst antrat, hatte er seine Bewerbungsunterlagen an die Fachschule geschickt und tatsächlich eine Zulassung zum Herbstsemester nach seiner Entlassung aus der NVA erhalten. Er würde also Veterinärmedizin studieren und alles Weitere sich finden. In einem Kompanieurlaub war Marcus nach Thüringen gefahren und hatte sich die Fachschule angeschaut. Sie lag völlig abgelegen mehr als fünf Kilometer von der nächsten Stadt und Bahnstation entfernt oberhalb eines kleinen Dorfes namens Burlingen, das nur wenige Hundert Einwohner zählte. Es war nicht der Ort, wo die Welt mit Brettern vernagelt war, sondern wo man die Nägel an der Rückseite des Brettes krumm geschlagen hatte. Doch es gab zwei entscheidende Vorteile: Die Ausbildungseinrichtungen und selbst das Internat befanden sich innerhalb einer mehr als tausend Jahre alten Burg, die Hörsäle sogar im ehemaligen Palas. Das kam Marcus' romantisch-historischer Ader sehr entgegen. Und die Fachschule unterhielt eine Sektion Pferdesport, wo die Studenten in ihrer Freizeit reiten und sich mit Pferden beschäftigen konnten. Marcus fand, dass er es wesentlich schlechter hätte treffen können.

In den vier Monaten zwischen der Entlassung aus der Armee und dem Beginn des Studiums versuchte Marcus, so viel wie möglich zu arbeiten und Geld zu verdienen. Er bekam mittlerweile die Trainingsritte auf der Rennbahn bezahlt, saß als Rettungsschwimmer viele Stunden am Beckenrand der Schwimmbäder oder auf einem Turm am Auensee und half wieder in den Stallungen der Tierklinik aus. Sein Ziel war es, sich einen fahrbaren Untersatz zu kaufen, den er dringend brauchte, wollte er Burlingen erreichen, ohne dafür stundenlang in der Bahn und später im Bus zu hocken, denn eine direkte Verbindung gab es natürlich nicht. An seinem achtzehnten Geburtstag hatte er sich für ein Auto angemeldet. Das machten so gut wie alle, die dieses Alter erreicht hatten, an genau diesem Tag. Die Zuteilung eines Pkws erfolgte dann nach zwölf bis fünfzehn Jahren. Bis dahin hatten die meisten ihre Ausbildung abgeschlossen, eine Familie gegründet und den dann fälligen Betrag längst angespart. Deshalb hatte sich Marcus vorerst für ein Motorrad entschieden. Selbstverständlich nur für ein gebrauchtes, ein anderes war sowieso nicht erschwinglich. Da erfuhr er von seiner Mutter, dass bei ihrer Verwandtschaft, die nahe der Stadt Karl-Marx-Stadt – dem früher Chemnitz, das von den Kommunisten zu Ehren ihres Idols umbenannt worden war – auf dem Land wohnte, drei alte Maschinen herumstanden, aus denen sich vielleicht noch etwas machen ließe. Sofort nutzte er einen freien Tag, um hinzufahren und sich die Motorräder anzusehen.

Schon früher war er hier in Burgstädt bei der Tante seiner Mutter und deren Familie zu Gast gewesen. Die Hoffmanns hatten in Schlesien eine kleine Landwirtschaft besessen, waren gegen Ende des Krieges wie so viele andere vor den Russen geflüchtet und hatten nach der Bodenreform in der DDR eine aufgelassene Hofstelle und ein paar Hektar Land zugeteilt bekommen. *Junkerland in Bauernhand* war damals die Parole gewesen. Voller Eifer hatten sich Vater, Mutter und die drei Söhne darangemacht – alle Bauern mit Leib und Seele –, sich eine neue Existenz aufzubauen. Das verkommene Haus, die Stallungen und Scheunen wurden instand gesetzt, die Äcker bestellt und mit Krediten Vieh angeschafft. Nicht viel, aber doch genug, sodass die Familie ein Auskommen hatte. Sie rackerten schwer und gönnten sich keinen einzigen Ruhetag im Laufe des Jahres, denn die Kühe mussten zweimal täglich gemolken und Schweine und Geflügel mehrmals gefüttert werden. Langsam wuchs der Wohlstand, und es konnten sogar zwei Pferde gekauft werden, die den Pflug, Eggen und Erntewagen zogen und mit denen das Korn zur Mühle und die Abgaben zu den staatli-

179

chen Stellen gebracht wurden. Marcus hatte hier als kleiner Knirps das erste Mal in seinem Leben auf einem Pferd gesessen und auch auf dem hohen Leiterwagen mitfahren dürfen.

Doch dann begannen die Genossen, die Bauern zu bedrängen, sich nach sowjetischem Vorbild in landwirtschaftlichen Produktionsgenossenschaften zusammenzuschließen, stießen dabei aber auf den starken Widerstand der mit ihren Schollen verwurzelten Menschen. Selbst Drohungen und Druck fruchteten oft nicht, und viele der neu gegründeten LPGs fielen nach dem Aufstand vom 17. Juni 1953 wieder auseinander.

Die Hoffmanns dachten im Traum nicht daran, das ihnen erst zugeteilte Land und vor allem ihr Vieh, das prächtig unter ihren fachkundigen und fleißigen Händen gedieh, in eine Genossenschaft einzubringen und dann dort als Arbeiter in der Landwirtschaft, anstatt weiterhin als selbstständige Bauern tätig zu sein. Mit Händen und Füßen sträubten sie sich, solange es nur ging, doch die gegen sie verhängten Zwangsmaßnahmen wurden immer massiver, und die Schikanen erreichten ein kaum mehr erträgliches Maß.

Schließlich rief das SED-Regime 1960 den »sozialistischen Frühling auf dem Lande« aus. Mit Druck, Zwang und sogar regelrechtem Terror sollten auch noch die letzten Bauern dazu gebracht werden, in die LPGs einzutreten. Gustav Hoffmann, der Familienvater, wurde verhaftet, da er die Genossen, die ihm das Vieh aus den Ställen holen wollten, mit der Mistgabel davongejagt hatte. Als man ihn entließ, gab es keine Kühe, Schweine und auch keine Pferde mehr auf dem Hof. Nur ein paar Hühner und Gänse liefen noch umher und pickten Würmer und Körner. Das Land gehörte nun nicht mehr ihm, und er konnte es auch später nicht an seine Söhne weitergeben, wie es zuvor von Generation zu Generation üblich gewesen war.

Hätte ihn seine Frau nicht Tag und Nacht überwacht, hätte der alte Hoffmann sich sicher wie viele andere Bauern umgebracht. Man hörte immer wieder von Selbstmorden ganzer Fa-

180

milien, die den Verlust ihres Landes und der Tiere, denen sie sich über alle Maßen verbunden gefühlt hatten, nicht verkrafteten.

So weit kam es bei den Hoffmanns dann doch nicht. Die Söhne verließen nach und nach den Hof und suchten sich außerhalb der Landwirtschaft in der Stadt eine Arbeit. Die Flächen, die ihnen einmal gehört hatten, als Genossenschaftsbauern zu bewirtschaften oder ihr Vieh in Großanlagen wiederzusehen, brachten sie nicht übers Herz. Auf dem Hof blieben nur Marcus' Onkel Gustav und Tante Grete zurück, die sich jedes Mal über Besuch freuten und ihren Neffen besonders gern mochten.

Von der Zwangskollektivierung und dass sich danach die Versorgungslage in der DDR mit Grundnahrungsmitteln dramatisch verschlechtert hatte, wusste Marcus wenig. Sie war ebenso gründlich schiefgegangen wie unter Lenin und Stalin in der Sowjetunion. Die Staatsführung in den sozialistischen Ländern, meist aus der Arbeiterklasse hervorgegangen und ohne großes Verständnis für andere Lebensweisen, hatte einfach nicht bedacht, dass man aus selbstständigen Bauern, die bisher Eigentum besessen hatten, über Nacht per Parteibeschluss keine landwirtschaftlichen Industriearbeiter machen konnte. Statt wie von den staatlichen Stellen erhofft, stiegen die Erträge an landwirtschaftlichen Produkten nicht, sondern brachen dramatisch ein. Kühe, in riesigen Ställen zusammengepfercht und oft von ungeschultem Personal betreut, gaben nun einmal nicht mehr Milch, nur weil die Partei es so beschlossen hatte. Schweine nahmen nicht schneller an Lebendmasse zu, und große Felder ließen sich bei umschlagender Witterung eben nicht so rasch abernten wie kleinere Schläge. Unzählige Bauern waren mit Sack und Pack und ihrem Wissen um eine effektive Landwirtschaft in den Westen geflüchtet, als das noch möglich war, statt mit ansehen zu müssen, wie ihr ererbter Besitz heruntergewirtschaftet wurde. Und diejenigen, die freiwillig in die LPGs gingen, waren nicht unbedingt die besten Bauern.

Marcus interessierten aber weniger die Probleme der Landwirtschaft, sondern eher die Motorräder und ob er wenigstens eins davon wieder gangbar bekommen würde. In dem leeren Pferdestall, der immer noch nach den beiden schweren Warmblütern roch, die hier früher ihren Hafer und ihr Heu genussvoll gemampft hatten, standen die drei alten Maschinen. Sie waren verstaubt und von Spinnweben überzogen, aber als Marcus sie abgewischt hatte, gewann sein Optimismus die Oberhand über seine anfängliche Skepsis. Sein Onkel sagte ihm, dass er mit seinen Söhnen gesprochen hätte und diese ihrem Cousin freie Hand ließen, damit zu machen, was er wollte.

Mit Feuereifer begann Marcus, aus drei Motorrädern eins zusammenzubasteln. Während seiner Armeezeit war er öfter den Kfz-Mechanikern zur Hand gegangen, wenn sie die Motoren der Schützenpanzer auseinandergenommen und gewartet hatten. Groß etwas anderes war das hier auch nicht, und an Ersatzteilen hatte es auch dort gemangelt, sodass Eigeninitiative und Ideenreichtum gefragt waren.

Dreimal musste Marcus nach Burgstädt fahren, bis eine der Maschinen fahrbereit war. In Leipzig gelang es ihm, sich in einem Kfz-Geschäft Schläuche und Mäntel für die Räder zu erbetteln, da der Gummi der alten durch das lange Stehen porös geworden war. Von seinen Eltern hatte er ein Pfund Jacobs-Kaffee aus dem Westen bekommen, das er dem Verkäufer vorsichtig, als niemand anderer im Laden war, über die Theke schob. Plötzlich war alles da, was er brauchte, und als er statt mit dem Zug mit dem Motorrad nach Leipzig zurückfahren konnte, war Marcus stolz wie ein Spanier. Wobei er keinen einzigen kannte, aber gern einmal kennengelernt hätte. Auf der Maschine traute er sich durchaus zu, bis an die Costa de la Luz zu fahren, wäre da nicht diese verdammte Staatsgrenze gewesen.

Der Tag des Studienbeginns kam, und da Marcus mit seinem Motorrad anreisen konnte, war er einer der Ersten, der in der

Fachschule willkommen geheißen wurde. Er erhielt seine Zuweisung im Internat und staunte nicht schlecht, als sich herausstellte, dass er sich das Zimmer mit sechs anderen Jungs würde teilen müssen. Das war ja fast wie bei der Armee, wo sie zu zehnt auf der Stube gewesen waren. Der Schrankanteil, der jedem zur Verfügung stand, war auch nicht größer als der Spind in der Kaserne, und Marcus fragte sich, wo er nur seine ganzen Klamotten und Studienutensilien unterbringen sollte, denn schließlich hatte er ja auch seine Reitsachen dabei. Die Überlegung brachte ihn auf die Idee, doch gleich einmal in den Reitstall hinunterzugehen, der sich am Ende des Dorfes befand, um dort zu erfragen, wo er sich anmelden musste, um Mitglied in der Sektion Pferdesport werden zu können.

Im Reitstall werkelte nur ein junger, bärtiger Mann missgestimmt vor sich hin und nahm von dem Neuankömmling keine Notiz. Der sah sich daraufhin die Boxen und die darin stehenden Pferde an und war danach etwas frustriert. Alles hier wirkte eher provisorisch und zusammengestückelt. Die Wände gehörten dringend gekalkt, einige Türverschlüsse waren defekt und Riegel mit Strohstricken gesichert. Die mageren Rösser ließen die Köpfe hängen und wühlten lustlos in muffigem Stroh. In Leipzig hatte es so etwas nicht gegeben. Den Privatpferdebesitzern war es über ihre weitreichenden Beziehungen stets gelungen, vernünftiges Futter zu besorgen. Wie, war Marcus ein Rätsel gewesen, aber wann immer nötig, rollten Ladewagen mit duftendem Heu an, und die Haferkiste wurde niemals leer. Das Holz der Boxen und die Gitterstäbe wurden mindestens einmal im Jahr von den Mitgliedern des Sportvereins gestrichen, und auf der Stallgasse durfte nach dem Füttern kein Halm liegen. In der staatlichen Reittouristik, die sich unweit auf dem gleichen Gelände befand, sah es hingegen ganz anders aus, dort mangelte es so gut wie an allem. Den gleichen Eindruck hatte Marcus auch hier, was ihn allerdings überraschte. Schließlich war, das hatte er schon herausgefunden, die örtliche LPG neben der

Fachschule Trägerbetrieb des Pferdesports, und da sollte es doch wohl nicht an Futter und ordentlicher Einstreu mangeln. Er beschloss, den griesgrämigen Mann anzusprechen, in dem er einen Studenten der älteren Semester vermutete, denn irgendwie musste er ja in Erfahrung bringen, was hier vor sich ging, wer die Leitung der Sektion innehatte und wer den Reitunterricht gab.

»He, bist du hier der Chef?«, versuchte Marcus sich etwas einzuschmeicheln, denn er wollte ja nach Möglichkeit schnell Mitglied werden, um aufs Pferd zu kommen. »Kann man sich bei dir zum Reiten anmelden? Ich bin gerade angekommen, werde hier studieren und möchte gerne bei euch mitmachen.«

»Da gib dich mal keinen großen Illusionen hin. Die Sportgemeinschaft wird aufgelöst, die Pferde alle abgeschafft. Die, die nicht verkauft werden können, gehen demnächst zum Schlachter«, knurrte der Angesprochene. Doch zumindest hörte er auf zu arbeiten, stützte sich auf den Gabelstiel und sah Marcus herausfordernd an.

Für den brach eine Welt zusammen.

»Warum denn das?«, fragte er entsetzt. »Hat die Schule kein Geld mehr? Danach sieht es zumindest aus, wenn ich mich hier so umschaue.«

»Wenn es nur das wäre. Die Pferde gehörten bis jetzt zu gleichen Teilen der LPG und der Schule. Aber deshalb hat immer einer die Verantwortung auf den anderen geschoben, und es gab nur Zank und Streit um die Zuständigkeiten. Turniererfolge als Aushängeschild gibt es auch schon lange keine mehr. Die Studenten haben vorgeblich keine Zeit, um regelmäßig zu trainieren, und die jungen Leute aus der LPG kein Interesse. Die müssen nach Feierabend auf die eigenen Felder und in ihre Ställe. Jetzt hat der Vorsitzende einen Schlussstrich gezogen und der Prof zugestimmt, den Reitstall aufzulösen. Das war's dann wohl. In ein paar Tagen gehen hier die Lichter aus. Ich versuche, es den Rössern bis dahin noch so leicht wie möglich zu machen. Schließlich habe ich früher mal den Studentenreitsport organisiert. Aber so richtig erfolgreich war ich wohl nicht, sonst wäre es nicht so weit gekommen.«

Marcus war überrascht von so viel Selbsterkenntnis, widersprach aber nicht. So trostlos wie hier hatte es noch in keinem Pferdestall ausgesehen, in dem er bisher geritten war.

»Kann man denn da gar nichts machen?«, wollte er wissen. »Eine gut gehende Sektion Pferdesport wäre doch das ideale Aushängeschild für die Schule und ein nicht zu überbietendes Renommee.«

»Das war wohl auch der Grundgedanke, der mal hinter dem Ganzen stand. Der Prof würde sich wohl schon ganz gerne mit den Erfolgen seiner Reiter vor seinen Kollegen brüsten. Vor allem, nachdem man ihn hierher in diese Einöde versetzt hat. Aber das hat er sich wohl leichter vorgestellt, als es ist. Gute Reiter kommen nur selten nach Burlingen an den Arsch der Welt, und die besten aller Rösser stehen hier auch nicht gerade im Stall.«

»Was reitest du denn so?«, wollte Marcus wissen. »Springen oder eher Dressur?«

»Was gerade kommt, aber keine Turniere. Richtig gelehrt bekommen habe ich es nie. Aber ich mag Pferde. Wir hatten lange selbst zwei zu Hause, auf die ich mich immer gesetzt habe, wenn Zeit war. Bis sie dann wegmussten. Übrigens, ich heiße Karl. Manche nennen mich auch Stülpner, weil ich aus dem Erzgebirge komme, wo ein Stülpner Karl mal als Räuber sein Unwesen getrieben haben soll. Und wer bist du?«

»Ich bin der Marcus aus Leipzig«, gab der Angesprochene zur Antwort und schlug in die ihm dargebotene Hand ein. Von dem »Robin Hood des Erzgebirges« hatte er schon gehört, und der Typ, der hier vor ihm stand, hätte durchaus ein Nachfahre des Räubers sein können, so groß, stark und vollbärtig, wie er war. »Überall das Gleiche«, meinte Marcus dann. »Ich habe Verwandtschaft, die hatten ebenfalls zwei Pferde. Musstet ihr eure auch an die LPG abgeben, so wie mein Onkel?«

185

»An ein Staatsgut, weil wir kein Futterkontingent mehr bekamen. Aber das kommt ja wohl aufs Gleiche raus. Ich bin vor allem nach Burlingen gekommen, weil es hier Pferde gab. Sonst hätte ich auch Agraringenieur werden und in der Nähe meines Heimatortes studieren können. Jetzt quäle ich mich durch die Veterinärmedizin, was mir wahrlich nicht leichtfällt, und muss mit ansehen, wie auch hier die Rösser weggegeben werden. Und dabei könnte es so super laufen, wenn alle an einem Strang ziehen würden. Ich versteh's nicht.«

»Meinst du, dass man da noch was machen kann? Ich habe mich ebenfalls vor allem wegen des Reitsports hierher beworben und denke, dass es auch anderen so geht.«

Der erzgebirgische Hüne zuckte mit den Schultern.

»Ich wüsste nicht, was. Aber vielleicht fällt dir ja etwas ein. Und jetzt könntest du mir vielleicht ein bisschen helfen. Oder hast du Städter womöglich noch keine Ställe ausgemistet?«

Das ließ Marcus nicht auf sich sitzen, und gemeinsam war die Arbeit schnell geschafft und eine erste Freundschaft geschlossen, die später in der Dorfkneipe, die auf halbem Weg zwischen dem Reitstall und der Fachschule auf dem Burgberg lag, begossen wurde. Und beim Bier kam Marcus eine Idee, wie man die Pferde vielleicht doch noch retten konnte.

Seine Studienkollegen, mit denen er sich in den nächsten Jahren das Zimmer teilen würde, erwiesen sich durch die Bank als angenehme Zeitgenossen. Sie hatten alle ihren Armeedienst hinter sich und waren es deshalb gewohnt, auf engstem Raum miteinander auszukommen. Jeden Abend traf man sich zum gemeinsamen Essen, und jeder stellte auf den Tisch, was er von zu Hause mitgebracht oder eingekauft hatte. Zwei Drittel der Seminargruppe und auch der gesamten Studienjahre bestanden aus Mädchen, und die holde Weiblichkeit war natürlich das bevorzugte Thema der jungen Männer beim abendlichen Mahl. Danach traf man sich meistens im Studentenkeller, den ehemali-

186

gen Kerkern der Burg, wo fast täglich Discos veranstaltet wurden und das Bier in Strömen floss. Die Vorlesungen und Seminare traten da nahezu in den Hintergrund des Studentenlebens, zumindest bis die ersten Prüfungen anstanden. Doch so weit voraus dachte gegenwärtig noch keiner, das böse Erwachen würde noch früh genug kommen.

Während die anderen Jungs und Mädchen in seiner Seminargruppe dem feuchtfröhlichen Studentenleben frönten, verfolgte Marcus seine eigenen Pläne. Er sprach so gut wie jeden an, den er traf, und fragte ihn, ob er Interesse am Reitsport hätte und über entsprechende Vorkenntnisse in der Pferdebetreuung verfügte. Der Zuspruch war groß, und Marcus begann in den Studienjahren eine Unterschriftenaktion unter dem Motto *Die Pferde müssen bleiben!* zu starten. So gut wie jeder Student, auch wenn er kein Reiter war, trug sich in die Liste ein. Das allein, war Marcus bewusst, würde aber nicht reichen. Von Karl hatte er erfahren, dass früher auch Jugendliche aus dem Dorf Mitglied der Sektion Reitsport gewesen waren, sich aber wegen deren Erfolglosigkeit und Unorganisiertheit zurückgezogen hatten. Die galt es zurückzugewinnen, und als es Marcus schaffte, den Sohn des Bürgermeisters von Burlingen zu überzeugen, wieder mitzumachen, sah er Licht am Ende des Tunnels.

Es gab nicht viele Freizeitmöglichkeiten für die Jugendlichen in dieser abgeschiedenen Gegend, und so rannte Marcus bei dem Vater seines neuen Reiterfreundes offene Türen ein. Mit dessen zugesicherter Unterstützung und dreihundert Unterschriften in der Hand ließ Marcus sich beim Rektor der Fachschule anmelden. Ganz wohl war ihm nicht in seiner Haut, denn Professor Günther Waldmann war eine Respekt einflößende Persönlichkeit und wirkte auf die Studenten oft unnahbar. Marcus hatte ihn bisher nur von ferne gesehen, denn als Dozent unterrichtete er Chirurgie, und das Studienfach stand erst später auf dem Lehrplan. Als er im dunkel getäfelten Vorzimmer des Rektors stand – die Sekretärin hatte ihn angemeldet, doch jetzt musste er warten –, fragte er sich, ob seine Studienlaufbahn wohl hier und heute zu Ende wäre und er vielleicht wegen seiner Unverfrorenheit im hohen Bogen von der Schule flöge. Was er dann machen sollte, war ihm ein Buch mit sieben Siegeln, aber irgendetwas würde er schon finden.

Als Marcus dann nach einer halben Stunde in das Büro des Rektors gebeten wurde, verließ der Dozent für Anatomie gerade den Raum durch eine andere Tür. Waldmann hatte also Marcus nicht der Form halber warten lassen, was dieser schon einmal für ein gutes Zeichen hielt. Er wurde freundlich begrüßt und aufgefordert, Platz zu nehmen. Mit etwas belegter Stimme begann Marcus zu sprechen, doch nach und nach, vor allem, da er nicht unterbrochen wurde, fand er zu seiner Selbstsicherheit zurück.

»Das klingt ja alles ganz schön und gut«, meinte der Professor, nachdem Marcus geendet hatte. »Und Ihr Engagement in allen Ehren. Aber das ganze Unterfangen mit den Pferden ist ja daran gescheitert, dass sich niemand richtig verantwortlich gefühlt hat. Trauen Sie sich denn zu, Herr Leipold, die Reitsportgemeinschaft zu führen, und können Sie mir zusichern, dass es dort nicht wie zuletzt drunter und drüber geht? Manchmal wurden die Tiere nur einmal am Tag gefüttert, kamen kaum raus, und geritten wurde auch nur sporadisch. Eine Turnierplatzierung gab es das letzte Mal vor drei Jahren. Ich habe den Eindruck, die FSG ist ein Fass ohne Boden, und noch dazu habe ich kein Vertrauen in einen zukünftigen Erfolg. Überzeugen Sie mich vom Gegenteil.«

Marcus musste schlucken. Was hatte er hier nur angerührt? War das Ganze nicht eine Nummer zu groß für ihn? Er war hergekommen in der Hoffnung, studieren und reiten zu können und in beiden Bereichen eine umfassende und sachgerechte Ausbildung zu bekommen. Und jetzt sollte er die Leitung einer heruntergekommenen BSG, die hier allerdings wegen der Fachschule als Träger FSG hieß, übernehmen und würde womöglich vor lauter Arbeit kaum noch dazu kommen, sein Berufsziel konsequent weiterzuverfolgen. Aber einen Versuch war es wert, und Marcus fasste sich ein Herz.

»Das Ganze müsste natürlich straff organisiert werden. Wir stellen einen Stalldienstplan auf, und wer seinen Aufgaben nicht nachkommt, darf auch nicht reiten. Vor den Vorlesungen am Morgen wird das erste Mal gefüttert. Auf der Rennbahn mussten wir auch um vier Uhr in der Früh antreten, und es hat keiner gemurrt. Dann das zweite Mal mittags zusammen mit dem Misten und abends noch einmal. Am Nachmittag erfolgt das Training. Die besseren Reiter kümmern sich um die Schwächeren und geben sich selbst gegenseitig Tipps. Spätestens nächstes Jahr im Frühjahr sollten wir eine Turniermannschaft auf die Beine gestellt haben und die Fachschule würdig nach außen vertreten können.«

»Trauen Sie sich das wirklich zu, Herr Leipold? Schließlich müssen Sie ja auch noch studieren und wollen sicher nicht nach einem Jahr exmatrikuliert werden, weil Sie durch die Prüfungen gefallen sind. Haben Sie das denn schon einmal gemacht? Eine Sportgruppe geleitet, meine ich. Und wie sieht es denn mit Ihren eigenen Turniererfolgen aus? Wir haben da ein paar ganz gute Pferde im Stall stehen, obwohl sie gerade nicht danach aussehen. Sie werden gegenwärtig völlig unter Wert eingesetzt. Ein bisschen verstehe ich davon, denn früher bin ich auch geritten.«

»Ich war Vizebezirksmeister in der Military«, konnte Marcus vermelden, und etwas Stolz schwang in seiner Stimme mit. »Und die Konkurrenz im Bezirk Leipzig ist nicht gerade klein. Als Vielseitigkeitsreiter muss man von allen Reitsportdisziplinen etwas verstehen. Und ich könnte in den Semesterferien die Übungsleiterqualifikationen ablegen, wenn mich die FSG delegiert. Und nein, ich habe noch nie eine Sektion Pferdesport geleitet. Aber einmal ist immer das erste Mal, oder?«

Der sonst so streng erscheinende Rektor musste lachen.

»An Selbstvertrauen mangelt es Ihnen offenbar nicht, Herr

Leipold. Lassen Sie mich mal eine Nacht darüber schlafen und ein paar Gespräche führen. Kommen Sie am Freitag, sagen wir gegen siebzehn Uhr, wieder zu mir. Dann werde ich Ihnen meine Entscheidung mitteilen.«

Marcus wusste, was das hieß. Er konnte dieses Wochenende nicht nach Hause fahren, denn mit seiner klapperigen Kiste traute er sich nicht zu, nachts unterwegs zu sein. Und am Samstag hin und am Sonntag zurück lohnte nicht und war das Spritgeld nicht wert. Ob der Prof ihn prüfen wollte, wie ernst es ihm mit seinem Engagement war? Schließlich würde das für ihn bedeuten, dass er fast immer über die Wochenenden und auch in den Ferien in Burlingen bleiben müsste. Nun, wenn dem so war, konnte er gleich schon einmal damit anfangen.

»Sehr gerne, und ich denke, wir Studenten bekommen das mit ein bisschen Unterstützung hin«, meinte Marcus zum Abschied und bekam dafür einen festen Händedruck. Als er das Rektorenzimmer verließ, ging ihm etwas Erstaunliches auf. Nicht ein einziges Mal war in der Unterhaltung die gesellschaftlich wichtige Arbeit oder gar der Sozialismus erwähnt worden, obwohl es sonst bei derartigen Gesprächen kein Auskommen gab, fiel nicht mindestens ein Verweis auf diese Themen. Und obwohl Waldmann natürlich auch die abgehackten Hände am Revers getragen hatte, also Genosse war, war es doch völlig ideologiefrei zugegangen. Kein: zum Ruhme der DDR oder zu Ehren des Parteitages, wie es sonst stets und allerorten hieß. Marcus hatte das Gefühl: Hier war er richtig.

Wie versprochen empfing der Rektor Marcus am Freitagnachmittag, um ihm seine Entscheidung mitzuteilen, die er allerdings zuvor mit dem Lehrerkollegium und der zuständigen Sachberaterin für die Ökonomie der Schule abgestimmt hatte. Er eröffnete dem verdutzten Studenten, dass er kommissarisch bis zur nächsten Wahl zum FSG-Vorsitzenden ernannt werden und die Fachschule zwei Drittel des Pferdebestandes übernehmen würde. Die LPG hatte eine weitere Beteiligung kategorisch abgelehnt, aber zumindest Futtermittellieferungen zugesagt. Ebenfalls war vonseiten der Gemeinde Unterstützung signalisiert worden. Der Bürgermeister, der ebenso wie der Professor ein begeisterter Jäger war, hatte versprochen, mit dem Förster zu sprechen, damit Holz für Koppeleinzäunungen und Hindernisse geschlagen werden konnte. Brachflächen unweit der Stallungen konnten damit eingefasst und die Pferde zumindest in den Sommermonaten nach der Morgenfütterung rausgebracht werden. Oberhalb der alten Burg gab es einen Reitplatz, der aber instand gesetzt werden musste. Die Arbeiten, daran ließ der Prof keinen Zweifel, sollten alle von den Reitern, gleich ob aus der Fachschule oder aus dem Dorf, ausgeführt werden. Er wollte Ergebnisse sehen, und das bald. Marcus war ihm dafür verantwortlich, und er gab ihm ein Jahr, sonst würde die Sektion endgültig aufgelöst und die Pferde abgeschafft werden.

Marcus blieb gar nichts anderes übrig, als sich mit Feuereifer an die Arbeit zu machen. Er hatte einen Platz an einer Aushängetafel ganz speziell für den Pferdesport zugeteilt bekommen und verfasste Aufrufe und Stall- und Trainingspläne. Schon bald meldeten sich die ersten Interessenten – in erster Linie Mädchen, aber das war zu erwarten gewesen –, und die Dienste und Reitstunden konnten eingeteilt werden. Marcus kam kaum selbst mehr aufs Pferd, so sehr war er mit Organisieren, Einteilen und dem Beschaffen von allem Nötigen ausgelastet. Zusätzlich gab er noch Reitunterricht, den zu erteilen er zwar selbst erst noch lernen musste, was ihm aber leichter fiel als anfangs gedacht. Kam er einmal in die Vorlesungen, wurde er teilweise von den Dozenten persönlich begrüßt, was keineswegs positiv gemeint war. Im Anwesenheitsbuch führte man ihn meist unter »Abwesend wegen wichtiger gesellschaftlicher Tätigkeit«. Die Mitglieder seiner Seminargruppe schrieben wechselseitig für ihn mit, aber für mehr, als die Blätter zu überfliegen, reichte seine Zeit oft nicht aus. Besorgt sah er den ersten Prüfungen

191

nach vier Monaten in den Grundlagenfächern entgegen und büffelte dafür nächtelang. Als sie dann endlich vorbei waren und er bestanden hatte, atmete er auf. Lernen war ihm – wenn er wollte – schon immer leichtgefallen. Die Fachschule nahm auch Absolventen aus landwirtschaftlichen Berufen mit abgeschlossener Ausbildung an, und da Marcus Abitur hatte, war er zumindest anfangs etwas im Vorteil.

Sein Hauptaugenmerk lag aber nach wie vor auf dem Pferdesport, und als im Frühjahr die ersten Turniere unweit von Burlingen ausgeschrieben wurden, waren auch Reiter der FSG am Start. Sie verfügten zwar über kein Transportfahrzeug, wussten sich aber zu helfen. Mal ging es per Landmarsch zu den Turnierplätzen, und die Ausrüstung wurde von Studenten, die über ein Auto verfügten – davon gab es tatsächlich einige –, nachgebracht. Lagen die Turnieraustragungsorte zu weit weg, um zu ihnen zu reiten, verhandelte Marcus mit der LPG. Er bekam dann oft kurzfristig einen Viehhänger gestellt, meist noch völlig verdreckt vom letzten Schweinetransport und ohne Dach, der erst gründlich gereinigt werden musste, da sonst kein Pferd daraufgegangen wäre. Planen wurden darübergeworfen, weil die Reiter auch auf dem Hänger im Stroh schliefen. Denn während die Rösser in den Austragungsorten Schlafstellen in den Stallungen bekamen, war das für deren Begleiter nicht vorgesehen. Dann kam ein Traktor, der das Gefährt zog, und stundenlang zuckelte man danach über die Landstraßen dem Ziel entgegen.

Aber das machte alles nichts, der Spaß wog die Strapazen locker auf, und als Marcus begann, sich an den Montagen nach den Turnieren beim Rektor melden zu lassen, und diesem gewonnene Schleifen präsentieren konnte, sagte dieser sich, dass er vor mehr als einem halben Jahr wohl keinen Fehler begangen, sondern eine weise Entscheidung getroffen hatte. Ganz sicher war er sich jedoch, als im Herbst – Marcus war jetzt schon im dritten Semester – das erste Turnier seit Jahren in Burlingen ausgerichtet wurde.

192

Zehn Pferdesportsektionen aus Weimar, Apolda und anderen wesentlich größeren Orten hatten den Weg in das kleine Dorf am Fuße des Höhenzuges der Schmücke nicht gescheut und boten den Studenten und Zuschauern, die von nah und fern kamen, guten Pferdesport. Das Highlight war ein Geländeritt, für den Marcus eine so anspruchsvolle Strecke entworfen hatte, dass selbst alte Hasen und der Chefrichter sich nachdenklich am Kopf kratzten und sich fragten, ob die Reiter das wirklich bewältigen konnten. Ebenso war der Parcours mit vielen Naturhindernissen nur so gespickt und dem Hamburger Springderby nachempfunden. Die Studenten und ihre Reiterfreunde aus dem Dorf hatten Gräben ausgehoben, Wälle aufgeschüttet, Birkenoxer aufgestellt und Stangen wie Bahnschranken gestrichen.

»Du schaust eindeutig zu viel Westfernsehen«, meinte der Chefrichter unter vier Augen zu Marcus beim Abschreiten des Springplatzes und klopfte ihm einerseits anerkennend, andererseits aber auch verschwörerisch auf die Schulter. »Einen vergleichbaren Parcours gibt es in der ganzen DDR nicht. Ich hoffe nur, dass die Distanzen stimmen und er sich auch reiten lässt.«

Doch das war gegeben, auch wenn Marcus, der selbst in der Vielseitigkeit startete, nur Dritter wurde. Ihm hatte einfach in der Vorbereitungsphase die Zeit für das intensive Training gefehlt. Dafür gewannen die Reiter der FSG Burlingen eine Dressur und zwei Springprüfungen und waren auch ansonsten vielfach platziert. Waldmann war hochzufrieden, der Name seiner Bildungseinrichtung und auch der seine als Rektor standen wieder einmal in der Zeitung, die Organisation wurde von allen Seiten hochgelobt, und man war wieder wer im Pferdesport im Bezirk Erfurt und auch darüber hinaus. Das stand, fanden alle, die sich den Erfolg auf die Fahnen schrieben – und das waren nicht wenige, denn Erfolg hat bekanntlich viele Väter –, einer veterinärmedizinischen Fachschule schließlich nicht schlecht zu Gesicht.

Das Studium selbst war, wie Marcus bei seiner Wahl gehofft hatte, gesellschaftspolitisch wenig belastet. Natürlich gab es auch die Fächer Marxismus-Leninismus, sozialistische Betriebswirtschaft – für ihn ein Widerspruch in sich – und Russisch. Diese Sprache zu lernen, lehnte er nach wie vor ab, so kindisch das auch sein mochte. Als die Prüfungen zu dem Fach anstanden, beherrschte er gerade einmal fünf Sätze zu seinem Lebenslauf, aber die reichten aus, um ihn bestehen zu lassen, denn es gab eine klare, wenn auch vertrauliche und den Studenten nicht bekannte Order des Rektors, dass niemand in den politisch motivierten Fächern durchfallen durfte. Anders verhielt es sich in den veterinärmedizinischen Bereichen, und wer nicht in Chirurgie, Innerer Medizin und Pharmakologie glänzte, hatte bei Waldmann einen schweren Stand. Doch damit hatte Marcus kein Problem und noch dazu mit dem Pferdesport eine Nische im System der DDR gefunden, in der er sich wohlfühlte und in der er sich ebenso einrichten konnte wie seine Eltern auf ihrem Wochenendgrundstück. Doch um ein Haar wäre er seiner aufkommenden Sorglosigkeit zum Opfer gefallen, denn er hatte fast vergessen, dass das staatliche Überwachungssystem immer und überall funktionierte und keine Abweichungen von der vorgegebenen Linie zuließ.

Zu den alljährlichen Höhepunkten im Leben an der Fachschule gehörten die Studententage. Jede Seminargruppe war dazu verpflichtet, einen kulturellen Beitrag zu diesen Tagen zu leisten, und auch an Marcus ging der Kelch der Teilnahme nicht vorüber. Diejenigen, die es sich leicht machen wollten, sangen Lieder des Oktoberklubs nach oder rezitierten Brecht. Marcus hingegen schlug seiner Seminargruppe vor, einmal etwas anderes auszuprobieren.

In Leipzig gab es ein Kabarett, für das man nur sehr schwer Karten bekam, weil in der Vorstellung Dinge ausgesprochen wurden, die sich sonst niemand anderes zu sagen wagte. Die Akteure gingen in ihren Bemerkungen über die Partei- und

Staatsführung und über die Verhältnisse in der DDR bis an den Rand des gerade noch Möglichen und zeigten die Missstände oft unverblümt auf. Nach jeder Premiere eines neuen Programms fragten sich die Zuschauer deshalb stets aufs Neue, wie lange das wohl noch gut gehen würde. Marcus' Eltern waren mit einem der Kabarettisten als fördernde Mitglieder im selben Fußballverein und bekamen von ihm immer mal wieder Karten fürs Kabarett zugeschoben. Einmal hatte Marcus seine Eltern in eine Vorstellung begleiten dürfen und war fast vor Lachen vom Stuhl gefallen. Es gab auch ein Buch mit den Texten der Aufführungen, das nur in sehr kleiner Auflage erschienen und ausschließlich unter der Hand zu haben war. Marcus nahm das Exemplar seiner Eltern ohne deren Wissen mit nach Burlingen, und die Mitglieder seiner Seminargruppe studierten die Sketche ein, um sie bei den Studententagen vorzutragen.

Der Erfolg, den sie damit hatten, war überwältigend. Der Saal tobte, die Anwesenden klatschten sich vor Lachen auf die Schenkel – nur die besorgten Gesichter der aus Dozenten bestehenden Jury, die die einzelnen Vorträge bewerten sollte, sahen die Akteure nicht. Der Studiendirektor erkundigte sich bei dem verantwortlichen Seminarberater, wer denn die Aufführung organisiert hatte, und der gab, nichts ahnend, was daraus entstehen sollte, bereitwillig Auskunft.

Am nächsten Tag wurde Marcus zum Rektor zitiert. Er dachte sich nichts Böses und ging davon aus, dass es sich bei dem zu erwartenden Gespräch wie immer um die Pferde handeln würde. Doch er sollte sich gewaltig irren und spürte die angespannte Atmosphäre schon, als er das Zimmer betrat und neben Professor Waldmann zwei weitere Männer erblickte. Beide trugen schlecht sitzende graue Anzüge und hatten kantige, verbissene Gesichter und harte Augen, die Marcus auf der Stelle Furcht einflößten. Sie standen mit auf dem Rücken verschränkten Händen mitten im Raum und wirkten, als hätten sie in dem Zimmer das Sagen, während der Rektor mit zusammengekniffenen Lippen und das Kinn in die Hand gestützt hinter seinem Schreibtisch saß.

Er war es auch nicht, der den Studenten ansprach, sondern der größere der beiden Männer. Seine Stimme klang so hart, wie seine Augen blickten, und Marcus spürte sofort die von ihm ausgehende Gefahr.

»Sie sind Herr Leipold, nehme ich an? Kein Genosse, wie ich hörte?«

Marcus verkniff sich die freche Bemerkung, die ihm auf der Zunge lag und die »Wer will das wissen?« gelautet hätte, und antwortete stattdessen ganz gegen seine Gewohnheit kurz und knapp mit »Ja«, denn ihm war der Mund trocken geworden.

Der Mann nickte nur und ging eine Runde um Marcus herum, als begutachtete er ein Stück Vieh auf dem Markt. Dann baute er sich erneut vor ihm auf und fixierte ihn mit seinem stechenden Blick, als wollte er ihn durchbohren.

»Sie wissen, dass Sie gestern gleich mehrfach gegen die Gesetze der Deutschen Demokratischen Republik verstoßen haben?«

»Nein.« Marcus blieb bei seinen kurzen Antworten, denn er wusste wirklich nicht, was die fremden Männer von ihm wollten. Allerdings begann ihn eine Ahnung zu beschleichen, denn dass die beiden von der Stasi waren, roch man Meilen gegen den Wind.

»So, wir zeigen uns also auch noch widerspenstig und uneinsichtig? Nun, ich denke, wir werden Sie zur Klärung eines Sachverhaltes mitnehmen müssen. Subversive Elemente, die den Staat, der ihnen ein Studium ermöglicht, verächtlich machen, dulden wir nämlich nicht an unseren Bildungseinrichtungen.«

Marcus lief es eiskalt den Rücken hinunter. Gleichzeitig begann er aber zu schwitzen, denn er wusste, was das hieß, wurde man »zur Klärung eines Sachverhaltes« mitgenommen. Dann fand man sich ganz schnell zuerst in einer Stasiverhörzelle, danach vor einem Richter und wenig später in den Haftanstalten Hohenschönhausen oder Bautzen wieder.

196

»Jetzt sagen Sie dem jungen Mann doch erst einmal, was Sie ihm vorwerfen, Genosse Oberleutnant«, schaltete sich Waldmann ein, und allein für diese Worte hätte Marcus ihn umarmen können. »Bestimmt können wir den Sachverhalt auch hier klären, und ich bin sicher, der Student Leipold hat nicht in staatsgefährdender Absicht gehandelt. Ich kenne ihn nun schon seit mehr als zwei Jahren. Er überzeugt durch gute Leistungen und hervorragende gesellschaftliche Arbeit. Das sollte und kann man doch nicht außer Acht lassen, oder?«

»Nun, das werden wir ja sehen«, meinte der Stasimann, um gleich darauf seine Anschuldigungen vorzubringen. »Wie wir erfahren haben, sind Sie für die gestrige Veranstaltung verantwortlich, in der unsere sozialistische Republik beleidigt und verächtlich gemacht worden ist. Gleich mehrere Aussagen, die dort getroffen wurden, erfüllen die Straftatbestände der Herabwürdigung und Verunglimpfung. Sie, so haben wir erfahren, haben die Texte besorgt oder sogar geschrieben, die von Ihren Kommilitonen vorgetragen worden sind und eindeutig staatsfeindliche Hetze enthalten. Wollen Sie das bestreiten? Geben Sie besser zu, woher Sie sie haben, wir finden es ja doch heraus. Oder wollen Sie behaupten, dass Sätze wie diese hier, die sich offenbar auf die Leipziger Frühjahrsmesse beziehen«, der Oberleutnant ließ sich von seinem Begleiter einen Zettel reichen, von dem er ablas: »Auf dem Frühstückstisch die erste Gurke lacht – vorausgesetzt, der Gast aus Bonn hat die Gurke mitgebracht‹, auf Ihrem Mist gewachsen sind? Oder der hier: ›Der Programmdirektor des zweiten Fernsehens der DDR kann auch noch das sowjetische Testbild übernehmen, er wird trotzdem nicht Held der Sowjetunion.‹ Ich könnte Ihnen noch weitere Beispiele aufzählen, aber ich denke, das sollte genügen. Woher haben Sie die Texte? Aus dem Westen, vom Klassenfeind? Ist Ihnen klar, dass Sie sich der staatsfeindlichen Verbindungsaufnahme schuldig gemacht haben? Das wird nicht ohne Konsequenzen für Sie bleiben, Herr Leipold, das ist Ihnen hoffentlich klar.«

197

Marcus fand die Zitate völlig harmlos, doch der Oberleutnant belehrte ihn gleich darauf eines Besseren.

»Das klingt ja ganz so, als müssten westliche Messebesucher die Bürger der DDR ernähren, weil es bei uns nichts zu essen gibt! Oder im anderen Fall, dass wir über unser Fernsehprogramm nicht selbst entscheiden können, sondern uns nach den Vorgaben unserer sowjetischen Freunde und Genossen richten müssen.«

Ist das etwa nicht so?, fragte sich Marcus im Stillen. In den Gemüseläden gab es Weißkohl, Rotkohl, Zwiebeln und, wenn man Glück hatte, ein paar Äpfel. Alles andere, was in der DDR durchaus angebaut wurde, ging, das wusste jeder, in den Export. Es konnte also gut sein, dass die Gurke, die »der Gast aus Bonn« mitgebracht hatte, vielleicht aus dem Spreewald stammte. Und das neue, zweite Fernsehprogramm der DDR schaute sich kaum jemand an, denn es brachte von früh bis spät nur Beiträge und Filme aus sowjetischer Produktion – und die zum Teil sogar noch in russischer Sprache.

»Aber die Sketche, die wir nachgespielt haben, sind doch alle schon zuvor in der DDR aufgeführt worden, und niemand hat sich daran gestört«, schleuderte Marcus voller Panik dem Stasimann entgegen. »Sie stammen aus dem Textbuch des Leipziger Kabaretts ›Die Salzstreuer‹! Das ist doch ganz offiziell in einem DDR-Verlag gedruckt und in Buchläden verkauft worden. Ich kann es Ihnen gern holen, es liegt in meinem Schrank.«

Marcus sah nicht, wie hinter seinem Rücken Professor Waldmann erleichtert aufatmete. Er hoffte nur, dass ihn diese Aussage retten würde, denn auf einige Jahre im Stasiknast, die ihm nun drohen konnten, hatte er so gar keine Lust.

»So ein Schmutz und Schund soll in unserem Staat verlegt worden sein?« Fassungslosigkeit schwang in der Stimme des Oberleutnants mit, der sich gleichzeitig die Frage stellte, was sich die Genossen von der Zensur wohl dabei gedacht hatten, etwas Derartiges durchgehen zu lassen, entspräche die Aussage des Studenten womöglich der Wahrheit. Glauben würde er das allerdings erst, wenn er es mit eigenen Augen sah.

»Genosse Leutnant«, wandte er sich dann an seinen Begleiter, »lassen Sie sich doch mal das Zimmer von Herrn Leipold zeigen und holen Sie dieses ominöse Buch.«

Marcus schickte sich an, den Stasimann zu begleiten, doch da wurde er herrisch zurückgepfiffen.

»Sie bleiben hier, was denken Sie sich eigentlich? Ich kann Ihnen auch gern Handschellen anlegen, wenn Sie sich noch einmal anschicken, den Raum zu verlassen, bevor ich Sie dazu auffordere. Wir sind mit Ihnen noch lange nicht fertig.«

Der Oberleutnant wandte sich um und nahm auf der Besuchercouch Platz. Da Marcus allerdings seinerseits von keinem der beiden Männer angeboten wurde, sich zu setzen, blieb er einfach in der Mitte des großen Rektorenzimmers stehen, in dem sich ein bedrückendes Schweigen ausbreitete.

Es dauerte eine Weile, bis der Leutnant zurückkehrte und das Buch mitbrachte. Es sah nicht so aus, als wäre es offiziell verlegt worden, denn es hatte nur einen einfachen, grünen Pappeinband, und die Seiten schienen nicht gedruckt, sondern mit Schreibmaschine geschrieben zu sein. Aber Marcus wusste, dass auf der Innenseite die Autoren und auch der Verlag, der den dünnen Band herausgebracht hatte, aufgeführt waren.

Der Oberleutnant blätterte in dem Buch herum, runzelte dabei die Stirn und schüttelte immer wieder fassungslos und voller Abscheu den Kopf. Marcus war viel zu aufgewühlt, um etwas mitzubekommen, aber Waldmann, der aufmerksam die Vorgänge beobachtete, sah, dass selbst der Stasimann manchmal ein Schmunzeln nicht unterdrücken konnte, und schöpfte langsam Hoffnung, seinem Studenten doch noch ein unangenehmes Schicksal ersparen zu können.

»Unglaublich«, meinte der Oberleutnant nach einiger Zeit des vertieften Lesens, »was die Genossen in Leipzig so durchgehen lassen. Bei uns in Erfurt wäre das völlig undenkbar. Aber vielleicht gelten für eine weltoffene Messestadt andere Regeln. Nun, das werde ich in meiner Dienststelle einmal überprüfen lassen. Auf alle Fälle sind die hier drin veröffentlichten Texte«, der Stasimann wedelte mit dem Buch herum, »nicht dazu gedacht, vor Studenten in einer sozialistischen Bildungseinrichtung vorgetragen zu werden. Was haben Sie sich denn dabei gedacht, Herr Leipold?«

»Ehrlich gesagt nichts, Genosse Oberleutnant«, gab sich Marcus reumütig, obwohl er ganz anders empfand und dem Stasiarsch für sein Leben gern seine Meinung ins Gesicht geschleudert hätte. Aber dass er dann sein Studium vergessen konnte und sich für die nächsten Jahre in einem der berüchtigten Gefängnisse wiederfinden würde, war ihm natürlich klar. »Wir, das heißt meine Kommilitonen und ich, wollten nur die anderen Studenten und den Lehrkörper gut unterhalten. Und da in der DDR veröffentlichte Texte ja immer zuvor von staatlichen Stellen geprüft werden, glaubten wir, uns auf sicherem Terrain zu bewegen. Wenn dem nicht so sein sollte, Genosse Oberleutnant, dann bitte ich Sie darum, mich entsprechend zu belehren.«

Eins zu null für dich, Marcus, dachte Waldmann, dem es nur mühsam gelang, ein Grinsen zu unterdrücken. Wie erwartet kam der Stasimann auch prompt ins Rudern.

»Ich habe Ihnen doch schon erklärt, dass solche Texte nicht für eine breite Öffentlichkeit gedacht sind. Oder was glauben Sie, warum die ›Salzstreuer‹ nicht in großen Fernsehsendungen wie *Ein Kessel Buntes* auftreten und die Auflage dieses Büchleins überschaubar ist? Darüber sollten Sie sich mal Gedanken machen, Herr Leipold, bevor Sie so etwas auf die Bühne bringen. Vielleicht haben Sie sich auch der Urheberrechtsverletzung schuldig gemacht. Ich werde das prüfen lassen und könnte mir vorstellen, dass die Kabarettisten eine Schadensersatzklage gegen Sie anstreben werden. Für heute erhalten Sie erst einmal eine offizielle Verwarnung von mir, auch wenn wir vorerst davon absehen, Sie mitzunehmen. Aber sollte sich ein solcher Vorfall wiederholen, dann werden Sie wohl um eine intensive Befragung in unserer Zentrale in Erfurt nicht umhinkommen. Haben wir uns diesbezüglich verstanden?«

Marcus nickte nur, denn er konnte sich denken, was ihm in so einem Falle bevorstehen würde. Plötzlich tauchte vor seinem geistigen Auge sein Großvater und dessen Schicksal auf, das er unter gar keinen Umständen teilen wollte.

»Gut, dann sind wir uns wohl einig«, meinte der Oberleutnant, der der Meinung war, den jungen Studenten ausreichend eingeschüchtert zu haben. »Lassen Sie sich unser Gespräch als Warnung dienen. Noch einmal, das versichere ich Ihnen, kommen Sie nicht so glimpflich davon. Und Ihnen, Genosse Professor Waldmann«, der Stasimann betonte den Titel besonders deutlich, sodass seine Worte wie eine Drohung klangen, »empfehle ich, zukünftig besser darauf zu achten, was an Ihrer Fachschule so vor sich geht. Sonst müssen wir uns womöglich einmal darum kümmern. Und nun dürfen wir uns empfehlen. Als Schild und Schwert der Partei und unseres sozialistischen Staates haben wir jede Menge Aufgaben zu erfüllen, um subversiven Elementen und Feinden unserer fortschrittlichen und friedliebenden Gesellschaftsordnung das Handwerk zu legen. Guten Tag, meine Herren.«

Wie böse Geister waren die beiden grauen Gestalten im nächsten Moment verschwunden und Marcus und der Rektor allein. Keinen von beiden hatte das bekannte Geschwafel mit den immer wiederkehrenden Phrasen beeindruckt, doch zumindest Marcus hatte echte Angst verspürt und das Gefühl, dem Teufel gerade noch einmal von der Schippe gesprungen zu sein. Fast glaubte er, so etwas wie Schwefelgeruch wahrzunehmen, als der Professor das Schweigen brach.

»Was haben Sie sich bloß dabei gedacht, Leipold? Und kommen Sie mir bloß nicht mit ›nichts‹. Dafür kenne ich Sie mittlerweile zu gut. Sie sollten doch intelligent genug sein, um zu wissen, dass alles, was hier geschieht und gesprochen wird«, der Professor machte eine weit ausholende Geste, »nicht in diesen alten Mauern bleibt.«

»Ich dachte nur, wir sollten die Studententage mal ein bisschen aus dem alten Trott herausholen. Die letzten zwei Male war es doch immer das Gleiche. Was kann man gegen ein bisschen Spaß und Satire haben? In Leipzig können die Kabarettisten der ›Salzstreuer‹ doch auch damit auftreten.«

»Was dem Schmied erlaubt ist, darf Schmiedchen noch lange nicht! Kennen Sie den Spruch nicht, Leipold? Beherzigen Sie ihn besser in Zukunft. Ich will Ihnen nur sagen, dass ich, noch bevor Sie ins Zimmer kamen, schon so manche Lanze für Sie gebrochen habe. Noch einmal kann ich Sie aber wahrscheinlich nicht schützen. Es wäre echt schade um Sie. In einem Stasiknast werden Sie wohl keine Military reiten können. Und ich zähle bei den Meisterschaften schließlich auf Sie, vergessen Sie das nicht.«

»Unsere Mannschaft wird ihr Bestes geben, Herr Professor«, versicherte Marcus, der seinem Rektor gerade überaus dankbar war. Jetzt musste er nur noch seinen Eltern erklären, dass die Stasi ihr Buch eingezogen hatte. Immer wenn sich diese mal wieder maßlos über das System, den Staat und die alles beherrschende Partei aufregten, hatten sie wie in einer Bibel darin gelesen und sich an den satirischen Sketchen und Versen, die die Verhältnisse in der DDR geschickt anprangerten – wenn auch eher mit dem Florett als mit dem Säbel –, ergötzt.

In der sozialistischen Planwirtschaft war es nicht vorgesehen, dass ein Student nach Abschluss seiner Ausbildung sich selbstständig einen Arbeitsplatz suchte, sondern er wurde dorthin gelenkt, wo der Staat glaubte, ihn zu brauchen. Für viele Absolventen, die mit ihrer Heimat eng verbunden waren, oft kleine Resthöfe besaßen oder enge familiäre Bindungen hatten, stellte das ein echtes Problem dar. Da wurden, ohne dass jemand den

Grund dafür verstand, Thüringer nach Mecklenburg geschickt, Erzgebirgler in die Magdeburger Börde oder Nordlichter von der Küste in den Harz. Wie wild kämpften viele Studenten darum, eine Stelle, gleich welcher Art, in der Nähe ihres Wohnortes zu ergattern, und es spielten sich oft unschöne Szenen bei der Arbeitsplatzvergabe ab. Junge Frauen wurde Hunderte von Kilometer entfernt von ihren Freunden, Verlobten oder sogar Ehepartnern in eine Milchvieh- oder Schweinemastanlage gesteckt, männliche Studenten kamen oft in Schlachthöfe oder in die Bullenmast, da sie dort bei der Klauenpflege besser zupacken konnten. Marcus war es allerdings völlig gleichgültig, wohin man ihn schickte. Hauptsache, es war eine tierärztliche Gemeinschaftspraxis, wo Vielfalt bei den Tierarten sowie Behandlungen herrschte und nicht die Eintönigkeit überwog. Er fürchtete sich nur davor, womöglich in eine Großviehanlage gesteckt zu werden, in der es kaum Tageslicht gab und seine Haupttätigkeit im Impfen und Desinfizieren bestand.

Kurz bevor die Listen mit den zukünftigen Tätigkeitsorten und -feldern, denen jeder Student mit Bangen entgegenfieberte, ausgehängt wurden, ließ Professor Waldmann Marcus zu sich kommen und fragte ihn, ob er am Sonntagmorgen einmal mit ihm ausreiten würde. Der bekam den Mund fast nicht wieder zu, denn so etwas hatte es bisher noch nie gegeben, doch selbstverständlich stimmte er zu und bereitete alles akribisch vor.

Der Rektor erschien dann auch pünktlich wie verabredet, putzte und sattelte sein Pferd selbst, wie es sich gehörte, ganz so, als ob er nie etwas anderes getan hätte. Als die beiden Reiter dann in die Wälder des Höhenzuges der Schmücke eintauchten, rückte er endlich mit dem heraus, was ihm auf dem Herzen lag.

»Herr Leipold, was halten Sie denn davon, anstatt nach Ihrem Abschluss in eine ungewisse Zukunft und irgendeine tierärztliche Gemeinschaftspraxis auf dem Land zu wechseln, an der Schule zu bleiben. Ich könnte Ihnen eine Stelle als Lehrassistent für klinische Diagnostik bei mir anbieten. Ihr Hauptaugenmerk sollte dabei aber auf der Weiterentwicklung des Pferdesports hier an unserer Einrichtung liegen. Ich möchte, dass wir die in den einzelnen Seminargruppen verstreuten Reiter zukünftig in einer zusammenfassen, deren Seminarberater Sie in einem Jahr werden könnten. Vorerst wären Sie allerdings der Stellvertreter eines erfahrenen Kollegen und könnten von ihm lernen. Wir errichten außerdem demnächst einen Neubaublock, wo sich bestimmt auch eine Wohnung für Sie finden wird. Wäre das nicht von Interesse für Sie? Ich jedenfalls könnte mir eine weitere Zusammenarbeit mit Ihnen gut vorstellen.«

Marcus wäre um ein Haar vor Überraschung vom Pferd gefallen, so unerwartet kam das Angebot für ihn. Er brauchte einen Moment, um sich zu sammeln, bevor er antworten konnte.

»Ihr Vorschlag ehrt mich sehr, aber was genau wäre denn mein Aufgabengebiet? Hauptamtlicher Sektionsleiter Pferdesport und Ihnen von Zeit zu Zeit assistieren?«

»Passen Sie auf, Leipold, ich will ehrlich zu Ihnen sein. Wir haben in letzter Zeit mit sinkenden Bewerberzahlen zu kämpfen. Viele junge Leute schreckt unsere einsame Lage hier ab. Sie versuchen darum in Schulen unterzukommen, wo das Freizeitangebot und auch die Zugverbindungen nach Hause besser sind. Ich habe allerdings beobachtet, dass das für die Reiter kaum eine Rolle spielt. Und wenn wir den Pferdesport hier bei uns weiter ausbauen und für noch mehr Studenten die Möglichkeit schaffen, auf Turnieren zu starten, würde das einerseits den Bekanntheitsgrad unserer Schule verbessern, andererseits aber auch mehr Bewerber anlocken. Sie sollen das organisieren und die Studenten ausbilden und trainieren. Wenn Sie selber auch weiterhin reiten wollen, und noch dazu so erfolgreich wie gegenwärtig, habe ich nichts dagegen. Aber das allein kann nicht ihr einziger Tätigkeitsbereich sein, dafür bekäme ich keine Mittel. Ich könnte mir vorstellen, dass Sie Seminare und praktische Übungen wie die Anwendung von Zwangsmitteln bei Großtieren und Probenentnahmen geben. Außerdem hätte

204

ich Sie gern an meiner Seite, wenn mal wieder etwas zu operieren ist. Wir haben doch schon einmal ein gutes Team abgegeben.«

Marcus erinnerte sich nur zu genau. Er war mit seinem Motorrad in Weimar gewesen, und als er zurückgekommen war, wurde ihm mitgeteilt, dass sich zwei Pferde bei einer Kutschfahrt verletzt hätten und Waldmann dabei wäre, sie zusammenzuflicken. Marcus eilte sofort in den kleinen OP der Schule, der eigentlich gar nicht für Großtiere ausgelegt war, und erlebte den Professor erstmals bei der Arbeit. Andere Tierärzte, keine Praktiker wie Waldmann, sondern eher in der Theorie zu Hause, die schon seit Jahren kein Skalpell mehr in den Händen gehalten hatten, standen mit großen Fragezeichen auf der Stirn herum und hofften nur, von ihrem Chef nicht angesprochen oder gar als Assistenten herangezogen zu werden. Als Marcus in der Tür auftauchte und der Professor ihn sah, rief er ihm in einem Befehlston, der keinen Widerspruch duldete, »Waschen!« entgegen. Im nächsten Moment stand der Noch-Student am Waschbecken, schrubbte seine Hände, und ein Veterinärrat, der Ökonomie der sozialistischen Landwirtschaft unterrichtete und kein Blut sehen und schon gar nicht riechen konnte, half ihm in einen Kittel, dankbar, dass der Kelch an ihm vorüberging und er nicht neben seinem Chef stehen musste.

Mehrere Stunden flickte der Professor bei dem einen Pferd das Bein, bei dem anderen die Kruppe wieder zusammen, und Marcus, der ihm die Instrumente reichte, die Nadelhalter vorbereitete und ihm auch sonst zur Hand ging, bekam ungeheure Achtung vor der Fingerfertigkeit und ärztlichen Kunst seines Rektors. Beide Pferde waren später wieder genesen und von den Verletzungen kaum noch etwas zu sehen.

»Wenn das so ist, dann sage ich gerne Ja«, antwortete Marcus, der nun keine längere Bedenkzeit mehr brauchte. Die Zukunft, die Waldmann ihm hier offerierte, war eine, die er sich nicht einmal in seinen kühnsten Träumen hätte ausmalen können. Er würde viel lernen und zudem noch mit Pferden arbeiten können. Was wollte er mehr?

»Dann freue ich mich auf unsere Zusammenarbeit«, meinte der Professor und streckte Marcus über den Widerrist seines Pferdes die Hand entgegen, in die dieser freudig einschlug. *Der Junge ist richtig,* dachte der Rektor dabei, *der hat eine wichtige Frage gar nicht gestellt. Nämlich die, was er verdienen wird.* Den Posten hatte Waldmann mühsam erstreiten müssen, und hoch dotiert war die Lehrassistentenstelle nicht gerade.

Marcus hingegen bewegte etwas ganz anderes als sein Gehalt. So gut wie alle Angehörigen des Lehrkörpers waren Mitglied der SED, nur sein eigener Seminarberater, der den Spitznamen *Pastor* trug, nicht. Und Waldmann hatte ihn nicht aufgefordert, in die Partei einzutreten, oder dies gar zur Bedingung für die ihm angebotene Stelle gemacht. Das wäre für Marcus ein Ausschlusskriterium gewesen, aber da darüber kein Wort fiel, ging er davon aus, dass es für seinen zukünftigen Chef nicht wichtig war.

»Wann soll ich denn anfangen?«, erkundigte sich Marcus, der mit seinen Gedanken schon voll und ganz bei seinen neuen Aufgaben war.

»Am 1. September mit Beginn des neuen Studienjahres. Aber Sie können sich schon mal die Bewerbungsunterlagen der zukünftigen Studenten vorlegen lassen und aus denen, die angegeben haben, Reiter zu sein, eine Seminargruppe zusammenstellen. Ich werde veranlassen, dass man Ihnen die Akten zur Verfügung stellt und keine Steine in den Weg legt.«

Marcus konnte sich denken, dass die Idee des Rektors in der Schule und vielleicht auch darüber hinaus nicht unumstritten war. Aber was ging ihn das an? Mit Waldmanns Autorität im Rücken konnte doch nichts schiefgehen, und er sah einer glänzenden Zukunft entgegen.

7. Kapitel

Juni 1980, Staatsrat der DDR

Paul Verner, im Politbüro unter anderem für Sportfragen verantwortlich, und Manfred Ewald, der Präsident des Deutschen Turn- und Sportbundes der DDR, kurz DTSB genannt, saßen auf nicht sehr bequemen Stühlen unter dem großen Gemälde des venezianischen Malers Canaletto, das eine Stadtansicht von Dresden zeigte und das sich Erich Honecker als Wandschmuck für sein Büro im Staatsratsgebäude ausbedungen hatte. Gern hätte der Staatsratsvorsitzende die barocke Silhouette der Stadt wieder so herstellen lassen, wie sie auf dem Bild zu sehen war. Allerdings ohne die Frauenkirche im Mittelpunkt, die konnte ruhig als Mahnmal ähnlich der Gedächtniskirche in Westberlin eine Ruine bleiben. Die politisch pflegeleichten Dresdner waren Honecker zehnmal lieber als die aufmüpfigen Berliner. Ob das wohl daran lag, dass die Dresdner kaum oder nur schwer die Westmedien empfangen konnten und sich die imperialistische Propaganda und Hetze in ihnen deshalb weniger festsetzte als im Rest der Republik, wo man mittlerweile das bundesdeutsche Fernsehen und den Rundfunk nahezu uneingeschränkt sehen und hören konnte? Schließlich nannte man die Region im Südosten der DDR nicht umsonst »das Tal der Ahnungslosen«. Doch um Dresden in seiner alten Pracht wiederherstellen zu können, fehlte einfach das Geld. Schon der Aufbau des im Krieg schwer zerstörten Zwingers hatte Unsummen verschlungen, und Honecker wagte gar nicht daran zu denken, was die Rekonstruktion der Semperoper kosten würde, an der seit drei Jahren gearbeitet wurde.

Manfred Ewald rutschte unruhig auf seinem Stuhl hin und her. Er war nach den Olympischen Spielen von Montreal, die den DDR-Sportlern grandiose Erfolge beschert hatten, in das

ZK der SED aufgenommen und mit dem Karl-Marx-Orden, der höchsten Auszeichnung der DDR, geehrt worden. Dass der Medaillensegen nicht unwesentlich dem Staatsplan 14.25 zu verdanken war, der auf einem geheimen Politbürobeschluss aus dem Jahre 1974 zur konsequenten Erforschung und Anwendung von leistungssteigernden Medikamenten, kurz Doping genannt, beruhte, wusste er ebenso wie Verner und Honecker nur allzu gut.

Der Staatsratsvorsitzende stand, wie er es gern tat, mit auf dem Rücken verschränkten Armen vor den großen Fenstern seines hellen Büros und schaute auf die von Karl Friedrich Schinkel erbaute Friedrichswerdersche Kirche hinaus. Er mochte Gotteshäuser an sich grundsätzlich nicht, aber dieses war ihm noch das liebste, denn seit dem Zweiten Weltkrieg war es ebenso wie die Frauenkirche in Dresden eine Ruine und damit ein Zeugnis für die Nazibarbarei, die nach seiner Meinung ausschließlich durch den heldenhaften Kampf des Sowjetvolkes hinweggefegt worden war. Honecker selbst hatte einmal in einem Interview geäußert, dass seine erste Liebe nicht einer Frau, sondern der Sowjetunion gegolten habe. Jetzt war ausgerechnet dieses Land gerade in Bedrängnis und mit einer Bitte an ihn herangetreten, die er nur zu gern erfüllen würde. Doch er sah dabei Schwierigkeiten auf sich zukommen und wollte deshalb Empfehlungen über die weitere Vorgehensweise bei seinen beiden Vertrauten einholen, die ihn seit Jahren in Sportfragen berieten.

»Wie viele Nationen haben sich denn nun dem Boykottaufruf des amerikanischen Präsidenten angeschlossen?«, wollte Honecker wissen, ohne sich an einen der zwei Anwesenden direkt zu wenden.

»Zweiundvierzig Nationale Olympische Komitees sind Carters Appell gefolgt, Erich! Und das ist für die sowjetischen Genossen eine Katastrophe. Vierundzwanzig weitere NOKs verzichten aus finanziellen Gründen darauf, Sportler zu den Olympischen Spielen nach Moskau zu schicken. Ignati Nowikow, wie du weißt, ein enger Vertrauter und Weggefährte des Genossen Breschnew und von ihm zum Präsidenten des Organisationskomitees ernannt, ist am Verzweifeln. Die Starterfelder in den einzelnen Disziplinen werden so klein sein, dass der Westen später behaupten kann, es wäre gar keine richtige Olympiade gewesen. Dazu kommen die enormen finanziellen Verluste an Devisen durch die wegfallenden TV-Übertragungsrechte und fehlenden Touristen. Wir sollten wirklich alles in unserer Macht Stehende tun, um unserem Brudervolk, so gut es geht, in dieser prekären Situation unter die Arme zu greifen.«

Nach dem Einmarsch der Roten Armee in Afghanistan im Dezember des Vorjahres hatte der amerikanische Präsident Jimmy Carter – wohlweislich erst nach dem Ende der Olympischen Winterspiele von Lake Placid – zu einem Boykott der Sommerolympiade in Moskau aufgerufen. Das hatte die sowjetischen Genossen, die sich mehrmals um die Austragung bemüht und endlich den Zuschlag vom IOC erhalten hatten, eiskalt erwischt. Seit Jahren fieberten sie diesem Großereignis entgegen, das aller Welt die Überlegenheit des Sozialismus zeigen sollte, nachdem die Sowjetunion schon vier Jahre zuvor in Montreal im Medaillenspiegel die erfolgreichste Mannschaft, gefolgt von der DDR auf Platz zwei, gewesen war und beide die USA auf den dritten Platz verwiesen hatten, woran sich alle Anwesenden nur zu gern erinnerten.

»Was will Leonid Breschnew denn nun konkret von uns?«, hakte Honecker nach. »Wir schicken doch schon jeden Sportler, der sich qualifiziert hat, nach Moskau, und selbst solche, die kaum eine Medaillenchance haben, nur um die Starterfelder zu füllen.«

»Genosse Staatsratsvorsitzender, unsere sowjetischen Brüder sind mit der Bitte an uns herangetreten, auch die Sportarten zu beschicken, aus deren Förderung wir uns nach der Olympiade von München 1972 zurückgezogen haben«, meldete sich Manfred Ewald zu Wort. »Besonders liegt den Genossen der Pferdesport am Herzen, weil die westlichen Reitsportverbände fast geschlossen dem Boykottaufruf folgen. Schließlich ist der Ehemann der englischen Königin Präsident der Internationalen Reiterlichen Vereinigung und darf seine eigene Regierung nicht brüskieren, indem er dem Wunsch ihres wichtigsten Verbündeten USA nicht folgt. Und die nationalen Verbände wiederum wollen Prinz Philip natürlich nicht vor den Kopf stoßen und in eine peinliche Lage bringen.«

»Kapitalistisches Geklüngel gemischt mit dekadentem Adel, der endlich davongejagt gehört«, fauchte Honecker vernehmlich. »Die haben doch alle nur einen Vorwand gesucht, um nach ihrem Debakel in Montreal nicht in Moskau antreten und sich erneut hinter unserem sozialistischen Bruderland und unseren eigenen ruhmreichen Sportlern einordnen zu müssen. Oh, wie habe ich es damals genossen, diesen weltweiten Aufschrei! Die Amerikaner nur Dritte und die BRD gar Vierte in der Nationenwertung!«

Das Schwelgen des Staatsratsvorsitzenden in Erinnerungen brachte niemanden weiter, und so war es Verner, der seinen Chef wieder aus der Vergangenheit in die Gegenwart zurückholte.

»Wie beantworten wir denn nun das Gesuch unserer sowjetischen Freunde?«, fragte er nach und drängte damit auf eine Entscheidung.

»Wie viele Nationen werden denn bei den Reitsportdisziplinen in Moskau am Start sein?«, wollte der Staatschef wissen.

»Höchstens elf«, teilte der DTSB-Präsident dem Generalsekretär seiner Partei mit. »Und deshalb flehen uns die Genossen von der Sowjetischen Reiterlichen Vereinigung fast auf Knien an, unsere Sportler zu schicken. Gegenüber Montreal vor vier Jahren ist ein so kleines Starterfeld eine Katastrophe. Unsere Reiter waren doch bei der Olympiade in München damals gar nicht so schlecht. Da sind zum Beispiel in der Military dreiund-

210

siebzig Bewerber aus neunzehn Ländern gestartet, und unsere Reiter waren letztlich in der Mannschaft Fünfte. Warum sollen wir unseren sozialistischen Brüdern denn nicht den Wunsch erfüllen? Vielleicht holen wir ja diesmal sogar Medaillen, wenn der gesamte Westen ausfällt.«

»Genosse Ewald, Sie haben doch einen Mann losgeschickt, der sich die anderen Nationen, die noch Reiter nach Moskau entsenden, einmal ansehen sollte. Ist der schon zurück, und wenn ja, was sagt er denn?«, fragte Honecker den Sportchef der DDR.

»Ganz recht, Genosse Generalsekretär. Oberst Friedrich, der Chefrichter unseres Reiterverbandes, war diesbezüglich unterwegs und hat sich auf den Turnieren im Ausland umgeschaut. Er meint, es sähe für unsere Pferdesportler sehr vielversprechend aus. Vor allem unsere Meister beziehungsweise Meisterinnen Oberbach, Leipold und Thonne hätten gute Chancen, in die Medaillenränge zu reiten. Wenn Sie mich fragen, sollten wir ihnen die Chance geben.«

»Wir haben uns aber nach München nicht umsonst entschlossen, die Förderung des Pferdesports einzustellen, keine Reiter mehr zu Wettkämpfen ins kapitalistische Ausland zu schicken und auch an keinen Welt- und Europameisterschaften sowie Olympischen Spielen mehr teilzunehmen. Das hatte schließlich gute Gründe, Genossen, wenn ihr euch erinnert. Ein so kleines Land wie wir kann nun einmal nicht in allen Sportarten präsent sein. Noch dazu bei unserer prekären Devisenlage. Und ein Leichtathlet oder Schwimmer hat einfach die Möglichkeit, mehr Medaillen zu holen als ein Reiter. Noch dazu ist sein Anspruch bezüglich der Trainingsstätten geringer, eine Badehose billiger als ein Pferd, und man kann ihm auch leichter leistungssteigernde Substanzen verabreichen. War das nicht der Beschluss, den wir gemeinsam mit dem ZK gefasst haben?«

»Völlig richtig, Erich«, schaltete sich Verner ein. »Aber wollen wir in diesem Fall nicht einmal eine Ausnahme machen, um unseren sowjetischen Brüdern entgegenzukommen? Wie soll ich denn dem Genossen Nowikow klarmachen, dass wir seiner Bitte nicht folgen?«

Honecker trat von der Fensterfront zurück und setzte sich zu seinen beiden Besuchern.

»Genosse Ewald, nun mal ganz ehrlich und unter uns. Meint der Oberst tatsächlich, dass unsere Reiter gut genug wären, um einige Medaillen zu holen? Sie haben doch jetzt seit acht Jahren an keinen Vergleichswettkämpfen im kapitalistischen Ausland mehr teilgenommen.«

»Der Chefrichter war da sehr optimistisch. Gut, kämen die Reiter aus der BRD, den USA oder aus England, hätten sie keine Chance. Aber vor allem im Dressurreiten sähe er für unsere Meisterin Oberbach gute Chancen. Ihre schärfste Konkurrenz käme wohl aus Österreich, hat aber auf internationaler Ebene noch nicht viel erreicht. Er konnte die Reiterin in Linz beobachten und meint, sie wäre von Oberbach ohne Weiteres zu schlagen. In der Military und im Springreiten ist eine Vorhersage natürlich schwerer. Da kommt es immer auf die Strecke und den Parcours an. Aber wenn sogar die Inder eine Mannschaft nach Moskau schicken, sollten wir uns auch nicht davor scheuen! Die sind doch noch nie außerhalb ihres Landes angetreten. Ich denke, wir könnten uns nach den Spielen bestimmt über gute Ergebnisse und sicher auch Medaillen unserer Reiter freuen.«

Erich Honecker seufzte bedeutungsschwer.

»Ich hatte befürchtet, dass Sie das sagen, Genosse Ewald. Und genau aus diesem Grund können wir dem Wunsch der sowjetischen Führung nicht nachkommen. Ich hoffe, ich kann das dem Genossen Breschnew begreiflich machen, wenn ich ihn in Moskau zu den Spielen treffe.«

»Ich verstehe dich nicht, Erich«, meinte Verner konsterniert. »Wo ist denn das Problem?«

»Ja, siehst du das denn nicht, Paul?« Die alten Kampfgefähr-

212

ten duzten sich natürlich, und Verner war einer der Stellvertreter Honeckers als Staatsratsvorsitzender. »Wenn es nur so wäre, dass wir die Starterfelder mit unseren Reitern füllen sollen, würde ich keinen Moment zögern, dem Wunsch unserer sowjetischen Brüder nachzukommen. Aber wenn Genosse Ewald recht hat und sie reiten um den Sieg mit, ist die Katastrophe da. Überleg doch mal, wo die übernächsten Olympischen Spiele stattfinden. Nun, geht dir ein Licht auf?«

»In Los Angeles!«, stieß Verner erschrocken hervor. »Erich, du hast wie immer recht. Dass ich da nicht selbst draufgekommen bin! Das geht natürlich auf gar keinen Fall.«

Manfred Ewald schaute fragend von einem zum anderen, denn er verstand nach wie vor nicht, aus welchem Grund die medaillenfähigen DDR-Reiter nicht zur Olympiade entsendet werden sollten. Paul Verner beschloss, ihm die Situation begreiflich zu machen.

»Schau mal, Manfred, deine Schwimmer, deine Leichtathleten und auch die meisten anderen deiner Sportler werden in Moskau und Los Angeles um den Sieg kämpfen und haben, wenn wir unser Programm weiter durchziehen, an beiden olympischen Austragungsstätten gute Chancen. Die Reiter aber wohl kaum, wie du selbst soeben zugegeben hast. Stell dir vor, dass jetzt beispielsweise diese Oberbach in Moskau Gold gewinnt. Dann müssten wir sie von Rechts wegen vier Jahre später in die USA schicken, damit sie dort ihre Medaille verteidigt. Aber in Los Angeles gerät sie gegen die dann natürlich antretenden Reiter aus den westlichen Nationen mit großer Wahrscheinlichkeit ins Hintertreffen, und über uns ergießt sich nichts als Hohn und Spott. Ich höre schon die Kommentatoren, wie sie sich ihre Mäuler zerreißen werden, weil die Olympiasiegerin aus Moskau womöglich gar nicht antritt oder abgeschlagen auf den hinteren Rängen landet. Nein, unser Staatsratsvorsitzender hat recht, das geht auf gar keinen Fall.«

»Ganz davon abgesehen, was der Transport von Pferden nach

213

Los Angeles kosten würde«, ergänzte Honecker. »Genosse Mittag kündigt mir die Freundschaft, wenn ich dafür Devisen von ihm will. Unsere Staatskasse ist schon leer genug. Nach Moskau könnten wir die Gäule mit der Bahn verschicken, nach Kalifornien nur mit Charterflugzeugen. Wer soll denn das bezahlen, und vor allem, warum? Ja, wenn wir dort auch die kapitalistischen Länder schlagen könnten, dann würde ich Himmel und Hölle in Bewegung setzen, um die Mittel lockerzumachen. Aber ich denke, dass das in den Reitsportdisziplinen nahezu unmöglich ist. Und bei einem Start in Moskau können wir von unseren Sportlern ja kaum verlangen, dass sie absichtlich schlecht reiten oder womöglich sogar Stürze provozieren, um ja nicht weit nach vorn zu kommen. Nur, damit bei der nächsten Olympiade ja keiner nach ihnen fragt. Und weil das nun einmal so ist, müssen sie zu Hause bleiben, so leid mir das für unsere sowjetischen Brüder auch tut.«

8. Kapitel

1980–1988

»Hast du gehört, was in Moskau los war?«, fragte Anne Oberbach und lehnte sich – noch in Frack und Zylinder nach ihrer soeben gerittenen Dressurprüfung – an die Abgrenzung des Springplatzes. Sie und Marcus kannten sich schon seit Jahren von den Turnieren her, waren auch einige Zeit etwas mehr als nur befreundet gewesen und standen jetzt ein Stück abseits von den anderen Reitern, um sich ungestört unterhalten zu können. Beide taten so, als sähen sie dem Wettkampf zu, doch in Wirklichkeit kochte es in ihnen. Sie wussten, dass sie voreinander aus ihren Herzen keine Mördergrube machen mussten. Andere Besucher der Reitsportveranstaltung sollten allerdings besser nicht hören, worüber sie sprachen, und so senkten beide ihre Stimme.

»Ich habe nur das unsägliche Geholze im Parcours gesehen und die Ergebnisse der Military gelesen«, gestand Marcus ein. »Mehr konnte ich mir einfach nicht antun.«

»Stell dir mal vor, in den olympischen Dressuraufgaben sind Reiter gestartet, die noch nie zuvor einen Grand Prix geritten sind«, entfuhr es Anne voller Wut. »Die haben statt Passage nur verkürzten Trab gezeigt, und anstatt Piaffen vorzuführen, standen sie nahezu bewegungslos auf der Stelle. Und wir durften nicht hin! Ist das nicht eine Schande? Das wäre *die* Chance auf eine olympische Medaille gewesen! Den Ritt der siegreichen Österreicherin habe ich mir angeschaut. Ich sage dir, die wäre durchaus zu schlagen gewesen.«

Anne Oberbach war vielfache DDR-Meisterin im Dressurreiten und wurde von einem Trainer betreut, der selbst an den Olympischen Spielen von 1968 und 1972 teilgenommen und bei Weltmeisterschaften Bronze und bei Europameisterschaften Silber mit der Mannschaft geholt hatte. Die junge Frau konnte

215

sich durchaus seine Meisterschülerin nennen, und ihr Gesprächspartner traute ihr neidlos zu, dass sie in Moskau die Erfolge ihres Trainers vielleicht getoppt hätte.

»Im Springreiten gab es Stürze und Verweigerungen am laufenden Band«, warf Marcus ein. »Einen Reiter habe ich gesehen, ein Ungar, glaube ich, der hat sage und schreibe dreiundsiebzig Fehlerpunkte gesammelt. Ich hatte hier gerade im ersten Umlauf vier und ärgere mich schwarz darüber.«

»Und dieser Parcours bei unseren Meisterschaften ist nicht leichter als der in Moskau«, stimmte Anne zu. »Da siehst du mal, was man uns so vorenthält und was es mit der angeblich so großartigen sozialistischen Sportförderung tatsächlich auf sich hat. Vielleicht sollte ich ja auf Eiskunstlauf umsteigen. Mit ein paar Kufen an den Füßen statt einem Pferd unter dem Hintern ließen sie mich vielleicht an internationalen Wettbewerben teilnehmen. Was war denn in der Military los, Marcus? Das ist doch deine Paradedisziplin. Hättest du denn überhaupt ein passendes Pferd gehabt?«

»Schon. Einen abgekörten Hengst aus einer Pferdezuchtdirektion, den mir mein Prof besorgt hat. Der hätte es natürlich auch gern gesehen, wäre ich in Moskau geritten. Es gab nur achtundzwanzig Starter in der Military, davon sind schon vor dem abschließenden Springen zehn ausgeschieden. Unter anderem alle vier Inder, aber die konnten ja auch nur in den Steigbügeln stehen und nicht einmal richtig auf dem Pferd sitzen. Es gab keinen einzigen fehlerfreien Ritt, und die siegreichen Russen hatten vierhundertsiebenundfünfzig Fehlerpunkte in der Mannschaft. Da würde sich die Bezirksauswahl von Erfurt vor Scham eingraben, sage ich dir.«

»Wären die westlichen Nationen am Start gewesen, hätte es natürlich ganz anders ausgesehen«, gab Anne unumwunden zu. »Aber auch gegen die könnten wir bestehen, wenn man uns nur ließe. Mein Trainer hat es schließlich bewiesen, und schlechter als er reite ich auch nicht, oder?«

»Auf keinen Fall«, räumte Marcus ein. Wer war er, seiner Freundin, mit der er bis vor Kurzem noch ein recht inniges Verhältnis gehabt hatte, das sich in letzter Zeit allerdings auf eine eher platonische Ebene zurückgezogen hatte, zu widersprechen? Außerdem hatte sie ja recht und beherrschte nicht umsonst seit Jahren spielend die Konkurrenz. Leider nur in der DDR und ganz selten im benachbarten sozialistischen Ausland, denn weiter weg ließ die Staatsführung die Reiter nicht mehr.

»Ich werde hier noch wahnsinnig«, fuhr Anne fort, ohne auf Marcus' Zustimmung weiter einzugehen. »Überall nichts als Grenzen! Ob im Sport, ob bei der Arbeit oder wenn du mal in den Urlaub fahren willst. Ich habe das alles so satt, kann ich dir sagen. Diesen Scheißstaat mit seinen ewigen Beschränkungen, die Funktionäre, die nur dummes Zeug labern – jedes zweite Wort ist Sozialismus und der Sieg des Kommunismus über den ach so bösen Kapitalismus –, aber auf die Reihe kriegen sie nix. Der LPG, die mir meine Pferde zur Verfügung stellt, fehlt es an allem, und in der Zahnarztpraxis, in der ich arbeite, haben wir nicht einmal vernünftige Medikamente, um die Patienten ordentlich zu betäuben. Was denkst du, was da manchmal los ist! Die Schreie hallen bis auf die Straße raus, und viele gehen die Wände hoch, wenn ich bohren muss.«

Marcus rieb sich nachdenklich die Backe. Er sollte auch mal wieder zum Zahnarzt gehen, nach dem soeben Gehörten beschloss er jedoch, den Besuch noch etwas aufzuschieben.

»Anne, du weißt, zu mir kannst du das alles sagen, aber sei anderen gegenüber lieber vorsichtig. Ich hatte schon wegen wesentlich harmloseren Sätzen Besuch von der Stasi. Hätte sich mein Rektor nicht für mich eingesetzt, wäre ich heute wohl im Knast und nicht hier auf dem Turnier.«

»Du hast ja recht, aber manchmal kommt mir halt die Galle hoch. Hättest du nicht auch gerne so eine Olympiamedaille um den Hals hängen? Die Chance bekommen wir wahrscheinlich nie wieder. Die nächsten Spiele sind in Los Angeles, und da

217

lassen sie uns garantiert niemals hinfahren. Und das macht mich kotzwütend. Ich war letztes Jahr zum Turnier in Sopot an der polnischen Ostseeküste. Da hat mir ein Schwede angeboten, mich in seinem Pferdeanhänger an Bord der Fähre zu schmuggeln. Vielleicht hätte ich mich besser dazu überreden lassen sollen. Aber ich gebe zu, ich war zu feige, um sein Angebot anzunehmen, und auch nicht entschlossen genug, alles zurückzulassen. Meine Familie, meine Pferde, meine Freunde. Hoffentlich bereue ich das nicht bis an mein Lebensende.«

Auch Marcus hatte schon mehr als einmal an Flucht gedacht und wusste, dass seine Eltern es ständig taten. Aber wie die meisten schreckten auch er und sie davor zurück, den ultimativen Weg zu gehen, dabei ihr Leben zu riskieren oder günstigenfalls in einem Stasigefängnis zu landen. Nur wenigen gelang der Sprung über die Mauer unbeschadet, und was einen dahinter erwartete, war auch mehr als ungewiss. Letztlich blieb einem nichts anderes übrig, als sich in dem Staat, der einen einsperrte, so gut es ging, einzurichten, auch wenn es noch so schwerfiel und man nicht einmal seinem Herzen offen Luft machen konnte, ohne dafür eventuell die Konsequenzen tragen zu müssen.

»Ich jedenfalls freue mich, dass du noch hier bist«, meinte Marcus zu Anne und lächelte sie an. »Sehen wir uns heute Abend auf dem Reiterball?«

»Sicher doch. Aber jetzt muss ich los, Siegerehrung reiten. Bis später.«

Wie nicht anders zu erwarten, hatte Anne wieder einmal ihre Prüfung gewonnen, während Marcus, der diesmal nur Springen ritt, da keine Military ausgeschrieben worden war, mit seinem einen Abwurf leer ausging. Bei den Spielen in Moskau hatten acht Fehler sogar noch für eine Goldmedaille gereicht.

Am letzten Augusttag wurden wie jedes Jahr die neuen Studentinnen und Studenten in Burlingen erwartet, und der gesamte Lehrkörper hatte sich versammelt, um die Ankömmlinge zu be-

218

grüßen. Nur Marcus fehlte, denn er war mit einem Handwerker, den er endlich hatte auftreiben können, im Pferdestall, um ihm das marode Dach zu zeigen. Schon seit Jahren regnete es herein, und das auf dem Boden gelagerte Heu begann deshalb zu schimmeln, was wiederum zu Koliken bei den Pferden führen konnte. Bisher war Marcus immer auf taube Ohren gestoßen, wenn er den unhaltbaren Zustand anmahnte, aber seit Erich Honecker, immerhin gelernter Dachdecker, die Parole ausgegeben hatte, dass als Erstes die Dächer dicht gemacht werden sollten, bevor weitere Sanierungsarbeiten an Gebäuden vorgenommen wurden – was jedem mit klarem Menschenverstand sofort einleuchtete und auch bereits vor der weisen Aussage des Generalsekretärs der SED bekannt gewesen war –, konnte er sich wenigstens auf den Genossen Staatsratsvorsitzenden berufen. Deshalb war es auch der Verantwortlichen für Ökonomie an der Fachschule nicht länger möglich, sich zu sträuben, Mittel für die Reparatur des Daches zur Verfügung zu stellen. Aber wo das nötige Material und vor allem die Handwerker für die Instandsetzung herkommen sollten, stand auf einem ganz anderen Blatt.

Marcus hatte durch seine Kontakte zum Bürgermeister endlich einen Dachdecker aufgetrieben, der aber nur an diesem Tag Zeit hatte, sich die notwendigen Reparaturen anzuschauen und einen Materialplan zu erstellen. Sein Fehlen bei der allgemeinen Begrüßung der neuen Studenten sollte sich aber für ihn als großes Glück herausstellen. Denn als er die Leiter vom Dachboden hinter dem Handwerker herabstieg, sah er eine junge Frau, vielleicht neunzehn oder zwanzig Jahre alt, vor dem Stall stehen und offenbar auf jemanden warten. Sie war sehr schlank, eher schon zierlich, und hatte langes, dunkelblondes Haar. Marcus glaubte, sie schon einmal irgendwo gesehen zu haben, war sich aber nicht sicher.

»Hallo, kann ich irgendwie behilflich sein?«, erkundigte er sich höflich, nachdem er den Dachdecker hoffnungsvoll verabschiedet hatte.

219

»Ich bin Imke Bannenberg, fange ab morgen hier an zu studieren und suche den Verantwortlichen für den Pferdesport. Können Sie mir sagen, wo ich ihn finde?«

Imke war von ihren Eltern nach Burlingen gebracht worden, und ihre Mutter hatte ihr eingeschärft, nicht als Erstes auszupacken, sondern sofort zum Pferdestall zu gehen und sich dort nach Möglichkeit anzumelden, bevor es viele andere taten und sie womöglich nicht mehr zum Zuge kam, weil die wenigen, begehrten Plätze dann schon vergeben waren. Doch diese Sorge konnte Marcus der Studentin nehmen, denn er hatte eine Überraschung für sie parat.

»Jetzt weiß ich auch, wieso du mir bekannt vorkommst«, meinte er und reichte der jungen Frau die Hand. Was er zurückbekam, war ein kräftiger Händedruck, den er so nicht erwartet hatte, und einen Blick aus grünbraunen Augen, der ihn dahinschmelzen ließ. Was er nicht wusste, war, dass es Imke im gleichen Moment ebenso erging. Hier hatten sich zwei zwar nicht gesucht, aber trotzdem gefunden, die füreinander bestimmt waren.

»Erst einmal herzlich willkommen, aber wir duzen uns hier unter den Reitern. Ich kenne dich, allerdings nur von deinem Bewerbungsfoto.« *Auch wenn es dir überhaupt nicht gerecht wird und du in Wirklichkeit tausendmal hübscher bist,* schloss Marcus in Gedanken seine Worte ab. Sie auszusprechen wäre ihm zu plump vorgekommen. Für derartige Komplimente war sicher später noch Zeit. »Deine Unterlagen liegen bereits auf meinem Schreibtisch. Wenn du willst, kannst du einer Seminargruppe angehören, die ich zusammen mit einem Kollegen leiten werde und die sich ausschließlich aus Reitern zusammensetzt. Hauptsächlich werde ich euch trainieren und zusätzlich zum Studium in Pferdesport und -zucht unterrichten. Ihr könnt dann hier die Prüfung zum Übungsleiter ablegen und nach eurem Studienabschluss in Reitsportsektionen tätig sein, wo man Veterinärmediziner überall mit Kusshand nimmt. Meinst du, das wäre was für dich?«

220

Nicht einmal in ihren kühnsten Träumen hätte Imke, die bereits zu Hause geritten war, das zu hoffen gewagt, was Marcus ihr mit wenigen Worten offerierte. Vor Arbeit scheute sie sich nicht – nach dem Abitur war sie ein Jahr im Schichtdienst in einer Milchviehanlage tätig gewesen, um ihre Zulassungschancen zu verbessern und Geld zu verdienen –, und wenn sie hier reiten konnte und noch dazu eine Zusatzausbildung erhielt, war sie ihrer Meinung nach in Burlingen goldrichtig. Das sagte ihr in diesem Moment nicht nur ihr Verstand, sondern auch ihr Herz. Obwohl sie seit sechs Jahren in einer festen Beziehung war, hatte sie gerade eben so etwas Ähnliches wie ein Blitz getroffen. *Den Mann vor mir muss ich haben, koste es, was es wolle,* war gerade ihr einziger Gedanke.

Marcus, eher der bedächtige und auch zurückhaltende Typ, ahnte nicht, dass er von nun an überhaupt keine Chance mehr hatte, der geballten Frauenpower Imkes zu entkommen. Aber wollte er das überhaupt? Kapitulation konnte ja so schön sein! Bereits am ersten Abend, zur traditionellen Willkommensdisko, tanzten sie miteinander, und bei langsamen Rhythmen wurde ihr Körperkontakt immer enger und ihre Berührungen intensiver. Nie hatte Marcus etwas Erotischeres gespürt als die Berührung ihrer langen, seidigen Haare, die ihr bis über die Gürtellinie den Rücken hinabfielen und dabei seinen Handrücken zu Elvis Presleys *Love me tender* berührten. Und als sich dann, einige Tage später, an einem lauschigen Spätsommerabend auf dem dunklen Burghof ihre Lippen trafen und der Kuss gar nicht enden wollte, war es endgültig um ihn geschehen. Vier Wochen später zog Imke, nachdem sie sich von ihrem bisherigen Freund getrennt hatte, bei Marcus ein, der als Lehrassistent eine kleine Kammer unter dem Dach der alten Burg als vorübergehendes Quartier zugewiesen bekommen hatte.

Natürlich musste er gleich am nächsten Tag beim Studiendirektor antanzen und sich einen Vortrag über den Umgang von Angehörigen des Lehrkörpers mit Studentinnen anhören und

221

dass sein Verhalten wohl kaum den sozialistischen Normen und Regeln entspräche. Wie es so seine Art war, ließ er die Standpauke stoisch über sich ergehen, änderte allerdings rein gar nichts an dem gerügten Zustand. Das wäre ja wohl auch noch schöner, hatte er doch nach seinem Gefühl die Liebe seines Lebens gefunden und dachte nicht im Traum daran, Imke je wieder loszulassen. Bei einem Besuch ihrer Eltern hatte er festgestellt, dass die Bannenbergs ebenso dachten wie die seinen und niemand in der ganzen Familie der SED angehörte. Nicht, dass das für ihn ein Hindernisgrund gewesen wäre, aber so fiel es ihm noch leichter, seiner Angebeteten einen Antrag zu machen. Sechs Monate nach ihrem ersten Zusammentreffen waren Imke und Marcus verlobt, ein weiteres halbes Jahr später verheiratet. Und auf die verschämt gestellte Frage beider Elternseiten, ob sie denn »müssten«, konnten beide ein gelächeltes Nein zurückgeben. Der verliebte Blick, den sie sich danach zuwarfen, genügte eigentlich als Antwort auf alles.

Das Leben hätte so schön sein können, wenn nicht am Horizont langsam, aber beständig dunkle Wolken aufgezogen wären. Zuerst sah alles rosarot für das junge Glück aus, und der Lehrassistent und die Studentin konnten sogar eine Zweizimmerwohnung mit Küche, Bad und Balkon in dem neu errichteten Wohnblock in Burlingen beziehen, für dessen Bau sich Professor Waldmann starkgemacht hatte. Doch mit seinem ständigen Drängen bei den zuständigen Stellen, was die Verbesserung der Lebensverhältnisse seiner Studenten und Mitarbeiter betraf, seiner doch etwas fragwürdigen politischen Einstellung und seinem nicht sehr deutlich zur Schau getragenen Klassenstandpunkt – die Genossen von der Stasi hatten sich nicht nur einmal über seine mangelnde Kooperationsbereitschaft bei ihren Vorgesetzten beschwert – begann Waldmanns Stern allmählich zu sinken.

Dazu kam, dass sich die Versorgungslage in der DDR gegen-

222

über den Siebzigerjahren immer deutlicher verschlechterte. Das Angebot an Waren in den Geschäften, ob Textilien, technische Geräte oder auch alle anderen Arten von Konsumgütern, aber ebenso Fleisch, Wurstwaren, Obst und Gemüse, nahm immer mehr ab und wurde auch von der Qualität schlechter. Der Osten war beim Westen bis über beide Ohren verschuldet, und alles, was an qualitativ hochwertigen Produkten im ersten sozialistischen Staat auf deutschem Boden hergestellt wurde, ging in den Export. Selbst die mittlerweile in Burlingen gezüchteten Pferde musterte der Zuchtleiter unter dem Gesichtspunkt, ob sie sich für einen Verkauf ins kapitalistische Ausland eigneten. Beim alljährlichen Ernteeinsatz in einer Obst anbauenden LPG wurden die Studenten ständig angehalten, vorsichtig mit den für den Export bestimmten Äpfeln umzugehen. Fiel doch einmal einer herunter oder sah nicht aus wie gemalt, kam er in gesonderte Kisten für die einheimische Bevölkerung. Die erstklassige Ware hingegen ging komplett in die BRD. Schließlich konnte man dem Klassenfeind ja keine minderwertigen Produkte anbieten.

Die Bürger der DDR sahen von dem, was sie mit ihrer Hände Arbeit erwirtschafteten – auch wenn man ihnen in Funk, Fernsehen und Presse immer wieder bescheinigte, dass sie auf Weltniveau produzierten –, nur wenig bis gar nichts, und der Unmut über die Wirtschaftspolitik von Staat und Partei schwoll immer mehr an. Der von Erich Honecker geprägte Satz »Ich leiste was, ich leiste mir was« klang wie Hohn in ihren Ohren. Imke und Marcus merkten es vor allem daran, dass das Angebot in dem kleinen Konsum-Laden von Burlingen immer eintöniger wurde und sie manchmal wirklich nicht mehr wussten, was sie außer Spaghetti mit Tomatensoße kochen sollten.

Die Regierung reagierte nicht etwa mit einer Aufstockung des Warensortiments, sondern mit verstärkter Agitation und Propaganda. In den Parteilehrjahren und -versammlungen sollten die Genossen auf den Kurs der SED eingeschworen werden, dem

223

sozialistischen Staat dankbar zu sein für die Sozialleistungen, und ihre Loyalität zur Regierung durch ständige Steigerung der Arbeitsproduktivität demonstrieren. Doch um das zu erreichen, mussten die Bürger erst einmal Mitglied dieser Organisation werden, und in allen Betrieben und Einrichtungen begann man deshalb nun verstärkt, Kandidaten für die Sozialistische Einheitspartei zu werben.

Auch Marcus sah sich diesem Druck ausgesetzt. Waldmann ließ ihn zwar diesbezüglich in Ruhe, doch der Parteisekretär der Fachschule lud den jungen Lehrassistenten fast wöchentlich vor, um ihm begreiflich zu machen, dass er doch ein Vorbild für seine Studenten sein müsse und dem am besten nachkäme, indem er endlich in die SED einträte. Schließlich hätte ihm der sozialistische Staat das Studium ermöglicht, einen festen Arbeitsplatz und sogar eine komfortable Wohnung gegeben. Es würde höchste Zeit, so der Funktionär, sich endlich einmal dafür dankbar zu zeigen und dies zum Ausdruck zu bringen, indem er, am besten gleich zusammen mit seiner Frau, einen Antrag auf Mitgliedschaft in der Sozialistischen Einheitspartei stellte. Wie zur Verdeutlichung lag das entsprechende Schriftstück mit bereits eingesetztem Namen griffbereit und offen auf dem Schreibtisch und der Stift für die Unterschrift daneben.

Marcus sah das, was der Bonze da von sich gab, allerdings ganz anders und weigerte sich standhaft. In seinen Augen hätte er wohl überall auf der Welt – Nordkorea vielleicht einmal ausgenommen – studiert. Nicht einmal ein Stipendium hatte er anfangs bekommen, sondern es bedurfte eines Zuschusses seiner Eltern, damit er seinen Lebensunterhalt überhaupt bestreiten konnte. In jeder freien Minute hatte er auf dem Bau gearbeitet und sich um gleich zwei Hilfsassistentenstellen beworben. Hier war er für kleines Geld den Dozenten für Orthopädie und Innere Veterinärmedizin zur Hand gegangen. Und dann hatte ihn Waldmann gefragt, ob er an der Schule bleiben wollte, er selbst hatte sich nicht darum beworben. Wofür sollte er also dankbar sein? Für die Wohnung? Zugegeben, im Vergleich zu vielen anderen DDR-Bürgern waren er und Imke regelrecht privilegiert. Aber Marcus' Maßstab war eher sein Onkel in Hannover. Obwohl dieser nach wie vor als Drucker arbeitete und seine Frau in einem Supermarkt, besaßen sie eine Eigentumswohnung, und wenn sie bei Besuchen Fotos davon zeigten, sah man auf diesen nur einen für DDR-Bürger unerreichbaren Luxus. Von Jürgen und seiner Frau hatten Marcus und Imke zur Hochzeit unter anderem Armaturen für das Bad und die Küche ihrer Wohnung geschenkt bekommen, denn die zuvor verbauten Plastikhähne fielen ständig aus den nicht passenden, undichten Verschraubungen und setzten, wenn man nicht höllisch aufpasste, die ganze Wohnung unter Wasser. Die Liste, was an dem Neubau alles mangelhaft war, auf den die Fachschulleitung so voller Stolz verwies, hätte Seiten gefüllt. Arm dran in der DDR war, wer keine Westverwandtschaft besaß, die ihn mit dem Notwendigsten unterstützte.

Marcus hatte auch noch von keinem engagierten Veterinärmediziner in der Bundesrepublik gehört, der arbeitslos oder bedürftig gewesen wäre. Ein entfernter Onkel Imkes war Tierarzt in der Lüneburger Heide, und wenn der mit seinem dicken BMW zu Besuch kam, brachte er den halben Kofferraum voller Medikamente mit, die in der DDR fehlten und mit denen Marcus die Pferde behandeln konnte, hatten sie sich verletzt. Um jedes Fläschchen Antibiotikum, um jede Kampfereinreibung musste er sonst betteln. Warum also sollte er in eine Partei eintreten, die das Land so systematisch zugrunde richtete und ihre Bürger nach wie vor einsperrte? Nie im Leben, schwor er sich, und Imke dachte glücklicherweise ebenso wie er. Doch offen aussprechen durfte das natürlich keiner von beiden, und der Weg, den Marcus' Schwiegervater gewählt hatte, war für ihn auch nicht akzeptabel.

Dr. Bannenberg war studierter Landwirt und hatte sich einen Namen in der Triticale-Forschung – der Kreuzung von weibli-

225

chem Weizen und männlichem Roggen – gemacht. Er lehrte an der Uni in Halle, war zu Gastvorlesungen unter anderem auch an die Justus-Liebig-Universität Gießen eingeladen, und seine Veröffentlichungen wurden in mehrere Sprachen übersetzt. Trotzdem verwehrte man ihm die Berufung zum Professor, denn er gehörte der Bauernpartei und nicht der SED an. Eingetreten war er in die Bauernpartei nur, um der Mitgliedschaft in der verhassten Einheitspartei zu entgehen. Das blieb den Genossen von der Stasi natürlich nicht verborgen, und die Funktionäre rächten sich auf die ihnen eigene, bekannte Weise, indem sie ihm eine weitere Karriere verwehrten. Es war also auch keine Lösung, in eine der Blockparteien einzutreten, die sowieso alle in der Nationalen Front zusammengeschlossen waren, welche faktisch von der SED dominiert wurde. Deshalb ließ es Marcus gleich bleiben, denn was sollte das bringen? Opposition war in der DDR eben nicht vorgesehen und wurde sogar als staatsfeindliche Aktivität verfolgt und bestraft. Wozu also in eine Partei eintreten, die doch nur nach der Pfeife der einzigen, großen tanzte und deren Lied sang?

Der Widerstand schwächte natürlich Marcus' Position an der Schule, und dann wurde auch noch Professor Waldmann abberufen und als Leiter an eine Tierklinik versetzt. Der neue Rektor hatte kein Interesse am Pferdesport und löste auch bald das Reiterseminar auf. Marcus bekam immer unangenehmere Aufgaben übertragen, und es war abzusehen, wann die Abschaffung der Pferde erneut zur Diskussion stünde. Da sich Imkes Studium dem Ende zuneigte, begannen sie sich nach einem neuen, für beide geeigneten Arbeitsplatz umzuhören.

Die Gelegenheit zu einem Wechsel kam schneller als gedacht. Das größte Vollblutgestüt der DDR hatte die Stelle des Ausbildungsleiters neu ausgeschrieben und Marcus sich darum beworben, ohne zu wissen, was ihn erwartete. Das Vorstellungsgespräch verlief überaus erfolgreich. Der Direktor der Zuchtstätte wollte das junge Paar unbedingt haben, und die Berufung war

226

nur noch eine Formsache. Für Imke bot sich die Möglichkeit, in einer tierärztlichen Gemeinschaftspraxis im Nachbarort unterzukommen, und da man an der Fachschule in Burlingen froh war, Marcus loszuwerden, der immer wieder für den Erhalt der Pferdesportsektion eintrat, legte ihm niemand bezüglich des Wechsels Steine in den Weg.

In Grömnitz, wo das Gestüt beheimatet war, hatte er aber zukünftig ganz andere Aufgaben zu bewältigen. Marcus, der bisher nur in der Ausbildung von Studenten tätig gewesen war, stand nun einer Abteilung mit zwölf Mitarbeitern und dreißig Lehrlingen in zwei Schuljahren vor. Er war plötzlich für ein altes Schlossgebäude aus der Zeit Augusts des Starken verantwortlich, in dem sich das Lehrlingsinternat und die Kantine des Betriebes befanden, sowie für den Sport- und Ausbildungsstall des Gestütes. Zu seinen Mitarbeitern gehörten eine Heimleiterin mit zwei Erzieherinnen, drei Köchinnen, Reinigungspersonal, mehrere Pferdewirte und ein Lehrausbilder, der sein Stellvertreter war und von dem es hieß, er könne reiten, fahren und seinen Namen schreiben.

Während Imke sich schnell einlebte und von den Mitarbeitern der Praxis mit offenen Armen empfangen wurde, hatte Marcus mit einer gegen ihn gerichteten, undefinierten Abneigung in seinem neuen Betrieb zu kämpfen. Erst nach und nach kam er den Gründen dafür auf die Spur und konnte sie kaum fassen.

»Weißt du, wohin der vormalige Ausbildungsleiter von hier aus gegangen ist?«, fragte er nach ein paar Tagen Imke, als sie beide müde und kaputt von der Arbeit am Abend zusammensaßen. Marcus frustriert und kurz vor dem Aufgeben, seine Frau hingegen zwar geschafft, aber zufrieden mit dem, was sie tagsüber geleistet hatte.

»Du wirst es mir sicher gleich sagen«, meinte Imke und unterdrückte mühsam ein Gähnen.

»Zur SED-Kreisleitung, wo er nach Aussage meines jetzigen

Chefs zum Aktentaschenträger geworden ist.« Dr. Ruppert, der Direktor des Gestüts, hatte zwar ein Buch über Vollblutpferdezucht geschrieben, war aber Praktiker durch und durch und konnte Leute, die sich hinter ihren Schreibtischen verschanzten, anstatt die Probleme vor Ort an der Wurzel zu packen, auf den Tod nicht ausstehen. Reine Theoretiker und Bürohengste waren ihm ein Gräuel. Deshalb verstanden er und Marcus sich von Anfang an, auch wenn Ruppert ein erklärter Kommunist war und sein neuer Ausbildungsleiter mit dieser Ideologie rein gar nichts anfangen konnte, obwohl man zeit seines bisherigen Lebens versucht hatte, sie ihm einzutrichtern. »Die Grömnitzer Lehrlinge – kannst du dir das vorstellen? – sind die schlechtesten im gesamten Bereich der Zentralstelle für Pferdezucht. Fachlich eine einzige Katastrophe, reiterlich auf dem Niveau von Anfängern und völlig demotiviert. Als Ruppert meinen Vorgänger, so habe ich das jedenfalls gehört, in der Abteilungsleiterbesprechung diesbezüglich zur Rede gestellt hat, hat der einfach hingeschmissen und sich einen Job bei der Partei gesucht. Ist aber auch kein Wunder, denn der Mann hatte überhaupt keine Pferdeerfahrung, als man ihn nach dem Studium der Tierproduktion hierher auf diese Position lenkte. Dafür ist er schon an der Uni Sekretär für Agitation und Propaganda und garantiert auch noch Stasi-IM gewesen. Deshalb haben die Genossen ihn auch nach seinem Weggang aus Grömnitz aufgefangen und ihm eine neue Stelle zugeschanzt, auf der er zumindest keinen Schaden anrichten kann. Jetzt denkt wahrscheinlich der ganze Betrieb, ich bin ebenfalls ein Spitze, und jeder hält sicherheitshalber Abstand zu mir.«

»Und was willst du dagegen machen? Schließlich kannst du dir kein Schild um den Hals hängen, auf dem steht: *Ich bin kein informeller Mitarbeiter der Stasi, kein IM.*«

»Ich weiß es ehrlich gesagt auch nicht. Niemand traut dem anderen, weil alle denken, jedes falsche Wort wird weitergegeben und landet in seiner Kaderakte. Ist das nicht einfach furchtbar? Ein ganzes Volk durchsetzt mit Spitzeln! Es ist zum Davon-laufen.«

»Jetzt sind wir erst einmal hier angekommen, Marcus«, mein-te Imke und schmiegte sich zärtlich an ihren Mann. »Was ist denn nun mit den Sportpferden? Ist da wenigstens etwas An-ständiges zum Reiten dabei? Ich würde so gerne mal wieder aufs Pferd.«

»Ich auch, aber zumindest in meinem Fall wird daraus wohl kaum etwas werden. Ruppert erwartet, dass die Leistungen der Lehrlinge bei Vergleichswettbewerben deutlich anziehen, und nicht, dass ich selbst Erfolge und Schleifen sammle. Bei dir ist das natürlich etwas anderes, du gehörst schließlich nicht zum Betrieb. Ich werde zukünftig wohl eher als Preisrichter unter-wegs sein, damit die hiesige Sektion Pferdesport wieder zu Tur-nieren eingeladen wird. Die liegt nämlich ähnlich darnieder wie die Reiterei damals am Anfang in Burlingen. Als ich in Leipzig zu reiten anfing, waren die Grömnitzer auf jedem Turnier ge-fürchtet und räumten so gut wie alle Preise ab. Heute sind sie nur noch ein Schatten ihrer selbst, und es wird ein hartes Stück Arbeit, das wieder hinzubiegen. Der Wütrich«, so hieß Marcus' Stellvertreter, »ist mir dabei nicht gerade eine Hilfe, im Gegen-teil. Wo er nur kann, wirft er mir Knüppel zwischen die Beine. Er dachte wohl, dass er der neue Ausbildungsleiter werden wür-de. Aber das hat sich Ruppert nicht angetan. Ernsthaft, der Typ kann kaum ein Wort fehlerfrei zu Papier bringen, und sein Un-terricht besteht fast ausschließlich aus Brüllen und Beleidigun-gen. Erklären kann der gar nichts. Seine Reit- und Fahrschüler verstehen überhaupt nicht, was er von ihnen will. Wenn sie et-was nicht kapieren, macht er es ihnen zwar vor, beschimpft sie dabei aber als unfähige Idioten, sodass sie überhaupt nichts von ihm lernen. Aber natürlich ist auch er Genosse und damit un-angreifbar. Ich muss den dringend loswerden, sonst geht hier gar nichts voran. Nur wie, das ist die große Frage.«

»Dir wird schon etwas einfallen«, meinte Imke und gab Marcus einen Kuss. »Komm ins Bett, morgen ist auch noch ein Tag, und ich bin hundemüde. Ich habe heute meinen ersten ausgewachsenen Eber, ein Riesenvieh kann ich dir sagen, kastriert. Du kannst stolz auf deine Frau sein.«

»Bring ja nie dein OP-Besteck mit hier rein, sonst bekomme ich es mit der Angst zu tun«, entgegnete Marcus lachend. Dann folgte er Imke und war gespannt, ob sie wirklich zu müde für das war, was junge Eheleute am Abend vor dem Einschlafen halt so taten.

Und Marcus fiel, genau wie von Imke erwartet, die ihren Mann schließlich kannte, natürlich etwas ein, womit er Wütrich packen konnte. Der war nämlich starker Raucher und bevorzugte dicke Stumpen. Kurzerhand verhängte Marcus als Abteilungsleiter ein Rauchverbot im gesamten Schloss, in dem sich sowohl sein Büro als auch der Schreibtisch des Lehrausbilders befanden. Begründen konnte er diese Maßnahme mit seiner Vorbildfunktion gegenüber den Lehrlingen und der Brandgefahr in dem alten Gemäuer. Die Heimleitung hatte er auf seiner Seite, denn der Gestank der billigen Zigarren und das verqualmte Büro waren zuvor kaum noch zu ertragen gewesen. Das Ergebnis war, dass Wütrich sich so gut wie nie mehr im Schloss sehen ließ. Er ging stattdessen in die Sattlerei zum Rauchen und schimpfte dort über den jungen Spund, der alles anders und ihm Vorschriften machen wollte.

Aber auch bei Wütrichs Frau, die Küchenchefin war, hatte Marcus einen schweren Stand. Denn bisher hatte Frau Wütrich schalten und walten können, wie sie wollte, jetzt musste sie auf einmal Rechenschaft über die Einkäufe und den Verbrauch ab- und einen wöchentlichen Speiseplan vorlegen. Seit jeher schon dem Alkoholgenuss nicht abgeneigt – ein im Übrigen alltägliches Phänomen in der sozialistischen DDR –, trank sie nun, wenn auch heimlich, immer mehr. Da Marcus wusste, wo sie ihren Wodka versteckt hatte, passte er sie einmal ab und stellte sie zur Rede. Doch statt Einsicht zu zeigen und Besserung zu geloben, sah er sich plötzlich den wüsten Beschimpfungen eines keifenden Weibes ausgesetzt und konnte nur den Rückzug antreten, sonst wäre die Köchin wohl noch handgreiflich geworden. So ging es jedenfalls nicht weiter, und Marcus beschloss, drastische Schritte einzuleiten.

Jeden Morgen um sieben Uhr dreißig fand im Verwaltungsgebäude des Gestütes unter Leitung des Direktors die Abteilungsleiterbesprechung statt. Marcus hatte nach dem Zuchtleiter die meisten Mitarbeiter, empfand deren Arbeit aber als höchst unproduktiv und nicht zielführend. Die Putzfrauen kamen ihrer Tätigkeit nur mangelhaft nach, der Hausmeister schnitt lieber im Park die Misteln von den Bäumen, um sie zu trocknen und als Tee zu verkaufen, und die Küchenfrauen brachten vor lauter Geschwätzigkeit ein Essen auf den Tisch, das immer stärker den Unmut der Belegschaft hervorrief. Als die Besprechung eigentlich schon zu Ende war und alle an ihre tägliche Arbeit gehen wollten, bat Marcus daher ums Wort.

»Was gibt's denn noch, Kollege Leipold?«, musste er sich von seinem Chef anfahren lassen, den es drängte, durch die Ställe zu gehen und nach den trächtigen Stuten zu schauen. »Fassen Sie sich bitte kurz.«

»Dr. Ruppert, Sie selbst beklagen immer wieder den schlechten Zustand meiner Abteilung und die Ineffektivität der Arbeit, die geleistet wird. Ich leite sie ja erst seit drei Monaten und gebe Ihnen völlig recht, hier muss sich grundlegend etwas ändern. Ich habe die Arbeitsabläufe einmal gründlich analysiert und bin nun zu einem Ergebnis gekommen, das ich hier an dieser Stelle gern vorlegen möchte.«

»Und was sind das für neue, bahnbrechende Erkenntnisse?«, wollte der Hauptbuchhalter, der Älteste in der Runde und schon weit länger auf dem Gestüt als der Direktor, wissen. »Brauchen Sie mehr Personal, um die Aufgaben bewältigen zu können, für die Sie zuständig sind? Ich sage Ihnen gleich, für zusätzliche Stellen reichen unsere Mittel nicht aus.«

231

»Im Gegenteil!« Marcus musste sich regelrecht ein Herz fassen, um den nächsten Satz auszusprechen, denn er wusste, was daraus entstehen konnte. »Ich möchte ein Viertel meiner Mitarbeiter entlassen und dadurch die verkrusteten Strukturen aufbrechen. Die Verbleibenden, dafür garantiere ich, würden dann weitaus effektiver arbeiten und wir insgesamt die uns gestellten Aufgaben besser erfüllen können.«

Augenblicklich war es totenstill in der Runde, und Marcus wurde von den drei anderen Abteilungsleitern und dem Direktor angesehen, als wäre ihm soeben ein zweiter Kopf gewachsen.

»Kollege Leipold, das können wir hier nicht diskutieren«, hörte er seinen Chef sagen. »Ich muss jetzt durch die Stallungen gehen, aber Sie kommen bitte um siebzehn Uhr zu mir, um darzulegen, was sie sich bei diesem Vorschlag gedacht haben. Für jetzt beende ich unsere Besprechung. An die Arbeit, Männer, es gibt viel zu tun.«

Alle in der Runde rafften ihre Unterlagen zusammen, und Marcus sah, dass ihm unter gesenkten Lidern Blicke zugeworfen wurden, die ihn frösteln ließen.

Pünktlich war er dann, wenn auch mit einem flauen Gefühl im Magen, zur Stelle, denn Ruppert wartete nicht gerne. Marcus wurde mit einer Geste aufgefordert, in der Besprechungsecke Platz zu nehmen, während sein Chef am Schreibtisch ungestört weiter die Post durchschaute und so tat, als wäre sein Abteilungsleiter gar nicht anwesend. Der breitete seine Unterlagen auf dem Tisch aus und erwartete, dass der Direktor sich zu ihm setzen und sie mit ihm durchgehen würde. Doch da sollte er sich gewaltig geirrt haben. Stattdessen klopfte es wenig später kurz und heftig an die Tür, und der Parteisekretär des Ortes, der gleichzeitig auch für das Gestüt verantwortlich war, betrat das Büro. Jetzt erhob sich auch Dr. Ruppert, und die beiden Männer ließen sich Marcus gegenüber nieder, dem nichts Gutes schwante.

»Kollege Leipold, was haben Sie sich denn heute Morgen bei

Ihrem Vorschlag gedacht?«, eröffnete der Direktor die Besprechung. »Wie kommen Sie überhaupt auf die Idee, dass wir verdiente Mitarbeiter des Gestütes entlassen könnten? So etwas ist doch völlig undenkbar und absurd. Wir sind hier schließlich nicht in einem kapitalistischen Konzern, wo man mit der Zukunft der Arbeiter und Angestellten Billard spielt und sie einfach rausschmeißt, wenn sie einem nicht mehr passen. Erklären Sie sich bitte zu dem unglaublichen Vorgang. Ich habe den Parteisekretär unseres Betriebes zu unserem Gespräch dazugebeten, damit es gleich in den richtigen Bahnen verläuft.«

Wird es garantiert nicht, dachte Marcus, denn der Parteisekretär und Bürgermeister der kleinen Gemeinde Grömnitz war einer der Saufkumpane der Wütrichs, mit ihnen eng verbunden und garantiert auf deren Seite. Trotzdem wollte er versuchen, zumindest den Direktor, den er an sich für einen pragmatischen und realitätsnahen Mann hielt, von seinem Standpunkt zu überzeugen.

»Dr. Ruppert, seit ich die Abteilung übernommen habe, arbeitet mein Lehrausbilder massiv gegen mich. Er kann es wahrscheinlich nicht verwinden, dass Sie ihn mir unterstellt haben. Wenn er weiter die Lehrlinge im Reiten und Fahren unterrichtet, werden wir hier nie Verbesserungen sehen. Er kann das, was er lehren soll, zwar selbst und demonstriert es auf seine unnachahmliche Weise, ist aber nicht in der Lage, es zu vermitteln. Auch in den Stallungen erfolgt keinerlei Anleitung der Lehrlinge durch die Facharbeiter. Die Auszubildenden werden nur als Hilfskräfte eingesetzt und die ihnen gegebenen Anweisungen ausschließlich im Befehlston erteilt, anstatt dass man ihnen erklärt, was und wie sie etwas zu tun haben. Das kann doch nicht Sinn und Zweck der Lehrlingsausbildung sein, oder? Im Internat und in der Küche sieht es nicht anders aus. Eine Erzieherin kommt, lässt sich kurz sehen und ist dann die restliche Zeit über verschwunden. Ich habe bis jetzt nicht herausfinden können, wohin sie sich zurückzieht. Die anderen beiden Heimkräfte wollen das nicht weiter hinnehmen und haben mich aufgefordert, den Zustand zu ändern. Aber was soll ich machen? Als ich die Erzieherin zur Rede gestellt habe, gab sie mir zur Antwort, ich könnte das ja in der Parteiversammlung vorbringen.«

Alle drei im Raum wussten, dass das nicht möglich war, da der Ausbildungsleiter des Gestütes Grömnitz, also Marcus, als einziger Mitarbeiter in dieser Funktion im Bereich der Zentralstelle für Pferdezucht nicht Mitglied der SED war. Bevor der Parteisekretär etwas dazu sagen konnte, fuhr Marcus schon fort.

»Ganz schlimm ist es in der Küche. Ich habe die Leiterin selbst dabei angetroffen, wie sie sich ihren Wodka direkt aus der Flasche genehmigte. Aber anstatt Einsicht zu zeigen, hat sie mich – das muss man sich einmal vorstellen! – angebrüllt, ich solle mich nicht so haben, sie brauche das und mache das schon immer so. Dementsprechend sieht auch die von ihr geleistete Arbeit aus. Zugegeben, die Warenanlieferung ist nicht gerade zuverlässig, und das Bestellte kommt nur selten an, aber etwas Geschmack ins Essen zu bringen, kann doch wohl nicht zu viel verlangt sein.«

»Genosse Leipold, hüten Sie Ihre Zunge«, ging der Parteisekretär dazwischen. Marcus war sich nicht ganz sicher, glaubte aber, auch bei ihm eine Alkoholfahne wahrzunehmen. »Sie wollen doch hier nicht etwa Kritik an der Versorgung unserer Werktätigen, der Arbeiter und Bauern unseres sozialistischen Staates, üben? Bedenken Sie, für welchen kleinen Obolus den Lehrlingen und Angestellten des Gestütes jeden Tag eine vollwertige Mittagsmahlzeit angeboten wird. Unsere Partei- und Staatsführung tut wahrlich alles, was in ihren Kräften steht, um das Wohlergehen der Bevölkerung der DDR ständig zu verbessern. Genosse Erich Honecker hat erst unlängst wieder auf den Beschluss des X. Parteitages hingewiesen, das Wirtschaftswachstum bis 1985 um fünf Prozent zu erhöhen.«

»Nur nebenbei bemerkt, Herr Vogel, ich bin kein Genosse«, korrigierte Marcus den Bürgermeister und Parteisekretär, der

234

daraufhin rot anlief. »Und im Übrigen bestreite ich ja gar nicht, was Sie gesagt haben. Nichts liegt mir ferner, als irgendetwas unsere sozialistische Heimat betreffend zu bemängeln.«

Marcus trug bewusst dick auf, denn es fehlte nicht mehr viel, dass ihm die Galle hochkam, und dann, das wusste er, konnte er für nichts mehr garantieren. Vielleicht war es ja die katastrophale Versorgungslage, die die Küchenchefin in den Alkohol trieb. Sich tagtäglich zu fragen, was sie nur auf den Tisch bringen konnte, um die Belegschaft und die Lehrlinge des Gestütes satt zu bekommen, war sicher keine leichte Aufgabe. Aber da sie und ihr Mann dem Verein angehörten, den Marcus für die ganze Misere verantwortlich machte, hielt sich sein Mitleid in Grenzen.

»Aber wenn Frau Wütrich und auch ihr Mann nicht in der Lage sind, die Aufgaben zu erfüllen, die ihnen übertragen worden sind, dann wäre es doch nur sinnvoll, wenn sie sich anderen zuwenden würden«, merkte er deshalb an. »Ebenso die Erzieherin, die sich offenbar so vor den Lehrlingen fürchtet, dass sie sich vor ihnen versteckt. Ich habe mich heute Morgen vielleicht etwas unglücklich ausgedrückt, denn ich dachte nicht an Kündigung, sondern eher an Versetzung.«

»Es ist Ihre Pflicht und Schuldigkeit als Abteilungsleiter, die Ihnen unterstellten Mitarbeiter so zu befähigen, dass sie ihren Tätigkeiten gewissenhaft nachkommen können«, meldete sich der Direktor erstmals zu Wort. »Ansonsten, denke ich, sind Sie falsch auf Ihrem Posten, und es war vielleicht ein Fehler, Sie hierher an diese renommierte Zuchtstätte zu holen, Kollege Leipold. Deutliche Erfolge, wie ich sie mir mit der Besetzung der Personalie durch Sie versprochen habe, kann ich jedenfalls noch nicht erkennen.«

Wie soll das auch gehen, fragte sich Marcus insgeheim, *wenn ständig Hürden vor mir errichtet werden, die Partei ihre Mitglieder in jedem Fall deckt und ich nicht die geringste Unterstützung bekomme, wenn ich an diesen Verhältnissen etwas ändern will? Au-*

ßerdem war er erst seit ein paar Monaten im Betrieb und sollte das bereits geradegerückt haben, was der Genosse vor ihm über Jahre hinweg hatte schleifen lassen?

»Ich bemühe mich nach Kräften, Dr. Ruppert. Und ich versichere Ihnen, dass wir in meiner Abteilung die Aufgaben besser und effektiver erfüllen würden, folgten Sie meinen Vorschlägen. Die Heimleiterin sieht das ebenso und käme mit einer Erzieherin weniger aus. Ebenso die stellvertretende Küchenleiterin, eine sehr engagierte und zuverlässige Frau, die oft Obst und Gemüse aus ihrem eigenen Garten mitbringt, wenn nichts Entsprechendes angeliefert wird. Und ich könnte die Reit- und Fahrausbildung zusätzlich zum theoretischen Unterricht übernehmen und außerdem nach Feierabend noch Lehrlingssportreiten anbieten, damit auch die Sektion Pferdesport wieder auf die Beine kommt und den Namen des Gestütes Grömnitz auf Turnieren würdig nach außen hin vertreten kann. Meinen Sie nicht, Herr Dr. Ruppert, dass das eine Lösung wäre?«

Bei Professor Waldmann hätte Marcus mit seinen Vorschlägen offene Türen eingerannt. Der Rektor war dafür bekannt gewesen, unliebsame Mitarbeiter wegzuloben, und hatte sich für jedes Engagement dankbar gezeigt. Was Marcus anbot, ging weit über die Aufgaben hinaus, die in seinem Arbeitsvertrag festgelegt waren. Doch hier in Grömnitz galten offenbar andere Regeln.

»Sie haben es anscheinend immer noch nicht begriffen, Kollege Leipold. Wir entlassen keine verdienten Mitarbeiter und setzen sie auch nicht um. Ist Ihnen das jetzt endlich klar geworden?«, wies Dr. Ruppert seinen Abteilungsleiter zurecht. »Offenbar haben Sie die Art und Weise, wie wir in der Deutschen Demokratischen Republik mit unseren Werktätigen umgehen, noch nicht verinnerlicht. Das, was Sie hier vorschlagen, erinnert eher an verabscheuungswürdige kapitalistische Praktiken als an die einer entwickelten sozialistischen Gesellschaft. Allein dafür sollte ich Sie eigentlich abmahnen. Dass ich es für diesmal bei

236

einer Verwarnung belasse, verdanken Sie allein dem Umstand, dass ich Ihre Vorschläge einmalig Ihrer Jugend und Unbedarftheit zugutehalte. Kümmern Sie sich darum, dass die Ihnen unterstellten Mitarbeiter und Lehrlinge ihren Aufgaben gerecht werden, und füllen Sie Ihre Funktion aus, kann ich Ihnen nur raten, wenn Sie hier eine Zukunft haben wollen.«

Schon klar, wurde Marcus bewusst, Genossen konnte Ruppert nicht feuern, da würde zuvor schon eher er selbst irgendwohin in die Einöde auf einen unbedeutenden Posten strafversetzt werden. Also musste er, Marcus, die betreffenden Personen, die er unbedingt loswerden wollte, dazu bringen, von selbst zu gehen. Mal sehen, ob ihm das gelänge. *Und du, Ruppert,* sinnierte Marcus weiter, *solltest besser nicht so viel über den Sozialismus schwadronieren. Deine Westantenne ist die größte im ganzen Ort. Imke und ich wären gar nicht nach Grömnitz gekommen, wenn man hier wie im Tal der Ahnungslosen bei Dresden kein ARD und ZDF empfangen könnte. An deinem Mast haben wir uns orientiert und wussten daher, dass auch du den Klassenfeind schaust. Oder deine Frau und deine Kinder, was weiß ich.* Marcus' Respekt für seinen Direktor war auf einem Tiefpunkt angelangt und er deshalb zumindest in Gedanken vom Sie zum Du übergegangen. Aber anmerken lassen durfte er sich das natürlich nicht.

»Gut, ich habe verstanden und werde mich weiter bemühen, meine Mitarbeiter entsprechend anzuleiten und zu qualifizieren. Bitte verstehen Sie meinen Vorschlag nicht falsch, er war nur gut gemeint und sollte niemanden diskreditieren. Wie gesagt, ich hatte auch nicht an Kündigung, sondern eher an Versetzung und neue Aufgaben für die Betreffenden gedacht.«

»Das will ich auch stark hoffen«, meinte Ruppert, dem das Missfallen über seinen Abteilungsleiter immer noch ins Gesicht geschrieben stand. »Im Übrigen möchte Genosse Vogel als Parteisekretär des Betriebes noch ein paar Worte an Sie richten, Kollege Leipold.«

Ruppert betonte das Wort Kollege dabei so deutlich, dass Marcus schon ahnte, was jetzt kommen würde.

»Wann wollen Sie denn nun endlich der Sozialistischen Einheitspartei beitreten, Herr Leipold?«, ging der Bürgermeister Marcus erwartungsgemäß an und beugte sich dabei so weit über den Tisch, dass dieser die Fahne jetzt eindeutig roch. »Ich denke nicht, dass die Lehrlingsausbildung an dieser, wie Genosse Dr. Ruppert es formulierte, bedeutenden Zuchtstätte der DDR noch lange in der Hand eines Nichtmitgliedes der SED liegen kann. Ich habe Ihnen hier mal einen Antrag auf Kandidatur mitgebracht und erwarte ihn umgehend unterschrieben auf meinem Schreibtisch vorzufinden.«

Das ging Marcus jetzt eindeutig zu weit, und auch der Direktor sah den Parteisekretär ob dessen heftiger Wortwahl irritiert an. Ruppert, Kommunist aus tiefster Überzeugung, war der Ansicht, dass man die Mitgliedschaft in einer Partei, die schließlich die Speerspitze der zu entwickelnden sozialistischen Gesellschaftsordnung sein sollte, nicht einfach anordnen oder gar befehlen durfte. Entweder man fühlte sich in seinem Innersten dazu berufen, oder man ließ sich gegebenenfalls durch stichhaltige Argumente davon überzeugen, ihr beizutreten und beim Aufbau des Sozialismus an vorderster Front mitzuarbeiten. Ruppert mochte den Bürgermeister nicht übermäßig und fühlte sich soeben in seiner Überzeugung bestärkt. Er arbeitete schon seit Längerem daran, einen eigenen Parteisekretär für das Gestüt zu bekommen. Am besten einen ihm unterstellten Abteilungsleiter, den er dann entsprechend lenken konnte. Doch bis es so weit war und er die Genossen von der Kreisleitung überzeugen konnte, musste er halt mit Vogel auskommen, auch wenn ihm ebenso wenig wie Marcus entgangen war, dass dieser schon tagsüber dem Alkohol mehr als nur in geringen Mengen zusprach.

So weit kommt es noch, dachte Marcus hingegen wesentlich rabiater als sein Chef, *dass ich mich von dir versoffenem Vogel dazu bringen lasse, dieser kriminellen Vereinigung beizutreten! Was macht ihr Genossen denn groß anderes als die Mafia? Mord und Totschlag an der Grenze, Willkür allerorten, Kindesentzug, wenn sich die Eltern gegen euch auflehnen – man könnte es auch Kidnapping nennen –, Raub und Diebstahl des Eigentums derer, die euch den Rücken kehren! Pfui Teufel, am liebsten möchte ich vor dir ausspeien, du widerwärtiges Subjekt!*

Glücklicherweise waren die Gedanken frei, und niemand am Tisch konnte sie lesen, sonst wäre es wohl mit Marcus' persönlicher Freiheit auf der Stelle vorbei gewesen.

»In unserer Familie ist es seit jeher Tradition, nie einer Partei anzugehören«, konterte er deshalb entschlossen. »Und ich habe zumindest gegenwärtig nicht die Absicht, daran etwas zu ändern. Das hat allerdings nichts, aber auch gar nichts mit meiner Einstellung zu unserer sozialistischen DDR zu tun«, meinte er dann zweideutig. »Und jetzt würde ich gern wieder an meine Arbeit gehen, denn wie Dr. Ruppert heute Morgen sehr richtig gesagt hat, es gibt viel zu tun.«

Marcus erhob sich und ließ einen völlig verdatterten Parteisekretär und einen Direktor zurück, der das Gefühl nicht loswurde, dass diese Runde an seinen Ausbildungsleiter gegangen war.

Wenn ich sie nicht feuern kann, dann müssen sie eben von selbst gehen, sinnierte Marcus auf dem Weg vom Verwaltungsgebäude zum Schloss, in dem er nicht nur sein Büro hatte, sondern vorübergehend auch mit seiner Frau wohnte. Das klang zwar auf den ersten Blick aristokratisch und luxuriös, war aber eher das genaue Gegenteil. Die zwei kleinen Zimmer, die sie zugewiesen bekommen hatten, waren zwar sehr hoch und mit Stuckdecken versehen, dafür aber schon jetzt im Spätherbst bitterkalt. Durch die alten, verzogenen Fenster zog es erbärmlich, und Marcus hatte schon an seinen Onkel in Hannover geschrieben und ihn um ein Abdichtungsband aus dem Baumarkt gebeten. Im Flur hatten sie sich eine kleine Kochnische eingerichtet, und wenn sie duschen wollten, mussten sie über den Hof in die Gemeinschaftswaschräume, die auch die Lehrlinge nutzten.

Man hatte Marcus zwar eine Wohnung in einem der Häuser an der Straße in Aussicht gestellt, in der auch der Direktor und der Zuchtleiter wohnten, doch wann die fertig wurde, stand in den Sternen. Die Häuser stammten aus der Mitte des neunzehnten Jahrhunderts, waren aber nach außen hin tadellos in Schuss. Innen sah es allerdings ganz anders aus, und eine Grundinstandsetzung war unbedingt nötig. Die Aufgabe hatten die Gestütshandwerker übertragen bekommen, aber die taten wochenlang keinen ersichtlichen Handschlag, sondern heizten lieber den Kachelofen ein und spielten im Warmen Karten. Die Brigade unterstand, warum auch immer, dem Hauptbuchhalter, und der kümmerte sich keinen Deut darum, dass es in der Wohnung voranging. Marcus und Imke legten, sooft es nur ging, am Abend und an den Wochenenden selbst Hand an, stemmten Schlitze in die Wände, um die elektrischen Leitungen unter Putz zu verlegen, machten aus der alten Speisekammer ein Bad, wofür sie Fliesen und einen Elektroboiler über die Beziehungen ihrer Eltern erhielten, und verlegten auch die Leitungen für eine von der zukünftigen Küche aus zu befeuernden Etagenheizung. Aber alles konnten die jungen Eheleute nun auch wieder nicht in Eigenregie machen – sie waren schließlich keine ausgebildeten Maurer –, und so zog sich der Einzug in ihren Augen unendlich lange hin. Doch das hatte den Vorteil, dass Marcus mitten unter seinen Lehrlingen lebte und alles mitbekam, was in dem Schloss so vor sich ging.

Die Erzieherin war die Erste, die von sich aus kündigte, nachdem er sie auf dem dritten, obersten Boden unter dem großen Dach aufgespürt hatte, wohin sie sich jedes Mal auf der Stelle zurückzog, wenn die Heimleiterin und der Ausbildungsleiter das Büro zum Feierabend hin verließen. Sie hatte panische Angst vor jeder Auseinandersetzung und war nach einem Streich, den ihr die Jugendlichen einmal gespielt hatten, nur

240

noch ein nervliches Wrack, das dringend professioneller Hilfe bedurfte. Doch die war für Erzieher in der DDR nicht vorgesehen und die Frau Marcus im Grunde ihres Herzens dankbar dafür, dass er sie von ihrem Leiden erlöste, indem er sie dort oben fand und zur Rede stellte. Sie kündigte von sich aus auf seinen Rat hin und fand bald darauf eine Stelle in einer Kaufhalle in der Kreisstadt. Dort war sie wesentlich glücklicher als in dem Lehrlingswohnheim und blühte regelrecht auf, wie Marcus feststellte, wenn er von Zeit zu Zeit dort einkaufte.

Schwieriger war es mit der Küchenleiterin, doch als Marcus immer wieder ihr Schnapsversteck aufstöberte und den Wodka vor ihren Augen einfach ausgoss, strich auch sie letztlich die Segel. Jetzt war das Verhältnis zwischen ihm und seinem Lehrausbilder natürlich endgültig zerrüttet, denn der stand selbstverständlich aufseiten seiner Frau und spekulierte immer noch auf den Posten des Ausbildungsleiters. *Gut, wenn du das unbedingt willst,* dachte Marcus und lud Wütrich jede Menge Schreibkram auf. Unter anderem verlangte er von ihm, den Halbjahresbericht zu schreiben und eine Begründung für die schlechten Leistungen der Lehrlinge zu formulieren sowie Verbesserungsvorschläge für die Zukunft zu unterbreiten. Damit war Wütrich allerdings restlos überfordert. Er stand mit Papier, Stift und Rechtschreibung absolut auf Kriegsfuß, und als Marcus seine Heimleiterin die Schriftstücke gegenlesen und jeden Fehler rot anstreichen ließ, was diese mit großer Genugtuung tat, gab auch Wütrich letztlich entnervt auf. Ein halbes Jahr hatte es gedauert, bis der Mann, der nacheinander drei Ausbildungsleiter aus ihrer Position gedrängt hatte, von sich aus kündigte und als Nachtwächter zur SED-Kreisleitung ging, ein beliebtes Auffangbecken für viele gescheiterte Existenzen.

Marcus und Imke erfuhren davon, als sie von einer Woche Winterurlaub zurückkehrten, den sie erstmals seit Jahren in der Tschechoslowakei in Železná Ruda, auch Böhmisch Eisenstein genannt, verbrachten. Von ihrem dortigen winzigen Quartier in

241

einem privaten Wohnhaus konnten sie direkt auf den Großen Arber auf der anderen Seite der Grenze in Bayern und von dem Gipfel des Berges Špičák die Alpen sehen. Wie sehr träumten sie doch davon, dort einmal Ski zu fahren, doch sie nahmen an, dass das wohl für alle Zeit ein unerfüllbarer Wunsch bleiben würde.

Mit frischen Kräften stürzte sich Marcus nach seiner Rückkehr und der für ihn freudigen Überraschung in seine neuen Aufgaben, und wer von der Gestütsleitung gedacht hatte, er würde um Hilfe und Unterstützung bei der Neubesetzung der verwaisten Stellen nachsuchen, der sah sich getäuscht. Dr. Ruppert staunte nicht schlecht, als es mit der Lehrlingsausbildung deutlich voranging und beim Vergleichswettkampf immerhin der dritte Platz erreicht wurde. Auch das Essen in der Kantine hatte sich deutlich verbessert, und ein frischer Wind wehte durch das alte Schloss.

Im späten Frühjahr, als die Handwerker dann nicht mehr den warmen Ofen brauchten und sich auch im Freien aufhalten oder, besser gesagt, verdrücken konnten, bezogen Imke und Marcus endlich ihr neues Heim, zu dem ein kleiner Garten hinter dem Haus und ein Stallgebäude für Kleintiere wie Hühner und Kaninchen gehörten.

So gut wie jeder DDR-Bürger, der auf dem Land lebte, versuchte, sich weitestgehend selbst mit Lebensmitteln zu versorgen. Niemand musste im sozialistischen Staat hungern, und die Grundnahrungsmittel waren billig, da sie stark subventioniert wurden, aber das Warenangebot dafür extrem dürftig und von Vielfalt keine Spur. Gab es doch einmal etwas Außergewöhnliches wie vor Weihnachten saure kubanische Apfelsinen oder womöglich sogar die begehrten Bananen, bildeten sich sofort lange Schlangen vor den Läden. Kam das Gerücht auf, in der staatlichen Baustoffversorgung würde Zement angeliefert oder in Rundfunk-Fernseh-Technik-Fachgeschäften eine Lieferung

242

Farbfernseher erwartet werden, standen die Leute ab früh um fünf Uhr davor in Reihen an. Vor jeder Fleischerei, jedem Jugendmodegeschäft, jedem Schallplattenladen, jedem Autoersatzteillager bildeten sich spöttisch so genannte sozialistische Wartegemeinschaften von fünfzig oder mehr Metern Länge, sobald etwa Schinkenspeck, begehrte Jeans, Lizenzschallplatten oder Auspuffanlagen kurzzeitig ins Angebot kamen.

Vor allem bei Obst und Gemüse sah es düster aus, doch das sollte sich für Marcus und Imke bald ändern. Die Eltern der jungen Frau waren beide studierte Landwirte, auch wenn Imkes Mutter nicht mehr offiziell tätig war. Stattdessen bewirtschaftete sie einen kleinen gepachteten Acker, wo sie Blumen und seltene Gemüsesorten anbaute, die man in den staatlichen Läden gar nicht zu sehen bekam. Der Verkauf von Stiefmütterchen im Frühjahr und Gladiolen im Sommer, von Spargel und sogar Tabak besserte das Haushaltseinkommen nicht unwesentlich auf und ermöglichte Urlaubsreisen, die allein mit dem Gehalt eines Dozenten und vier Kindern – Imke hatte noch drei Geschwister – sonst nicht möglich gewesen wären, auch wenn es meist mit dem Zelt oder dem Wohnwagen nach Ungarn ging. Für den eigenen Bedarf gab der große Garten zudem noch solche in der DDR exotischen Gemüse wie Zucchini, Paprika, Auberginen, aber auch Gurken, Tomaten und diverse Beerensorten her. Imkes Eltern spendierten natürlich ihrer Tochter Samen und Pflanzen, und da diese deren grünen Daumen geerbt hatte, blühte und spross es bald auch in ihrem Garten, dass es nur so eine Freude war.

Dr. Ruppert, der die andere Hälfte des Hauses bewohnte, in das Imke und Marcus jetzt eingezogen waren, hatte das ihm unbekannte Zeugs erst skeptisch betrachtet, einen Probekorb mit frischem Gemüse nach der Ernte aber nicht abgelehnt. Als dann zwei Jahre später auch noch der erste Spargel gestochen wurde, den man in der DDR äußerst selten und, wenn überhaupt, nur unter der Hand bekam, wuchs bei etlichen Nachbarn, die zuvor nur müde gelächelt und weiter Möhren, Kartoffeln und Kohl angebaut hatten, so etwas wie Neid. Diese Feldfrüchte erhielt man zwar meist auch in den Läden, doch das, was bei dem neuen Ausbildungsleiter auf den Tisch kam, keinesfalls. Trotzdem blieben die meisten beim Althergebrachten, auch wenn Imke gerne Samen und Triebe anbot.

Marcus hatte sich Bücher über Wein- und Obstbaumschnitt besorgt und bald die verwilderten Bäume im Garten und den übermäßig an der Vorderfront des Hauses rankenden Wein auf Vordermann gebracht. Ihm war empfohlen worden, den alten Stock doch herauszureißen, und er wurde für seine Bemühungen, ihn zu retten, müde belächelt. Aber als im Herbst die ersten Trauben geerntet werden konnten, lachte keiner von den Spöttern mehr. Nachdem er sich noch einen Gärballon besorgt hatte, betätigte er sich sogar als Amateurwinzer, und vor allem sein Johannisbeerwein war bei Besuchern heiß begehrt.

Im Stall hielten bald zehn Hühner, ein Hahn und ein paar Kaninchen Einzug. Hier hatten sich die Leipolds für Rassen entschieden, die ihrer Sehnsucht nach der weiten Welt wenigstens im Kleinen Ausdruck verleihen sollten. Die Eier legten Zwerg-Welsumer, die aus Holland stammten, und die Kaninchen waren aufgrund ihres weichen Pelzes nach einem in Alaska beheimateten Fuchs benannt worden und hießen auch wie der nördlichste Bundesstaat der USA. Das zugeteilte Deputat-Futter hätte zwar nicht einmal dazu ausgereicht, die Kleintiere zu ernähren, aber das machte nichts. Wenn es nicht langte, wurde halt subventioniertes Brot verfüttert, das billiger als das blanke Getreide war. Marcus und Imke schlachteten nie einen ihrer Stallhasen, sondern lieferten sie in der staatlichen Annahmestelle im Dorfkonsum ab. Wenn sie dann Appetit auf Kaninchen hatten, gingen sie nach vorn in den Laden und kauften es ausgenommenen und gehäutet für ein Drittel des Preises, den man ihnen zuvor bezahlt hatte. Andere zogen auf die gleiche Weise mit gekaufter Milch, Haferflocken und Brot gleich mehrere

244

Schweine oder Kälber groß, und so verfehlte die Politik der billigen Lebensmittel zumindest auf dem Lande völlig ihr Ziel.

Man konnte auch in der DDR ganz gut leben, wenn man Initiative zeigte und von den vorgegebenen, ausgetretenen Wegen abwich. Aber die sozialistische Lebensart hatte viele Menschen träge gemacht. Wer den allgegenwärtigen, täglichen Schlendrian sah, gegen den kaum vorgegangen wurde, wer wusste, dass er nicht gekündigt werden konnte, wie schlecht er auch immer arbeitete, der zeigte auch nach Feierabend oft wenig Eigeninitiative und Interesse, sich über Gebühr anzustrengen und vielleicht auch einmal Neues zu wagen.

Imke und Marcus hingegen befriedigte ein derart vor sich dahinplätscherndes Leben nicht. Sie wollten arbeiten und vorankommen, endlich ein besseres Auto fahren als den uralten Škoda, den sie sich auf dem Gebrauchtwagenmarkt für eine exorbitante Summe gekauft hatten, auch einmal eine Flugreise unternehmen und wenigstens ein klein bisschen von der Welt sehen.

Imke schaute den Tierärzten in ihrer Praxis auf die Finger, lernte alles über Kleintiere, was man im Studium ausgespart hatte, und bekam bald einen Dienstwagen und einen eigenen Bereich zugewiesen. Nach Feierabend ritt sie in der Pferdesportsektion des Gestütes und bildete eine junge Trakehner-Stute aus, mit der sie auf Turnieren sehr erfolgreich war, die ihr Mann aber auch in der Lehrlingsausbildung einsetzen konnte und die so manchen Azubi durch seine Prüfung trug.

Marcus, der von Professor Waldmann sein veterinärmedizinisches Rüstzeug mitbekommen hatte und dem in Bezug auf Lahmheitsdiagnostik kaum jemand etwas vormachte, sog nun das Wissen von Dr. Ruppert in Bezug auf Zucht, erfolgreiche Anpaarungen und Pferdebeurteilung in sich auf. Als er davon hörte, dass ein neuer Studiengang Pferdezucht und -sport ins Leben gerufen wurde, bewarb er sich und wurde angenommen.

245

Das Fernstudium ging über zwei Jahre, und anerkannte Hippologen wie unter anderem Dr. Ruppert wurden dafür als Gastdozenten gewonnen. Die federführende Bildungseinrichtung befand sich an der Ostsee, und als Marcus einmal mit seinem Chef in dessen Dienstwagen von dort nach Grömnitz zurückfuhr, hatte er ein einschneidendes Erlebnis.

Die Autobahn von Berlin nach Hamburg war unlängst fertiggestellt worden, und sie fuhren eine Raststätte an, um einen Kaffee zu trinken und vielleicht auch eine Kleinigkeit zu essen. Meist waren die Mitropa-Tank- und -Raststätten wenig einladende, üble Löcher, und wer konnte, machte einen weiten Bogen um sie herum. Doch diese hier an der neuen Transitstrecke präsentierte sich modern und so ganz anders als das, was man als DDR-Bürger gemeinhin gewohnt war. Marcus, der keine Berührungsängste kannte, betrat daher forsch die Gaststätte, doch seinen Chef machte das Ambiente unsicher. Bevor er sich einen Tisch suchte, hielt er nach einer Servicekraft Ausschau. Nachdem er eine erspäht hatte, zupfte er die vorbeieilende Kellnerin verschämt am Ärmel, um sie zu fragen, ob man hier auch als Inländer bedient werde und überhaupt Platz nehmen dürfe. Erst nachdem diese das bejahte, setzte er sich zu Marcus, dem das Ganze unendlich peinlich war.

Der Kaffee kam, war sogar genießbar, und auch die Würstchen mit Kartoffelsalat waren nett angerichtet und nicht nur lieblos auf einen Teller geklatscht. Für eine Transitstrecke keineswegs üblich, doch so sollte es eigentlich, wenn auch reines Wunschdenken, überall sein. Als die beiden Männer dann wieder im Auto nebeneinandersaßen und unter vier Augen waren, konnte Marcus nicht mehr an sich halten.

»Darf ich Sie einmal etwas fragen, Dr. Ruppert?«, begann er und hoffte, sich nicht zu weit aus dem Fenster zu lehnen. Doch in letzter Zeit hatte sich das Verhältnis zu seinem Chef deutlich verbessert, weil dieser sah, wie es mit der Lehrlingsausbildung voranging, wenn er seinen Ausbildungsleiter einfach machen

246

ließ. Einmal hatte er Marcus auch dabei überrascht, wie dieser selbst das Essen in der Kantinenküche abschmeckte, das seit einiger Zeit deutlich besser geworden war. Außerdem hatten sie als direkte Nachbarn auch nach Feierabend öfter Kontakt und, obwohl es immer bei Förmlichkeiten blieb, sich doch zu schätzen gelernt.

»Immer zu, Kollege Leipold. Tun Sie sich keinen Zwang an«, lautete daher auch die Antwort wie erwartet.

»Schauen Sie, aber verstehen Sie mich bitte nicht falsch. Sie sind der Direktor des größten Vollblutgestütes der DDR, doppelt promoviert, anerkannter Hippologe und Autor mehrerer Bücher. Ihnen unterstehen fünfundsechzig Angestellte, dreißig Lehrlinge, und Sie zeichnen für dreihundert edle Pferde verantwortlich. Und da müssen Sie im eigenen Land in einer Gaststätte fragen, ob Sie überhaupt darin Platz nehmen dürfen? Empfinden Sie denn so etwas nicht als völlig inakzeptabel und als Herabwürdigung? Mir hat es ehrlich gesagt glatt die Sprache verschlagen. Ich jedenfalls hätte einen unglaublichen Krach geschlagen, hätte man mich womöglich aus dem Restaurant hinauskomplimentiert oder nicht bedient.«

Ruppert schwieg eine ganze Weile und starrte auf die Betonabschnitte der Autobahn vor sich. Jedes Mal, wenn sie über eine Fuge fuhren, ruckte es im Wagen, und er musste das Steuer des Dacia mit beiden Händen festhalten. Die zuständigen Stellen bei der Polizei wussten schon, warum man auf DDR-Straßen nur maximal hundert Stundenkilometer schnell fahren durfte. Endlich rang sich Ruppert zu einer Antwort durch, doch die fiel anders aus, als Marcus erwartet hatte.

»Vielleicht bin ich schon zu lange gelernter DDR-Bürger«, gestand der Direktor, der fast doppelt so alt wie sein Ausbildungsleiter war, leise ein. »Wenn ich so darüber nachdenke, Kollege Leipold, haben Sie eigentlich gar nicht so unrecht. Aber man ist es halt gewohnt, dass Bürger aus dem kapitalistischen Ausland, die uns schließlich dringend benötigte Devisen bringen, bevorzugt behandelt werden. In eigens für sie eingerichteten Geschäften und eben auch in Gaststätten. Das ist nun einmal so, und zumindest ich habe mich daran gewöhnt und es aufgegeben, diese Praxis zu hinterfragen. Aber vielleicht ist es gut und auch richtig, dass Ihre Generation beginnt, das anders zu sehen.«

Marcus wusste natürlich, wovon sein Chef sprach. Seine Frau hatte einmal auf der Leipziger Messe als Standhilfe und Model für einen indischen Textilbetrieb gearbeitet. Dadurch waren sie an etwas Westgeld gekommen und konnten von Zeit zu Zeit in den Intershop-Läden Kleinigkeiten einkaufen, die, wie es hieß, Besitzern von frei konvertierbaren Währungen vorbehalten waren. Für Imke zum Beispiel ein Deospray oder für sich ein Rasierwasser, damit sie beide nicht ausschließlich nach DDR-*Florena* rochen wie alle anderen auch. Zu Weihnachten hatten sie sich sogar eine Flasche Bourbon-Whiskey geleistet, an dem sie aber nur vorsichtig nippten, um wenigstens einmal den Geschmack Amerikas zu kosten.

»Aber ist das nicht furchtbar, diese Zweiklassengesellschaft?« Marcus war noch nicht zufriedengestellt. »Einerseits bekämpfen wir den kapitalistischen Westen, geißeln die imperialistische Aggressionspolitik, andererseits hofieren wir die Bürger des Klassenfeindes auf unnachahmliche Art und Weise. Die eigenen Bürger hingegen, die nun wahrlich nicht weniger arbeiten als beispielsweise die in der BRD, werden im eigenen Land in den eigenen Läden und Gaststätten teilweise nicht einmal bedient. Ich muss ehrlich gestehen, ich kann diese Politik unserer Partei- und Staatsführung nicht nachvollziehen, und es ist mir auch schleierhaft, wie ich sie auf die Dauer meinen Lehrlingen erklären soll.«

Marcus lehnte seine Worte bewusst an den Sprachgebrauch an, der in den Parteilehrjahren und in der DDR-Presse gepflegt wurde, obwohl es ganz und gar nicht der seine war. Mit Imke, seinen und ihren Eltern sprach er natürlich, wenn auch meist leise, ganz anders.

248

»Wissen Sie, Kollege Leipold, ich bin wirklich aus fester Überzeugung Kommunist. Mein Vater war Sozialdemokrat, saß unter den Nazis im KZ und ist später in die SED eingetreten. Für mich stand immer fest, dass ich ihm folgen werde. Und ich glaube auch, dass der Weg zu einer neuen, besseren Gesellschaftsordnung, den wir in unserer sozialistischen DDR beschreiten, der richtige ist. Nur sind wir leider noch nicht am Ziel und müssen dazu offenbar ein paar weitere Haken schlagen, die mir auch nicht immer behagen. Aber so ist es nun einmal und lässt sich wohl in absehbarer Zeit nicht ändern, wie uns unsere Partei- und Staatsführung zu verstehen gibt. Wobei ich mir nicht vorstellen kann, dass das Politbüro wirklich alles weiß, was auf den unteren Ebenen so vor sich geht, und es bestimmt auch nicht billigen würde, hätte es davon Kenntnis.«

So haben meine Großeltern auch einmal gedacht, ergänzte Marcus innerlich. *Wenn das der Führer wüsste!, hat es damals geheißen.* Und wenn Rupperts Vater unter den Nazis im KZ gesessen hatte, dann sein Opa unter den Kommunisten. Aber sollten sie heute in diesem Land nicht weiter sein? Schließlich bestand die DDR schon seit mehr als fünfunddreißig Jahren! Aber anstatt besser zu werden, wurde es nur immer noch schlimmer. Doch diese Gedanken behielt er natürlich für sich und versetzte stattdessen seinem Direktor einen Tiefschlag, an dem dieser wirklich zu kauen hatte.

»Wenn Sie es so sehen, Dr. Ruppert. Übrigens, ich werde um Weihnachten herum eine Besuchsreise zu meiner Großmutter in die BRD beantragen. Sie feiert einen runden Geburtstag und hat mich dazu nach Kassel eingeladen. Außerdem geht es ihr gesundheitlich nicht so gut, sodass ich nicht weiß, ob ich sie noch einmal lebend sehe, wenn ich jetzt nicht zu ihr fahre. Ich hoffe doch sehr, dass Sie mein Gesuch befürworten werden.«

Ruppert war bekannt, dass die Antragstellung auf Besuchsreisen zu wichtigen familiären Ereignissen neuerdings sogar bei Angehörigen zweiten Grades grundsätzlich möglich war. Das war der West-Ost-Entspannungspolitik seit der Unterzeichnung der Schlussakte von Helsinki geschuldet. Die Bundeskanzler Willy Brandt und Helmut Schmidt hatten die DDR besucht, und ein Gegenbesuch Erich Honeckers in Bonn bei Helmut Kohl stand unmittelbar bevor. Das alles lockerte nach und nach etwas die unverändert angespannten Beziehungen zwischen den beiden deutschen Staaten. Ruppert hätte aber nie damit gerechnet, dass einer seiner Abteilungsleiter, noch dazu der für die Lehrlingsausbildung und damit für die kommunistische Erziehung der Jugendlichen Verantwortliche, ein solches Gesuch an ihn richten würde. Er müsste dann als Direktor dazu Stellung nehmen und es befürworten oder ablehnen. Bliebe der Betreffende womöglich im Westen, würde man dies ihm anlasten, und mit seiner Karriere wäre es dann vorbei. Natürlich hatte auch die Stasi ein gewichtiges Wort mitzureden und würde sich akribisch über den Antragsteller informieren. Doch immer mehr solcher Besuche wurden genehmigt, erhob der Betriebsleiter keine Einwände. Ruppert hatte gehofft, dass der Kelch an ihm vorübergehen würde, und jetzt kam ausgerechnet Leipold als Erster im gesamten Gestüt damit an. Doch der war gerade Vater geworden, führte offenbar eine glückliche Ehe, hatte eine Arbeit, in der er aufging, und eine – zumindest in den Augen des Direktors – schöne Wohnung.

Wenn einer zurückkommen würde, dann wohl Marcus. Natürlich durften Frau und Kind nicht mitfahren, das war sonnenklar. Ein gewisses Restrisiko, dass der Besuchsreisende den Verlockungen des Westens erliegen könnte, bestand aber immer, auch wenn die Quote derer, die es taten, angeblich sehr gering war. Doch was sollte er tun? Das Gesuch ablehnen und sich zukünftig mit einem frustrierten und enttäuschten Ausbildungsleiter herumschlagen? Jetzt, wo es mit den Lehrlingen gerade so gut lief und sogar die Aussicht bestand, dass sie dieses Jahr den Vergleichswettkampf gewinnen würden? Eine wahrlich vertrackte Situation, aber schließlich war es gerade einmal Sommer und bis Weihnachten noch ein gutes Stück Zeit hin. Bis dahin konnte alles schon wieder ganz anders aussehen, und deshalb erhielt Kollege Leipold auf seinen letzten Satz hin zumindest vorerst keine Antwort.

Im März hatte Imke eine Tochter zur Welt gebracht, und sie und Marcus waren die stolzesten Eltern der Welt. Allerdings war das kleine Mädchen offenbar etwas empfindlich und in seinen Windeln trotz Babyöl und Eincremen oft wund. Den Großmüttern, die Imke fragte, was sie noch tun könnte, war sofort klar, woran es lag. In der DDR herrschte chronischer Mangel an Baumwolle, und so waren die Windeln zum großen Teil aus synthetischen Fasern hergestellt worden, die das kleine Kind offenbar nicht vertrug und die außerdem kratzten. Jetzt wurde die ganze Verwandtschaft aktiviert, Mullwindeln aus reiner Baumwolle zu besorgen, die es nur unter dem Ladentisch und in kleinen Mengen gab. Bittbriefe in den Westen blieben erfolglos, weil sich in der BRD so gut wie niemand mehr die Mühe machte, wiederverwendbare Windeln zu benutzen, die man waschen und sogar auskochen musste. Dort verwendete man Großpackungen Pampers aus dem Supermarkt und warf sie nach Gebrauch weg, etwas, woran Imke noch nicht einmal zu denken wagte. Diese Einmalwindeln regelmäßig in den Osten zu schicken war allerdings nahezu unmöglich, denn allein das Porto hätte auf Dauer die Absender ruiniert.

Nach wenigen Wochen Mutterschutz war in der DDR vorgesehen, dass die Frauen wieder arbeiten gingen und die Kinder ab dem dritten Monat in die staatlichen Kinderkrippen gaben, die kostenlos – nur das Essen musste bezahlt werden – von sechs Uhr morgens bis neunzehn Uhr abends geöffnet waren. Das war eine gesellschaftliche Notwendigkeit, die nichts mit der Gleichberechtigung der Frau, sondern allein mit ihrer benötigten Arbeitskraft zu tun hatte. Außerdem sollten bereits die Kleinsten im Sinne des sozialistischen Menschenbildes geformt

251

werden, in dem es nicht auf Individualität, sondern in erster Linie auf das Kollektiv ankam. Selbst die Erzieherinnen der Krabbelgruppen hatten als Vorgabe bis ins letzte Detail geregelte Pläne, an die sie strikt gebunden waren und die keinen Raum für zärtliche Zuwendungen an das einzelne Kind vorsahen, sondern sich ausschließlich an den Erfordernissen der Gruppenerziehung orientierten. Imke und Marcus hatten das bald erkannt, und als die kleine Jessica neben dem Windelproblem zeitweise auch noch an fiebrigen Erkältungen litt, die sich zu einer chronischen Bronchitis auszuwachsen drohten, ließen sie sich von einer befreundeten Kinderärztin bescheinigen, dass sie krippenuntauglich war. Dadurch behielt Imke ihren Arbeitsplatz bis zum dritten Lebensjahr ihrer Tochter, konnte sich aber in dieser Zeit selbst um sie kümmern, und Marcus genoss es, wenn er zwischendurch einmal auf die Schnelle zu Hause vorbeischaute, von den weichen Kinderärmchen umschlungen zu werden.

Durch die Reiseerleichterungen kam jetzt auch öfter Westbesuch in die DDR. Dr. Ruppert traf fast der Schlag, als eines Tages ein roter BMW vor dem Haus seines Ausbildungsleiters parkte. Marcus musste sofort bei ihm antanzen und wurde aufgefordert, den Westbesuch auf der Stelle wegzuschicken. Doch der dachte gar nicht daran, denn es handelte sich um Verwandtschaft seiner Frau, die offiziell eingereist war. Letztlich einigte man sich darauf, dass die jungen Leute ihr Auto verborgen in Marcus' Garage abstellen und er dafür das seine draußen stehen lassen sollte.

Über diese Doppelmoral konnte die Verwandtschaft, die eigentlich eher links eingestellt war, nur den Kopf schütteln. Marcus hatte Bernhard und Hannelore, eine Cousine zweiten Grades von Imke, auf der Hochzeit kennengelernt, die im Haus seiner Schwiegereltern gefeiert worden war, und freute sich, endlich auch einmal mit jungen Leuten seiner Generation aus dem Westen sprechen zu können und sich mit ihnen auszutauschen, auch wenn er vor allem mit Bernhard nicht immer einer

252

Meinung war. Der verdiente als Facharbeiter gutes Geld, flog mindestens zweimal jährlich in den Urlaub und fuhr ein Auto, von dem Marcus mit zwei Studienabschlüssen nur träumen konnte. Trotzdem fühlte er sich ausgebeutet, sympathisierte mit der DKP und kaufte von dem Geld, das er zwangsweise bei einer Besuchsreise in die DDR umtauschen musste, in einer Buchhandlung die Schriften von Marx, Engels und Lenin nebst den veröffentlichten Beschlüssen der letzten Parteitage der SED. Marcus war das so peinlich – schließlich las die Broschüren in der DDR nur jemand, der unbedingt musste –, dass er sich weigerte, die Buchhandlung gemeinsam mit Bernhard, mittlerweile ein guter Freund, zu betreten. Dafür freute er sich schon diebisch darauf, was dieser erleben würde, besuchte er mit ihm ein Spezialgeschäft für Modelleisenbahnen, die Bernhard sammelte. Der glaubte doch wirklich, mit seinen reichlich vorhandenen Ostmark aus dem Zwangsumtausch hier ein paar seltene Waggons und Lokomotiven erstehen zu können. Doch die Verkäuferin belehrte Bernhard, als es schließlich so weit war, sehr zu Marcus' Belustigung eines Besseren.

»Moin, ich hätte da gern ein paar Sachen bei Ihnen eingekauft«, begann Bernhard das Gespräch. Jedem DDR-Bürger hätte es bereits zu denken gegeben, dass er mit Marcus und der Verkäuferin allein in dem Geschäft war. Ein klares Indiz dafür, dass es hier nichts zu holen gab, aber Bernhard als Westler fiel das natürlich nicht auf. Er holte eine Liste aus seiner Tasche und begann von ihr abzulesen:

»Ich bekomme die Dampflok mit der Katalognummer fünfundzwanzig, die E-Lok von der Titelseite, folgende Waggons, fünf Weichen für die Spurgröße H0 und …«

Weiter kam Bernhard nicht, denn die Antwort lautete in jedem Fall: »Ham mer nich', krieschn mer och vorläufsch nisch widder rein.«

Marcus bekam fast einen Lachkrampf, als er das fassungslose Gesicht seines Freundes sah, und klärte ihn, kaum dass sie etwas

253

später wieder zu Hause waren und beim Johannisbeerwein saßen, der dem Westbesuch ausgesprochen gut mundete und die Zungen lockerte, auf.

»Hör mal zu, bei uns heißt das nicht: Ich bekomme!, sondern bestenfalls: Hätten Sie vielleicht …? Und dann war doch klar, dass sie solche begehrten Waren hier gar nicht haben, sonst stände schließlich die Schlange bis weit nach draußen um die nächste Ecke.«

»Aber das wird doch alles bei euch hergestellt«, meinte Bernhard fassungslos. »Ich habe die Nummern schließlich aus einem DDR-Katalog, der in Hannover in jedem Modellbaugeschäft ausliegt. Ich dachte mir, ich kaufe die Sachen hier und setze dafür meine Alu-Chips ein.«

»Da wirst du wenig Glück haben, das geht alles in den Export. Kaufs bei Karstadt oder Quelle, da stehen die Loks und Waggons in den Regalen, oder sie bestellen sie dir bis zum nächsten Tag. Export um jeden Preis heißt es schon seit Jahren bei uns, um die exorbitanten Schulden zu tilgen, die sich mittlerweile an Devisen aufgetürmt haben. Schließlich muss auch der Kredit, den Franz-Josef Strauß aus einer Jagdlaune heraus Honecker gewährt hat, zurückgezahlt werden.«

»Bei uns sagt man, Franz-Josef hätte eurem Erich dafür den Abbau der Selbstschutzanlagen an der innerdeutschen Grenze abgehandelt.«

»Wie auch immer, geschenkt wird er ihm das Geld sicher nicht haben. Jedenfalls geht seither alles, was sich irgendwie im Westen verkaufen lässt, nach drüben. Schau dich doch mal um, was du noch in den Läden bei uns siehst! Ist das nicht erbärmlich? Und dafür sollen wir dem Staat auch noch ewig dankbar sein und die Partei und ihren Generalsekretär hochloben. Sieht es bei euch in Hannover vielleicht genauso aus? Das kann ich mir beim besten Willen nicht vorstellen.«

Hoffentlich fallen dir nicht die Augen aus dem Kopf, wenn man dir tatsächlich im Winter eine Reise zu uns genehmigt, dachte

254

Bernhard, versuchte aber, das Gespräch in andere Bahnen zu lenken.

»Dafür kostet bei euch ein Brötchen nur fünf Pfennig, eine Straßenbahnfahrt zehn, Strom und Wasser sind extrem billig, wie du selbst zugegeben hast, und für die Dreizimmerwohnung hier mit Küche und Bad zahlt ihr gerade einmal dreißig Mark Miete. Weißt du, was das alles bei uns kostet?«

»Nein, aber ich mache dir nur mal als Beispiel eine andere Rechnung auf. Du verdienst mehr als das Dreifache von dem, was ich in der Lohntüte habe. Wie viele Brötchen für, sagen wir mal dreißig Pfennig, isst du am Tag?«

Hannelore, die die Diskussion ebenso wie Imke aufmerksam verfolgte, hob zwei Finger hoch.

»Eben«, meinte Marcus und nickte. »Aber, für meinen elf Jahre alten Škoda habe ich zwölftausend Ostmark bezahlt, das heißt im Prinzip zwei volle Jahresgehälter. Du für deinen drei Jahre alten BMW gerade einmal fünftausend Westmark, also zweieinhalb Monatsgehälter. Wo ist denn da noch die Relation? Rechne das mal in subventionierte Brötchen um! Und, wie gesagt, das ist nur ein Beispiel, ich könnte dir noch unzählige andere nennen. Ganz nebenbei, auf die Zuteilung eines neuen Autos warte ich nun schon seit fast zehn Jahren, und es werden wohl noch einmal zwei bis drei vergehen, bis ich den Bezugsschein für so eine Pappschachtel auf Rädern bekomme, die sie hier großspurig Trabant nennen.«

»Es ist wirklich so, dass, wenn wir überhaupt mal etwas bekommen, für uns nur die dritte Wahl oder die Qualität übrig bleibt, die der Westen nicht haben will«, schaltete sich Imke ein. »Arbeiten wir vielleicht weniger als ihr da drüben? Wenn ihr euch ausgebeutet fühlt, weiß ich wirklich nicht, wie wir das hier nennen sollen. Das Leben in der SBZ ist manchmal nur noch zum Kotzen und wird außerdem von Jahr zu Jahr schlimmer. Vor allem, wenn man ein kleines Kind hat, dem man auch einmal etwas Gutes zukommen lassen möchte.«

255

»Warum sagt ihr eigentlich immer SBZ zu eurem Land?«, wollte Hannelore wissen. »So bezeichnen bei uns nur die übelsten Revanchisten und die Blödzeitung die DDR.«

»Weil schon der Name des Staates nicht stimmt und man ihn deshalb auch nicht so nennen sollte«, erklärte Marcus. »D für Deutsch geht gerade noch so zur Not. Obwohl man ja den Begriff der deutschen Nation schon aus allen Veröffentlichungen getilgt und zum Beispiel das *Hotel Deutschland* in Leipzig in *Interhotel am Ring* umbenannt hat. Das zweite D steht für demokratisch, und das ist dieser Staat nicht einmal seinem eigenen Selbstverständnis nach. Gewollt ist, und daraus machen die Genossen gar keinen Hehl, eine Diktatur des Proletariats bei gleichzeitiger Vernichtung des Bürgertums. Kannst du alles in den Dokumenten nachlesen, Bernhard, die du dir gekauft hast. Und das R für Republik? Das ist laut Lexikon eine Staatsform, bei der die Regierenden für eine bestimmte Zeit vom Volk oder von Repräsentanten des Volkes gewählt werden. Hältst du das, was hier bei uns abgehalten wird, womöglich für freie Wahlen? 99,9 Prozent für die Kandidaten der Nationalen Front und 100, besser 110 Prozent für Honecker, das ist doch einfach lächerlich.«

Marcus machte aus seinem Herzen keine Mördergrube, aber die beiden Westler waren noch immer‹ nicht überzeugt.

»Aber was heißt denn nun eigentlich genau SBZ«, wollte Hannelore wissen. »Ich habe die Abkürzung noch nie ausgeschrieben gesehen. Bestimmt irgendetwas mit Sowjetisch, oder?«

»Sowjetische Besatzungszone«, klärte Imke ihre Cousine auf. »Das trifft die politischen Verhältnisse hier im Land weit besser als DDR. Denn unsere obersten Partei- und Staatsorgane handeln nur nach Weisung aus Moskau und fragen bei der KPdSU sogar noch nach, welches Klopapier sie benutzen sollen.«

»Wobei ich, seit Gorbatschow Generalsekretär ist, anfange, Hoffnung zu schöpfen, dass sich doch etwas zum Besseren wandelt und die Abkürzung SBZ vielleicht zukünftig als Begriff so-

256

gar positiv besetzt sein könnte«, warf Marcus nachdenklich ein. »Sein Kurs Richtung Glasnost und Perestroika, also Richtung Offenheit und Umbau des sozialistischen Systems, behagt den SED-Genossen ganz und gar nicht, wie ich im letzten Parteilehrjahr erfahren durfte. Ich soll doch tatsächlich nicht mehr für die Zeitschrift *Sputnik* unter den Lehrlingen werben. Vor Kurzem war es noch so gut wie Pflicht, das sowjetische Jugendmagazin zu abonnieren.«

»Na, seht ihr, vielleicht wird es ja in absehbarer Zeit auch bei euch wieder erträglicher«, meinte Bernhard und nahm einen ausgiebigen Schluck tiefroten Johannisbeerwein aus seinem Glas. »So etwas Gutes gibt es bei uns jedenfalls nicht.«

Marcus sah seinen Freund skeptisch an. Den selbst gekelterten in Ehren, aber er hätte schon gern einmal einen Bordeaux oder Burgunder probiert statt des sauren Erlauer Stierbluts aus Ungarn oder des süßen Rosenthaler Kadarkas aus Bulgarien, die es zu Weihnachten als Bückware unter dem Ladentisch gab. Doch das würde wohl wie so vieles andere weiterhin ein reiner Wunschtraum bleiben.

»Das glaube ich erst, wenn hier bei uns jeder offen und ehrlich seine Meinung sagen kann, ohne befürchten zu müssen, dafür weggeschlossen zu werden, und es wirkliche, demokratische Wahlen geben sollte«, merkte Imke an. »Aber dazu wird es kaum kommen, denn als Erstes würden freie Bürger wohl die Greisenriege des Politbüros zum Teufel jagen. Müsst ihr euch vielleicht Gedanken machen, in den Knast zu wandern, wenn ihr Kritik an Kohl oder an der CDU äußert und jemand eure Worte dem Verfassungsschutz oder wie das bei euch heißt, überbringt? Für das, was wir hier gesprochen haben, würde jeder von uns beiden«, Imke sah ihren Mann von der Seite an, »für mehrere Jahre einfahren. Deshalb sei bloß vorsichtig, Marcus, und halte deine Zunge im Zaum! Du befindest dich ständig an exponierter Stelle und hast ein sehr lockeres Mundwerk. Was soll dann aus Jessica werden, wenn sie uns abholen?«

»So schlimm?«, fragte Hannelore leise nach.

»Kannst du dir gar nicht vorstellen, Cousinchen. Keiner traut dem anderen, schließlich könnte er ja ein IM sein. Überall spricht man von der ach so guten Nachbarschaft zwischen den DDR-Bürgern, und sogar euer Fernsehen berichtet darüber, wie ich unlängst in der *Tagesschau* gesehen habe. Vergiss es! Wir jedenfalls haben den Eindruck, dass man uns ständig aushorchen will, sobald wir auch nur eine Einladung zum Grillen annehmen oder wenn Jessica mit dem Nachbarsjungen im Sand spielt und die Eltern sofort dazukommen. Ein einziger Spitzelstaat, von dem die Nazis mit ihren Blockwarten viel hätten lernen können. Und je schwieriger die Wirtschaftslage wird, desto intensiver die Überwachung. Dass nur ja niemand etwas Falsches sagt oder womöglich denkt! Ernsthaft, die versuchen sogar, in unsere Köpfe hineinzuschauen, und seitdem es ganz kleine oppositionelle Gruppen im Bereich des Umweltschutzes gibt, von denen man hier bei uns nur aus dem Westfernsehen erfährt, ist es gar nicht mehr zum Aushalten.«

»Dann kann man ja nur dafür beten, dass Gorbatschow es ernst meint mit seiner neuen Offenheit und vor allem Erfolg damit hat«, meinte Bernhard, der Atheist, und hob sein Glas. »Auf Gorbi!«

»Auf Gorbi!«, stimmten Imke, Hannelore und Marcus ein und hofften sehr, dass Bernhard recht behalten würde.

Marcus machte seine Drohung wahr und stellte einen Antrag auf eine Besuchsreise in die BRD aus wichtigem familiärem Anlass über Weihnachten zum Geburtstag seiner Großmutter. Dr. Ruppert hatte es kommen sehen, bis zuletzt aber gehofft, dass sein Ausbildungsleiter es sich noch anders überlegen und es nicht auf die Spitze treiben würde. Wie lange er ihn noch in seiner Position würde halten können, wenn er sich weiterhin den ungeschriebenen Gesetzen des Staates verweigerte, wagte er nicht vorauszusagen. Sogar bei der Zentralstelle für Pferdezucht in Berlin war man schon auf Leipold aufmerksam geworden und hatte angemahnt, ihn stärker in die gesellschaftliche Arbeit und, wenn möglich, auch in das Parteikollektiv einzubinden. Allerdings füllte er seinen Tätigkeitsbereich fachlich voll und ganz aus, und die Grömnitzer Lehrlinge und Reiter waren mittlerweile bei Wettkämpfen wieder regelrecht gefürchtet, was den Direktor natürlich mit einem gewissen Stolz erfüllte. Trotzdem versuchte er noch einmal, Marcus sein Anliegen auszureden, da er sowohl für ihn als auch für sich selbst Konsequenzen befürchtete. Doch der erwies sich als hartnäckig und uneinsichtig und ließ sogar durchblicken, dass er sich dann wohl eine weniger politisch belastete Arbeitsstelle würde suchen müssen, da er schließlich nichts anderes tat, als sein Recht in Anspruch zu nehmen.

Also unterschrieb Dr. Ruppert widerwillig das Gesuch und empfahl auch den Genossen der staatlichen Organe, die selbstverständlich das letzte Wort hatten, den jungen Vater fahren zu lassen, da wahrlich nicht anzunehmen war, dass dieser, noch dazu an Weihnachten, seine Familie verlassen würde. Für so gefestigt hielt Ruppert seinen Abteilungsleiter schon, auch wenn er in den zehn Tagen, in denen dieser im Westen war, unruhig schlafen würde.

Marcus' Mutter war schon ein Jahr zuvor bei ihrer Mutter und Schwester in Kassel gewesen. Diesmal sollte ihr Mann fahren, und da Marcus und sein Vater ihre Anträge in unterschiedlichen Kreisen gestellt hatten, merkten die zuständigen Stellen offenbar nicht, dass sie zusammengehörten, und erteilten beiden eine Reiseerlaubnis. Im Interzonenzug, im Sprachgebrauch *Mumienexpress* genannt, weil bis vor Kurzem mit ihm nur Rentner von Ost nach West hatten fahren dürfen, setzten sie sich dann weit auseinander in unterschiedliche Waggons, damit zum Schluss nicht noch auffiel, dass sie Vater und Sohn waren und einem von ihnen womöglich die Reise in letzter Sekunde verwehrt werden würde.

Beide hatten zuvor einen Reisepass beantragen müssen, der ihnen aber nur für diesen einen Grenzübertritt ausgehändigt wurde. Zusätzlich bekamen sie eine Zählkarte, die an der Grenze abzugeben war, und an Reisemitteln ganze fünfzehn Westmark für die gesamte Aufenthaltsdauer. Ein Besucher aus der Bundesrepublik hingegen musste täglich fünfundzwanzig Mark zum Kurs von eins zu eins tauschen und wusste oft nicht, wofür er das Geld ausgeben sollte, denn meist beköstigten ihn seine Verwandten, und zu kaufen gab es kaum etwas. Und wenn, durfte es natürlich oftmals nicht ausgeführt werden. So zum Beispiel Antiquitäten, für die sich die Westler häufig interessierten.

Schon während der Fahrt durch DDR-Gebiet lief ständig Transportpolizei durch den Zug und musterte die Reisenden misstrauisch. Als sich dieser der Grenze näherte, waren die Gleise beidseits kilometerlang von Sperranlagen eingefasst, die von Wachtürmen überragt wurden. Zum ersten Mal sah Marcus mit eigenen Augen, wie undurchlässig sich der Arbeiter-und-Bauern-Staat gegen seinen westlichen Nachbarn abgesichert hatte, damit auch nur ja niemand von dort drüben herüberkam, um den Sozialismus zu stehlen, wie Wolf Biermann einmal spöttisch gesungen hatte, der dafür aber letztlich auch ausgebürgert worden war.

Am Grenzbahnhof hielt der Zug über eine Stunde, und ein wahres Heer von Zoll- und Grenzschutzbeamten flutete die Waggons. Andere Angehörige der Grenztruppen standen auf dem Bahnsteig, um zu verhindern, dass sich womöglich jemand in den Zug schmuggelte. Mit Hunden, die wütend kläfften und an ihren Leinen zerrten, wurden die Unterseiten der Waggons kontrolliert. Schließlich hätte sich ja jemand zwischen den Achsen verstecken können, um dem Paradies zu entkommen und in die Armut des Westens zu flüchten.

Marcus war über alle Maßen gespannt, was ihn tatsächlich in der Bundesrepublik erwarten würde. In einer Vorstellung der

260

»Salzstreuer« hatte ein Mitglied des Kabaretts, das auch in den Westen hatte reisen dürfen, sarkastisch angemerkt: »Ich habe den Kapitalismus sterben sehen. Ein *schöner* Tod!« Das darauf einsetzende Gejohle der Zuschauer war sicher noch auf der Straße zu hören gewesen.

Doch bevor Marcus sich selbst ein Bild machen konnte, galt es erst einmal die Grenzkontrollen zu überstehen. Gleich mehrere Angehörige der Staatsorgane drängten sich in das Abteil und verlangten barsch die Papiere. Es gab wohl niemanden, der seine Dokumente nicht mit einem flauen Gefühl im Magen herüberreichte. Mechanische Stempel krachten wie Gewehrschüsse in die Pässe, sodass die Reisenden unwillkürlich zusammenzuckten. Ebenso, wie sie sich unter den stechenden Blicken der Kontrolleure zusammenkrümmten. Eine ältere Frau, deren Hände besonders gezittert hatten, wurde mitsamt ihrem Gepäck in die Grenzbaracke befohlen. Vielleicht vermuteten die Grenzer, dass sie aufgrund ihres ängstlichen Verhaltens etwas zu verbergen hatte, und nahmen eine gründliche Kontrolle des Gepäcks vor oder unterzogen sie eventuell sogar einer Leibesvisitation. Zurück in den Zug kam sie jedenfalls nicht mehr. Marcus hingegen musste nur seinen Koffer öffnen, und ein Zöllner tastete darin herum. Er hatte auf Empfehlung seiner Mutter nur einen kleinen mitgenommen, damit niemand den Verdacht hegen konnte, er hätte zu viele Sachen dabei und wollte vielleicht drüben bleiben.

Endlich, die Zeit hatte gar nicht vergehen wollen, setzte sich der Zug wieder in Bewegung. Marcus sah noch einmal die Grenzbefestigungen, die Laufbrücke über die Bahnsteige, die antennenbestückten Rundtürme, ein Stück Mauer, Gitterzäune und jede Menge mit Kalaschnikows bewaffnete Soldaten – und auf einmal war das alles wie von Geisterhand hinweggewischt, und der Zug rollte durch die Feld- und Wiesenlandschaft Niedersachsens. Einzelne Gehöfte standen in der Ebene, umgeben von Weiden für Pferde und Rinder, kleine Ortschaften waren in der Ferne zu sehen – sonst nichts. Keine Grenzanlagen, nur ein kurzer Halt an einem Bahnhof, wo Menschen gelassen ein- und ausstiegen. *Krasser kann der Unterschied gar nicht sein,* dachte Marcus, der seinen Koffer aus dem Gepäcknetz hob, um seinen Vater zu suchen. Hier hatten sie schließlich nichts mehr zu befürchten und konnten sich zusammensetzen und die Eindrücke gemeinsam auf sich wirken lassen. Auf dem Gang kam ein einzelner Uniformierter an Marcus vorbei, der freundlich grüßte, ihn aber ansonsten nicht weiter beachtete. War das der westdeutsche Grenzschutz oder Zoll? Kein Anschnauzen, kein gebellter Befehl, den Pass vorzuweisen, kein »Den Koffer runternehmen und aufmachen«, rein gar nichts. Fast hätte man das Desinteresse als Missachtung auffassen können, wäre es nicht so angenehm gewesen, sich absolut vor nichts und niemandem fürchten zu müssen. Ein Bahnbegleiter warf nur einen kurzen Blick auf Marcus' Fahrkarte, nickte ihm freundlich zu und meinte, dass man Braunschweig, wo er aussteigen wollte, in etwa einer Dreiviertelstunde erreichen würde. Wenig später sah er seinen Vater in einem Abteil sitzen und sich lebhaft mit Mitreisenden unterhalten. Auf der DDR-Seite war es recht schweigsam zugegangen und vor Erreichen des Grenzbahnhofs totenstill im Zug gewesen, ja man hatte gar das Gefühl bekommen, die Leute hätten aufgehört zu atmen. Aber jetzt, nach dem Passieren der Sperranlagen, brach es aus allen heraus, und die Atmosphäre hatte sich zu hundert Prozent gewandelt. Die Anspannung war völliger Gelöstheit gewichen, und Wildfremde begannen sich auf einmal zu erzählen, wo es hingehen sollte und wen sie aus welchem »dringenden familiären Grund« besuchen durften und wollten.

Vater und Sohn hingegen sahen sich nur an und schwiegen in stillem Einvernehmen. Wolfgang Leipold wollte natürlich zuerst zu seinem Bruder nach Hannover, wohin ihm Marcus nachfolgen würde, nachdem er Verwandtschaft von Imke, die in der Nähe von Braunschweig lebte, besucht hatte. Er wollte dann allerdings in der niedersächsischen Landeshauptstadt nicht bei seinem Onkel Jürgen, sondern bei Bernhard und Hannelore wohnen, die ihn eingeladen hatten. In Kassel wollte er sich später wieder mit seinem Vater treffen, wo sie gemeinsam den Geburtstag seiner Großmutter beziehungsweise Schwiegermutter begehen und dann wieder zurückfahren würden. Jetzt saßen sie jedenfalls erst einmal nebeneinander und sogen die Bilder der ihnen bisher verwehrten Welt regelrecht in sich auf.

»Hier ist doch auch Dezember«, meinte Wolfgang Leipold nach einer Weile zu seinem Sohn. »Es liegt wie bei uns kein Schnee, aber du kannst sagen, was du willst, mir scheint, das Gras ist hier grüner. Oder bilde ich mir das nur ein?«

Marcus wusste darauf keine Antwort, aber er hatte den gleichen Eindruck. Alles war anders, sah anders aus, roch anders, und das nur wenige Kilometer hinter der Grenze. Kein Grau in Grau, keine verfallenen Häuser oder Gehöfte, kein Gestank von Zweitaktern und rußenden Schornsteinen, wenn man das Fenster einen Spalt ankippte. Stattdessen gepflegte Dörfer und Städte, durch die der Zug rollte, Supermärkte auf der grünen Wiese, vor denen eine Vielzahl von unterschiedlichen Autos stand, wie man es aus der DDR natürlich nicht kannte, wo es gerade einmal vier Marken gab. Überall sahen sie weihnachtlich geschmückte Vorgärten und Häuser mit beleuchteten Christbäumen, aber auch anderen Weihnachtsmotiven, die Wolfgang und Marcus so noch nie gesehen hatten. Die Tristesse war einer glitzernden und leuchtenden Welt gewichen, die trotz Westfernsehen keiner von beiden so erwartet hatte.

»Ich habe mir fest vorgenommen, mich nicht blenden zu lassen«, gestand Marcus. »Aber das bisschen, was ich bis jetzt gesehen habe, übertrifft alle meine Vorstellungen. Ich bin mir nicht sicher, ob sie nicht einen großen Fehler begehen, indem sie überhaupt jemanden aus der DDR herauslassen. Wer soll denn den Genossen noch ein Wort glauben, wenn sie von der Überlegenheit des Sozialismus faseln, nachdem er das hier gesehen

263

hat? Ich bin nur gespannt, was uns in den Innenstädten erwartet. Noch dazu jetzt in der Vorweihnachtszeit.«

»Ich glaube, du musst jetzt aussteigen«, meinte Wolfgang zu seinem Sohn, bevor es zu philosophisch wurde. »Mach's gut, mein Junge, wir sehen uns in Hannover.«

Eine kräftige Umarmung, ein Lächeln, dann stand Marcus auf dem Bahnsteig der Stadt Heinrichs des Löwen und wurde von einer ganzen Abordnung von Imkes Verwandtschaft, die hier und im weiter nördlich gelegenen Celle beheimatet war, in Empfang genommen. Man stritt sich darum, wer ihn unterbringen durfte, wohin man mit ihm zum Essen gehen wollte und war entsetzt, als er sagte, dass er nur zwei Tage bleiben konnte.

Eigentlich war es sowieso verboten, andere Personen als die zu besuchen, die auf den Reisedokumenten angegeben waren, aber kaum jemand hielt sich an diese Vorgabe. Stattdessen klapperten alle so viele Verwandte und Freunde ab, wie es nur ging, da man ja nie wusste, ob man sie jemals wiedersehen würde.

Am ersten Abend wurde Marcus in ein türkisches Restaurant eingeladen. Er hatte sein Lebtag noch nie solche großen Portionen vorgesetzt bekommen, wie sie hier serviert wurden. Die Menge war das eine und nicht zu schaffen, die Vielfalt der verschiedenen Fleisch- und Gemüsesorten, der Beilagen und Soßen das andere. Am nächsten Tag holte er sich bei der Sparkasse sein Begrüßungsgeld ab und hatte nun zumindest ein bisschen Westgeld in der Tasche. Jeder DDR-Bürger erhielt hundert D-Mark, womit er zwar keine großen Sprünge machen konnte, was an Barschaft aber das, was er von seiner eigenen Regierung bekam, bei Weitem übertraf.

Braunschweig gehörte zu den am stärksten zerstörten Städten Deutschlands im Zweiten Weltkrieg. Von den vielen Fachwerkhäusern, für die es früher bekannt gewesen war, war nicht viel übrig geblieben. Aber was noch stand, hatte man aufwendig und liebevoll restauriert und den Rest neu aufgebaut. Marcus verglich Braunschweig und Dresden miteinander und konnte nun die Westler verstehen, die in Elbflorenz zwar den Zwinger, den Fürstenzug, die Hofkirche und die Semperoper bewunderten. Andererseits aber auch die Ruinen des Schlosses, der Frauenkirche und viele andere Bauwerke fotografierten und über die vierzig Jahre nach Kriegsende noch vorhandenen Schuttberge nur die Köpfe schüttelten.

Marcus besichtigte den berühmten Dom, den Braunschweiger Löwen und andere, wunderschön hergerichtete Sehenswürdigkeiten, an denen die Bewohner der Stadt nahezu achtlos vorbeieilten, ihm allerdings ins Auge stachen. Andererseits musste er sich eingestehen, dass es ihm in Leipzig mit dem alten Rathaus und der Mädler-Passage, die viele Touristen anzog, nicht anders erging. Am Abend aßen sie bei einem Inder, etwas ganz Exotisches, und am nächsten Morgen, reich beladen mit Geschenken für Jessica und Imke, ging es schon wieder zum Bahnhof und mit dem Zug Richtung Hannover. Hier wurde er von Bernhard und Hannelore erwartet, die sich für die gastliche Aufnahme in Grömnitz revanchieren wollten. Die beiden besaßen eine eher kleine, aber modern eingerichtete Wohnung mit allem Komfort. Mehr Wert legten sie auf Reisen und waren gerade aus Paris zurückgekommen, was Marcus zugegeben mit einem gewissen Neid erfüllte, für den er sich aber nicht schämte. Einmal mit Imke im Arm über die Champs-Élysées schlendern, den Eiffelturm sehen, den Louvre und Notre-Dame – ob das wohl auf ewig ein Wunschtraum bleiben würde? Dem am Abend kredenzten Champagner konnte er allerdings nicht viel abgewinnen, darauf war er, eher süßen Sekt aus Freyburg gewohnt, geschmacklich einfach zu wenig vorbereitet.

»Weißt du«, meinte Bernhard, nachdem er ausgiebig von den Erlebnissen in der Stadt der Liebe berichtet hatte, »der Besuch bei euch hat uns die Augen geöffnet. Man muss hinfahren und sich anschauen, was der angeblich real existierende Sozialismus aus einem Land macht, um zu begreifen, wohin das führt. Ich hatte, wie ich dir erzählt habe, ja mal mit dem Gedanken geliebäugelt, Mitglied der DKP zu werden. Aber das ist Geschichte, nachdem ich mit offenen Augen die Grenzanlagen gesehen habe, mit denen ein Land, das sich angeblich auf dem Weg zum Kommunismus befindet, seine Bürger einsperren muss, damit ihm diese nicht in Scharen in den ach so bösen Kapitalismus weglaufen. Ich konnte es kaum glauben und habe immer gedacht, es sei nur böse Propaganda, was unsere Medien über die DDR berichten. Aber die Wirklichkeit ist ja viel schlimmer als von ihnen geschildert. Jeder, der hier linke Parolen grölt oder von der Weltrevolution faselt, sollte mal rüberfahren, um zu sehen, was er bekommt, würden seine Wunschträume womöglich Wirklichkeit. Ich denke, da wären die Spinner ganz schnell kuriert.«

»Das sehe ich wie du, nur mir geht es genau umgekehrt. Es ist etwas ganz anderes, ob man im Fernsehen eure Städte sieht, die Kaufhäuser und Warenauslagen, oder in natura mit eigenen Augen. Unfassbar, was es in Braunschweig im Karstadt alles gab! Und zu welchen Preisen! Für ein Radio, auf das ich bei uns ein Jahr sparen müsste und dann nicht einmal in dieser Qualität bekäme, habe ich gerade einmal die Hälfte meines Begrüßungsgeldes bezahlt und es gleich verpacken und zu Imke schicken lassen.«

»Alles ist aber auch bei uns nicht Gold, was glänzt, Marcus«, schaltete sich Hannelore ein, nahm ihre Beine hoch auf die Couch und schmiegte sich an Bernhard. *Ähnlich macht es Imke immer zu Hause,* dachte Marcus. Ach, was hätte er dafür geben, wenn sie jetzt bei ihm gewesen wäre! »Hier gibt es auch Armut, Arbeitslosigkeit und Drogensüchtige«, fuhr die Cousine seiner Frau fort. »Geh mal in die Passagen unter dem Kröpcke in der Innenstadt, da kannst du die Obdachlosen und Abgestürzten sehen. Wir haben mal gedacht, bei euch ist es besser, da kennt man so etwas nicht. Aber nachdem wir gesehen haben, wie es in der DDR tatsächlich zugeht, wollen wir wahrlich nicht mit

266

euch tauschen. Ich kann Bernhard nur zustimmen, das sollte sich jeder Bundesbürger einmal anschauen. Und vor allem diejenigen, die immer noch die RAF unterstützen. Ein paar Jahre im Osten würden sie bestimmt kurieren, die wären wohl für den einen oder anderen schlimmer als Knast.«

»Zugegeben, bei uns gibt es offiziell keine Arbeitslosen, und Drogendealer habe ich auch noch nicht gesehen. Dafür betrinken sich die Leute aber regelmäßig mit billigem Fusel. Mein Chef hat es endlich geschafft, dass einer seiner Abteilungsleiter Parteisekretär geworden ist. Der leitet die Pflanzenproduktion des Gestütes, und seitdem geht es dort mit Riesenschritten bergab. Früh zieht die Brigade zum Beispiel in den Park, angeblich um Laub zu rechen. Dann schicken sie einen in den Konsum, der Wodka oder Korn holt, hocken sich unter einen Baum und fangen an zu saufen. Mittags in der Kantine kannst du die Fahnen meilenweit gegen den Wind riechen. Das geht weiter bis zum Feierabend, und die ganze Arbeit bleibt liegen. Keiner sagt was, denn das wäre ja Kritik an dem Genossen Parteisekretär, der seine Truppe nicht im Griff hat. Ich darf dann mit meinen Lehrlingen, die sich als schwächstes Glied in der Kette nicht wehren können, am Wochenende im Rahmen der sogenannten Volkswirtschaftlichen Masseninitiative, kurz VMI genannt, nacharbeiten, was sie angeblich nicht geschafft haben. Es ist doch ganz klar, wenn du keinen rausschmeißen kannst, fehlt auch der Druck, ordentlich zu arbeiten. Dass der Mensch das aus eigenem Antrieb und aus einem inneren Bedürfnis heraus tut, wie Marx es beschreibt, halte ich zumindest bezüglich der großen Masse für reine Illusion.«

»Du sprichst ja wie ein reinblütiger Unternehmer.« Bernhard musste lachen. »An dir ist die sozialistische Erziehung offenbar völlig spurlos vorübergegangen. Aber jetzt erzähle ich dir mal was. Hannelore und ich spielen mit dem Gedanken, uns selbstständig zu machen und ins gegnerische Lager zu wechseln. Es gibt da eine Marktlücke, habe ich festgestellt, die unsere Firma nicht abdeckt. Erste Kontakte mit der Bank haben wir schon aufgenommen, und die zeigen sich interessiert. Mal keinen Chef über sich zu haben, für sein Handeln allein verantwortlich zu sein birgt sicher ein gewisses Risiko, ist aber bestimmt auch sehr erfüllend. Und vor allem erntet man die Früchte seiner Arbeit selbst. Kann natürlich auch schiefgehen, aber wer nicht wagt …«

Bernhard ließ das Ende des Satzes offen, doch Marcus verstand ihn auch so. Daran hatten er und Imke auch schon des Öfteren gedacht, es aber als völlig unrealistisch wieder verworfen. Der sozialistische Staat, in dem sie lebten, war an der Eigeninitiative seiner Bürger überhaupt nicht interessiert, und wenn, dann nur im Rahmen der existierenden Betriebe und Kombinate. Um 1970 herum waren die letzten privaten Unternehmen zwangsverstaatlicht worden. Selbst kleinen Gewerbetreibenden setzte man so lange zu, bis sie aufgaben. Im Nachbarort hatte erst vor Kurzem der letzte Bäcker geschlossen, weil er neunzig Prozent seines Einkommens versteuern musste und ihm kaum noch genug zum Leben blieb. Seither gab es nur noch Konsumbrötchen, und die waren kaum genießbar.

»Ich wünsche euch jedenfalls viel Erfolg«, meinte Marcus anerkennend. »Und was wirst du dann machen, Hannelore? In den Betrieb mit einsteigen oder weiter als Arzthelferin arbeiten?«

»Das geht nur, wenn wir am gleichen Strang ziehen, Bernhard und ich. Und was ich machen werde? Alles, was anfällt, genau wie er. Am Anfang wird es keinen Feierabend, keine Wochenenden und keinen Urlaub geben, das ist nun einmal so. Aber wenn die Firma später läuft und wir vielleicht sogar jemanden anstellen können, dann sieht das natürlich ganz anders aus.«

Träume, dachte Marcus, *aber was für schöne.* Was hätte er nicht darum gegeben, wenn er die auch hätte haben können.

»Deshalb wollen wir auch im Februar, bevor es ernst wird, noch einmal wegfliegen«, meinte Bernhard und spielte mit Hannelores Haar. »Wenn du mir versprichst, mir nicht an die Kehle zu gehen, erzähle ich dir auch, wohin es geht.«

268

»Nicht«, fuhr Hannelore ihren Mann böse an. »Du weißt doch, dass das schon seit ihrer Kindheit Imkes größter Traum ist.«

»Nun sag schon!« Marcus wollte es jetzt wissen. »Spann mich nicht auf die Folter.«

»Nach Kenia, in die Masai Mara. Wir wollen einmal die Tiere in der freien, unberührten Natur sehen. Man bietet dort geführte Fotosafaris an, und wir fliegen zuerst nach Nairobi und dann mit einer kleinen Maschine weiter in den Nationalpark.«

Das darf ich Imke wirklich nicht erzählen, dachte Marcus sofort. *Die flippt völlig aus, wenn sie davon erfährt!* Er wusste, dass ihre Grzimek-Bücher ihr größtes Heiligtum waren. Sie hatte sie vor Jahren von ihrer Großmutter geschenkt bekommen, und wenn sie mal wieder das Fernweh packte, holte sie sie hervor und träumte sich in die Weiten der Serengeti, um dort Elefanten und Giraffen, Flusspferde, Gnus und Zebras, Löwen und Geparden zu beobachten, wie sie völlig ohne jede Einschränkungen, ohne Zäune und Mauern in der riesigen Steppe lebten. *Königin der Wildnis,* ein Film über eine Löwin in Kenia, war bis heute ihr absoluter Lieblingsstreifen. Als er in die DDR-Kinos kam, hatte sie ihn sich wohl ein halbes Dutzend Mal angesehen. Der vollständige Titel lautete eigentlich *Frei geboren – Königin der Wildnis,* aber den Titelanfang hatten die Zensoren in der DDR gestrichen, denn jeder Bezug auf Freiheit erschien ihnen zu gewagt. Man hätte ja vielleicht denken können, dass nicht nur Tiere, sondern auch Menschen letztlich frei sein wollten.

»Dann kann ich euch nur ein zweites Mal beglückwünschen und schon heute eine schöne Reise wünschen«, erwiderte Marcus stattdessen. »Und wenn ihr uns mal wieder besuchen kommt, dann bringt Fotos mit. Imke wird sich bestimmt freuen.«

Was er sagte, war aber nicht, was er dachte, und das erschreckte ihn. War er auch schon so weit, nicht mehr die Wahrheit auszusprechen? Selbst hier, wo es doch völlig ohne Belang war?

Behaltet eure Reise mal schön für euch und bringt ja keine Bilder mit in die SBZ, hätte seine Antwort eigentlich lauten müssen. Imke würde sich die Augen aus dem Kopf heulen, wenn sie sah, was möglich war, wäre sie nur auf der anderen Seite des Eisernen Vorhangs geboren. Das Leben konnte schon verdammt ungerecht sein und das eigene Schicksal innerhalb eines Landes von ein paar wenigen Kilometern abhängen.

Die Zeit in Hannover verging wie im Fluge. Natürlich besuchte Marcus seinen Onkel und dessen Frau, bei denen er ebenso herzlich aufgenommen und willkommen geheißen wurde wie überall. Jürgen fuhr mit seinem Neffen nach Celle, wo dieser sich ausgiebig das Niedersächsische Landesgestüt ansah. Grömnitz war zwar mittlerweile auch recht repräsentativ, doch überall nagte der Zahn der Zeit, und ohne entsprechendes Baumaterial und Instandsetzung war abzusehen, wann die Verfallserscheinungen nicht mehr überdeckt werden könnten. Dr. Ruppert gab sich wirklich die allergrößte Mühe, musste Marcus eingestehen, aber ihm fehlte ganz einfach das, woran es dem hiesigen Landstallmeister ganz offenbar nicht mangelte. Schließlich hatten die Hannoveraner Sportpferde weltweit einen Ruf wie Donnerhall, während die einst auf den Rennbahnen gefürchteten Grömnitzer Vollblüter mittlerweile selbst bei Vergleichen mit anderen sozialistischen Ländern meist hinterherliefen. In den Westen, zur Rennwoche nach Baden-Baden oder auf die berühmte Galopprennbahn nach Hamburg-Horn durften sie schon lange nicht mehr, obwohl ein Pferd des Gestütes nach dem Krieg hier das Deutsche Derby gewonnen hatte.

Von Hannover ging es nach Kassel, wo eine Großmutter nach Jahren der Trennung freudestrahlend ihren Enkel in den Arm nehmen konnte. Marcus kam es schwer an, den Heiligen Abend fern von seiner Familie verbringen zu müssen, und obwohl kein gläubiger Christ mehr, ging er mit in die Christmette und betete darum, dass die Teilung Deutschlands einmal vorübergehen würde und er mit Imke und Jessica ebenso frei leben konnte wie die Verwandtschaft diesseits der Grenze. Mehr wollte er ja gar nicht, und schaden konnte es auch nicht, darum zu bitten.

Am nächsten Tag hatte die Großmutter Geburtstag, die den Vorwand für den Besuch geliefert hatte und unweit ihrer schon vor dem Mauerbau geflüchteten zweiten Tochter Ursula in einem Vorort von Kassel lebte. Bereits am Nachmittag fuhren Wolfgang und Marcus aber zurück nach Leipzig und stießen damit auch auf Verständnis, weil sie zumindest einen Teil des Festes mit ihren Familien verbringen wollten. Christine, Imke und Jessica würden sie sehnsüchtig in Leipzig erwarten und auch Oma Helene am zweiten Weihnachtsfeiertag dazukommen.

Am 25. Dezember waren die Interzonenzüge leer, denn nur wer unbedingt musste, fuhr an diesem Tag von West nach Ost. Wolfgang und Marcus hatten ein Abteil für sich allein und konnten sich so ungestört unterhalten. Was der Sohn vom Vater zu hören bekam, erschütterte ihn aber zutiefst, denn darauf war er ganz und gar nicht vorbereitet.

»Marcus, ich will nicht lange drum herumreden, deine Mutter und ich haben beschlossen, einen Ausreiseantrag in die Bundesrepublik im Rahmen der Familienzusammenführung zu stellen. Du weißt sicher, dass das seit der Unterzeichnung der Schlussakte von Helsinki möglich ist. Die Behörden wehren sich natürlich nach Kräften dagegen, schikanieren die Antragsteller und machen ihnen oft das Leben zur Hölle, müssen aber in vielen Fällen letztlich nachgeben, wenn man konsequent bleibt und nicht klein beigibt. Ich bin eigentlich nur in den Westen gefahren, um mir alles noch einmal durch den Kopf gehen zu lassen, aber unsere Entscheidung steht fest. Was ich gesehen habe, hat mich nur in meinem Entschluss bestärkt. Wir haben die Möglichkeit, in den Westen zu gehen, damals um einen einzigen Tag verpasst und seither stets damit gehadert. Aber jetzt ist es so weit, wir halten es einfach nicht mehr aus. Wenn wir noch etwas von unserem Leben haben und von der Welt sehen wollen, dürfen wir nicht länger zögern, sonst ist es zu spät.«

Im ersten Moment wusste Marcus gar nicht, was er sagen sollte, dabei stellten sich doch so viele Fragen, aber erst nach und nach fielen sie ihm ein.

»Wieso denkst du, dass sie euch gehen lassen? Schließlich bist du doch auf deinem Gebiet ein anerkannter Experte und unverzichtbar für deinen Betrieb. Meinst du wirklich, dass da ein Ausreiseantrag Erfolg hat?«

»Vergiss nicht, mein Sohn, wir stehen kurz vor der Rente. Leute wie uns will der Staat eher loswerden, als sie im Alter durchfüttern und womöglich noch ihre Krankheitskosten tragen zu müssen. Man wird uns etwas zappeln lassen, uns das Grundstück in Grimma wegnehmen oder uns zwingen, es für einen Spottpreis zu verkaufen, aber das ist uns egal. Nur weg aus diesem Land, in dem nichts mehr vorangeht und alles verfällt. Ich habe einmal gedacht, ich könnte etwas bewegen und den Menschen zu sauberem, gesundem Wasser verhelfen, aber das ist lange vorbei. Meine Vorschläge werden ständig ignoriert, in der Parteiversammlung sogar verlacht, wie ich erfahren habe. Glaubst du, das macht Spaß, unter diesen Umständen täglich auf Arbeit zu gehen? Zugegeben, mit deiner Mutter zusammen verdienen wir für DDR-Verhältnisse gutes Geld. Doch was es wert ist, habe ich gerade gesehen. In den Wechselstuben bieten sie dir einen Kurs von eins zu acht für unsere Ostmark an!«

»Aber was wird, wenn ihr keine Arbeit findet? Schließlich, du hast es ja gerade selbst gesagt, seid ihr nicht mehr die Jüngsten. Die warten hier im Westen auch nicht gerade auf euch! Willst du wirklich auf deine alten Tage hin von Sozialhilfe leben? Dann ist es auch mit dem Reisen Essig, denn dazu braucht man Geld.«

»Das musst du mir nicht sagen, Marcus. Aber ich habe deswegen keine Angst. Irgendetwas wird sich für mich und deine Mutter schon ergeben, denn wir schrecken vor keiner Arbeit zurück. Und eine Rente würden wir auch im Westen bekommen. Ich habe übrigens schon mal mit meinem Abteilungsleiter gesprochen. Der meinte auch: ›Geh du nur rüber, Wolfgang, und werde dort Sozialhilfeempfänger. Ich werde dir keine Steine in den Weg legen.‹ Dass er sich da mal nicht irrt. Aber andererseits klang das für mich so, als wäre er froh, würde er mich endlich loswerden. Schließlich bin ich so etwas wie sein personifiziertes schlechtes Gewissen. Er weiß, dass er eigentlich völlig unfähig und nur deshalb mein Vorgesetzter ist, weil ich kein Genosse bin.«

»Puh«, stieß Marcus hervor, »das, was du mir da gerade eröffnet hast, muss ich erst einmal verdauen! Aber was soll dann aus uns werden? Einen Ausbildungsleiter, dessen Eltern in den Westen rübergemacht haben, wie man so schön sagt, kann sich Ruppert in Grömnitz garantiert nicht leisten. Mein Chef wird die Wände hochgehen.«

»Deine Mutter und ich haben lange darüber gesprochen, auch weil wir dann unser kleines Enkelkind vielleicht für lange Zeit nicht wiedersehen. Und du weißt, wie sehr wir an Jessica hängen! Keiner kann sagen, wann sie uns wieder einreisen lassen, wenn wir erst einmal übergesiedelt sind. Aber wir können darauf einfach keine Rücksicht mehr nehmen. Das Leben ist endlich, und auch wir wollen noch etwas davon haben. Und in der DDR halten wir es beim besten Willen nicht mehr aus. Das Land hat einfach keine Zukunft, so wie es von diesen alten, uneinsichtigen Männern geführt wird.«

»Dann bin ich also wahrscheinlich bald der letzte Leipold im Osten, denn Oma wird ja sicher mit euch gehen, oder? Weiß sie es eigentlich schon?«

»Ja, aber sie will nicht mitkommen. Sie hängt zu sehr an allem und sagt, einen so alten Baum, wie sie einer ist, könne man nicht mehr verpflanzen. Womit sie wahrscheinlich auch recht hat, denn vom Grab ihres Mannes und von dem ihrer Cousine könnte sie sich nie trennen. Was wäre denn, wenn Imke und du auch einen Ausreiseantrag stellen würdet? Habt ihr daran schon einmal gedacht?«

273

»Vergiss es!« Marcus kaute auf seiner Unterlippe herum. »Nicht nur, dass ich sofort entlassen werden würde und auch aus der Wohnung herausflöge, ich müsste als für die Lehrlingsausbildung und damit für die sozialistische Erziehung der Jugendlichen Verantwortlicher damit rechnen, umgehend in den Knast zu wandern. Mir sind etliche Fälle bekannt, in denen es Lehrern so ergangen ist. Da kennt die Stasi keinen Spaß und stuft einen Antragsteller in meiner Position auf der Stelle als feindlich-negative Person ein. Mit allen Folgen und Konsequenzen. Und ich habe wahrlich keine Lust auf einen längeren Aufenthalt in Bautzen. Stell dir mal vor, sie buchten aus irgendeinem Grund auch Imke ein. Was wird dann aus unserer Tochter? Die sehen wir womöglich niemals wieder, und daran würde alles zerbrechen. Nein, nein, das ist für uns keine Lösung. Imke und ich, wir sind zu jung, als dass sie uns freiwillig gehen lassen. Im Gegenteil, wir werden uns wahrscheinlich in aller Deutlichkeit von eurem Vorhaben distanzieren müssen, wenn es nicht mit Macht auf uns zurückfallen soll. Natürlich nur der guten Form halber, aber das muss ich dir ja nicht sagen.«

»Auf uns müsst ihr keine Rücksicht nehmen, Marcus. Wir können es in Hinblick auf euch aber auch nur noch bedingt. Kannst du das wenigstens ein bisschen verstehen?«

»Ehrlich? Es fällt mir nicht ganz leicht. Aber selbstverständlich können und wollen wir euch keine Vorschriften machen und werden es auch nicht tun. Schon gar nicht darum betteln, dass ihr dableibt. Das ist letztlich allein eure Entscheidung.«

»Danke, Marcus, mehr können wir nicht erwarten. Ein bis zwei Jahre wird es sowieso noch dauern, bis sie deine Mutter und mich ausreisen lassen. Das machen sie immer so, sonst würden sich die Genossen ja etwas vergeben. Und dass sie uns drangsalieren werden, wo sie nur können, ist uns natürlich bewusst. Aber da müssen wir durch, da hilft alles nichts. Es ist also noch eine lange Zeit hin, bevor wir weg sein werden, und vielleicht ändert sich bis dahin ja tatsächlich etwas. Wo es doch jetzt

274

selbst in der Sowjetunion vorangeht und Gorbatschow die alten Strukturen aufbricht.«

»Dein Wort in Gottes Ohr. Nur, dass der Russe zwanzig Jahre jünger ist als Honecker. Der wird womöglich noch aus dem Grab heraus das Politbüro leiten.«

»Nun ja, Ulbricht ist auch gestürzt worden, und vielleicht ergeht es unserem Staats-Erich eines Tages wie seinem Vorgänger. Aber darauf verlassen wollen wir uns nicht mehr, das bitte ich dich nochmals zu verstehen.«

Was blieb Marcus auch anderes übrig? Jetzt fuhr er mit einem noch klammeren Gefühl nach Hause, und in die Sehnsucht nach seiner Frau und Tochter mischte sich eine ganz üble Vorahnung auf das, was womöglich noch auf ihn und seine Familie zukommen würde.

Als sie die Grenze passiert hatten, holte Vater und Sohn ganz schnell wieder die DDR-Realität in Form von Befehle bellenden Grenzern, unfreundlichem Bahnpersonal, Mauern und Wachtürmen und dem allgegenwärtigen Einheitsgrau ein. Der Kontrast war so überwältigend, dass sie sich wie ins Gesicht geschlagen vorkamen und bis Leipzig kaum noch ein Wort miteinander sprachen.

Marcus hatte natürlich für Imke und Jessica kleine Geschenke, aber in erster Linie Lebensmittel und exotische Früchte mitgebracht. Das Wiedersehen feierte er mit seiner Frau, als sie wieder zu Hause in Grömnitz waren, mit einer Flasche Sekt und Räucherlachs von Aldi, den keiner von ihnen zuvor jemals gegessen hatte. Zum Nachtisch gab es eine frische Ananas, die sie bisher nur aus den Konservenbüchsen in Westpaketen kannten. Dass sie aber erst lernen mussten, mit Südfrüchten umzugehen, bewies ihnen ihre kleine Tochter. Imke hatte ihr Grießbrei gekocht und geschälte Kiwis dazugegeben. Statt die süßen, reifen Früchte zu genießen, spuckte Jessica ihrer Mutter den Brei angewidert über die Bluse und drehte entsetzt den Kopf weg, als sie einen zweiten Bissen nehmen sollte. Darauf probierte Imke das Essen selbst und verzog erschrocken das Gesicht. Kiwis wurden in Verbindung mit Milch gallebitter, aber woher hätte sie das wissen sollen? Bananen und zuckersüße marokkanische Orangen wies Jessica allerdings nicht zurück, und bald schon rann ihr der Saft aus den Mundwinkeln, weil sie nicht so schnell kauen und schlucken konnte, wie sie essen wollte. Als Jessica dann später selig in ihrem Bettchen schlief, setzte sich Imke zu ihrem Mann auf das Sofa und kuschelte sich an ihn, ganz so, wie es auch Hannelore in Hannover bei Bernhard getan hatte. Dass ihre Schwiegereltern einen Ausreiseantrag stellen wollten, hatte sie schon in Leipzig erfahren und war darüber ebenso erschrocken wie ihr Mann. Doch jetzt wollte sie endlich aus seinem Munde hören, wie es im Westen wirklich war und was er gesehen und erlebt hatte.

»Man ist schnell versucht, sich von der Glitzerwelt da drüben völlig vereinnahmen zu lassen, Imke«, begann Marcus, zog seine Frau ganz eng an sich und reichte ihr ein Glas Sekt. »Du musst mal in einem Kaufhaus in der Innenstadt von Hannover gestanden haben, um zu begreifen, was es so alles auf dieser Welt gibt, wovon wir aber noch nie etwas gehört haben. In der Buchhandlung am Kröpcke, ich bin's abgeschritten, gab es sage und schreibe acht Laufmeter Literatur über Pferde und Reitsport! Aber das alles ist gar nicht das Entscheidende. Mir ist auf dieser Reise endgültig klar geworden, auf welcher großen, einzigartigen Lüge dieser Staat, in dem wir leben, beruht. Und auch das ganze System, das er verkörpert. Auf der einen Seite der böse Kapitalismus, der die Arbeiter grenzenlos ausbeutet, auf der anderen Seite der Sozialismus, in dem die Klassenschranken überwunden sind und vonseiten der Partei- und Staatsführung alles für das werktätige Volk getan wird. Eigentlich dürfen sie keinen Menschen in den Westen fahren lassen, damit nur ja niemand sieht, wie es tatsächlich ist. Ich denke, das ist der größte Fehler, den die Genossen gegenwärtig begehen, denn keiner, der auch

276

nur einmal dort gewesen ist, glaubt ihnen noch ein Wort von ihrem Geschwafel. Deine und meine Verwandtschaft, zumindest diejenigen, die ich getroffen habe, gehören alle der ach so unterdrückten, armen Arbeiterklasse an. Aber keiner von ihnen, nicht ein einziger, würde mit uns tauschen und in das Arbeiter-und-Bauern-Paradies umziehen! Warum auch? Ihr Leben ist mit dem unseren überhaupt nicht zu vergleichen. Bei uns ist die Gewerkschaft, der FDGB, doch nur Erfüllungsgehilfe der SED, genauso wie die Blockparteien. Im Westen kämpft der DGB tatsächlich für die Rechte seiner Mitglieder und letztlich für alle, die arbeiten. Kurz vor Weihnachten hat die Belegschaft von VW in Kassel, wo mein Onkel, der Mann von Ursula, am Band arbeitet, gestreikt. Und warum? Sie bekommen mittlerweile sowieso schon acht Urlaubstage mehr als wir hier im Osten, aber sie wollen vier weitere und noch eine saftige Lohnerhöhung obendrauf.«

»Und, haben sie ihre Forderungen durchsetzen können?«

»Nicht zur Gänze, aber das hat auch keiner erwartet, wurde mir erklärt. Die einen fordern viel, die anderen wollen anfangs nur wenig geben, irgendwann trifft man sich in der Mitte, und alle sind zufrieden. So geht das immer, aber rufe mal bei uns zum Streik auf! Dann kommst du sofort in den Knast oder womöglich in eine geschlossene Anstalt, weil sie dich für irre erklären. Wie kann man denn streiken, wenn einem nach Lesart der SED sowieso alles gehört? Angeblich befinden sich die Betriebe ja im Volkseigentum. Nur dass das natürlich gar nicht stimmt und man als Bürger dieses Staates letztlich überhaupt nichts hat. Im Gegensatz zu uns steht denen da drüben die ganze Welt offen, und keiner hat Angst, dass sie nicht zurückkommen. Wie kann das sein, wo es sich doch genau umgekehrt verhalten müsste? Wie soll ich mich morgen vor meine Lehrlinge stellen und ihnen etwas von der Überlegenheit des Sozialismus über den Kapitalismus erzählen? Ihnen also frech ins Gesicht lügen. Kannst du mir das sagen? Wie soll ich das Gesülze in den Parteilehrjahren weiter ertragen, ohne aufzuspringen und den Genossen den Vogel zu zeigen? Ich habe keine Ahnung, wie ich hier überhaupt weiterleben soll. Das, was ich gesehen habe, kann dir das Fernsehen gar nicht vermitteln. Imke, wenn deine Tante nächstes Jahr ihren siebzigsten Geburtstag feiert, stell einen Antrag und versuche, dass sie dich fahren lassen. Das musst du mit deinen eigenen Augen sehen, sonst glaubst du es nicht. Nie, niemals wird der angeblich real existierende Sozialismus das westliche System verdrängen, da kann man uns erzählen, was man will. Dafür geht es den Menschen dort drüben einfach viel zu gut. Die Arbeiter im Kapitalismus sollen die Weltrevolution entfachen, um ihre Unterdrücker davonzujagen? Die tippen sich nur an die Stirn, wenn sie davon hören. Jedenfalls alle, die ich kennengelernt habe. Ein paar Spinner wie die von der RAF haben das vielleicht tatsächlich geglaubt und gedacht, sie könnten die werktätigen Massen zum Aufstand aufstacheln. Aber haben sie irgendeinen Rückhalt in der Bevölkerung? Keinen! Der Sieg des Sozialismus ist eine völlige Illusion, das habe ich endgültig erkennen müssen. Wenn ein Staat, eine Gesellschaftsordnung zum Untergang verurteilt ist, dann die unsere. Und das stellt mich vor ein großes Problem. Ich kann das Gegenteil einfach nicht mehr in meine Berichte hineinschreiben, geschweige denn, es über die Lippen bringen. Von meinen Eltern verlangt das in ihrer Position keiner, und trotzdem wollen sie hier raus, sind bereit, alles zurückzulassen, nur um den großen Lügen zu entkommen und endlich ein freies, selbstbestimmtes Leben führen zu können. Ich muss dir sagen, ich kann sie nur allzu gut verstehen. Auch wir werden uns etwas einfallen lassen müssen, denn ich halte das nicht mehr aus. Meinen Job als Ausbildungsleiter bin ich sowieso los, stellen meine Eltern ihren Ausreiseantrag. Wir sollten besser bald damit beginnen, uns etwas Neues zu suchen, bevor es zu spät ist. Zumindest ich. Frag doch mal nach, ob ich nicht bei euch in der Praxis unterkommen könnte.«

278

»Du bist ein Träumer, Marcus. Wie willst du denn begründen, dass du aus einer höheren, besser bezahlten und angeseheneren Stelle in eine deutlich schlechter dotierte wechseln willst? Das ruft doch sofort die Stasi auf den Plan. Die sind nicht dumm, die werden sehr schnell herausfinden, was deine wahren Beweggründe sind. Und dann weiß keiner, was passiert. Nein, dieses Risiko können wir nicht eingehen. Lass uns in Ruhe darüber nachdenken, morgen ist auch noch ein Tag. Hauptsache, wir sind zusammen und uns einig. Dann kann uns letztlich nichts und niemand trennen.«

Als Marcus' Vater seine Vorgesetzten von seiner geplanten Umsiedlung in die BRD informierte, wurde er überaus höflich zu einem vertraulichen Sechsaugengespräch in die Betriebsleitung gebeten. Anwesend waren außer Wolfgang noch der Direktor der Wasserwirtschaft und sein Abteilungsleiter. Halbherzig versuchten die beiden, ihren Kollegen von seinem Vorhaben abzubringen, wussten aber von vornherein, dass sie auf verlorenem Posten standen. Deshalb machten sie ihm einen Vorschlag, der für ihn überraschend kam.

»Kollege Leipold, Sie arbeiten gegenwärtig an einem Projekt, dessen Fertigstellung für die Stadt von enormer Wichtigkeit ist. Geben Sie jetzt Ihren Antrag bei den zuständigen Stellen ab, werden Sie sofort davon abgezogen, auf eine bedeutungslose Stelle versetzt und müssen vielleicht zwei, drei Jahre warten, bis man Ihrem Ersuchen auf Familienzusammenführung stattgibt. Ich möchte Ihnen in Absprache mit Ihrem Abteilungsleiter stattdessen folgendes Angebot unterbreiten. Stellen Sie das Projekt fertig und reichen Sie erst danach Ihr Gesuch ein. Dann verspreche ich Ihnen, dass wir es vonseiten der Betriebsleitung aus unterstützen werden. Ich würde mich auch dafür starkmachen, dass man Sie bis zu Ihrer Ausreise nicht versetzt. In den meisten Fällen, wenn der Betrieb sich nicht querstellt, geht es mit der Ausreise bei Leuten Ihres Alters recht schnell. Wie ich hörte, wird das Projekt, an dem Sie arbeiten, noch circa ein Jahr Ihrer Zeit in Anspruch nehmen. Wenn Sie dann immer noch in den Westen wollen, schätze ich einmal, dauert es mit unserer Befürwortung nur noch ein weiteres halbes Jahr. Sie wären also mit großer Wahrscheinlichkeit schneller in der BRD, als wenn Sie Ihren Antrag jetzt und gegen unseren Willen stellen würden.«

Wolfgang musste erst einmal schlucken. Er hatte allerdings schon unter der Hand von solchen Deals gehört. Aber wer garantierte ihm, dass die Betriebsleitung sich an die Abmachung hielt? Schriftlich würden sie ihm das ja wohl nicht geben. Aber es war, als ob der Betriebsleiter, dem offenbar das Wasser im sprichwörtlichen Sinne bis zum Halse stand und dessen Posten mit Sicherheit wackelte, falls das Projekt nicht annähernd termingemäß fertig wurde, seine Gedanken lesen könnte. Zumindest fuhr er entsprechend fort.

»Sie müssten allerdings unserem Wort vertrauen, denn das, was in diesem Raum gesprochen worden ist, darf selbstverständlich unter keinen Umständen nach außen dringen. Erfährt man an den entsprechenden Stellen von dem Angebot, das ich Ihnen unterbreitet habe, finde ich mich zur Bewährung ganz schnell in der Produktion wieder, und Sie hätten in diesem Fall auch nichts erreicht. Vielleicht könnte Ihre Schwiegermutter dahin gehend ein Attest besorgen, dass es ihr immer schlechter geht und sie dringend der Hilfe ihrer Tochter und der Ihren bedarf? Dann hätten wir eine Begründung, warum wir aus humanitären Gründen Ihr Gesuch unterstützen und befürworten. So wäre beiden Seiten geholfen, und Sie würden keine Zeit verlieren, im Gegenteil.«

»Ich werde das in Ruhe mit meiner Frau besprechen«, meinte Wolfgang, wusste aber im gleichen Moment, dass er zustimmen würde. So eine Chance bekämen sie womöglich nie wieder! Auch die Schikanen der Staatsorgane würden sich bestimmt in Grenzen halten, unterstützte ihn der Betrieb. Das Jahr konnten sie außerdem nutzen, um das Grundstück in Grimma zu verkaufen und das Geld über die Kirche, die entsprechende Kanäle unterhielt, in den Westen zu transferieren. Es war nur zu hoffen, dass sein Chef sich noch an das Gespräch erinnerte, wären die Arbeiten an dem Projekt abgeschlossen, welches ihm so am Herzen lag und für das er, wie Wolfgang wusste, keinen anderen adäquaten Mitarbeiter hatte.

Marcus verschaffte das Angebot, das sein Vater erhalten hatte, ebenfalls Zeit, sich gemeinsam mit Imke zu orientieren. Im Sommer erhielt seine Frau die Genehmigung, ihre Tante anlässlich ihres siebzigsten Geburtstages im Westen zu besuchen. Sie kam mit genau den gleichen Eindrücken zurück wie ihr Mann ein halbes Jahr zuvor. Beiden war nun endgültig klar, dass sie einen Weg finden mussten, die DDR zu verlassen, in der sie für sich keine Zukunft mehr sahen. Nach Möglichkeit sollte das aber geschehen, ohne dass einer von ihnen, oder womöglich sogar alle beide, ins Gefängnis kam. Für einen Moment hatte Marcus diese Möglichkeit sogar erwogen, denn es war bekannt, dass der Westen politische Häftlinge freikaufte. Und die DDR war so klamm an Devisen, dass sie für Westmark die eigenen Bürger durchaus verkaufte. Er brauchte nur einmal im Parteilehrjahr zu sagen, was er tatsächlich über den Staat dachte, dessen Jugendliche er ausbildete. Dann würde er mit Sicherheit ganz schnell wegen »Herabwürdigung der staatlichen Ordnung sowie staatlicher oder gesellschaftlicher Organe und Einrichtungen«, wie es im DDR-Jargon so schön hieß, angeklagt und abgeurteilt werden.

Imke konnte ihm die Idee aber ganz schnell wieder ausreden. Sie wollte ihren Mann unter keinen Umständen in einer Stasihaftanstalt besuchen müssen, wenn man sie überhaupt zu ihm vorließe. Und was sollte dann aus ihr und Jessica werden, der Familie eines nach DDR-Lesart verurteilten Verbrechers? Außerdem wäre nicht gesagt, dass den Genossen dann nicht noch mehr einfiele, was sie Marcus anlasten konnten, und aus den anvisierten zwei Jahren ganz schnell zehn oder fünfzehn werden würden. Das Risiko war viel zu groß, und als Imke ihren Mann daran erinnerte, wie schwer es ihm gefallen war, die achtzehn Monate Armeedienst durchzustehen, gab er den verrückten und unausgegorenen Gedanken zu ihrer Beruhigung wieder auf.

Für Marcus kamen noch zwei Dinge dazu, die ihn in seinem Entschluss bestärkten, entweder in den Westen zu fliehen oder zumindest seine Stelle als Ausbildungsleiter aufzugeben. Sosehr er auch an seiner Arbeit hing, es liebte, mit Pferden und jungen Reitern zu arbeiten, das Gestüt Grömnitz mit seiner Tradition schätzte und es als Ehre empfand, an einem Ort tätig zu sein, den ein berühmter preußischer Landstallmeister aufgebaut hatte, so sehr widerte es ihn tagtäglich an, vom Schloss, in dem er sein Büro hatte, ins Verwaltungsgebäude vorgehen zu müssen. Das hatte einen ganz einfachen Grund. Seit der Abteilungsleiter der Pflanzenproduktion die Aufgabe des Betriebsparteisekretärs übernommen hatte, musste Marcus sich jedes Mal, wenn er durch die Tür trat, die Frage gefallen lassen, wann er denn nun endlich gedenke, in die SED einzutreten. Schließlich war er der Leiter der größten und mittlerweile erfolgreichsten Ausbildungsstätte im Bereich der Zentralstelle für Pferdezucht, aber gleichzeitig der Einzige, der nicht der Partei angehörte. Seine Lehrlinge hatten auf fachlicher Ebene den letzten Vergleichswettkampf überlegen gewonnen, waren daraufhin aber vom Direktor der unterlegenen Pferdezuchtdirektion – einem unangenehmen, schmierigen Typen, der vor nichts zurückschreckte, um sich an höherer Stelle lieb Kind zu machen – wegen ihrer nur mangelhaft ausgeprägten sozialistischen Einstellung zu ihrem Heimatland angeprangert worden. Und Marcus als ihr Ausbildungsleiter wegen der fehlenden kommunistischen Erziehung der Jugendlichen gleich mit.

Mit dem Parteisekretär in der Gestütsverwaltung hätte Marcus

282

es durchaus aufgenommen, denn der war nicht allzu helle, und wenn man ihm zu verstehen gab, dass er sich doch erst einmal um seine Faulenzerbrigade kümmern sollte, kam er übel ins Rudern. Doch er hatte die Unterstützung des Direktors und auch der anderen Abteilungsleiter, allesamt Genossen. Die neideten Marcus einfach, dass er, obwohl der Jüngste von ihnen, nach dem Gestütsleiter das zweithöchste Gehalt im Betrieb bezog. Und das nur deshalb, weil von seinem Lohn keine Parteibeiträge abgezogen wurden, deren Höhe keineswegs unbedeutend war, da sie je nach Gehalt zwei bis drei Prozent davon betrugen. Der ständige Druck war für Marcus unerträglich, aber unter keinen Umständen gedachte er, ihm nachzugeben. Eher wollte er alles hinschmeißen, als in die Organisation einzutreten, die er aus tiefster Seele wegen ihrer Verlogenheit verachtete.

Aber ein zweiter Vorfall war noch viel einschneidender und brachte bei Marcus das Fass endgültig zum Überlaufen. Zur Ausbildungsleitertagung des Kreises war ein Mitglied des Zentralkomitees der SED angekündigt worden, auf dessen Ausführungen alle gespannt warteten. Verkündete der Genosse womöglich endlich, dass auch die DDR auf den veränderten Kurs der Sowjetunion einschwenken und Glasnost und Perestroika Einzug halten würden? Bahnten sich Veränderungen und Reformen in den verkrusteten Strukturen des Staats- und Parteiapparates an, über die man unterrichtet werden sollte? Alle hofften darauf, denn nicht nur Marcus fragte sich, wie er seinen Lehrlingen vermitteln sollte, dass der alte Spruch *Von der Sowjetunion lernen heißt siegen lernen* auf einmal nicht mehr galt und sich in der DDR nichts ändern würde, jetzt, wo doch der große Bruder endlich wirklich einmal voranschritt und man ihm mit frohem Herzen folgen könnte.

Aber das ganze Gegenteil war der Fall, wie die anwesenden Abteilungsleiter bald zu hören bekamen. Das ZK-Mitglied faselte wie stets vom bevorstehenden Sieg des Sozialismus und forderte die Ausbilder auf, in ihrem Bemühen um die kommu-

283

nistische Erziehung der Jugendlichen nicht nachzulassen, sondern ihre Anstrengungen nochmals zu verstärken, um den Kampf gegen die Anfeindungen aus dem Westen auch in den Köpfen zu gewinnen. Am meisten brachte Marcus aber eine Bemerkung auf, die bewies, dass man an der Parteispitze den Bezug zur Realität völlig verloren hatte oder aber, was noch schlimmer wäre, die Bevölkerung für dumm verkaufen wollte. Da behauptete der Genosse doch im Brustton der Überzeugung, dass der Satz, der ganze Generationen beflügelt hatte: *Meinen Kindern soll es einmal besser gehen als mir,* seine Gültigkeit verloren hätte. Denn besser als heute in der DDR müsse es schließlich niemandem gehen.

Marcus fiel bald vom Stuhl, als er das hörte. *Wollen die uns jetzt endgültig verarschen?,* war sein erster Gedanke. Seiner Tochter sollte es einmal so ergehen wie ihren Eltern? Ohne dass sie die Welt sehen konnte, eingebunden in eine ständig zunehmende Miss- und Mangelwirtschaft, ohne Perspektive auf ein besseres Leben? Nicht mit uns, beschloss Marcus endgültig und wurde in seiner Entscheidung bestärkt, als er auf der Rückfahrt an einem Gemüseladen hielt, um einzukaufen. Rotkohl, Weißkohl, Zwiebeln. Das war alles, was er in den Kisten sah, und im daneben gelegenen Fischgeschäft stand ausschließlich eine Sorte Makrele in Büchsen in den Regalen. Sollte so die Zukunft seiner Tochter aussehen? Nein, das durfte nicht sein. Einer Staatsführung, die so etwas aussprach, konnte man nur den Rücken kehren, eine andere Möglichkeit gab es einfach nicht. Oder man jagte sie davon, aber danach, dass dies in absehbarer Zeit geschehen würde, sah es leider nicht aus. Jede noch so kleine Opposition wurde durch die Sicherheitsorgane mit aller Macht unterdrückt, sodass sich zumindest gegenwärtig kein größerer Widerstand formieren konnte. Man hörte zwar gelegentlich von vereinzelten Aktionen, meist unter dem Schirm der Kirche, wie der Gründung einer Umweltbibliothek in der Zions-Gemeinde in Berlin, deren Mitglieder die immensen Ausmaße der Umweltverschmutzung in der DDR anprangerten und auch entsprechende Schriften herausgaben. Doch dagegen ging die Stasi rigoros vor, verhaftete die Akteure in einer Nacht-und-Nebel-Aktion und beschlagnahmte alle Dokumente und Materialien. Marcus hatte nicht die Absicht, zum Märtyrer zu werden. Es musste also ein anderer Weg eingeschlagen werden, und es war Imke, die ihn fand und vorschlug.

»Marcus«, sagte sie eines Abends zu ihrem Mann, nachdem sie sich geliebt hatten, »du musst noch einmal eine Besuchsreise in den Westen beantragen und dann drüben bleiben. Erinnerst du dich, was dein Vater unlängst erzählt hat? Es gibt eine Organisation, die über die UN die Familien der Geflüchteten innerhalb von etwa zwei Jahren nachholt, wenn man sich an sie wendet. Sie sollen eine fast hundertprozentige Erfolgsquote haben. Geh rüber, suche dir einen Job, bau uns ein Nest und hol uns nach! Das ist jedenfalls tausendmal besser, als wenn du in den Knast kommst, dort womöglich zerbrochen wirst und keiner weiß, was aus uns wird.«

»Ich soll euch verlassen, dich und Jessica?« Marcus sah die Frau, die in seinen Armen lag, fassungslos an.

»Ja, Marcus, tu es. Wenn du weiter hier bleibst, gehst du mir kaputt. Ich sehe doch, wie du jeden Tag leidest und der Frust dich regelrecht auffrisst. Irgendwann bricht es aus dir heraus, ich kenne dich doch! Und was wird dann? Das, was sie mit dir machen, sagst du ihnen ins Gesicht, was du von ihnen und ihren Lügen hältst, weißt du selbst am besten. Wir sind stark, wir alle drei, wir halten das aus. Versuch es, bevor deine Eltern ihren Antrag stellen. Danach dürfte es zu spät sein. Mach es jetzt und zögere nicht länger, ich bitte dich. Du musst mir nur versprechen, mich und Jessica nicht zu vergessen und dir drüben keine andere Frau zu suchen. Aber ich werde dir vertrauen, so wie du mir vertrauen kannst, das schwöre ich dir.«

»Meinst du das wirklich ernst, Imke? Weißt du, was das für uns bedeuten würde? Zwei Jahre getrennt, vielleicht länger. Und

285

dabei weiß ich noch nicht einmal, ob ich drüben eine Arbeit finde und ob man meine Abschlüsse aus der DDR dort überhaupt anerkennt.«

»Dann nutze den Aufenthalt, wenn man dich noch einmal fahren lässt, und kläre das ab. Und wenn du eine Chance siehst, komm nicht zurück. Ich werde von hier aus an einer Familienzusammenführung arbeiten, du von drüben. Notfalls stehe ich jeden Tag vor den zuständigen Stellen mit Jessica an der Hand, bis sie mich nicht mehr sehen können und uns nur noch loswerden wollen. Es muss doch zu schaffen sein, dass wir in einer überschaubaren Zeit wieder zusammen sind!«

»Und wenn sie dir Mitwisserschaft unterstellen, dich einsperren und dir Jessica wegnehmen? Das würde ich nie im Leben aushalten.«

»Dann müssen wir eben vorab alles dafür tun, dass es nicht dazu kommt. Deine Flucht exakt planen, alles bedenken, was sie mir anlasten könnten, und es vermeiden. Vertrau mir, du bist doch sonst nicht so ein Bedenkenträger.«

»Du hast vielleicht Humor. Wenn ich auch nur anfange, darüber nachzudenken, was dabei alles schiefgehen kann, wird mir ganz schlecht.«

»Lass mich nur machen, wir schaffen das schon.«

Der zärtliche Kuss, den Imke Marcus gab, war Verheißung und Versprechen in einem.

Und wie angekündigt nahm Imke die Vorbereitungen für die Flucht ihres Mannes in die Hand. Marcus war es mithilfe seiner Eltern gelungen, eine alte Tante auszugraben, die im April Geburtstag hatte und ihn dazu einlud. Daraufhin stellte er erneut einen Antrag auf eine Besuchsreise in dringender familiärer Angelegenheit in die BRD. Dr. Ruppert bekam fast einen Tobsuchtsanfall, als Marcus ihn damit konfrontierte. Wieder versuchte er, seinen Ausbildungsleiter davon abzubringen, hielt ihm vor, was das für ein Licht auf seine Abteilung, ja auf das

286

ganze Gestüt werfen würde, wenn der für die Erziehung der Jugendlichen Verantwortliche dauernd in den Westen reiste, aber wie gehabt zeigte sich Marcus völlig uneinsichtig und stur.

Letztlich ließ sich der Direktor doch wieder dazu hinreißen, den Antrag zu befürworten, denn er wollte seinen Ausbildungsleiter nicht verlieren. In seiner Stellungnahme für die Genossen der Stasi stand, dass nicht damit zu rechnen sei, dass Herr Leipold im Westen verbliebe, denn dieser hätte erst unlängst mit viel Akribie und Einsatz die Obstbäume in seinem Garten verschnitten und den Stall repariert. Das hätte er sicher nicht getan, plante er womöglich, in die Bundesrepublik zu flüchten.

Wegen der von Ruppert erwähnten Aktion hatte es zwischen Marcus und Imke eine heiße Diskussion gegeben. Marcus wollte sich tatsächlich nicht der anstrengenden Arbeit des Baumschnitts unterziehen. Wozu auch, würden hier doch voraussichtlich bald andere die Früchte ernten. Aber Imke wusch ihm den Kopf und machte ihm klar, dass, wenn er seinen gewohnten Tätigkeiten nicht wie in jedem Jahr nachginge, der Verdacht genährt würde, dass die Flucht langfristig geplant gewesen war. Für die Staatsorgane musste es aber so aussehen, als ob Marcus sich spontan dazu entschlossen hätte, im Westen zu bleiben. Nur so konnte Imke die Ahnungslose spielen und behaupten, nichts von den Plänen ihres Mannes gewusst zu haben. Und so tat Marcus, was seine Frau ihm anschaffte, da sie meist recht hatte und oftmals weiter dachte als er, wie er sich freimütig eingestand.

Marcus' Eltern waren natürlich in die Pläne eingeweiht und hatten versprochen, mit ihrer Antragstellung zu warten, bis ihr Sohn abgereist war. Imke hingegen wollte ihre Eltern erst informieren, wenn sich ihr Mann tatsächlich entschloss, im Westen zu bleiben. Nicht, weil sie ihnen nicht vertraute, sondern weil sie keine schlafenden Hunde wecken wollte. Schließlich konnte es ja auch sein, dass ihr Mann zurückkam, wenn er keine Aussicht auf eine Familienzusammenführung in absehbarer Zeit

287

und auf eine adäquate Arbeit sah oder es Schwierigkeiten bei der Anerkennung seiner Abschlüsse gab.

Und dann kam der Tag des Abschieds schneller heran als von allen gedacht. Jessica war erst unlängst drei Jahre alt geworden, und als sich ihre kleinen Ärmchen auf dem Leipziger Hauptbahnhof um den Nacken ihres Vaters schlangen, konnte dieser seine Tränen nicht zurückhalten.

»Wann kommst du denn wieder, Papi?«, hörte Marcus ein zartes Stimmchen an seinem Ohr flüstern und fragte sich zum wiederholten Male, ob es richtig war, was er und Imke planten. Wie verzweifelt musste man eigentlich sein, um ein so kleines Kind und eine liebende Frau zu verlassen? Wozu brachte dieser Staat nur seine Bürger, dass sie das alles in Kauf nahmen, nur um ihm und der Gesellschaftsordnung, für die er stand, zu entkommen? Es war Imke, die ihm darauf eine Antwort gab.

»Marcus, pass auf. Hier sind garantiert überall Stasispitzel, die beobachten, ob es allzu tränenreiche Abschiede gibt. Machst du dich verdächtig, lassen sie dich in letzter Sekunde nicht fahren. Komm, küss mich! Ich werde auf dich warten, darauf kannst du dich felsenfest verlassen. Du auch auf uns?«

»Auf dich und Jessica, glaub es mir! Nichts und niemand kann uns jemals auseinanderbringen. Ihr beide seid jede auf ihre Art die Liebe meines Lebens. Vielleicht sehen wir uns aber in ein paar Tagen auch schon wieder.«

»Ich sag es noch einmal, damit du siehst, wie ernst es mir ist. Stell mit der UN-Organisation Kontakt her und klär ab, ob es Arbeit für dich gibt«, flüsterte Imke ganz leise. »Und wenn du beides guten Gewissens bejahen kannst, dann bleib! Hier gehst du mir nur auf die Dauer kaputt, und letztlich wir mit dir.«

Die Küsse und die Umarmung zwischen dem Mann, der Frau und dem kleinen Kind auf dem Bahnsteig wollten nicht enden, bis schon Passanten aufmerksam wurden. Marcus brauchte all seine Kraft, um sich von Imke und Jessica loszureißen und in den Waggon einzusteigen. Fast wäre er noch im letzten Augenblick abgesprungen, aber da setzte sich der Zug schon in Bewegung. Er schob ein Fenster in seinem Abteil runter und winkte, bis nicht einmal mehr der Bahnhof zu sehen war.

Wenige Tage nach Marcus' Abreise stellten seine Eltern einen Antrag auf Entlassung aus der Staatsbürgerschaft der DDR und Übersiedlung in die BRD auf der Grundlage der KSZE-Schlussakte, in der stand, dass jeder Bürger in ihrem Geltungsbereich seinen Wohnort frei wählen konnte. In der DDR zwar bisher nicht veröffentlicht, hatte sich der Inhalt des in Helsinki unterzeichneten Dokuments doch im ganzen Land herumgesprochen, und immer mehr Menschen beriefen sich darauf und ließen sich von den Staatsorganen immer seltener einschüchtern. Erich Honecker hatte mit seinen damaligen Bedenken gegen die Ratifizierung durchaus recht behalten.

9. Kapitel

Berlin, Politbüro der SED

»Genossen, einen Moment Ruhe bitte noch.« Erich Honecker klopfte an seine Kaffeetasse, um sich in der turnusmäßigen Sitzung des Politbüros Gehör zu verschaffen. Dieser kleine, wöchentlich mindestens einmal in der zweiten Etage des Zentralkomiteegebäudes versammelte Kreis von zweiundzwanzig Mitgliedern und einigen Kandidaten lenkte und bestimmte in Wahrheit die Geschicke des Landes. Hier wurden alle wichtigen Fragen bezüglich der Wirtschafts-, der Außen- und der Informationspolitik, also auch der Zensur, entschieden. Der Ministerrat und die Volkskammer waren reine Staffage und hatten ausschließlich die Aufgabe, die im Politbüro gefassten Beschlüsse umzusetzen, wobei sie ständig von den Parteigremien überwacht wurden, um die bereits in der Verfassung der DDR festgeschriebene führende Rolle der Partei der Arbeiterklasse in vollem Umfang zu gewährleisten. »Genosse Hager hat uns noch etwas mitzuteilen. Bitte, Kurt, du hast das Wort.«

»Genossen, das westdeutsche Magazin *Der Stern* ist an mich bezüglich eines Interviews herangetreten. Haupttenor soll sein, wie die DDR zu den Veränderungen in der Sowjetunion steht. Ich habe mir selbstverständlich die Fragen vorab vorlegen und entsprechende Statements von meinen Mitarbeitern zusammentragen lassen. Trotzdem möchte ich die zu gebenden Antworten hier zumindest auszugsweise zur Diskussion stellen, damit es später nicht heißt, ich hätte etwas geäußert, das nicht der Parteilinie entspricht, oder mich bezüglich unserer sowjetischen Freunde zu weit aus dem Fenster gelehnt. Die Fragen, die ihr gleich hören werdet, Genossen, sind teilweise ausgesprochen unverschämt und provokant formuliert. Aber wir sind ja von der Westpresse nichts anderes gewohnt, oder?«

290

»Warum geben wir überhaupt den Speichelleckern des kapitalistischen Systems Interviews?«, wollte Erich Mielke, Minister für Staatssicherheit, wissen. »Sind wir vielleicht irgendjemandem da drüben in der BRD über unser Tun und Lassen rechenschaftspflichtig? Einfach ignorieren, die Schmierfinken, und abblitzen lassen. Das ist zumindest meine Meinung. Wir haben schon genug Probleme in letzter Zeit, vor allem mit Jugendlichen, die verlangen, dass wir auf den Kurs von Gorbatschow einschwenken. Denen müssen wir nicht noch Argumente liefern, die sie dann womöglich gegen uns verwenden.«

»Aber genau darum geht es doch«, widersprach Kurt Hager, der im ZK für ideologische Fragen verantwortlich war und die Parteilinie nach außen hin vertrat. »Das Interview wird nicht nur im *Stern*, sondern einen Tag später auch in unserem Zentralorgan *Neues Deutschland* erscheinen. Es gibt uns die Gelegenheit, einmal unseren Standpunkt zum Kurs der Genossen in Moskau eindeutig in West und Ost darzulegen. So erfahren auf diesem Wege alle, was wir davon halten, und dass wir uns letztlich davon distanzieren. Das muss natürlich mit gewählten Worten sorgfältig formuliert und ausgedrückt werden, und deshalb will ich die Antworten hier auch zur Diskussion stellen.«

»Dann lass hören, Genosse Hager, was du vorbereitet hast«, beendete Erich Honecker die Diskussion, und Günter Schabowski, einer der Jüngsten in der Altherrenriege, fühlte sich einmal mehr an eine Klassenzimmeratmosphäre mit einem Oberlehrer am Pult erinnert.

»Nun, die erste Frage allein ist schon eine Frechheit. Sie lautet: *Die SED-Führung unterstützt vorgeblich die von Michail Gorbatschow eingeleiteten Reformen in der Sowjetunion. Zugleich betont die DDR aber mit Nachdruck ihre Eigenständigkeit. Sind die Zeiten vorbei, in denen das Land Lenins für deutsche Kommunisten vorbildlich war?* Merkt ihr, wie sie versuchen, einen Keil zwischen uns und die Genossen in Moskau zu treiben? Jeder Satz, den wir antworten, wird eine einzige Gratwanderung sein.«

291

»Das ist doch ganz einfach«, meldete sich Hermann Axen, im ZK zuständig für internationale Verbindungen und Beziehungen, zu Wort. »Du betonst einfach unsere Verbundenheit und unzerstörbare Freundschaft mit dem Brudervolk der Sowjetunion und seiner Partei, Kurt, und baust das noch etwas aus. Wer sagt denn, dass du solche Fragen überhaupt beantworten musst? So weit kommt es noch! Da gebe ich Erich«, Axen nickte in die Richtung seines Busenfreundes Mielke, »völlig recht.«

»So einfach ist das aber nicht, Genossen«, schaltete sich Schabowski ein. »Auch unsere Bevölkerung will Antworten auf die drängenden Fragen. Ich wurde unlängst in einem Betrieb darauf angesprochen, ob der Satz: ›Von der Sowjetunion lernen heißt siegen lernen‹ überhaupt noch gilt. Ich denke, wir müssen die Menschen in unserem Land umgehend über den Kurs der Partei informieren, um uns die Deutungshoheit nicht aus der Hand nehmen zu lassen, wenn wir glaubwürdig bleiben wollen.«

»Genauso wie du angesprochen worden bist, Günter, lautet auch die zweite Frage, die mir die Journalisten übermittelt haben«, gab Hager bekannt.

»Dann antworte doch mit Gorbatschows Worten aus seiner Grußbotschaft an unseren XI. Parteitag«, warf Egon Krenz ein. »Ich bekomme das jetzt wortwörtlich nicht zusammen, aber in etwa hat er doch gesagt, dass die KPdSU und das Volk der Sowjetunion in all den Jahren seit dem Krieg an unserer Seite standen, stets bereit, dem jungen Staat der Werktätigen zu helfen. Wir waren treue Freunde und Verbündete der Sozialistischen Einheitspartei Deutschlands, der Deutschen Demokratischen Republik und bleiben es für alle Zeiten, hat er in etwa formuliert. Du wirst den genauen Wortlaut sicher in deinem Archiv finden. Wenn du Gorbatschow zitierst, bist du auf der sicheren Seite, und die Genossen in Moskau können dir keinen Vorwurf machen.«

»Eine richtige Antwort auf die Frage ist das aber nicht«, gab Schabowski zu bedenken.

»Als ob es darauf ankäme«, höhnte Mielke, dem der mehr als zwanzig Jahre jüngere Genosse sowieso suspekt war. Doch der ließ sich nicht beirren.

»Ich denke, dass wir die Gelegenheit nutzen sollten, darauf hinzuweisen, dass wir nicht alles, was in der Sowjetunion geschieht, kopiert und auch nie vollumfänglich übernommen haben. Sonst fragt uns die Bevölkerung nämlich ganz schnell, wo denn bei uns Glasnost und Perestroika bleiben.«

Die auch ich gern in der DDR hätte, dachte der Sprecher bei sich, *was aber mit euch Greisen nicht zu machen ist. Hoffen wir nur, dass uns das nicht einmal furchtbar auf die Füße fällt, wenn wir uns weiterhin den unbedingt notwendigen Reformen verweigern. Vor allem jetzt, wo es möglich wäre, das Land umzugestalten, und kein Widerstand aus Moskau zu erwarten ist. Im Gegenteil!*

»Worauf du unbedingt hinweisen solltest, Kurt, ist, dass unsere sozialistische Demokratie der bürgerlichen hoch überlegen ist, wie Genosse Honecker auf der letzten Tagung des ZK ausdrücklich betont hat«, schaltete sich Heinz Keßler, Minister für Nationale Verteidigung und damit auch verantwortlich für die Grenztruppen und den an sie ausgegebenen Schießbefehl, ein. »Allerdings betrachtet die KPdSU den von ihr eingeschlagenen Weg zur Vervollkommnung der Demokratie nicht als Modell für die anderen sozialistischen Länder. So haben sich die Genossen mir gegenüber jedenfalls auf der letzten Sitzung des Verteidigungsrates ausgedrückt. Das darfst du gern zitieren.«

Etliche der jüngeren Mitglieder des Politbüros schüttelten ob der Aussage des Armeegenerals nur den Kopf, sagten aber nichts, da Schabowski, der als so etwas wie ihr Sprecher fungierte, ja soeben eine Abfuhr erhalten hatte.

»Frag die Schreiberlinge doch einfach, ob sie ihr Haus auch neu streichen würden, bloß weil der Nachbar es tut«, warf Axen ein und erntete für die Bemerkung ein paar gequälte Lacher.

»Erstaunlich, ich habe einen ähnlichen Satz dazu bereits formuliert.« Hager klang ehrlich verwundert. »Er lautet: *Würden*

Sie, nebenbei gesagt, wenn Ihr Nachbar seine Wohnung neu tapeziert, sich verpflichtet fühlen, Ihre Wohnung ebenfalls neu zu tapezieren? Was meint ihr, Genossen, kann ich das so stehen lassen?«

»Von mir aus, ja«, gab Honecker seine Meinung kund, der niemand zu widersprechen wagte. »Ich hätte nie gedacht, das einmal sagen zu müssen, aber die Genossen in Moskau können für uns zukünftig kein Vorbild mehr sein. Ihr eingeschlagener Weg ist nicht der unsere, und ich glaube auch, sie marschieren unter Generalsekretär Gorbatschow in die falsche Richtung. Wir haben immer nach den Lehren Lenins, insbesondere nach der Theorie der sozialistischen Revolution und des sozialistischen Aufbaus, gehandelt und werden es auch in Zukunft tun. Ganz gleich, was andere darüber denken. Darauf sollten wir unsere Politik auch weiterhin ausrichten und keinen Schritt davon abweichen. Ich denke, Kurt, du kannst das so herausgeben, wie du es formuliert hast. Genossen, ich danke euch. Wir sehen uns nächste Woche wie gewohnt zur gleichen Zeit hier wieder.«

Und so erfuhren die Menschen der DDR, in denen es immer stärker gärte, dass sich nach dem Willen ihrer Partei- und Staatsführung auch weiterhin in ihrem Land nichts ändern, sondern alles beim Alten bleiben sollte, was ihnen wieder ein Stück Hoffnung nahm. Kurt Hager erhielt bald nach Erscheinen des Interviews den nicht sehr schmeichelhaften Spottnamen *Tapeten-Kutte*, und so nannte ihn auch Wolf Biermann in seinem berühmten Lied *Ballade von den verdorbenen Greisen*.

10. Kapitel

1988–30. September 1989

Die Fahrt nach Hannover und selbst die Grenzkontrolle nahm Marcus nur wie in Trance wahr, obwohl ihn die Undurchdringlichkeit der Sperranlagen erneut tief erschütterte. Die Türme, der Stacheldraht, die Mauern, die Hunde, die kläffend an ihren Leinen zerrten und nur mühsam von ihren Führern zurückgehalten werden konnten, erinnerten ihn an die Filme, die er über die Konzentrationslager der Nazis gesehen hatte. Sicher hatte es im Speziallager Nr. 2 für seinen Großvater unter den Russen auch nicht anders ausgesehen. Heute jedoch sperrte man nicht nur ein paar Gefangene ein, sondern nahm ein ganzes Land mit seiner Bevölkerung in Geiselhaft. Für eine Idee, die, wie jeder sehen konnte, der mit offenen Augen durchs Leben ging, eindeutig zum Scheitern verurteilt war. Nur die Clique an der Staatsspitze wollte das partout nicht wahrhaben und drosch bei jedem Auftritt nach wie vor die alten sozialistischen Phrasen, die ihnen schon längst keiner mehr glaubte. Doch der Apparat aus willfährigen Dienern, den sich die Mitglieder des Politbüros über Jahrzehnte hinweg aufgebaut hatten, hielt sie an der Macht und die Menschen in Ketten.

Diesmal musste Marcus den Inhalt seines gesamten kleinen Koffers auspacken und auf den Sitz legen, damit die Grenzer jedes Hemd und jede Unterhose betasten konnten. Seine Frau hatte ihm nur wenige Sachen eingepackt, die gerade einmal so für die bewilligten zehn Tage genügen würden. Alles andere hätte Verdacht erregen können. Allerdings stammte das, was er dabeihatte, größtenteils aus dem *Exquisit,* den teuren Warenläden in den Großstädten, wo auch gute Qualität, allerdings zu horrenden Preisen, angeboten wurde und die DDR die Kaufkraft ihrer Bürger abschöpfte. Imke hatte sorgfältig ausgewählt und ihrem ansonsten so sparsamen Mann klargemacht, dass er bei anstehenden Vorstellungsgesprächen nicht ärmlich, sondern gepflegt und gut gekleidet auftreten musste. Im Osten legte darauf keiner gesteigerten Wert, im Westen, wie sie von ihrer Verwandtschaft wusste, dafür umso mehr.

Marcus fuhr auf direktem Wege zu seinem Onkel Jürgen und dessen Frau Gisela, die das ehemalige Kinderzimmer ihrer Wohnung als Gästezimmer für ihn hergerichtet hatten. Ihr Nachwuchs war schon lange aus dem Haus, und so konnte ihr Neffe zumindest vorübergehend bei ihnen einziehen. Als Jürgen erfuhr, was Marcus vorhatte, nahm er sich sofort ein paar Tage frei, um ihn auf seinen Gängen zu den Behörden zu begleiten. Schon am nächsten Tag begann der Marsch durch die Institutionen, denn auf der Liste standen Landwirtschaftskammer, Kultusministerium und Arbeitsamt.

Was Marcus am meisten verblüffte, war die Freundlichkeit, auf die er allerorten traf. Kein Anraunzen, wie von DDR-Behörden gewohnt, kein stundenlanges, der Form halber Warten, um den Bittsteller weichzukochen, sondern effizientes Arbeiten begegnete ihm, und er gewann den Eindruck, dass diejenigen, mit denen er es zu tun bekam, auch wirklich an seinem Schicksal interessiert waren. Eigentlich hätte es ja genau andersherum sein müssen, denn die DDR und ihr Staatsapparat hatten sich schließlich vorgeblich dem alleinigen Wohle des Volkes verschrieben. In der Praxis war davon allerdings kaum etwas zu bemerken. Im Gegenteil, jeder, der etwas zu sagen, zu vergeben oder zu gewähren hatte, benahm sich wie ein kleiner König, dem seine Untertanen nur lästig waren. Bürger konnten sich nicht einmal darüber beschweren, wenn sie nach ihrem Dafürhalten ungerecht behandelt wurden, denn Entscheidungen von DDR-Behörden bedurften keiner Begründung, sie konnten völlig willkürlich gefällt werden. Das galt für Anträge auf Wohnraum ebenso wie für Ausreiseanträge und Reisevisa in das sozialistische Ausland – nur für die Tschechoslowakei war noch keins

296

erforderlich. In der UdSSR hingegen, das hatte Marcus in einer der letzten in der DDR erschienenen Ausgaben des *Sputnik* gelesen, war seit Sommer 1987 Behördenwillkür auf gesamtstaatlicher und auch örtlicher Ebene unter Strafe gestellt worden.

Doch all die Freundlichkeit und Sachkompetenz, auf die Marcus stieß, konnten nicht darüber hinwegtäuschen, dass ihm niemand eine verbindliche Antwort auf seine Fragen gab. Das Kultusministerium würde seine Abschlüsse erst bewerten und auf Gleichstellung mit westdeutschen Bildungswegen prüfen, wenn sie vorlagen. Die Urkunden mitzunehmen, hatte Marcus natürlich nicht gewagt. Wären sie bei ihm an der Grenze gefunden worden, hätte das seine sofortige Verhaftung bedeutet. Das Arbeitsamt und auch die Landwirtschaftskammer bedeuteten Marcus, dass sie erst für ihn tätig werden durften, wenn er sich tatsächlich dazu entschloss, im Westen zu bleiben, und Bundesbürger war. In der letztgenannten Institution stieß er allerdings auf das größte Entgegenkommen. Deren Leiter, selbst ein begeisterter Reiter und auch Turnierrichter, bot Marcus, der zumindest den kleinen, unverdächtigen Richterausweis in seiner Brieftasche mitgebracht hatte, an, ihn Veranstaltern zu empfehlen, damit diese ihn als Preisrichter einluden. Auf den Turnieren ließen sich bestimmt Kontakte zu Reitvereinen knüpfen, die einen jungen und engagierten Reitlehrer suchten. Außerdem gab er Marcus die Telefonnummer eines Gestütsleiters, der für die von ihm geführte Vollblutzuchtstätte im Harz dringend einen zuverlässigen Mitarbeiter als Stellvertreter benötigte, der ihn entlasten konnte, wenn er selbst dienstlich unterwegs war. Das alles klang recht vielversprechend, und war Marcus nicht in der Stadt bei den Behörden unterwegs, denen er nicht von der Pelle rückte, bis er zumindest unverbindliche, aber wegweisende Antworten auf seine Fragen erhielt, hing er am Telefon und trieb die Rechnung seines Onkels in schwindelerregende Höhe.

Im Vordergrund stand für ihn natürlich abzuklären, wie groß die Chance war, Imke und Jessica in einem überschaubaren Zeitraum nachzuholen. Ein Telefonat mit der Beschwerdeführerin bei der UN machte ihm auch diesbezüglich Hoffnung. Sie lebte in Bayern am Starnberger See, lud Marcus zu sich ein, wenn er sich endgültig entschließen sollte, in der Bundesrepublik zu bleiben, und schickte ihm nach Hannover auf dem Postweg mehrere Unterlagen und Zeitungsartikel, die ihre Art zu arbeiten erläuterten und die dabei erzielten Erfolge darstellten. Beschwerden von Einzelpersonen über ihren Staat nahmen die Vereinten Nationen nicht entgegen, wohl aber von Beschwerdeführern vorgebrachte Sammelklagen über Menschenrechtsverletzungen im jeweiligen Land. Brigitte Klump, so hieß die Dame, war bei Recherchen auf die Resolution 1503 gestoßen, die kaum jemand kannte. Sie ermächtigt das internationale Gremium des UN-Menschenrechtsrates dazu, sich mit der Situation innerhalb von Staatsgrenzen zu befassen, obwohl die UN-Charta eigentlich die Nichteinmischung in die inneren Angelegenheiten der Mitgliedstaaten vorschrieb. Auf dieser Basis trug sie als Beschwerdeführerin ihr vorliegende Fälle beim Centre for Human Rights im Palais des Nations in Genf vor und erreichte in vielen Fällen, dass die in den Petitionen genannten Personen ausreisen durften, denn die auf internationales Renommee bedachte DDR saß ungern auf der Anklagebank. In einem besonders schwerwiegenden Fall war Brigitte Klump sogar in den Hungerstreik getreten und hatte es auf diese Weise geschafft, dass die Familien von sechs Sportfunktionären, die im Westen verblieben waren, wieder zusammengeführt wurden. Trotzdem konnte es ein bis zwei Jahre dauern, bis sie Erfolg hatte, gab Frau Klump Marcus zu verstehen. Allerdings sagte sie ihm ebenso wie alle anderen, mit denen er bisher gesprochen hatte, dass sie erst für ihn tätig werden konnte, wenn er Bundesbürger war. Auf keinen Fall durfte mit ihr aus der DDR heraus Verbindung aufgenommen werden, da das für die Betreffenden in jedem Fall wegen illegaler Kontaktaufnahme strafrechtliche Konsequenzen verbunden mit hohen Haftstrafen nach sich ziehen würde.

298

Marcus war hin- und hergerissen und wusste nicht, was er tun sollte. Einerseits sah es sowohl arbeitstechnisch wie auch bezüglich der Familienzusammenführung gar nicht so schlecht aus, andererseits vermisste er schon jetzt nach nur wenigen Tagen seine beiden Mädchen, wie er Imke und Jessica in Gedanken stets nannte. Den Ausschlag gab letztlich das Gespräch mit dem Leiter des Vollblutgestütes im Harz, auch wenn es ganz anders ausfiel, als Marcus es sich vorgestellt hatte.

Die Zuchtstätte der edlen Vollblüter war wesentlich kleiner und auch weniger bekannt als Grömnitz. Sie befand sich auch nicht wie die anderen westdeutschen Gestüte in Privatbesitz, sondern gehörte auf verschlungenen Wegen dem Land Niedersachsen und verschiedenen Sparkassen. Wer womöglich sein zukünftiger Dienstherr war, interessierte Marcus allerdings weniger, erhoffte er sich doch nur die Aussicht auf eine Arbeitsstelle. Doch das war es letztlich nicht, was er bekam, sondern stattdessen einen Hinweis, an dem er schwer zu kauen hatte.

Die beiden Männer trafen sich in der Bahnhofsgaststätte von Bad Harzburg, die so gar nicht der Tristesse ihrer ostdeutschen Pendants entsprach. Marcus hatte gehofft, dass der Gestütsleiter ihn in die Zuchtstätte mitnehmen und sie ihm zeigen würde, doch der machte keinerlei derartige Anstalten. Stattdessen spendierte er seinem Gast ein Mittagessen und fragte ihn währenddessen über seine Zukunftspläne aus.

»Ehrlich gesagt weiß ich immer noch nicht, was ich tun soll«, gab Marcus unumwunden zu. »In zwei Tagen geht mein Zug, und ich schwanke ständig hin und her, ob ich einsteigen oder hierbleiben soll. Hätten Sie denn vielleicht eine Arbeit für mich auf ihrem Gestüt? Bei der Landwirtschaftskammer hatte man so etwas angedeutet. Die Aussicht auf eine Tätigkeit würde mir meine Entscheidung sicher etwas leichter machen.«

»Darüber können wir reden, wenn Sie sich endgültig entschlossen haben, in der Bundesrepublik zu bleiben. Aber haben Sie sich eigentlich einmal überlegt, was Ihnen blühen könnte, fahren Sie tatsächlich zurück? Wie Sie mir sagten, waren Sie auf den verschiedensten Behörden und haben dort ganz offen über Ihre Pläne gesprochen. Denken Sie nicht, dass die Stasi davon schon längst Wind bekommen hat? Ich bin mir sicher, dass die Genossen uns an vielen Stellen unterwandert haben und ihre Bürger bei Besuchsreisen ganz genau überwachen lassen. Ist Ihnen dieser Gedanke denn selbst noch nicht gekommen? Ich an Ihrer Stelle würde unter gar keinen Umständen zurückfahren. Und halten Sie das besser nicht für unbegründete Paranoia. Sie müssten mit großer Wahrscheinlichkeit damit rechnen, bereits an der Grenze aus dem Zug oder spätestens ein paar Tage nach Ihrer Rückkehr wegen geplanter Republikflucht abgeholt zu werden und für mehrere Jahre ins Gefängnis zu wandern. Das ist Ihnen doch hoffentlich klar, oder? Und was bitte haben Sie dann erreicht? Auch in diesem Fall sind Sie von ihrer Familie getrennt, nur dass es Ihnen dann wesentlich schlechter ergeht, als wenn Sie hierbleiben. Wenn ich Ihnen einen Rat geben darf, dann sollten Sie sich das wirklich sehr gut überlegen.«

Marcus fuhr bei diesen Worten der Schreck durch alle Glieder. So hatte er das Ganze, auf das ihn der Gestütsleiter gerade mit der Nase stieß, noch gar nicht betrachtet. Wenn er recht hatte, und Marcus war versucht, ihm zu glauben, würde er in eine üble Falle tappen, wenn er sich dazu entschloss zurückzufahren. In seiner Naivität hatte er natürlich überall ausposaunt, was er plante. Und dass die Stasi auch Augen und Ohren im Westen besaß, war selbst ihm bekannt. Es gab etliche Fälle, von denen das bundesdeutsche Fernsehen berichtet hatte, in denen prominente Republikflüchtige oder Fluchthelfer entführt und später in der DDR abgeurteilt worden waren. Und das war sicher wesentlich schwieriger gewesen, als einen Ausbildungsleiter bei seiner Rückkehr zu verhaften, der überall verkündet hatte, lieber im Westen bleiben zu wollen.

»Ehrlich gesagt habe ich daran noch gar nicht gedacht«, gab Marcus entsetzt zu. »Das wäre aber ein ganz schönes Dilemma.«

300

»Sie sollten besser davon ausgehen, dass es stimmt, was ich Ihnen gesagt habe. Warum, denken Sie, habe ich Sie nicht mit ins Gestüt genommen? Mein Stutenmeister ist ein Cousin Ihres Hengstwärters in Grömnitz. Allein wenn der seiner Verwandtschaft nur von Ihrem Besuch berichtet, sind Sie schon weg vom Fenster. Falls man Sie nicht schon vorher einkassiert hat. Deshalb würde ich Ihnen auch von einer Tätigkeit hier bei uns abraten, obwohl ich mir gut vorstellen könnte, mit Ihnen zusammenzuarbeiten. Aber alles, was Sie in Bezug auf Ihre Familie unternehmen, würde sicher auch drüben bekannt werden. Doch wenn Sie dableiben, hätte ich ein paar andere Adressen für Sie, keine Sorge. Wir Vollblutleute helfen uns schließlich untereinander, das war schon immer so.«

Marcus atmete tief durch, denn bei dieser Fürsprache konnte es eigentlich nicht allzu schwierig werden, einen Job zu finden. Andererseits war er wie benommen von dem, was ihm wie ein nasser Waschlappen um die Ohren gehauen worden war. Der Gestütsleiter hatte sicherlich recht. Der Weg zurück war ihm nach allem, was er bereits unternommen hatte, wohl verwehrt.

Als sich die beiden Männer voneinander verabschiedeten, konnte Marcus seinem Gesprächspartner gar nicht genug für dessen warnende Worte danken. Mit gemischten Gefühlen fuhr er zurück nach Hannover und besprach mit seinem Onkel und seiner Tante, aber auch mit Bernhard und Hannelore, was der Gestütsleiter ihm gegenüber geäußert hatte. Seine Verwandtschaft hingegen zuckte auf die Frage hin, ob sie eine Gefahr für ihn darin sahen, wenn er zurückfuhr, zwar nur mit den Schultern. Um hierauf eine fundierte Antwort geben zu können, kannten sie sich in der DDR einfach zu wenig aus. Weil sie sich andererseits aber sehr gut vorstellen konnten, dass eintrat, was der Gestütsleiter prophezeit hatte, rieten sie ihm ebenfalls vehement von einer Rückreise ab. Doch den Ausschlag gab letztlich die Antwort seines Ansprechpartners bei der Landwirtschaftskammer, zu dem Marcus bereits Vertrauen gefasst hatte. Er bestätigte im Prinzip die Worte des Gestütsleiters und warnte Marcus eindringlich davor, in den Zug nach Leipzig zu steigen. Selbst für seine Behörde wollte er nicht die Hand ins Feuer legen und sah die Gefahr, dass die Aktivitäten des jungen Mannes, der ihm sehr sympathisch war, bereits jetzt in der DDR bekannt waren, durchaus gegeben.

Wieder ist es letztlich nicht mein freier Wille, sagte sich Marcus, *wie mein weiteres Leben verlaufen wird.* Reiste ein Bundesbürger in die USA, um sich dort nach Arbeitsmöglichkeiten und dem Nachzug seiner Familie umzuhören, und erkannte, dass es doch nicht das war, was er sich vorstellte, konnte er ganz beruhigt zurückkehren, ohne dass sich jemand daran störte. Ihm allerdings blieb der Weg zurück, wie so vieles andere, vonseiten des Staates, in den er hineingeboren war, nun verwehrt. Selbst hier in der BRD hatte die Stasi ihre Spitzel und damit Macht über ihn, nahm ihm dadurch aber auch gleichzeitig die Last der Entscheidung von den Schultern. Er hatte ja gar keine Alternative, wollte er nicht im Gefängnis landen. Dann also besser in Angriff nehmen, was Imke ihm aufgetragen hatte: alles dafür tun, dass sie so schnell wie irgend möglich wieder zusammenkamen, und in der Zwischenzeit für sie und Jessica ein Nest bauen.

Marcus sah dem Zug nach Leipzig mit Tränen in den Augen und wehem Herzen lange hinterher. Dann wandte er sich um und stieg in den nach Gießen. Dort befand sich das Erstaufnahmelager für DDR-Flüchtlinge, in dem er sich melden musste, wenn er Bundesbürger werden wollte.

Bevor Marcus nach Gießen fuhr, hatte er Imke wie vereinbart bei ihren Eltern angerufen, die ein Telefon besaßen, für DDR-Bürger keineswegs eine Selbstverständlichkeit. Was er sagen würde, bliebe er im Westen, war zwischen ihnen vor seiner Abreise detailliert abgesprochen worden, da jeder in der DDR davon ausging, dass die Anrufe abgehört wurden. Imke gab sich äußerst betroffen und beschwor ihren Mann, diesen plötzlichen

302

Entschluss noch einmal zu überdenken und zu ihr und Jessica zurückzukommen. Als er sich aber nicht abbringen ließ, versicherte sie ihn ihrer Liebe und dass sie immer zu ihm stehen würde. Ganz gleich, wie lange es dauern sollte, sie wollte ihm treu bleiben und an ihrer Ehe festhalten. Schon in den nächsten Tagen würde sie beim Rat des Kreises für sich und ihre Tochter einen Ausreiseantrag stellen, damit sie bald wieder vereint wären, gab sie für die wahrscheinlich mithörenden Stasimitarbeiter zu Protokoll. Danach fuhr sie mit Jessica nach Grömnitz zurück, aber sehr langsam, denn ihre Augen schwammen in Tränen.

Imke informierte noch am gleichen Abend Marcus' Heimleiterin, die ihn während seiner Abwesenheit vertrat, vom Verbleiben ihres Mannes im Westen. Die fiel aus allen Wolken, beschimpfte ihren ehemaligen Chef als übles Schwein, das seine Familie im Stich gelassen habe und den glitzernden Verlockungen erlegen wäre, und versicherte Imke ihrer Anteilnahme. Selbst alleinerziehend, machte sie ihr Mut, dass das alles letztlich zu ertragen und auf Männer sowieso kein Verlass sei. Der Heimleiterin graute allerdings davor, am nächsten Morgen in der Abteilungsleiterbesprechung, in der sie Marcus vertrat, Dr. Ruppert über den Verbleib seines Ausbildungsleiters im Westen in Kenntnis setzen zu müssen.

Als der Direktor erfuhr, was auf ihn und letztlich auf den gesamten Betrieb zukam, war er zuerst dem Herzstillstand nahe, dann lief er puterrot an. Doch sein Zorn richtete sich zum Erstaunen aller nicht gegen den verschollenen Ausbildungsleiter, sondern gegen den Parteisekretär, der gar nicht wusste, wie ihm geschah.

»Haben Sie den Kollegen Leipold womöglich noch vor seiner Abreise weiter unter Druck gesetzt, Mitglied der Partei der Arbeiterklasse zu werden?«, donnerte er den Genossen wütend an. »Hatte ich Ihnen nicht deutlich zu verstehen gegeben, ihn zumindest vorerst damit in Ruhe zu lassen? Ist das jetzt womöglich das Ergebnis Ihrer völlig fehlgelaufenen Agitation, und haben wir den ganzen Schlamassel damit letztlich Ihnen zu verdanken? Glauben Sie mir, ich bekomme das raus, und dann werden Sie sich dafür zu verantworten haben.«

Dass wahrscheinlich demnächst Köpfe rollen würden, wenn, was anzunehmen war, die Zentralstelle für Pferdezucht in Berlin von dem Vorfall erfuhr, war jedem am Tisch klar. Nur welche, stand im Moment noch in den Sternen. Zwischen dem Direktor und dem Parteisekretär würde es zum Machtkampf kommen, bei dem es nur Verlierer geben konnte. Der Zuchtleiter machte sich jedenfalls schon einmal mit dem Gedanken vertraut, dass demnächst vielleicht ein unerwarteter Karrieresprung auf ihn zukommen würde.

Doch es kam ganz anders, und jeder blieb auf seinem Posten. Die Stasi hatte mittlerweile immer größere Probleme mit sich formierenden oppositionellen Gruppen in der DDR, und vor allem damit, dass deren Existenz nicht an die breite Öffentlichkeit drang. Ihren Organen war es durchaus manchmal lieber, Störenfriede blieben im Westen, als dass sie diesseits der Grenze womöglich aufmuckten. Marcus hatte Dr. Ruppert einen kurzen, aber sehr persönlichen Brief geschrieben, ihm darin seine uneingeschränkte Hochachtung versichert, Verständnis für seine Entscheidung erbeten – ohne allerdings davon auszugehen, es auch zu finden – und flehentlich darum ersucht, dass Ruppert seinen sicher vorhandenen Unmut nicht an seiner Familie ausließe, was dieser allerdings gar nicht vorhatte. Dafür war er viel zu sehr Gentleman, wie man im Westen gesagt hätte, oder auch nur jemand, der seine Menschlichkeit nicht wie so viele andere Genossen mit Empfang des Parteibuches abgegeben hatte. Ruppert bat Imke zu sich und forderte sie auf, sich über ihre Arbeitsstelle um eine andere Wohnung zu bemühen, da diejenige, in der sie jetzt lebte, als Dienstwohnung galt. Gleichzeitig wusste er aber, dass das ein hoffnungsloses Unterfangen war, denn Wohnraum war nach wie vor äußerst knapp und er der

Letzte, der eine Mutter mit Kind auf die Straße setzen würde. Allerdings musste sie ein Zimmer abtreten, das einer anderen Wohnung zugeschlagen wurde. Jedem DDR-Bürger stand immer nur eine begrenzte Menge an Quadratmetern zu.

Aber das konnte Imke verschmerzen, so zog Jessica eben in ihr Schlafzimmer mit ein. Außerdem ging sie davon aus, dass sie ihrem Mann bald folgen könnte, worüber sie Dr. Ruppert auch nicht im Unklaren ließ. Doch der war sowieso davon ausgegangen, dass sie umgehend einen Ausreiseantrag stellen würde, hatte das Paar doch zumindest nach außen hin eine äußerst harmonische Ehe geführt.

Als Ruppert mit dem Schreiben seines ehemaligen Ausbildungsleiters zu den Genossen in die SED-Kreisleitung fuhr, machte er sich auf allerlei Vorwürfe und Schlimmeres gefasst, aber was wenig später auf ihn zukam, hielt sich in Grenzen und war weit weniger bedrohlich als von ihm angenommen. Hatte man hier womöglich schon aufgegeben und die Republikflüchtlinge abgeschrieben? War es bereits so weit, dass sich die Jugend des Landes in den Westen absetzte und man es nur noch achselzuckend zur Kenntnis nahm? Nun, dann konnte man die Ehefrau und das Kind seines Ausbildungsleiters ja auch nachreisen lassen und ihm, dem Betrieb und letztlich auch dem Staat damit mannigfaltige Probleme vom Hals schaffen.

Doch da kannte Dr. Ruppert die Rachsucht und Kleinlichkeit des Staatsapparates schlecht. Imke wurde zur Kripo einbestellt – denn offiziell trat die Stasi nur so selten wie möglich in Erscheinung –, wo man sie haarklein dazu befragte, was Marcus mit in den Westen genommen hatte, wie viele Gepäckstücke, wie viele Hemden, Unterhosen, Socken und so fort. Wer die Koffer gepackt hatte, wollte der Oberleutnant wissen und verlangte die Herausgabe aller Westkontakte der Familie. Ebenso befragte er die junge Mutter, die ihre Tochter die ganze Zeit über auf dem Schoß festhielt, wann sie konkret von dem Verbleib ihres Mannes in der Bundesrepublik erfahren hätte, legte ihr den Straftatbestand der Beihilfe dar und bezichtigte sie ganz offen der Mitwisserschaft zur Vorbereitung einer Republikflucht. Wenn er jetzt aber gedacht hatte, dass Imke aus Angst davor, dass man ihr womöglich das Kind wegnahm, womit er ganz unverhohlen drohte, zusammenbrechen und alles gestehen würde, sah er sich getäuscht. Sie blieb eisern bei der mit Marcus abgesprochenen Version, bestritt vehement, etwas von seinen Plänen gewusst zu haben, und vertrat mit Nachdruck die ebenfalls mit ihrem Mann besprochene Lesart der spontanen Entscheidung. Auf die Frage, ob sie denn einen Verdacht hätte, warum er im Westen verblieben war, zuckte Imke nur mit den Schultern.

Sie hätte es dem Staatsdiener durchaus sagen können, aber was wusste der von der Sehnsucht nach Freiheit, die sie mit Marcus teilte? Für die Kommunisten war Freiheit nur Einsicht in die Notwendigkeit, wie Friedrich Engels es einst formuliert hatte. Der galt schließlich als großer Klassiker des Marxismus-Leninismus und war damit über jede Kritik erhaben. Und was im engelschen Sinne notwendig war, bestimmten im gesamten kommunistischen Lager die Machthaber und nicht etwa das Volk, das in den Augen der Partei- und Staatsführung nichts davon verstand und deshalb darüber auch kein Mitspracherecht hatte. Einen anderen Freiheitsbegriff hatte Rosa Luxemburg geprägt, zu deren und Karl Liebknechts Ehren das Politbüro alljährlich am 17. Januar zu einer Großdemonstration aufrief und selbst an deren Spitze voranschritt. *Freiheit ist immer auch die Freiheit der Andersdenkenden,* hatte die Revolutionärin einmal formuliert. Doch wer diesen Spruch heute zitierte, musste mit Stasiknast rechnen oder wurde zusammengeknüppelt, führte er ihn auf einem Transparent mit sich. So geschehen erst im Januar am Rande der offiziellen Gedenkfeierlichkeiten für die beiden ermordeten Mitbegründer der Kommunistischen Partei. Nur das Westfernsehen hatte davon berichtet. In der DDR war der Vorfall wohlweislich totgeschwiegen und die Rädelsführer der ungenehmigten Demonstration wegen Landesverrats, Zu-

306

sammenrottung und Rowdytums zu langjährigen Haftstrafen verurteilt worden. Deshalb hütete sich Imke wohlweislich, etwas zu den Beweggründen ihres Mannes anzumerken. In diesem Fall war es eindeutig besser, Nichtwissen vorzuschützen und sich in Schweigen zu hüllen.

Da man ihr nichts anderes nachweisen konnte, ließ man sie nach langen Verhören im Wechsel mit zermürbenden Wartezeiten wieder gehen, nicht ohne ihr aber mitzuteilen, dass man ein Ermittlungsverfahren gegen sie eingeleitet hatte und die Republikflucht ihres Mannes, noch dazu in seiner Position, als Verrat am sozialistischen Arbeiter-und-Bauern-Staat ansah, der wohl auch für sie nicht ohne Folgen bleiben würde. Mit bangem Gefühl fuhr Imke zurück nach Grömnitz und war nur froh, dass Jessica so tapfer und artig war. Sie fragte zwar ständig nach ihrem Papi, weinte aber nur selten.

Seit Marcus' Verbleiben im Westen hatte Imke im Dorf von allen Seiten unerwarteten Zuspruch erfahren. Leute, die sich ihr und ihrem Mann früher gegenüber eher zurückhaltend verhalten hatten, boten ihr jetzt Hilfe bei der Kinderbetreuung oder bei den Einkäufen an, reparierten auch mal von sich aus ein defektes Zaunfeld oder sperrten abends die Hühner ein, wenn Imke es vergessen hatte. Es war fast so, als wollten sie sich im Nachhinein dafür entschuldigen, dass sie das junge Paar verdächtigt hatten, womöglich mit der Stasi zusammengearbeitet zu haben. Imke hingegen blieb äußerst vorsichtig und misstrauisch, denn so richtig vertrauen konnte und wollte sie niemandem, obwohl ihr schon manchmal danach zumute war, sich alles von der Seele zu reden und jemandem ihr Herz auszuschütten. Doch wer konnte ihr schon sagen, dass ihre Worte nicht bereits am nächsten Tag der Stasi hinterbracht werden und ihr ganzes, mühsam zusammengestricktes Konstrukt zum Einsturz bringen würden? Lieber biss sie sich die Zunge ab, als irgendjemandem gegenüber zu äußern, dass sie fast zwei Jahre an dem Plan gearbeitet hatten, den ihr Mann jetzt in die Tat umsetzte.

Ihren Ausreiseantrag hatte sie bereits vier Tage nach Marcus' Flucht in die BRD schriftlich beim Rat des Kreises gestellt, aber, wie zu erwarten gewesen war, keine Antwort erhalten. Als sie zehn Tage später erstmals persönlich vorsprach und nachfragte, wie es denn um ihr Gesuch stehe und ob man denn eine Frau nicht zu ihrem Mann, eine Tochter nicht zu ihrem Vater lassen wollte, wurde sie nur mit Kopfschütteln bedacht und angesehen, als wäre sie eine arme, bemitleidenswerte Irre. Marcus hätte seine Familie im Stich gelassen, damit müsse sie sich ein für alle Mal abfinden, bekam sie zu hören. Ihren Mann würde sie wahrscheinlich nie wiedersehen. Und anstatt unsinnige Anträge zu stellen, sollte sie doch besser die Scheidung einreichen. Die könnte in so einem Fall schnell und problemlos über die Bühne gehen, und sie wäre schließlich eine junge, attraktive Frau, die bestimmt trotz Kind bald einen neuen Partner finden würde.

Als Imke erklärte, dass sie an ihrer Ehe festhalten und unter allen Umständen zu ihrem Mann wollte, wurden die Mitarbeiter der Staatsorgane unwirsch. Das käme überhaupt nicht infrage, wurde ihr beschieden und ihr Ausreiseantrag nebst dem Gesuch der Entlassung aus der Staatsbürgerschaft der DDR hohnlachend zurückgewiesen. Imke war danach völlig niedergeschlagen und deprimiert, obwohl sie nichts anderes erwartet hatte. Jetzt musste sie einfach darauf vertrauen, dass Marcus vom Westen aus die notwendigen Schritte einleitete und dabei erfolgreicher war als sie. Noch am selben Abend setzte sie sich hin und schrieb ihrem Mann einen Brief, der all ihre Verzweiflung und ihren Schmerz zum Inhalt hatte. Tagtäglich sollte ein weiterer während ihrer Trennung folgen, oft zwei bis drei eng beschriebene Din-A4-Seiten oder auch mehr, und meist malte Jessica, so klein sie auch war, ein Bild dazu. Auf diese Weise wollte Imke dafür sorgen, dass das Band zwischen ihr und Marcus nicht zerriss. Aber die Sorge brauchte sie nicht zu haben, denn ihrem Mann erging es nicht anders, und auch er hielt sich eisern an das Versprechen, das er seiner Familie vor seiner Abreise gegeben hatte, und ließ täglich von sich hören und sie wissen, wie es ihm erging und was er alles unternahm. Natürlich wussten beide, dass ihre Briefe von der Stasi gelesen wurden und sie nur unverfängliche Dinge schreiben durften. Doch das hatte auch einen Vorteil: Sie konnten den Staatsorganen auf diesem Wege mitteilen, was sie sie wissen lassen wollten.

Nur zwei Tage hatte Marcus gebraucht, um das Aufnahmeverfahren in Gießen zu durchlaufen, das sonst circa eine Woche dauerte. Doch er hatte keine Zeit, es gab so unendlich viele Dinge zu erledigen, und so beantwortete er alle Fragen kurz und knapp, konnte bereits einen Wohnsitz angeben, und auch der Nachrichtendienst, der im Lager die Ankömmlinge auf Herz und Nieren prüfte, zeigte an ihm kein Interesse. Schließlich hatte er nur den Grundwehrdienst absolviert und verfügte über keinerlei militärisches Insiderwissen. Nur als man Marcus fragte, warum er sich denn keiner ostdeutschen Oppositionsgruppe angeschlossen hätte, wenn er doch so im Clinch mit der Staatsdoktrin lag, war er irritiert. Dass es so etwas in der DDR überhaupt gab, war ihm gar nicht bekannt. Schließlich lebte er in der absoluten Provinz in einem Dorf, das nur wenige Hundert Seelen zählte. Was sich langsam in Großstädten wie Berlin und Leipzig zu formieren begann, war noch nicht bis zu ihm und Imke vorgedrungen.

Ebenso überraschte Marcus die große Zahl der Ankömmlinge im Lager, hatte er sich doch anfangs für einen Einzelfall gehalten. Doch jeder Zug, ganz gleich, aus welcher Richtung er kam, brachte DDR-Bürger mit, die eine genehmigte Westreise zum Verbleib in der Bundesrepublik nutzten. Darunter waren einfache Arbeiter, die ihr angebliches Paradies mit fliegenden Fahnen verließen, ebenso wie in der DDR dringend benötigte Handwerker, Ingenieure und Mediziner beiderlei Geschlechts. Viele von ihnen hatten sich offenbar tatsächlich spontan entschieden zu bleiben, was Marcus nie in den Sinn gekommen wäre. *Etwas derart Gravierendes gehört doch langfristig geplant und mit dem Partner abgesprochen,* dachte er sich, denn es waren auch etliche Familienväter darunter. Ob diese Ehen halten würden? Seine jedenfalls sollte es unter allen Umständen, und deshalb tänzelte er wie ein Vollblüter in der Startbox vor dem Rennen, um endlich loslegen und sich um die Familienzusammenführung kümmern zu können.

Zurück in Hannover, suchte er tagsüber die Ämter auf und verfasste abends Schreiben an alle möglichen Instanzen auf der Reiseschreibmaschine seiner Tante. Neue Papiere mussten ebenso beantragt werden wie Arbeitslosengeld, und sehnsüchtig wartete er auf seine Qualifikationsnachweise, damit er sich um die berufliche Anerkennung seiner Abschlüsse kümmern konnte. Oma Helene, die als Rentnerin keinen Reisebeschränkungen unterlag, brachte die Urkunden in ihrer Unterwäsche auf dem Leib mit. Sie umarmte ihren Enkel, so fest sie konnte, richtete ihm ganz liebe Grüße von allen Daheimgebliebenen aus und meinte außerdem, dass er für seine Familie stark bleiben müsse und auf gar keinen Fall zurückkommen sollte. Von Jessica brachte sie ihm eine blonde Haarlocke und von Imke einen ganz persönlichen Brief mit, den diese der Post nicht hätte anvertrauen können.

Marcus hatte bereits an das Bundeskanzleramt geschrieben, es um Hilfe und Unterstützung gebeten und von dort die Kontaktadresse einer Rechtsanwältin in Westberlin mitgeteilt bekommen, die sich im Namen der Bundesregierung um Familienzusammenführung und Häftlingsfreikauf bemühte. An sie wendete er sich über einen Verwandten von Imke, der in Berlin lebte und ebenfalls als Rechtsanwalt tätig war. *Von Kollege zu Kollegin,* dachte Marcus, *wird sich wohl schneller und besser ein Kontakt herstellen lassen.* Doch schon nach wenigen Tagen erhielt er die niederschmetternde Nachricht, dass der DDR-Anwalt Wolfgang Vogel es als Ansprechpartner seiner westdeutschen Kollegen grundsätzlich ablehnte, Fälle zu übernehmen,

310

bei denen ein Familienmitglied nach einer Besuchsreise in die BRD nicht zurückkam. Die großzügige Regelung wäre von der Partei- und Staatsführung schließlich nicht ins Leben gerufen worden, damit ein Ehepartner im Westen verbliebe, ließ er ausrichten. Wenn es doch geschah, dann müsse das Paar eben mit den Folgen leben und sich am besten trennen. Er jedenfalls würde für solche Leute keinen Finger krümmen, lautete seine Aussage.

Marcus kochte vor Zorn, als er den Brief aus Berlin las. *Großzügige Regelung!*, dass ich nicht lache, dachte er. War es nicht das Selbstverständlichste der Welt, dass Familien zusammenlebten, wo auch immer sie wollten? Für die Verbrecher – Marcus wurde immer unnachgiebiger in seinem Zorn –, die die DDR regierten und ein ganzes Volk in Geiselhaft nahmen, um nur ja an der Macht bleiben zu können, offenbar nicht. Eines Tages, so hoffte er, würde man diese Clique, diese Bande von Gefängniswärtern, die noch dazu ihre Häftlinge für Geld verkauften, mit einem gewaltigen Fußtritt zum Teufel jagen.

Nach dem bedrückenden Bescheid aus Berlin wurde es für Marcus immer wichtiger, eigene Wege zu gehen und die Hilfe der Vereinten Nationen anzurufen. Doch dafür musste er an den Starnberger See, und für eine Fahrkarte ganz in den Süden der Bundesrepublik hatte er einfach nicht die Mittel. Seine Verwandtschaft anzubetteln, die schon genug für ihn tat, widerstrebte ihm zutiefst, und so verfiel er auf eine andere Idee.

Das Arbeitsamt zahlte Marcus die Reise zu allen Vorstellungsgesprächen, ganz gleich, wohin auch immer er eingeladen wurde. Der Gestütsleiter von Bad Harzburg hatte ihm, wie versprochen, zwei Adressen von Gestütsbesitzern genannt, die auf der Suche nach einem zuverlässigen Mitarbeiter waren, und Marcus sich mit den beiden Herren in Verbindung gesetzt. Der Name der renommierten und vor dem Krieg weltweit geachteten Zuchtstätte Grömnitz hatte ihm die Türen geöffnet, und so war er in beide Zuchtstätten eingeladen worden, was ihm einmal

311

eine Reise in die Nähe von Köln und einmal nach Bingen am Rhein einbrachte. So sah er wenigstens etwas von seiner neuen Heimat, wenn auch nur durch das Zugfenster, und lernte interessante Menschen kennen. Beide Gestütsinhaber zeigten sich durchaus an ihm interessiert und versprachen, sich zeitnah mit ihm in Verbindung zu setzen. Voraussetzung war allerdings, dass seine Abschlüsse in der Bundesrepublik anerkannt wurden und er zumindest als Meister in ihre Betriebe eintreten konnte. Doch das war in Bearbeitung, und der Dienstweg konnte von Marcus, sosehr er auch drängte, nur bedingt beeinflusst werden. Aber wenn man ihn schon an den Rhein fahren ließ, warum dann nicht auch in den Süden? Er brauchte nur eine Einladung zu einem Vorstellungsgespräch in dieser Gegend und könnte von dort sicher einen bezahlbaren Abstecher nach Seeshaupt unternehmen, wo die Dame residierte, die die Sammelklagen in Genf vortrug.

Marcus fuhr mit dem Fahrrad, das ihm sein Onkel zur Verfügung gestellt hatte und mit dem er kreuz und quer durch Hannover radelte, zum Bahnhof, weil es da die größte Zeitschriftenhandlung gab, die er je gesehen hatte. Auf dem Weg dorthin sah Marcus auch vieles, was ihn bedrückte. Wenn Imke die Trennung nun nicht aushielte, sich einen anderen suchte und er Frau und Kind nie wiedersähe, was dann? Oder seine Qualifikationen nicht anerkannt wurden und er keine Arbeit fand? Würde er dann womöglich einer von denen werden, die in den Passagen saßen und denen die pure Verzweiflung ins Gesicht geschrieben stand. Oder mit völlig abgestumpftem Blick vor sich hin starrten und einen Hut, manche auch nur einen Plastikbecher, vor sich auf dem Boden stehen hatten? Marcus schüttelte es bei dem Gedanken, aber ganz verdrängen konnte er die Angst und die Frage, ob womöglich alles ein großer Fehler gewesen war, nicht.

In der Buchhandlung gelang es ihm unbemerkt vom Verkaufspersonal die Stellenanzeigen in den einschlägigen Fachzeit-

312

schriften durchzugehen und sich Notizen zu machen, ohne die Exemplare kaufen zu müssen. Dazu fehlte ihm schlicht das Geld. In Bayern selbst gab es kein Angebot, dafür aber im benachbarten Österreich. Im Mühlviertel suchte ein Hotelier einen Reitlehrer für seine Gäste. Marcus eruierte, dass der Ort, in dem sich das Hotel befand, gar nicht weit von der bayerischen Grenze entfernt lag, und rief den Besitzer an. Der zeigte sich interessiert und schickte ihm eine Einladung, mit der er eine Fahrkarte nach Passau erhielt, von wo ihn der Hotelier abholte.

Viel versprach sich Marcus nicht von dem Vorstellungsgespräch, doch das war ihm gleichgültig, wollte er doch nur an den Starnberger See, um endlich die Familienzusammenführung voranzubringen. Er gab zwei Reitstunden in der gleichen Art, wie er auch seine Studenten und Lehrlinge trainiert hatte, saß am Abend mit den Gästen zusammen, die sich lebhaft für die Verhältnisse in der DDR interessierten, und wurde am nächsten Tag von seinem Gastgeber zurück zum Zug gebracht. Wie alle anderen, bei denen Marcus bisher vorstellig geworden war, versprach der Hotelier sich zu melden, sobald er zu einer Entscheidung bezüglich der Stellenvergabe gelangt wäre.

Marcus kannte das schon, das war die Standardaussage nach einem Bewerbungsgespräch, und er nahm nicht an, jemals wieder etwas aus Österreich zu hören. Von Passau fuhr er nach München und von dort mit der S-Bahn nach Seeshaupt, seinem eigentlichen Ziel. Brigitte Klump erwartete ihn bereits, und bei einer Tasse Kaffee erläuterte sie Marcus ihre Vorgehensweise. Er musste die Petition selbst verfassen und ins Englische übersetzen lassen, die sie dann beim Centre for Human Rights einreichen würde. Überall in dem Raum standen Fotos von Familien, die auf diesem Weg wieder zueinandergefunden hatten. Marcus verließ die Frau voller Hoffnung auf eine baldige Lösung und mit einem Stapel Unterlagen und Gesetzesblätter, die er studieren sollte und auf die er sich in seinen Schreiben berufen konnte. Allerdings hatte sie ihm auch zu verstehen gegeben, dass durchaus zwei Jahre ins Land gehen konnten, bis sie Erfolg hatte. Das Wichtigste war, in dieser Zeit nicht zu verzweifeln und die Nerven zu bewahren.

Mit dem Nachtzug fuhr Marcus von München nach Hannover zurück und wollte sich in seinem Zimmer nach der Reise gerade für ein paar Stunden aufs Ohr legen, bevor er wieder seine Behördentour begann, da klopfte seine Tante und teilte ihm mit, dass der Hotelier aus Österreich angerufen und gefragt hätte, wann er denn anfangen könne. Jetzt hatte Marcus ein Problem, wenn auch ein erfreuliches, denn von dem Gestütsbesitzer aus der Nähe von Köln war ebenfalls Post gekommen. Er bot ihm eine Stelle in seinem Betrieb als Gestütsleiter an, wenn seine Qualifikationen bestätigt wurden.

Statt zu schlafen, schwang sich Marcus daher auf sein Rad und wurde erneut beim Kultusministerium vorstellig. Dort erhielt er zuerst eine negative, dann aber glücklicherweise auch eine positive Antwort. Da es in der Bundesrepublik keine Fachschulausbildung für Veterinärmediziner gab, wurden seine diesbezüglichen Abschlüsse nicht anerkannt. Er durfte allerdings seine Berufsbezeichnung führen und könnte sich jederzeit um einen Hochschulstudienplatz bewerben, wurde ihm bedeutet. Das lag nun aber gar nicht in seinem Interesse, denn ein Studium würde Geld kosten. Er hingegen wollte welches verdienen, um Imke und Jessica ein angemessenes Zuhause bieten zu können, wenn sie zu ihm kamen. Anders verhielt es sich mit seinen reiterlichen Qualifikationen. Man bot ihm an, seine Ingenieurabschlüsse mit der Pferdewirtschaftsmeisterausbildung in der Bundesrepublik gleichzusetzen.

Marcus hätte vor Glück schreien können, so groß war die Last, die ihm daraufhin von den Schultern fiel, hatte er sich doch schon trotz seiner vielen Qualifikationen als Ungelernter ohne anerkannten Berufsabschluss eine Arbeitsstelle suchen sehen. Jetzt standen ihm gleich zwei Wege offen, nur für welchen sollte er sich entscheiden? In seinem Hinterkopf schlummerte

314

immer noch der große Traum von der Selbstständigkeit. Der wäre aber wahrscheinlich in der Vollblutpferdezucht niemals zu realisieren, war ihm bewusst geworden. Da würde er immer ein, wenn vielleicht auch geschätzter, Angestellter bleiben, denn die Gestüte gehörten, von der einzigen Ausnahme Bad Harzburg einmal abgesehen, alle dem alten oder neuen Geldadel. Der Besitzer der Zuchtstätte nahe Köln besaß einen großen Elektronikbetrieb, und der andere bei Bingen am Rhein, der ihm kurzfristig abgesagt hatte, einen internationalen Pelzhandel. Niemals würde Marcus da mithalten können, dafür bräuchte er mindestens drei Leben. Aber die Zeit in Österreich als zweite Lehrzeit anzusehen, Verbindungen zu knüpfen und vielleicht später mit Imke zusammen einen Reitbetrieb zu pachten, wäre das vielleicht eine Möglichkeit? Zwei Tage lang wälzte Marcus den Gedanken hin und her, beriet sich mit seinen Verwandten und Freunden, bevor er sich entschloss, seine Koffer zu packen und sich Richtung Österreich auf den Weg zu machen. Den Ausschlag hatte aber letztlich etwas anderes als das Stellenangebot gegeben. Marcus konnte es nicht rational erklären, aber in dem Alpenland fühlte er sich Imke und Jessica irgendwie näher als im fernen Rheinland. Er würde in der Nähe der tschechoslowakischen Grenze leben, die Österreicher hatten außerdem ein traditionell gutes Verhältnis zum Nachbarland Ungarn, und vielleicht ergab sich ja etwas auf diesem Wege, wenn er erst einmal im Mühlviertel war.

Ein entfernter und schon sehr betagter Verwandter überließ Marcus seinen alten VW Käfer, der bei ihm nur noch herumstand und an dem der Zahn der Zeit genagt hatte. Die letzten Tage in Hannover nutzte er zusammen mit seinem Onkel, um das klapprige Gefährt instand zu setzen, und hoffte inständig, dass der grüne Laubfrosch – so hatte er das Gefährt wegen seiner Farbe getauft – die lange Fahrt überstehen würde. Doch der Käfer erwies sich gemäß seinem Ruf als unverwüstlich und brachte ihn sicher, wenn auch langsam, nach Österreich. Ein neuer Lebensabschnitt konnte beginnen, und Marcus war seinem Ziel, für sich und seine Familie eine neue Existenz aufzubauen, in kurzer Zeit ein ganzes Stück näher gekommen.

Marcus erkannte bald, dass er die richtige Entscheidung getroffen hatte. Bei den Gästen kam seine Art, Unterricht zu erteilen, gut an, und wenn er abends nicht allein in seinem kleinen, ihm vom Hotelier zur Verfügung gestellten Zimmer hocken wollte, setzte er sich zu ihnen. Das Publikum war international, viele Österreicher und Bundesbürger, aber auch Schweizer, Franzosen, Holländer kamen in dieses weit über die Grenzen der Alpenrepublik hinaus bekannte Reitsporthotel. So lernte Marcus viele interessante Menschen kennen, und nicht wenige waren an seinem Schicksal interessiert und boten ihm ihre Hilfe an. Anfangs war er eher zurückhaltend, doch nach und nach schwand seine Scheu, und er lernte, ehrlich gemeinte Angebote von reinen Wortbekundungen zu unterscheiden. Über einen Mitarbeiter des österreichischen Außenministeriums kam ein Kontakt zur Botschaft in Berlin zustande. Der Gesandte lud Imke ein und versicherte ihr, dass er sich im Rahmen seiner Möglichkeiten für sie und Jessica einsetzen würde. Der Chefredakteur einer großen Wirtschaftszeitung nahm Fühlung zum saarländischen Ministerpräsidenten auf, der bald in die DDR reisen wollte; ein Rechtsanwalt aus Braunschweig, der die Kollegin gut kannte, die sich mit den Fällen im Auftrag der Bundesregierung beschäftigte, versprach persönlich nachzuhaken. Das alles brachte Hoffnung, aber leider nicht mehr.

Die DDR-Behörden zeigten sich äußerst hartleibig und lehnten stets jedes neue Gesuch von Imke und Jessica ab, ja machten sich regelrecht einen Spaß daraus, die junge Frau zu verhöhnen, wenn sie bei den staatlichen Stellen vorsprach. Man zwang sogar ihren Chef, der ihr bisher stets zur Seite gestanden hatte, ihr den Dienstwagen wegzunehmen, und so musste sie mit einem Moped zu den weit auseinanderliegenden Stallanlagen fahren.

316

Das wurde im Winter auf schneeglatter Fahrbahn mit Glasflaschen, Spritzen, Kanülen und anderen veterinärmedizinischen Gerätschaften im Rucksack so gefährlich, dass Imke sich genötigt sah, ihre Arbeit, die ihr bisher Halt gegeben hatte, zu kündigen. Schließlich war sie für Jessica verantwortlich, und was sollte aus dem Kind werden, wenn ihr etwas zustieß? Sowohl ihr Chef wie auch alle Kollegen nahmen Imkes Entscheidung mit großem Bedauern zur Kenntnis, konnten aber gegen die Weisung der Staatsorgane nichts unternehmen. Von nun an würde sie von ihren Ersparnissen und von dem, was Marcus ihr schickte, leben und hoffte nur, dass die lange Zeit der Trennung endlich vorübergehen würde.

Doch trotz aller Bemühungen tat sich bezüglich der Familienzusammenführung rein gar nichts. Zugegeben, es war auch noch kein Jahr vergangen, aber Marcus im Westen und Imke und Jessica im Osten hatten ihr erstes getrenntes Weihnachtsfest begehen müssen. Den vierten Geburtstag seiner Tochter, das schwor sich der Vater, wollte er allerdings mit ihr und seiner Frau gemeinsam feiern. Sorgfältig begann er an einem diesbezüglichen Plan zu arbeiten, der allerdings absolut geheim bleiben musste. Über Bernhard und Hannelore, die Imke wieder einmal besuchen wollten, schickte er ihr ausführliche Instruktionen und hoffte nur, dass sie diese auch akribisch befolgen würde, denn weder auf dem Postweg noch telefonisch konnten sie sich abstimmen, ohne Gefahr zu laufen, dass die Stasi mithörte oder -las.

Imke war mit ihren Eltern früher immer nach Rokytnice im tschechischen Teil des Riesengebirges zum Skilaufen gefahren. Das war ein ganz kleiner Ort nahe der polnischen Grenze, in dem sie bei Privatleuten untergekommen waren. Jetzt hatte sie das Quartier für sich und Jessica gebucht, denn sie brauchte für die Tschechoslowakei kein Visum. Marcus schon, aber das war kein Problem, und er erhielt es über die Vertretung der ČSSR in Wien zugeschickt. Er hoffte inständig, bei der zuständigen Stelle nicht als DDR-Republikflüchtling registriert zu sein, konnte sich das aber nicht wirklich vorstellen. Der Stasi war zwar viel zuzutrauen, aber dass sie das tschechische Konsulat in Österreich mit den Namen geflüchteter DDR-Bürger behelligte?

Marcus blieb nichts anderes übrig, als das Risiko einzugehen, wollte er seinen Traum verwirklichen und seine Familie wiedersehen. Er packte Skier und Wintersachen in den Käfer, denn seine Legende war, dass er als Arbeiter nur wenig verdiente und sich deshalb das günstige Riesengebirge für seinen Urlaub ausgesucht hatte. Als er sich dem kleinen Grenzübergang nahe dem Moldau-Stausee näherte, schwitzte er Blut und Wasser. Die Österreicher wollten nicht einmal seinen Pass sehen und winkten ihn nur durch, doch dann begann die Fahrt durch das tschechische Grenzgebiet.

Von Sperranlagen war auf österreichischer Seite nichts zu sehen gewesen. Die Straße verlief scheinbar direkt entlang der Grenze. Nur Hinweisschilder auf einer Wiese mit der Aufschrift *Pozor!* – Achtung! – verwiesen darauf, dass unmittelbar neben dem Fahrbahnrand schon das Territorium des sozialistischen Bruderstaates der DDR begann. Doch als Marcus den ersten Schlagbaum passiert hatte, sah er die Grenzsperranlagen, und seine Hoffnung, seine Frau und seine Tochter vielleicht mittels eines kleinen Sprungs über einen Graben in die Freiheit zu bringen, löste sich in Luft auf. Den *Eisernen Vorhang*, bestehend aus gestaffelten hohen Stacheldrahtzäunen, Wachtürmen, gerodeten Flächen, um freies Schussfeld zu haben, und Betonstraßen für die Fahrzeuge der Grenztruppen, gab es auch hier. Der friedliche Eindruck, den die Grenze zur österreichischen Seite hin machte, täuschte gewaltig.

Erst nach mehreren Kilometern erreichte Marcus die tschechische Kontrollstelle, war aber überzeugt davon, die ganze Zeit über beobachtet worden zu sein. Hier begnügte man sich nicht damit, seinen Pass und sein Visum zu kontrollieren, sondern ließ ihn sein Gepäck in eine Baracke tragen und bis auf die letzte Unterhose ausbreiten. In der Zwischenzeit untersuchten andere Grenzer seinen Käfer und ließen sogar Hunde daran schnuppern. *Was, zum Teufel,* dachte Marcus, *denken die, dass ich in ihr Land hineinschmuggle? Drogen? Ganz sicher nicht.* Er hatte es natürlich tunlichst vermieden, irgendetwas Verdächtiges einzupacken, und sich nur, was Spielzeug betraf, nicht zurückhalten können. Als man ihn danach fragte, erklärte er, dass ihn seine Vermieterin darum gebeten hatte, es sei für deren Tochter bestimmt. Die Erklärung schien den Grenzern zu genügen, denn sie ließen ihm die Sachen und bedeuteten Marcus, dass er alles wieder zusammenpacken konnte. Dann musste er noch sein Eintrittsgeld, also den Zwangsumtausch für die Woche, entrichten und durfte schließlich unbehelligt weiterfahren. Hätten die Grenzer hören können, welche Felsbrocken ihm vom Herzen fielen, als er in Richtung Budweis davonrollte, hätten sie ihn mit Sicherheit verfolgt und festgenommen.

Mit Imke war er auf dem kleinen Marktplatz von Rokytnice verabredet. Ob sie schon auf ihn warten würde, erst später ankäme oder womöglich verhaftet worden war? Tausend Fragen stellten sich Marcus auf der Fahrt ins Riesengebirge, aber als er den Ort erreichte, schossen ihm schlagartig Tränen in die Augen, und er musste den Käfer an den Straßenrand lenken, weil er nicht weiterfahren konnte. Das war auch gar nicht nötig, denn an der Bushaltestelle neben dem Ortseingangsschild stand seine Frau mit Jessica an der Hand und hielt nach ihrem Mann Ausschau. Sekunden später lagen sich alle drei in den Armen. Glücklicherweise war es bereits Abend, bitterkalt und weit und breit niemand zu sehen, der die überschwängliche Wiedersehensfreude hätte bemerken und womöglich melden können. Jessica sah Mami und Papi weinen und verstand die Welt nicht mehr. Endlich hatte sie ihren Vater wieder, das war doch ein Grund zur Freude, und als er sie auf den Arm nahm, küsste und ganz fest an sich drückte, ihr Glück vollkommen.

»Wartet ihr schon lange?«, wollte Marcus als Erstes wissen. »Ihr seht ganz durchgefroren aus.«

»Du wirst mich schon wieder aufwärmen«, flüsterte Imke und küsste ihn erneut. »Bis jetzt habe ich die Kälte gar nicht gespürt, und Jessica hat sowieso die ganze Zeit herumgezappelt. Aber jetzt lass uns schnell einsteigen, bevor uns noch jemand bemerkt.«

»Wo soll ich das Auto abstellen, was meinst du? Und wo hast du denn deins?«

»Ein paar Kilometer entfernt in Harrachov. Von dort bin ich mit dem Bus hierhergefahren«, meinte Imke, während sie und Jessica in den Käfer kletterten. »In dem Ort werden jedes Jahr internationale Skispringen ausgetragen, und deshalb gibt es dort ein großes Interhotel. Auf den dortigen Parkplatz stellst du den Käfer, da fällt er nicht auf. Außerdem soll es die Nacht stark schneien. Morgen steckt er bestimmt unter einer dicken weißen Decke. Ich habe mir den Trabant meiner Schwester ausgeliehen, sie hat währenddessen unseren Škoda. Wenn die Polizei das Kennzeichen überprüfen sollte, stößt sie garantiert nicht auf uns. Wir fahren mit dem Trabbi rum und parken ihn vor dem Privatquartier. Somit sind wir nichts weiter als eine stinknormale DDR-Familie im Skiurlaub.«

»Wenn du in den Westen kommst, wirbt dich auf der Stelle der BND an«, meinte Marcus nur kopfschüttelnd. So viel Raffinesse hatte er seiner Frau bisher gar nicht zugetraut. Aber wie immer hatte sie recht und den Plan gut durchdacht.

Schnell waren sie die wenigen Kilometer bis Harrachov gefahren und stellten den Käfer auf dem weitläufigen Parkplatz des Hotels ab, das in seiner Architektur der berühmten Skiflugschanze des Ortes nachempfunden worden war und gut gebucht schien. Imke holte den Trabant, und rasch war das Gepäck von Marcus umgeladen. Danach ging es zurück nach Rokytnice in das Privatquartier, wo die kleine Familie freundlich willkommen geheißen wurde. Natürlich durfte die Vermieterin nicht erfahren, dass Marcus aus Österreich angereist war, aber auf die Idee kam sie auch nicht. Eine Hürde galt es noch zu nehmen,

320

denn er musste sich spätestens vierundzwanzig Stunden nach Ankunft bei der Polizeidienststelle in der Kreisstadt anmelden.

Imke fuhr ihren Mann hin und ließ ihn einige Straßen zuvor aussteigen. Mit einem bangen Gefühl betrat Marcus das Revier und legte seine Unterlagen vor. Als er aber sah, dass der Beamte nur gelangweilt in einem Karteikasten wühlte und sich völlig desinteressiert an ihm zeigte, schwanden seine Bedenken und wichen der Zuversicht. Er erhielt den Stempel in seinen Pass, und wieder einmal hatten keine Handschellen geklickt. Beschwingt traf er sich mit Imke und Jessica, die ebenfalls etwas ängstlich abseits der Polizei gewartet hatten, und gemeinsam gingen sie als Erstes einmal zum Essen in das beste Restaurant der Stadt. Für normale DDR-Bürger war das nahezu unerschwinglich, denn sie durften nur einen kleinen Tagessatz Mark in Kronen tauschen. Marcus hingegen hatte durch den Zwangsumtausch so viele tschechoslowakische Kronen, dass er sie kaum würde ausgeben können.

Am nächsten Tag hatte Jessica ihren vierten Geburtstag. Das Privatquartier war nur klein und bestand aus einem Schlafraum mit Waschgelegenheit und einer kleinen Kochnische auf dem Flur. So schlief sie mit ihren Eltern, die deshalb sehr leise sein mussten, im gleichen Zimmer, aber als sie erwachte, bog sich der Tisch nur so unter den vielen Geschenken. Für Marcus war es die allergrößte Freude, in die glücklichen Kinderaugen sehen zu dürfen, und als seine Tochter ihn umarmte und »Danke, Papi« in sein Ohr hauchte, liefen ihm wieder die Tränen über die Wangen. Auf die danach gestellte Frage »Bleibst du jetzt wieder für immer bei uns?« konnte er keine Antwort geben, weil ihm die Stimme versagte.

Doch noch lagen ein paar glückliche Tage vor der kleinen Familie, die leider mit Skifahren, langen Gesprächen und dem Austausch von Zärtlichkeiten wie im Fluge vergingen. Imke berichtete, wie es ihr in der DDR erging und dass sie großen Rückhalt in der Familie hatte, aber auch von den Leuten in

Grömnitz Unterstützung bekam. Marcus hingegen erzählte haarklein, was er in Bezug auf die Familienzusammenführung bisher alles unternommen hatte, und beschwor sie, nur ja durchzuhalten und nicht einzuknicken. Das hätte er sich aber sparen können, denn seine Frau dachte nicht im Traum daran, dem Drängen der Stasi nachzugeben und sich von ihrem Mann abzuwenden. Wie sehr er sie und Jessica liebte, hatte er ihr soeben erst bewiesen, indem er gegen alle Vernunft das Risiko eingegangen war, sich mit ihnen hier in der Tschechoslowakei zu treffen. Wenn es eine Gelegenheit gegeben hätte, ihm das auszureden, hätte sie es mit allen ihr zu Gebote stehenden Mitteln getan. Doch bei den eingeschränkten Kommunikationsmöglichkeiten war das nicht möglich gewesen. Ihr Mann hatte schon immer etwas irrational und wagemutig gehandelt, davon zeugten allein schon seine vielen gebrochenen Knochen. Ein Military-Reiter eben, aber genau deswegen, wenn auch nicht nur, liebte sie ihn schließlich.

Marcus verwöhnte seine Familie in den wenigen Tagen, soweit es nur irgend ging. Die Eisbecher für Jessica waren so groß, dass sie kaum über deren Rand schauen konnte, und gekocht wurde nicht, sondern sie gingen jeden Tag woanders hin essen, damit sie in den Restaurants nicht durch zu viel Geldausgeben auffielen.

Viel zu schnell kam der Tag der Trennung. Nach einer Woche musste jeder wieder seiner Wege gehen, auch wenn es noch so schwerfiel. Marcus hatte sich fest vorgenommen, diesmal unter keinen Umständen Tränen zu zeigen, doch der Vorsatz hielt nur so lange, bis Jessica ihn auf dem Parkplatz mit ihren kleinen Ärmchen umschlang und nicht wieder loslassen wollte. Die Küsse, die er mit seiner Frau tauschte, waren endlos und letztlich sie es, die ihn in den Käfer schob. Dann verstaute sie Jessica auf der Rückbank des Trabants und zwängte sich anschließend selbst hinter das Lenkrad. Ihr Weg würde über Liberec zurück in die DDR führen, der von Marcus nach Süden über Prag nach

Österreich. Von ganzem Herzen hofften beide, dass die unnatürliche und menschenrechtswidrige Trennung bald vorbei sein würde.

Marcus benutzte für die Rückreise einen anderen Grenzübergang als bei der Einreise. Ob das etwas bringen würde, wusste er nicht, aber andererseits wollte er auch nichts unversucht lassen, um den Eisernen Vorhang wieder hinter sich zu lassen. Die Strecke von Budweis nach Linz war gut ausgebaut. Zu k. u. k. Zeiten, *als Behmen noch bei Östreich war,* wie Peter Alexander einmal gesungen hatte, gab es zwischen den beiden Städten schon eine Pferdeeisenbahn, die erste auf dem Kontinent überhaupt. Jetzt allerdings trennte eine streng bewachte Grenze zwei verfeindete Lager, da Österreich zwar neutral, aber dem Westen zugewandt, die Tschechoslowakei hingegen Mitglied des Warschauer Paktes war. *Der Prager Frühling 1968, der allen so viel Hoffnung gegeben hat,* sinnierte Marcus, als er auf die Grenze zurollte, *ist brutal von den angeblichen Bruderarmeen unter Federführung der Sowjetunion niedergewalzt worden. Ob Gorbatschow heute einen ähnlichen Befehl zur Niederschlagung geben würde wie damals Breschnew?* Angeblich, so hatte er im *SPIEGEL* gelesen, hatte der neue Generalsekretär der KPdSU schon vor drei Jahren die Führer der Ostblockstaaten zu sich zitiert und ihnen deutlich gemacht, dass ab sofort jedes Land für den Weg, den es einschlug, selbst verantwortlich wäre. Nur getan hatte sich seither nichts, und überall im sozialistischen Lager ging es zumindest nach außen hin so weiter wie bisher, von der UdSSR und Polen, wo es mit der Solidarność erstmalig eine wirklich freie und unabhängige Gewerkschaft gab, vielleicht einmal abgesehen.

Deshalb fuhr Marcus erneut mit einem flauen Gefühl im Magen an die Grenzsperren heran, befand sich diesmal allerdings in einer langen Kolonne von österreichischen und auch westdeutschen Fahrzeugen, was ihm irgendwie ein gewisses Gefühl der

Geborgenheit gab. Als er an der Reihe war und kontrolliert wurde, nahm der Grenzer Pass und Visum entgegen und bedeutete ihm, die rückwärtige Klappe des Autos zu öffnen. Sicher wollte er den Kofferraum sehen, kannte aber keinen Käfer, denn bei dem saß der Motor hinten. Marcus überlegte einen Moment, den Kontrolleur auflaufen zu lassen, verwarf den Gedanken aber sofort wieder. Sicherheitshalber öffnete er von innen die Verrieglung beider Klappen, stieg aus und stellte sie hoch. Der Grenzer, ein noch junger Mann, schaute tatsächlich zuerst verblüfft den Motor an, doch da tippte ihm Marcus schon auf den Arm und zeigte nach vorn.

»Wie Škoda«, sagte er zu dem Tschechen, denn auch dieses hier im Land gebaute Auto hatte den Kofferraum als eins der wenigen Modelle weltweit vorn. Der Grenzer lachte, warf nur einen Blick auf das wenige Gepäck, reichte Marcus seine Papiere, salutierte und wünschte ihm in gebrochenem Deutsch »Gute Weiterfahrt«.

Marcus hätte den Tschechen umarmen können. Wenige Kilometer weiter passierte er die österreichische Kontrollstelle, ohne angehalten zu werden. Danach fuhr er erst einmal rechts ran, legte den Kopf auf das Lenkrad und atmete mehrere Minuten lang tief durch. Er hatte es geschafft, seine Familie wiedergesehen und der angeblich so allwissenden Stasi ein Schnippchen geschlagen.

Als er am nächsten Morgen vor der Arbeit in der Hotelküche bei einer Tasse Kaffee auf den Inhaber traf, atmete dieser tief durch, ließ sich aber seine Erleichterung nicht anmerken. Er hatte eigentlich damit gerechnet, seinen Reitlehrer nie wiederzusehen, ihn in einem Ostblockknast vermutet und in Gedanken bereits eine neue Stellenanzeige entworfen.

Imke wurde einige Tage nach ihrer Rückkehr zum Rat des Kreises, Abteilung Inneres, einbestellt. Sie hatte die vage Hoffnung, dass sich etwas in Sachen Ausreise bewegte, wurde aber ein wei-

324

teres Mal bitter enttäuscht. Eher war das Gegenteil der Fall, wie ihr ihr Gesprächspartner unmissverständlich zu verstehen gab.

»Frau Leipold, wir haben Kenntnis davon erhalten, dass Ihr Mann nach seinem unrechtmäßigen Verbleib in der BRD nun mit der DDR feindlich gesinnten Organisationen Kontakt aufnimmt. Er bildet sich wohl ein, uns mit seinen Aktivitäten unter Druck setzen und Ihre Ausreise erzwingen zu können. Lassen Sie sich gesagt sein, die sozialistische Deutsche Demokratische Republik ist ein souveräner Staat und lässt sich nicht erpressen! Auch nicht durch eine angebliche UN-Resolution, von der hier niemand etwas weiß. Uns ist bekannt, dass Sie sowohl brieflichen wie auch telefonischen Kontakt zu Ihrem Nochehemann unterhalten. Geben Sie ihm eindeutig zu verstehen, er soll das lassen und die Petition zurückziehen. Ansonsten könnten die Folgen seines Tuns auch auf Sie und Ihre Tochter zurückfallen. Habe ich mich klar und verständlich genug ausgedrückt? An der eingetretenen Situation ist ausschließlich Ihr Gatte schuld, der sein sozialistisches Heimatland verraten hat. Ich kann Ihnen nur erneut empfehlen, sich endgültig von ihm zu trennen. Sie werden ihn jedenfalls niemals wiedersehen.«

Das habe ich schon längst, du Wicht, dachte Imke und triumphierte innerlich. Sie spürte noch immer die Küsse ihres Mannes auf ihren Lippen und freute sich außerdem, dass die Resolution 1503 endlich Wirkung zeigte! Die DDR fühlte sich also angegriffen, aber dass das so kommen würde, hatte Marcus ihr bereits prophezeit. Ihm war die Vorgehensweise der DDR-Organe von Frau Klump geschildert worden, und er hatte Imke natürlich bei ihrem Treffen entsprechend instruiert. Jetzt nur nicht klein beigeben und stark bleiben, lautete die Devise. Imke selbst durfte aus der DDR heraus nichts unternehmen, außer stets aufs Neue Ausreiseanträge zu stellen und ständig nachzufragen, in der Hoffnung, den Behörden lästig zu werden. Dafür, dass ihr Fall bereits in Genf bei der Organisation für Human Rights vorlag, hatte sie soeben die Bestätigung erhalten.

325

Imke gab sich Mühe, sich ihre Befriedigung nicht anmerken zu lassen. Wieder einmal galt es, die Stasi zu täuschen. Sie versprach ihrem Gesprächspartner, der sich ihr weder mit seinem Namen noch seinem Rang vorgestellt hatte, ihrem Mann umgehend zu schreiben und ihn zu bitten, den Antrag bei der UN zurückzuziehen. Sie war sicher, dass dieser Typ vor ihr den Brief lesen würde. Gleichzeitig gab sie ihm aber auch zu verstehen, dass sie gegenwärtig keinen großen Einfluss auf Marcus ausüben könnte, an ihrer Ehe aber schon allein im Interesse ihres Kindes und ebenfalls an ihrem Gesuch bezüglich der ständigen Ausreise und Entlassung aus der Staatsbürgerschaft der DDR festhalten wollte. Sie holte aus ihrer Handtasche eine Seite der *Leipziger Volkszeitung* vom 14. Dezember des letzten Jahres hervor und legte sie dem Mann auf den Schreibtisch. Mit dem Finger tippte sie auf die darin veröffentlichte Verordnung und speziell den Paragraphen zehn.

»Hier steht, dass ständige Ausreisen genehmigt werden können, wenn dafür humanitäre Gründe vorliegen«, eröffnete sie dem Schreibtischtäter. »Und weiter, ich zitiere wörtlich: ... *dass diese vorliegen, wenn die Zusammenführung von Eltern mit ihren minderjährigen Kindern, für die sie das Erziehungsrecht besitzen, erfolgen soll.* Unsere Tochter ist vier Jahre alt, und mein Mann und ich haben das gemeinsame Sorgerecht. Was also hindert Sie, die Verordnung mit Leben zu erfüllen und Jessica zu ihrem Vater zu lassen?«

Der Stasimann musste an sich halten, um nicht mit den Zähnen zu knirschen. Wieso nur wurden die Bürger, die doch noch vor Kurzem auf eine Vorladung hin allesamt mit schlackernden Knien vor ihm erschienen waren und gekuscht hatten, auf einmal immer renitenter? Er jedenfalls wollte sich von der Frau eines Republikflüchtigen nicht auf der Nase herumtanzen lassen. Doch leider hatte sie recht, zumal man ihr bisher keine Mittäterschaft nachweisen konnte. Die Gerichte urteilten auch nicht gänzlich ohne Beweise, und um sie einfach verschwinden zu

326

lassen, dafür waren mittlerweile zu viele Stellen mit der Sache befasst. In der Akte vor ihm auf dem Schreibtisch lagen sowohl ein Schreiben der österreichischen Botschaft wie auch zwei weitere aus der saarländischen Staatskanzlei und natürlich dem Bundeskanzleramt. Irgendwann würde man die Frau und das Kind ziehen lassen müssen, aber dass das so spät wie nur irgend möglich erfolgte, dafür wollte er sorgen. Und wer weiß, vielleicht hatte sich ihr Mann dann ja im Westen bereits anderweitig orientiert, und sie fiele daraufhin in das dunkle, schwarze Loch, in das er sie sich wünschte.

»Ausreisen können, müssen aber nicht genehmigt werden, Frau Leipold«, meinte er süffisant. »Das haben Sie ganz richtig vorgelesen. Und Ihre wird es mit Sicherheit nicht. Damit ist unser Gespräch für heute beendet. Und sparen Sie es sich zukünftig, hier vorzusprechen. An diesem Entscheid wird sich nichts ändern. Wir könnten die weiteren Belästigungen durch Sie sonst als staatsfeindlichen Akt auffassen, der strafrechtliche Konsequenzen nach sich zieht.«

Du Arsch, wenn du glaubst, dass du mich so einfach loswirst, dann hast du dich aber geschnitten, dachte Imke, stand auf und griff sich den Zeitungsauschnitt, bevor ihr Gesprächspartner es verhindern konnte. Dann stürmte sie aus dem Raum, um wie jeden Abend ihrem Mann zu schreiben. Schließlich musste er erfahren, dass ihr Fall nun in Genf vorlag und die DDR-Behörden bereits informiert waren.

Marcus hatte gesehen, dass die Grenzanlagen der Tschechoslowakei unüberwindlich waren, aber wie sah es mit denen von Ungarn aus? An seinen freien Tagen fuhr er an den Neusiedler See, setzte sich auf das Dach des Käfers und studierte durch sein Fernglas stundenlang die Grenze. Vielleicht ginge es ja auf diesem Weg, aber was er sah, ließ ihn daran zweifeln. Hier gab es ebenfalls Wachtürme, Zäune, Stacheldrahtverhaue und Posten mit geschulterter Kalaschnikow, die Streife gingen. Marcus frag-

327

te auch einheimische Bauern und Winzer, deren Felder bis an die Grenze reichten, ob sie vielleicht einen Weg kannten, auf dem man eine Frau und ein Kind herüberholen könnte, doch die winkten nur ab. Zu gefährlich, bedeuteten sie ihm. Wenn er nach Sopron fuhr und sich etwas umhörte, würde er dort vielleicht sogar auf Fluchthelfer treffen. Aber wer sagte ihm, dass diese nicht sein Geld nehmen und ihn und seine Familie anschließend verraten würden?

Bedrückt fuhr Marcus wieder zurück, doch ab Mai begannen sich die Ereignisse zu überschlagen. Gleich Anfang des Monats berichtete die Presse, dass ungarische Grenzer dabei beobachtet worden wären, wie sie Sperranlagen demontierten, und in der DDR kam es nach den Kommunalwahlen am 7. Mai erstmals zu offenen Protesten, als die Ergebnisse durch den Wahlleiter Egon Krenz bekannt gegeben wurden. Angeblich waren 98,77 Prozent der DDR-Bürger zur Wahl gegangen, und von diesen hatten wiederum 98,55 Prozent die Liste mit den Kandidaten der Nationalen Front gewählt. Das glaubte nun wirklich niemand im ganzen Land, ausgenommen das Politbüro vielleicht und selbst dort längst nicht mehr alle. Oppositionsgruppen, die sich nach und nach in den Großstädten der DDR formierten, hatten Beobachter zu den Wahllokalen geschickt und veröffentlichten auf heimlich gedruckten Flugblättern ganz andere Wahlergebnisse. Auch Imke war dem Drängen der Wahlhelfer nicht gefolgt und zu Hause geblieben. Dass dann doch angeblich hundert Prozent der Grömnitzer gewählt haben sollten, war damit eine einzige, sich selbst entlarvende Farce und Lüge.

Doch den Oppositionellen schickte die Partei- und Staatsführung eine eindeutige Warnung. In der Nacht vom 3. auf den 4. Juni hatte das chinesische Militär den Platz des Himmlischen Friedens in Peking gewaltsam geräumt, der von Studenten tagelang besetzt gehalten worden war, die für mehr Demokratie demonstrierten. Viele von ihnen waren bei der brutalen Aktion ums Leben gekommen, von Panzern überrollt oder erschossen

328

worden. Schon einen Tag später jubelte das *Neue Deutschland* und beglückwünschte die chinesischen Genossen zur Niederschlagung der Konterrevolution.

Jeder in der DDR, und natürlich auch Imke und Marcus, verstand, was gemeint war. Demokratische Regungen, wenn sie denn aufkeimten, würden genauso brutal niedergeschlagen werden wie in China. Die Warnung war eindeutig und versetzte viele der Bürgerrechtler, die langsam begonnen hatten, den Kopf aus der Deckung zu nehmen, in Angst und Schrecken. Es würde sich also auch in Zukunft nichts ändern, lautete die Botschaft, und als bekannt wurde, dass ein kleines Häufchen Protestierender vor der chinesischen Botschaft in Berlin erbarmungslos zusammengeknüppelt worden war, brach der aufflackernde Widerstand zumindest vorerst zusammen. Man kann also nur aus diesem Land fliehen, lautete die Erkenntnis aus den Vorfällen, wenn man frei und in einer Demokratie leben will, und dafür taten sich auf einmal gänzlich neue Perspektiven auf.

Marcus sah es im Fernsehen und bekam den Mund nicht wieder zu. Der ungarische und der österreichische Außenminister zerschnitten medienwirksam gemeinsam unweit von Sopron den Stacheldraht, der die beiden Länder bisher als Eiserner Vorhang getrennt hatte, und vereinbarten die vollständige Beseitigung der Grenzsperranlagen. Das war Ende Juni, und mit Beginn der Sommerferien in der DDR Anfang Juli setzte eine bisher nie da gewesene Reisewelle von Ostdeutschen nach Ungarn ein. Die Partei- und Staatsführung zeigte sich hilflos. Sie protestierte zwar bei den ungarischen Genossen wegen der Grenzöffnung, doch die verwiesen auf Gorbatschow und seine Aussage, dass jedes Land seinen eigenen Weg zum Sozialismus gehen sollte. Den Bürgern keine Visa für Ungarn auszustellen, wagte man nicht, denn das hätte mit großer Sicherheit zu Krawallen geführt, waren doch der Balaton und Budapest schon immer ein beliebtes Reiseziel der DDR-Bürger gewesen.

329

Sofort fuhr Marcus wieder an den Neusiedler See, musste aber erkennen, dass der Abbau der Sperranlagen, der nur langsam voranschritt, nicht gleichbedeutend mit einer durchlässigen Grenze war. Einige junge Leute hatten es zwar nach Österreich geschafft, aber sie berichteten auch, dass die ungarischen Grenzer Flüchtlinge festnahmen und direkt der Stasi übergaben. In anderen Fällen vermerkten sie den Fluchtversuch in den Reisedokumenten, sodass die betreffenden Personen nach ihrer Rückkehr in die DDR verhaftet werden konnten. Deshalb, so erfuhr Marcus weiter, füllte sich die bundesdeutsche Botschaft in Budapest auch mit Menschen, die davor Angst hatten, in ihre Heimat zurückzukehren. Angeblich waren in Absprache mit den ungarischen Behörden schon mehr als hundert Botschaftsbesetzer durch das Rote Kreuz in den Westen ausgeflogen worden.

Dann kam es zur ersten großen Massenflucht von DDR-Bürgern während des sogenannten Paneuropäischen Picknicks an der ungarisch-österreichischen Grenze. Erstmals öffnete ein Ostblockland seine Grenze, wenn auch nur für wenige Stunden, um unkontrollierte Begegnungen zwischen den Bürgern beider Länder zuzulassen. Doch das nutzten mehr als sechshundert DDR-Bürger, die davon erfahren hatten, um in die Freiheit zu gelangen. Es war die größte Fluchtbewegung seit dem Bau der Berliner Mauer und dementsprechend geharnischt der Protest der DDR-Regierung. Kurzfristig gaben die Ungarn nach und drängten die an der Grenze kampierenden Urlauber ins Landesinnere zurück, aber das führte nur dazu, dass sich die bundesdeutsche Botschaft in Budapest wieder füllte, und bald nahm auch der Druck auf die Grenze wieder zu.

Marcus sah endlich eine Möglichkeit, seine Familie doch schneller zu sich zu holen als gedacht. Imke sollte für sich und Jessica eine Reise an den Balaton buchen, am besten über ein Reisebüro, das war am unverfänglichsten. Von dort wollte er sie dann abholen und über die Grenze bringen. Das Problem war,

330

dass DDR-Bürger für Reisen nach Ungarn ein Visum benötigten. Das Reisebüro nahm Imkes Antrag auch entgegen, doch nach wenigen Tagen erhielt sie erneut eine Vorladung von dem ihr schon bekannten Stasimitarbeiter beim Rat des Kreises, der grinsend ihre Reiseunterlagen vor ihren Augen zerriss und sie fragte, ob sie denn die Staatsorgane der DDR für beschränkt hielte. Imke konnte nicht verhehlen, dass sie diesen Tiefschlag nur schwer wegsteckte, und ärgerte sich vor allem über den Ausdruck von Genugtuung im Gesicht ihres Peinigers. Müde und geschlagen schrieb sie ihrem Mann, dass ihr und Jessica dieser Weg versperrt wäre, und weinte sich am Abend wieder einmal in den Schlaf.

Doch so schnell gab Marcus nicht auf. Seit Mitte September hielten die ungarischen Behörden keine DDR-Bürger mehr zurück, die über die österreichische Grenze in den Westen wollten. Mehr als fünfzehntausend sollten es in nur drei Tagen gewesen sein, die den Grenzübergang bei Nickelsdorf im Burgenland passiert hatten, berichtete das Fernsehen in Sondersendungen. Über seine Großmutter, die wieder einmal ihren Sohn in Hannover besuchte, informierte er Imke, dass er sie und Jessica in Bratislava treffen wollte, um sie über die tschechoslowakische Grenze nach Ungarn zu bringen. Das musste doch zu schaffen sein, schließlich gab es zwischen den beiden sozialistischen Bruderstaaten keine Sperranlagen. Früher, als Kind, war er mit seinen Eltern oft im Urlaub in die Hohe Tatra, ein Grenzgebirge zwischen Polen und der ČSSR, in den Urlaub gefahren. Dort hatte man beliebig zwischen den beiden Ländern hin- und herwechseln können, und die Grenze war nur ein Strich in der Landschaft gewesen. Vielleicht verhielt es sich ja zu Ungarn ebenso. Marcus gedachte es herauszufinden und beantragte für sich Visa für die Tschechoslowakei und Ungarn, reichte Urlaub ein, der ihm jetzt in der Saison nur zähneknirschend von seinem Chef bewilligt wurde, und mietete ein Wohnmobil.

Imke hatte nur eine vage Vorstellung davon, was Marcus

331

plante. Ihre Instruktionen lauteten, dass sie versuchen sollte, in die ČSSR zu gelangen und ihn von dort aus anzurufen. Telefonate aus der Tschechoslowakei nach Österreich waren von jedem Postamt aus möglich. Ihr Mann wollte natürlich erst losfahren, wenn das Unternehmen Sinn machte, und sich nicht unnütz in Gefahr begeben. Ließe man seine Familie die Grenze nicht passieren, brachte es ihm auch nichts, nach Bratislava zu fahren. Wie auf Kohlen saß Marcus neben seinem Telefon und starrte es an, als wollte er es hypnotisieren und zum Läuten zwingen. Als es dann tatsächlich klingelte, hätte er es, so eilig, wie er nach dem Hörer griff, fast vom Tisch geworfen.

»Ja«, brachte er gerade so heraus, da wurde er von der Rezeption aus auch schon verbunden und hörte gleich darauf die Stimme seiner Frau.

»Marcus, wir sind in Děčín. Sie haben uns anstandslos über die Grenze gelassen. War auch kein Wunder bei dem Wahnsinnsandrang, da konnten sie gar nicht mehr jeden kontrollieren. Was hast du vor? Wo wollen wir uns treffen?«

»Imke, Liebling, ich bin so unendlich froh, dich zu hören. Geht es dir gut, ist Jessica bei dir?«

»Natürlich, aber ich muss mich kurz fassen, der Automat hier frisst die Kronen nur so. Also sag schon, wohin sollen wir fahren?«

»Nach Bratislava. Wir treffen uns auf dem Parkplatz vor dem Hotel, wo wir einmal auf der Fahrt nach Ungarn übernachtet haben. Meinst du, dass du es wiederfindest?«

»Keine Frage! Aber das schaffe ich heute nicht mehr, dafür ist die Strecke zu weit.«

»Such dir ein Quartier unterwegs. Morgen, am Nachmittag, treffen wir uns dann. Geht sich das deiner Meinung nach aus?«

»Ich denke schon. Wenn nicht, warte nicht länger als einen Tag auf uns, sonst wird es zu gefährlich. Hör auf mich, geh kein Risiko ein. Die Stasi ist so was von nervös, die laufen wegen Ungarn fast Amok.«

332

»Sollen sie ruhig. Vielleicht ist der ganze Spuk ja bald vorbei. Aber wer weiß das schon? Kannst du mir schnell Jessi geben?«

»Hallo, Papi«, klang ein zartes Stimmchen aus dem Hörer, »wir kommen jetzt zu dir. Nimmst du uns dann ...«

Nur noch ein Tuten kam aus dem Apparat, Imke waren die Kronen ausgegangen. Aber bald, so hoffte Marcus, würde er sie und seine Tochter ja in die Arme schließen können und dann hoffentlich endlich alles gut werden. Über Linz, wo er sich detaillierte Karten der Tschechoslowakei und von Ungarn kaufte, fuhr er noch am gleichen Tag an den Attersee, um dort das vorbestellte Wohnmobil abzuholen. Mit einem komfortablen Fiat Ducato machte er sich auf den Weg nach Osten und übernachtete auf einem Parkplatz nahe Wien. Fast die ganze Nacht über studierte Marcus die Karten, denn schlafen konnte er sowieso nicht. Er hatte so eine vage Idee, wo er seine Familie über die Grenze bringen wollte, und die verfestigte sich immer mehr, je länger er sich deren Verlauf anschaute. Am nächsten Tag rollte er, ohne groß kontrolliert zu werden, nahe Bratislava über die Grenze. Nach den Erfahrungen im März schlug ihm sein Herz nicht mehr bis zum Halse, und als er das Stadtinnere der slowakischen Metropole erreichte und über die große Donaubrücke fuhr, sah er seine Frau wie vor einem halben Jahr in Rokytnice mit Jessica am Straßenrand stehen. Ihm war alles egal, er ging voll auf die Hupe, bog bei erster Gelegenheit rechts ab und hielt am Straßenrand. Da riss Imke auch schon die Tür auf, hob ihre Tochter in das Fahrzeug, und Sekundenbruchteile später lagen sich alle drei in den Armen.

»Wow, ist bei dir der Reichtum ausgebrochen?«, wollte Imke nach der ersten stürmischen Begrüßung wissen, als sie sich in dem Wohnmobil umschaute. »Nobel, nobel!«

»Der Kasten ist jetzt in der Nachsaison gar nicht so teuer«, glaubte Marcus sich verteidigen zu müssen. »Schließlich können wir nicht wie Bettler auftreten, wenn wir Pferde kaufen wollen.«

»Was willst du?«

333

»Pass auf, das ist die Legende. Wir sind hier, um uns für den Reitbetrieb, in dem ich arbeite, Pferde anzusehen. Ich habe eine Liste von Gestüten in der ČSSR und in Ungarn zusammengestellt. Ein paar werden wir unterwegs auch besuchen. Wir fahren nach Osten, immer an der Grenze entlang, und sehen uns um, wo es am ungefährlichsten ist, sie zu überqueren. Vielleicht ist sie in der Nähe des Bückgebirges auch nur ein Strich in der Landschaft so wie in der Hohen Tatra. Dann geht ihr nach Ungarn rüber, und ich fahre über den nächsten Grenzübergang und sammle euch auf der anderen Seite wieder ein. Na, was hältst du von meinem Plan?«

»Zumindest bin ich beruhigt, dass ich mit Jessica nicht durch die Donau schwimmen soll«, scherzte Imke, die ihrem Mann so gut wie alles zutraute. »Ich hoffe nur, dass es auch so einfach ist, wie du es dir vorstellst. Ein Risiko sollten wir auf keinen Fall eingehen. Denk dran, unsere Tochter braucht ihre Eltern. Und zwar nicht im Gefängnis.«

Wie aufs Stichwort krabbelte das Kind auf den Schoß seines Vaters, umschlang ihn mit seinen Ärmchen und flüsterte: »Hast du mir auch was mitgebracht?«

Die Frage war natürlich nur zu bejahen, auch wenn sich Marcus diesmal zurückgehalten hatte. Dafür wartete in seinem Zimmer im Hotel schon eine ganze Armada von Spielzeug auf seine Tochter. Schnell waren Imkes und Jessicas Sachen umgeladen, der Škoda vor einem Interhotel geparkt, und schon bald verließen sie Bratislava und fuhren bis Komárno parallel an der Donau entlang. Es hatte durchaus Versuche von DDR-Bürgern gegeben, den mächtigen und teilweise reißenden Fluss zu durchschwimmen, aber das war ein lebensgefährliches Unterfangen, das sich vielleicht Marcus, der sich im Wasser ebenso zu Hause fühlte wie auf dem Pferderücken, zugetraut, aber niemals seiner Familie zugemutet hätte.

In Komárno, wo eine große ungarische Minderheit in der Slowakei lebte, gab es natürlich einen Grenzübergang, aber der

334

war Imke und Jessica ohne Visum verwehrt. Sie mussten noch weiter nach Osten, wo kein breiter Fluss mehr die Länder voneinander trennte. Marcus wollte es in der Nähe der Kreisstadt Lučenec versuchen. Dort führte eine Staatsstraße über mehrere Kilometer hinweg direkt an der Grenze entlang, und nur ein kleines Flüsschen, eher ein Bach, den man vielleicht durchwaten konnte, trennte die Slowakei von Ungarn. Auf dem Weg dorthin besuchten sie tatsächlich zwei kleine Gestüte, und Marcus führte ernsthafte Verhandlungen. Sein Chef kaufte öfter Pferde in der Tschechoslowakei, weil sie hier billiger als in Österreich oder gar in Deutschland waren. Das half Marcus dabei, weiter an seiner Legende zu stricken, damit er sich auf sie berufen konnte, sollte bei seinem Vorhaben etwas missglücken.

Die Fahrt in dem komfortablen Wohnmobil, aber besonders die Abende und Nächte genoss die kleine Familie, als wäre sie bereits wieder auf immer vereint. Marcus hatte sich reichlich bevorratet, und die Mahlzeiten arteten in regelrechten Schlemmereien aus. Der Fiat verfügte sogar über ein kleines Bad mit Dusche, die Essecke ließ sich für die Nacht in ein bequemes Doppelbett umwandeln, und auch Jessica hatte im Vorderteil eine abgetrennte Schlafgelegenheit, sodass sich ihre Eltern nur bedingt zurückhalten mussten, denn ihr Hunger aufeinander war durch die lange Trennung nahezu grenzenlos.

Am nächsten Morgen fuhren sie nach Lučenec hinein. Marcus hatte beschlossen, seine Familie erst einmal in der Stadt zurückzulassen und allein auf Erkundung zu gehen. Er fühlte sich mit seinem bundesdeutschen Reisepass und den beiden Visa recht sicher, während Imke und Jessica ja weder noch besaßen. Am Marktplatz ließ er sie aussteigen, und sie vereinbarten, dass Imke hier ab Mittag zu jeder vollen Stunde nach ihm Ausschau halten und sich ansonsten mit Jessica wie ganz normale Touristen verhalten sollte. Lučenec hatte früher zu Ungarn gehört und besaß neben vielen netten kleinen Geschäften auch eine sehenswerte Altstadt.

Von Westen kommend, waren sie auf der Staatsstraße 75 in die Kreisstadt gekommen, jetzt bog Marcus hinter dem Markt rechts auf die Staatsstraße 585 Richtung Süden ab, die an dem kleinen Flüsschen Ipeľ entlang zum etwa zwanzig Kilometer entfernten Grenzübergang Nógrádszakál führte. Auf der Strecke hoffte er eine Stelle zu entdecken, wo er seine Familie unbeschadet an das andere Ufer bringen konnte.

Langsam rollte er die 585 entlang, schaute die ganze Fahrt über eher nach links zum Grenzverlauf als nach vorn und hielt auch mehrmals an, um sich die Gegebenheiten in Ruhe anzusehen. Die Straße schlängelte sich durch mehrere Wäldchen und Wiesen und war kaum befahren, eigentlich ideal für Marcus' Vorhaben. Vielleicht fünf Kilometer vor dem Grenzübergang glaubte er, die passende Stelle gefunden zu haben, und fuhr eine nett angelegte Raststelle, wie es sie überall in der ČSSR an den Straßen gab, an. Die Ipeľ war hier zwar etwas breiter, schien dafür aber sehr flach und von Sandbänken durchzogen zu sein. Marcus schätzte die Entfernung zum anderen Ufer auf höchstens zehn Meter, die es zu durchwaten galt. Auf der anderen Seite des Flüsschens sah er schon die ungarische Straße. Er wollte erst selbst den Versuch wagen, die Ipeľ zu durchqueren, bevor er womöglich seine Frau und seine Tochter in ein Abenteuer mit ungewissem Ausgang schickte.

Marcus holte sich eine Brotzeit aus dem Wohnmobil, stellte sie auf einen der Tische des Rastplatzes, zog sich dann die Schuhe aus und krempelte die Hosenbeine hoch. Es war zwar weit und breit niemand zu sehen, doch sollte womöglich jemand vorbeikommen, wollte er den Eindruck erwecken, als machte er gerade eine Pause und verschaffte sich dabei in dem seichten Wasser etwas Abkühlung. Marcus hatte es schon bis in die Mitte des Flüsschens geschafft, das gerade einmal seine Waden umspülte, als ein Lada auf den Rastplatz raste und hinter dem Wohnmobil zum Stehen kam. Zwei Männer in Zivil sprangen aus dem Wagen, rannten zum Ufer der Ipeľ und brüllten Marcus etwas zu, was dieser zwar nicht dem Wortlaut, wohl aber der Gestik nach verstand, denn einer der beiden Ankömmlinge hatte plötzlich eine Pistole in der Hand. Er zog den Schlitten der Makarow durch und zielte auf ihn. Marcus blieb zu seiner eigenen Verwunderung ganz ruhig, hob die Hände und lächelte die beiden Männer breit an. Dann watete er auf sie zu und machte mit den Händen beschwichtigende Gesten.

»Was ist denn los?«, fragte er und tat auf völlig unschuldig. »Ich wollte mir doch nur ein bisschen Abkühlung verschaffen, bevor ich weiterfahre. Wirklich heiß heute, oder? Können Sie mich eigentlich verstehen?«

Die beiden Männer, ganz offenbar Grenzer in Zivil, lächelten nicht zurück.

»Du deutsch?«, wollte einer von ihnen wissen, der offenbar zumindest ein paar Brocken dieser Sprache beherrschte.

»Ja, und auf dem Weg nach Ungarn. Ich habe mir hier bei Ihnen ein paar Pferde angesehen, die ich im Auftrag meines Chefs für unseren Reitbetrieb erwerben will, und bin jetzt auf der Rückreise. Habe ich etwas falsch gemacht?«

Die Grenzer gingen gar nicht auf Marcus' Small Talk ein, sondern bellten ihn nur an.

»Papiere«, verlangte der, der auch etwas Deutsch sprach, während der andere immer noch die Pistole in der Hand hatte.

»Aber gern«, beeilte sich Marcus zu erwidern. »Im Auto.«

Noch fürchtete er sich nicht, denn sein Pass und seine Visa waren ja in Ordnung. Er stieg durch die Seitentür in das Wohnmobil, und die beiden Grenzer folgten ihm dichtauf.

»Hier, bitte«, Marcus reichte die Reisedokumente demjenigen, mit dem er sich etwas verständigen konnte. Der Grenzer blätterte sie misstrauisch durch, während sich der andere im Fahrzeug umsah. Schon glaubte Marcus, die Kontrolle überstanden zu haben, als dem Grenzer, der bisher mit der Pistole herumgefuchtelt hatte, etwas auffiel. Er hatte einen Koffer in der Sitzecke geöffnet und sah darin Frauen- und Kinderklei-

337

dung. Mit einer Kopfbewegung machte er seinen Kollegen darauf aufmerksam, der sofort herantrat. Ein Blick genügte, dann fuhr er Marcus an.

»Wo Frau? Wo Kind? Wo?«

»In Ungarn, sie machen dort Urlaub«, versuchte Marcus zu erklären, merkte aber selbst, wie fadenscheinig seine Aussage war. »Ich bin nur hier, um mir ein paar Pferde anzusehen. Wie ich schon sagte.«

»Du Lügner! Hier kein Einreisestempel aus Ungarn«, bellte der Grenzer.

»So lassen Sie sich doch erklären ...«, versuchte es Marcus noch einmal, doch er hatte seine Chance schon verspielt. Die Grenzer glaubten ihm nicht, beratschlagten sich kurz und gaben ihm dann Befehle.

»Du mitkommen auf Kommandantur. Hinterherfahren, du gehört?«

Offenbar sollte Marcus mit dem Wohnmobil dem Lada folgen. Jetzt wurde ihm wirklich mulmig, aber was sollte er tun? Der Grenzer mit der Pistole nahm auf dem Beifahrersitz Platz und winkte Marcus mit der Makarow auf den Fahrersitz, während der andere ausstieg und den Lada startete. Marcus blieb gar nichts anderes übrig, als den Fiat ebenfalls anzulassen und dem Fahrzeug der Grenzer zurück in Richtung Lučenec zu folgen. Die ganze Fahrt über machte er sich furchtbare Vorwürfe, wie dämlich er sich angestellt hatte. Oder war er einfach zu unbekümmert und überheblich gewesen, weil ja bisher alles gut gegangen war? Wenn er festgehalten werden würde, und davon war auszugehen, waren Imke und Jessica, auch wenn man sie nicht aufgriff, hier mehr als zweihundertfünfzig Kilometer entfernt von Bratislava, wo sich ihr Auto befand, regelrecht gestrandet.

Marcus fragte sich, ob er eine Chance hatte, wieder freizukommen, oder die Grenzer ihn womöglich sogar der Stasi ausliefern würden. Er zermarterte sich die ganze Fahrt über das

338

Hirn, was er tun konnte. Einen Moment überlegte er sogar, hart zu bremsen, sodass sein Beifahrer, der nicht angeschnallt war, nach vorn fiel und sich an der steilen Frontscheibe des Wohnmobils den Kopf stieß. In diesem Augenblick könnte er vielleicht aus dem Fahrzeug springen und sich durch den Fluss auf ungarisches Territorium in Sicherheit bringen. Doch schnell verwarf er den Gedanken wieder, denn schließlich war er nicht James Bond. Und was sollte dann aus seiner Frau und seiner Tochter werden?

Nahe dem Ortseingang musste Marcus rechts auf ein von einer Mauer umgebenes Gelände abbiegen. Im Hof sah er mehrere Miliz- und Mannschaftswagen stehen. Offenbar war die Grenze nach Ungarn doch nicht so schlecht gesichert, wie er in seiner Naivität angenommen hatte. Ein Grenzer packte ihn am Arm, nachdem er ausgestiegen war, und auch der andere flankierte ihn zu einem Gebäude, das alles andere als einladend aussah.

Zuerst kamen sie in einen großen Raum, der von einer hölzernen Barriere in der Mitte geteilt wurde. Auf der einen Seite eilten tschechoslowakische Milizionäre hin und her oder hockten hinter Tischen und hämmerten auf Schreibmaschinen herum. Auf der anderen stand eine Menge meist junger Leute, viele mit Rucksäcken, die allesamt Deutsch sprachen und bewacht wurden. Marcus ging plötzlich ein Licht auf. Er war mit seiner Idee, hier seine Familie über die Grenze zu bringen, offensichtlich keineswegs allein. Die Leute waren offenbar alle DDR-Bürger, die wie seine Familie kein Visum für Ungarn bekommen hatten und deshalb auf diesem Weg versuchen wollten, nach Ungarn und damit in die Freiheit zu gelangen.

Marcus wurde in einen kleinen, separaten Raum geführt und genötigt, auf einem Stuhl Platz zu nehmen. Dann verließen ihn die beiden Grenzer. Er hörte, wie sich außen der Schlüssel im Schloss drehte, und dann hieß es warten. Die Zeit verstrich endlos langsam, und schon bald hielt es ihn nicht mehr auf seinem Platz. Marcus stand auf und trat an das einzige Fenster heran, das vergittert war. Was er sah, war ein trister Innenhof voller abgestellter Fahrzeuge, darunter etliche Pkw mit DDR-Kennzeichen. Offenbar waren sie zurückgelassen worden und ihren Besitzern die Flucht gelungen. Marcus wünschte es ihnen so sehr!

Nach mehr als einer Stunde wurde die Tür plötzlich aufgeschlossen, und ein Milizionär mit vielen goldenen Sternen auf den Schulterstücken kam herein.

»Setzen Sie sich«, meinte er statt einer Begrüßung in nahezu akzentfreiem Deutsch zu Marcus und nahm selbst hinter dem Schreibtisch Platz. Vor sich liegen hatte er dessen Papiere und blätterte sie nun langsam durch.

»So, Sie sind also in Leipzig geboren, und dieser Pass ist gerade einmal ein reichliches Jahr alt. Interessant. Wo sind die Frau und das Kind?«

Die Stimme war scharf und schneidend, aber Marcus hatte sich in der Wartezeit eine Verteidigungsstrategie zurechtgelegt und sich fest vorgenommen, sich unter gar keinen Umständen einschüchtern zu lassen.

»Ich protestiere mit Nachdruck gegen diese Vorgehensweise«, gab er mit ebenso scharfer Stimme zurück, was den Offizier veranlasste, erstaunt aufzusehen. Denn die Leute, die er sonst so vor sich sitzen hatte, wagten erfahrungsgemäß keinen Widerspruch, sondern wurden ganz klein und demütig, wenn er sie ansprach. Wieso war dieser Mann hier anders? Doch bevor er zu einem Ergebnis kam, fuhr Marcus schon fort. »Ich bin Bürger der Bundesrepublik Deutschland und in Österreich beschäftigt. In Ihr Land bin ich gekommen, um eventuell langfristige Geschäftsbeziehungen bezüglich des Handels mit Zucht- und Sportpferden aufzubauen. Sie können sich gern bei den Betrieben erkundigen, die ich besucht habe. Hier sind die Adressen. Gehen Sie immer so mit Geschäftsleuten um, die bei Ihnen etwas kaufen und mit harten Devisen bezahlen wollen? Ich denke

340

kaum, dass das Ihr Außenhandelsministerium freuen wird, wenn es davon erfährt.«

Der Offizier dachte gar nicht daran, sich auf eine solche Diskussion einzulassen.

»Ich habe Ihnen eine Frage gestellt, die Sie besser beantworten sollten. Wo sind die Frau und das Kind?«

»Nicht in Ihrem Land«, log Marcus. »Und wenn ich sehe, wie Sie mit mir umspringen, empfinde ich das als ausgesprochen vorteilhaft. So, und jetzt will ich mit einem Vertreter meines Außenministeriums sprechen. Glauben Sie mir, hier rollt Ärger auf Sie zu. Viel mehr, als Sie glauben absehen zu können.«

»Welchen Außenminister hätten Sie denn gern gesprochen? Den Ihres Geburtslandes, Herrn Oscar Fischer?«, höhnte der Grenzer. Oder gehörte der Mann gar dem tschechoslowakischen Staatssicherheitsdienst an? Marcus wusste es nicht zu sagen, aber eine Antwort hatte er parat.

»Der bundesdeutsche Außenminister heißt Hans-Dietrich Genscher, das sollte Ihnen eigentlich bekannt sein. Sie meinen mit Fischer wohl den ostdeutschen, aber was habe ich mit dem zu schaffen? Sie können aber auch das österreichische Konsulat oder gleich das Außenministerium in Wien bemühen. Ich gebe Ihnen gern die Telefonnummer eines hochrangigen Beamten, der Ihnen meine Angaben bestätigen wird.«

Marcus hatte tatsächlich eine solche Geschäftskarte in seiner Brieftasche und kramte sie jetzt hervor. Der Beamte gehörte mit seiner Frau zu den Stammgästen des Hotels, war begeisterter Reiter und hatte ihm bei Bedarf seine Hilfe angeboten.

»Mich interessieren Ihre Kontakte nicht«, bekam Marcus aber nur zur Antwort. »Zum letzten Mal, wo sind die Frau und das Kind? Wen wollten Sie über die Grenze bringen? Sie ersparen sich und diesen Personen eine Menge Unannehmlichkeiten, wenn Sie endlich meine Frage beantworten.«

»Ich sage jetzt gar nichts mehr«, konterte Marcus und bemühte sich um den gleichen Tonfall wie sein Vernehmer. Auf keinen Fall wollte er sich seine Unsicherheit anmerken lassen. Ein selbstbewusstes Auftreten war die einzige Gegenwehr, die ihm blieb. »Ich bitte nicht, sondern ich verlange konsularische Betreuung durch die Vertretung der Bundesrepublik Deutschland, wenn Sie mich hier weiter festhalten. Warum eigentlich? Weil ich meine Füße in einen Bach gehalten habe? Ist das bei Ihnen schon ein Verbrechen?«

»Weil das ein Grenzfluss ist und Sie sich damit der Grenzverletzung schuldig gemacht haben«, brauste der Offizier auf. »In Ihrem Land hätte man Sie dafür wahrscheinlich erschossen.«

»Erstens waren dort weit und breit kein Schild und keine Sperranlage, die auf eine Grenze hingewiesen hätten«, gab Marcus ebenso aufbrausend zurück. »Nur ein sehr schöner Rastplatz, der zum Verweilen einlud. Und was haben Sie denn für eine Meinung von österreichischen oder bundesdeutschen Grenzern? Ich gehe gern in den Alpen wandern. Da können Sie überall zwischen den Ländern hin- und herspazieren, ohne dass Sie angehalten werden. Übrigens auch in Richtung Italien. Und geschossen wird da schon gar nicht! Das ist doch völliger Humbug, was Sie da behaupten.«

»Ich meine die DDR-Grenze, und das wissen Sie genau. Das Land, in dem Sie geboren sind. Glauben Sie, Sie können mich für dumm verkaufen?«

»Nichts liegt mir ferner. Aber ich denke, dass Sie einen bundesdeutschen Pass erkennen, wenn Sie einen vor sich haben. Ebenso die gültigen Visa. Und jetzt lassen Sie mich entweder weiterfahren oder verständigen meinen Botschafter in Prag. Der wird schon wissen, wie er vorzugehen hat. Und glauben Sie mir, ich schreibe nebenbei Artikel für Fachzeitschriften und habe daher gute Kontakte zur Presse. Ihre Vorgesetzten wird es bestimmt nicht erfreuen zu lesen, was mir hier widerfahren ist. Bemühen Sie sich etwa nicht gerade um gute Beziehungen zum Westen?«

Der Offizier sah Marcus eine ganze Weile lang schweigend an. Dann stand er auf und stellte sich vor ihn hin.

»Strecken Sie Ihre rechte Hand vor«, befahl er. Marcus, der nicht wusste, was das sollte, tat wie ihm geheißen. Plötzlich hörte er es klicken, und eine Handschelle schloss sich um sein Gelenk. Die zweite wurde um ein Heizungsrohr rechts von ihm gelegt und schnappte zu. Jetzt war er wirklich gefangen, und ihm wurde fast übel vor Angst. War es das jetzt gewesen? Hatte er es übertrieben und wurde womöglich der Stasi übergeben? Dann wäre alles vorbei, und er hätte durch seine Unvorsichtigkeit nicht nur sich, sondern auch seine Familie in höchste Gefahr gebracht und würde unwiederbringlich verlieren, was er bereits für sie im Westen aufgebaut hatte.

Wortlos verließ der Offizier den Raum, verschloss ihn trotz Marcus' Fesselung wieder von außen und ließ den Gefangenen mit seinen Gedanken allein. Minuten verrannen, dann Stunden. Schon bald wurde es unerträglich heiß in dem Zimmer, denn die bisher kalte Heizung war angeschaltet und auf Höchststufe gedreht worden. Marcus hatte das letzte Mal am zeitigen Morgen etwas gegessen und vor allem getrunken. Jetzt war es Nachmittag, wie ihm seine Uhr zeigte, der Schweiß lief ihm in Strömen übers Gesicht und den Rücken hinunter, und seine Zunge klebte am Gaumen. *Alle gleich, diese Gangster in Uniform,* dachte er. *So kleinlich, glauben, mit ihren Spielchen können sie einen im wahrsten Sinne des Wortes weichkochen. Aber nicht mit mir, das schwöre ich euch!*

Endlich, nach mehr als zwei Stunden, kam der Offizier zurück, diesmal in Begleitung eines Milizionärs, der sich hinter Marcus postierte.

»Ich frage Sie jetzt zum allerletzten Mal – und überlegen Sie sich die Antwort genau, denn vielleicht kennen wir sie ja schon –, wo sind die Frau und das Kind? Ihre Frau und ihre Tochter?«

»Und ich sage Ihnen ebenfalls zum letzten Mal, dass ich einen Vertreter meiner Botschaft sprechen will und mich ausgiebig über das menschenunwürdige Verhalten beschweren werde, das ich hier zu erdulden habe. Mehr erfahren *Sie* von mir jedenfalls nicht.«

Der Offizier gab dem Milizionär einen Wink, und Marcus machte sich darauf gefasst, im nächsten Moment zusammengeschlagen zu werden. Doch stattdessen spürte er, wie die Handschelle an seinem Gelenk aufgeschlossen wurde.

»Worüber wollen Sie sich denn beschweren?«, wollte der Offizier wissen, und seine Stimme klang auf einmal süßlich und höhnisch zugleich. »Darüber, dass wir Sie im Grenzgebiet aufgegriffen und zur Feststellung Ihrer Personalien kurzfristig festgenommen haben? Das kann Ihnen in jedem Land dieser Welt, auch in der Europäischen Union, passieren. Hier ist Ihr Pass. Die Visa habe ich allerdings ungültig gestempelt. Bis morgen früh sechs Uhr haben Sie unser Land über den gleichen Grenzübergang zu verlassen, über den Sie eingereist sind, Herr Leipold. Und nun darf ich mich verabschieden. Der Genosse wird Sie zu Ihrem Fahrzeug begleiten.«

Marcus war völlig fassungslos. Was, um alles in der Welt, war denn auf einmal geschehen und hatte diesen Sinneswandel hervorgerufen? Hatte der Grenzer womöglich kalte Füße bekommen, weil er standhaft geblieben war? Völlig egal, er wollte es gar nicht wirklich wissen. Nur weg von hier, so schnell wie möglich, bevor es sich noch jemand anders überlegte. Marcus atmete tief durch, als er wieder hinter dem Steuer des Fiats saß. Doch nun hatte er das Problem, Imke und Jessica zu finden und ihnen klarzumachen, dass seine hochtrabenden Pläne gescheitert waren. Vor nichts graute ihm mehr, als in die Augen seiner Frau und Tochter zu blicken, denen er so große Hoffnungen gemacht hatte. Er ließ den Motor an, rollte unbehelligt durch das Tor und fuhr in Richtung Stadtmitte. Aber da er immer ein Auge in den Rückspiegel warf, fiel ihm schon bald auf, dass in gleichbleibendem Abstand ein Lada hinter ihm herfuhr. Er wurde also beschattet, wahrscheinlich wollte man auf diesem Weg die Frau und das Kind finden, nach denen sie ihn immerzu befragt hatten.

Jetzt wurde es Marcus himmelangst. Um nichts in der Welt durften Imke und Jessica den tschechoslowakischen Behörden in die Hände fallen. Sie genossen keinerlei konsularischen Schutz und würden mit Sicherheit den DDR-Behörden übergeben werden. Was dann mit seiner Familie geschah, wollte er sich lieber gar nicht ausmalen. Marcus verlangsamte das Tempo, und sofort fiel auch der Lada etwas zurück, dann gab er Gas, und auch das Auto hinter ihm beschleunigte. Das Ganze war so augenscheinlich, dass er entweder von absoluten Amateuren verfolgt wurde, was er sich nicht vorstellen konnte, oder aber man wollte ihm gezielt zu verstehen geben, dass er nicht allein war.

Marcus schaute auf die Uhr. Es war kurz vor siebzehn Uhr und damit der Zeitpunkt für ein Treffen mit seiner Familie nahe. Aber wie sollte er die Verfolger abschütteln? Für eine Verfolgungsjagd durch die Straßen von Lučenec war das Wohnmobil nun wirklich nicht geeignet. Doch diesmal kam ihm der Zufall zu Hilfe. Dort, wo er von der Staatsstraße 585 auf die 75 Richtung Bratislava abbiegen musste, gab es eine Ampel. Und deren Grünphase ging gerade in Gelb über, als Marcus die Kreuzung erreichte. Er gab Gas, riss das Lenkrad nach links und bog mit quietschenden Reifen gerade noch ab, während die Ampel auf Rot umschaltete. Der sofort einsetzende rege Fahrzeugstrom auf der entgegenkommenden Spur verhinderte, dass der Lada ihm folgen konnte.

Verabredungsgemäß standen Imke und Jessica ein kleines Stück weiter auf der Höhe des Marktplatzes an der Ausfallstraße. Marcus bremste nur kurz und brüllte durch das schon zuvor geöffnete Seitenfenster.

»Schnell, rein mit euch, und dann runter. Weg von den Fenstern, es darf euch keiner sehen.«

Imke war niemand, der lange zögerte oder Dinge hinterfragte, wenn die Situation es nicht erlaubte. Sie riss die Seitentür auf, warf ihre Tochter nahezu in den Fiat, sprang selbst hinterher, und schon rollte Marcus wieder an. Als der Lada etwas später um die Kurve bog, sahen dessen Insassen das Wohnmobil wieder vor sich, das gerade die Außenbezirke der Kreisstadt in Richtung Westen passierte, und hängten sich erneut dran. Offenbar hatte es der Fahrer wirklich eilig, das Land zu verlassen. Von einer Kontaktaufnahme mit anderen Personen hatten sie nichts mitbekommen und meldeten das auch per Funk an ihr Hauptquartier.

Der Fiat besaß zwar getönte Scheiben, doch sicherheitshalber lagen Imke und Jessica auf den Bänken der Sitzecke, sodass sie von draußen nicht gesehen werden konnten.

»Was war denn los?«, wollte Imke wissen. »Wo warst du so lange? Wir haben uns große Sorgen um dich gemacht.«

»Grenzer haben mich festgenommen, oder vielleicht war es auch die hiesige Staatssicherheit. Es wäre wahrscheinlich gar nichts passiert, hätten sie nicht eure Sachen entdeckt und in meinem Pass gelesen, dass ich in Leipzig geboren bin. Da haben sie wohl eins und eins zusammengezählt. Sie wollten die ganze Zeit über wissen, wo die Frau und das Kind wären, und haben mich mit Handschellen an eine Heizung gekettet und schwitzen lassen.« Marcus hob zur Bestätigung die rechte Hand hoch, wo man am Gelenk noch deutlich den roten Striemen sah, während er eisern mit gleichbleibendem Tempo weiterfuhr. Er hatte zuvor nicht gewusst, wie schmerzhaft Handschellen sein konnten, und legte auch keinen Wert darauf, die Erfahrung zu wiederholen.

»Großer Gott!«, entfuhr es Imke. »Wie bist du ihnen denn entkommen?«

»Ich habe wohl zu viel Krawall geschlagen und nach Genscher und dem deutschen Botschafter geschrien, sodass sie mich haben fahren lassen«, mutmaßte Marcus. »Außerdem befanden sich gerade an die hundert DDR-Bürger im Vorraum, die man offenbar an der Grenze aufgegriffen hat. Mit denen waren sie mehr als beschäftigt, da konnten sie sich einem Einzelnen mit bundesdeutschem Pass nicht so intensiv widmen, wie sie es sonst sicher getan hätten. Oder vielleicht denken sie auch, ich führe sie zu euch. Jedenfalls werden wir verfolgt, deshalb bleibt unten. Hinter uns fährt ein weißer Lada, seit ich das Milizgebäude verlassen habe. Ich muss bis morgen früh sechs Uhr das Land verlassen, und zwar über den Grenzübergang, über den ich eingereist bin. Deshalb fahren wir jetzt zurück nach Bratislava. Es geht nicht anders. Alles, was ich mir so schön ausgemalt habe, ist wie eine Seifenblase zerplatzt. Es tut mir so unendlich leid, Imke.«

»Und was wird jetzt aus uns, Marcus? Sollen wir in die DDR zurückfahren und warten, bis man uns ausreisen lässt? Das halte ich nicht mehr aus! Wir wollen endlich wieder mit dir zusammenleben! So vielen gelingt es mittlerweile, in den Westen zu entkommen, nur uns offenbar nicht. Das ist doch zum Verzweifeln.«

»Imke, pass auf, ich habe mir da etwas überlegt. Aber es liegt letztlich an dir, es umzusetzen. In der deutschen Botschaft in Prag halten sich mittlerweile mehrere Tausend Flüchtlinge auf. Sie ist restlos überfüllt, die Leute kampieren in Zelten und sogar im Freien. Da muss es eine Lösung geben, das steht felsenfest. Vor meiner Abreise habe ich im Fernsehen gehört, dass Genscher in New York bei der UN mit den Außenministern der DDR und der Sowjetunion verhandelt. Fahr nach Prag und geh mit Jessica in die Botschaft! Ich bin überzeugt, die lassen euch von dort ausreisen, und zwar bevor die Zustände gänzlich unhaltbar werden. So will sich die DDR bestimmt nicht zu ihrem vierzigsten Jahrestag vor aller Welt präsentieren. Große Feiern auf dem Marx-Engels-Platz mit jeder Menge geladener Staatsgäste in Berlin und gleichzeitig unzählige ihrer Bürger in den Botschaften von Prag und Warschau, über die die Westmedien genüsslich berichten!«

»Meinst du wirklich?« Imke klang nicht gerade überzeugt. »Und wenn sie uns doch nicht ausreisen lassen und wir dann

347

zurückmüssen, kann alles noch viel schlimmer werden. Der Stasibonze, dem ich beim Rat des Kreises immer gegenübersitze, wartet nur darauf, dass ich einen Fehler mache und er mich greifen kann.«

»Deshalb darfst du auch unter gar keinen Umständen wieder zurück in die DDR. Vertrau mir, ich bin sicher, auf dem Weg über die Botschaft wirst du es mit Jessica schaffen.«

Das hast du vor dem jetzigen, gescheiterten Versuch auch gesagt, dachte Imke, wollte ihren Mann mit ihrer Skepsis aber nicht zusätzlich belasten. Der hatte schon Sorgen genug und tat wirklich, was er konnte, um ihre Ehe nicht scheitern zu lassen und die Familie wieder zu vereinen.

Während ihres Gespräches hatte Marcus nicht in den Rückspiegel gesehen, doch jetzt bekam er mit, wie der Lada hinter ihnen plötzlich beschleunigte und zum Überholen ansetzte. War es nun vorbei, hatten die Verfolger mitbekommen, dass sich seine Frau und seine Tochter im Wohnmobil befanden? Wollten sie das Fahrzeug ausbremsen und die Insassen festnehmen? Während diese Gedanken Marcus durch den Kopf schossen, überholte der Lada den Fiat, fuhr aber danach mit unverminderter Geschwindigkeit weiter, bis an der rechten Straßenseite ein Verkehrsschild mit dem Aufdruck *Okres* und noch irgendetwas darunter auftauchte. *Okres* hieß Kreis, das wusste Marcus, sie würden also wohl gleich den *Okres* Lučenec verlassen. Plötzlich wendete der Lada auf gerader, leerer Straße, wie Marcus es bisher nur in Agentenfilmen gesehen hatte, kam mit aufgeblendeten Lichtern auf das Wohnmobil zu und passierte es hupend, nur um anschließend in Richtung Lučenec zurückzufahren. Offenbar hatten die Insassen des Wagens die Order gehabt, die Verfolgung an der Kreisgrenze zu beenden, und Marcus fühlte sich in diesem Moment so erleichtert wie schon lange nicht mehr.

Imke hatte sich vor den aufgeblendeten Scheinwerfern und dem Hupkonzert zu Tode erschrocken und Jessica ganz fest an sich gepresst. Das kleine Mädchen war die ganze Zeit über mehr als nur tapfer und brav gewesen, hatte nie ein Widerwort gegeben und immer getan, was seine Eltern ihm sagten. Doch jetzt waren auch Jessicas Kräfte erschöpft, und sie begann zu weinen.

»Ich will bei Papi bleiben«, stieß sie unter Schluchzen hervor. »Er soll nicht wieder ohne uns wegfahren. Bitte, Mami, lass das nicht zu! Ich werde auch immer artig sein, ich versprech's.«

»Das bist du doch, Jessi, mein Schatz!«, rief Marcus von vorn. »Komm nach vorn und gib Papi ein Küsschen. Die bösen Leute sind weg, jetzt kannst du dich wieder hinsetzen.«

Das kleine Kind tat wie ihm geheißen, krabbelte nach vorn auf den Beifahrersitz, wischte sich die Tränen ab und küsste Marcus auf die Wange. Imke krampfte es das Herz zusammen. In dem Moment beschloss sie zu tun, was ihr Mann gesagt hatte. Die Trennung musste endlich ein Ende haben, so ging es jedenfalls nicht weiter. Und in der Botschaft in Prag wären sie und Jessica zumindest vorerst in Sicherheit und schon einmal auf bundesdeutschem Boden. Vorausgesetzt natürlich, sie schafften es überhaupt dort hinein. Auch Imke hatte Bilder aus Prag gesehen und wie Milizionäre versuchten, Flüchtlinge am Übersteigen der Zäune zum Botschaftsgelände zu hindern. Allerdings war von Reportern auch berichtet worden, dass die Polizei wohl vor dem gewaltigen Ansturm kapituliert hatte und abgezogen war. Was nun tatsächlich stimmte, würde sie wohl erst erfahren, wenn sie sich selbst vor Ort ein Bild von der Lage machte.

Irgendwann schlief Jessica ein, und gegen Mitternacht erreichten sie den Parkplatz vor dem Interhotel in Bratislava, wo Imke ihr Auto abgestellt hatte. Der Škoda stand genauso unbeschadet da, wie sie ihn vor wenigen Tagen verlassen hatte, und das war zumindest ein gutes Zeichen. Weder Marcus noch Imke bekamen für den Rest der Nacht ein Auge zu. Sie hielten sich die meiste Zeit eng umschlungen und hofften, dass die Zeit, bis sie sich erneut trennen mussten, nie vergehen würde. Doch unaufhörlich rückte der Zeiger weiter, und gegen vier Uhr musste Marcus aufbrechen, wollte er den Grenzübergang rechtzeitig erreichen und sich nicht noch zusätzliche Schwierigkeiten einhandeln. Er half Imke, Jessica auf den Rücksitz des Škoda zu betten, die dabei nicht aufwachte, obwohl ihr Vater ihr Gesicht mit Küssen bedeckte und ihr immer wieder über das Haar strich. Dann hieß es auch von seiner Frau Abschied nehmen, was umso schwerer fiel, da beide noch wenige Stunden zuvor geglaubt hatten, dass sie dies nie wieder tun müssten.

»Ich sehe zu, dass wir in die Botschaft hineinkommen, Marcus«, meinte Imke bestimmt. Sie hatte es ihrem Mann zwar schon zuvor eröffnet, bestätigte es nun aber noch einmal. »Ich hoffe, dass sie eine Mutter mit Kind nicht abweisen werden. Falls doch, fahre ich zurück in die DDR. Ein Risiko kann ich mit Jessica nicht eingehen. Das verstehst du doch?«

»Natürlich, was für eine Frage! Entscheide so, wie du es für richtig hältst. Ich kann nur in Gedanken bei euch sein, mehr leider nicht. Aber du wirst sie spüren, da bin ich mir ganz sicher. Leb wohl, mein Liebling, bis ganz bald. Ich weiß in meinem Inneren, dass wir nicht mehr lange getrennt sein werden. Du nicht auch?«

»Doch, Marcus, ich auch. Küss mich und dann fahr los. Nicht, dass sie dich womöglich einbuchten und wir dann in der Freiheit sind, während du im Knast sitzt.«

So schwer es Marcus fiel, sich von Imke loszureißen, sie hatte einmal mehr recht. Mit wehem Herzen und einem tiefen Seufzer auf den Lippen stieg er in den Fiat und fuhr Richtung Grenze davon. Seine Frau winkte ihm noch hinterher, als die Rücklichter schon längst nicht mehr zu sehen waren.

In den frühen Morgenstunden des 30. September fuhr Imke mit ihrer schlafenden Tochter auf der Rückbank Richtung Prag. Die Temperaturanzeige des Kühlwassers stieg auf der Fahrt immer höher, weshalb sie sich dazu veranlasst sah, eine Tankstelle anzufahren und nach einer Werkstatt zu fragen. Glücklicherweise konnte man ihr, obwohl es Samstag war, gleich vor Ort helfen, denn schließlich wurden Škodas ja im Land gebaut. Nur für das alte Modell, das sie fuhr, musste das Ersatzteil erst aus der nächsten Stadt besorgt werden. So kam es, dass Imke Prag erst am späten Abend erreichte. Sie stellte ihr Auto am Moldauufer ab, nachdem sie ewig lange nach einem Parkplatz gesucht hatte. Alles war voller Trabis, Wartburgs und anderen Fahrzeugen mit DDR-Kennzeichen. Gehörten die alle den Botschaftsflüchtlingen? Dann war ihr Škoda hier ja gut aufgehoben. Noch bevor sie ausstieg, sah sie plötzlich jede Menge Blaulicht auf sich zukommen und dann eine Kolonne von großen, schwarzen Fahrzeugen den Burgberg hinauffahren. Wer das wohl sein konnte? Staatsgäste, die auf dem Hradschin empfangen wurden? Doch letztlich war es ihr egal, sie hatte andere Sorgen. Woher sollte Imke auch wissen, dass soeben Hans-Dietrich Genscher mit einer wichtigen Nachricht im Gepäck für die Botschaftsflüchtlinge an ihr vorbeigefahren war?

Imke hatte einen Stadtplan von Prag und wusste ungefähr, wo sich die bundesdeutsche Botschaft befand. Doch nachdem sie die berühmte Karlsbrücke mit Jessica an der Hand überquert hatte, gab es kein Weiterkommen. Ein leerer Bus nach dem anderen kam angerollt und wurde von der Polizei eingewiesen, die aber gleichzeitig das ganze Viertel und damit auch den Zugang zu den Botschaften abgeriegelt hatte. Es dauerte ewig, bis es ihr und Jessica gelang, die Absperrungen weitläufig zu umgehen und sich ihrem Ziel von oben, aus der Richtung des Hradschin, zu nähern. Jessica wurde das alles mit der Zeit zu viel, und erstmals begann sie zu quengeln. Imke beugte sich gerade zu ihrer Tochter herunter, um ihr Mut zuzusprechen und sie auf den Arm zu nehmen, als auf einmal ein lauter, lang anhaltender Jubel über den ganzen Burgberg schallte. Was die Menschen riefen, war nicht zu verstehen, aber dass es Freudenbekundungen waren, nicht zu überhören. *Was geht da nur vor?*, fragte Imke sich und zog ihre sich sträubende Tochter hinter sich her. Sie musste unbedingt näher an die Botschaft herankommen, denn aus dieser Richtung waren die Schreie von Männern und Frauen zu vernehmen gewesen. Endlich gelang es ihr, durch eine kleine Quergasse, die voller Menschen war, bis zu der Straße vorzudringen, an der die bundesdeutsche Botschaft lag. Sie kam direkt gegenüber dem Gebäude heraus, über dessen großem Tor die westdeutsche Fahne wehte. Doch hier war Schluss, eine dichte Polizeikette verhinderte jedes Weiterkommen.

Imke konnte sehen, wie Menschenmassen aus genau dem Tor strömten, durch das sie in das Gebäude hineinwollte. Sie war am Verzweifeln, weil sie es einfach nicht schaffte, den Kordon der Polizei zu durchbrechen. Allein hätte sie vielleicht eine Chance gehabt. So wie kurz zuvor der Mann, der ein paar Meter Anlauf genommen hatte und dann wie ein Rammbock zwischen zwei tschechischen Ordnungshütern durchgebrochen war. Bevor die mit Schlagstöcken versehenen Uniformierten sich versahen, war er auch schon in der Menge untergetaucht, die aus dem barocken Palais Lobkowitz, in dem die bundesdeutsche Botschaft in Prag beheimatet war, herausflutete und den Burgberg zu den bereitstehenden Bussen an dessen Fuß hinuntereilte. Aber mit Jessica auf dem Arm oder an der Hand? Einfach unmöglich. Was, wenn sie getrennt wurden und sie in dem Gedränge die Kleine verlor? Imke wagte gar nicht daran zu denken.

Es mussten Tausende von Menschen sein, die da vor ihr die Straße hinuntergingen. Das Stimmengewirr war ohrenbetäubend, und Imke blickte in lauter strahlende, freudige Gesichter. So sahen jedenfalls keine Menschen aus, die man in die DDR abschob. Was war hier geschehen? Die einzige Erklärung, die sich ihr aufdrängte, war, dass man die Leute, die seit Wochen, manche seit Monaten, in der Botschaft ausgeharrt hatten, nun in die Bundesrepublik ausreisen ließ. Das erklärte auch die viele Polizei, die verhinderte, dass noch jemand zu denjenigen stieß, die es offenbar geschafft hatten.

352

Aber sollte es wirklich völlig unmöglich sein, zu dieser Menschenmasse zu stoßen? Zumindest einen weiteren Versuch wollte Imke unternehmen. Von der Seitengasse aus, in der sie sich befand, durchzubrechen war offenbar aussichtslos. Noch dazu, wo die Polizisten nach dem vorangegangenen geglückten Versuch des Mannes jetzt besonders wachsam waren. Aber vielleicht gelang es ja weiter unten? Mehrere kleine Seitengässchen mündeten auf die Straße, die Imkes Landsleute hinuntereilten und die Vlašská hieß, wie sie auf einem Schild lesen konnte.

»Komm, Jessica, wir versuchen es an einer anderen Stelle«, meinte sie. »Du musst jetzt wieder ein Stückchen laufen, ich kann dich nicht die ganze Zeit tragen.«

»Aber ich habe Hunger, und mir ist kalt«, quengelte das Kind, das bisher so tapfer gewesen war und alle Strapazen klaglos ertragen hatte.

»Beim Laufen wird dir warm, und bald gibt es auch etwas zu essen, das verspreche ich dir. Du willst doch auch zu deinem Papi, oder?«

»O ja! Und wieder Käferle fahren wie zu meinem Geburtstag.«

In letzter Zeit, musste Imke feststellen, erinnerte Jessica sich an Dinge, von denen sie glaubte, dass ihre Tochter sie längst vergessen hätte. Aber der alte grüne VW Käfer, mit dem Marcus sie im Winter im Riesengebirge besucht hatte, war von der Kleinen auf Anhieb ins Herz geschlossen worden, und offenbar verband sie ihren Vater jetzt mit diesem Gefährt. Das komfortable Wohnmobil hingegen schien sich ihr nicht weiter eingeprägt zu haben.

»Dann komm, wir müssen uns beeilen. Siehst du die Leute da unten auf der breiten Straße? Zu denen wollen wir. Aber hier lässt uns die Polizei nicht durch. Wir versuchen es ein Stückchen weiter unten. Das ist auch nicht so anstrengend, wie den Berg hinaufzulaufen.«

Imke wandte sich um, drängte sich durch die Menschen, die

hinter ihr standen und die Uniformierten wüst beschimpften, und lief mit Jessica an der Hand die Gasse zurück. Einen Block weiter bog sie in eine andere Straße ein, die Nerudova hieß, kam an der rumänischen Vertretung vorbei und wandte sich dann wieder in die Richtung, wo sie die Leute aus der Botschaft vermutete.

Und sie hatte richtig kalkuliert. Schon bald drang wieder das Stimmengewirr an ihr Ohr, das sich wie das Summen in einem riesigen Bienenkorb anhörte. Doch als sie das Ende des Gässchens erreichte, war dieses ebenso von einem dichten Kordon Polizei versperrt. Da hier allerdings nur wenige andere Menschen standen, nahm Imke Jessica wieder auf den Arm und drängte sich bis zu den Uniformierten vor. Vielleicht würden sie ja eine Mutter mit Kind passieren lassen. Was hatten sie davon, wenn sie ihr verwehrten, sich zu ihren Landsleuten zu gesellen? Auf zwei Ausreisewillige mehr oder weniger bei den vielen Tausenden kam es doch nun wirklich nicht mehr an. Was konnten denn die Tschechen davon haben, wenn sie hier in ihrem Land blieben, statt mit den anderen DDR-Bürgern zu gehen?

Imke sprach nur sehr wenige Worte Tschechisch, aber sie wusste, dass viele Hiesige zumindest etwas Deutsch verstanden und verlegte sich daher aufs Bitten.

»Lassen Sie uns doch durch, bitte! Das dort sind unsere Leute, wir möchten doch nur zu ihnen! Warum wollen sie uns das denn nicht gestatten? Niemandem kann doch daran gelegen sein, wenn wir hier in Prag bleiben müssen, während die anderen gehen!«

Imke wusste nicht, ob der Polizist, an den sie sich gewandt hatte, sie verstanden hatte, denn von ihm kam keinerlei Reaktion. Im Gegenteil, sie hatte den Eindruck, dass die Uniformierten noch enger zusammenrückten, um jedes Durchbrechen zu verhindern. Aber da kam Hilfe von anderer Seite. Prager Bürger schauten aus ihren Fenstern dem Spektakel zu, das sich da vor ihren Augen abspielte, und eine ältere Frau schien verstanden zu haben, was Imke gesagt hatte.

354

»Warte, Kindchen!«, rief sie ihr in gebrochenem Deutsch zu, »ich übersetze es für dich.«

Dann begann sie, wütend auf die Polizisten einzureden, wovon Imke allerdings kein Wort verstand. Die Reaktion der Staatsdiener hingegen war eindeutig. Als ihnen das Geschimpfe zu sehr auf die Nerven ging, brüllte einer von ihnen wütend zurück, zeigte mit dem Finger in Richtung der Frau und schien Drohungen auszustoßen, denn die zog sich daraufhin verschreckt zurück und schloss sogar das Fenster.

Von einem Moment zum anderen fühlte sich Imke alleingelassen, und Verzweiflung machte sich in ihr breit. Was sollte nur werden, wenn sie es auch diesmal nicht schaffte? Wann, wenn überhaupt, würde sie ihren Mann und Jessica ihren Vater dann wiedersehen? Noch einmal wandte sie sich beschwörend an die Polizisten, drehte sogar das mittlerweile weinende Kind zu ihnen und versuchte, an deren Mitgefühl zu appellieren.

Einer von den Uniformierten schien auch weich zu werden. Imke verstand zwar nicht, was er sagte, aber der Tonfall, mit dem er sich an seine Kameraden wandte, klang beschwörend. Doch die einzige Reaktion war, dass er offenbar von seinem Vorgesetzten harsch angefahren und zur Ordnung gerufen wurde. Der Polizist, der mehr Streifen und Sterne auf seiner Uniform hatte als die anderen, drehte sich jetzt ebenfalls zu Imke und ihrer Tochter um und fuhr sie im gleichen Ton an wie seinen Untergebenen.

Erschrocken wich Imke einen Schritt zurück, wollte aber immer noch nicht aufgeben. Das waren doch Hunderte, wenn nicht gar Tausende, die da auf der Vlašská wenige Meter von ihr entfernt hinunterströmten. Konnten die ihr denn nicht helfen? Die Polizei war doch hoffnungslos in der Unterzahl und würde sich kaum mit dieser Menschenmenge anlegen.

»Helft uns, wir wollen auch mit!«, rief sie, so laut sie konnte, über die Absperrung hinweg. »Lasst uns nicht hier zurück! Die Polizei verhindert, dass wir zu euch stoßen!«

Ein paar Köpfe, das konnte Imke erkennen, wandten sich ihr zu, doch es erfolgte keinerlei Reaktion. Die Menschen waren viel zu sehr mit sich selbst beschäftigt, als dass sie sich noch um ein anderes Schicksal kümmern konnten und wollten. Viele hatten lange Tage und Wochen in der Botschaft ausgeharrt und jetzt nur noch eins im Sinn: endlich in den Westen zu kommen. Und das Risiko, womöglich das Ziel so kurz vor dem Erreichen noch zu verfehlen, weil sie sich mit der tschechoslowakischen Polizei anlegten, wollte keiner eingehen. Ein paar Männer drehten ihr Gesicht beschämt weg, aber mehr passierte von dieser Seite aus nicht. Der Vorgesetzte der Polizisten hingegen wandte sich zu Imke und Jessica um und brüllte sie so wütend an, dass das Kind auf dem Arm der Mutter sich vor Schreck an seinen Tränen verschluckte und das Weinen in ein herzzerreißendes Schluchzen überging. Doch selbst das beeindruckte den Polizisten nicht, im Gegenteil. Als er seinen Schlagstock hob und Imke befürchten musste, dass er gleich auf sie und sogar Jessica einprügeln würde, zog sie sich endgültig zurück.

Wieder lief sie parallel zu der Straße, auf der die Leute aus der Botschaft gingen, den Burgberg hinunter, aber an dessen Ende, dort, wo eine breite Chaussee an der Moldau entlangführte, war endgültig Schluss.

Imke stieg auf eine Bank und konnte so über die Köpfe der auch hier das Areal absperrenden Polizisten hinwegsehen. Gerade stiegen offenbar die letzten Glücklichen in die bereitstehenden Busse ein, die sie von hier fortbringen würden. Zu ihnen durchzukommen war allerdings völlig unmöglich. Die Polizei stand dicht an dicht und schirmte das ganze Gelände hermetisch ab. Erst als der letzte Bus abgefahren war, zogen sich auch die Uniformierten langsam zurück, und die Kordons lösten sich auf. Imke und Jessica waren zu spät gekommen. Einen einzigen Tag, oder vielleicht auch nur ein paar Stunden.

Erschöpft sank Imke auf die Bank und ließ ihren Tränen freien Lauf. Sie konnte einfach nicht mehr und war am Ende ihrer

356

Kräfte angelangt. Jessica schmiegte sich fest an sie und sagte kein Wort. Erst als die Tränen versiegten, schaute sie auf und strich sanft mit der Hand über die feuchte Wange ihrer Mutter, so als wollte sie diese trösten.

»Mami, ich hab Hunger« war das Erste, was sie nach einiger Zeit sagte.

Imke wurde schlagartig klar, dass sie sich zusammennehmen musste und nicht hängen lassen durfte. Schließlich war sie nicht allein, sondern hatte ein kleines Kind dabei, um das sie sich kümmern musste. Wie gern wäre sie jetzt selbst schwach gewesen, hätte sich an eine Brust gelehnt – natürlich am liebsten an die ihres Mannes – und sich gut zureden und beruhigen lassen. Doch da war ihre Tochter, die sie und auch Marcus letztlich in diese Situation gebracht hatten, und für die musste sie stark sein. Sie schnäuzte sich, wischte sich mit dem Handrücken die restlichen Tränen ab und kramte aus ihrer kleinen Handtasche zwei Schokoriegel hervor. Glücklicherweise hatte sie auf der Fahrt nach Prag an einer Raststätte ein paar davon gekauft und sie nicht im Auto zurückgelassen. Gemeinsam mit Jessica aß sie die süßen, klebrigen Stücke und spürte danach wenigstens etwas Energie in sich zurückströmen.

»Komm, meine Kleine, hier können wir nicht bleiben. Lass uns zu unserem Auto zurückgehen. Da kannst du ein bisschen schlafen, und Mami wird überlegen, was wir als Nächstes tun.«

»Können wir jetzt nicht zu Papi fahren?« Jessica sah ihre Mutter erwartungsvoll mit großen Augen an.

»Doch, doch. Sicher bald. Aber heute wahrscheinlich nicht mehr. Deshalb komm, wir müssen ein Stück laufen. Im Auto habe ich auch etwas zu trinken für dich und eine warme Decke.«

Imke nahm ihre Tochter bei der Hand. Mittlerweile war es stockdunkel geworden, und nur wenige Laternen erhellten die Kleinseite von Prag unterhalb des prächtig erleuchteten Hradschin. Mit hängenden Schultern, ganz gegen ihre sonstige Art niedergeschlagen, ja fast gebrochen, machte sich Imke daran, ihr Auto zu suchen, das sie irgendwo am Moldauufer abgestellt hatte, ohne sich den genauen Standplatz einzuprägen, da sie ja gehofft hatte, nicht zurückkehren zu müssen.

Glücklicherweise brauchte sie nicht lange herumzuirren und fand den Škoda relativ schnell. Aus dem Kofferraum holte Imke eine Limonade und zwei belegte Brötchen, sodass sie zumindest ihren gröbsten Hunger stillen konnten. Jessica schlief schon während des Essens ein, so müde war sie. Imke legte sie behutsam auf die Rückbank, wickelte sie in eine Decke und sank dann selbst völlig erledigt auf dem Fahrersitz zusammen. Den Kopf lehnte sie gegen das Lenkrad und konnte nicht verhindern, dass ihr wieder die Tränen kamen. Was sollte sie jetzt nur machen? Zurück in die DDR fahren und so tun, als wäre sie gar nicht in der ČSSR, sondern bei ihren Eltern in Köthen gewesen? Und wenn Jessica nun erzählte, dass sie ihren Papi getroffen hatte? Würde man sie diesmal womöglich festnehmen, einsperren und von ihrem Kind trennen? In wenigen Tagen wollte die Führungsriege der DDR den vierzigsten Jahrestag der Republikgründung feierlich begehen, da konnte sie sich keine Unruhen und Störungen leisten. Oder würde man sie vielleicht gerade aus diesem Grund doch endlich aus dem Land und aus der Staatsbürgerschaft entlassen, wenn sie wieder beim Rat des Kreises vorstellig wurde? Imke wusste einfach nicht, was sie tun sollte, schlief endlich über ihren trüben Gedanken ein und vergaß zumindest auf diese Weise für kurze Zeit ihre drängendsten Sorgen.

11. Kapitel

Staatsoper Berlin, 30. September 1989

Erich Honecker, erst seit wenigen Tagen aus dem Genesungsurlaub nach einer Gallenblasenoperation zurück an der Spitze des Staates, sang die Internationale zwar mit krächzender Stimme, aber voller Inbrunst. Anlässlich des vierzigsten Jahrestages der Gründung der Volkrepublik China hatten er und der Botschafter des Brudervolkes, dessen Militär erst vor Kurzem gezeigt hatte, wie man mit Konterrevolutionären umging, in die Staatsoper Unter den Linden zu einer Festveranstaltung geladen. Zum eigentlichen Staatsakt nach Peking war als Vertreter von Partei und Staat Erich Krenz entsandt worden. Botschafter Zhang Dake dankte in seiner Ansprache der Führung der DDR für ihre Unterstützung des Vorgehens seiner Regierung und betonte ausdrücklich, dass die Freundschaft und Zusammenarbeit zwischen den beiden Ländern eine große Zukunft hätte. Ihm antwortete in Vertretung von Erich Honecker, der sich für eine lange Ansprache noch nicht stark genug fühlte, Hermann Axen als Mitglied des ZK der SED.

In einer Veranstaltungspause ließ der Generalsekretär überraschend alle anwesenden Mitglieder des Politbüros in einem von Personenschützern sorgfältig abgeschirmten Raum zusammenrufen, da er ihnen eine wichtige Mitteilung zu unterbreiten hatte.

»Genossen«, begann Honecker, und seine Stimme klang noch heiserer als sonst, und manch einer um ihn herum fragte sich, wie er in ein paar Tagen die Festansprache zum eigenen vierzigsten Jahrestag der DDR halten wollte. »In Prag ist eine unhaltbare Situation eingetreten. Die tschechoslowakischen Genossen bitten uns, in einem einmaligen humanitären Akt die Besetzer der bundesdeutschen Botschaft ausreisen zu lassen. Ich habe dem unter der Voraussetzung zugestimmt, dass die Züge über das Territorium der DDR in die BRD fahren werden. Wir müssen vermeiden, dass anlässlich unseres bevorstehenden Republikgeburtstages Bilder um die Welt gehen, die Verräter an der Idee des Sozialismus, kriminelle Subjekte und Asoziale in ausländischen Botschaften zeigen, die vergessen haben, was ihr Heimatland alles für sie getan hat.« Der Generalsekretär machte keinen Hehl daraus, was er von Menschen hielt, die das von ihm geführte Paradies der Werktätigen so schnell wie möglich verlassen wollten.

»Dann sollten wir aber zumindest eine entsprechende Pressemitteilung herausgeben, um die Deutungshoheit über die Ereignisse zu behalten«, meldete sich Kurt Hager, der Chefideologe im Politbüro, zu Wort.

»Das wollte ich gerade anregen und dich mit der Abfassung beauftragen, Kurt«, stimmte Honecker zu. »Lass deine Leute einen entsprechenden Entwurf erarbeiten, und zwar sofort. Ich möchte ihn nach Ende der Veranstaltung vorliegen haben. Morgen soll er in den Nachrichtensendungen von Funk und Fernsehen und am Montag in der Presse veröffentlicht werden. Und nimm kein Blatt vor den Mund, hörst du.«

Das hatte Hager auch gar nicht vor, und während in der Staatsoper das Kulturprogramm abgespult wurde und die Züge aus Prag mit den Botschaftsflüchtlingen bereits in den Westen rollten, feilte er mit seinen engsten Mitarbeitern an der Erklärung, die am nächsten Morgen die DDR-Bürger von den Geschehnissen in Kenntnis setzen sollte. *Das vorgegaukelte Bild vom Leben im Westen soll vergessen machen, was diese Menschen von der sozialistischen Gesellschaft bekommen haben und was sie nun aufgeben,* würde es darin heißen. Und weiter: *Sie schaden sich selbst und verraten ihre Heimat. Sie alle haben durch ihr Verhalten die moralischen Werte mit Füßen getreten und sich selbst aus unserer Gesellschaft ausgegrenzt.*

Erich Honecker war hochzufrieden, als man ihm den Entwurf zum Gegenlesen reichte. Doch einen Satz setzte er mit seiner krakeligen Schrift noch eigenhändig darunter, der die Menschen in der DDR und, schlimmer noch, auch viele seiner ihm bisher treu zur Seite stehenden Genossen endgültig gegen ihn aufbrachte. *Man sollte ihnen deshalb keine Träne nachweinen,* schrieb der Erste Mann im Staate über seine eigenen Landsleute, die der von ihm propagierten Gesellschaftsordnung in der DDR zu Tausenden und Abertausenden den Rücken kehrten.

12. Kapitel

1.Oktober – 9. November 1989

Als der Morgen des 1. Oktober dämmerte, wachte Imke durchgefroren auf. Hinter ihr schlief Jessica noch tief und fest, wie es nur ein kleines Kind konnte. Leise öffnete sie die Tür, reckte und streckte sich in der frischen Luft und versuchte, einen klaren Kopf zu bekommen. Wieder fragte sie sich, wie es nun weitergehen sollte. Sich einfach ins Auto setzen und zurückfahren? Oder doch noch einmal versuchen, in die Botschaft zu gelangen? War es das wert? Wenn man sie festnahm und den DDR-Behörden überstellte, würde sie unweigerlich im Gefängnis landen und von Jessica getrennt werden. Aber wie groß war das Risiko tatsächlich? Hatten diejenigen, die gestern an ihr vorbeigegangen waren und sich heute vielleicht schon in Freiheit befanden, nicht die gleiche Gefahr auf sich genommen?

Imke war nie in ihrem Leben ein verzagter Mensch gewesen, und deshalb beschloss sie, noch einen Versuch zu wagen. Aus den Nachrichtensendungen wusste sie, dass die bundesdeutsche Botschaft auf einer Seite an einen Wald grenzte. Viele DDR-Bürger waren zwischen den Bäumen hervorgekommen, hatten ihr Gepäck über den schmiedeeisernen Zaun geworfen und waren dann selbst darübergeklettert. Meist hatte man ihnen dabei zusätzlich noch von der anderen Seite geholfen. Vonseiten der Polizei war offenbar nur halbherzig versucht worden, sie an der Flucht zu hindern. Vielleicht sollte sie es auch auf diesem Weg riskieren? Einen Versuch war es immerhin wert. Aber wenn, dann jetzt gleich, in der Morgendämmerung, bevor die große Stadt zum Leben erwachte.

Zärtlich weckte Imke ihre Tochter und war wie stets in den letzten Tagen überrascht, wie brav und lieb sie war. Die Vierjährige verhielt sich, als wäre ihr bewusst, was auch für sie auf dem

362

Spiel stand, und machte es ihrer Mutter so leicht wie nur möglich. Während Jessica an ihrem gestern übrig gebliebenen Brötchenrest knabberte und etwas Limonade trank, studierte Imke erneut aufmerksam den Stadtplan von Prag. Ihre Erinnerung hatte sie nicht getrogen. Sie sah die Vlašská-Straße, an der sich mehrere Botschaften befanden, und hinter den Gebäuden ein eingezeichnetes Wäldchen, offenbar ein größerer Stadtpark, durch den sich mehrere Pfade schlängelten. Oberhalb der bundesdeutschen Botschaft auf der gegenüberliegenden Straßenseite gab es ein Krankenhaus, auf dessen Höhe ein Weg in den Wald hineinführte. Ob sie es dort versuchen sollte? Schaden konnte es nicht, und wenn man sie auf der Vlašská festhielte, würde sie sagen, dass sie mit Jessica in die Klinik wollte, weil sich die Kleine nicht wohlfühlte. Das würde man ihr wohl kaum verwehren, und dass ihre Tochter nach den Anstrengungen der letzten Tage blass und müde war, sah selbst ein Blinder.

Imke aß widerwillig einen Schokoriegel, denn etwas anderes hatte sie nicht mehr. Dann nahm sie Jessica bei der Hand, und gemeinsam machten sie sich auf, um noch einen Versuch zu unternehmen und über die bundesdeutsche Botschaft in Prag zu Mann und Vater zu gelangen.

Der Weg den Burgberg hinauf war anstrengend. Imke, die Prag liebte, hatte diesmal keinen Blick für den sich imposant über der Stadt erhebenden Hradschin und deren andere Sehenswürdigkeiten. Bewusst ging sie mit Jessica auf der gegenüberliegenden Straßenseite der Botschaft. Sie kamen an der amerikanischen Botschaft vorbei, die in einem noch prachtvolleren barocken Palais untergebracht war als die deutsche. Daneben befand sich ein Polizeirevier, vor dem etliche Streifenwagen, aber auch zivile Fahrzeuge standen. Wenig später sah Imke schon das Palais Lobkowitz. Insgeheim hatte sie gehofft, einfach nur an das Tor klopfen zu brauchen, um eingelassen zu werden. Doch von dieser Idee musste sie Abschied nehmen, denn unmittelbar davor stand eine dichte Reihe Polizisten, die offenbar verhindern sollte, dass jemand genau dieses Vorhaben in die Tat umsetzte. Imke bemühte sich, gar nicht erst zu dem Ziel ihrer Träume hinzusehen, um die Ordnungshüter nicht auf sich aufmerksam zu machen. Statt auf die Botschaft schritt sie auf das Krankenhaus zu und hoffte, von dort in den Park zu gelangen.

Doch auch dieser Weg war ihr und Jessica versperrt. Die Prager Polizei war schließlich nicht dumm und hatte den Weg, über den in den Tagen zuvor so viele Menschen auf das Botschaftsgelände gelangt waren, ebenfalls dichtgemacht. Zahlreiche Uniformierte standen auch hier und hatten zudem noch eine provisorische Sperre errichtet. Es führte also kein direkter Weg mehr hinter die Botschaft, und Imke zogen sich vor Schmerz die Magenwände zusammen. Sie war nur stolz auf ihre Tochter, die klaglos an ihrer Seite lief, und hatte irgendwie das Gefühl, dass ihr die kleine Hand Kraft gab.

Hinter einer Straßenbiegung, sodass die Polizisten sie nicht sehen konnten, blieb Imke stehen und holte den Stadtplan heraus. Ja, sie hatte es richtig in Erinnerung. Die eingezeichnete Straße endete ein Stück weiter vorn und ging in eine gestrichelte Linie über, die in den Wald hinein und zu zwei Aussichtspunkten führte. *Bis dorthin,* dachte Imke, *werde ich noch gehen, um mir einen Überblick zu verschaffen.*

Und richtig, ein Stück hinter dem Krankenhausgelände ging die Vlašská zuerst in einen Feldweg und wenig später in einen Waldweg über. Ein Pfeil zeigte den Weg zu einem Aussichtspunkt, der sich der Karte zufolge genau oberhalb der deutschen Botschaft befand. Imke wollte von dort Ausschau halten, ob sich nicht irgendeine Möglichkeit bot, doch noch an ihr Ziel zu gelangen.

Jessica hatte in der Zwischenzeit einen entrindeten Stock gefunden und an sich genommen.

»Guck mal, Mami, ein Wanderstab. Fast so wie der, den ich zu Hause habe. Den nehme ich mit und schenke ihn Papi, wenn wir ihn wiedersehen.«

364

Stolz reckte die Kleine den Knüppel empor, und Imke brachte es nicht übers Herz, es ihr zu untersagen.

»Gut, mach das. Da wird er sich ganz doll darüber freuen. Und jetzt komm, wir wollen da hinauf. Von dort hat man bestimmt einen schönen Blick auf die Ritterburg.«

Eifrig nickte Jessica, denn alte Gemäuer hatten es ihr fast ebenso sehr angetan wie ihrem Vater. Tapfer stapfte sie neben ihrer Mutter den Waldweg in Richtung auf den Aussichtspunkt zu. Es war gar nicht so weit wie angenommen, und auf einmal standen sie an einer freien Stelle, von der sich ein weiter Blick über die ganze goldene Stadt Prag auftat. Doch Imke hatte nach wie vor kein Auge für all die Pracht und Schönheit. Sie schaute weder nach rechts zur berühmten Karlsbrücke noch nach links zum Hradschin, sondern nur nach unten, wo sich in nicht mehr als vielleicht hundert Metern Entfernung die bundesdeutsche Botschaft befand. Im ersten Morgenlicht lag sie wie ausgebreitet zu ihren Füßen. Deutlich konnte Imke den zum Gelände gehörenden Park erkennen, oder besser, was davon übrig war. Jetzt stand dort eine Vielzahl von großen weißen Zelten, die sie schon im Fernsehen gesehen hatte. Rasen oder gar Ziersträucher hingegen gab es offenbar keine mehr. Dafür unzählige Polizisten, die sich vor dem Gitterzaun postiert hatten. Niemals würden sie und Jessica es schaffen, an ihnen vorbei über den Zaun zu kommen, musste sie zu ihrem Schrecken erkennen. Doch als Imke ihren Blick weiterstreifen ließ, kam ihr plötzlich eine Idee.

Der Polizeikordon endete dort, wo der schmiedeeiserne Zaun der deutschen Botschaft nach einer steinernen Säule in einen Maschendrahtzaun überging. Hier grenzten zwei Parkanlagen aneinander, nur getrennt durch einen halbhohen Jägerzaun. Die linke gehörte eindeutig zur deutschen Botschaft und die rechte – zur amerikanischen! Groß und mächtig wehte das Sternenbanner über dem dazugehörenden Gebäude. Und deren Botschaftszaun zum Wald hin wurde nicht bewacht und war wegen einer Wegbiegung von der Polizei auch nicht einsehbar!

Imkes Herz machte einen regelrechten Sprung. Der Maschendrahtzaun sah nicht unüberwindbar aus. Sie konnte klettern, und Jessica war darin bereits ebenfalls geübt. Kein Klettergerüst, keine Sprossenwand war vor ihr sicher, und selbst an Seilen hangelte sie sich auf Spielplätzen nach oben. Ob sie es wagen sollten? Die Amis würden sie bestimmt nicht an die Tschechen ausliefern, dessen war sich Imke recht sicher.

»Komm, Jessica, wir machen uns einen Spaß. Da unten ist ein Zaun, da klettern wir zusammen drüber. Hast du Lust?«

»O ja, das machen wir. Ist dahinter ein Spielplatz?«

»Vielleicht, ich weiß es nicht. Aber auf alle Fälle ein schöner Park, den wir uns ansehen können. Pass auf, zuerst müssen wir uns wie die Indianer durch die Bäume anschleichen, damit uns niemand entdeckt, bevor wir da sind. Meinst du, dass du das schaffst und ganz leise sein kannst?«

»Na klar!« Jessica legte verschwörerisch den Zeigefinger auf die Lippen und machte »Pssst«.

»Sehr gut. Dann lass es uns versuchen.«

Vertrauensvoll legte sich die kleine Hand wieder in die größere der Mutter, und sie machten sich durch den Wald auf den Weg nach unten zu den Botschaften. Jeder Zweig, der knackte, kam Imke wie ein Kanonenschuss vor, und sie hatte die ganze Zeit über Angst, dass die Polizei auf sie aufmerksam wurde. Die Strecke wählte sie so, dass sie nach ihren Berechnungen am unteren Ende des amerikanischen Parks herauskommen mussten. Und sie hatte sich nicht verschätzt. Als sie am Waldrand stehen blieb, um sich zu orientieren, sah sie den Maschendrahtzaun vor sich, den sie von oben erblickt hatte und der die amerikanische Botschaft umgab. Weit und breit keine Polizei, dafür aber oben auf der Zaunkrone Stacheldraht, den sie natürlich aus der Ferne nicht hatte sehen können. Aber es war nur eine Reihe, und Imke, sportlich, wie sie war, traute sich durchaus zu, ihre Tochter darüberzuheben, wenn die Kleine sich nicht sträubte.

»So, Jessica, wir sind da. Nur die paar Schritte über den Weg, und dann klettern wir über den Zaun. Du machst das wie bei dem Netz auf dem Spielplatz. Immer einen Fuß und eine Hand in eine Masche. Traust du dir das zu?«

Statt einer Antwort warf Jessica ihrer Mutter einen Blick zu, der alles sagte. Einen Moment später machten sich beide daran, den Zaun zu übersteigen. Imke stützte ihre Tochter mit der linken Hand, während sie sich mit der anderen selbst nach oben zog. Voller Freude sah sie, dass ihre Tochter kletterte wie die Äffchen im Zoo. Deshalb wagte Imke es, sie kurz loszulassen. Oben angekommen, schwang sie ein Bein über den Zaun, verhakte ihre Füße auf beiden Seiten in den Maschen, sodass sie über dem Stacheldraht stand, griff dann ihrer Tochter unter die Arme und hob sie über den Zaun. Auf der anderen Seite fasste Jessica wieder in die Maschen, und ehe Imke sich versah, stand ihre Tochter auf amerikanischem Hoheitsgebiet. Schnell war sie bei ihr, nahm sie wieder bei der Hand und lief mit ihr ein paar Schritte in den Park hinein. Weit kamen sie allerdings nicht, denn wie aus dem Nichts stand plötzlich ein hünenhafter Uniformierter vor ihr, gegen den Mutter und Tochter um ein Haar geprallt wären.

Mein Gott, dachte Imke, *so kurz vor dem Ziel, und selbst hier Polizei.* Doch da irrte sie sich, denn das Gesicht, in das sie blickte, war kohlrabenschwarz. Es war kein tschechischer Polizist, sondern ein amerikanischer GI, wie sie später erfuhr, ein Angehöriger des US Marine Corps, der auf dieser Seite das Botschaftsgelände bewachte und der natürlich mitbekommen hatte, was am Zaun vor sich ging.

»German?«, hörte Imke den Soldaten fragen.

»Yes, German«, sprudelte es aus ihr heraus, und auf die Schnelle kratzte sie ihr mageres Schulenglisch zusammen. Aber das wäre gar nicht nötig gewesen, denn der Amerikaner wusste offenbar auch so, was die Frau und das Kind wollten. Schließlich hatte er aus nächster Nähe in den letzten Wochen mitbekommen, was im Nachbargebäude vor sich gegangen war. Auf sein Botschaftsgelände war allerdings bisher noch kein Flüchtling gelangt, und er wusste, dass seine Vorgesetzten sich tunlichst aus allem heraushalten wollten, was zwischen den Tschechen und den Deutschen vor sich ging. Das hieß aber noch lange nicht, dass die Frau mit ihrem Kind festgenommen und den örtlichen Behörden überstellt werden würde, wenn es auch nur ansatzweise eine andere Möglichkeit gab.

»Come on, baby, let's go. This is the way.«

Der Amerikaner wies in die Richtung der bundesdeutschen Botschaft, und Imke entfuhr vor Erleichterung ein tiefer Seufzer. Jessica hatte sich vor dem großen schwarzen Mann mit dem bedrohlich aussehenden Gewehr erschrocken und fest an ihre Mutter geklammert. Aber als der Hüne gutmütig lachte und seine weißen Zähne blitzen ließ, fasste sie wieder Vertrauen und strahlte ihn an. Gemeinsam gingen die drei durch den Park und erreichten schon bald den Jägerzaun. Schnell war Imke darübergestiegen, und der GI reichte ihr ihre Tochter nach. Mit einem »Bye, baby« verabschiedete sich der Amerikaner und wandte sich um, als wäre nichts geschehen. Besser, er wusste von nichts, das ersparte ihm, einen Rapport schreiben zu müssen, wovor ihm mehr graute als vor einer zweiwöchigen Übung im schwülheißen Tampico.

Mutter und Tochter wateten durch knöcheltiefen Schlamm, der ihre Schuhe ruinierte. Tausende von Flüchtlingen hatten in den letzten Wochen das ehemals so gepflegte Botschaftsgelände in einen Sumpf verwandelt, doch das war nicht zu verhindern gewesen. Imke versuchte nur, die überall zu sehenden Fäkalienhaufen zu umgehen. Für die vielen Leute hatten die sanitären Einrichtungen der Botschaft vorn und hinten nicht gereicht und die Menschen ihre Notdurft gezwungenermaßen überall verrichtet, wo es eine Möglichkeit dafür gab.

Bald erreichten Imke und Jessica den Rand der Bäume und kamen zu der mittlerweile verlassenen Zeltstadt, die sich auf der ehemaligen Rasenfläche vor dem Palais Lobkowitz erstreckte. Die Schnüre zu den in den Boden geschlagenen Heringen spannten sich so dicht an dicht, dass fast kein Durchkommen möglich schien. Zwischen diesem Teil des Parks und dem eigentlichen Botschaftsgelände gab es noch einmal einen hohen, schmiedeeisernen Zaun. Aber dahindurch führte ein schönes, kunstvoll verziertes Tor, das sperrangelweit offen stand. Als Imke und Jessica hindurchschritten, sahen sie, dass im Botschaftshof an langen Tischen Leute in Rotkreuzuniformen und auch ein paar Männer in wohl ehemals weißen, jetzt aber zumindest angegrauten Hemden saßen und frühstückten. Es waren offenbar Botschaftsangehörige und Helfer, die wochenlang bis zur Erschöpfung geschuftet hatten und sich nun erstmals seit Längerem eine ausgiebige Pause mit Kaffee, Gebäck und Brötchen vom Bäcker auf der anderen Straßenseite gönnten. Denjenigen, die Imke und Jessica zugewandt saßen, fielen die Kinnladen herunter, als plötzlich eine Frau mit einem kleinen Kind an der Hand durch das Tor gelaufen kam.

»Guten Morgen«, hörten sie dann auch noch zu ihrem Entsetzen die junge Frau sagen. »Wir sind die Neuen. Haben Sie vielleicht auch für uns etwas zu essen? Wir kommen um vor Hunger.«

Schlagartig fuhren alle Köpfe herum, und es wurde mucksmäuschenstill in der Runde. Bis einer der Helfer sich an den Kopf fasste und murmelte: »Großer Gott, das darf doch nicht wahr sein. Ich dachte, wir hätten es überstanden! Geht das jetzt womöglich alles wieder von vorn los?«

Ein anderer, offensichtlich ein etwas höherrangiger Rotkreuzler sprang auf und kam auf Imke und Jessica zu.

»Wo kommen Sie denn auf einmal her?«, wollte er wissen. »Haben wir Sie etwa vergessen oder Sie die Abfahrt der Busse verpasst? Aber setzen Sie sich doch erst einmal. Sie sehen ja völlig entkräftet aus.«

Erschöpft ließ Imke sich auf der Bank nieder und hob Jessica

369

auf den Platz neben sich. Ehe sie es sich versah, stand eine dampfende Tasse Kaffee vor ihr, die Kleine bekam einen heißen Kakao, und auch Brötchen wurden zu ihnen hinübergeschoben.

»Danke« war das Einzige, was Imke murmeln konnte, denn schon hatte sie den Mund voll und trank ein paar weitere Schlucke von dem belebenden Kaffee, bevor sie herzhaft in eins der Brötchen biss. Ihre Tochter tat es ihr gleich, und fast im Gleichklang kauten die beiden, die erst jetzt merkten, dass sie am Ende ihrer Kräfte waren.

Mittlerweile war ein Rotkreuzler in das Botschaftsgebäude geeilt und kam jetzt mit einem aufgelösten jungen Anzugträger zurück. Es fehlte nur noch, dass der Beamte sich die Haare raufte, so überfordert schien er mit der neuen Situation zu sein. Ihn hatte man als einen der wenigen Attachés zurückgelassen, während der Botschafter und alle höheren Mitarbeiter mit den Flüchtlingen gefahren waren. Deren Züge rollten schließlich durch die DDR – eine nicht nur ihm völlig unverständliche Maßnahme, auf der allerdings die Führung dieses Landes bestanden hatte. Deshalb waren in jedem Waggon bundesdeutsche Beamte, die einerseits ihre jetzigen Schützlinge beruhigen, andererseits aber auch Übergriffe der Stasi oder Volkspolizei verhindern sollten.

»Wer sind Sie, und vor allem, wo kommen Sie denn her?«, wollte er von Imke wissen und bemühte sich, seine Stimme nicht allzu harsch klingen zu lassen. »Wir haben doch gestern alle Flüchtlinge aus der Botschaft geschafft. Die ersten Züge müssten mittlerweile schon in Hof sein. Haben Sie den Anschluss verpasst?«

»Meine Tochter und ich standen auf der anderen Straßenseite, haben es aber nicht geschafft, den Polizeikordon zu durchbrechen. Niemand hat uns geholfen, obwohl wir so darum gebettelt haben.«

Imke war den Tränen nahe. Hatte sie also doch recht gehabt mit ihrer Vermutung, dass die Botschaftsbesetzer gestern hatten ausreisen dürfen. Jetzt saß sie mit Jessica hier, offenbar als Einzige, und wusste nicht, was werden sollte.

Das Letzte, was der Beamte wollte, war eine in Tränen aufgelöste Mutter mit einem kleinen Kind. Und das vor all den Helfern, die bereits neugierig herüberschauten und gespannt waren, wie er reagieren würde. Wenn er doch die beiden einfach nur zu Botschafter Hermann Huber hätte bringen können! Aber seine Exzellenz war nun einmal nicht da, und die ganze Verantwortung lastete ausschließlich auf seinen jungen Schultern. Am besten, er nahm die beiden Neuankömmlinge erst einmal mit in sein Büro und holte dann Anweisungen beim Auswärtigen Amt in Bonn ein. Er ging zwar nicht davon aus, den Außenminister selbst sprechen zu können, der gestern hier vom Balkon der Botschaft persönlich den Ausreisewilligen die frohe Botschaft überbracht hatte – der Himmel mochte wissen, wo Genscher heute schon wieder war –, aber irgendein hochrangiger Vertreter würde ihm hoffentlich sagen, wie er sich in dieser vertrackten Situation verhalten sollte. Doch zuvor musste er die junge Frau beruhigen, und dafür kannte er ein probates Mittel. Nichts lenkte mehr von akuten Problemen ab als die Beschäftigung mit bürokratischen Formalitäten.

»Wir gehen jetzt in mein Büro und nehmen ihre Personalien auf. Dort können Sie sich auch ausruhen und warten, bis wir wissen, wie wir weiter mit Ihnen verfahren werden. Kommen Sie, es ist nicht weit.«

Als gelernte DDR-Bürgerin war Imke es gewohnt, Anweisungen von Staatsvertretern zu befolgen. Obwohl, in letzter Zeit hatte sie sich immer öfter dagegen aufgelehnt und nicht mehr alles widerspruchslos hingenommen, was man von ihr verlangte. Doch hier sah sie keinen Grund, sich zu widersetzen, bedankte sich bei den Helfern für Kaffee, Kakao und Essen, nahm Jessica wieder bei der Hand und folgte dem jungen Beamten in die Botschaft.

Über eine breite Freitreppe, auf der zurückgelassene Schlafsä-

371

cke und Isomatten lagen, gelangten sie in den ersten Stock des Palais. Imke sah einen großen Kuppelsaal voller Stockbetten. Auch hier waren offenbar Flüchtlinge untergebracht worden, und sie fragte sich, wie die Diplomaten in den letzten Wochen überhaupt noch ihre eigentliche Arbeit hatten erledigen können.

Der Attaché hätte es ihr sagen können – so gut wie gar nicht. Die Konsularabteilung war sogar in ein nahe gelegenes Hotel ausgelagert worden, weil es den Verantwortlichen in dem Chaos nicht mehr möglich gewesen war, ihren eigentlichen Aufgaben nachzukommen, und man außerdem Platz für die Flüchtlinge brauchte.

»Nun setzen sie sich erst einmal«, forderte der junge Beamte Imke auf. Er war nur froh, dass das kleine Kind nicht rumgreinte oder schrie, sondern gleich darauf brav auf dem Schoß der Mutter saß. Da hatte er in letzter Zeit ganz andere Dinge erlebt. Aber die Ansammlung von in etwa fünftausend Männern, Frauen und Kindern auf einem Gelände, das nur für ein reichliches Dutzend hier Arbeitender vorgesehen war, hatte ja nur in unhaltbaren Zuständen enden können. Während der Attaché in seinem Schreibtisch nach dem Formular kramte, auf dem die Personalien der Hilfesuchenden vermerkt wurden, rutschten ihm ein paar Bemerkungen heraus, die Imke zutiefst verunsicherten.

»Ich muss Ihnen gleich sagen«, meinte er, »dass die Maßnahmen mit der gestrigen Aktion abgeschlossen sind. Alle, die in unserer Botschaft Zuflucht gesucht haben, sind mit Zügen über das Territorium der DDR in die Bundesrepublik gebracht worden. Das hat unser oberster Chef, Außenminister Hans-Dietrich Genscher, am Rande der UN-Vollversammlung in New York mit seinen Amtskollegen Schewardnadse und Fischer ausgehandelt. Aber das war, soweit ich weiß, eine einmalige humanitäre und keine auf Wiederholung ausgelegte Aktion. Sie sollten besser nicht davon ausgehen, auf diesem Wege folgen zu können. Wir sind hier beim Aufräumen und Zusammenpacken.

372

Die Zelte werden abgebaut, und die Helfer reisen noch heute zurück. Neue Flüchtlinge kann ich auf gar keinen Fall aufnehmen.«

Imke hatte an der Aussage schwer zu schlucken.

»Wozu wollen Sie dann überhaupt unsere Personalien aufnehmen? Und was soll dann aus uns werden?«, wollte sie wissen.

Der Beamte zuckte mit den Schultern.

»Weil wir das immer so machen.« Er konnte ja schlecht zugeben, dass eine Registrierung aller Flüchtlinge nach dem großen Ansturm gar nicht mehr möglich gewesen war. Aber jetzt herrschten ja wieder einigermaßen normale Verhältnisse, und da war die Aufnahme der Personalien selbstverständlich unerlässlich. »Mehr kann ich Ihnen allerdings auch nicht sagen. Das Beste wäre wohl, Sie suchen sich ein Hotel in der Nähe und warten die weitere Entwicklung ab. Sie sehen ja selbst, wie es hier aussieht. Es wird Wochen, wenn nicht gar Monate dauern, bis wir die Botschaft wieder instand gesetzt haben.«

»Und wovon soll ich das bezahlen? Sie wissen schon, dass DDR-Bürger nur einen kleinen Tagessatz tauschen können, oder? Ich habe kaum noch ein paar Kronen.«

»Bestimmt können wir Ihnen da etwas aushelfen. Aber vielleicht überlegen Sie auch einmal, in die DDR zurückzukehren. Das haben einige Ihrer Landsleute getan und die Botschaft wieder verlassen, nachdem ihnen von Rechtsanwalt Vogel zugesichert wurde, dass sie innerhalb von sechs Monaten von dort in die Bundesrepublik ausreisen dürfen. Ich kann gern Ihre Personalien als Ausreisewillige weiterleiten und darum ersuchen, dass die Maßnahme auch auf Sie und ihre Tochter übertragen wird.«

Das würde mir gerade noch fehlen, dachte Imke, *dass die Stasi erfährt, wo ich war und was ich vorhatte, und mich gleich nach meiner Rückkehr abholt.* Unter diesen Umständen würde sie nie im Leben ihren Namen nennen. Sie überlegte, wie sie aus der vertrackten Situation wieder herauskam, als sich ihr unvermittelt die Gelegenheit dafür bot.

373

»Ich habe offenbar keine Formulare mehr hier«, meinte der junge Beamte, nachdem seine Herumkramerei erfolglos geblieben war. »Gedulden Sie sich bitte einen Moment. Ich muss schnell welche aus dem Nebengebäude holen. Dort werden bestimmt noch einige sein.«

Kaum hatte der Attaché den Raum verlassen, sprang Imke auf.

»Komm, Jessica, lass uns wieder zu unserem Auto gehen. Hier haben wir nichts mehr verloren. Die wollen uns nicht, da müssen wir eben einen anderen Weg finden.«

Imke, die wusste, wie feinfühlig ihre Tochter war, bemühte sich darum, dass ihre Stimme nicht die Hoffnungslosigkeit wiedergab, die sie erfasst hatte. Auch hier wollte oder konnte man ihnen offenbar nicht helfen. Es war zum Verzweifeln und wie fast immer – sie war auf sich allein gestellt. Wieder einmal kam ihr einer von Marcus' Lieblingssprüchen in den Sinn. »Hilf dir selbst, dann hilft dir Gott« lautete seine Devise, die sie sich mittlerweile ebenfalls zu eigen gemacht hatte.

Schnell liefen Imke und Jessica die breite, leicht geschwungene Freitreppe hinunter, traten aus der Vorhalle hinaus und befanden sich in der Wagendurchfahrt des Palais. Die war mit einem großen, zweiflügeligen Tor verschlossen. Es gab allerdings auch eine kleine Tür, doch davor stand ein weiterer Beamter.

»Wo möchten Sie denn hin?«, erkundigte er sich freundlich.

Imke, aus der DDR gewohnt, in solchen Situationen stets rüde angefahren zu werden, reagierte erfreut. Zu meinem Mann nach Österreich, hätte sie am liebsten gesagt, meinte dann aber nur: »Nach Hause.«

»Dann alles Gute für Sie und Ihr Kind«, wünschte ihr der nette Mann und öffnete mit einer leichten Verbeugung die Tür.

Im nächsten Moment standen Imke und Jessica vor der Botschaft, zu der sie sich so mühsam Zutritt verschafft hatten, und im Rücken der Polizisten, die sie anstandslos passieren ließen, denn sie kamen ja aus dem Palais heraus und wollten nicht hi-

374

nein. Langsam gingen die beiden Hand in Hand wieder den Burgberg hinunter in Richtung Auto, das sie zurück in die DDR bringen würde. Dann fiel Imke ein, dass sie vielleicht Marcus anrufen sollte, der eventuell damit rechnete, dass sie und Jessica in einem der Züge saßen, die gen Westen rollten. Bestimmt machte er sich diesbezüglich Hoffnungen, denn nach seinen Berechnungen müsste sie es eigentlich rechtzeitig nach Prag geschafft haben. Wäre der verdammte Kühler des Autos nicht kaputtgegangen und sie ein paar Stunden eher in der Stadt gewesen, dann hätte sie mit ihrer Tochter sicherlich zu den Glücklichen gehört, die hatten ausreisen dürfen, und könnte vielleicht schon heute Abend in den Armen ihres Mannes, Jessica in denen ihres Vaters, liegen. Zumindest wollte sie versuchen, Marcus zu erreichen, und ihm sagen, wo sie war. Am Wenzelsplatz gab es ein großes Postamt, und bestimmt konnte sie von dort aus telefonieren.

Marcus war nach der Trennung von Imke und Jessica voller Verzweiflung nach Österreich zurückgefahren. Bis sechs Uhr hatte er die Tschechoslowakei zu verlassen, so stand es zumindest in der Ausweisungsbescheinigung, die man ihm in den Pass geheftet hatte. Sein Visum war ungültig gestempelt worden, und er wollte es lieber nicht darauf ankommen lassen, die klaren Anweisungen zu ignorieren. Er hatte schon einmal Handschellen gespürt, war wie ein Schwerverbrecher behandelt und vernommen worden und legte keinen Wert darauf, dass sich das so schnell wiederholte. Doch an der Grenze ging wider Erwarten alles glatt, und der Vermieter des Wohnmobils zeigte sich gnädig und berechnete ihm nicht den vollen Preis, da er sein Fahrzeug ja vorzeitig und in tadellosem Zustand zurückbekam.

Die Strecke ins Hotel war nicht weit, und als Marcus am Nachmittag in seinem Domizil ankam, holte er sich erst einmal aus der Küche etwas zu essen und meldete sich gleichzeitig zurück. Morgen, am Sonntag, wollte er erst einmal etwas zur Ruhe kommen, aber ab Montag wieder arbeiten, obwohl er ja normalerweise noch Urlaub hatte. Doch danach stand ihm nun wahrlich nicht der Sinn, im Gegenteil: Etwas Ablenkung würde ihm sicher guttun. Marcus war nach den letzten anstrengenden und aufregenden Tagen so erschöpft, dass er sich nach ein paar Happen Essen auf seinem Bett zusammenrollte und sofort einschlief. Als er erwachte, war es draußen schon dunkel, und er schaltete wie jeden Tag den Fernseher ein, um sich die Nachrichten anzuschauen. Was ihm die *Tagesschau* da allerdings offerierte, machte ihn schlagartig munter.

Der Bildschirm zeigte ein barockes Gebäude, das nur spärlich ausgeleuchtet war. Mehrere Personen traten auf einen Balkon, vor dem Hunderte, ja Tausende standen und offenbar gespannt auf eine Ankündigung warteten. Lautes Gemurmel war zu hören, das wütend und mit den Rufen »Seid doch mal ruhig!« niedergezischt wurde. Als es dann still wurde, sah Marcus, dass einer der Männer auf dem Balkon Hans-Dietrich Genscher war. Er wollte offenbar eine Ansprache halten, doch mehr als ein Halbsatz war davon nicht zu verstehen.

»Ich bin heute zu Ihnen gekommen, um Ihnen zu sagen, dass heute Ihre Ausreise …«, verkündete der Außenminister, dann brach bereits unbändiger Jubel los – und Marcus sank vor dem auf einem kleinen Tischchen stehenden Fernseher auf die Knie.

Er hatte Imke mit all seiner Überzeugungskraft beschworen, mit Jessica in die Botschaft zu gehen, und hoffte nun voller Inbrunst, dass seine Frau auf ihn gehört hatte. Wenn ja, dann musste sie doch jetzt unter denen sein, die vor dem Balkon standen, und vielleicht, wenn er das richtig verstanden hatte und alles gut ging, konnte er seine Familie schon morgen in die Arme schließen. Verzweifelt versuchte er, auf dem Bildschirm Gesichter zu erkennen, und einmal dachte er schon, Imke und Jessica erkannt zu haben. Doch dann gab der Reporter vor Ort zurück ins Studio nach Hamburg, und der dortige Sprecher verkündete, dass die DDR-Behörden der Ausreise der Botschafts-

376

flüchtlinge zugestimmt hatten. Allerdings mussten die Züge über das Gebiet der DDR fahren, das hatte die Partei- und Staatsführung zur Bedingung gemacht. Aber darauf kam es nun auch nicht mehr an, und in den Zügen, so wurde berichtet, fuhren hochrangige Beamte des bundesdeutschen Außenministeriums mit.

Den ganzen Abend gab es Sondersendungen, von denen Marcus nicht eine einzige verpasste und ständig zwischen ARD und ZDF hin- und herschaltete. Inständig hoffte er, in einem Beitrag Imke und Jessica zu sehen, und war enttäuscht, als das nicht der Fall war. Andererseits sagte er sich, dass es Tausende waren, die da die Straße hinuntergingen und später auch dabei gefilmt wurden, wie sie in die Busse und Züge stiegen. Gesichter waren kaum auszumachen, und Imke würde sich bestimmt nicht nach vorn zu den Kameras drängen und schon gar nicht in ein Mikrofon sprechen, denn schließlich hatte sie noch Verwandtschaft in der DDR.

Irgendwann schlief Marcus dann doch ein, aber als er am Morgen aus unruhigem Schlaf erwachte, galt sein erster Griff der Fernbedienung. Gerade zeigte das Fernsehen, wie ein Zug im Bahnhof von Hof einfuhr. Jubelnde Menschen, die es offenbar noch gar nicht fassen konnten, endlich frei und im Westen zu sein, hingen winkend aus den Fenstern und wurden von freudig erregten Bürgern auf dem Bahnsteig willkommen geheißen. Marcus sah herzzerreißende Szenen von Männern und Frauen, die sich um den Hals fielen, von Kindern, die auf Schultern gehoben wurden, von Hofer Einwohnern, die Kaffee und belegte Brote brachten und sogar Plüschtiere für die Kleinsten dabeihatten. Wieder suchte er mit Blicken den Bildschirm ab, aber er sah schon deshalb nichts, weil seine Augen in Tränen schwammen.

Marcus war kurz davor, sich in sein Auto zu setzen und nach Hof zu fahren. Aber er wusste nur zu gut, dass das völlig unsinnig wäre, denn es hieß, dass die Flüchtlinge aufgeteilt und zu verschiedenen Aufnahmestellen verbracht werden würden. Womöglich verfehlte er ja dann seine Familie, die auf dem Weg zu ihm war. Ein Zug sollte schließlich nach Deggendorf rollen. Und bis dahin waren es von ihm aus gerade einmal hundert Kilometer, nach Hof hingegen die vierfache Strecke. Nicht, dass Marcus sich davor gescheut hätte, zur Not wäre er auch gelaufen. Doch er hatte Angst, dass Imke und Jessica verzweifelt versuchten, ihn zu erreichen, während er auf der Autobahn war. Deshalb beschloss er schweren Herzens zu warten, bis er ein Lebenszeichen von ihnen erhielt, und sich nicht vom Telefon wegzurühren. Dass seine Familie mittlerweile in der Bundesrepublik war, daran zweifelte Marcus kaum, wenn auch eine letzte, kleine Unsicherheit blieb.

Stunden vergingen, in denen Marcus vor Ungeduld dem Wahnsinn immer näher kam. Der Fernseher lief ununterbrochen, und eine Sondersendung jagte die andere. In einer wurde Genscher zu den Vorgängen in Prag befragt, und wie immer antwortete der Außenminister sachlich und souverän. Nur eine Frage beantwortete er etwas ausweichend, nämlich die, was mit den Flüchtlingen werden würde, die sich bereits wieder Zutritt zur deutschen Botschaft in Prag verschafft hatten. Informationen darüber waren durch einen Attaché aus Prag nach Bonn gelangt und sehr zum Verdruss der Politiker im Auswärtigen Amt wie fast immer sofort an die lauernden Journalisten weitergegeben worden.

Marcus hörte nur mit halbem Ohr hin, bekam aber mit, wie Genscher etwas vage formulierte, dass es für diese sicherlich eine Anschlusslösung geben würde. Es könnte sich nach seinen Informationen nur um einige wenige Zurückgebliebene handeln, die man schleunigst nachholen wollte. Gespräche darüber mit seinem DDR-Amtskollegen wären bereits im Gange.

Die ganze Zeit über lief Marcus wie ein gefangenes Tier im Käfig auf und ab und wartete auf den ersehnten Anruf. Als dann aber tatsächlich das Telefon in seinem Zimmer schellte, blieb ihm fast das Herz stehen. Er riss den Hörer hoch und an sein Ohr, wohl wissend, dass die Rezeption dran sein würde, denn sie musste ihn erst verbinden. Alle im Haus wussten, wie sehr er der erlösenden Nachricht entgegenfieberte, und litten mit ihm. Keiner der Angestellten und auch nicht sein Chef würde sich mit ihm einen üblen Scherz erlauben und ihn unnötig quälen.

»Ja?«, rief Marcus atemlos in die Sprechmuschel, nur um gleich darauf von der Rezeptionistin kurz und knapp zu hören: »Marcus, deine Frau.«

Ein kurzes Knacken in der Leitung, dann hörte er Imkes fragende Stimme.

»Marcus?«

»Imke! Wo seid ihr?«

»In Prag. Wir haben es nicht geschafft.«

Marcus sank auf das Bett, und für einen Moment verschlug es ihm die Sprache. Es war, als legte sich eine eiserne Klammer um sein Herz, die ihm die Luft abzuschnüren drohte.

»Wieso nicht? Seid ihr nicht in die Botschaft gegangen?«

»Doch, aber erst heute früh. Wir hatten eine Autopanne, und als wir gestern nach Prag kamen, war die Botschaft hermetisch abgeriegelt und kein Durchkommen mehr. Heute am Morgen sind wir dann über den Zaun geklettert, aber ein Beamter hat uns gesagt, dass das gestern eine einmalige Aktion war. Jetzt wollen wir nach Hause fahren, denn was sollen wir denn sonst tun?«

»Um Gottes willen, nur das nicht! Geht zurück in die Botschaft und rührt euch dort nicht weg, hörst du?«

»Aber der Mann hat doch gesagt ...«

»Imke, es ist doch scheißegal, was so ein subalterner Beamter von sich gibt. Genscher hat gerade erst im Fernsehen verkündet, dass es eine Nachfolgelösung für die neuen Flüchtlinge in der Botschaft geben wird. Er ist der Außenminister, ich habe es selbst gehört! Der würde sich mit Sicherheit nicht so weit aus dem Fenster lehnen, wenn nicht bereits Gespräche darüber im

Gange wären. Wie viele sind denn schon wieder in der Botschaft?«

»Wir waren die Einzigen, deshalb habe ich auch Angst bekommen. Sie wollten unsere Personalien aufnehmen und an die DDR weiterleiten. So habe ich den Beamten jedenfalls verstanden.«

»Das kann ich mir nie im Leben vorstellen, dass die so etwas tun. Das muss ein Missverständnis gewesen sein. Imke, geh zurück, ich flehe dich an! Genscher muss also von euch gesprochen haben. Der bundesdeutsche Außenminister selbst beschäftigt sich mit eurem Fall, hörst du! Er hat Tausende herausgeholt, da wird es ihm doch wohl mit einer einzelnen Mutter und ihrem Kind noch mal gelingen.«

Marcus brüllte regelrecht in das Telefon und wäre am liebsten durch die Leitung gekrochen.

»Ich glaube nicht, dass ich das schaffe. Marcus, glaub mir, ich bin fix und fertig. Ich kann einfach nicht mehr.«

»Doch, du schaffst das, ich weiß es! Du bist stark, tu es für uns, für Jessica! Was ist denn mit der Kleinen?«

»Die ist so lieb und tapfer, das glaubst du gar nicht. Man merkt sie manchmal kaum, und über den Zaun ist sie geklettert, als mache sie das täglich.«

»Gib sie mir bitte mal.«

Einen Moment später hörte Marcus das helle Stimmchen seiner Tochter.

»Hallo, Papi!«

»Hallo, Jessi.« Der Vater konnte nicht verhindern, dass seine Augen feucht wurden. »Du willst doch schnell wieder zu mir kommen, oder?«

»Na klar! Zu dir und zu den Pferden.«

»Dann hilf Mutti und sag ihr, dass sie wieder zurückgehen soll. In die Botschaft, wo ihr schon wart. Ihr schafft das, ich weiß es. Bitte, Jessi!«

»Mach ich, versprochen. Aber Mutti weint so oft. Ich muss sie immer trösten.«

»Das machst du ganz prima, meine Kleine. Ich bin so stolz auf dich. Und jetzt gib sie mir noch mal, ja?«

Marcus hatte den Eindruck, dass Imke nicht mehr gar so verzweifelt klang wie gerade eben, als er ihre Stimme wieder vernahm. Offenbar gab ihr das Gespräch etwas von der Kraft zurück, die sonst in ihr wohnte und die sie verloren geglaubt hatte.

»Also gut, ich werde es noch einmal versuchen. Aber wenn es nicht klappt, dann fahre ich zurück. Das musst du verstehen, ich kann mit Jessica schließlich kein Risiko eingehen.«

»Natürlich verstehe ich das! Ich weiß, dass du das Richtige tun wirst. Es ist so furchtbar, dass ich nicht bei euch sein kann.«

»Marcus, mach dir nicht schon wieder Vorwürfe. Wir haben das gemeinsam so entschieden, und jetzt müssen wir es auch gemeinsam zu Ende bringen. Ich lege jetzt auf, ich habe kein Geld mehr zum Nachwerfen. Der Apparat frisst die Kro…«

Die Kronen nur so, hatte Imke sagen wollen, doch schon vernahm sie ein Tuten aus dem Hörer. Die Verbindung war unterbrochen. Sie verließ mit Jessica zusammen die Telefonzelle und setzte sich erschöpft auf eine Bank in der Schalterhalle, weil sie einfach einen Moment zum Nachdenken brauchte. Glücklicherweise war das Hauptpostamt von Prag auch am Sonntag geöffnet, zumindest bis Mittag. Relativ schnell hatte man ihr eine Telefonzelle zugeteilt und das Gespräch vermittelt. Eine Verbindung nach Österreich war von hier aus überhaupt kein Problem. Da stellten sich die Tschechen nicht so zickig an wie die Genossen in der DDR.

Jessica stand neben ihrer Mutter und strich ihr mit ihren kleinen Händchen zärtlich über die Wange, auf der noch feuchte Tränenspuren glänzten.

»Ich soll dir helfen, hat Papi gesagt. Damit wir schnell zu ihm kommen können. Sag mir nur, wie, Mutti. Ich mach doch alles, was ich kann.«

»Schon gut, Jessi. Du bist so lieb.« Ganz fest drückte Imke ihre Tochter an sich. »Na gut, dann wollen wir es noch einmal anpacken. Und diesmal werden sie uns nicht abweisen, das verspreche ich dir! Wir gehen da erst wieder raus, wenn sie uns zu Papi lassen!«

Hand in Hand verließen Imke und Jessica das Postamt und machten sich erneut auf den Weg zur deutschen Botschaft auf der Kleinseite von Prag.

Auf der berühmten Karlsbrücke überquerten Mutter und Tochter die Moldau und hielten sich dann links. Imke wollte diesmal nicht wieder an der Botschaft vorbeilaufen, sondern vom Flussufer aus durch den Stadtwald nach oben gehen. Der Stadtplan zeigte ihr, dass sie auch so zu dem Aussichtspunkt gelangen würde, von dem sie abgestiegen war. Als sie sich der amerikanischen Botschaft näherten, über die sie wie beim ersten Mal in die deutsche gelangen wollte, sah Imke, dass mittlerweile noch andere versuchten, einen Fluchtweg zu finden. Ein junges Pärchen, ebenfalls mit einem Kind – ein Junge, etwas älter als Jessica –, irrte auf dem schmalen Weg hinter den Botschaften herum. Offenbar waren die Leute von der Polizei, die das Palais Lobkowitz auf der vorderen Seite nach wie vor hermetisch abriegelte, zurückgeschickt worden.

Imke überlegte kurz, ob sie die Familie ansprechen sollte. Der Mann sah kräftig aus, und vielleicht konnte er ihr ja helfen, Jessica über den Zaun zu heben. Sie wusste nicht, ob sie es noch einmal allein schaffen würde, und wäre für jede Unterstützung dankbar. Mit ihrer Tochter an der Hand näherte sie sich der Familie vorsichtig und beschloss, das Wagnis einzugehen.

»Wollen Sie in die bundesdeutsche Botschaft?«, erkundigte sich Imke leise, als sie auf ihrer Höhe war.

»Warum wollen Sie das wissen?« Die Frau, die geantwortet hatte, wirkte erschrocken.

»Ich kann Ihnen einen Weg zeigen. Vorausgesetzt, sie helfen mir und meiner Tochter, über den Zaun zu kommen.«

»Aber dort ist alles voller Polizei!«, schaltete sich der Mann ein. »Ich habe einen jungen Burschen gesehen, der durch den Kordon geschlüpft und schnell über das Gitter gesprungen ist. Doch das ist für Frauen und Kinder nicht zu machen. Wir wollen schließlich nicht riskieren, festgenommen und in die DDR abgeschoben zu werden.«

»Ich auch nicht. Aber ich war heute Morgen schon in der Botschaft drin. Und da stand auch Polizei davor.«

»Warum sind Sie dann denn wieder raus?« Die Frau starrte Imke fassungslos an.

»Ich hatte meine Gründe, aber das ist jetzt Nebensache. Also was ist? Soll ich Ihnen einen Weg an der Polizei vorbei zeigen?«

»Natürlich! Da bin ich aber gespannt.«

»Ganz einfach. Wir stehen hier vor der Rückseite der amerikanischen Botschaft. Ihr Park grenzt genau an den der deutschen. Wir steigen über den Maschendrahtzaun und gehen dann im Schutz der Bäume ein Stück nach oben. Zwischen den beiden Botschaften gibt es nur noch einen niedrigen Jägerzaun, der ist kein Problem. Und hier an dieser Stelle kann uns die Polizei wegen der Wegkrümmung nicht sehen.«

»So einfach ist das?« Der Mann bekam vor Staunen den Mund nicht wieder zu. »Dann los, worauf warten wir noch?«

»Klettern Sie als Erster hoch«, meinte Imke. »Wir Frauen geben Ihnen dann die Kinder und kommen nach. Trauen Sie sich das zu?« Die Frage war an die Mutter des kleinen Jungen gerichtet. Sie war vielleicht etwas älter als Imke, wirkte aber schlank und sportlich.

»Ja sicher. Werner, tu, was die Frau gesagt hat. Wir geben dir dann das Mädchen und Frank hoch. Mach, bevor noch jemand kommt.«

Schnell war der Mann über den Zaun gestiegen, und Imke half seiner Frau, den Jungen hochzuheben. Werner stand wie sie heute Morgen mit den Füßen in den Maschen verkeilt über dem Stacheldraht. Er nahm seinen Sohn unter den Achseln, der wie Jessica das Ganze offenbar als großes Abenteuer ansah, hob ihn über den Zaun und ließ ihn auf der anderen Seite vorsichtig hinunter. Das Gleiche wiederholten die beiden Frauen mit Jessica, doch gerade als sie über dem Zaun schwebte, trat der GI zwischen den Bäumen hervor. Werner sah ihm direkt ins Gesicht und erschrak sich zu Tode. Für einen Moment verlor er die Kontrolle über sein Handeln und setzte Jessica auf dem Zaun ab. Die schrie voller Schmerz auf, denn der Stacheldraht hatte sich durch ihre leichte Hose in ihren Oberschenkel gebohrt. Ein plötzlicher Stich durchfuhr das Mädchen, und als auch noch Blut floss, fing es laut und herzzerreißend an zu weinen.

Imke ging das durch und durch.

»Der tut uns nichts!«, schrie sie den Mann an. »Das ist ein Amerikaner. Nehmen Sie meine Tochter von dem Stacheldraht und lassen Sie sie herunter!«

Werner fasste sich wieder, und es tat ihm unendlich leid, was er angerichtet hatte. Vorsichtig hob er das schreiende Kind empor, aber bevor er es herablassen konnte, war schon der GI da und nahm es ihm ab. Die beiden Frauen auf ihrer Seite des Zaunes hörten plötzlich Trillerpfeifen und Männer, die angerannt kamen. Die Polizei hatte offenbar mitbekommen, was nur ein Stück von ihrem Standort entfernt vor sich ging, und eilte nun herbei, um den Fluchtversuch zu unterbinden. Aber beide Frauen sprangen nahezu gleichzeitig in den Zaun, kletterten in Windeseile darüber und befanden sich, bevor die tschechischen Ordnungshüter heran waren, auf amerikanischem Hoheitsgebiet.

Imke ging sofort vor ihrer Tochter auf die Knie und untersuchte die Wunde. Ein Dorn hatte sich recht tief in das zarte Fleisch gebohrt und ein kreisrundes, jetzt nur noch wenig blutendes Loch hinterlassen. Mit beruhigenden Worten sprach sie auf Jessica ein und küsste sie immer wieder, bis die Kleine langsam zu weinen aufhörte. Als Imke sie auf den Arm nehmen wollte, kam ihr der GI zuvor und hob sie hoch. Er trug sie unter den Augen der fassungslos zusehenden Polizisten zu dem Zaun, der die Botschaften trennte, und hob sie darüber. Dann wandte er sich um und ging auf die Tschechen zu. Was er sagte, konnte Imke nicht verstehen, aber es klang nicht sehr freundlich und führte dazu, dass die Uniformierten sich schleunigst zurückzogen.

Werner entschuldigte sich tausendmal bei Jessica und war völlig am Boden zerstört. Imke hoffte nur, dass ihre Tochter sich nicht infiziert hatte und nichts Schlimmes aus der Verletzung entstehen würde. Als die fünf Flüchtlinge schließlich unter den Bäumen hervortraten, sahen sie, dass sie nicht mehr allein waren. Im Garten vor der Botschaft befanden sich erneut Dutzende, wenn nicht gar Hunderte von Gleichgesinnten, und die Helfer waren bereits wieder dabei, die Zelte herzurichten, die sie kurz zuvor noch hatten abbauen wollen.

Frauen mit kleinen Kindern wurden in einem Nebengebäude untergebracht, zu dem nicht einmal die Väter Zutritt hatten. Imke und Jessica wies man den unteren Teil eines Stockbettes zu. Es gab nicht genügend Platz, um jedem eine eigene Schlafgelegenheit zuweisen zu können. Binnen Stunden füllte sich die Botschaft wieder, denn die tschechoslowakische Polizei sah sich außerstande, den Ansturm der Ausreisewilligen wirksam aufzuhalten. Botschafter Hermann Huber kam schleunigst aus Bonn zurück, um erneut vor Ort zu versuchen, die sich anbahnende humanitäre Katastrophe zu verhindern. Aber sosehr er sich auch mit seinen Mitarbeitern und den Helfern des Roten Kreuzes bemühte, sie standen vor einer nahezu unlösbaren Aufgabe. Es gab einfach von allem zu wenig – zu wenig Betten, zu wenig sanitäre Einrichtungen und auch zu wenig Essen. Es wurde herangeschafft, was nur irgend ging, aber hatten sich gerade noch hundert Leute angestellt, verdoppelte sich deren Zahl in kürzester Zeit. Imke reichte so gut wie alles, was sie ergattern konnte, an Jessica weiter und hoffte, dass der Zustand nicht lange anhalten würde. Darin bestärkten sie auch Botschaftsangehörige, die

385

durch die Räumlichkeiten gingen und die Menschen zu beruhigen versuchten. Es würde eine Nachfolgelösung geben, beteuerten sie immer wieder, aber die Flüchtlinge müssten Geduld haben. Doch genau die hatten sie nicht, denn unausgesprochen stand immer die Drohung der DDR-Führung im Raum, dass es sich am 30. September um eine einmalige Aktion gehandelt hatte.

Imke machte ganz etwas anderes Sorgen. Jessicas Wunde hatte sich entzündet. Jetzt, zwei Tage nach dem Überklettern des Zaunes, war ein roter, heißer Hof um den Einstich herum entstanden, und sie vermutete, dass sich Eiter darunter befand. Als wieder einmal ein Attaché in das Nebengebäude kam, fragte sie ihn, ob es einen Arzt in der Botschaft gäbe, und zeigte ihm Jessicas Verletzung. Auf der Stelle nahm er sie und das Kind mit in das eigentliche Palais, wo es in der oberen Etage ein Sprechzimmer gab, das allerdings mehr provisorischen Charakter hatte. Der Arzt war mit dem Botschafter zusammen aus Bonn gekommen, und seine Hauptaufgabe sollte es eigentlich sein, den Ausbruch von Seuchen oder Epidemien zu verhindern. Aber ein Blick auf Jessicas gerötetes Bein genügte ihm, um sofort aktiv zu werden.

»Wie ist denn das passiert?«, wollte der Arzt wissen, während er die Wunde untersuchte. Nachdem ihm Imke den Vorgang geschildert hatte, schüttelte er nur den Kopf. Was nahmen die Menschen nicht alles auf sich, um diesem Regime, das ja vorgeblich alles für das Wohl seines Volkes tat, zu entkommen?

»Ich kann das hier nicht behandeln«, meinte der Doktor, nachdem er Jessica, die ganz tapfer gewesen war, über das blonde Haar gestrichen hatte. »Wir müssen mit Ihrer Tochter in ein Krankenhaus. Mir fehlen die notwendigen Instrumente, um die Wunde zu eröffnen, damit der Eiter abfließen kann. Ebenso Medikamente für die Desinfektion und Nachbehandlung. Glücklicherweise befindet sich eine Klinik genau gegenüber. Wir gehen jetzt gemeinsam dorthin. Ich werde Ihre Tochter tragen, und Sie bleiben ganz dicht an mir dran. Halten Sie sich notfalls an meinem Kittel fest.«

Imke verstand nicht, warum das nötig sein sollte. Stattdessen beschäftigte sie eine ganz andere Frage.

»Muss meine Tochter nach der Behandlung eventuell im Krankenhaus bleiben?«, wollte sie wissen. »Was passiert dann mit uns, wenn die Botschaft wieder geräumt wird und die Leute hier in den Westen können?«

»Keine Sorge, ich denke, ein ambulanter Eingriff wird genügen. Auf alle Fälle kehren wir nach der Behandlung in die Botschaft zurück, das verspreche ich Ihnen.«

Imke wäre auch mit Jessica im Krankenhaus geblieben, denn selbstverständlich war ihr nichts wichtiger als die Gesundheit ihrer Tochter. Doch so war es ihr natürlich noch lieber, und sie atmete tief durch, weil ihr der Arzt mit seinen Worten gerade die drängendste Sorge genommen hatte. Der nahm nun Jessica auf den Arm, was diese vertrauensvoll geschehen ließ, auch wenn ihre Augen sofort nach ihrer Mutter suchten. Als sie vor das Portal traten, wusste Imke auch, warum sie sich an dem Doktor, einem Hünen von Mann, festhalten sollte. Es waren nicht Hunderte, es waren mehrere Tausende von Menschen, die vor der Botschaft ausharrten und auf Einlass oder Ausreise in die BRD hofften. Dicht gedrängt standen oder saßen sie auf der Straße und dem kleinen Vorplatz, sodass kein Durchkommen mehr für Fahrzeuge oder Passanten war. Die Polizei hatte offenbar aufgegeben und war abgezogen. Wer wollte sich auch mit diesen Massen anlegen? Ein einziger Funke würde genügen und die Situation eskalieren.

Es waren keineswegs nur freundliche Rufe, die zu Imke und dem Arzt herüberschallten.

»Wir wollen da rein, und ihr kommt raus« war noch das Harmloseste, was man ihnen vorwarf. Doch der Doktor behielt die Ruhe und schob sich mit den Worten »Ich bin Arzt, ich muss mit einem Patienten ins Krankenhaus« durch die aufgebrachte Menge wie ein Eisbrecher durch treibende Schollen.

Endlich war er, mit Jessica auf dem Arm und Imke im Schlepptau, am Ziel angelangt, und sie gingen sofort zur Notaufnahme. Man ließ sie auch nicht lange warten, und als ein tschechischer Arzt sich die Verletzung angesehen hatte, sprach er aufgeregt auf seinen deutschen Kollegen ein. Der verstand allerdings kein Wort, war aber der Meinung, dass der Fall eindeutig auf der Hand lag. Was er nicht wusste, war, dass das ganze Krankenhaus nur spärlich mit Medikamenten ausgestattet war und vor allem keine lokale Anästhesie gesetzt werden sollte. Man holte einen Arzt, der ein paar Brocken Deutsch konnte, und als dieser seinem Kollegen die Situation erläuterte, fiel der aus allen Wolken.

»Sie wollen die Wunde ohne Betäubung eröffnen?«, fragte der Botschaftsarzt fassungslos.

Der Tscheche zuckte nur mit den Schultern.

»Was wir nicht haben, können wir nicht geben«, meinte er pragmatisch. »Es wird schon gehen. Halten Sie das Kind nur gut fest, solange ich schneide.«

Imke, die alles mit angehört hatte, wurde blass. Was hatte man hier mit ihrer Tochter vor? Musste Jessica jetzt ausbaden, was Marcus und sie ihr mit ihrer Flucht eingebrockt hatten? Am liebsten hätte sie die Zeit zurückgedreht und damit alles ungeschehen gemacht, doch dafür war es jetzt zu spät. Die Tschechen wollten sie aus dem Behandlungsraum schieben, doch da fing Jessica furchtbar an zu weinen, und so nahm man davon Abstand, und sie konnte wenigstens die Hand ihres Kindes halten.

Das Bein um die Wunde herum wurde schnell desinfiziert und an der Einstichstelle das Skalpell angesetzt. Ein Schnitt, ein Schrei des Kindes, und eine Menge Eiter ergoss sich in eine Petrischale. Der tschechische Arzt spritzte etwas in die Wunde, was gar nicht so einfach war, denn das gepeinigte Mädchen wand sich hin und her und versuchte, sich der Behandlung zu entziehen. Selbst Imke schaffte es nicht, ihre Tochter zu beruhigen. Endlich gelang es, die Wunde zu verbinden, und so schnell wic möglich verließen der Botschaftsarzt, das herzzerreißend schluchzende Kind auf dem Arm, und Imke wieder das Krankenhaus. Erneut mussten sie sich durch die Menschenmassen vor dem Palais Lobkowitz kämpfen, und als für sie das kleine Tor geöffnet, aber niemand anderer hineingelassen wurde, schallten erneut wütende Rufe hinter ihnen her.

»Hören Sie«, meinte der Arzt zu Imke, als sie wieder in seinem Sprechzimmer waren, und zauberte für Jessica eine Tüte Gummibärchen hervor, die sie sofort aufriss und deren Genuss sie langsam beruhigte, »wenn ich geahnt hätte, dass die dort drüben fast noch weniger haben als wir hier, wäre ich mit Ihrer Tochter nie im Leben in das Krankenhaus gegangen. Morgen, falls Sie dann noch hier sein sollten, kommen Sie wieder zu mir. Ich hoffe, bis dahin Antibiotika aufgetrieben zu haben. Aber ich denke, Sie und Ihre Landsleute werden nicht mehr lange in der Botschaft ausharren müssen. Es geht das Gerücht um, dass Ihre Ausreise unmittelbar bevorsteht. Die DDR hat die Grenzen zur Tschechoslowakei geschlossen und den visafreien Reiseverkehr ausgesetzt. Für uns ist das ein Zeichen dafür, dass wohl bald wieder Züge rollen werden. Aber wie auch immer, sobald Sie in der Bundesrepublik sind, muss sich ein Kollege von mir die Verletzung Ihrer Tochter ansehen. Sie sollten das nicht unterschätzen.«

»Das tue ich ganz sicher nicht, Doktor«, meinte Imke, in der die Hoffnung aufkeimte, vielleicht schon bald bei ihrem Mann sein zu können. Schließlich gab es auch in Österreich Ärzte, die sicher über Instrumente und Medikamente sowie das nötige Fachwissen verfügten. Nicht so wie diese Fleischer hier, die ein vierjähriges Kind ohne Anästhesie aufgeschnitten hatten. Mit einem Pferd hätten sie das sicher nicht getan, da wären sie wahrscheinlich nach einem Huftritt über die Stallgasse gekullert. »Und danke für alles, was Sie für uns getan haben.«

»Keine Ursache, dafür bin ich da«, meinte der Arzt, reichte

Imke die Hand und dachte bei sich: *Was für eine tapfere Frau! Hoffentlich hat ihr Mann sie auch verdient.*

Der Botschaftsarzt sollte recht behalten. Während sich am Montag, dem 3. Oktober, in Leipzig mehr als fünfundzwanzigtausend Menschen zu einer friedlichen Demonstration versammelten – der größten seit dem Volksaufstand von 1953 – und der Ruf nach Zulassung von Oppositionsparteien und Reisefreiheit durch die Innenstadt schallte, ließ die DDR-Führung die Grenzen zu den Nachbarländern Tschechoslowakei und Polen schließen. Sie hoffte, damit den Flüchtlingsstrom zu den Botschaften unterbinden zu können, tat damit aber genau das Gegenteil von dem, was die Menschen, die flankiert von Polizei in voller Montur mit Helmen, Schilden und Schlagstöcken um den Altstadtring zogen, forderten. Weiter, das wurde nun auch den Letzten im Lande klar, konnte man sich gar nicht von seinem Volk entfernen. Von dem, was in der DDR vor sich ging, bekamen die in etwa sechstausend Botschaftsflüchtlinge und die circa zweitausend Menschen, die noch vor dem Gebäude ausharrten, allerdings nur Bruchstücke über wenige vorhandene Transistorradios und den nur schlecht zu empfangenden Westfunk mit. So wussten sie auch nicht, dass noch einmal Tausende auf dem Weg nach Prag waren, und hofften nur, der quälenden Enge bald zu entkommen.

Und dann ging auf einmal alles ganz schnell. Ohne Vorwarnung schallte am Nachmittag des 4. Oktober der Ruf durch die Botschaft: »Die Busse sind da. Frauen und Kinder zuerst. Aber nicht drängeln. Es gibt genügend Züge, und jeder wird seinen Platz bekommen.«

Unglaubliches Freudengeschrei, das den Putz von den Stuckdecken bröckeln ließ, hallte im nächsten Moment durch das altehrwürdige Gemäuer des Palais Lobkowitz, um dessen statische Belastbarkeit Bauingenieure bereits fürchteten.

Imke hatte kaum etwas, dass sie zusammenpacken musste.

Mehr als ihre kleine Handtasche, die sie sich umhängen konnte, besaß sie nicht mehr. Sie nahm Jessica auf den Arm und war als eine der Ersten an dem Seitenausgang, durch den die Frauen und Kinder aus dem Nebengebäude auf die Straße gelassen wurden. Jetzt gehörte sie zu den Glücklichen, die wie die Flüchtlinge vor vier Tagen die Vlašská hinunter zu den Bussen eilten. Nur dass diesmal kaum Polizei zu sehen war und sich dem Menschenstrom jeder anschließen konnte, der wollte. Stattdessen standen überall winkende Tschechoslowaken, die ihnen zujubelten.

Lange kann das mit dem real existierenden Sozialismus nicht mehr gut gehen, dachte Imke, während sie ihre Tochter ganz fest an sich presste und versuchte, auf dem vom Nieselregen feuchten Kopfsteinpflaster nicht zu stolpern. *Zumindest nicht so, wie die greise Führungsriege der DDR sich das immer noch vorstellt.* Zuerst die Sowjetunion, dann Polen mit der Gewerkschaftsbewegung Solidarność, jetzt Ungarn und sogar die Tschechoslowakei, die wohl ihren 1968er Frühling nachholte, gingen einen neuen Weg. *Ewig,* sagte sie sich, ohne zu wissen, was schon in Leipzig, Dresden und auch in anderen Städten vor sich ging, *werden die Menschen wohl auch in unserem Land nicht mehr nach der Pfeife der Partei und Regierung tanzen.* Aber weiter kam sie nicht mit ihren Überlegungen, denn plötzlich stand ein älteres tschechisches Ehepaar vor ihr und drückte ihr zwei dick in Zeitungspapier eingewickelte Bügelflaschen in die Hand.

»Tee, Tee«, sagte die Frau in verständlichem Deutsch. »Für Kind und Sie.«

Bevor Imke sich bedanken konnte, waren die alten Leutchen vor der herannahenden Flut der Botschaftsflüchtlinge schon wieder zur Seite getreten und winkten Mutter und Tochter nach. Sie ahnten gar nicht, wie überreich sie die beiden gerade beschenkt hatten. Der Tee würde Imke und Jessica wärmen, aber vor allem gab er ihnen den Glauben an die Menschen in der Tschechoslowakei zurück, nachdem sie in den letzten Tagen nur abweisende Polizei und sogar erhobene Knüppel gesehen hatten.

Am Moldauufer unterhalb des Burgberges standen wieder unzählige Busse. Helfer sorgten dafür, dass es nicht zu Drängeleien kam, und sobald ein Fahrzeug voll war, setzte es sich sofort in Richtung Bahnhof in Bewegung. Honecker persönlich hatte darauf bestanden, dass die Ausreisewilligen wieder in Zügen der Deutschen Reichsbahn über das Territorium der DDR in den Westen gebracht werden sollten, eine Entscheidung, über die Kohl, Genscher und die gesamte Bundesregierung nur den Kopf schütteln konnten.

Ein Zug nach dem anderen, jeder brechend voll, verließ Prag. Die Fahrt würde über Bad Schandau und Dresden nach Hof gehen. Wie beim ersten Mal befanden sich in jedem Zug Mitarbeiter der Botschaft und des Außenministeriums, die dafür Sorge tragen sollten, dass die Menschen in den Waggons ruhig blieben und vor allem niemand von den DDR-Behörden oder der Stasi herausgeholt wurde.

Kurz nach Passieren der Grenze blieb der Zug stehen, und Vertreter der DDR-Behörden stiegen zu. Darauf waren die Flüchtlinge von den mitreisenden bundesdeutschen Vertretern bereits vorbereitet worden, doch schlagartig wurde es in allen Abteilen totenstill. Angst kroch durch die Waggons, so wie es in der DDR alltäglich war, hatte man mit den Staatsorganen zu tun. Die Ausweise der Flüchtlinge wurden eingesammelt. Sonst könnte man sie nicht aus der Staatsbürgerschaft entlassen, erklärte man ihnen. In Wahrheit aber wollten die Behörden wissen, wer das Land verließ, um dessen Vermögenswerte einzuziehen.

Mehr als eine Stunde stand der Zug, und auch als die DDR-Vertreter ihn wieder verlassen hatten, ging es nicht weiter. Die Botschaftsangehörigen wurden mit Fragen bestürmt, warum er nicht endlich wieder anrollte, konnten aber auch nur mit den Achseln zucken. Erst in den nächsten Tagen wurde das

392

Rätsel durch westdeutsche Journalisten gelöst, die ihre Informationen, Fotos und auch ihr Videomaterial auf verschlungenen Wegen von DDR-Bürgern erhielten. Tausende Dresdner hatten sich stundenlange erbitterte Straßenkämpfe mit der Polizei, der Stasi und eilends herbeigerufenen Spezialeinheiten der Armee geliefert. Ihr Versuch, den Bahnhof zu stürmen, um in die durchfahrenden Züge zu gelangen, war zwar gescheitert, doch danach sah dieser aus, als wäre eine Bombe in ihm explodiert. Mit Tränengas, Wasserwerfern und Schlagstöcken gingen die Sicherheitsorgane gegen die Protestierenden vor, von denen viele verletzt und noch mehr verhaftet wurden.

Erst als sich die Lage in Dresden beruhigt hatte, durften die Züge wieder rollen. Die Lokführer erhielten die Anweisung, sogar über die Langsamfahrstrecken schneller als sonst erlaubt zu fahren, damit nur ja niemand unterwegs aufspringen konnte.

Imke und Jessica bekamen von alldem nur wenig mit. Vor Erschöpfung waren beide eingenickt und wurden erst wieder wach, als ohrenbetäubender Jubel aufbrauste.

»Wir sind im Westen«, wurde von einem Ende zum anderen durch den Zug gebrüllt, und sogar Sektkorken – keiner wusste, wo die Flaschen herkamen – knallten. Überschäumende Freude, gemischt mit wahren Sturzbächen von Tränen, erschütterte die Menschen, die sich endlich am Ziel ihrer Träume sahen.

»Jetzt sind wir bald bei Papi, jetzt kann uns keiner mehr aufhalten«, flüsterte Imke ihrer Tochter ins Ohr, um gleich darauf auch einen Schluck von dem warmen, klebrigen Sekt zu trinken, den man ihr reichte. Aber das war letztlich alles egal, nur eins war von Bedeutung: Endlich frei zu sein!

Als der Zug am frühen Morgen in den Bahnhof von Hof einrollte, war der Bahnsteig voller Menschen, die den Ankömmlingen zujubelten. Imke und Jessica waren noch gar nicht richtig ausgestiegen, da kam schon eine ältere Frau auf sie zu, umarmte sie beide, hieß sie im Westen willkommen und zauberte hinter ihrem Rücken einen großen Stoffhasen hervor. Sie hockte sich nieder und hielt ihn dem kleinen Mädchen hin.

»Magst du den Hasen haben? Er hat meiner Enkelin gehört, aber die hat so viele Plüschtiere und du wohl gar keins zum Kuscheln, oder?«

Jessica nickte eifrig, brachte aber kein Wort heraus. Stattdessen griff sie nach dem Hasen und presste ihn fest an sich, ganz so, als ob sie ihn nie wieder loslassen wollte.

»Wissen Sie, wo man hier etwas zu essen und zu trinken bekommt?«, fragte Imke die Frau, die sie am liebsten ob der Freundlichkeit, die sie ihrer Tochter erwiesen hatte, ebenso fest gedrückt hätte wie Jessica das Stofftier.

»Gehen Sie nur in den Bahnhof hinein, da erhalten Sie alles, was Sie brauchen. Das Rote Kreuz und die Einwohner von Hof erwarten Sie schon.«

Die nette Dame hatte mehr als recht, sah Imke, kaum dass sie mit Jessica an der Hand die Halle betrat. Überall gab es Stände mit belegten Brötchen, aber auch heiße Suppe, Kuchen, Kaffee, Tee, Cola und Limonade. Freundliche Hände reichten den Ankömmlingen, was sie so lange entbehrt hatten, und Imke musste sich beherrschen, um das Essen nicht hinunterzuschlingen, denn in der Botschaft hatte sie regelrecht gehungert. Alles, was sie in den Tagen dort an Lebensmitteln ergattert hatte, war von ihr an Jessica weitergegeben worden, während sie sich nur mit dem Nötigsten begnügt hatte. Eine Helferin eilte an ihnen vorbei, sah aber, dass das Kind am Tisch nur ein dünnes Jäckchen anhatte und offenbar fror.

»Wenn Sie durch die Tür da gehen«, meinte die Frau freundlich zu Imke, »werden Sie sicher etwas Warmes zum Anziehen für Ihre Tochter und vielleicht auch für sich finden. Wir Hofer und auch die Leute aus der Umgebung wissen schon von Ihren Vorgängern, dass sie so gut wie nichts von Ihren Sachen mitnehmen konnten, und haben deshalb vieles an Kleidung hierhergebracht, was wir entbehren können.«

Imke nickte mit vollem Mund, doch bevor sie sich bedanken konnte, war die Helferin schon wieder verschwunden. Sie beschloss, deren Rat zu folgen und zumindest zu schauen, ob sie für ihre Tochter etwas fand, denn der Herbstmorgen war zwar sonnig, aber kalt. Es dauerte nicht lange, und Jessica steckte in einem warmen blauen Mäntelchen. Imke war schier überwältigt von der Hilfsbereitschaft und Freundlichkeit der Hofer. Doch jetzt musste sie ein Telefon finden, denn sie wollte ihren Mann anrufen, der sicher schon sehnsüchtig auf eine Nachricht wartete. Auf ihrer Suche kam sie an einem Informationsstand vorbei, wo man den Botschaftsflüchtlingen mitteilte, dass sie jeden Zug, wohin auch immer er fuhr, kostenlos benutzen konnten und wo sich die Aufnahmelager befanden, in denen sie sich melden sollten. Die Standorte waren auf einer Karte eingezeichnet, und Imke entdeckte eins ganz in der Nähe von Passau, in Deggendorf, wohin auch am späteren Vormittag ein Zug ging.

Vor den Telefonzellen standen lange Schlangen, aber jeder fasste sich so kurz wie möglich, obwohl die Apparate kostenfrei benutzt werden konnten. Imke kam sofort nach Österreich durch, und wenige Augenblicke später hörte sie die Stimme ihres Mannes, der ganz außer Atem war.

»Imke, wo seid ihr?«, keuchte Marcus durch die Leitung.

»In Hof, wir haben es Gott sei Dank zusammen mit der zweiten Welle geschafft. Aber warum hechelst du denn so?«

Marcus konnte es nicht fassen. Seine Frau war endlich in der Freiheit, und bald würden sie wieder vereint sein, und da machte sie sich Sorgen um ihn, weil er schwer atmete. Aber so war sie nun einmal.

»Ich war gerade in der Reithalle und habe Unterricht gegeben. Die Rezeptionistin hat nach mir gerufen, die Stallleute haben das weitergegeben, und ich bin ans Telefon gerannt und deshalb etwas außer Puste. Aber das ist doch jetzt nicht wichtig. Sag mir lieber, wie es euch geht.«

»So weit ganz gut«, meinte Imke und verschwieg sicherheitshalber Jessicas Verletzung, damit Marcus sich keine Sorgen machte und nicht womöglich voller Panik angerast käme. »Nur schrecklich müde und erschöpft sind wir. Kommst du uns abholen, oder musst du arbeiten?«

»Das fehlte noch! Ich bin schon unterwegs. Aber nach Hof werde ich ungefähr fünf Stunden brauchen. Bleibt auf dem Bahnhof, damit ich euch auch finde.«

»Warte mal, Marcus. Da geht nachher ein Zug, der gegen sechzehn Uhr in Deggendorf ist. Das liegt doch ganz in der Nähe von Passau, oder? Wenn wir den nehmen und dir damit entgegenkommen, wäre das nicht eine Lösung?«

»Perfekt! In Deggendorf kann ich in knapp zwei Stunden sein. Meinst du, dass ihr den Zug bekommt? Dann erwarte ich euch dort auf dem Bahnhof.«

Marcus klang besorgt, doch genauso kannte Imke nun wiederum ihren Mann. Und auch seine Ungeduld.

»Wenn wir es bis hierher geschafft haben, dürfte das wohl kein Problem sein. Wir sehen uns in Deggendorf. Ich liebe dich!«

»Ich dich viel mehr! Gib mir mal Jessi.«

»Aber nur kurz, draußen klopfen sie schon an die Scheibe.«

Im gleichen Moment hörte Marcus die Stimme seiner Tochter, und das Herz ging ihm auf.

»Papi, wir kommen jetzt zu dir, hat Mami gesagt. Holst du uns ab?«

»Ganz sicher, mein Schatz, und ganz bald! Und dann bleiben wir für immer zusammen.«

Das wollte Jessica schwer hoffen, aber etwas anderes beschäftigte sie.

»Mit dem Käferle?«

»Genau damit! Aber jetzt musst du erst noch einmal Zug fahren.«

»Ist nicht schlimm. Tschüss, Papi, bis bald.«

Als es in der Leitung knackte, hatte Marcus wieder Tränen in den Augen. Das musste jetzt endlich einmal aufhören, er konnte doch nicht dauernd herumheulen wie das letzte Weichei. Aber es würde ja auch bald keinen Grund mehr dafür geben, sagte er sich und atmete tief durch. Seine gesamte freie Zeit und vor allem die Abende und Nächte hatte er vor dem Fernseher verbracht und jede Nachricht aus Prag, Bonn und auch der DDR nur so in sich aufgesogen. Selbst in der Reithalle war die ganze Zeit über das Radio gelaufen, und er hatte auf Sondersendungen gehofft. In Marcus war schon bald die Vermutung aufgekeimt, dass es Imke und Jessica in die Botschaft geschafft hatten, denn sonst hätten sie sich ja bestimmt noch einmal gemeldet, bevor sie in die DDR zurückgefahren wären. Doch wieder hieß es warten, und Geduld gehörte nicht gerade zu seinen größten Tugenden. *Hoffentlich vergehen nicht wieder Wochen oder gar Monate, bis man die Botschaftsflüchtlinge ziehen lässt,* grübelte er immer wieder. All seine Hoffnungen ruhten auf Genscher und dessen Aussage, dass es eine Nachfolgelösung geben würde. Bestimmt vor dem 7. Oktober, denn wollte die DDR-Führung wirklich den vierzigsten Republikgeburtstag feiern, während Bilder voller verzweifelter Menschen aus Prag um die Welt gingen?

Nun, diesen verknöcherten, uneinsichtigen Greisen traute Marcus alles zu, und so war sein Aufatmen grenzenlos gewesen, als am Vorabend die *Tagesschau* verkündet hatte, dass wieder Züge von Prag aus in Richtung Westen rollen würden. Dann hatten sie verwackelte Bilder aus Dresden von Straßenkämpfen gezeigt, und sosehr Marcus die Menschen verstand, die endlich gegen das verhasste Regime aufbegehrten, so sehr hoffte er doch in egoistischer Weise, dass die Revolte nicht die Fahrt der Züge gefährdete. In der Nacht hatte er natürlich kein Auge zugetan, war aber früh seiner gewohnten Tätigkeit nachgegangen, denn was sollte er anderes tun? Außerdem wollte er nicht gerade jetzt seinen Arbeitsplatz gefährden. Die Gäste hatten zwar alles Verständnis der Welt und sahen ihm seine gedankliche Abwesenheit im Unterricht nach, aber sein Chef hatte ihn schon mehr als nur einmal scheel von der Seite angesehen und ihm auch zu verstehen gegeben, dass er von ihm erwartete, dass er seinen Aufgaben wie sonst auch gewissenhaft nachkäme. Marcus überschlug, dass er bis vierzehn Uhr alle angemeldeten Stunden abgehalten haben konnte, wenn die Gäste mitspielten. Der Vorteil war, dass er sie im Hotel schnell erreichen und vom geänderten Unterrichtsplan informieren konnte. Keiner sträubte sich gegen die veränderten Zeiten, und kaum war das letzte Pferd im Stall, rollte Marcus auch schon Richtung Passau und dort auf die Autobahn nach Deggendorf.

Natürlich war er zu zeitig auf dem Bahnhof und lief die verbleibende Zeit auf dem Bahnsteig auf und ab wie ein Löwe im Käfig. Endlich rollte der Zug aus Hof kommend ein. Viele Leute stiegen aus, denen man die DDR-Bürgerschaft und die Strapazen der letzten Tage ansah. Sie wurden hier ebenfalls von Helfern in Empfang genommen, die ihnen den Weg zu den Bussen wiesen, die sie zum Aufnahmelager bringen sollten. Es stiegen auch bereits wieder Reisende ein, doch von Imke und Jessica fehlte jede Spur. In Marcus machte sich schon Verzweiflung breit, da entdeckte er seine Frau und seine Tochter. Sie standen recht verloren Hand in Hand ganz am Ende des Bahnsteiges und hielten sehnsüchtig nach ihm Ausschau. So schnell war Marcus wohl noch nie in seinem ganzen Leben gelaufen, und jeder, der ihn angerannt kommen sah, wich ihm sicherheitshalber aus. Einen Moment später hatte er seine zwei Mädchen erreicht, fasste sie beide um die Hüften und hob sie zusammen hoch. Küsse wurden hin- und hergewechselt, und eine Last, so unendlich schwer, fiel von seinem Herzen.

»Aua, Papi, das tut weh«, hörte er da Jessica sagen und setzte sie gleich darauf vorsichtig ab.

»Was ist denn, mein Schatz? Habe ich dich zu fest gedrückt?«

»Nein, nur das Bein.«

Marcus sah seine Frau fragend an.

»Sie hat sich beim Übersteigen des Zaunes am Stacheldraht

398

verletzt«, klärte Imke ihren Mann auf. »Der Botschaftsarzt hatte keine Medikamente, und im Krankenhaus ist man nicht gerade sehr zartfühlend mit ihr umgegangen.«

»Ihr wart im Krankenhaus?« Marcus stockte der Atem.

»Nur ambulant. Aber wir sollten Jessicas Bein baldmöglichst einem Arzt zeigen, hat der Doktor in der Botschaft gesagt.«

»Gleich morgen! Oder sollen wir hier in Deggendorf in eine Klinik fahren?«

»So schlimm ist es nun auch wieder nicht. Müssen wir jetzt hier ins Lager, und kannst du da bei uns bleiben? Wir wollen uns nicht schon wieder von dir trennen, Marcus.«

»So weit kommt es noch! Wir fahren jetzt zu mir nach Österreich. Anmelden könnt ihr euch auch noch später. Glaubst du, ich lasse euch hier in ein Lager gehen, nach allem, was ihr durchgemacht habt? Aber wirklich nicht!«

»Nach Österreich ohne Papiere? Ich musste meinen Ausweis im Zug an die DDR-Behörden übergeben.«

»Lass das mal meine Sorge sein. Darüber brauchst du dir wirklich nicht den Kopf zu zerbrechen. Hast du eigentlich überhaupt kein Gepäck?«

»Die Koffer musste ich im Auto lassen, mit denen hätte ich es nie im Leben über den Zaun geschafft. Es ist alles verloren, Marcus. Mehr als meine Handtasche habe ich nicht mehr.«

»Aber ich habe euch wieder, und nur das allein ist wichtig. Na, dann sollten wir jetzt wohl erst einmal einkaufen fahren. Ich weiß auch schon, wo.«

»Au fein, Käferle fahren!« Jessica war Feuer und Flamme. Sie fasste nach der großen Hand ihres Vaters, in der anderen hielt sie ihren Hasen, und plötzlich war es so, als wäre zwischen dem Abschied in Leipzig vor achtzehn Monaten und der Ankunft in Deggendorf gerade eben gar keine Zeit vergangen. Doch dann sah Marcus in den Augen seiner Frau all den Schmerz, die Sehnsucht, die Sorgen, Kämpfe und Entbehrungen der letzten eineinhalb Jahre und erkannte im gleichen Augenblick, dass Imke

399

wohl Wochen, wenn nicht gar Monate brauchen würde, bis sie wieder zu sich selbst fand und die Erinnerung an das Erlebte überwinden konnte. Er wollte ihr alle Zeit der Welt dafür lassen und alles in seiner Macht Stehende tun, damit es ihr möglich war, die Erfahrungen und Schrecknisse der Trennung so bald als möglich, wenn schon nicht zu vergessen, so doch wenigstens zu verdrängen.

Was Jessica an dem alten Käfer fand, konnte Marcus nicht nachvollziehen, aber er gönnte ihr natürlich die Freude. Jetzt, wo seine Familie endlich bei ihm war, würden sie sich wohl bald nach einem anderen Auto umsehen müssen.

Schnell war die Strecke über die Autobahn nach Passau zurückgelegt, und in den dortigen Geschäften der Donaupassagen konnten sich seine Frau und seine Tochter erst einmal mit dem Nötigsten ausstatten, denn sie hatten ja nicht einmal eine Zahnbürste dabei.

Imke war gespannt, wie Marcus sie über die Grenze bringen wollte, denn bisher kannte sie nur die strengen Kontrollen zwischen den sozialistischen Bruderländern. Sicher würde es eine heiße Diskussion mit den bundesdeutschen und österreichischen Grenzern geben, aber nichts davon geschah. Marcus hob beim Durchfahren des Übergangs nur grüßend die Hand, doch der Beamte im Häuschen sah nicht einmal zu ihnen herüber, denn er unterhielt sich mit seinem Kollegen und registrierte den Käfer mit der kleinen Familie und dem H für Hannover im Nummernschild nur aus dem Augenwinkel heraus.

»Wieso ist die Straße hier eigentlich so hell, und wann kommt denn nun die Grenze?«, wollte Imke nach einiger Zeit wissen, und Marcus verstand für einen Moment gar nicht, was sie meinte. Doch dann ging ihm ein Licht auf. Es war mittlerweile dunkel, und waren sie früher um diese Zeit von Leipzig oder Köthen nach Grömnitz gefahren, war es immer stockduster gewesen. Doch hier gab es Leuchtstreifen rechts und links am Fahrbahnrand nebst rückstrahlenden Warnbaken und natürlich einen ordentlichen reflektierenden Mittelstreifen. Allesamt Vorrichtungen, die auf DDR-Landstraßen fast überall gefehlt und Nachtfahrten immer risikoreich gemacht hatten.

»Wir sind schon lange in Österreich, Imke. Hast du die Grenze gar nicht mitbekommen?«

»Das Häuschen, an dem wir vorhin vorbeigefahren sind? War das alles?«

»Genau. Mehr braucht's hier nicht. Erinnerst du dich, dass mein Onkel erzählt hat, er fährt seit Jahren ohne Papiere in die Alpen? Ich wollte es ihm nicht glauben, aber es ist tatsächlich so, wie du ja gerade selbst gesehen hast. In der ganzen Zeit, die ich schon hier unten lebe und an meinen freien Tagen hin- und herfahre, bin ich erst einmal angehalten worden. Und auch bloß, weil ein Licht nicht ging. Ich denke, es wird nicht mehr lange dauern, dann sind die Grenzen gänzlich weg. Und so wie hier sehen alle Straßen im Westen aus. Zumindest die größeren und stark befahrenen. Die zum Hotel nicht, das wirst du bald sehen.«

Eigentlich hatte Imke ihrem Mann viel erzählen wollen, aber die meiste Zeit während der Fahrt schwieg sie. Einerseits wegen der Erschöpfung und der Anspannung, die nur langsam von ihr abfielen, andererseits wegen der Eindrücke, die auf sie einstürmten. Jessica war schon lange auf dem Rücksitz, ihren Hasen fest im Arm haltend und eingehüllt in ihren Mantel, eingeschlafen.

Nach etwa einer Stunde Fahrzeit erreichten sie den Ort, zu dem das Reitsporthotel, das etwas außerhalb lag, gehörte.

»Hier suchen wir uns demnächst eine Wohnung«, eröffnete Marcus seiner Frau. »Ich habe schon mal meine Fühler ausgestreckt. Auf dem Land ist es nicht so teuer wie in der Stadt. Aber im Moment werden wir wohl noch in dem kleinen Zimmer zusammenrücken müssen, das ich derzeit bewohne. Kein Vergleich zu der Wohnung im Grömnitz, das sage ich dir besser gleich. Hoffentlich wirst du nicht enttäuscht sein.«

»Das macht doch nichts, Marcus, wenn es anfangs etwas eng

401

ist. Im Gegenteil.« Imke sah ihren Mann verliebt von der Seite an. »Hauptsache, wir sind wieder zusammen. Alles andere wird sich finden. Willst du denn hier in Österreich bleiben? Jetzt, wo wir wieder bei dir sind?«

»Schauen wir erst mal, wie es euch gefällt. Das Gehalt ist nicht schlecht, vor allem wegen der Trinkgelder. Ich habe auch bereits mit meinem Chef gesprochen. Er wäre gar nicht abgeneigt, dich zu beschäftigen. Zusammen könnten wir den Reitbetrieb führen und wären nahezu selbstständig. Seit ich hier arbeite, habe ich ständig Augen und Ohren offen gehalten und enorm viel gelernt. Irgendwann will ich mit dir zusammen einen eigenen Betrieb führen. Es sei denn, du hast andere Pläne.«

»Du bist ein Träumer, Marcus. Du hast nichts, ich hab nichts, wie soll das gehen?«

»Doch, Imke, wir haben uns, unser Wissen, unsere Erfahrung und unseren Willen. Das ist mehr wert als Geld, wie ich erkannt habe. Du wirst sehen, es ist keine reine Illusion. Aber darüber können wir später immer noch in Ruhe reden. Jetzt komm erst einmal an.«

Aus der Ortschaft führte eine kleine Straße zu dem Hotel, und plötzlich fühlte sich Imke an die DDR erinnert, denn die Zufahrt war so dunkel, wie sie es von dort kannte. Der Parkplatz und das Hotel, obwohl später Abend, waren dafür hell und anheimelnd erleuchtet. Ohne bemerkt zu werden, gelangten Imke und Marcus, der seine immer noch schlafende Tochter trug, in das kleine Zimmer, das noch für einige Zeit ihr Domizil sein würde. Die Küche hatte ihnen ein Willkommen bereitet und eine Platte mit Tiroler Speck, Emmentaler Käse, frischen Feigen, Weintrauben und anderen Leckereien auf den Tisch gestellt. Daneben stand eine Flasche Burgenländer Zweigelt und für Jessica Orangensaft. Marcus war überwältigt von der Fürsorge seiner Kollegen und hielt seine Frau dazu an, kräftig zuzulangen. Doch die ließ sich erst einmal das Bad zeigen, das auf der anderen Seite des Flurs lag und von allen Angestellten genutzt wurde, die im Hotel wohnten. Imke weckte ihre Tochter, die diesmal äußerst quengelig reagierte, und war mit ihr gleich darauf für eine Zeit verschwunden, die Marcus wie eine Ewigkeit vorkam. Aber sie und Jessica hatten sich in der Botschaft kaum waschen können und mussten erst einmal all den Schweiß, den Dreck und auch die damit verbundenen Erlebnisse der letzten Tage von sich abspülen. Zusammen mit dem Badewasser rann alles durch den Abfluss, und Mutter und Tochter fühlten sich wie neugeboren, als sie wieder vor Marcus auftauchten.

Rasch war der Imbiss verzehrt, die Flasche Wein geleert, und während Jessica schon selig auf einer Matratze neben dem elterlichen Bett schlief, die Marcus vorausschauend besorgt hatte, denn für ein drittes Bett fehlte der Platz, hielten sich Imke und ihr Mann immer noch eng umschlungen und konnten gar nicht voneinander lassen. Endlich schliefen auch sie ein, fest und ohne Albträume und in dem Bewusstsein, dass sie nun nichts mehr trennen konnte und die lange Zeit der Einsamkeit zu Ende war.

Imke hatte gleich am nächsten Morgen ihre Eltern angerufen, die sich große Sorgen gemacht hatten und jetzt beruhigt waren, als sie von der geglückten Flucht erfuhren. Für diesen Fall war allerdings noch etwas anderes vereinbart worden. Es galt schnell zu sein, um die Stasi noch einmal auszutricksen. Bevor die im Zug eingesammelten Personaldokumente gesichtet und die Wohnungen der Botschaftsbesetzer versiegelt und später ausgeräumt werden konnten, galt es alle wichtigen Unterlagen, Qualifizierungsnachweise und so viele Wertgegenstände wie möglich aus ihnen herauszuholen. Imkes Bruder und ihre Schwester machten sich umgehend auf den Weg und gelangten auch ungesehen in das Haus und die Wohnung. In aller Eile stopften sie in mitgebrachte Taschen und Koffer, was sie greifen konnten. Dabei legten sie keinen Wert auf Bekleidung, die konnte man sich schließlich neu kaufen, aber kein Fotoalbum, keine Urkun-

403

de, kein wichtiges Dokument, kein Erinnerungsstück sollte zurückbleiben und in falsche Hände gelangen. Als sie nach kaum einer Stunde durch den Hintereingang das Haus wieder verließen, rollte vorn ein Polizeiwagen vor, dem zwei Zivilisten entstiegen. Es war ihnen wirklich in letzter Sekunde gelungen, alle für Imke und Marcus wichtigen Unterlagen aus der Wohnung zu holen und dem übermächtigen Staatsapparat erneut ein Schnippchen zu schlagen.

Mit Jessica gingen ihre Eltern noch am selben Nachmittag zum Arzt. Der Doktor untersuchte die Verletzung akribisch, war aber der Meinung, dass die Wunde von innen heraus granulieren würde, und verschrieb zwei Salben, die wechselseitig aufgetragen werden sollten. Marcus und Imke waren daraufhin fürs Erste beruhigt, weil sie ihrer Tochter einen weiteren schmerzhaften Eingriff ersparen konnten.

Der 7. Oktober war ein Samstag, und Marcus hatte seinen freien Tag. Die DDR feierte ihren vierzigsten Geburtstag, aber das interessierte die kleine wiedervereinte Familie einen feuchten Kehricht. Sie fuhren in die Landeshauptstadt Linz zum Einkaufen, denn Imke und Jessica brauchten schließlich etwas zum Anziehen. Noch nie hatte Marcus so gern Geld ausgegeben, und er freute sich über jedes Stück, das seine beiden Mädchen aussuchten. Anfang November schloss das Hotel bis kurz vor Weihnachten, und sie hatten beschlossen, in diesem Zeitraum nach Hannover zu fahren, damit Imke und Jessica sich dort anmelden konnten. Marcus besaß der Form halber immer noch einen Wohnsitz bei seinem Onkel, damit er sein Autokennzeichen hatte behalten können. Er glaubte nicht, dass es Schwierigkeiten geben würde, weil Imke und Jessica nicht im Auffanglager gewesen waren. Außerdem konnte seine Frau dann gleich die Anerkennung ihrer beruflichen Abschlüsse in Angriff nehmen.

Als sie am Abend nach einem glücklichen Tag wieder im Hotel ankamen, sahen sie im Fernsehen, wie Tausende DDR-Bürger

404

vor dem Palast der Republik, in dem die Jubiläumsfeierlichkeiten der Staats- und Parteiführung stattfanden, laut »Gorbi, Gorbi!« riefen und nur mühsam von Polizeieinheiten zurückgehalten werden konnten. Kein Ruf nach Honecker, keine Jubelaufmärsche mehr von FDJ und SED wie am Morgen auf der Karl-Marx-Allee, sondern einfache Leute wurden vom Westfernsehen gezeigt, die von sich aus auf die Straße gegangen waren. Etwas Unerhörtes bahnte sich da an, stellten Imke und Marcus mit Staunen fest. Die Fluchtbewegung der vielen Tausende über Ungarn und die Tschechoslowakei hatte offenbar bewirkt, dass die Menschen aufstanden, weil auch noch dem Letzten klar geworden war, dass es so nicht weitergehen konnte. Doch noch einmal schlugen die Sicherheitskräfte erbarmungslos zu und lösten später am Abend die Demonstrationen, die sich spontan auch in anderen Städten gebildet hatten, gewaltsam auf. Das alles zeigten nur die westlichen Sender, die *Aktuelle Kamera* der DDR berichtete ausschließlich von Militärparaden anlässlich des Jubiläums und organisierten Vorbeimärschen an Ehrentribünen, bei denen es zu Hochrufen auf das ZK, die Partei- und Staatsführung und nur vereinzelt auf die angereisten sowjetischen Gäste kam.

Schon am nächsten Tag machte sich Imke im Reitstall nützlich. Herumzusitzen und die Hände in den Schoß zu legen war gänzlich gegen ihre Natur. Jessica unterhielt mit ihrem sonnigen Wesen die Gäste und gewann ganz schnell ihre Herzen. An seinen freien Tagen zeigte Marcus seiner Frau und seiner Tochter das Land, in dem er seit achtzehn Monaten lebte. Sie fuhren in die Alpen, nach Salzburg und in die Wachau. Hier kletterten sie zu der Burg empor, auf der Richard Löwenherz der Sage nach gefangen gehalten worden war. Den englischen König kannte Jessica aus dem Zeichentrickfilm *Robin Hood* von Walt Disney, den sie über alles liebte und sich nicht oft genug ansehen konnte. So verging die Zeit bis zur Schließung des Hotels wie im Fluge, während sich die Ereignisse in der DDR überstürzten.

Marcus' Eltern war, wie nicht anders zu erwarten, die Ausreise unter fadenscheinigen Gründen immer wieder verwehrt worden. Sowohl er wie auch Imke hatten Sorge, ihre Verwandtschaft auf Jahre hinaus nicht wiedersehen zu können. Doch dann ging es Schlag auf Schlag. Zur mittlerweile regelmäßig nach den Friedensgebeten stattfindenden Montagsdemonstration in Leipzig kamen zwei Tage nach dem Republikgeburtstag siebzigtausend Teilnehmer, eine Woche später waren es schon hundertfünfundzwanzigtausend, die um den Ring zogen. Keine Sicherheitskräfte, keine Polizei, keine Stasi und keine Armeeinheiten wagten es mehr, sich diesen Massen, die laut »Wir sind das Volk!« und »Die Mauer muss weg!« riefen, in den Weg zu stellen. Marcus wunderte sich, während er aufmerksam die Berichte im Fernsehen über die Ereignisse verfolgte, immer wieder darüber, welche Kraft die Kirche innerhalb der Bürgerbewegung auf einmal entwickelte und diese unter ihrem Schirm regelrecht aufblühen ließ. Er selbst, der seinen Glauben schon vor vielen Jahren verloren hatte, hätte es zwar als pure Heuchelei angesehen, sich ihr jetzt wieder anzuschließen und zu den Andachten und Gebeten zu gehen, aber in Leipzig mitmarschiert wären er und Imke auf alle Fälle. Das stand für ihn so fest, wie am Morgen die Sonne aufging, und fast bedauerte er es, jetzt nicht in der DDR zu sein, sagte sich aber, dass es ohne die Massenfluchten wohl nicht zu einem derartigen Aufstand der Zurückgebliebenen gekommen wäre.

Am 18. Oktober ging die Meldung durch die Medien, dass Honecker aus vorgeblich gesundheitlichen Gründen zurückgetreten war. Imke und Marcus bekamen vor Staunen den Mund nicht wieder zu, aber in seinem Nachfolger Krenz, dem *lachenden Gebiss*, wie Wolf Biermann ihn einmal genannt hatte, sahen sie keine wirkliche Alternative. Schließlich war er für die Wahlfälschungen im Mai sowie im Politbüro für Sicherheitsfragen – und damit auch für die Grenzsicherung – verantwortlich gewesen. Außerdem hatte Krenz erst unlängst das blutige Vorgehen der chinesischen Staatsführung gegen die Demonstranten auf dem Platz des Himmlischen Friedens gutgeheißen. Und nun sollte ausgerechnet er die DDR aus der Krise und einen Dialog mit den sich überall bildenden Oppositionsgruppen führen? Das war von Anfang an ein totgeborenes Kind, fanden vor allem die Leipziger, in deren Stadt am 23. Oktober bereits dreihunderttausend Menschen gegen das Regime aufbegehrten und gegen das neue Staatsoberhaupt protestierten. Auf den Plakaten standen jetzt Sprüche wie *Freie Wahlen ohne falsche Zahlen* oder *Die Karre steckt zu tief im Dreck, die alten Kutscher müssen weg,* aber auch *Visafrei bis Hawaii*. Der Funke war außerdem bereits auf andere Städte übergesprungen und drohte zum Flächenbrand zu werden.

Mittlerweile hatte nach Ungarn auch die Tschechoslowakei ihre Grenzen zum Westen geöffnet, und als die DDR notgedrungen den visafreien Reiseverkehr in das Nachbarland wieder zuließ, stiegen die Flüchtlingszahlen erneut sprunghaft an. Aber nun skandierten die Menschen in der *Deutschen Demonstrierenden Republik*, wie die DDR neuerdings in der Langversion ausgesprochen wurde, plötzlich trotzig: »Wir bleiben hier!«, was in den Ohren der Partei- und Staatsführung wie eine Drohung klingen musste.

Am 4. November schloss das Hotel, und während Marcus und Imke ihre Sachen packten, weil sie am nächsten Tag nach Hannover fahren wollten, liefen wie in den Tagen zuvor ununterbrochen die Nachrichten. Sie berichteten von einer Kundgebung auf dem Berliner Alexanderplatz, zu der fünfhunderttausend – andere berichteten sogar von einer Million – Menschen gekommen waren. Diesmal übertrug sogar das DDR-Fernsehen die Veranstaltung live. Zahlreiche Redner meldeten sich zu Wort und sprachen von einer Tribüne zu den versammelten Massen. Doch während die Beiträge der Bürgerrechtler und Kulturschaffenden, die freie Wahlen, Abschaffung der führenden Rolle der SED, Meinungs-, Presse- sowie Reisefreiheit forderten, bejubelt wurden, buhte man die Vertreter der Regierung und Partei wie Günter Schabowski und den ehemaligen Stasigeneral und Agentenführer Markus Wolf gnadenlos aus. Noch vor wenigen Wochen wäre das völlig undenkbar gewesen, doch auf einmal fürchteten sich die Menschen nicht mehr vor der Staatsmacht, sondern diese sich eher vor ihrem Volk.

Auch während der Fahrt am Sonntag von Österreich nach Norddeutschland lief die ganze Zeit über das Radio. Nur Jessica bekam davon nichts mit. Sie hatte sich auf der Rückbank des heiß geliebten Käfers umgeben von Plüschtieren häuslich eingerichtet und hörte über ihren neuen Walkman die Geschichten von Benjamin Blümchen und der kleinen Hexe Bibi Blocksberg. Marcus und Imke hingegen lauschten jeder neuen Nachricht und begannen sich zu fragen, ob sie mit ihrer Flucht nicht vorschnell gehandelt hatten. Doch niemand, kein Politiker in West und Ost, und hätten ihm auch noch so gute Geheimdienstberichte und Quellen zur Verfügung gestanden, wäre in der Lage gewesen, diese Entwicklung vorauszusehen, sagten sie sich immer wieder. Beide hofften allerdings, dass nicht womöglich ihre Tochter die Leidtragende ihrer Entscheidungen sein würde, denn deren Verletzung hatte sich erneut gerötet und strahlte wieder Wärme aus. Wenn es nicht besser werden würde, wollten sie in Hannover zum Arzt gehen. Von Bernhard und Hannelore, die mittlerweile ein Haus am Stadtrand von Hannover neben der Werkstatt bewohnten, in der sie ihr kleines Unternehmen eingerichtet hatten, waren sie eingeladen worden, bei ihnen zu wohnen. Imkes Cousine hatte ja früher als Arzthelferin gearbeitet und würde sicher wissen, an wen man sich am besten wandte.

Die nächsten beiden Tage waren voller Behördengänge, und am Abend galt es, Verwandte zu besuchen. Auf den Ämtern runzelte man nur kurz die Stirn, als Imke erklärte, dass sie einen Monat in Österreich zugebracht hatte, ließ es aber dabei bewenden und stellte ihr und Jessica alle notwendigen Unterlagen aus.

Bis sie ihren Ausweis, den umgeschriebenen Führerschein und den Reisepass bekäme, würde es allerdings noch eine Weile dauern, doch mit den ihnen ausgehändigten Papieren konnten sie schon jetzt offiziell wieder nach Österreich einreisen.

Marcus' Onkel und Tante, Jürgen und Gisela, freuten sich sehr, Imke und Jessica in die Arme schließen zu können. Bei ihnen lagen auch bereits die notwendigen Unterlagen für die Beantragung der beruflichen Gleichstellung, die Oma Helene in bewährter Manier in den Westen geschmuggelt hatte. Sie war überglücklich, ihre geliebte Urenkelin und natürlich auch ihren Enkel und dessen Frau wiederzusehen, und wollte am nächsten Tag zurückfahren, um Wolfgang und Christine zu berichten, dass sie alle wohlauf und bei bester Gesundheit angetroffen hätte.

Wobei Letzteres nicht ganz stimmte. Marcus und Imke machten sich große Sorgen um Jessica, die leichtes Fieber bekommen hatte. Als sie am Abend zu Bernhard und Hannelore zurückkehrten, zeigten sie ihnen die Verletzung. Hannelore genügten ein Blick und ein Fühlen an der mittlerweile heißen Stirn des Kindes, dann wusste sie Bescheid.

»Wir können einen Krankenwagen rufen, aber besser ist es, wenn ihr auf der Stelle ins Kinderkrankenhaus auf der Bult fahrt. Das muss unbedingt behandelt und bestimmt noch einmal eröffnet werden. Ich komme mit euch und zeige euch den Weg. Bernhard kann mich dann abholen, falls ihr bei Jessica bleiben wollt.«

Marcus und Imke wurden blass. Hatten sie womöglich die Verletzung unterschätzt und damit die Gesundheit ihrer Tochter gefährdet? Jetzt galt es, zumindest schnell zu handeln, damit nicht noch Schlimmeres passierte. Auf der Fahrt nach Hannover hinein brachte das Radio die Nachricht, dass der DDR-Ministerrat geschlossen zurückgetreten war. Allerdings interessierte das zumindest im Moment keinen der Insassen des Käfers wirklich. Marcus fuhr, als wäre er auf dem Nürburgring, und trug seine Tochter, endlich auf der Bult angekommen, im Laufschritt in die Notaufnahme. Dort kümmerten sich sofort ein Arzt und mehrere Schwestern um das Kind, doch als man dessen Eltern aus dem Behandlungsraum schicken wollte, begann Jessica wie eine Wilde zu schreien und zu toben. Zu tief saß in ihr das Trauma, von ihren Eltern getrennt zu sein. Das wollte sie nicht noch einmal erleben, und erst nachdem es dem Doktor gelungen war, der sich Widersetzenden eine Spritze mit einem Sedativum zu geben, beruhigte sie sich. Schnell waren die Ursache der Verletzung und die bisherigen Behandlungen beschrieben. Über das, was im Krankenhaus in Prag mit dem Kind veranstaltet worden war, konnte das anwesende medizinische Personal nur den Kopf schütteln.

Der Arzt beratschlagte sich mit zwei Kollegen, und gemeinsam entschieden sie, Jessica auf der Stelle zu operieren. Es bestand die Gefahr eines Durchbruchs des Abszesses, der sich wohl gebildet hatte, nach innen und damit akute Lebensgefahr. Imke und Marcus blieb fast das Herz stehen, als sie die Diagnose hörten. Wenig später sahen sie, wie ihre bereits narkotisierte Tochter in den OP gerollt wurde, und nun hieß es für die verzweifelten Eltern warten.

Beide machten sich unendliche Vorwürfe. Marcus, weil er mit seinem Verbleib im Westen das Drama ausgelöst hatte, Imke, weil sie beim Klettern über den Zaun auf andere vertraut und sich nicht selbst um Jessica gekümmert hatte. Schließlich war es ihr schon einmal gelungen, das Kind unbeschadet auf die andere Seite zu bringen. Warum nur hatte sie diesmal dem fremden Mann ihre Tochter überlassen, dessen blank liegende Nerven letztlich die Ursache für das Unglück gewesen waren?

Die Zeit wollte nicht vergehen. Endlich, es war Imke und Marcus wie eine Ewigkeit vorgekommen, kam eine Ärztin zu ihnen und unterrichtete sie über den Verlauf der OP.

»Wir haben den Abszess eröffnet, und es hat sich eine größere Menge Eiter, Blut und auch bereits nekrotisches Gewebe ent-

410

leert. Aber wir können nicht ausschließen, dass etwas davon in die Blutbahn gelangt ist. Zumindest das Fieber deutet darauf hin. Wir haben Ihrer Tochter hohe Dosen Antibiotika verabreicht und müssen den weiteren Verlauf jetzt beobachten.«

»Können wir zu ihr?«, wollte Marcus wissen, während Imke Tränen über die Wangen liefen.

»Leider nein. Ihre Tochter liegt auf der Intensiv und wird sicher bis morgen in den Tag hinein schlafen. Fahren Sie am besten nach Hause und kommen Sie morgen wieder. Hier können Sie doch nichts tun. Ich versichere Ihnen, dass wir alles in unserer Macht Stehende für Ihr Kind tun werden.«

Wären sie doch nur eher gekommen, dachte die Ärztin bei sich, wollte den bereits am Boden zerstörten Eltern aber nicht noch Vorhaltungen machen. *Das hätte spätestens in Österreich eröffnet und behandelt werden müssen. Ich kann den Kollegen nicht verstehen, der nur Salben verschrieben hat. Sollte das Kind womöglich an einer Blutvergiftung sterben oder wir ihm das Bein abnehmen müssen, wird das ein Nachspiel haben! Nur nützt das dem Kind dann nichts mehr, und die Eltern werden ihr Leben lang traumatisiert sein.*

Von diesen Gedankengängen der Ärztin ahnten Imke und Marcus jedoch nichts. Sie machten sich unendliche Vorwürfe, sahen aber ein, dass sie hier nichts weiter ausrichten konnten. Gleich am nächsten Morgen wollten sie zurückkommen, um da zu sein, wenn ihre Tochter aufwachte. In der Nacht machten beide kein Auge zu und saßen am nächsten Tag an Jessicas Bett, als sie erwachte. Imke hielt die Hand ihrer Tochter, und Marcus legte den Hasen in ihren Arm, den sie sofort fest an sich drückte. Das Fieber war leicht gesunken, aber das Kind noch nicht über den Berg, hatte ihnen der Stationsarzt erklärt. Zumindest musste Jessica nicht mehr auf der Intensivstation liegen, und in der nächsten Nacht dürfte Imke, wenn sie wollte, bei ihr bleiben. Marcus fuhr daraufhin am Nachmittag zurück zu Bernhard und Hannelore, um für seine Frau ein paar Sachen zu holen. Auf der Fahrt hörte er, dass nach dem Ministerrat nun auch das Politbüro zurückgetreten war. Allerdings hatte das ZK sofort ein neues, wenn auch verkleinertes gewählt und Egon Krenz zum Generalsekretär der SED. Der versprach zwar umfassende Reformen und ein neues Reisegesetz, das umgehend in Kraft treten sollte, doch sein Problem war, dass ihm niemand glaubte. Marcus schon gar nicht, der die ganze Fahrt vom Krankenhaus und wieder zurück die Nachrichten verfolgte und vor sich hin schimpfte. Wie viele Opfer hatte diese über Jahrzehnte hin verfehlte Politik der DDR-Staatsführung nur gekostet! An der Berliner Mauer und der innerdeutschen Grenze waren Hunderte Menschen ums Leben gekommen. Erschossen, von Minen zerfetzt oder von den Geschossen der Selbstschussanlagen regelrecht zerhackt worden. Von denen, die sich auf der Flucht schwer verletzt oder sich, wenn diese gescheitert war, in den Gefängnissen vor lauter Verzweiflung und Hoffnungslosigkeit das Leben genommen hatten, gar nicht zu reden. Sollte seine Tochter womöglich auch noch zu den Opfern des verhassten Regimes gehören? Und einer der Verbrecher, die dies alles veranlasst und zu verantworten hatten, wollte die DDR jetzt weiterregieren? Marcus hoffte, dass die Menschen in seiner ehemaligen Heimat das nicht zulassen würden, und ärgerte sich nur, dass er nichts dazu beitragen konnte, die ganzen oberen Chargen der Parteihierarchie davonzujagen.

Imke schlief im Zimmer ihrer Tochter, was man auf der Bult den Müttern oftmals zugestand, damit die Kinder ruhig blieben und nicht verzweifelt nach ihren Eltern schrien. Marcus allerdings durfte nicht bleiben, doch als er am Morgen des 9. November ins Krankenhaus kam, ging es Jessica bereits deutlich besser. Das Fieber war nur noch erhöhte Temperatur, und die Ärzte hatten der Hoffnung Ausdruck verliehen, dass sie nicht noch einmal operieren mussten. Was das bedeutet hätte, wollten sie den Eltern lieber gar nicht erläutern. Doch noch war die Gefahr einer Infektion nicht restlos gebannt, und Entwarnung würden sie erst am Abend geben können, wenn das Fieber hoffentlich gänzlich abgeklungen war.

Da Imke noch Behördenwege zu erledigen hatte, blieb Marcus tagsüber bei Jessica. Immer wieder wurde er von seiner Tochter umarmt, die unendlich froh war, ihren Vater wiederzuhaben. Er erzählte ihr Geschichten, spielte sie danach mit den Plüschtieren nach, doch in Wahrheit beschäftigte ihn nur ein einziger Gedanke: Hoffentlich käme Jessica wieder ganz in Ordnung, und es bliebe nichts von der anfänglich kleinen, aber letztlich so schrecklichen Verletzung zurück!

Es war schon lange dunkel, als Imke wiederkam und Marcus ablösen wollte. Sie nahm ihn beiseite, sodass niemand hören konnte, was sie ihm sagen wollte. Ganz sicher war sie sich nicht, alles richtig verstanden zu haben, was da über den Äther gekommen war.

»Du, Marcus, der Schabowski hat in Berlin eine Pressekonferenz gegeben.«

»Na und? Das macht er doch mittlerweile täglich. Welche weitreichenden Beschlüsse des ZK«, Marcus' Stimme tropfte nur so vor Hohn, »hat er denn diesmal verkündet? Haben sie Krenz noch weitere Ämter zugeschanzt? Besitzt er jetzt die gleiche Machtfülle wie zuvor Honecker, und alles wird wieder so, wie es schon in den letzten vierzig Jahren war?«

»Hör mir doch mal zu! Er hat eine neue Reiseregelung verkündet und auf Nachfrage eines Journalisten gesagt, sie gelte ab sofort. Es wäre von nun an jedem Bürger der DDR möglich, ohne das Vorliegen irgendwelcher Voraussetzungen über die Grenzübergangsstellen der DDR auszureisen.«

»Das musst du missverstanden haben, Imke. Die machen doch nie im Leben unkontrolliert die Grenzen auf!«

»Schabowski hat gesagt – und ich habe mir extra den Wortlaut ganz genau eingeprägt –, dass Visa unverzüglich zu erteilen wären. Und als die Journalisten es genau wissen wollten, sagte er: ›Das tritt nach meiner Kenntnis ... ist das sofort, unverzüglich.‹ Das DDR-Fernsehen und der Rundfunk haben das live gebracht.«

Immer öfter hörten Imke und Marcus im Auto DDR-Nachrichten, etwas, das noch vor Kurzem für sie undenkbar gewesen wäre. Doch mittlerweile berichteten die Medien dort schnell, korrekt und zeitnah über die sich rasant verändernden Verhältnisse und sogar kritisch über Partei und Regierung – etwas, das es seit vierzig Jahren nicht mehr gegeben hatte.

»Das glaube ich erst, wenn ich es selbst höre oder besser noch sehe. Bleibst du bei Jessica? Sie hat sofort zu weinen angefangen, als ich nur einmal auf die Toilette gehen wollte. Ich schau mal, ob es irgendwo einen Fernseher gibt. Gleich müssten die *Tagesthemen* kommen.«

Es gab einen großen Aufenthaltsraum im Krankenhaus, wo Eltern mit ihren nicht ständig bettlägerigen Kindern spielen konnten und in dem sich auch ein Fernseher, natürlich auf Kinderprogramme eingestellt, befand. Jetzt, am späten Abend, war niemand hier, und Marcus schaltete das Gerät ein. Er zappte durch die Programme, bis er die Fanfare der ARD-Nachrichtensendung hörte und gleich darauf den bekannten Moderator Hanns Joachim Friedrichs sagen hörte: »Dieser 9. November ist ein historischer Tag. Die Tore der Mauer stehen weit offen.«

Marcus dachte für einen Moment, sein Herzschlag würde aussetzen. Das konnte doch alles nicht wahr sein! Vor vier Wochen hatte sich seine Tochter bei ihrer Flucht lebensgefährlich verletzt, und jetzt machte die DDR die Grenzen auf? Hatten die vielen Tausend Flüchtlinge und die daraufhin erstarkende Oppositionsbewegung dem angeblichen Arbeiter-und-Bauern-Paradies endlich den Todesstoß versetzt? Denn wenn das stimmte, was der Nachrichtensprecher da verkündete, dann war damit das Ende des Staates, den Marcus aus tiefster Seele verachtete, besiegelt. Das war ihm auf der Stelle klar, denn nie im Leben würden die alten Kader den Korken wieder in die Flasche bekommen, der gerade herausgeknallt war. Dann schaltete das

414

Fernsehen zu der Pressekonferenz von Schabowski und spulte die Aufzeichnung ab. Marcus hörte nun mit eigenen Ohren, was Imke ihm schon berichtet hatte, und sah gleich darauf Bilder vom Grenzübergang Bornholmer Straße, vor dem sich bereits Unmengen von Ostberlinern versammelt hatten und lautstark die Grenzöffnung forderten. Noch waren die Schlagbäume unten, und nur wenige Menschen passierten die Sperren. Doch dann gingen sie urplötzlich hoch oder wurden von fassungslos dreinblickenden, bis vor Kurzem noch allmächtigen Grenzern zur Seite geschoben. Unbändiger Jubel brandete auf, und gleich darauf schoben sich Tausende und Abertausende DDR-Bürger, die es selbst noch gar nicht fassen konnten, durch die einst unüberwindlichen Sperranlagen Richtung Westberlin, vorbei an resignierten Stasileuten und Angehörigen der Grenztruppen, denen deutlich erkennbar eine große Frage ins Gesicht geschrieben stand: Was wird denn jetzt nur aus uns werden?

Marcus hielt es nicht mehr vor dem Fernseher. Völlig vergessend, wo er war, stürmte er die Treppe hinauf zu der Station, auf der seine Tochter lag, und brüllte durch das ganze Haus: »Die Grenze ist auf! Sie haben diese verfluchte Mauer geöffnet! Nach achtundzwanzig Jahren, endlich!«

Aus allen Zimmern kamen Schwestern und anwesende Eltern geströmt, in erster Linie aber, um zu sehen, wer da in einem Krankenhaus so einen Radau veranstaltete. Schon hörte Marcus die ersten Kinder weinen, die wohl durch sein Gebrüll aufgewacht waren. Eine Ärztin stellte sich ihm in den Weg, bevor er Imke erreichte, und bedeutete ihm mit eindeutigen Gesten und Worten, die er aber gar nicht wahrnahm, dass er gefälligst ruhig sein und nicht so herumschreien sollte, warum auch immer. Doch Marcus war in seinem Freudenrausch nicht zu bremsen. Er packte die zierliche Ärztin bei den Hüften, hob sie empor und wirbelte sie vor den Augen des verdutzten Klinikpersonals, das noch nichts von den epochalen Vorgängen im Land mitbekommen hatte, herum.

415

»Haben Sie nicht gehört? Die DDR hat ihre Grenzen aufgemacht!«, verkündete Marcus ganz außer Atem. »Wir alle hier, auch und gerade die Kinder, werden zukünftig in einem freien Land ohne Grenzen leben. Können Sie sich überhaupt vorstellen, was das bedeutet? Nein, ich denke nicht. Das können nur diejenigen, die seit Jahrzehnten eingesperrt gewesen waren. Sehen Sie es mir also bitte nach, dass mir gerade das Herz überquillt.«

»Schon gut, aber jetzt lassen Sie mich endlich runter und sind leise. Und wenn Sie sich wieder beruhigt haben, dann hätte ich auch eine Nachricht für Sie, die sie wohl noch mehr interessieren dürfte als das, was sie gerade so überschwänglich verkündet haben. Ihre Tochter ist fieberfrei, und die Entzündungswerte sind auf Normalniveau gesunken. Ich denke, in zwei, drei Tagen können wir sie entlassen, und es wird wohl außer einer kleinen Narbe an der Innenseite des Oberschenkels nichts zurückbleiben.«

Marcus hätte die Ärztin am liebsten erneut herumgewirbelt und zusätzlich von oben bis unten abgeküsst, schenkte sich das aber vor all den Leuten, die mittlerweile auf dem Flur standen. Stattdessen umarmte er seine Frau, deren Augen wieder einmal feucht schimmerten. Aber es waren Tränen der Freude, die darin standen, und nicht des mitfühlenden Schmerzes wie in den letzten Tagen.

Im Schwesternzimmer war zwischenzeitlich ein Radio und im Stationsraum ein Fernseher eingeschaltet worden. Jetzt konnten alle sehen, wie die Menschen auf den Platz vor dem Brandenburger Tor strömten, der gestern noch strikte Sperrzone gewesen war. Zuerst kletterten Westberliner von ihrer Seite aus auf die Mauer, dann auch Leute von der Ostseite, völlig unbehelligt von den Grenzposten, die nicht wussten, was sie tun sollten. Die meisten hatten die Daumen in die Koppelschlösser verhakt, waren zur Seite getreten und ließen die Menschen einfach machen. Was sollten sie auch tun? Es gab keine Befehle, die übergeordneten Stellen schwiegen sich aus, die Partei- und Staatsführung war abgetaucht. Die so lange eingesperrten Menschen nahmen das Zepter selbst in die Hand. Auf der verhassten Mauer und in der ganzen Stadt feierten wiedervereinte Ost- und Westberliner ein großes Freudenfest. Feuerwerkskörper stiegen auf, Sektkorken knallten, und endlose Schlangen knatternder Trabis, Wartburgs und Ladas schoben sich über den Ku'damm. Schon schlugen die Ersten mit Hämmern und Meißeln, mit Spitzhacken und Vorschlaghämmern auf die Mauer ein, brachen Stücke heraus, die im Triumph herumgereicht und wie kostbare Trophäen behandelt wurden. Lange würde der Antifaschistische Schutzwall, wie die DDR-Führung die verhasste Mauer stets genannt hatte, dem massiven Angriff wohl kaum standhalten können. Ihr Ende war besiegelt, das konnte jeder erkennen, der diese Bilder sah.

Marcus hatte seinen Arm um Imke gelegt. Beide standen sie wie fast das gesamte Klinikpersonal vor dem Fernseher und schauten staunend auf die Bilder aus Berlin, die alle Sender nonstop übertrugen.

»Jetzt wird alles gut«, flüsterte Marcus seiner Frau ins Ohr, der sich nach den Worten der Ärztin unendlich befreit fühlte. »Mit Jessica, mit uns, mit unseren Familien. Das kann keine Macht der Welt wieder zurückdrehen, was da in Berlin geschehen ist. Du wirst sehen, Imke, in ein paar Tagen siehst du deine Geschwister wieder, deine Eltern, und ich die meinen. Und da haben wir gedacht, es würde womöglich noch viele weitere Jahre dauern!«

Marcus, der wie gebannt in den Fernseher starrte und seinen Blick nicht von den Bildern losreißen konnte, die da über die Scheibe flimmerten, sah nicht, wie seine Frau glücklich lächelte. Sosehr es Imke auch berührte, was dort draußen im Lande vor sich ging und womit noch vor einem halben Tag niemand gerechnet hätte, war sie mit ihren Gedanken doch ganz bei ihrer Tochter und der positiven Prognose, die sie bezüglich ihrer Verletzung bekommen hatten. Nie in ihrem ganzen Leben hätte sie es verwunden, wäre Jessica wegen ihrer Flucht ums Leben gekommen oder womöglich Zeit ihres Lebens gehandicapt gewesen. Zärtlich küsste sie ihren Mann auf die Wange und flüsterte dann ebenfalls in sein Ohr: »Ja, Marcus, jetzt wird alles gut.«

Epilog

Kenia, 3. Oktober 1990

Imke legte den Kopf ganz weit in den Nacken, sonst hätte sie die schneebedeckte Spitze des Kilimandscharo nicht sehen können. Der höchste Berg Afrikas, dessen Gipfel die Massai *Ngaje Ngai,* das Haus Gottes, nannten, erhob sich mit seinem Massiv wie ein gigantischer Felsblock aus der Savanne, über die große Herden von Zebras und Gnus zogen. Giraffen fraßen das Laub der Bäume von oben, und Elefanten zogen gemächlich ihres Weges, ohne den kleinen Menschlein auch nur die geringste Beachtung zu schenken. Büffel, Impalas und Thomson-Gazellen ästen ganz in der Nähe der Hemingway-Lodge, in die Imke und Marcus gestern eingecheckt hatten. Angeblich war dem berühmten Schriftsteller hier die Idee für seinen Roman *Schnee auf dem Kilimandscharo* gekommen, aber daran hatte Marcus so seine Zweifel, denn das nahmen die verschiedensten Camps in Kenia und Tansania für sich in Anspruch. Er stand hinter seiner Frau und presste sie ganz fest an sich. Der Duft von unzähligen Bougainvillea-Blüten wehte herüber und ließ das Ganze noch unwirklicher erscheinen, als es den beiden schon so erschien.

Marcus' Eltern waren nach der Grenzöffnung sofort in den Westen übergesiedelt. Schließlich saßen sie bereits seit vielen Monaten auf gepackten Koffern. Wolfgang Leipold hatte sich nicht auf das Arbeitsamt verlassen, sondern war selbst bei Baufirmen in und um Hannover herum vorstellig geworden und hatte sich auf verschiedene Stellen beworben. Ein Unternehmen suchte dringend einen Bauleiter für eine Kläranlage im Emsland, wo etliches im Argen lag. Der Chef ging das Risiko ein, einen Mann aus dem Osten mit der Aufgabe zu betrauen, die Karre aus dem Dreck zu ziehen, und hatte Marcus' Vater trotz Widerständen in der Firma die Bauleitung übertragen. Während seiner Tätigkeit in der DDR ständig im Improvisieren geübt, löste Wolfgang Leipold die Aufgabe mit geringerem Kostenaufwand und in kürzerer Zeit als vorgesehen, was ihm eine Festanstellung und eine beträchtliche Prämie einbrachte. Seither baute er weltweit Kläranlagen und war auch mit einem Projekt in Kenia betraut worden. Ein Schweizer Elektronikunternehmer besaß dort ein renommiertes Hotel an der Küste, das bisher wie alle anderen bei Flut einfach seine Abwässer in den Indischen Ozean entlassen hatte. Das war natürlich auf Dauer ein unhaltbarer Zustand und kam auch bei den Touristen nicht gut an. Die Firma, in der Wolfgang Leipold nun arbeitete, erhielt den Zuschlag zur Errichtung einer großen Kläranlage, und er war mit deren Ausführung beauftragt worden. Nach der Fertigstellung bekam er von dem Schweizer einen Gutschein über einen vierzehntägigen Aufenthalt für zwei Personen in seinem Hotel geschenkt, aber da er der Meinung war, lange genug in Afrika gewesen zu sein, noch mehr von der Welt sehen wollte und zudem ein neuer Auftrag in Kanada winkte, reichte er den Urlaub an Marcus und Imke weiter. Für Jessica, die wieder völlig genesen war, wäre in ihrem Alter die weite Reise noch zu anstrengend gewesen, und so blieb sie bei ihren Großeltern in Köthen. Wieder dorthin zu fahren war schon wenige Tage nach der Grenzöffnung selbst für verurteilte Republikflüchtlinge kein Problem mehr gewesen.

Imke und Marcus genossen eine traumhafte Zeit zu zweit und holten letztlich ihre bisher nie stattgefundenen Flitterwochen nach. Der Blick aus ihrem Bungalow über den Indischen Ozean und die exotische Atmosphäre Kenias waren an sich schon atemberaubend, aber Marcus hatte als Überraschung für seine Frau noch eine zweitägige Flugsafari an den Kilimandscharo dazu gebucht.

Schon aus dem kleinen Flieger heraus sahen sie große Tierherden, Flussläufe und hohe Berge, bewirtschaftete Farmen und unberührte Wildnis, die rote Erde des Tsavo-Nationalparks ebenso wie die grüne Savanne im Anflug auf das Rollfeld in der

420

Nähe ihrer Lodge, das nur aus einer Graspiste bestand. So hatte Imke sich das immer vorgestellt, wenn sie Bernhard Grzimek gedanklich in die von ihm beschriebenen Weiten Afrikas gefolgt war. Nie hatte sie allerdings zu hoffen gewagt, dass ihre diesbezüglichen Sehnsüchte eines Tages Realität werden würden. Und jetzt stand sie hier, ganz dicht an ihren Mann geschmiegt, und konnte sich gar nicht sattsehen an all den Naturwundern, von denen sie bisher nur geträumt hatte. Gestern waren sie mit einem Land Rover durch das Gelände gefahren und hatten Geparden, Hyänen, Warzenschweine und jede Menge Gazellen und Affen gesehen. Nur leider keine Löwen.

»Lions make holidays in Tanzania«, hatte der Guide ihnen lachend erklärt.

Nun, auch wenn Imke und Marcus den Anblick der Löwen vermissten, so gönnten sie ihnen doch ihren Ausflug. Sie hofften, dass die großen Katzen die Grenze zwischen Kenia und dem Nachbarland ebenso unbehelligt passieren konnten wie nun endlich auch wieder die Deutschen in West und Ost nach so langer Zeit.

Heute, am 3. Oktober, sollte mit der Teilung endgültig Schluss sein und das Land wiedervereinigt werden. Große Feiern waren in Berlin vor dem Reichstag und in so gut wie allen Großstädten geplant, doch Imke und Marcus genossen lieber die Ruhe in der Abgeschiedenheit der afrikanischen Wildnis und waren mit sich allein glücklich. Sicher würden sie sich heute Abend die Nachrichten, wenn auch in englischer Sprache, ansehen und auf die Wiedervereinigung anstoßen, doch den Trubel in Deutschland nicht vermissen.

»Hättest du noch vor einem Jahr gedacht, dass ...?«, flüsterte Marcus in Imkes Ohr und zitierte damit den berühmtesten Halbsatz der letzten Monate. Landauf, landab, in allen Fernseh- und Radiosendungen war diese Frage immer und immer wieder gestellt worden, und die Antwort, die auch Imke jetzt lachend gab, lautete in jedem Fall: »Nee, Wahnsinn!«

Nach einem Moment des Schweigens fuhr sie dann fort.

»Ist es nicht ein Treppenwitz der Geschichte, dass die Honeckers ausgerechnet bei einem Pfarrer unterkriechen mussten, weil sie niemand anderes aufnehmen wollte? Seit ich das gehört habe, habe ich meinen inneren Frieden wiedergefunden. Besser konnte es gar nicht kommen. Wir stehen hier am Fuße des Kilimandscharo, und den alten Mann werden sie vor Gericht stellen. Ich denke, das reicht mir als Genugtuung.«

»Was in den paar Monaten seit dem Mauerfall alles passiert ist, ist wirklich kaum zu fassen und war noch vor Kurzem völlig undenkbar«, stellte Marcus fest. »Wer vor einem Jahr prognostiziert hätte, dass Gorbatschow der Wiedervereinigung Deutschlands zustimmt, wäre in der Klapsmühle gelandet.«

»Du musst nicht immer in so großen Dimensionen denken, Marcus. Hättest du mir damals in Bratislava, als wir uns nach dem gescheiterten Versuch, nach Ungarn zu fliehen, wieder trennen mussten, gesagt, wir würden ein Jahr später im Indischen Ozean schwimmen und in den Savannen Kenias auf Safari gehen, wäre ich wahrscheinlich gar nicht in die Botschaft gegangen. Wer will schließlich auf die Dauer mit einem Irren zusammenleben?«

»Wärst du doch.« Zärtlich küsste Marcus seine Frau aufs Haar. »Schließlich wusstest du von Anfang an, dass ich ein bisschen verrückt bin, oder? Liebst du mich nicht gerade deshalb, weil ich alles dafür tue, dass unsere Träume, unsere Sehnsüchte Wirklichkeit werden?«

Imke wusste, worauf Marcus anspielte. Immer öfter sprach er in letzter Zeit davon, einen eigenen Betrieb aufzubauen. Beide arbeiteten sie mittlerweile in dem Hotel und wurden sogar von den Gästen darin bestärkt, sich selbstständig zu machen, was ihren Chef allerdings gar nicht freute. Jetzt, nachdem ihre Sehnsucht nach Freiheit endlich gestillt und sie am Ziel ihrer Träume angekommen waren, galt es, Neues ins Auge zu fassen. Aber noch war es ein weiter Weg bis dahin, und Abenteuer hatten sie

422

in den letzten Jahren wahrlich genug gehabt. Imke wollte erst einmal etwas zur Ruhe kommen und die Zeit der Trennung, die sie immer noch belastete, verblassen lassen, auch wenn sie diese wohl niemals würde ganz vergessen können. Vielleicht schaffte sie es ja in diesem Urlaub und in der Zweisamkeit mit ihrem Mann, der wirklich alles dafür tat und ihr jeden Wunsch von den Augen ablas.

»Ja, Marcus, das tue ich, und ich weiß, jetzt ist wirklich alles möglich. Wenn sogar aus der DDR und der Bundesrepublik ein vereintes Deutschland wird und die geteilten Jahre endgültig vorbei sind, was bitte soll auf dieser Welt dann noch illusionär sein? Doch jetzt komm, der Wagen für die Pirschfahrt wartet. Lass uns die Zeit hier genießen. Ich denke, wir haben es uns verdient. Und was auch immer die Zukunft bringen wird, gemeinsam werden wir es meistern. Meinst du nicht auch?«

Glossar

Abzeichen für gutes Wissen – Auszeichnung der FDJ, die nach einer erfolgreich abgelegten Prüfung zur Ideologie des Marxismus-Leninismus verliehen wurde

Barkas – Kleintransporter in der DDR; nur von Betrieben ausgemusterte Modelle wurden u. a. kinderreichen Familien zum Kauf angeboten

BSG, FSG – Betriebssport- bzw. Fachschulsportgemeinschaft

Deputat – rationierte Zuteilung von Futtermitteln für private Tierhalter

DHfK – Deutsche Hochschule für Körperkultur, gegründet 1950 in Leipzig, 1990 aufgelöst, nachdem ihre Beteiligung am staatlich betriebenen Zwangsdopingsystem der DDR bekannt geworden war

D-Zug – Durchgangszug, Schnellzug

FDGB – Freier Deutscher Gewerkschaftsbund, Bestandteil und Instrument des politisch-ideologischen Machtgefüges der SED

FDJ – Freie Deutsche Jugend, in der DDR die einzige staatlich anerkannte und geförderte Jugendorganisation; sie war als Massenorganisation Teil des Erziehungssystems parallel zur Schule

Guillotine – Fallbeil, mit dem von 1950 bis 1968 in der DDR die Todesstrafe vollstreckt wurde

HO – Handelsorganisation, staatliches Einzelhandelsunternehmen der DDR

IM – Inoffizieller Mitarbeiter des MfS; mit seinen zuletzt rund 189 000 Angehörigen deckte das Netz aus Inoffiziellen Mitarbeitern nahezu alle gesellschaftlichen Bereiche der DDR ab und bildete somit eines der wichtigsten Herrschaftsinstrumente und Stützen der SED-Diktatur

IOC – Internationales Olympisches Komitee

425

Jugendweihe – wurde in der DDR als Konkurrenz zur Konfirmation etabliert und war ein Instrument zur Erziehung der Jugend im Sinne der marxistisch-leninistischen Weltanschauung der SED-Ideologie

Kaderakte – Dossier über jeden Beschäftigten in der DDR, welches dienstliche und private Leistungen, Verhaltensweisen und Verfehlungen beinhaltete und bei einem Wechsel des Arbeitsplatzes an den neuen Betrieb weitergereicht wurde

Kampfgruppe – paramilitärische Organisation von Beschäftigten in Betrieben der DDR

KPdSU – Kommunistische Partei der Sowjetunion

Lot – im Pferderennsport eine Gruppe von Pferden und Reitern, die gemeinsam trainieren

Magdeburger Börde – fruchtbare Niederung im heutigen Sachsen-Anhalt

MfS – Ministerium für Staatssicherheit, auch Staatssicherheitsdienst, bekannter unter dem Kurzwort Stasi, war in der DDR zugleich Nachrichtendienst und Geheimpolizei und fungierte als Machtinstrument der SED

Military – heute als *Vielseitigkeit* bekannt, ist eine Disziplin des Pferdesports, die aus den Teilbereichen Dressur, Geländeritt mit festen Hindernissen und Parcoursspringen besteht

Nationale Front – Zusammenschluss der Parteien und Massenorganisationen in der DDR unter der Kontrolle der SED

NKWD – Volkskommissariat für innere Angelegenheiten der Sowjetunion, dem auch die Geheimpolizei und die Straf- und Arbeitslager unterstanden

NOK – Nationales Olympisches Komitee

NSDAP – Nationalsozialistische Deutsche Arbeiterpartei, deren Programm und Ideologie von radikalem Antisemitismus und Nationalismus sowie der Ablehnung der Demokratie als Staatsform bestimmt war

NVA – Nationale Volksarmee der DDR

Organisation Werwolf – nationalsozialistische Freischärler- bzw. Untergrundbewegung am Ende des Zweiten Weltkrieges, vorwiegend aus Jugendlichen bestehend

Oxer – Hindernis im Springreiten

Parteilehrjahr – diente der monatlichen politisch-ideologischen Schulung der Mitglieder der SED; auch parteilose Lehrkräfte waren zur Teilnahme verpflichtet

Passage, Piaffe – der Hohen Schule angehörende Bewegungen des Pferdes

Planche – Fechtbahn beim Sportfechten

Politbüro – höchstes politisches Führungsgremium von kommunistischen Parteien

RAF – Rote Armee Fraktion, linksextremistische terroristische Vereinigung in der Bundesrepublik Deutschland

Resthof – Bauernhöfe, die jedoch keine landwirtschaftlichen Betriebe sind und zu denen keine Äcker oder Weiden mehr gehören

Sankra – Sanitätskraftwagen

SBZ – Sowjetische Besatzungszone; so wurde die DDR auch nach ihrer Gründung von denen genannt, die ihr kritisch gegenüberstanden

SED – Sozialistische Einheitspartei Deutschlands, marxistisch-leninistische Partei, die 1946 aus der Zwangsvereinigung von SPD und KPD hervorgegangen war und sich zur Staatspartei der DDR entwickelte; da die Verfassung der DDR seit 1968 den Führungsanspruch der SED festschrieb und deren Funktionäre alle drei Gewalten, Legislative, Exekutive und Judikative, durchdrangen, war das politische System der DDR de facto eine Einparteienherrschaft der SED

Turf – Pferderennbahn für Galopper

Ulanen – eine mit Lanzen bewaffnete Gattung der Kavallerie

VEB – Volkseigener Betrieb; die Gründung erfolgte nach

dem Vorbild der Eigentumsform in der Sowjetunion; die VEB unterstanden grundsätzlich der DDR-Partei- und -staatsführung

Vielseitigkeit – siehe *Military*

Vopo – umgangssprachlich für Volkspolizei der DDR

Zeugwart – Person, die im Sport für die Versorgung der Spieler und Trainer mit Ausrüstung und Kleidung zuständig ist

ZK – Zentralkomitee, gehört im Machtgefüge der kommunistischen Parteien zu den obersten Entscheidungsgremien; ihm stand ein General- oder Erster Sekretär vor, der zugleich den Vorsitz des Politbüros innehatte und damit faktisch als Staatschef fungierte

Ein aufwühlender Roman über den Mauerbau und über zerrissene Familien und Freundschaften

CHARLOTTE ROTH

WIR SEHEN UNS UNTER DEN LINDEN

ROMAN

Berlin nach dem 2. Weltkrieg.
Von ihrem geliebten Vater Volker, einem Lehrer, hat Susanne gelernt, an den Sozialismus zu glauben. Ohne je das Vertrauen in die Menschheit zu verlieren, hat er gegen das Naziregime gekämpft – und wurde vor den Augen seiner sechzehnjährigen Tochter kurz vor Kriegsende erschossen. Um sein Vermächtnis zu erfüllen, widmet sich Susanne von ganzem Herzen dem Aufbau eines besseren Deutschland. Erst als sie den lebenslustigen Koch Kelmi kennen- und liebenlernt, beginnt sie allmählich zu begreifen, was um sie herum passiert. Zu tief jedoch ist der Glaube an den Sozialismus im Osten Deutschlands in ihr verwurzelt, zu stark das Band, das sie mit dem toten Vater verbindet.
Dann kommt der 13. August, und plötzlich verstellt die Mauer Susanne jegliche Möglichkeit einer Alternative …